Oxus-See (Aral-See)
Jaxartes (Sir-Daria)
Oxos
SKYTHEN
SKYTHEN
KASPISCHES MEER
Hyrkanien
Zadrakarta
Margiane
Susia
330
MARDER
TAPURER
Damghan
Hektatompylos
Parthien
Rhagai
Kaspische Pforte
Medien
Artakoana
Areia
Alexandreia (Herat)
(Buchara)
Marakanda (Samarkand)
Nautaka
Kyropolis
329
Alexandreia-Eschate (Chodschent)
PAMIR
Fort Gaza
Sogdiane
328
329
Alexandreia a. Oxos
Baktra Zariaspa (Balch)
Drapsaka
Baktrien
KASCHMIR
327
Alexandreia (Ghasni)
Ortospana
Nikaia
Bazira
Massaga
Ora
Aornos
Embolina
Peukelaitis
Dyrta
Reich des Poros
Reich des Sophytes
Kgr. des Taxiles
Taxila
Phegeus-Reich
Alexandreia (Kandahar)
Arachosien
Phra/Prophtasia (Farah)
Drangiane
330
ARIASPEN
SYBER
MALLER
AGALASS
Indus
326
12 Altäre
Pimprama
Sangala
Stadt der Brahmanen
Hauptstadt der Maller
Alexandreia
Alexandreia
Reich des Sambos
Reich des Musikanos
PARAITAKENE
331
330
Pasargadai
Persepolis
Persis
Karmanien
Alexandreia
Pura
Hormozeia (Hormuz)
Pura
Gedrosien
Alexandreia Rhambakia
OREITEN
325
Kokala
ARABITEN
Patala
Wüste Tharr
Indien
ERYTHRAISCHES MEER
Das Weltreich Alexanders des Großen

Valerio Massimo Manfredi

ALEXANDER
König von Asien

Valerio Massimo Manfredi

ALEXANDER

KÖNIG VON ASIEN

Roman

Aus dem Italienischen von
Claudia Schmitt

Kabel

Die Originalausgabe
erschien 1998 unter dem Titel
»ALÉXANDROS – Le Sabbie di Amon«
bei Arnoldo Mondadori Editore S.p.A.
in Mailand.

Von Valerio Massimo Manfredi liegt bei Kabel außerdem vor:
ALEXANDER. Der makedonische Prinz

Textzitate nach:
Homer, Ilias. Übertragen von Roland Hampe,
Reclam Verlag 1979

Sappho, Zu einer Hochzeit.
Übersetzt von Christian zu Stolberg,
aus: Antike Lyrik, Winkler Verlag 1964

ISBN 3-8225-0505-6

Gesetzt aus der Stempel Garamond
Gesamtherstellung: Ebner Ulm
Printed in Germany

Et siluit terra in conspectu eius.
Und die Erde verstummte bei seinem Anblick.

Makkabäer 1,3

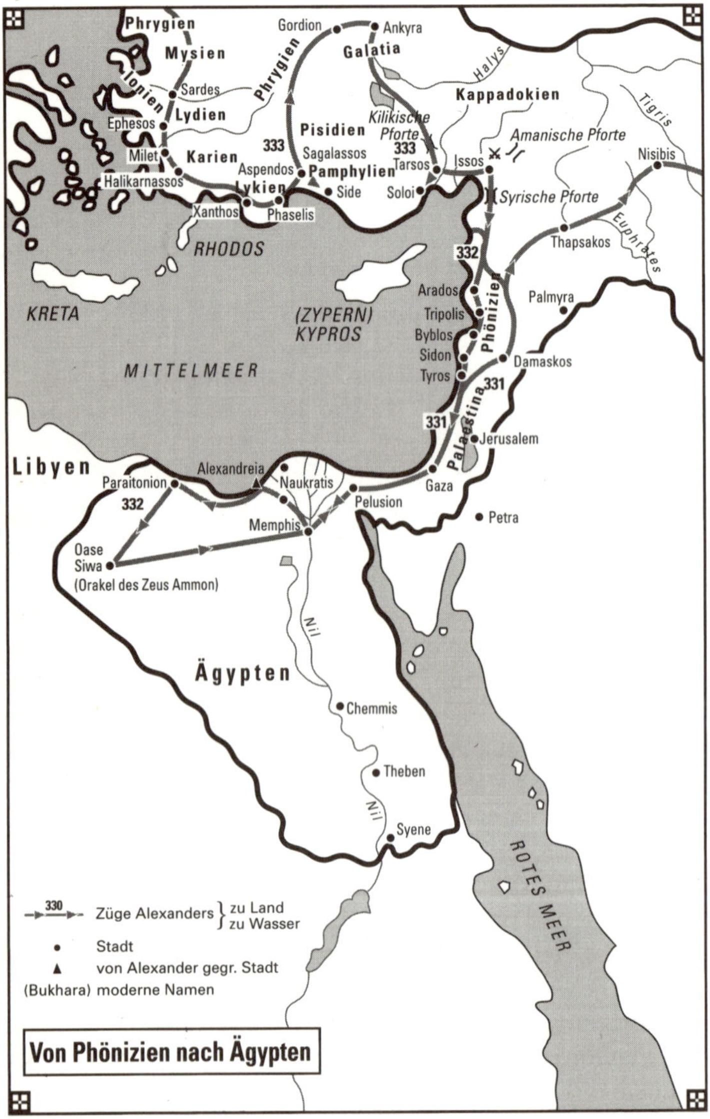

Von Phönizien nach Ägypten

1

Alexander sah von einem Hügel auf den Strand hinunter, wo sich ein ganz ähnliches Bild bot wie vor tausend Jahren bei Achills Landung: Hunderte von aneinandergereihten Schiffen, Tausende und Abertausende von Kriegern. Aber die Stadt hinter seinem Rücken, Ilion, die Erbin des alten Troja, bereitete sich heute nicht auf eine zehnjährige Belagerung vor, ganz im Gegenteil: Sie öffnete ihm, dem Nachfahren des Achilleus und des Priamos, Tür und Tor.

Schon kamen auch seine Kameraden den Hügel heraufgeritten, doch anstatt auf sie zu warten, wandte Alexander sein Pferd und lenkte es zum Tempel. Er wollte als erster und ganz alleine das uralte Heiligtum der trojanischen Athene betreten. Vor seiner Schwelle angekommen, überließ er Bukephalos einem Diener und trat ein.

Zunächst konnte er nichts Genaues erkennen, denn er war geblendet von der gleißenden Mittagssonne und seine Augen mußten sich erst an das Dämmerlicht im Tempel gewöhnen. Doch nach und nach nahmen die Dinge Konturen an:

Das alte Heiligtum war voll mit Weihgeschenken aller Art, besonders Waffen, die an den Trojanischen Krieg erinnerten, an Homers Epos von der zehnjährigen Belagerung der Stadt, die die Götter selbst errichtet hatten. An jedem dieser »Andenken« war eine Widmung oder Inschrift befestigt, und so konnte Alexander beispielsweise die Kithara des Paris oder den großen Rundschild des Achill ausmachen.

Lange ließ er die Augen umherschweifen und immer wieder verweilten sie bei einem der kostbaren Erinnerungsstücke, die unsichtbare Hände all die Jahrhunderte hindurch gepflegt und erhalten hatten, so daß die Gläubigen und Pilger sich heute noch an ihrem Glanz erfreuen konnten. Alles hing voll damit: die Säulen, das Dachgebälk, die Mauern der *Cella*. Aber wie viele von diesen Votivgaben waren wirklich authentisch, und wie viele hatten gerissene Priester in ihrer Profitgier nachträglich hinzugefügt?

Alexander fand, daß der bunte Wirrwarr eigentlich besser auf einen Markt als in einen Tempel gepaßt hätte. Das einzig wirklich Echte in diesem Raum war seine Begeisterung für Homer, den blinden alten Sänger, und seine grenzenlose Bewunderung für die Helden, die längst zu Staub geworden waren.

Wie sein Vater einst in den Apollontempel zu Delphi, so war auch er unangekündigt hierhergekommen. Niemand hatte ihn empfangen, doch plötzlich näherten sich leichte Schritte. Alexander verbarg sich rasch hinter einer Säule neben dem Kultbild, einer eindrucksvollen, in Stein gemeißelten Athene, die bemalt und mit echten Waffen ausgestattet war. Die primitive, steif wirkende Statue war aus einem einzigen Block dunklen Steins gehauen. Ihr Gesicht war angeschwärzt vom Rauch der Öllampen, und die hellen Perlmuttaugen stachen auffällig daraus hervor.

Alexander konnte von seinem Versteck aus beobachten, wie ein Mädchen mit blütenweißer Haube und Peplon auf die Statue zuging. Es hatte in der linken Hand einen kleinen Eimer und in der rechten einen Schwamm.

Damit kletterte es auf den Statuensockel, und dann begann es, das Standbild behutsam abzuwischen, wobei sich in der hohen Tempelhalle ein betörender Duft nach Aloe und Lavendel verbreitete. Alexander trat geräuschlos hinzu.

»Wer bist du?« fragte er.

Das Mädchen zuckte zusammen und ließ vor lauter Schreck sein Eimerchen fallen; es schlug mit lautem Gepolter auf dem Boden auf und rollte davon, bis es gegen eine Säule stieß.

»Fürchte dich nicht«, sagte der König. »Ich bin nur ein Pilger, der gekommen ist, die Göttin zu verehren. Aber wer bist du?«

»Ich heiße Daunia und bin eine Tempeldienerin«, erwiderte die junge Frau, eingeschüchtert von Alexanders Aussehen, das wahrhaftig nicht das eines gewöhnlichen Pilgers war. Unter seinem Umhang blitzten ein Harnisch und Beinschienen hervor, und der metallene Gliedergürtel, den er quer über die Brust trug, klirrte bei jeder Bewegung.

»Eine Tempeldienerin? Das hätte ich nicht gedacht. Deine vornehmen Züge, dein stolzer Blick . . .«

»Du bist wahrscheinlich an die Sklavinnen der Aphroditetempel gewöhnt, die weniger der Göttin zu Diensten sind als den Männern, die sie besuchen.«

»Du nicht?« fragte Alexander, indem er für sie den Eimer vom Boden aufhob.

»Nein, ich bin Jungfrau. Genau wie die Göttin selbst. Hast du je von der Stadt der Frauen gehört? Da komme ich her.«

Das Mädchen sprach in der Tat einen eigentümlichen Dialekt, den Alexander noch nie gehört hatte.

»Nein, diese Stadt kenne ich nicht. Wo liegt sie?«

»In Italien. Sie heißt Lokroi.«

»Und warum nennt ihr sie die Stadt der Frauen?«

»Weil die Adligen dort ausschließlich Frauen sind. Lokroi wurde von hundert Familien gegründet, die alle von Frauen aus Lokris abstammten – das war ihr Heimatland, aber nachdem sie ihre Männer im Krieg verloren hatten, sind sie mit ihren Sklaven geflohen. So erzählt man es sich wenigstens.«

»Und was machst du hier, so weit weg von zu Hause?«

»Ich sühne ein Verbrechen.«

Alexander sah sie verwundert an. »Ein Verbrechen? Was

kann ein so junges Mädchen wie du schon verbrochen haben?«

»Nicht ich«, erwiderte die Tempeldienerin, »sondern unser Volksheld, Aias Oileus. Er hat in der Nacht nach der Eroberung Trojas die Tochter von König Priamos, Prinzessin Kassandra, vergewaltigt, und zwar genau hier auf dem Sockel, auf dem früher das wundertätige Bild der Göttin Athene stand, das heilige Palladium, das – wie du sicher weißt – vom Himmel heruntergefallen ist. Seit jenem Tag bezahlen die Lokrer für diese Freveltat, indem sie jedes Jahr zwei Mädchen aus höchstem Adel hierherschicken, die ein ganzes Jahr im Tempel der Göttin dienen müssen.«

Alexander schüttelte staunend den Kopf und fuhr fort, sich umzusehen. Draußen, auf dem gepflasterten Platz vor dem Tempel, hörte man lautes Hufgetrappel – offensichtlich waren seine Kameraden auch angekommen.

Zunächst trat jedoch ein Priester ein, der sofort begriff, wen er vor sich hatte:

»Willkommen, hoher Herr«, sagte er mit einer tiefen Verbeugung. »Wenn wir gewußt hätten, daß du uns mit deinem Besuch beehrst, hätten wir dich anders empfangen ...« Er bedeutete dem Mädchen, sich zurückzuziehen, doch Alexander hielt sie zurück und sagte:

»Laß nur. Dieses Mädchen hat mir eine wunderschöne Geschichte erzählt ... Stimmt es eigentlich, daß all diese Weihgeschenke aus der Zeit des Trojanischen Krieges stammen?«

»Selbstverständlich. Und das Kultbild, das du hier siehst, ist ein Palladium – die Kopie einer uralten Statue der Pallas Athene, die vom Himmel gefallen ist und die Stadt, die sie besitzt, unbesiegbar macht.«

Unterdessen hatten sich auch Hephaistion, Ptolemaios, Perdikkas und Seleukos dazu gesellt.

»Und wo ist das Original der Statue?« wollte Hephaistion wissen.

»Nun, manche glauben, der Held Diomedes habe sie geraubt und nach Argos mitgenommen; andere behaupten,

Odysseus habe sie nach Italien entführt und König Latinos geschenkt; wieder andere sind der Meinung, Äneas habe sie in einen Tempel unweit von Rom geschafft, wo sie heute noch stünde. Es gibt jedenfalls viele Städte, die sich damit brüsten, das echte Bild zu besitzen.«

»Kein Wunder«, erwiderte Seleukos, »diese Überzeugung flößt bestimmt Mut ein.«

»Klar«, Ptolemaios nickte. »Und Aristoteles hätte jetzt sicher gesagt: Ereignisse geschehen nicht nur, sie können auch durch Überzeugung oder Prophezeiungen herbeigeführt werden.«

»Was unterscheidet denn das echte Palladium von den anderen Statuen?« wollte Alexander wissen.

»Das echte Bild«, erwiderte der Priester mit feierlicher Stimme, »kann die Augen schließen und die Lanze schütteln.«

Ptolemaios schnaubte abfällig. »So ein Spielzeug bastelt dir jeder unserer Kriegsbaumeister in einem einzigen Tag.«

Der Priester warf ihm einen eisigen Blick zu, und auch der König schüttelte mißbilligend den Kopf. »Gibt es denn irgend etwas, woran du glaubst, Ptolemaios?«

»Natürlich«, erwiderte der Gefragte und faßte an den Griff seines Schwerts. »Das hier! Und die Freundschaft«, fügte er hinzu, indem er die andere Hand auf Alexanders Schulter legte.

»Und doch werden all die Gegenstände, die ihr hier seht, seit undenklichen Zeiten in diesen heiligen Hallen verehrt«, sagte der Priester ernst. »Und die Grabhügel draußen, entlang des Strandes, bergen seit eh und je die Knochen des Achill, des Patroklos und des Aias.«

Inzwischen war auch Kallisthenes zur Tempelbesichtigung eingetroffen. Ptolemaios ging ihm entgegen und hakte sich bei ihm unter. »Was sagst du zu dem Ganzen, Kallisthenes? Ist das wirklich die Rüstung des Achilleus und das, was dort an der Säule hängt, die Kithara von Paris?« Bei diesen Worten zupfte er ein wenig an den Saiten des Instruments, das ganz dumpf klang und völlig verstimmt war.

Alexander hörte schon länger nicht mehr zu; sein Blick war auf die junge Lokrerin geheftet, die damit beschäftigt war, duftendes Öl in die Lampen zu gießen. Ein von hinten kommender Sonnenstrahl hatte ihr dünnes Peplon durchsichtig gemacht, so daß Alexander ihren schönen Körper betrachten konnte, und dabei begegnete er immer wieder den scheuen Augen des Mädchens, die etwas sehr Geheimnisvolles hatten.

»Ob diese Rüstung nun tatsächlich Achill und die Kithara Paris gehört hat, spielt doch überhaupt keine Rolle«, sagte Kallisthenes. »Im Dioskurentempel in Sparta ist das Ei ausgestellt, aus dem angeblich Helenas Brüder, die Zwillinge Kastor und Polydeukes, geschlüpft sind . . . Ich bin überzeugt, daß es sich in Wahrheit um das Ei eines libyschen Vogels handelt, den man Vogel Strauß nennt – er kann so groß wie ein Pferd werden. Und unsere eigenen Tempel sind im übrigen ja auch voll von solchen Votivgeschenken. Echt oder nicht, ist völlig egal. Wichtig ist nur, was die Leute glauben, denn das einfache Volk braucht einen Glauben, an den es sich klammern, und etwas, wovon es träumen kann.«

Bei diesen Worten hatte Kallisthenes sich nach Alexander umgedreht, der gerade auf die große Bronzerüstung zutrat; sie war mit schönen Zinn- und Silberornamenten verziert. Alexander strich mit dem Finger über den Schild, auf dem Szenen aus der »Ilias« dargestellt waren, und über den prächtigen Helm mit dem dreifachen Helmbusch.

»Und wie soll diese Rüstung hierher gelangt sein?« fragte er den Priester.

»Bekanntlich hat Odysseus sie dem Aias weggenommen, aber später plagte ihn das schlechte Gewissen so sehr, daß er sie zurückgebracht und vor dem Grab des Aias niedergelegt hat – sozusagen als Opfergabe für eine heile Rückkehr nach Ithaka. Irgendwer hat sie dann von dem Grab hierher in den Tempel gebracht.«

Alexander trat ganz dicht neben den Priester und sagte: »Du weißt doch, wer ich bin, oder?«

»Natürlich, Herr. Du bist Alexander, der König von Makedonien.«

»Richtig. Und mütterlicherseits bin ich auch ein direkter Nachfahre von Pyrrhos, dem Sohn des Achill und Begründer des Königshauses von Epeiros. Du wirst also einsehen, daß ich als Erbe des Achill ein Anrecht auf diese Rüstung habe. Ich möchte sie mitnehmen!«

»Aber Herr ...«, stammelte der Priester erschrocken.

»Wie?« meinte Ptolemaios grinsend. »Wir sollen dir glauben, daß dies hier die Kithara des Paris ist und das dort die Waffen des Achill sind, vom Gott Hephaistos persönlich für ihn geschmiedet, und du nimmst uns nicht einmal ab, daß unser König von Achilleus abstammt?«

»Doch, doch«, beteuerte der Priester, »die Sache ist nur, daß es sich hier um geweihte Gegenstände handelt, die diesen Tempel nicht verlassen dürfen ...«

»Unsinn«, unterbrach ihn Perdikkas, »laß eine Kopie davon machen und häng die an die Säule, das merkt keiner. Du siehst doch, daß unser König die Rüstung braucht, und da sie nun einmal seinem Vorfahren gehörte ...« Er hob die Schultern und breitete bedauernd die Arme aus, wie um zu sagen: Erbschaft ist Erbschaft ...

»Schafft mir die Rüstung ins Lager«, befahl Alexander. »Sie soll vor jeder Schlacht wie ein Banner gehißt werden. Und jetzt gehen wir. Unser Tempelbesuch ist zu Ende.«

Die jungen Makedonen verließen nacheinander den Tempel, nicht ohne sich noch einmal umzusehen und das ein oder andere der vielen Votivgeschenke zu betrachten, die hier verehrt wurden.

Der Priester merkte, daß Alexander dem Mädchen nachsah, während es die Tempelhalle durch eine kleine Seitentür verließ.

»Daunia badet jeden Abend nach Sonnenuntergang bei der Skamandros-Mündung im Meer«, raunte er ihm zu.

Der König sagte nichts und ging. Von der Schwelle des Tempels aus sah der Priester ihn kurz darauf sein Pferd besteigen und in Richtung des Lagers am Strand reiten, in dem es wie in einem Ameisenhaufen wimmelte.

Alexander sah sie schnellen, sicheren Schritts durch die Dunkelheit kommen. Sie ging am linken Flußufer entlang und blieb dort stehen, wo sich der Skamandros mit dem Meer vereinte.

Es war eine windstille, heitere Nacht, und da just in diesem Augenblick der Mond aus dem Meer auftauchte, spannte sich ein breites Silberband vom Horizont bis zum Gestade. Das Mädchen legte seine Kleider ab, löste sich das Haar und glitt ins Wasser. Sanfte Wellen umspielten seinen Körper, der wie weißer Marmor im Mondlicht leuchtete.

»Du bist schön wie eine Göttin, Daunia«, murmelte Alexander, indem er sich zu erkennen gab.

Das Mädchen tauchte bis zum Kinn ins Wasser und wich erschrocken zurück. »Tu mir nichts an. Du weißt, ich bin geweiht.«

»Um eine Vergewaltigung zu sühnen, die vor tausend Jahren passiert ist?«

»Um jedwede Vergewaltigung zu sühnen. Auch heute gibt es noch genug Männer, die sich an wehrlosen Frauen vergehen.«

Der König zog sich ebenfalls aus und ging ins Wasser, während sie die Arme vor der Brust verkreuzte, um ihren Busen zu verbergen.

»Ich habe gehört, daß die berühmte Aphrodite des göttlichen Praxiteles genau wie du ihren Busen bedeckt. Denn auch Aphrodite ist schamhaft ... Aber vor mir brauchst du keine Angst zu haben. Komm her.«

Das Mädchen näherte sich ihm langsam, halb schwamm und halb ging sie und dabei tauchte ihr herrlicher Körper immer weiter aus dem Meer auf, das wie in einer zärtlichen Umarmung zuerst ihren Bauch und dann ihre Hüften umfing.

»Laß uns zum Grabhügel des Achill schwimmen. Ich möchte, daß niemand uns sieht.«

»Folge mir«, erwiderte Daunia. »Ich hoffe, du bist ein guter Schwimmer.« Und mit diesen Worten ließ sie sich seitlich ins Wasser gleiten und schwamm behende wie eine Nereide vor ihm her.

»Das bin ich«, antwortete Alexander und warf sich ebenfalls in die Fluten.

Die Küste, die von den Lagerfeuern der Makedonen beleuchtet wurde, bildete an dieser Stelle eine weite Bucht; sie wurde auf der gegenüberliegenden Seite von einer Landzunge begrenzt, auf deren äußerster Spitze man einen Erdhügel erkennen konnte.

Auf diesen schwamm das Mädchen direkt zu, quer durch den breiten Meerbusen. Sie machte beim Schwimmen keinerlei Geräusch und erinnerte Alexander mit ihren weichen, fließenden Bewegungen an eine Meernymphe.

»Du schwimmst gut«, meinte er keuchend. »Alle Achtung!«

»Ich bin am Meer groß geworden . . . Möchtest du immer noch zu der Landzunge hinüber?«

Alexander antwortete nichts und schwamm weiter, bis er den weißen Schaum der Wellen erkennen konnte, die sich sanft am mondbeschienenen Strand brachen und sogar den Fuß des mächtigen Erdhügels befeuchteten. Das war also das Grab des Achill! Hand in Hand stiegen sie aus dem Wasser und gingen darauf zu. Bei seinem Anblick fühlte Alexander sich vom Geist des großen Helden durchdrungen, und als er sich nach seiner Begleiterin umdrehte, die im silbernen Mondlicht neben ihm stand und seinen Blick suchte, glaubte er die schöne Briseis mit ihren rosa Wangen vor sich zu haben.

»Nur den Göttern sind Augenblicke wie dieser beschieden«, flüsterte er, das Gesicht der lauen Meeresbrise preisgegeben. »Hier hat Achilleus gesessen und den Tod des Patroklos beweint. Und hier hat seine Mutter, die Meergöttin Thetis, die Waffen niedergelegt, die Hephaistos für ihn geschmiedet hat.«

»Dann glaubst du also?« fragte das Mädchen.

»Ja.«

»Aber warum hast du dann im Tempel ...«

»Hier ist es anders. Es ist Nacht, der Lärm des Tages ist verebbt ... Und du stehst hüllenlos und strahlend vor mir.«

»Bist du wirklich König Alexander?«

»Schau mich an. Wer soll ich sonst sein?«

»Du bist der Jüngling, der mir nachts im Traum erscheint, wenn ich mit den anderen Dienerinnen im Tempel der Göttin schlafe. Der Jüngling, den ich gerne geliebt hätte.«

Sie drehte sich zu ihm um und lehnte ihren Kopf an seine Brust.

»Ich breche morgen auf«, sagte Alexander, »und in wenigen Tagen steht mir eine schwere Schlacht bevor. Vielleicht siege ich, vielleicht sterbe ich aber auch.«

»Dann komm in meine Arme und nimm mich, wenn du möchtest, hier, auf dem warmen Sand, sollten wir es später auch bereuen müssen.« Sie küßte ihn lange und streichelte sein Haar. »Du hast recht«, sagte sie dann. »Augenblicke wie dieser sind nur den Göttern beschieden. Und wir beide werden für diese eine Nacht Götter sein.«

2

Alexander zog sich vor dem versammelten Heer splitternackt aus und rannte, wie der alte Brauch es verlangte, dreimal um den Grabhügel des Achill. Dasselbe tat Hephaistion mit dem Grab des Patroklos, und bei jeder Umrundung schrien mehr als vierzigtausend Mann im Chor:

»Alalalài!«

»Was für ein erstklassiger Schauspieler!« rief Kallisthenes aus, der die Szene aus einiger Entfernung verfolgte.

»Du meinst, er schauspielert?« erwiderte Ptolemaios.

»Aber ganz bestimmt. Alexander glaubt nicht mehr an Mythen und Legenden als du und ich, aber er tut so, als seien sie die pure Wahrheit. Auf diese Weise zeigt er seinen Männern, daß man Träume wagen darf.«

»Du scheinst ihn ja wirklich bis auf den Grund seiner Seele zu kennen«, meinte Ptolemaios sarkastisch.

»Nun, ich habe gelernt, die Menschen zu beobachten – genau wie die Natur.«

»Dann solltest du aber wissen, daß niemand von sich sagen kann, er kenne Alexander. Alle haben seine Taten vor Augen, aber vorhersehbar sind sie nicht, und ihr tieferer Sinn bleibt uns auch oft verborgen. Er glaubt und glaubt nicht, zur selben

Zeit, er kann in Liebe schwelgen und einen Moment später einen fürchterlichen Wutanfall bekommen, er ist ...«

»Was?«

»Er ist einfach anders. Als wir uns zum erstenmal begegnet sind, war er gerade sechs Jahre alt, trotzdem kann ich bis heute nicht behaupten, ihn wirklich zu kennen.«

»Du magst ja recht haben, trotzdem sind in diesem Moment alle seine Männer felsenfest davon überzeugt, daß er der wiedererstandene Achilleus ist, und Hephaistion der Patroklos.«

»Klar, und nicht nur seine Männer: Er und Hephaistion glauben das in diesem Moment auch. Aber daran bist du mit schuld, Kallisthenes, schließlich hast du mit deinen astronomischen Berechnungen festgestellt, daß unser Einfall nach Asien im selben Monat stattgefunden hat, in dem vor exakt eintausend Jahren der Trojanische Krieg begann.«

Alexander und Hephaistion hatten inzwischen wieder ihre Rüstungen angelegt und kletterten auf ihre Pferde. Als General Parmenion dann Befehl gab, in die Trompeten zu stoßen, sprang auch Ptolemaios in den Sattel. »Ich muß zu meiner Abteilung. Alexander läßt zum Appell blasen.«

Mehrmals noch erschallten die Trompeten, und die ganze Armee bezog entlang des Strandes Stellung, jede Abteilung mit ihrer Standarte und ihren Insignien.

Das Fußvolk umfaßte insgesamt zweiunddreißigtausend Mann. Links außen waren dreitausend »schildtragende Gardisten« aufgestellt, zur Mitte hin folgte eine Truppe von siebentausend griechischen Bundesgenossen – das war gerade ein Zehntel der Krieger, die einhundertfünfzig Jahre zuvor in Plataia gegen die Perser gekämpft hatten. Alle trugen die traditionelle wuchtige Rüstung der griechischen Infanterie und schwere korinthische Helme, die lediglich schmale Schlitze für Augen und Mund hatten und ansonsten ihre Gesichter bis zum Halsansatz bedeckten.

Im Zentrum hatten die sechs Phalanxbataillone mit zirka zehntausend *Pezetairoi* Stellung bezogen und rechts die Hilfstruppe aus dem Norden: fünftausend Thraker und Triballer, die – verlockt von der Aussicht auf Sold und einträgliche Plünderungen – Alexanders Einladung gefolgt waren; sie galten nicht nur als unglaublich tapfer und kühn, sondern schienen auch gegen Kälte, Hunger und sonstige Strapazen gefeit. Ihr Anblick war allerdings ziemlich scheußlich, denn sie hatten borstiges rotes Haar, lange Bärte und waren obendrein von Kopf bis Fuß mit Tätowierungen übersät.

Die wildesten und primitivsten unter diesen Barbaren waren die Agrianer aus den illyrischen Bergen. Da sie kein Wort Griechisch sprachen, brauchte man einen Dolmetscher, um sich mit ihnen zu verständigen, aber sie waren hervorragende Kletterer, die mit Hilfe von Haken und Seilen aus Pflanzenfasern jede Felswand bezwangen. Die Thraker und alle anderen Hilfssoldaten aus dem Norden waren mit Lederhelmen und -korsetts ausgerüstet sowie mit kleinen, halbmondförmigen Schilden und langen Säbeln, mit denen man sowohl stechen wie hauen konnte. Sie waren bekannt dafür, daß sie auf dem Schlachtfeld wie die wilden Bestien wüteten und im Nahkampf schon mal zubissen, wenn es anders nicht ging. Wie um sie im Zaume zu halten, folgten ganz außen rechts weitere siebentausend griechische Söldner der schweren und leichten Infanterie.

Auf den Flügeln, vom Fußvolk getrennt, hatte die Reiterei Stellung bezogen: zweitausendachthundert schwerbewaffnete *Hetairoi*, etwa ebenso viele thessalische Reiter, rund viertausend Hilfssoldaten sowie die fünfhundert Elitereiter der »Alexander-Schwadron«.

Der König ritt das Heer auf Bukephalos Abteilung für Abteilung ab. Unter den Kameraden, die ihm dabei folgten, war auch sein Sekretär Eumenes. Er saß stocksteif auf seinem Pferd, denn er trug heute ebenfalls eine Rüstung, und zwar einen athenischen Leinenpanzer, der mit glänzendem Bronzeblech verstärkt und geschmückt war; seine Gedanken beim Abreiten der vielen tausend Soldaten waren eher prosaischer Natur: Er überschlug nämlich im Geiste, wieviel Korn, Hülsenfrüchte, gesalzener Fisch und Rauchfleisch nötig waren, um diese Männer zu sättigen, und wieviel Wein, um ihren Durst zu löschen – es waren Riesenmengen. Woher sollte er das Geld nehmen, um täglich so viel Proviant auf den Märkten zu kaufen? Die Reserven, die er bei sich hatte, würden bald erschöpft sein. Anstatt jedoch zu verzagen, nahm er sich vor, dem König noch heute abend Ratschläge für das Gelingen der Expedition zu geben.

Als sie die Spitze des aufgestellten Heers erreicht hatten, gab General Parmenion auf ein Zeichen Alexanders hin den Befehl zum Aufbruch. Nach und nach setzte sich der lange Zug in Bewegung: in der Mitte das Fußvolk, rechts und links davon in doppelter Reihe die Reiterei. Man marschierte am Meer entlang in Richtung Norden.

Wie ein Reptil schlängelte sich die lange Prozession durch die Landschaft, und Alexanders glänzender Helm, auf dem zwei lange weiße Federn steckten, war weithin sichtbar.

Die schöne Daunia trat in diesem Moment vor das Tor des Athenetempels hinaus und blieb auf der obersten Stufe seiner Treppe stehen. Der junge Mann, den sie in dieser duftgeschwängerten Frühlingsnacht geliebt hatte, wirkte jetzt klein wie ein Kind, und seine Rüstung blitzte in der Sonne, als wäre sie tage- und nächtelang auf Hochglanz poliert worden. Nein, das war nicht mehr er; ihn gab es nicht mehr.

Ein Gefühl der Leere breitete sich in ihr aus, während sie ihm nachsah, und als er schließlich ganz aus ihrem Blickfeld verschwunden war, wischte sie sich rasch mit der Hand über die Augen, ging in den Tempel zurück und zog leise das große Tor hinter sich zu.

Eumenes hatte zwischenzeitlich zwei Stafetten mit Geleitschutz nach Lampsakos und Kyzikos gesandt, mächtige griechische Städte, die am Hellespont lagen – die erste direkt an der Küste und die zweite auf einer Insel unmittelbar davor. Im Auftrag Alexanders sollten die Boten den Bürgern dieser Städte erneut die Freiheit und einen Bündnispakt anbieten.

Der König war begeistert von der Landschaft, durch die sie

kamen, und drehte sich an jeder Wegbiegung nach Hephaistion um: »Schau nur, das Dorf dort, schau nur, der Baum, schau nur, das Standbild ...« Alles war neu für ihn und erfüllte ihn mit Staunen: die weißen Dörfer auf den Hügeln, die Tempel der griechischen und barbarischen Gottheiten, eingebettet in die ländliche Umgebung, der Duft der blühenden Apfelbäume, das leuchtende Grün der Granatapfelbäume.

Von seinem Exil in den verschneiten Bergen Illyriens einmal abgesehen, war dies Alexanders erste Reise außerhalb Griechenlands.

Hinter ihm ritten Ptolemaios und Perdikkas, während alle anderen Kameraden bei ihren Soldaten waren. Lysimachos und Leonnatos führten die Nachhut an, die dem Zug in einiger Entfernung folgte.

»Warum ziehen wir eigentlich nach Norden?« fragte Leonnatos.

»Alexander möchte die asiatische Seite der Meerengen unter seine Kontrolle bringen. Danach kann keiner ohne unsere Einwilligung aus Asien hinaus oder nach Asien herein, und Athen hätte auch einen Grund mehr, uns gewogen zu bleiben, schließlich müssen seine Getreideschiffe alle dort oben durch. Im übrigen wären damit auch die persischen Provinzen am Schwarzen Meer abgeschnitten ... ein kluger Zug also.«

»Das ist wahr.«

Sie ritten im Schrittempo weiter, während die Sonne langsam ihrem Zenit entgegenging. Nach längerem Schweigen sagte Leonnatos: »Eins verstehe ich nicht ...«

»Man kann im Leben nicht alles verstehen«, erwiderte Lysimachos ironisch.

»Schon möglich, aber sag du mir, wieso es hier so ruhig ist. Wir sind am hellichten Tag mit vierzigtausend Mann an Land gegangen, Alexander hat den Tempel von Ilion besucht und ist dreimal um Achills Grab gerannt, und keiner wartet auf uns. Ich meine, kein Perser. Findest du das nicht seltsam?«

»Überhaupt nicht.«

»Warum?«

Lysimachos wandte den Kopf nach hinten. »Siehst du die zwei dort oben?« fragte er und deutete auf die Hügelkette zu ihrer Rechten, auf der verschwommen zwei Reitergestalten zu erkennen waren. »Die folgen uns seit heute früh, und bestimmt haben sie uns gestern schon beobachtet und sind auch nicht die einzigen.«

»Dann müssen wir Alexander warnen!«

»Keine Sorge, Alexander weiß das längst, und er weiß auch, daß uns die Perser irgendwo einen würdigen Empfang vorbereiten ...«

Der Marsch verlief ohne irgendwelche Zwischenfälle bis zur Mittagsrast und danach ebenso. Von feindlichen Truppen keine Spur, man begegnete nur Bauern, die auf ihren Feldern arbeiteten, und Scharen von Kindern, die lachend und schreiend ein Stück Weg mitliefen.

Gegen Abend wurde in der Nähe von Abydos das Feldlager aufgeschlagen. Parmenion postierte ringsherum Wächter und schickte kleine Erkundungstrupps in die umliegende Gegend, um vor Überraschungsschlägen sicher zu sein.

Sobald Alexanders Zelt stand, rief die Trompete zum Kriegsrat, und alle Generäle versammelten sich um einen Tisch, während das Abendessen aufgetragen wurde. Kallisthenes war auch dabei, aber Eumenes fehlte noch; er hatte gebeten, schon einmal ohne ihn anzufangen.

»Jungs, hier ist es hundertmal besser als in Thrakien!« rief Hephaistion. »Ausgezeichnetes Klima, freundliches Volk, hübsche Mädchen und kein Schwanz von einem Perser! Ich komme mir vor wie in Mieza, als wir mit Aristoteles im Wald Insekten fangen gingen.«

»Mach dir mal keine Illusionen«, sagte Leonnatos. »Lysimachos und ich haben zwei Reiter gesehen, die uns den ganzen Tag gefolgt sind und sich bestimmt auch jetzt irgendwo hier in der Nähe herumtreiben.«

Nun bat Parmenion ums Wort, höflich, wie es sich für einen General von der alten Garde gehörte.

»Du brauchst nicht um Erlaubnis bitten, wenn du sprechen

möchtest, Parmenion«, sagte Alexander. »Du bist bei weitem der Erfahrenste unter uns; wir können alle von dir lernen.«

»Danke«, erwiderte der General. »Ich wollte nur wissen, was du für morgen und die nächsten Tage vorhast, Herr.«

»Ins Landesinnere vordringen.«

»Sprich: in persisches Gebiet . . .«

»Jawohl. Sind wir erst mal bei ihnen eingefallen, werden sie keine andere Wahl haben, als uns auf offenem Schlachtfeld gegenüberzutreten. Und dort schlagen wir sie.«

Parmenion schwieg.

»Bist du nicht einverstanden?«

»Nur bis zu einem gewissen Punkt, Herr. Ich bin schon bei unserem letzten Kriegszug an die Perser geraten: Sie sind keine leichten Gegner, das kann ich dir garantieren. Außerdem haben sie jetzt einen hervorragenden Anführer – Memnon von Rhodos.«

»Ein griechischer Vaterlandsverräter!« platzte Hephaistion heraus.

»Nein, ein Berufssoldat, ein Söldner.«

»Das kommt doch aufs gleiche raus . . .«

»Nein, Hephaistion. Es gibt Leute, die in unzähligen Kriegen gekämpft haben und am Ende keinerlei Überzeugung oder Ideal mehr besitzen – dafür sehr viel Können und Erfahrung. Solche Leute verkaufen ihr Schwert an den Meistbietenden, aber wenn sie Männer von Ehre sind, und dieser Rhodier ist ein Mann von Ehre, stehen sie zu ihrem Wort – um jeden Preis; es wird sozusagen zu ihrer neuen Heimat, und sie verteidigen es bis zum letzten Tropfen Blut . . . Memnon stellt eine Gefahr für uns dar, um so mehr, als er über ein Söldnerheer von zehn- bis fünfzehntausend Mann verfügt, alles Griechen und alle bestens ausgerüstet. Und was die Griechen auf offenem Feld leisten können, brauche ich euch ja nicht zu erzählen . . .«

»Bedenke, daß wir die ›Heilige Schar‹ der Thebaner geschlagen haben«, sagte Seleukos.

»Schon, aber das hier sind Berufssoldaten«, entgegnete Parmenion. »Die machen nichts anderes als den ganzen Tag kämpfen – wenn nicht auf dem Schlachtfeld, dann auf dem Exerzierplatz.«

»Parmenion hat recht«, sagte Alexander. »Memnon ist gefährlich und seine Söldnerphalanx erst recht, vor allem wenn sie von der persischen Reiterei unterstützt wird.«

In diesem Moment betrat Eumenes das Zelt.

»Steht dir gut, die Rüstung«, meinte Krateros mit einem Grinsen. »Du siehst aus wie ein General. Schade nur, daß du so krumme, dünne Beine hast und . . .«

Allgemeines Gelächter quittierte die Bemerkung, aber Eumenes begann seelenruhig zu deklamieren:

»Ich mag Generäle nicht, die gestriegelt und geschniegelt sind,
sollen sie ruhig häßlich sein und krumme Beine haben – ein Löwenherz, nur darauf kommt es an!«

«Bravo!« rief Kallisthenes. »Archilochos gehört zu meinen Lieblingsdichtern.«

»Laßt Eumenes endlich sprechen«, sagte Alexander. »Ich hoffe, er bringt mir gute Nachrichten.«

»Gute und schlechte, mein Freund. Entscheide du, mit welchen ich beginnen soll.«

»Mit den schlechten«, knurrte Alexander ärgerlich. »An die guten gewöhnt man sich allemal. Gebt ihm einen Stuhl.«

Eumenes ließ sich nieder, was mit der Rüstung gar nicht so leicht war, da sie einen daran hinderte, den Rücken zu krümmen. »Die Bewohner von Lampsakos teilen uns mit, daß sie sich schon frei genug fühlen und auf unseren Beistand verzichten können. Mit anderen Worten: Wir sollen ihnen vom Leibe bleiben.«

Alexanders Miene hatte sich verdüstert, und man sah ihm an, daß er einem Tobsuchtsanfall nahe war. Eumenes sprach deshalb ohne Pause weiter: »Aus Kyzikos kommen dagegen gute Nachrichten. Die Stadt ist uns freundlich gesonnen und möchte sich uns anschließen. Und das, liebe Freunde, ist wirklich eine ausgezeichnete Nachricht, wißt ihr warum? Weil die Perser ihre Söldner durchweg in der Währung von Kyzikos bezahlen – in Silberstateren nämlich. Hier habt ihr einen«, sagte er und warf eine glänzende Münze auf den Tisch. Sie begann sich wie ein Kreisel zu drehen und hörte nicht auf, bis die haarige Hand Kleitos' sie mit einem trockenen Schlag zum Stillstand brachte.

»Na und?« fragte der General, indem er die Münze in den Fingern herumdrehte.

»Wenn Kyzikos kein Geld mehr in die persischen Provinzen fließen läßt, werden die Satrapen bald in Schwierigkeiten sein. Dann müssen sie sich entweder selbst besteuern oder aber ihre Söldner mit anderen Zahlungsformen abspeisen – was nicht so leicht sein dürfte. Und dasselbe gilt natürlich für alle Heereslieferanten, die Flottenbesatzung und so weiter.«

»Kompliment, Eumenes! Wie hast du das fertiggebracht?« fragte Krateros.

»Indem ich mich rechtzeitig um die Sache gekümmert habe«, erwiderte der Sekretär. »Wenn ich gewartet hätte, bis wir in Asien landen, wäre bestimmt nichts daraus geworden. Um ehrlich zu sein, verhandle ich schon ziemlich lange mit Kyzikos ...« Er senkte den Kopf. »Ich habe schon zu Zeiten König Philipps damit angefangen.«

Bei diesen Worten trat Stille in dem Zelt ein, und es war, als sei der Geist des großen, durch Mörderhand gefallenen Herrschers mitten unter ihnen.

»Gut«, sagte Alexander schließlich. »Das ändert aber nichts an unseren Plänen. Morgen stoßen wir ins Landesinnere vor. Und dort stöbern wir den Löwen in seinem Versteck auf.«

In der gesamten bekannten Welt gab es niemanden, der so genaue und gut gezeichnete Landkarten besaß wie Memnon von Rhodos. Es hieß, sie gingen auf die tausendjährige Erfahrung der Seeleute seiner Insel und auf das Können eines Kartographen zurück, dessen Name streng geheimgehalten wurde.

Der griechische Söldnerführer öffnete die Karte, rollte sie flach auf dem Tisch auf, beschwerte alle vier Ecken, angelte sich aus einer Schublade eine Spielfigur und stellte sie in das Gebiet zwischen Phrygien und den Dardanellen.

»Alexander befindet sich im Augenblick ungefähr hier«, sagte er.

Um den Tisch herum standen die persischen Befehlshaber, alle in Uniform, also mit Hosen und Lederstiefeln bekleidet: Arsamenes, der Gouverneur von Pamphylien, Arsites aus Phrygien, Rosakes, Rheomithres, der Kommandeur der baktrischen Kavallerie, sowie der Oberbefehlshaber Spithridates, Satrap von Lydien und Ionien, ein hünenhafter Perser mit olivfarbener Haut und tiefgründigen schwarzen Augen; er war Vorsitzender der Versammlung.

»Wie sollen wir gegen ihn vorgehen?« fragte er den Söldnerführer auf griechisch.

Memnon hob den Blick von der Karte – er war um die Vierzig, hatte graumelierte Schläfen, muskulöse Arme und einen sehr gepflegten Vollbart, den er sich so zurechtstutzen ließ, daß er aussah wie die Männerfiguren auf den Reliefs und Vasen der berühmten griechischen Künstler.

»Was gibt es Neues aus Susa?« fragte er.

»Im Moment gar nichts. Ich denke, wir können frühestens in zwei Monaten mit massiver Verstärkung von dort rechnen: Truppen auszuheben ist eine langwierige Sache, und die Entfernungen sind riesig.«

»Wir können also nur auf unsere eigenen Streitkräfte zählen.«

»Genaugenommen, ja«, Spithridates nickte.

»Dann sind wir zahlenmäßig unterlegen.«

»Aber doch nur geringfügig!«

»Das genügt ... Die Makedonen haben ein ausgezeichnetes Kampfkonzept, ich würde sagen, das beste, das es überhaupt gibt. Sie haben auf offenem Feld Heere aller Art und Herkunft besiegt.«

»Was schlägst du also vor?«

»Alexander versucht uns zu provozieren und aus der Reserve zu locken, aber ich denke, es wäre besser, einen frontalen Zusammenstoß zu vermeiden. Hört meinen Plan: Wir senden scharenweise berittene Späher aus, die uns täglich über die makedonischen Truppenbewegungen unterrichten. Gleichzeitig versuchen wir, durch Spitzel Alexanders Absichten herauszubekommen. Von hier ziehen wir uns sofort landeinwärts zurück, und dabei lassen wir nur ›verbranntes Erde‹ hinter uns – ihr kennt die Taktik: Der Feind darf kein Korn Getreide und keinen Tropfen Wasser mehr finden.«

Der Rhodier ließ seine Worte einen Moment lang nachklingen, bevor er weitersprach:

»Die Abteilungen, die Alexander daraufhin abkommandieren wird, um Lebensmittel und Futter für die Tiere zu besorgen, müssen kontinuierlich und systematisch von uns angegriffen werden – beispielsweise durch schnelle Reitertrupps. Erst wenn der Feind halb verhungert und entkräftet ist, fallen wir mit ganzer Wucht über ihn her. Und unsere Flotte verschifft unterdessen ein Expeditionskorps nach Makedonien ...«

Spithridates starrte lange auf die Karte, ohne ein Wort zu sagen, dann fuhr er sich mit der Hand durch den dichten, krausen Bart und ging zu einem der vielen Fenster, von denen man das umliegende Land überblicken konnte.

Das Tal von Zelea war wundervoll: Aus dem Garten, der seinen Palast umgab, drang der bittersüße Geruch eines blühenden Weißdorn herauf und betörender Jasmin- und Lilienduft. Göttergewächse, die nur in seinem *Pairidaeza* wuchsen, wie die vielen Kirsch- und Pfirsichbäume, entfalteten ihre weiße Blütenpracht in der lauen Frühlingssonne.

Er ließ seinen Blick über die bewaldeten Berge schweifen, über die Paläste und Gärten der anderen persischen Adligen, die um den Tisch hinter ihm versammelt waren, und dann versuchte er sich die Folgen von Memnons Rat auszumalen und vorzustellen, was blieb, wenn man dieses smaragdgrüne Meer rücksichtslos niederbrannte: eine mit rauchender Asche bedeckte, schwarz verkohlte Einöde.

»Nein!« sagte er plötzlich und drehte sich ruckartig um.

»Aber, Herr«, wandte Memnon ein, indem er neben ihn trat. »Hast du meinen Plan gut überdacht? Ich bin der Ansicht . . .«

»Er ist nicht durchführbar, Kommandant«, fiel der Satrap ihm ins Wort. »Wir können nicht unsere Felder, unsere Gärten und Paläste verbrennen und Hals über Kopf fliehen – das verbietet uns schon allein die Ehre. Außerdem: Sollen wir unser Land schlimmer verheeren, als der Feind es je tun würde? Das wäre ein Verbrechen. Nein. Wir werden es mit ihm aufnehmen und ihn zurückwerfen. Was ist dieser Alexander denn schon? Ein eingebildeter junger Bursche, der einmal eine ordentliche Lektion verdient hat.«

»Bitte bedenke, daß auch ich Besitztümer und ein Haus in dieser Gegend habe, die ich bereit wäre, für einen Sieg zu opfern«, sagte Memnon.

»Deine Loyalität steht außer Frage«, erwiderte Spithridates. »Ich habe lediglich gesagt, daß dein Plan nicht durchführbar ist. Noch einmal: Wir werden es mit diesen Makedonen aufnehmen und sie zurückwerfen. Ab diesem Moment sind alle Truppen in Alarmbereitschaft«, fuhr er an die anderen Generäle gewandt fort. »Ruft jeden nur einigermaßen kampffähigen Mann zu den Fahnen. Und beeilt euch, wir haben nicht viel Zeit.«

Der Rhodier schüttelte den Kopf. »Das ist ein Fehler, den ihr noch bereuen werdet. Aber dann ist es wahrscheinlich zu spät.«

»Sei nicht so pessimistisch«, sagte der Perser. »Ich weiß schon eine günstige Stellung, aus der wir sie angreifen können.«

»Und die wäre?«

Spithridates beugte sich über den Tisch, stützte sich mit dem linken Ellbogen auf und fuhr mit dem Zeigefinger der rechten Hand suchend über die Landkarte. Schließlich deutete er auf einen kleinen, blau eingezeichneten Fluß, der sich in nördlicher Richtung durch die Landschaft schlängelte und ins Marmarameer mündete.

»Hier!«

»Am Granikos?«

Spithridates nickte. »Kennst du das Gebiet, Kommandant?«

»Einigermaßen.«

»Ich kenne es gut, ich war dort oben schon öfter zur Jagd. Der Fluß hat an dieser Stelle steile, lehmige Ufer: Für Reiter dürfte es fast unmöglich sein, dort raufzukommen, und für Fußsoldaten äußerst schwierig.«

Spithridates schlug mit der Faust auf den Tisch und sah auf.

»Wir werden sie zurückwerfen, und noch am selben Abend treffen wir uns hier in meinem Palast in Zelea zum Siegesbankett!«

3

MEMNON, DER RHODIER, kehrte erst mit Einbruch der Nacht in seinen Palast auf dem Hügel zurück. Die herrliche Villa war in orientalischem Stil erbaut und lag inmitten eines riesigen Parks, in dem es vor Jagdwild nur so wimmelte. Auch Weinberge, Obstplantagen, Olivenhaine und Getreidefelder sowie Höfe, Bauernhäuser und Viehherden gehörten zu dem Anwesen.

Der griechische Söldnerführer lebte seit Jahren wie ein Perser unter Persern. Seine Gemahlin Barsine war eine Tochter des persischen Satrapen Artabazos – eine wunderschöne Frau mit dunkler Haut, langem schwarzem Haar und den zierlich geschmeidigen Körperformen einer Antilope.

Ihre beiden Söhne, elf- und fünfzehnjährig, sprachen fließend Griechisch und Persisch und waren in beiden Kulturen erzogen worden. Als persische Jungen hatten sie neben Reiten und Bogenschießen auch moralische Tugenden wie die, niemals zu lügen, gelernt, als Griechen hielten sie Tapferkeit und Ehre hoch, kannten Homers Epen, die Tragödien von Sophokles und Euripides und die Lehren der ionischen Philosophen. Ihren olivfarbenen Teint und das pechschwarze Haar hatten sie von der Mutter geerbt, den muskulösen Körper und die grünen Augen vom Vater. Eteokles, der Ältere, hatte einen griechischen Namen, sein Bruder Phraates einen persischen.

Der paradiesische Garten von Memnons Palast wurde von persischen Gärtnern versorgt und enthielt viele seltene Pflanzen- und Tierarten, darunter zauberhafte indische Pfauen aus der legendären Ganges-Stadt Palimbothra. Die Villa selbst schmückten persische und babylonische Skulpturen, alte hethitische Flachreliefs, die Memnon aus einer verlassenen Stadt im Hochland hatte, wundervolle attische Speise-Service, Bronzefiguren aus Korinth und dem fernen Etrurien sowie in leuchtenden Farben bemalte Skulpturen aus parischem Marmor.

An den Wänden hingen Gemälde der berühmtesten zeitgenössischen Maler: Apelles, Zeuxis, Parrhasios. Es handelte sich vorwiegend um Jagd- und Kriegsszenen, aber auch um Darstellungen der großen Sagenhelden und ihrer Abenteuer.

Das ganze Haus war ein einziger Schmelztiegel unterschiedlicher Kulturen, und doch hatte jeder Besucher, ohne es begründen zu können, den Eindruck einer wundervollen Harmonie.

Memnon wurde bei seiner Ankunft von zwei Dienern empfangen, die ihm aus der Rüstung halfen und ihn ins Bad begleiteten, damit er sich vor dem Abendessen ein wenig erfrischen konnte. Dort gesellte sich Barsine zu ihm und reichte ihm ein Glas leichten Weins, bevor sie sich neben der Wanne niederließ, um ein wenig mit ihm zu plaudern.

»Weiß man schon Neues über die Invasion?« fragte sie.

»Ja, Alexander dringt ins Landesinnere vor. Vermutlich legt er es auf einen frontalen Zusammenstoß mit uns an.«

»Sie wollten nicht auf dich hören, und jetzt haben wir den Feind vor der Haustür.«

»Keiner hat dem Jungen so viel zugetraut. Alle waren überzeugt, er würde noch jahrelang in Griechenland Krieg führen und dabei seine Kräfte restlos aufzehren. Aber das war offensichtlich eine fatale Fehleinschätzung.«

»Was ist er für ein Mensch?« fragte Barsine.

»Schwer zu sagen ... Er ist jung und sieht gut aus. Vom Wesen her soll er leidenschaftlich, ja aufbrausend sein, in Momenten der Gefahr jedoch kalt wie ein Eisblock. Offenbar kann er dann selbst die heikelsten und schwierigsten Situationen mit kühlem Kopf beurteilen.«

»Und Schwächen hat er keine?«

»Nun, er trinkt gern Wein und liebt die Frauen, aber feste Verbindungen hat er nicht – bis auf die mit einem gewissen Hephaistion . . . anscheinend mehr als ein guter Freund: Die beiden sollen Liebhaber sein.«

»Ist er verheiratet?«

»Nein. Er ist aus Makedonien aufgebrochen, ohne einen Thronfolger zu hinterlassen. Und vorher hat er angeblich sämtliche privaten Besitztümer unter seinen engsten Freunden aufgeteilt.«

Als Memnon aus dem Bad stieg, bedeutete Barsine den Dienerinnen, sich zurückzuziehen, und kümmerte sich selbst um ihren Mann. Sie hüllte ihn in ein weiches Tuch aus ionischem Linnen und trocknete ihm damit den Rücken ab, während er weiter über seinen Feind sprach:

»Einer von diesen reich beschenkten Freunden soll ihn gefragt haben: ›Und was behältst du für dich?‹ – ›Die Hoffnung‹, soll er gesagt haben. Ob man das nun glaubt oder nicht, es zeigt jedenfalls, daß der junge König bereits eine Legende ist, und das paßt mir überhaupt nicht: Gegen einen Mythos anzukommen ist verflixt schwierig.«

»Und es gibt wirklich keine Frau an seiner Seite?« wollte Barsine wissen.

Eine Dienerin holte das feuchte Badetuch ab, und eine andere half Memnon dabei, in einen knöchellangen blauen Chiton mit silberbestickten Säumen zu schlüpfen.

»Warum interessiert dich das so?«

»Weil Frauen meistens der schwache Punkt der Männer sind.«

Memnon hakte sich bei seiner Gemahlin unter und führte sie in den Speisesaal, der nach griechischer Art mit niederen Tischen und Liegen ausgestattet war.

Nachdem er sich ausgestreckt hatte, schenkte eine Magd

ihm aus einem herrlichen, zweihundert Jahre alten korinthischen Mischkrug noch etwas von dem leichten, spritzigen Wein nach.

Memnon deutete auf ein Gemälde des Malers Apelles – eine gewagte Liebesszene zwischen Ares und Aphrodite –, das ihm gegenüber an der Wand hing. »Weißt du noch, wie Apelles dieses Bild bei uns gemalt hat?«

»Natürlich, ich erinnere mich noch sehr gut«, erwiderte Barsine, die dem Gemälde absichtlich immer den Rücken zuwandte: Sie errötete heute noch bei seinem Anblick und hatte sich nie an die griechische Freizügigkeit in solchen Dingen gewöhnen können.

»Und das Mädchen, das als Aphrodite für ihn Modell gestanden hat – kannst du sie dir noch denken?«

»Ja, sie sah wundervoll aus – eine der schönsten Frauen, die ich je gesehen habe. Man glaubte fast, die Göttin der Schönheit und Liebe in Person vor sich zu haben.«

»Dieses Mädchen war Alexanders griechische Geliebte.«

»Das ist doch nicht dein Ernst!«

»Doch. Sie heißt Kampaspe, und als sie sich zum erstenmal vor Alexander auszog, war er so hingerissen, daß er augenblicklich Apelles bestellt und damit beauftragt hat, ein Nacktporträt von ihr zu malen. Aber der Maler hat sich in sein Modell verliebt, und Alexander hat es gemerkt.«

»Oh, Schreck!« entfuhr es Barsine. »Und was hat er gemacht?«

»Er hat sie ihm geschenkt! Und zum Dank dafür wollte er nur das Bild. Tja, dieser Alexander ist nicht kleinzukriegen, nicht einmal durch die Liebe, fürchte ich ... ein zäher Bursche, glaub mir.«

Barsine sah ihm tief in die Augen. »Und du?« fragte sie. »Läßt du dich von der Liebe kleinkriegen?«

Memnon erwiderte ihren Blick und sagte: »Sie ist der einzige Gegner, dem ich mich beuge.«

In diesem Moment kamen die beiden Jungen herein, um gute Nacht zu sagen.

»Wann nimmst du uns endlich in eine Schlacht mit, Papa?« fragte der ältere der beiden.

»Das hat noch Zeit«, schmunzelte Memnon. »Werdet erst einmal groß.«

Eteokles und Phraates gaben Vater und Mutter einen Gutenachtkuß. ». . . und entscheidet, auf welcher Seite ihr kämpfen wollt«, murmelte Memnon leise vor sich hin, während die Jungen schon wieder aus dem Zimmer rannten.

Barsine schwieg lange.

»Woran denkst du?« fragte sie ihr Mann.

»An deine nächste Schlacht, an die Gefahren, denen du ausgesetzt bist, an die bangen Stunden, in denen ich vom Turm nach dem Boten Ausschau halte, der mir sagt, ob du wohlauf oder tot bist.«

»Das ist mein Leben, Barsine. Ich bin Berufssoldat.«

»Ich weiß, aber dieses Wissen nützt mir nichts. Wann soll es stattfinden?«

»Was, der Zusammenstoß mit Alexander? Ich fürchte bald, sehr bald.«

Sie beendeten ihr Abendmahl mit süßem Zypernwein, und Memnons Blick wanderte immer wieder zu dem Gemälde von Apelles hinauf, auf dem der Kriegsgott Ares, die Waffen neben sich im Gras, auf einer Wiese lag, den Kopf im Schoß der nackten Aphrodite, die seine Schenkel liebkoste.

Irgendwann stand Memnon auf und nahm Barsine bei der Hand. »Gehen wir ins Bett«, sagte er.

4

Ptolemaios kam von seinem Inspektionsgang rund um den Schutzwall des Lagers zurück und begab sich noch einmal zur Hauptwache, um sicherzustellen, daß die Wachablösungen entsprechend geregelt waren und funktionierten.

Dann sah er, daß in Alexanders Zelt noch Licht brannte. An den Leibgardisten und an Peritas vorbei, der in seinem Hundekorb schlief, ohne ihn eines Blickes zu würdigen, ging er auf das Zelt zu und steckte seinen Kopf hinein: »Du hast nicht zufällig einen Becher Wein für einen müden alten Krieger, der halb verdurstet ist?«

»Ich hab schon an deiner Nasenspitze erkannt, daß du das bist«, lachte Alexander. »Komm rein und schenk dir ein. Leptine hab ich ins Bett geschickt.«

Ptolemaios schenkte sich Wein aus einem Krug ein und nahm einen großen Schluck. »Was liest du da?« fragte er dann, indem er dem König über die Schulter schielte.

»Xenophons ›Anabasis‹.«

»Ach, dieser Xenophon ... führt zehntausend Söldner heim und tut, als hätte er den Trojanischen Krieg gewonnen.«

Alexander kritzelte etwas auf ein Blatt, legte seinen Dolch als Lesezeichen auf die Papyrusrolle und hob den Kopf. »Ich finde seinen Bericht hochinteressant. Hör, was hier steht:

Als nun der Abend hereinbrach, kam für die Feinde die Zeit wegzugehen. Denn die Barbaren schlugen ihr Lager nie in einer geringeren Entfernung als sechzig Stadien von den Griechen weg auf, weil sie einen nächtlichen Überfall befürchteten. Ein persisches Heer taugt nämlich in der Nacht nichts. Denn ihre Pferde sind angebunden und meistens an den Füßen gefesselt, damit sie, falls sie losgebunden würden, nicht fliehen. Bei einem Überfall muß der Perser seinem Pferd erst die Decke auflegen und es aufzäumen, muß sich auch selber erst panzern, bevor er das Pferd besteigt. Das alles ist nachts schwierig, zumal bei einem Überfall ...

Ptolemaios nickte. »Und du glaubst, das entspricht der Wahrheit?«

»Warum nicht? Jedes Heer hat seine Gewohnheiten, und die legt es nicht so leicht ab.«

»Was spukt dir im Kopf herum?«

»Unsere Kundschafter haben mir berichtet, daß die Perser von Zelea aus nach Westen ziehen, sprich: uns entgegenkommen. Sie wollen uns also den Weg versperren.«

»Das ist anzunehmen.«

»Allerdings ... Wenn du ihr Anführer wärst, Ptolemaios: Welchen Ort würdest du auswählen, um unseren Vormarsch aufzuhalten?«

Ptolemaios trat an den Tisch, auf dem eine Landkarte von Anatolien ausgebreitet war, nahm eine Öllampe und fuhr damit mehrmals über das Gebiet zwischen Küste und Landesinnerem. Irgendwann hielt er inne: »Vielleicht den Fluß da ... Wie heißt er?«

»Granikos«, erwiderte Alexander. »Ja, die Perser werden aller Wahrscheinlichkeit nach dort auf uns warten.«

»Und du hast vor, dieses Bächlein bei Nacht und Nebel zu überqueren und sie am andern Ufer noch vor Sonnenaufgang aus dem Bett zu holen. Richtig geraten?«

Alexander hatte den Kopf schon wieder über Xenophons

»Zug der Zehntausend« gebeugt. »Glaub mir, diese ›Anabasis‹ ist ein höchst aufschlußreiches Werk. Du solltest dir unbedingt eine Kopie davon besorgen.«

Ptolemaios schüttelte den Kopf.

»Stimmt etwas nicht?«

»Doch, doch, der Plan ist ausgezeichnet. Nur daß . . .«

»Was?«

»Na ja, ich weiß nicht . . . Ich meine, nachdem du Achills Grabhügel umrundet und seine Rüstung und Waffen aus dem Tempel von Ilion geholt hast, da hätte ich mir eigentlich eine Schlacht auf offenem Feld erwartet, Front gegen Front, bei hellichtem Tag, eine . . . eine richtig homerische Schlacht, um es einmal so zu sagen.«

»Das kommt schon noch«, erwiderte Alexander. »Was glaubst du, warum ich Kallisthenes mitgenommen habe? Aber im Moment will ich keinen einzigen Mann unnötig riskieren. Und dasselbe müßt ihr auch tun.«

»Keine Sorge.«

Ptolemaios setzte sich und betrachte seinen König, wie er in der Papyrusrolle las und sich dabei unablässig Notizen machte.

»Dieser Memnon aus Rhodos ist ein harter Knochen«, sagte er nach einer Weile.

»Ich weiß. Parmenion hat mir von ihm erzählt.«

»Und die persische Kavallerie?«

»Wir haben längere Lanzen mit stabileren Schäften.«

»Hoffentlich reichen die aus.«

»Den Rest besorgt die Überrumpelung und unser Siegeswille«, sagte Alexander. »Wir müssen sie schlagen, Ptolemaios, koste es, was es wolle! Und jetzt geh ins Bett, wenn du einen guten Rat willst. Wir brechen früh auf und werden den ganzen Tag marschieren.«

»Du willst morgen abend in Stellung sein, stimmt's?«

»Ja. Unser nächster Kriegsrat findet am Ufer des Granikos statt.«

»Und du legst dich nicht schlafen?«

»Ich hab noch genügend Zeit zum Schlafen ... Die Götter mögen dir eine ruhige Nacht bescheren, Ptolemaios.«

»Dir auch, Alexander.«

Ptolemaios ging in sein Zelt, das er auf einer kleinen Anhöhe im östlichen Teil des Lagers hatte aufschlagen lassen, zog sich aus, wusch sich und bereitete alles für den nächsten Morgen vor. Bevor er sich schlafen legte, warf er einen letzten Blick hinaus und sah, daß nur in zwei Zelten noch Licht brannte: in dem Alexanders und in dem Parmenions, das sich am anderen Ende des Lagers befand.

Die Trompeten weckten die Soldaten laut Alexanders Anordnung vor Sonnenaufgang, aber die Köche waren schon länger auf den Beinen und hatten bereits das Frühstück zubereitet; in großen Kesseln dampfte ein halbflüssiger Gerstenbrei, *Maza* genannt, der mit Käse versetzt war. Die Offiziere dagegen bekamen Kornfladen, Schafskäse und Kuhmilch serviert.

Beim zweiten Trompetenstoß schwang sich der König aufs Pferd und bezog beim Osttor des Lagers seinen Posten an der Spitze des Heers, umringt von seiner Leibwache nebst Perdikkas, Krateros und Lysimachos. Hinter ihm setzten sich die Phalanxbataillone der *Pezetairoi* in Marsch, gefolgt von der schweren griechischen Infanterie und von den Hilfstruppen der Thraker, Triballer und Agrianer. Zwei Reihen schwerbewaffneter Reiter eskortierten den langen Zug, während mehrere kleine Reitertrupps, die nur leicht bewaffnet waren, vorausritten.

Der Himmel begann sich im Osten rot zu färben, und die Luft war erfüllt vom Pfeifen der Spatzen und vom Gezwitscher der Amseln. Aus den umliegenden Wäldern flogen immer wieder riesige Schwärme von Wildtauben auf, die das laute Stampfen der marschierenden Füße und das Waffenklirren aufgescheucht hatten.

Vor Alexanders Augen breitete sich Phrygien mit seinen tannenbedeckten Hügeln und seinen unzähligen kleinen Tälern aus, deren kristallklare Bäche von silbern flimmernden

Pappeln und Trauerweiden gesäumt wurden. Viehhirten und Schäfer mit Hunden führten ihre Herden auf die Weiden, und alles wirkte ruhig und friedlich, obwohl das Blöken der Lämmer und das Muhen der Kälber natürlich völlig im Tosen der vorüberziehenden Armee unterging.

In den Tälern, die auf beiden Seiten parallel zur Marschroute verliefen, ritten kleine Spähtrupps, die weder mit Rüstungen noch mit sonstigen Insignien ausgestattet waren und die Aufgabe hatten, persische Beobachter fernzuhalten. Aber im Grunde war diese Vorsichtsmaßnahme kropfunnötig, denn jeder Hirte oder Bauer hätte ein feindlicher Spitzel sein können.

Den Abschluß der langen Kolonne bildete ein halbes Dutzend thessalischer Reiter, die Kallisthenes, Philotas sowie einen Maulesel mit zwei Quersäcken voller Papyrusrollen eskortierten. Wenn gerastet wurde, holte sich der Geschichtsschreiber aus dem Gepäck des Maultiers ein Holztäfelchen und eine Rolle Papyrus, setzte sich auf einen Hocker und begann unter den neugierigen Blicken der Soldaten zu schreiben.

Es hatte sich schnell herumgesprochen, daß der hagere, etwas altklug wirkende junge Mann die Geschichte dieser Expedition aufschrieb, und insgeheim hoffte jeder, früher oder später von ihm verewigt zu werden. Nicht das mindeste Interesse erweckten hingegen die trockenen Berichte von Eumenes und anderen Offizieren, die im Auftrag Alexanders Tagebuch führten und die genaue Abfolge der Etappen festhielten.

Gegen Mittag wurde eine längere Rast eingelegt, und dann marschierte man ohne Unterbrechung bis in unmittelbare Nähe des Granikos weiter. Dort ließ Alexander im Schutz einer niederen Hügelkette das Nachtlager aufschlagen. Kurz vor Sonnenuntergang berief er in seinem Zelt den Kriegsrat ein, um den Versammelten seinen Schlachtplan auseinanderzulegen. Anwesend waren Krateros, der eine Abteilung der schweren Kavallerie befehligte, Kleitos der »Schwarze«, Parmenion als Anführer der *Pezetairoi* und selbstverständlich

Alexanders persönliche Leibwache, zu der alle seine Kameraden gehörten: Ptolemaios, Lysimachos, Seleukos, Hephaistion, Leonnatos, Perdikkas, ja selbst Eumenes, der offensichtlich Gefallen an seiner Rüstung gefunden hatte, denn er erschien zu den Versammlungen nur noch in voller Montur, sprich mit Harnisch, Beinschienen und Wehrgehänge.

»Sobald es dunkel ist«, begann der König, »wird eine kleine Sturmtruppe den Fluß überqueren und sich dem persischen Lager so weit wie möglich nähern, um es auszuspähen; diese Truppe soll sich aus leichten Fußsoldaten und Männern der Hilfstruppen zusammensetzen. Einer von ihnen kehrt sofort um und meldet uns, wie weit das Lager vom Fluß entfernt ist. Die andern bleiben auf ihrem Posten. Sollte sich im Laufe der Nacht bei den Persern etwas rühren, teilen sie uns das natürlich umgehend mit.« Die Versammelten nickten mit dem Kopf. »Wir selbst zünden heute nacht keine Feuer an, und morgen früh wird ohne Trompeten geweckt, und zwar kurz vor der vierten Wachablösung. Wenn wir freie Bahn haben, überquert die Kavallerie als erste den Fluß und stellt sich am andern Ufer auf; sobald das Fußvolk auch drüben ist, setzt sich alles in Bewegung. Dann kommt der entscheidende Moment des Tages«, sagte Alexander mit einem Blick in die Runde. »Wenn ich richtig vermute, befinden sich die Perser um diese Tageszeit noch in ihren Zelten – zumindest sind sie nicht in Schlachtordnung aufgestellt. Unsere Reiterei fällt in einem Blitzangriff über sie her und sät Verwirrung. Dann rückt das Fußvolk nach und versetzt ihnen den eigentlichen Hammerschlag. Die Sturmabteilungen und Hilfstruppen erledigen den Rest.«

»Wer führt die Kavallerie an?« fragte Parmenion, der bis zu diesem Augenblick schweigend zugehört hatte.

»Ich«, erwiderte Alexander.

»Davon rate ich ab, Herr. Das ist zu gefährlich. Überlaß das doch Krateros – er hat Erfahrung mit den Persern, er war ja schon bei unserer letzten Asienexpedition dabei.«

»General Parmenion hat recht«, meinte Seleukos. »Das ist

unsere erste Begegnung mit den Persern; besser, wir riskieren nicht zuviel.«

Der König unterbrach die Diskussion mit einer knappen Geste. »Ihr habt mich in Chaironeia gegen die Heilige Schar der Thebaner und am Ister gegen Thraker und Triballer kämpfen sehen: Wie könnt ihr glauben, daß ich es diesmal anders machen würde? Nein, ich werde die Königsschwadron persönlich anführen und als erster Makedone mit dem Feind in Tuchfühlung gehen. Meine Männer sollen wissen, daß ich mich denselben Gefahren aussetze wie sie und daß wir in dieser Schlacht alles aufs Spiel setzen – auch unser Leben. Mehr habe ich euch für den Moment nicht zu sagen. Ich erwarte euch zum Abendessen.«

Keiner hatte den Mut, ihm zu widersprechen, aber Eumenes beugte sich zu Parmenion hinüber, der neben ihm saß, und flüsterte: »Ich würde ihm jemanden mit viel Erfahrung zur Seite stellen, einen, der nicht zum erstenmal gegen die Perser kämpft und ihre Technik kennt.«

Der General nickte. »Daran habe ich bereits gedacht. Kleitos wird morgen neben ihm kämpfen und ihn beschützen«, sagte er. »Keine Angst, Eumenes, es geht schon alles gut.«

Nachdem die Versammlung aufgelöst war, verließen alle das Zelt und begaben sich zu ihren Truppeneinheiten, um die letzten Anweisungen zu geben. Nur Eumenes blieb zurück und näherte sich Alexander: »Dein Plan ist ausgezeichnet«, sagte er. »Aber es gibt da eine unbekannte Größe, die mir ernste Sorgen macht . . .«

»Memnons Söldner.«

»Genau. Wenn die zu einem geschlossenen Block zusammenrücken, wird es selbst für unsere Reiter schwer, gegen sie anzukommen.«

»Ich weiß, und unsere Phalanx hätte es nicht viel leichter – unter Umständen müßte sie sich sogar auf einen Kampf mit kurzen Waffen, also Schwert und Streitaxt, einlassen. Das wäre sehr gefährlich, aber ich habe da noch was im Hinterkopf . . .«

Eumenes setzte sich auf einen Hocker und zog sich den Umhang über die Knie, genau wie Philipp es nach seinen berüchtigten Wutanfällen immer getan hatte. Bei Eumenes war der Grund allerdings ein anderer: Er hatte sich noch nicht an den kurzen Militärchiton gewöhnt, und in frischen Nächten wie dieser fror er an den Beinen.

Der König holte eine Papyrusrolle aus der berühmten Schatulle, in der sich auch die Homerausgabe befand, die Aristoteles ihm geschenkt hatte, und breitete sie auf dem Tisch aus. »Du kennst doch den ›Zug der Zehntausend‹, nicht?«

»Klar – der wird inzwischen ja an allen Schulen gelesen, weil er so leicht verständlich geschrieben ist.«

»Gut, dann hör zu. Wir befinden uns auf dem Schlachtfeld von Kunaxa; der jüngere Kyros unterhält sich mit dem Heerführer Klearchos:

> Er rief Klearchos zu, er solle sein Regiment gegen das Zentrum der Feinde führen, weil sich dort der Großkönig befinde. ›Und wenn wir dort siegen‹, sagte er, ›haben wir alles erreicht.‹«

»Mit anderen Worten: Du willst den Anführer unserer Feinde mit eigenen Händen umbringen«, stellte Eumenes mißbilligend fest.

»Ja, und deshalb führe ich die Königsschwadron an. Danach kümmern wir uns um Memnons Söldner.«

»Verstanden, und jetzt gehe ich lieber, denn auf meine Ratschläge würdest du ja sowieso nicht hören.«

»Nein, Herr Generalsekretär«, Alexander lachte. »Aber gern habe ich dich trotzdem.«

»Ich dich auch, verdammter Dickschädel. Die Götter mögen dich beschützen.«

»Das wünsche ich dir auch, mein Freund.«

Eumenes ging in sein Zelt, legte die Rüstung ab, zog sich etwas Wärmeres an und vertiefte sich bis zum Abendessen in ein Handbuch über Kriegstaktik.

5

Der Fluss, der aufgrund der Schneeschmelze im Pontischen Gebirge sehr viel Wasser mitführte, floß schnell dahin; ein sanfter Westwind bewegte die Blätter der Pappeln entlang seiner Ufer; es waren steile Ufer aus Tonerde, die sich während der starken Regenfälle der letzten Wochen mit Wasser vollgesogen hatten.

Alexander, Hephaistion, Seleukos und Perdikkas standen auf einer kleinen Anhöhe, von der aus man sowohl den Lauf des Granikos überblicken konnte als auch ein gutes Stück des Gebiets am jenseitigen Ostufer.

»Was meint ihr?« fragte der König.

»Die Böschungen sind aufgeweicht und schlüpfrig«, sagte Seleukos. »Wenn sich die Barbaren dort drüben aufstellen, können sie nach Belieben Pfeile und Speere auf uns abschießen.«

»Sprich: unsere Truppen dezimieren, bevor sie überhaupt am andern Ufer sind«, setzte Hephaistion nach.

»Ja, und selbst für den Fall, daß wir heil dort ankommen, würden unsere Pferde bis zu den Knien im Schlamm versinken, und ihr wißt selbst, was das bedeutet: Viele würden lahmen, und wir wären den Persern auf Gedeih und Verderb ausgeliefert.«

»Tja, verzwickte Situation«, bemerkte Perdikkas lakonisch.

»Sorgen wir uns nicht zu früh«, sagte Alexander, »und warten wir ab, was die Späher berichten.«

Sie schwiegen und lauschten eine Weile nur dem Zirpen der Grillen in der scheinbar friedlichen Nacht und dem eintönigen Quaken der Frösche, das sogar noch das Rauschen des Granikos übertönte. Irgendwann hörten sie den Lockruf eines Käuzchens.

»Das sind die Späher«, sagte Hephaistion.

Tatsächlich waren kurz darauf zwei dunkle Gestalten zu erkennen, die an der Furt durch den Fluß wateten.

»Nun, was für Neuigkeiten bringt ihr uns?« fragte Alexander gespannt.

Die beiden Späher – Soldaten der »schildtragenden Garde« – waren vom Scheitel bis zur Sohle mit rötlichem Schlamm bedeckt und sahen fürchterlich aus.

»König«, hob einer von ihnen an, »die Barbaren lagern drei oder vier Stadien vom Granikos entfernt auf einem kleinen Hügel; von dort beherrschen sie die ganze umliegende Gegend. Vier Abteilungen Bogenschützen patrouillieren ständig zwischen dem Lager und dem Fluß hin und her; außerdem wird das Lager durch einen doppelten Ring von Wächtern geschützt. Alle Wachmannschaften haben Feuer angezündet, deren Licht sie mit ihren Schilden in die Dunkelheit werfen – es ist also sehr schwierig, sich ihnen unbemerkt zu nähern.«

»Gut«, sagte Alexander. »Kehrt zurück und postiert euch am andern Ufer. Wenn sich im feindlichen Lager auch nur das Geringste tut, kommt ihr schnurstracks zurück und schlagt Alarm – hinter den Pappeln dort steht ein kleiner Reitertrupp, der mich binnen weniger Augenblicke unterrichten kann. Je nach Lage werde ich dann entscheiden, was zu tun ist. Geht jetzt und paßt auf, daß euch keiner erwischt.«

Die beiden Kundschafter kletterten wieder zum Fluß hinunter und durchquerten ihn, bis zur Gürtellinie im Wasser. Alexander und seine Kameraden gingen zu ihren Pferden, um ins Lager zurückzureiten.

»Und was machen wir, wenn sie morgen früh am andern

Ufer stehen?« fragte Perdikkas, während er sich in den Sattel seines Rappen schwang.

Alexander fuhr sich mit der Hand durchs Haar, wie er es immer tat, wenn ihm viel durch den Kopf ging: »In diesem Fall müßten sie die Infanterie in vorderster Linie aufgestellt haben – denn es wäre ja unsinnig, mit Reitern eine feste Stellung behaupten zu wollen.«

»Völlig unsinnig«, erwiderte Perdikkas noch lakonischer als vorher.

»Gehen wir also davon aus, daß sie ihre Fußsoldaten aufgestellt haben«, fuhr Alexander fort. »So, und an diesem Punkt schicken wir ihnen unsere Sturmtruppen rüber, die Thraker, die Triballer, die Agrianer und vor allem die ›schildtragende Garde‹. Unsere leichte Infanterie läßt gleichzeitig Pfeile und Speere vom Himmel regnen, und wenn wir die Barbaren vom Ufer zurückgedrängt haben, lassen wir das schwere griechische Fußvolk und die Phalanx nachrücken; die Flanken werden von der Reiterei geschützt. Aber im einzelnen sehen wir das, wenn es soweit ist. Jetzt laßt uns erst einmal ins Lager zurückreiten und zu Abend essen.«

Wenig später lud Alexander alle Generäle und höheren Offiziere zum Essen in sein Zelt ein, sogar die Anführer der ausländischen Hilfstruppen, die sich sehr geschmeichelt fühlten.

Dem Gebot der Stunde gehorchend, erschienen alle in Rüstung. Der Wein wurde nach griechischer Art gereicht, also mit drei Teilen Wasser vermischt, damit man mit klarem Kopf besprechen konnte, was es zu besprechen gab, und weil die Agrianer und Triballer im Rausch sehr gefährlich waren.

Der König lieferte dem Befehlsstab einen knappen Lagebericht, und alle atmeten erleichtert auf, als sie hörten, daß der Feind – im Augenblick wenigstens – noch nicht am gegenüberliegenden Ufer stand.

»Herr«, sagte Parmenion irgendwann, »Kleitos bittet um die Ehre, dich morgen in der Schlacht beschützen zu dürfen. Er hat, wie du weißt, schon bei unserem letzten Feldzug gegen die Perser in vorderster Linie gekämpft.«

»Und König Philipp habe ich auch oft Deckung gegeben«, setzte der »Schwarze« noch hinzu.

»In Ordnung. Du deckst meine rechte Flanke«, sagte Alexander.

»Sonst noch Befehle?« fragte Parmenion.

»Ja. Mir ist aufgefallen, daß wir bereits ein großes Gefolge von Frauen und Händlern haben. Werft sie aus dem Lager und laßt sie erst wieder rein, wenn die Operation abgeschlossen ist. Und noch etwas: Ich will, daß ein kleiner Trupp leichtbewaffneter Fußsoldaten die ganze Nacht am Granikos Wache hält. Diese Männer müssen morgen natürlich nicht mitkämpfen.«

Das Abendessen zog sich noch eine Weile hin, wurde aber früher beendet als sonst. Danach begaben die Offiziere sich in ihre Zelte, und auch Alexander machte sich für die Nacht bereit. Leptine half ihm aus der Rüstung und begleitete ihn zur Badewanne, die in einem separaten Teil des königlichen Pavillons auf ihn wartete.

»Stimmt es, daß du morgen in die Schlacht ziehst, Herr?« fragte sie ihn, während sie mit dem Schwamm über seinen Rücken fuhr.

»Das hat dich nicht zu kümmern, Leptine. Und wenn du nochmals hinter der Zeltplane lauschst, schicke ich dich heim.«

Das Mädchen senkte den Blick und schwieg eine Weile. Als sie jedoch merkte, daß Alexander nicht wirklich böse auf sie war, unternahm sie einen zweiten Anlauf und fragte: »Warum hat mich das nicht zu kümmern, Herr?«

»Weil es dir auch für den Fall, daß ich sterbe, an nichts mangeln wird. Man schenkt dir die Freiheit und bezahlt dir eine Rente aus, mit der du sorglos leben kannst.«

Leptine starrte ihn mit schwimmenden Augen an und brachte kein Wort über die Lippen. Ihr Kinn bebte.

»Was ist?« fragte Alexander. »Ich hätte gedacht, du freust dich!«

Das Mädchen schluckte mühsam seine Tränen hinunter:

»Ich . . . ich kann mich nur freuen, solange ich dich sehe«, stammelte sie. »Ohne dich gibt es für mich weder Freude noch Licht, noch Leben.«

Draußen im Lager war Ruhe eingekehrt. Man hörte nichts außer den Stimmen der Wachtposten, die sich im Dunkeln die Losung zuriefen, und dem Bellen streunender Hunde. Alexander lauschte eine Weile in die stille Nacht hinaus, dann stieg er aus der Badewanne und ließ sich von Leptine abtrocknen.

»Ich schlafe heute angezogen«, sagte er, schlüpfte in frische Kleider und wählte die Rüstung aus, die er am nächsten Tag tragen wollte: einen Helm aus versilberter Bronze – er hatte die Form eines Löwenkopfes mit weit aufgerissenem Rachen und wurde von zwei langen Reiherfedern geziert – sowie einen athenischen Leinenpanzer, dessen bronzenen Herzschutz ein Medusenhaupt schmückte. Hochglanzpolierte Beinschienen und ein roter Ledergürtel, auf dem das Antlitz der Göttin Athene abgebildet war, gehörten auch dazu .

»In dieser Rüstung bist du schon von weitem erkennbar«, sagte Leptine mit zitternder Stimme.

»Eben«, erwiderte Alexander. »Meine Männer müssen mich sehen. Sie sollen wissen, daß ich noch vor ihnen mein Leben riskiere. Und jetzt geh schlafen. Ich brauche dich heute nicht mehr.«

Das Mädchen huschte ohne weitere Widerrede aus dem Zelt. Alexander hängte seinen Panzer an einen Ständer neben dem Bett und löschte die Öllampe, doch die Rüstung war auch im Dunkeln zu erkennen: Sie sah aus wie das Gespenst eines Kriegers, das nur auf die Morgendämmerung wartete, um zu neuem Leben zu erwachen.

6

Er wurde von Peritas geweckt, der ihm das Gesicht ableckte, sprang sofort aus dem Bett und ließ sich von zwei Adjutanten beim Anziehen der Rüstung helfen. Leptine brachte ihm auf einem Silbertablett sein Frühstück, den berühmten »Nestorpokal«, ein Gemisch aus rohen Eiern, geriebenem Käse, Mehl, Honig und Wein.

Alexander aß im Stehen, während die beiden Soldaten ihm Beinschienen und Harnisch anlegten, den Waffengürtel über die Schulter führten und die Scheide mit dem Schwert daran befestigten.

»Ich reite heute nicht auf Bukephalos«, sagte er im Hinausgehen. »Die Ufer des Granikos sind zu schlüpfrig, er könnte sich weh tun. Bringt mir den sarmatischen Fuchs.«

Die Adjutanten entfernten sich, um das gewünschte Pferd zu holen, und Alexander ging zu Fuß, den Helm unterm linken Arm, ins Zentrum des Lagers. Es war noch dunkel, trotzdem standen viele Soldaten bereits in Reih und Glied, und andere strömten aus allen Richtungen herbei, um sich in ihre Kompanien einzuordnen. Als dem König sein Schlachtroß gebracht wurde, stieg er auf und ritt das Heer ab – zuerst die makedonische und thessalische Kavallerie, dann das griechische Fußvolk und die Phalanx.

Die Reiter der Königsschwadron hatten sich vor dem Osttor des Lagers, perfekt formiert, in fünf Reihen aufgestellt und reckten zum Gruß ihres Anführers stumm die Lanzen in den Himmel.

Als Alexander den Arm hob und das Zeichen zum Abmarsch gab, ritt Kleitos der »Schwarze« an seine Seite. Kurz darauf dröhnte der Boden unter dem dumpfen Hufschlag Tausender von Pferde, und das Waffenklirren einer langen Prozession von marschierenden Kriegern erfüllte die Nacht.

Wenige Stadien vom Granikos entfernt hörte man in den vordersten Reihen plötzlich Hufgetrappel von herangaloppierenden Pferden, und da tauchte auch schon ein kleiner Spähtrupp aus der Finsternis auf und blieb vor Alexander stehen.

»Herr«, sagte sein Anführer, »die Barbaren lagern etwa drei Stadien von hier in erhöhter Position. Sie haben sich bisher noch nicht gerührt, aber entlang des Ufers patrouillieren medische und skythische Wachtposten. Ein Überraschungsangriff ist deshalb nicht möglich.«

»Nein, natürlich nicht«, entgegnete Alexander. »Aber bevor ihr Heer die drei Stadien Weg bis zum rechten Ufer zurücklegt, haben wir längst die Furt durchschritten und sind auf der andern Seite. Und damit ist die Sache so gut wie geritzt.« Er gab seinen Leibwächtern ein Zeichen, sich ihm zu nähern. »Sagt allen Kompanieführern, sie sollen sich für die Flußüberquerung bereit halten, sobald wir in die Niederung kommen. Mit dem ersten Trompetenstoß müssen wir losstürmen und so schnell wie möglich die Furt passieren. Die Reiter als erste.«

Die Gardisten entfernten sich, und wenig später blieb das Fußvolk stehen und ließ die Kavalleriekolonnen, die es bis zu diesem Augenblick flankiert hatten, nach vorn reiten und sich mit Blick auf den Granikos formieren. Gen Osten begann es bereits zu dämmern.

»Ich dachte, wir würden die Sonne im Gesicht haben, jetzt haben wir nicht einmal den Mond«, sagte Alexander, indem er die schmale Sichel betrachtete, die im Süden, hinter den phrygischen Hügeln, unterging.

Am Granikos angelangt, hielt er kurz inne, wie um sich zu sammeln, dann hob er die Hand und trieb sein Pferd in den Fluß, gefolgt von Kleitos und der gesamten Königsschwadron. Im selben Moment ertönte auf der anderen Uferseite ein Schrei; ihm folgten weitere, immer gellendere Schreie und Zurufe und schließlich der langgezogene, klagende Ton eines Horns, dem aus der Ferne andere Hörner antworteten: Die medischen und skythischen Späher hatten Alarm geschlagen.

Alexander, der die Furt bereits zur Hälfte durchquert hatte, schrie: »Trompeten!«, worauf eine einzige, ohrenbetäubend schrille Note erschallte. Wie ein Pfeil flog sie zum anderen Ufer hinüber und mischte sich in den dumpfen Klang der Hörner; ihr Echo hallte hundertfach von den umliegenden Bergen wider.

Die Wasser des Granikos schäumten, als der König und seine Leibwächter die Furt durchritten. Plötzlich hörte man einen lauten Aufschrei, und einer der makedonischen Reiter sank, von Pfeilen durchbohrt, vom Pferd. Die feindlichen Späher hatten sich am gegenüberliegenden Ufer zusammengedrängt und schossen ziellos in den Haufen, dabei trafen sie noch mehr Makedonen, die einen am Hals, die anderen in der Brust oder im Bauch. Alexander preschte mit vorgehaltenem Schild weiter – und war auch schon durch den Fluß!

»Vorwärts!« brüllte er. »Vorwärts! Trompeten!«

Noch schriller, noch durchdringender erschallten die bronzenen Instrumente, begleitet vom aufgeregten Wiehern der Schlachtrösser und von den Schreien der Reiter, die sie mit Sporen und Peitsche durch den trüben Wasserstrudel hetzten.

Inzwischen hatten schon die zweite und dritte Reihe die Furt zur Hälfte durchquert, und die vierte, fünfte und sechste ging hinter ihnen ins Wasser. Alexander und seine Schwadron erklommen unterdessen die schlüpfrige Uferböschung. Weiter hinten ertönte noch das rhythmische Stampfen der Phalanx, die in Schlachtordnung auf den Granikos zumarschierte.

Als die skythischen und medischen Späher ihre Pfeile verschossen hatten, wandten sie die Pferde und sprengten in höllischem Tempo zum persischen Lager zurück. Auch von dort erhob sich mittlerweile lauter Waffenlärm und fackelbewehrte, in hundert verschiedenen Sprachen schreiende Schatten hasteten in der Finsternis umher.

Alexander nahm seine Stellung an der Spitze der Königsschwadron ein; dahinter folgten, rechts und links in jeweils vier Reihen aufgestellt, die beiden thessalischen Kavallerieschwadrone und zwei Schwadrone *Hetairoi.* Die Makedonen wurden von Krateros und Perdikkas befehligt, die Thessaler von Prinz Amyntas und ihren Offizieren Enomaos und Echekrates. Die Trompeter warteten nur noch auf ein Zeichen des Königs, um zum Angriff zu blasen.

»Kleitos«, rief Alexander. »Wo sind unsere Fußsoldaten?«

Der »Schwarze« trabte ans Ende der Formation und warf einen Blick hinunter zum Fluß. »Sie kommen die Böschung hoch, König!«

»Trompeten! Und los, im Galopp!«

Unter lautem Trompetengeschmetter preschten zwölftausend Pferde Kopf an Kopf los; schnaubend und wiehernd folgten sie dem mächtigen Schlachtroß Alexanders, der das Tempo vorgab.

Auf der andern Seite, bei den Persern, herrschte große Konfusion, obwohl sich auch dort inzwischen die Reiterei formiert hatte und nur noch auf ein Zeichen ihres Oberfeldherrn, des Satrapen Spithridates, wartete.

Just in diesem Moment kamen die beiden Späher dahergaloppiert: »Sie greifen an, Herr!« schrien sie.

»Gut. Dann folgt mir!« befahl Spithridates, ohne noch länger zu zögern. »Schlagen wir sie in die Flucht, diese *Yauna!* Ins Meer mit ihnen, den Fischen zum Fraß! Mir nach, Männer!«

Die Hörner erklangen, und die Erde erbebte unter dem donnernden Hufschlag der feurigen nisäischen Streitrösser. In vorderster Linie ritten die Meder und die Chorasmioi mit ihren großen, zusammengesetzten Bogen, dahinter kamen – mit langen Krummsäbeln bewaffnet – die Oxydrakai und Kadusier, und den Abschluß bildeten Saker und Drangianer, die ebenfalls riesige Krummsäbel schwangen.

Kaum war die Kavallerie losgeritten, als sich auch das schwerbewaffnete Fußvolk aus griechischen Söldnern in Bewegung setzte, das unterdessen ebenfalls Schlachtordnung angenommen hatte.

»Söldner von Anatolien!« schrie Memnon mit gereckter Lanze. »Männer, die ihr eure Schwerter verkauft habt! Ihr besitzt weder ein Vaterland noch ein Haus, in das ihr zurückkehren könnt. Für euch gibt es nur eins: siegen oder sterben. Denkt daran: Keiner wird euch gnädig sein, denn ihr kämpft auf der Seite des Großkönigs, auch wenn ihr Griechen seid. Soldaten, unsere Heimat ist die Ehre, und die Lanze unser Brot. Kämpft um euer einziges Gut: kämpft um euer Leben.

»Alalalài!«

Mit diesem Schlachtruf begann Memnon im Eiltempo loszugehen und dann zu laufen.

»Alalalài!«

schrien auch seine Männer und liefen ihm hinterher, ohne die frontale Schlachtordnung aufzugeben. Der Lärm, den ihre aneinanderschlagenden Rüstungen und Schilde bei jedem Schritt machten, war wahrhaftig furchterregend.

Alexander erkannte die weiße Staubwolke in weniger als einem Stadion Entfernung: »Sturmschritt!« schrie er, worauf die Trompeter erneut in ihre Instrumente bliesen und die gesamte Königsschwadron in wilden Galopp verfiel.

Die Reiter senkten ihre Lanzen und beugten sich nach vorn; mit der Linken hielten sie die Zügel und krallten sich an den Mähnen ihrer Rösser fest, und so preschten sie dahin bis zum fürchterlichen Zusammenprall, bis ihre Sarissen aus Buchen-

und Kornelkirschenholz gegen die Schilde der Feinde stießen und ein Hagel von persischen Pfeilen über ihnen niederging, bis Menschen- und Tierkörper, Schreie und Wiehern kaum noch voneinander zu unterscheiden waren.

Alexander entdeckte Spithridates: Wie ein Besessener kämpfte er auf dem rechten Flügel, sein Schwert war rot vor Blut und seine linke Flanke wurde von dem Riesen Rheomithres gedeckt. Alexander gab seinem Pferd die Sporen, sprengte auf den Satrapen zu und schrie: »Los, Barbare! Schlag dich mit dem König der Makedonen, wenn du den Mut dazu hast!«

Spithridates wandte sein Roß, ritt seinerseits auf ihn zu und schleuderte dabei seinen Speer auf ihn. Das Wurfgeschoß zerfetzte den Schulterriemen von Alexanders Harnisch und schürfte ihm die Haut zwischen Hals und Schlüsselbein ab, doch der König riß sein Schwert aus der Scheide und preschte weiter, bis ihre Rösser gegeneinanderstießen. Der Zusammenprall war so heftig, daß der Satrap sich an den Hals seines Pferdes klammern mußte, um nicht das Gleichgewicht zu verlieren, dabei gab er sich jedoch seitlich eine Blöße, die Alexander blitzschnell ausnützte, um ihm das Schwert in die Achselhöhle zu stoßen. Freilich fielen nun die Perser von allen Seiten über ihn her. Einer ihrer Pfeile traf sein Pferd, es ging in die Knie, so daß Alexander der Streitaxt des Rheomithres nicht länger ausweichen konnte.

Er versuchte zwar, den fürchterlichen Hieb mit seinem Schild abzufangen, aber die Axt traf ihn doch am Helm, ja sie drang sogar durch ihn und die darunter getragene Filzkappe hindurch und brachte ihm eine Platzwunde bei, aus der das Blut nur so herausspritzte und über sein Gesicht lief.

Alexander und sein Pferd lagen jetzt auf dem Boden, und Rheomithres holte schon zum zweitenmal aus, als Kleitos mit höllischem Gebrüll herbeistürmte und dem Perser mit seinem schweren illyrischen Schwert auf einen Schlag den Arm abtrennte.

Rheomithres fiel brüllend vom Pferd, Ströme von Blut

quollen aus seiner Schulter, und er starb, noch bevor Alexander ihm mit seinem Schwert den Gnadenstoß versetzen konnte.

Danach sprang der König auf das erstbeste Pferd, das reiterlos herumlief, und stürzte sich erneut ins Schlachtgetümmel.

Als die Perser ihre Kommandanten einen nach dem anderen sterben sahen, verloren sie den Mut und begannen zurückzuweichen, zumal hinter der makedonischen Königsschwadron nun auch noch vier Schwadrone *Hetairoi* und die von Amyntas angeführte thessalische Reiterei auftauchten.

Die persische Kavallerie schlug sich tapfer, aber ihre Frontlinie war bereits gesprengt und die Königsschwadron drang immer tiefer in ihre Reihen vor. Von den Flanken her attackierten außerdem leichtbewaffnete Reiter, und zwar die berüchtigten Thraker und Triballer, die es Pfeile und Speere auf sie regnen ließen und nur darauf warteten, sich in den Nahkampf zu stürzen, sobald sie bei den Persern das erste Anzeichen von Schwäche und Erschöpfung wahrnehmen würden.

Alexanders Kameraden – Krateros, Philotas und Hephaistion sowie Leonnatos, Perdikkas, Ptolemaios, Seleukos und Lysimachos – folgten dem Beispiel ihres Königs und fochten ebenfalls in vorderster Reihe, wo sie es auf Zweikämpfe mit den gegnerischen Heerführern anlegten und tatsächlich viele von ihnen töteten, darunter etliche Verwandte des Großkönigs.

Irgendwann rissen die Perser ihre Pferde herum und ergriffen die Flucht, verfolgt von den *Hetairoi*, den Thessalern und den leichtbewaffneten thrakischen und triballischen Reitern, die sehr schnell waren und gnadenlos niedermetzelten, wen sie einholen konnten.

Auf dem Schlachtfeld näherten sich einander nun die beiden Phalanxformationen: vom Fluß her die makedonischen *Pezetairoi*, von der anderen Seite her die Söldner Memnons; kompakt, Schulter an Schulter, rückten die Soldaten beider Lager vor. Als sie nicht mehr weit voneinander entfernt waren, schrien beide Heere wie auf ein geheimes Kommando hin »Alalalài!« und stürmten mit angelegten Lanzen los.

Wenige Augenblicke später befahl Memnon seinen Männern, ihre Lanzen alle gleichzeitig loszuschleudern, und während über den *Pezetairoi* ein Hagel von Geschossen niederging, zückten die griechischen Söldner bereits ihre Schwerter und drangen auf die Makedonen ein, noch bevor die ihre Schlachtordnung wiederherstellen konnten. Mit fürchterlichen Hieben versuchten sie, die Sarissen zu zerbrechen und eine Bresche in die Phalanx des Feindes zu schlagen.

Parmenion, der die Gefahr erkannte, ließ die wilden Agrianer eingreifen und hetzte sie gegen die Flanken der griechischen Söldner, die nun von ihrem Angriff ablassen und sich nach den Seiten hin verteidigen mußten. Die makedonische Phalanx hatte unterdessen Zeit, sich wieder geordnet aufzustellen, und als sie schließlich mit gesenkten Lanzen gegen Memnons Söldner vorrückte, fiel diesen obendrein die makedonische Reiterei in den Rücken, die von der Verfolgung der Perser zurückkehrte. Derart in die Zange genommen, schwand den Söldnern jede Hoffnung. Trotzdem kämpften sie todesmutig bis zum letzten Mann.

Die Sonne stand hoch am Himmel, als der Schlachtenlärm endgültig verebbt war. Wohin man auch sah, türmten sich die Leichen. Alexander, der sein verletztes Streitroß einem Veterinär überlassen hatte, ritt auf Bukephalos die siegreichen Truppen ab. Sein Panzer hing nur noch an einem Schulterriemen, nachdem Spithridates' Speer den anderen zerfetzt hatte, sein Gesicht war schwarz vor verkrustetem Blut und sein Körper staubbedeckt, aber seinen Männern kam er in diesem Augenblick vor wie ein Gott. Sie schlugen mit den Lanzenschäften gegen ihre Schilde wie an dem Tag, an dem Philipp ihnen die Geburt seines Sohnes verkündet hatte, und schrien wie damals:

»Aléxandre! Aléxandre! Aléxandre!«

Der König ließ seinen Blick zum rechten Flügel der *Pezetairoi* hinüberwandern und erkannte General Parmenion: Aufrecht stand er da, das Schwert in der Faust und den Körper gezeichnet von der Schlacht, in der er, der beinahe Siebzigjährige, sich geschlagen hatte wie ein Jüngling von zwanzig Jahren.

Er ritt zu ihm hin, kletterte vom Pferd und schloß ihn in die Arme, während sich der Siegesjubel seiner Soldaten zum Himmel erhob.

7

Die beiden agrianischen Krieger beugten sich über einen Berg von Leichen und begannen ihnen die wertvolleren Teile ihrer Rüstungen abzunehmen und auf einen Karren zu werfen – Bronzehelme, Eisenschwerter, Beinschienen.

Plötzlich sah einer von den beiden inmitten des Leichenhaufens etwas schimmern; im trüben Licht der Abenddämmerung konnte er zunächst nichts Genaues erkennen, doch bei näherem Hinsehen merkte er, daß es sich um ein schlangenförmiges Goldarmband handelte, das einer der Toten ums Handgelenk trug. In der Absicht, den kleinen Schatz heimlich in die eigene Tasche wandern zu lassen, beugte er sich – kaum, daß sein Kamerad ihm einen Moment lang den Rücken zudrehte – über den Toten. Doch just als er nach dem Armband griff, blitzte inmitten des schaurigen Haufens ein Messer auf und durchschnitt ihm die Kehle von einem Ohr zum andern.

Der Mann sackte lautlos zusammen. Sein Kamerad, der damit beschäftigt war, die Waffen der Toten auf den Karren zu werfen, machte einen solchen Lärm, daß er den dumpfen Aufprall des zu Boden Stürzenden nicht hörte. Als er sich umdrehte und ringsum niemanden mehr sah, glaubte er, sein Freund wolle ihm einen Streich spielen und habe sich versteckt.

»Los, komm schon, ich bin jetzt nicht zu Späßen aufgelegt«, rief er in die Dunkelheit hinaus. »Hilf mir lieber, das Zeug hier ...« Er brachte seinen Satz nicht zu Ende: Dasselbe Messer, das dem anderen Soldaten die Kehle durchgeschnitten hatte, bohrte sich ihm zwischen Halsansatz und Schlüsselbein bis zum Heft ins Fleisch.

Der Agrianer ging in die Knie und umklammerte dabei den Griff der Waffe, aber er schaffte es nicht, sie herauszuziehen, bevor er nach vorn aufs Gesicht fiel.

Erst jetzt wälzte Memnon die Leichen von sich, unter denen er sich bis zu diesem Moment verborgen hatte, stand auf und tat torkelnd ein paar Schritte. Er war völlig entkräftet, glühte vor Fieber und blutete aus einer großen Wunde am linken Schenkel.

Um die Blutung zu stillen, nahm er einem der beiden toten Agrianer dessen Gürtel ab und band sich damit das Bein unterhalb der Leiste ab. Dann riß er von seinem eigenen Chiton einen Streifen Stoff ab und verband sich damit notdürftig die Wunde. Zuletzt schleppte er sich, so gut es ging, zu einem Baum und wartete in seinem Schutze, bis es völlig dunkel war.

Aus der Ferne drang gedämpft der Siegesjubel der Makedonen an sein Ohr, und links konnte er in ungefähr zwei Stadien Entfernung ein Feuer erkennen: Das mußte das persische Lager sein, das man ausgeplündert und in Brand gesteckt hatte.

Der Rhodier schnitt sich mit dem Schwert einen Stock zurecht und machte sich humpelnd auf den Weg, während Horden halb verwilderter Hunde aus der Finsternis auftauchten und hungrig über die toten Soldaten des Großkönigs herfielen. Der Wundschmerz wurde immer heftiger, und Memnon mußte die Zähne zusammenbeißen, um nicht laut zu schreien. Das Bein selbst fühlte sich dagegen schwer an und war vom Knie abwärts beinahe taub.

Je länger er ging, desto schwächer und müder wurde Memnon. Doch als er drauf und dran war, aufzugeben und sich einfach hinzulegen, sah er plötzlich einen schwarzen Schatten vor sich, der sich als herrenloses Pferd entpuppte; es mußte sich wohl auf der Suche nach seinem Reiter in der Finsternis verirrt haben. Memnon näherte sich langsam, sprach mit ruhiger Stimme auf es ein und nahm schließlich behutsam die herunterhängenden Zügel in die Hand.

Dann tätschelte er ihm den Hals und irgendwann ließ es ihn auch aufsteigen, was er mit dem schmerzenden Bein nur unter größten Qualen schaffte. Als er endlich saß, trieb er das Pferd mit den Absätzen vorsichtig an, hielt sich an seiner Mähne fest und lenkte es in Richtung Zelea, nach Hause. Halb verblutet und erschöpft, wie er war, nickte er im Laufe der Nacht mehrmals kurz ein, aber der Gedanke an Barsine und die Jungen richtete ihn jedesmal wieder auf.

Im Morgengrauen war er jedoch endgültig am Ende mit seiner Kraft. Schon rutschte er mit hängendem Kopf vom Pferd, als sich von einem nahe gelegenen dunklen Waldrand eine kleine Gruppe bewaffneter Männer löste. »General, wir sind es«, hörte er eine Stimme rufen. Tatsächlich handelte es sich bei den Männern um vier seiner treuesten Leibwächter, die aufgebrochen waren, um ihn zu suchen. Memnon konnte gerade noch ihre Gesichter erkennen, dann verlor er das Bewußtsein.

Als er wieder zu sich kam, war er von persischen Reitern umringt – Späher, die auskundschaften sollten, wie weit der Feind vorgedrungen war.

»Ich bin der Heerführer Memnon«, sagte er in ihrer Sprache. »Meine tapferen Freunde und ich haben die Schlacht am Granikos überlebt. Bringt uns nach Hause.«

Der Hauptmann des kleinen Trupps sprang vom Pferd und trat neben ihn, dann winkte er seinen Männern, damit sie ihm halfen, den Verletzten in den Schatten eines großen Baums zu tragen. Dort gaben sie ihm aus einer Feldflasche zu trinken. Auf Memnons Lippen hatten sich Fieberblasen gebildet, Körper und Gesicht waren mit Staub und verkrustetem Blut bedeckt, und das schweißnasse Haar klebte ihm an der Stirn.

»Er hat sehr viel Blut verloren«, erklärte der älteste seiner Begleiter.

»Holt so schnell wie möglich einen Karren«, befahl der persische Offizier einem Soldaten, »und vor allem den ägyptischen Arzt; er müßte noch im Haus des Adligen Arsites sein. Und richte General Memnons Familie aus, daß wir ihn gefunden haben und daß er am Leben ist.«

Der Mann schwang sich in den Sattel und stob davon.

»Was ist am Granikos passiert?« fragte der Offizier die Söldner. »Wir haben nur ganz widersprüchliche Nachrichten erhalten.«

Die Männer baten um Wasser und stillten ihren Durst, bevor sie zu erzählen begannen: »Die Makedonen haben den Fluß im Morgengrauen überquert und ihre Reiter auf uns gehetzt. Spithridates ist zum Gegenangriff übergegangen, aber seine Männer waren noch gar nicht ordentlich aufgestellt; eine gezielte Attacke war deshalb unmöglich. Wir selbst haben bis zuletzt gekämpft – vergeblich: Irgendwann haben uns die Makedonen mit Phalanx und Reiterei in die Zange genommen ... kaum einer hat überlebt.«

»Ja, ich habe den Großteil meiner Männer verloren«, nickte Memnon mit gesenktem Blick. »Veteranen, die weder Mühe noch Gefahr scheuten, tapfere Soldaten, mit denen ich aufs engste verbunden war ... Alexander hat uns nicht einmal die Möglichkeit gegeben, eine Übergabe auszuhandeln – seine Soldaten hatten den Befehl, dreinzuschlagen und zu töten, was sich bewegte, das war offensichtlich. Wahrscheinlich wollte er mit diesem Massaker ein Exempel statuieren und sagen: So geht es den Griechen, die sich meinen Plänen widersetzen.«

»Und worin bestehen diese Pläne deiner Meinung nach?« fragte der persische Offizier.

»Nun, er selbst behauptet, daß er die griechischen Städte Asiens befreien möchte, aber ich nehme ihm das nicht ab. Sein Heer ist eine gigantische Kriegsmaschine, die seit langem und für ein weit größeres Unternehmen geschaffen worden ist.«

»Welches Unternehmen?«

Memnon zuckte müde mit den Schultern. »Das weiß ich nicht.«

Er war trotz des hohen Fiebers aschfahl im Gesicht und bekam immer wieder einen Anfall von Schüttelfrost.

»Ruh dich aus«, sagte der Offizier und breitete eine Decke über ihm aus. »Bald kommt der Arzt, und dann bringen wir dich nach Hause.« Memnon schloß die Augen und verfiel sofort in tiefen, doch unruhigen Schlaf. Als der ägyptische Arzt endlich eintraf, stieß er im Fieberwahn unverständliche Worte und Schreie aus.

Der Arzt ließ ihn auf einen Karren legen, wusch seine Schenkelwunde mit Essig und purem Wein aus, nähte sie und machte ihm einen frischen Verband. Danach flößte er ihm ein bitteres Getränk ein, das schmerzstillend wirkte und zu erholsamem Schlaf verhelfen sollte. Als der Patient soweit versorgt war, gab der Offizier das Zeichen zum Aufbruch; das von zwei Maultieren gezogene Fuhrwerk setzte sich holpernd und ächzend in Bewegung.

Tief in der Nacht erreichten sie die Villa in Zelea. Barsine lief ihnen weinend entgegen, kaum daß sie den Karren am Ende der Parkanlage auftauchen sah. Anders ihre Söhne: Eingedenk der Erziehung, die sie von ihrem Vater erhalten hatten, blieben sie stumm neben der Tür stehen, während die Soldaten Memnon abluden und in sein Bett trugen.

Das ganze Haus war beleuchtet, und in dem Raum vor dem Schlafzimmer warteten bereits drei griechische Ärzte auf den verwundeten Feldherrn. Der älteste unter ihnen, sozusagen ihr »Meister«, hieß Ariston und stammte aus Adramyttion.

Da der ägyptische Arzt nur persisch sprach, mußte Barsine beim anschließenden Konsilium am Krankenbett übersetzen.

»Als ich gerufen wurde, war er bereits halb verblutet – er muß trotz der Wunde die ganze Nacht gegangen und geritten sein. Knochenbrüche hat er keine, und er kann auch ganz normal Wasser lassen. Der Puls ist schwach, aber regelmäßig, und das ist immerhin etwas. Wie gedenkt ihr ihn zu behandeln?«

»Malvenumschläge auf die Wunde, und wenn sie zu eitern beginnt, drainieren wir«, erwiderte Ariston.

Der ägyptische Kollege nickte. »Das scheint mir vernünftig. Außerdem sollte er soviel wie möglich trinken. Ich würde ihm sogar etwas Fleischbrühe geben – das wirkt blutbildend.«

Nachdem Barsine seine Worte übersetzt hatte, begleitete sie ihn zur Tür und drückte ihm einen Beutel mit Geld in die Hand. »Ich danke dir für alles, was du an meinem Mann getan hast. Ohne dich hätte er vielleicht gar nicht überlebt.«

Der Ägypter nahm den Beutel mit einer Verneigung entgegen. »Daß dein Mann nicht gestorben ist, hast du weniger mir als seiner robusten Verfassung zu verdanken – der General ist bärenstark. Gestern lag er den ganzen Tag blutend unter einem Berg von Leichen, und danach ist er unter höllischen Schmerzen die ganze Nacht durchgelaufen und -geritten. So etwas halten wenige durch, glaub mir.«

»Wird er wieder gesund?« fragte Barsine bange und auch den Soldaten, die ihn stumm umringten, stand dieselbe Frage ins Gesicht geschrieben.

»Das kann ich nicht sagen«, gestand der Ägypter. »Wenn ein Mensch eine so große Wunde hat, fließt viel Lebenssaft aus seinem Körper und mit ihm ein Teil seiner Seele – das ist ja der Grund, weshalb er in Lebensgefahr schwebt. Keiner weiß, wieviel Blut Memnon verloren hat und wieviel noch in seinem Herzen verbleibt, aber du mußt auf alle Fälle dafür sorgen, daß er genug trinkt – verwässertes Blut ist immer noch besser als gar keins.«

Mit diesen Worten verabschiedete er sich, und Barsine kehrte ins Schlafzimmer zurück, wo die griechischen Ärzte bereits damit angefangen hatten, Kräuter und Tinkturen bereitzustellen und ihr Operationsbesteck auszubreiten für den Fall, daß Memnons Wunde drainiert werden mußte. Die Mägde hatten den Feldherrn unterdessen ausgezogen und wuschen ihm Körper und Gesicht mit Tüchern, die sie in heißes, mit wohlriechender Minze parfümiertes Wasser tauchten.

Die beiden Jungen, die bis zu diesem Augenblick wortlos zugeschaut hatten, traten nun ebenfalls näher.

»Kommt nur«, sagte einer der Ärzte. »Aber ihr dürft euren Vater nicht stören. Er braucht jetzt sehr viel Ruhe.«

Eteokles, der ältere, trat als erster ans Krankenbett und schaute seinen Vater an, in der Hoffnung, er würde wenigstens kurz die Augen öffnen. Doch es geschah nichts. Kopfschüttelnd drehte er sich nach seinem Bruder um.

»Morgen fühlt sich euer Vater bestimmt besser und kann mit euch sprechen«, versuchte Barsine sie zu trösten. »Geht ruhig schlafen.«

Die Jungen küßten Memnons Hand, die leblos aus dem Bett hing, und ließen sich von ihrem Hauslehrer aus dem Zimmer begleiten.

Bevor jedoch jeder in sein Bett schlüpfte, sagte Eteokles zu seinem Bruder: »Eins schwöre ich dir: Wenn unser Vater stirbt, stöbere ich diesen Alexander auf, wo immer er sich versteckt hat, und bringe ihn um.«

»Das schwöre ich auch«, erwiderte Phraates.

Barsine wachte die ganze Nacht am Bett ihres Mannes, obwohl immer einer der drei Ärzte bei ihm war. Von Zeit zu Zeit wechselte sie ihm die kalten Umschläge auf der Stirn. Gegen Morgen deckte Ariston das Bein des Kranken auf und entdeckte, daß es hochrot und stark geschwollen war. Er weckte einen seiner Assistenten:

»Wir müssen Blutegel anlegen, um den Druck der Körpersäfte zu verringern. Geh in mein Zimmer und hole alles Nötige.«

Doch Barsine war anderer Meinung: »Verzeiht mir«, sagte sie. »Aber als ihr euch vorhin mit dem anderen Arzt beraten habt, war von Blutegeln keine Rede. Ihr wolltet lediglich drainieren, und auch das nur für den Fall, daß die Wunde eitert.«

»Werte Barsine, du mußt mir vertrauen. Schließlich bin ich der Arzt.«

»Der Ägypter ist auch Arzt. Er war sogar der Leibarzt von Spithridates und hat mehrmals den Großkönig in Person kuriert. Ihr werdet daher verstehen, daß ich ihm soviel vertraue wie euch. Jedenfalls möchte ich ihn befragen, bevor ihr auch nur einen einzigen dieser Blutegel anwendet.«

»Aber du wirst doch nicht auf diesen Barbaren hören wollen!« entfuhr es Ariston.

»Auch ich bin Barbarin«, entgegnete Barsine scharf, »und ich verbiete dir, diese scheußlichen Würmer ohne ausdrückliches Einverständnis des ägyptischen Arztes auf meinen Mann loszulassen!«

»Wenn es so ist, kann ich auch gehen ...« erwiderte Ariston verärgert.

»Zur Hölle mit dir!« antwortete ihm eine Stimme, die aus dem Jenseits zu kommen schien.

Barsine fuhr herum: »Memnon!« schrie sie freudestrahlend, dann wandte sie sich wieder dem Arzt zu und sagte: »Du siehst, meinem Mann geht es besser; ihr könnt euch also zurückziehen. Morgen kümmere ich mich um euer Honorar.«

Das ließ Ariston sich nicht zweimal sagen. Er rief nach seinen Assistenten und rauschte aus dem Zimmer. »Ich habe dich gewarnt«, sagte er im Hinausgehen. »Ohne Blutegel wird der innere Druck unerträglich werden und ...«

»Keine Sorge, ich übernehme die volle Verantwortung«, erwiderte Barsine.

Als die Griechen gegangen waren, schickte sie einen Knecht nach dem ägyptischen Arzt, der in einer Kutsche eilends aus dem Palast des Satrapen Spithridates angefahren kam.

»Was ist passiert?« fragte er, kaum daß er ausgestiegen war.

»Die *Yauna*-Ärzte wollten meinem Mann Blutegel anlegen, aber ich habe mich widersetzt, weil ich zuerst deinen Rat hören wollte. Jetzt sind sie beleidigt gegangen.«

»Deine Vorsicht war richtig. Blutegel sind das letzte, was wir in diesem Moment anwenden dürfen. Wie geht es General Memnon?«

»Er hat immer noch hohes Fieber, aber wenigstens ist er zu sich gekommen und spricht.«

»Führe mich zu ihm.«

Als sie das Zimmer des Kranken betraten, war Memnon hellwach. Ja, mehr noch, er versuchte gerade aufzustehen, obwohl die Mägde und seine Soldaten, die während der ganzen

Nacht an seinem Bett gewacht hatten, ihn davon abzuhalten versuchten.

»Wenn du dir das Bein unbedingt amputieren lassen möchtest, dann mußt du es nur belasten«, sagte der Arzt. Memnon sah ihn einen Augenblick lang verdattert an, dann legte er sich murrend zurück. Barsine deckte ihn auf, und der Ägypter begann den verwundeten Schenkel zu untersuchen: Er war geschwollen, entzündet und sehr schmerzempfindlich, aber Anzeichen von Eiterung waren bisher keine festzustellen. Der Arzt nickte kurz, ließ sich seine Tasche reichen und leerte ihren Inhalt auf den Tisch.

»Was ist das?« fragte Barsine.

»Eine besondere Art von Moos. Ich habe beobachtet, daß die Krieger der Oxydrakai ihre Wunden damit behandeln und meistens eine sehr rasche Vernarbung erzielen. Wie es dazu kommt, kann ich mir zwar nicht erklären, aber solange man als Arzt seinen Patienten heilt, braucht man keine großen Theorien aufzustellen. Und die Malvenumschläge haben anscheinend nicht viel bewirkt.«

Mit diesen Worten legte er Memnon das Moos auf und umwickelte seinen Schenkel mit frischen Binden. »Wenn er bis morgen früh ein starkes, fast unerträgliches Jucken verspürt, so ist das gut; es bedeutet, daß die Wunde heilt. Er darf sich aber um nichts in der Welt kratzen! Zur Not müßt ihr ihm die Hände festbinden. Wenn das Bein dagegen weiter anschwillt und schmerzt, kommen wir um eine Amputation nicht herum. So, und jetzt muß ich wieder gehen. In Zelea warten noch viele Patienten auf mich.«

Als der Arzt in seinem Maultiergespann davongefahren war, stieg Barsine auf den höchsten Turm des Palasts hinauf, wo sie einen kleinen Feuertempel hatte errichten lassen. Ein betender Priester erwartete sie, den Blick auf die heilige Flamme geheftet. Barsine kniete schweigend auf dem Fußboden nieder und schaute zu, wie die Feuerzungen im Wind tanzten. Endlich verkündete der Priester seinen Spruch: »Es ist nicht dies die Wunde, die ihn umbringen wird.«

»Kannst du mir nicht ein bißchen mehr sagen?« fragte Barsine bange.

Der Priester starrte noch einmal in das heilige Feuer, das unter einer heftigen Böe richtig aufloderte. »Ich sehe eine große Ehre für Memnon, aber damit verbunden auch eine große Gefahr. Steh ihm zur Seite, Barsine, und sorge dafür, daß auch deine Söhne ihm zur Seite stehen. Sie haben noch viel von ihm zu lernen.«

8

Die im persischen Lager gemachte Kriegsbeute und die Ausrüstungen, die man den Gefallenen abgenommen hatte, waren auf einem Platz in der Mitte des Feldlagers zusammengetragen worden. Eumenes' Helfer nahmen gerade den Bestand auf, als Alexander in Begleitung von Hephaistion und Seleukos erschien und sich neben dem »Generalsekretär« auf einem Hocker niederließ.

»Was macht dein Kopf?« fragte Eumenes mit einem Blick auf den dicken Verband, den der Arzt Philipp ihm angelegt hatte.

»Dem geht es gut, aber wenn Kleitos nicht gewesen wäre, würde ich jetzt kaum hier an der Sonne sitzen ...« Alexander wies mit der Hand auf die reiche Beute. »Wie du siehst, brauchst du dir ums Geld keine Sorgen mehr zu machen, lieber Eumenes. Damit ernähren wir unsere Soldaten mindestens einen Monat lang, und für die Entlohnung der Söldner reicht es auch.«

»Möchtest du denn gar nichts für dich behalten?« fragte Eumenes.

»Nein. Aber die Purpurstoffe, Teppiche und Vorhänge würde ich gerne meiner Mutter schicken, und meine Schwester soll auch etwas bekommen – diese persischen Gewänder zum Beispiel. Kleopatra liebt ausgefallene Sachen.«

»In Ordnung«, Eumenes nickte und gab den Knechten Anweisung, das Gewünschte beiseite zu legen. »Sonst noch was?«

»Ja«, erwiderte Alexander. »Wähle dreihundert Rüstungen aus, die schönsten, die du findest, und schicke sie als Weihgeschenk nach Athen. Ich möchte, daß sie der Göttin Athene auf dem Parthenon dargebracht werden, und zwar mit einer Widmung.«

»Einer ... besonderen Widmung?«

»Selbstverständlich. Schreib auf:

Alexander und die Griechen, mit Ausnahme der Spartaner, weihen diese Rüstungen, die sie den Barbaren Asiens abgenommen haben.«

»Daran werden die Spartaner schwer zu schlucken haben«, meinte Seleukos.

»Genau wie ich damals, als sie mir ihre Unterstützung verweigert haben«, erwiderte der König. »Ohne mich ist Sparta ein unbedeutendes Kuhnest, das werden sie noch merken. Die Welt marschiert mit Alexander.«

»Ich habe übrigens Apelles und Lysippos rufen lassen, damit sie ein Reiterbild von dir machen«, sagte Eumenes. »Sie müßten in ein paar Tagen an der Küste landen, in Assos oder Abydos. Man wird uns jedenfalls rechtzeitig Bescheid geben, damit du auch hier bist und den beiden Modell sitzen kannst – sowohl für das Standbild wie für das Gemälde.«

»Mir ist es wichtiger, daß unsere Gefallenen ein Denkmal bekommen«, entgegnete Alexander. »Ein Denkmal, wie die Welt es noch nicht erlebt hat und wie nur Lysippos es zustande bringen kann.«

»Bestimmt erfahren wir auch bald, wie dieser Sieg auf unsere Feinde gewirkt hat – und auf unsere Freunde«, warf Seleukos ein. »Bin gespannt, was die von Lampsakos dazu sagen ... ob sie sich jetzt immer noch nicht von uns befreien lassen wollen.«

»Doch, da würde ich jede Wette eingehen«, Hephaistion grinste. »Der Sieger hat recht und der Verlierer unrecht – so ist es immer.«

»Hast du den Brief an meine Mutter abgeschickt?« fragte Alexander den Sekretär.

»Ja, gleich nachdem du ihn mir gegeben hast. Er müßte jetzt bereits an der Küste sein. Bei günstigem Wind kommt er spätestens in drei Tagen in Makedonien an.«

»Und die Perser haben sich überhaupt nicht gemeldet?«

»Nein.«

»Seltsam ... Dabei habe ich doch ihre Verwundeten von meinen Chirurgen versorgen und ihre Toten mit allen Ehren bestatten lassen.«

»Sicher ...«, erwiderte Eumenes und wackelte mit dem Kopf.

»Was ist? Wenn du was zu sagen hast, dann sag es, bei Zeus!«

»Du hast die Perser bestattet, aber das ist ja gerade das Problem.«

»Ich verstehe dich nicht.«

»Die Perser bestatten ihre Toten nicht.«

»Was?« schrie Alexander, als habe er sich verhört.

»Ja, ich wußte das auch nicht; ein persischer Gefangener hat es mir gestern erklärt. Für die Perser sind Erde und Feuer heilig. Leichen sind unrein – wenn man sie vergräbt, beschmutzen sie die Erde, und wenn man sie verbrennt, wie wir es tun, verunreinigen sie das Feuer, das für sie geradezu göttliche Eigenschaften besitzt.«

»Ja ... was machen sie dann mit ihren Toten?«

»Sie schaffen ihre Leichen auf Anhöhen oder hochgelegene Türme, sogenannte ›Türme des Schweigens‹ hinauf, wo sie von Vögeln gefressen werden und langsam verwesen.«

Alexander erwiderte nichts, sondern stand auf und ging in sein Zelt.

Eumenes ahnte, wie ihm zumute war, und bedeutete den Kameraden, ihn nicht zurückzuhalten. »Laßt ihn, er schämt sich«, sagte er. »Für Alexander ist es eine Schande, die Bräuche eines Volks nicht zu kennen, das man so hochschätzt wie er die Perser. Und jetzt hat er diese Bräuche auch noch verletzt . . .«

»Aber doch ungewollt«, sagte Seleukos.

»Das ist egal.«

Eumenes suchte den König erst nach Sonnenuntergang in seinem Zelt auf. »General Parmenion möchte dich mit uns allen zum Abendessen einladen«, sagte er. »Natürlich nur, wenn du Lust hast . . .«

»Ja, richte ihm aus, daß ich gleich komme.«

»Und was die Sache von heute mittag betrifft . . .«, meinte Eumenes, weil er merkte, daß Alexander immer noch geknickt war. »Da würde ich mir nichts draus machen. Du konntest ja nicht wissen . . .«

»Es ist nicht das. Ich dachte nur . . .«

»Was?«

»Ich dachte nur über diesen Brauch nach.«

»Ach«, sagte Eumenes wegwerfend. »Der stammt bestimmt aus der Zeit, als die Perser noch Nomaden waren.«

»Darin liegt ja die Größe dieses Volkes – daß es einen Brauch seiner Urahnen bis heute bewahrt hat. Eumenes, mein Freund, wenn ich eines Tages in der Schlacht falle, möchte ich auch auf einem Turm des Schweigens zur ewigen Ruhe gebettet werden.«

9

Am nächsten Morgen schickte Alexander General Parmenion los, damit er Zelea und vor allem Daskyleion, die Hauptstadt Phrygiens, besetzte – eine herrliche Stadt am Meer mit befestigter Burg.

Wie sich herausstellte, war der persische Adel dieser Orte geflohen und hatte nur die kostbarsten Wertgegenstände mitgenommen. Parmenion verhörte natürlich Diener und Mägde, um herauszubekommen, wohin ihre Herrschaften geflohen waren, und vor allem, wo Memnon steckte, dessen Leiche man auf dem Schlachtfeld nicht gefunden hatte.

»Wir haben ihn seit damals nicht mehr gesehen, Herr«, erhielt er vom Burgverwalter von Daskyleion zur Antwort. »Vielleicht hat er sich vom Schlachtfeld weggeschleppt und ist später in irgendeinem Versteck gestorben. Vielleicht haben ihn auch seine Diener oder Soldaten fortgeschafft und begraben, damit er nicht von Hunden und Geiern aufgefressen wird. Hier hat er sich jedenfalls nicht blicken lassen.«

Parmenion rief seinen Sohn Philotas zu sich.

»Ich glaube diesen Barbaren kein Wort, aber daß Memnon verwundet wurde, ist anzunehmen. Er soll hier in der Gegend eine Villa besitzen, in der er gelebt hat wie ein persischer Satrap. Ich möchte, daß du mit kleinen, leichtbewaffneten Reitertrupps die ganze Umgebung durchsuchst: Dieser Grieche ist gefährlicher als alle Perser miteinander. Wenn er überlebt hat, müssen wir uns noch auf einiges gefaßt machen. Gestern nacht habe ich übrigens oben auf den Bergen Leuchtzeichen gesehen; ich vermute, daß die Perser die Nachricht von unserem Sieg weiterleiten; bestimmt ist sie schon jetzt bis in den letzten Winkel ihres Reichs durchgedrungen. Sollte mich nicht wundern, wenn wir bald eine Antwort bekommen – und besonders herzlich wird die nicht ausfallen!«

»Keine Sorge, Vater, ich leg dir diesen Memnon gefesselt zu Füßen«, versprach Philotas.

Parmenion schüttelte den Kopf. »Nein, das tust du nicht. Wenn du ihn findest, mußt du ihn mit Respekt behandeln. Memnon ist der tapferste Soldat, den es östlich der Meerengen gibt.«

»Aber er ist ein Söldner!«

»Er ist ein Mann, der nur noch an sein Schwert glaubt, und weißt du, warum? Weil das Leben ihm alle Illusionen geraubt hat. Für mich ist das Grund genug, ihn zu respektieren.«

Philotas durchkämmte systematisch das gesamte Umland, er stellte Villen und Paläste auf den Kopf und verhörte Sklaven, teilweise sogar unter Tortur, aber er bekam nichts heraus.

»Nichts«, berichtete er seinem Vater ein paar Tage später. »Keine Spur von diesem Memnon. Wie vom Erdboden verschluckt . . .«

»Seltsam . . . Aber warte mal, vielleicht gibt es doch eine Möglichkeit, ihn aufzustöbern«, überlegte Parmenion laut. »Beobachte ein bißchen die Ärzte dieser Gegend, vor allem die bekannteren unter ihnen, und spioniere ihnen nach, wenn sie Hausbesuche machen. Wer weiß, ob sie dich nicht ins Haus eines illlusteren Patienten führen . . .«

»Glänzende Idee, Vater. Für so gerissen hätte ich dich gar nicht gehalten«, Philotas grinste. »Für mich warst du immer nur ein guter Soldat, ein Mann, der geniale Schlachtpläne ausheckt . . .«

»Das genügt nicht«, fiel ihm sein Vater ins Wort. »Das Schwierigste kommt immer erst nach einem Sieg.«

In den folgenden Tagen begann Philotas, Kontakte zu knüpfen und Schmiergelder zu verteilen, vor allem an Bauern und ärmere Leute, und so erfuhr er schon bald, wer die guten Ärzte waren und wer der beste unter ihnen: ein Ägypter nämlich namens Snefru-en-Kaptah. Dieser Mann hatte anscheinend schon König Dareios in Susa behandelt und war Leibarzt des phrygischen Satrapen Spithridates gewesen.

Philotas beschattete ihn mehrere Tage lang, und eines Abends sah er ihn tatsächlich durch eine kleine Hintertür sein Haus verlassen, ein Maultiergespann besteigen und aufs Land hinausfahren. Philotas folgte ihm in gewissem Abstand mit einem kleinen Reitertrupp. Nach längerem Ritt durch die dunkle Landschaft sah man in der Ferne die Lichter eines Hauses blinken, das sich im Näherkommen als prachtvolle Villa mit zinnenbewehrter Mauer, schönen Wandelgängen und herrlichen Terrassen herausstellte.

»Ich glaube, wir sind am Ziel«, sagte Philotas, worauf er und seine Männer abstiegen und sich zu Fuß der Villa näherten; ihre Pferde führten sie an den Zügeln mit sich. Doch kurz bevor sie die Parkmauer erreichten, erklang plötzlich lautes, wütendes Kläffen, und da waren sie auch schon von einer ganzen Meute zähnefletschender kappadokischer Bluthunde umringt.

Sie versuchten zwar, sich die Bestien mit Lanzen und Speeren vom Hals zu halten, aber in der Dunkelheit konnte man nicht richtig zielen. Bogen und Pfeile waren natürlich erst recht nicht zu gebrauchen, und mehr als einer von ihnen mußte mit dem Messer um sein Leben kämpfen. Die Pferde waren nicht weniger erschrocken als ihre Reiter, etliche von ihnen stoben wiehernd davon, und als Philotas' Männer der Bedrohung endlich Herr geworden waren, hatte nur noch die Hälfte von ihnen ein Roß.

»Von diesen Kötern lassen wir uns nicht abschrecken! Los, weiter!« befahl Philotas zornig.

Sie durchquerten ein offenstehendes Tor und betraten den

Hof der Villa, dessen Portikus ringsum mit Öllampen beleuchtet war. Kurz darauf trat ihnen eine wunderschöne Frau entgegen, die ein prächtig gewirktes persisches Gewand mit langen, goldenen Fransen trug.

»Wer seid ihr?« fragte sie. »Was wollt ihr?«

»Verzeih unser Eindringen, aber wir suchen einen Mann, der im Dienste der Barbaren kämpft, und wir haben einigen Grund zur Annahme, daß er sich in diesem Haus aufhält, vermutlich verwundet. Wir sind seinem Arzt gefolgt.«

Die Frau zuckte bei diesen Worten unmerklich zusammen und wurde blaß vor Wut, aber sie trat zur Seite und ließ die Männer durch. »Konmt nur herein und seht euch um, wo ihr wollt; aber im Frauentrakt bitte ich euch, Rücksicht walten zu lassen – andernfalls werde ich euren König unterrichten –, ich habe gehört, daß er keinerlei Übergriffe duldet.«

»Verstanden?« fragte Philotas seine Soldaten, denen die Kleider in Fetzen vom Leib hingen.

»Tut mir leid, daß unsere Hunde euch angegriffen haben«, sagte Barsine mit einem Blick auf die übel zugerichteten Männer. »Wenn ihr euch angekündigt hättet, wäre das nicht passiert. Leider wimmelt es in dieser Gegend von Banditen, irgendwie müssen wir uns schützen. Und was den Arzt betrifft, so will ich euch sofort zu ihm begleiten.«

Mit diesen Worten führte sie Philotas ins Atrium der Villa und von dort einen langen Korridor entlang. Eine Magd ging voraus und leuchtete ihnen mit einer Fackel.

Am Ende des Korridors öffnete Barsine die Tür zu einem Zimmer, in dem ein Junge im Bett lag und von Snefru-en-Kaptah untersucht wurde.

»Wie geht es ihm?« fragte die Hausherrin.

»Nun, ich denke, die Bauchschmerzen sind nicht besonders ernst. Wahrscheinlich hat er nur etwas Verdorbenes gegessen. Gib ihm dreimal am Tag von dem Kräutertee hier zu trinken; sonst darf er einen Tag lang gar nichts zu sich nehmen. Übermorgen ist er wieder auf der Höhe, du wirst sehen.«

»Danke, Doktor«, sagte Barsine und begleitete ihn in ein

kleines Nebenzimmer, wo Philotas mit dem Arzt nur unter Beisein seines Dolmetschers sprechen wollte.

»Wir wissen, daß diese Villa Memnon gehört«, sagte er, kaum daß die Tür hinter ihnen zu war.

»In der Tat«, bestätigte der Arzt.

»Wir suchen diesen Mann.«

»Dann müßt ihr woanders suchen: Hier ist er nicht.«

»Wo ist er dann?«

»Das weiß ich nicht.«

»Hast du ihn behandelt?«

»Ja. Ich behandle alle, die meine Hilfe brauchen.«

»Du weißt, daß ich dich zum Sprechen zwingen kann, wenn ich will.«

»Mehr als das könnte ich dir auch unter Folter nicht sagen. Oder meinst du, ein Mann wie Memnon verrät seinem Arzt, wohin er flieht?«

»War er verletzt?«

»Ja.«

»Schwer?«

»Jede Wunde kann schwer sein. Das hängt vom Heilungsprozeß ab ...«

»Ich will keinen Medizinunterricht, ich will wissen, in was für einem Zustand Memnon war, als er von hier weggegangen ist.«

»Er befand sich auf dem Wege der Besserung.«

»Dank deiner Behandlung.«

»Und der einiger griechischer Ärzte, darunter ein gewisser Ariston aus Adramyttion, wenn ich nicht irre.«

»War er in der Lage zu reiten?«

»Keine Ahnung. Auf Pferde verstehe ich mich nicht. Und jetzt muß ich gehen, wenn du erlaubst. Ich habe heute nacht noch mehr Patienten zu versorgen.«

Philotas ließ den Arzt ziehen, da ihm nichts einfiel, was er ihn sonst noch hätte fragen können.

Im Atrium stieß er auf seine Männer, die mittlerweile das Haus durchsucht hatten.

»Und?«

»Nichts. Wir haben keine Spur von ihm gefunden. Wenn er hier gewesen ist, muß er schon vor längerer Zeit aufgebrochen sein. Oder er hat sich irgendwo versteckt, wo wir ihn nicht finden können, es sei denn ...«

»Es sei denn, was?«

»Es sei denn, wir stecken diesen Heuhaufen in Brand – wenn sich Mäuse darin versteckt haben, scheucht sie das mit Sicherheit auf, meinst du nicht?«

Barsine biß sich auf die Lippen, aber sie gab keinen Ton von sich und schlug nur die Augen nieder, um nicht den Blicken ihrer Feinde zu begegnen.

Philotas hingegen schüttelte mißbilligend den Kopf. »Unsinn, wir verschwinden. Hier gibt's für uns nichts mehr zu finden.«

Sie verließen den Hof, und kurz darauf verlor sich der Hufschlag ihrer Pferde in der Nacht. Als sie etwa drei Stadien von Memnons Villa entfernt waren, zügelte Philotas sein Roß und sagte:

»Verdammt noch mal! Wetten, daß der Kerl in diesem Moment aus irgendeinem Erdloch kriecht und seelenruhig mit seiner Gemahlin spricht. Schöne Frau übrigens ... bildschöne Frau, bei Zeus!«

»Ich verstehe nicht, weshalb wir sie nicht ...« hob einer seiner Männer, ein Thraker aus Salmidessos, an.

»Weil sie eine Dame ist und du ein Rüpel bist«, fiel Philotas ihm ins Wort. »Und weil Alexander dir die Eier abschneiden und seinem Hund zum Fraß vorwerfen würde, wenn er etwas davon erführe. Außerdem haben wir im Lager genug Nutten – reagier dich an denen ab, wenn du's nicht mehr aushältst. Und jetzt wird's höchste Zeit, daß wir zurückreiten. Wir sind schon viel zu lange unterwegs.«

Auf der gegenüberliegenden Seite des Tals wurde just in diesem Augenblick auf einer Tragbahre, die an den Sätteln zweier Esel befestigt war, Memnon in ein anderes Versteck geschafft.

Kurz bevor sie den Paßweg ins Tal des Aisepos einschlugen, befahl er den Eselstreibern, einen Moment anzuhalten, und drehte sich ein letztes Mal nach den Lichtern seiner Villa um. Der Duft von Barsines letztem Kuß haftete noch immer auf seinen Lippen.

10

Das Heer rückte mit Troß und Wagen nach Süden, in Richtung des Ida-Gebirges und des Golfs von Adramyttion vor. Nichts sprach dafür, länger im Norden zu bleiben, zumal die Hauptstadt der phrygischen Satrapie besetzt und mit einer makedonischen Garnison belegt worden war.

Alexander hatte General Parmenion wieder als stellvertretenden Heerführer eingesetzt, doch Entscheidungen strategischer Natur traf er selbst.

»Wir ziehen an der Küste entlang nach Süden«, verkündete er dem Kriegsrat eines Abends. »Nach der phrygischen Hauptstadt ist jetzt die lydische an der Reihe.«

»Also Sardes«, meinte Kallisthenes, »die mythische Stadt der Könige Midas und Krösus.«

»Was?« rief Leonnatos aus. »Davon hat uns doch der alte Leonidas immer erzählt! Erinnert ihr euch noch an seine phantastischen Geschichten? Und das sollen wir jetzt alles mit eigenen Augen sehen?«

»Das und noch viel mehr«, sagte Kallisthenes, »zum Beispiel den Hermos, an dessen Ufern Krösus vor beinahe zweihundert Jahren von den Persern geschlagen wurde. Oder den Paktolos, dessen Kies mit Goldkörnern versetzt sein soll, seit König Midas darin gebadet hat – ihr kennt ja die Legende. Und die Gräber der lydischen Könige natürlich auch.«

»Hoffentlich finden wir in Sardes auch Geld«, seufzte Eumenes.

»Du denkst immer nur an das eine«, spöttelte Seleukos. »Aber recht hast du ...«

»Natürlich habe ich das. Wißt ihr, wieviel uns alleine die Flotte unserer griechischen Verbündeten kostet? Wißt ihr das?«

»Nein«, Lysimachos lachte, »aber du wirst es uns bestimmt gleich verraten, Herr Generalsekretär.«

»Einhundertsechzig Talente am Tag! Jawohl, meine Lieben, ihr habt richtig gehört: einhundertsechzig Talente. Das, was wir in Daskyleion und am Granikos erbeutet haben, reicht gerade für vierzehn Tage!«

Eumenes ereiferte sich zusehends, doch Alexander unterbrach ihn: »Hört her«, sagte er. »Jetzt marschieren wir erst einmal auf Sardes, und ich denke nicht, daß wir dabei auf großen Widerstand stoßen. Danach besetzen wir die übrige Küste bis zur Grenze nach Lykien, also bis zum Fluß Xanthos. Wenn alles glattgeht, haben wir Ende des Sommers sämtliche griechischen Städte in Asien befreit.«

»Großartig!« erwiderte Ptolemaios. »Und was machen wir dann?«

»Sag bloß nicht, wir ziehen nach Hause zurück!« schrie Hephaistion. »Der Spaß hat doch gerade erst angefangen ...«

»So einfach wie bisher geht es nicht ewig weiter«, entgegnete Alexander. »Für den Moment haben wir gerade mal ein bißchen an der Macht der Perser gekratzt. Und Memnon ist aller Wahrscheinlichkeit nach am Leben geblieben! Abgesehen davon wissen wir noch gar nicht, ob uns alle griechischen Städte freiwillig die Tore öffnen werden ...«

Der Küste folgend marschierten sie mehrere Tage lang gen Süden, stets begleitet von der herrlichen Sicht auf Inseln aller Größe, die sich draußen auf dem Meer wie die Perlen auf einer Schnur aneinanderreihten. Sie kamen an Buchten von atemberaubender Schönheit vorüber, an Stränden, die im Schatten riesiger Pinien lagen, und erreichten schließlich den Hermos, einen breiten Fluß mit schneeweißem Kieselbett und kristallklarem Wasser.

Der Satrap von Lydien hieß Mithrides und war ein vernünftiger Mensch. Als er begriff, daß seine Lage so gut wie aussichtslos war, sandte er den Makedonen eine Delegation entgegen, die ihnen die kampflose Übergabe der Burg von Sardes anbot, und später begleitete er Alexander sogar höchstpersönlich durch die Festung mit ihrem dreifachen Mauerring, ihren Strebepfeilern und Wehrgängen.

»In der Ebene dort unten hat Xenophon die Rückführung der zehntausend Söldner begonnen«, sagte Alexander, indem er sich über die Mauerbrüstung beugte und den Blick umherschweifen ließ.

»Stimmt. Und in dieser Burg hat der jüngere Kyros gelebt, er war seinerzeit Satrap von Lydien«, erwiderte Kallisthenes, der ein wenig abseits stand und sich auf einem Täfelchen Notizen machte.

»In gewisser Weise beginnt ja auch unser Feldzug hier«, sagte Alexander nachdenklich. Sein Haar wehte im Wind wie die langen Äste der Trauerweiden unterhalb der Burg. »Nur, daß wir einen anderen Weg einschlagen. Wir brechen übrigens schon morgen nach Ephesos auf.«

Und auch diese Stadt lieferte sich kampflos aus. Die griechischen Söldner der Garnison waren schon vor mehreren Tagen geflohen, und als Alexander und seine Soldaten einzogen, kehrten mit ihnen sämtliche Demokraten aus der Verbannung zurück. Aus Rache lösten sie eine regelrechte Hetzjagd auf einzelne Personen aus und stifteten das Volk dazu an, die Häuser der Reichen zu überfallen, die mit dem persischen Gouverneur unter einer Decke gesteckt hatten.

Einige von ihnen wurden auf die Straßen hinausgezerrt und brutal gesteinigt. Ganz Ephesos war ein einziger Tumult. Um die öffentliche Ordnung wiederherzustellen, ließ Alexander seine »schildtragende Garde« durch die Straßen patrouillieren, versprach den Demokraten, daß sie die Stadt nach ihren

Wünschen regieren durften, und zwang die Reichen zur Abgabe einer Sondersteuer für den Wiederaufbau des grandiosen Artemistempels, der vor vielen Jahren bei einem Brand zerstört worden war.

»Weißt du eigentlich, was man sich über dieses Heiligtum erzählt?« meinte Kallisthenes während einer Besichtung der Tempelruinen, »... daß die Göttin das Feuer nicht löschen konnte, weil sie gerade dabei war, dich zu kreieren? Der Tempel ist nämlich vor haarscharf einundzwanzig Jahren, am Tag deiner Geburt, niedergebrannt.«

»Ich will, daß er wieder aufersteht«, sagte Alexander. »Sein Dach soll von einem Wald aus gigantischen Säulen getragen werden, und die berühmtesten Künstler sollen ihn mit Statuen und Wandmalereien ausschmücken.«

»Nun, über dieses Projekt kannst du noch heute mit Lysippos sprechen.«

»Was? Ist er etwa schon angekommen?« fragte Alexander erfreut.

»Ja, er ist gestern abend an Land gegangen und kann es kaum erwarten, dich wiederzusehen.«

»Lysippos, bei den Göttern des Himmels! Was für Hände, was für ein Blick! Seine Augen leuchten förmlich vor Energie und Kreativität – ich habe so etwas noch nie erlebt. Wenn er dich anschaut, spürst du genau, daß er Kontakt mit deiner Seele aufnimmt, daß er sich anschickt, einen neuen Menschen zu schaffen ... aus Ton, aus Wachs, aus Bronze, ganz egal: Er kreiert den Menschen, so wie er ihn gemacht hätte, wenn er Gott wäre.«

»Gott?«

»Ja.«

»Welcher Gott?«

»Der Gott, der in allen Göttern und Menschen ist, obwohl nur sehr wenige ihn hören und sehen können.«

Für eine längere Unterhaltung blieb im Moment keine Zeit, denn die Honoratioren von Ephesos, die Anführer der Demokraten, die einst von seinem Vater eingesetzt und von den

Persern vertrieben worden waren, erwarteten Alexander, um ihm die Stadt und ihre Wunder vorzuführen.

Ephesos breitete sich auf einem Hügel aus, der sanft zum Meer hin abfiel, genauer zu der weiten Bucht, in die auch der Fluß Kaystros einmündete. Im Hafen wimmelte es von Schiffen; muskulöse Männer luden Waren aller Art aus und beluden die Schiffe danach mit Stoffen, Gewürzen und Düften, die aus Innerasien kamen und weit weg von hier verkauft wurden, in den Städten des adriatischen Meerbusens, auf den Inseln des Tyrrhenischen Meers und in den Ländern der Etrusker und Iberer. Bei dem hektischen Hin und Her ging es sehr geräuschvoll zu, aber die Stimmen der Sklavenhändler, die kräftige Männer und bildschöne Mädchen feilboten, übertönten alles.

Im Zentrum der Stadt wurden die Straßen von herrlichen Portiken gesäumt, über denen prachtvolle Paläste aufragten. Rund um die Tempel hatten Hunderte von ambulanten Verkäufern ihre Stände aufgebaut; sie boten den Passanten alles nur Erdenkliche zum Kauf an: Glücksbringer und Amulette gegen den bösen Blick, Reliquien und Statuetten des Gottes Apollon und seiner jungfräulichen Schwester Artemis mit dem Elfenbeinantlitz.

Das während der Unruhen vergossene Blut war von den Straßen gewaschen, die trauernden Angehörigen der Opfer hatten sich in ihre Häuser eingeschlossen; in der ganzen Stadt herrschten Heiterkeit und Trubel; Tausende von Menschen säumten die Straßen und winkten Alexander mit Olivenzweigen zu, während Mädchen Rosenblätter auf den Boden streuten oder von den Balkonen herniederrieseln ließen; die Luft war erfüllt mit Farben und Düften.

Alexander und sein Gefolge bewegten sich in einem langen Zug quer durch die Stadt und kamen schließlich zu einem wundervollen Palast, dessen Atrium Marmorsäulen mit blau angemalten und goldverbrämten ionischen Kapitellen schmückten. Hier hatte eine der Aristokratenfamilien gewohnt, die ihrer Freundschaft zu den Persern wegen dem

Volkszorn zum Opfer gefallen war. Nun sollte das Haus Alexander als Residenz dienen, dem jungen Gott, der vom Olymp herabgestiegen und an den Gestaden des immensen Asiens gelandet war.

In der Eingangshalle der Villa wurde Alexander bereits von Lysipp erwartet, der auf ihn zueilte, kaum daß er ihn sah, und ihn mit seinen mächtigen Steinhauerpranken an sich drückte.

»Mein Freund!« rief Alexander aus und erwiderte die stürmische Umarmung.

»Mein König!« antwortete Lysippos mit feuchten Augen.

»Hast du schon gebadet? Hat man dir etwas zu essen gegeben? Und frische Kleider?«

»Keine Sorge, es fehlt mir an nichts. Mein einziger Wunsch war es, dich wiederzusehen; ich kann ja zwar deine Porträts betrachten, aber das ist nicht dasselbe. Stimmt es, daß du mir wieder Modell sitzen wirst?«

»Ja«, sagte Alexander, »aber ich habe auch noch andere Pläne im Kopf. Ich möchte, daß du ein Denkmal schaffst, wie die Welt es noch nicht erlebt hat. Komm, setz dich.«

»Sprich«, erwiderte Lysipp, während die Diener weitere Stühle für die Würdenträger der Stadt und für Alexanders Freunde herbeischleppten.

»Hast du Hunger? Möchtest du mit uns zu Mittag essen?«

»Gerne«, erwiderte der große Bildhauer.

Die Diener stellten vor jeden Gast einen kleinen Tisch und trugen die örtlichen Spezialitäten auf: gerösteten Fisch mit Rosmarin und Oliven, Hülsenfrüchte, Gemüse und ofenfrisches Brot.

»Paß auf, Lysippos«, sagte der König, während die Gäste ihre Teller füllten. »Ich will ein Denkmal von den fünfundzwanzig *Hetairoi*, die bei unserem ersten Zusammenstoß mit der persischen Kavallerie am Granikos gefallen sind. Ich habe sie vor ihrer Einäscherung porträtieren lassen, damit du ungefähr weißt, wie sie ausgesehen haben. Ich möchte, daß du sie im Eifer des Gefechts darstellst – die Angriffswut soll ihnen ins Gesicht geschrieben stehen, und der Betrachter soll meinen, den donnernden Hufschlag und das Schnauben ihrer Pferde hören zu können. Nichts soll diesen Figuren fehlen außer dem Lebensodem, den nur die Götter selbst ihnen einhauchen könnten.«

Alexander neigte den Kopf und inmitten des feuchtfröhlichen Gelages senkte sich plötzlich Schwermut über seine Augen.

»Lysippos, mein Freund . . . diese Männer sind jetzt Asche, ihre nackten Knochen liegen in der Erde begraben. Aber du, du kannst ihre Seelen im Wind erhaschen – verewige sie, Lysippos! Fang sie ein und gieße sie in Bronze!«

Er stand auf und trat an eines der Fenster, die auf die Bucht von Ephesos hinausgingen. Die glatte Meeresoberfläche glitzerte in der Mittagssonne. Lysipp folgte ihm, während die anderen Gäste, vom Wein beflügelt, scherzten und lärmten.

»Sechsundzwanzig Reiterstatuen . . . die Alexanderschwadron am Granikos. Mir schwebt ein einziges Knäuel von Hufen vor, von mächtigen Pferderücken, von Mündern, die zum Schlachtgebrüll aufgerissen sind und von Armen, die drohend Lanzen und Schwerter schwingen – verstehst du, was ich meine, Lysippos?«

Alexanders Augen leuchteten.

»Das Denkmal soll in Makedonien stehen, und es wird in alle Ewigkeit an diese jungen Männer erinnern, die ihr Leben für unser Vaterland gegeben haben, weil sie ein Leben ohne Ruhm und Glanz verschmähten.«

Der König wandte sich vom Fenster ab und sah den Bildhauer an.

»Ich möchte, daß du das größte Kunstwerk aller Zeiten schaffst – ein wahres Weltwunder! Deine eigene Lebenskraft soll in die geschmolzene Bronze einfließen, Lysippos. Und die Leute, die daran vorübergehen, sollen eine Gänsehaut bekommen, als könnten diese Reiter tatsächlich jeden Moment losstürmen und jenen Schrei ausstoßen, der stärker ist als der Tod und selbst die Nebel des Hades durchdringt, aus dem noch keiner zurückgekehrt ist.«

Lysippos sah ihn sprachlos an, während seine riesigen, schwielenbedeckten Hände wie leblos an den Armen baumelten.

Alexander ergriff und drückte sie: »Diese Hände können das Wunder zustande bringen, das weiß ich. Es gibt keine Herausforderung, der sie nicht gewachsen wären – du brauchst nur zu wollen.« Er ließ die mächtigen Bildhauerpranken wieder los. »Du bist wie ich, Lysipp, und das ist auch der Grund, weshalb ich mich nie von einem anderen als von dir werde abbilden lassen. Weißt du, was Aristoteles zu mir gesagt hat, als du uns damals in Mieza mein erstes Porträt gezeigt hast? Er sagte: ›Wenn es einen Gott gibt, dann hat er die Hände Lysipps.‹ Also, wirst du meine gefallenen Gefährten in Bronze nachbilden? Wirst du das tun?«

»Ja, *Aléxandre*, und ich werde ein Kunstwerk schaffen, das die Welt in Staunen versetzt. Das schwöre ich dir.«

Alexander nickte und sah ihn voller Bewunderung und Zuneigung an.

»Dann komm«, sagte er schließlich und hakte sich bei ihm unter. »Jetzt essen wir erst einmal.«

11

Apelles traf am darauffolgenden Nachmittag ein. Er hatte ein großes Gefolge von Sklaven, Frauen und hübschen Jünglingen dabei und war sehr vornehm, ja, beinahe etwas exzentrisch gekleidet – wenn man bedenkt, daß er über grellbunten Gewändern Ketten aus Bernstein und Lapislazuli trug! Nicht zufällig wurde gemunkelt, Theophrast habe sich in seinem satirischen Büchlein »Die Charaktere« bei der Beschreibung des »Exhibitionisten« von Apelles inspirieren lassen.

Alexander empfing ihn in seinen Privatgemächern, und dort erschien Apelles in Begleitung der schönen Kampaspe, die nach wie vor das Peplon der jungen Mädchen trug, denn nur darin kamen ihr verführerischer Ausschnitt und ihr herrlicher Busen so richtig zur Geltung.

»Freut mich, dich bei guter Gesundheit anzutreffen, lieber Apelles – und daß Kampaspes Schönheit dir weiter ein Quell der Inspiration ist. Nur wenige haben das Privileg, mit einer Muse wie ihr zusammenleben zu dürfen.«

Kampaspe errötete und trat näher, um ihm die Hand zu küssen, doch Alexander breitete die Arme aus und drückte sie an sich.

»Deine Arme sind stark wie eh und je«, hauchte sie in einem Tonfall, der die Libido eines scheintoten Greisen geweckt hätte.

»Nicht nur meine Arme . . .«, flüsterte er augenzwinkernd zurück.

Apelles hüstelte verlegen. »Mein nächstes Bild, Herr«, sagte er, um Alexander abzulenken, »mein nächstes Bild soll ein Jahrhundertwerk werden. Oder besser: meine nächsten Bilder. Ich möchte nämlich zwei malen.«

»Zwei?« fragte Alexander verwundert.

»Natürlich nur, wenn du einverstanden bist.«

»Laß hören, was du vorhast.«

»Auf einem möchte ich dich stehend abbilden, in der Pose des blitzeschleudernden Zeus; neben dir sitzt ein Adler, der ja auch Symbol des argeadischen Königshauses ist.«

Der König wiegte zweifelnd den Kopf.

»Darf ich dich darauf hinweisen, Herr, daß sowohl General Parmenion als auch dein Sekretär Eumenes meinen Vorschlag gebilligt haben – sie sind übereinstimmend der Meinung, daß dieses Gemälde große Wirkung auf deine asiatischen Untertanen hätte.«

»Na, wenn die beiden das sagen . . . Und das andere Bild?«

»Darauf möchte ich dich zu Pferde malen, und zwar wie du dich mit erhobener Lanze ins Schlachtgetümmel stürzt – ein beeindruckendes Gemälde, Herr, verlaß dich drauf.«

Kampaspe kicherte.

»Was ist?« fragte Alexander irritiert.

»Ich könnte mir noch ein drittes Bild vorstellen . . .«

»Bei Zeus, sind zwei denn nicht genug? Ich kann doch nicht den Rest meines Lebens damit verbringen, Apelles Modell zu sitzen!«

»Du müßtest es ja nicht alleine tun«, erwiderte Kampaspe mit einem verführerischen Lächeln. »Ich denke da nämlich an ein Bild mit zwei Figuren: König Alexander als Gott Ares, wie er nach der Schlacht auf einer blumenübersäten Wiese ausruht, und ich als Aphrodite, die ihm Genuß bereitet. Weißt du, Apelles, ein Bild wie du es für diesen griechischen General gemalt hast . . . wie hieß er noch gleich?«

Apelles erblaßte und gab ihr heimlich einen Rippenstoß.

»Unsinn«, sagte er schnell. »Für so viele Bilder hat der König bestimmt gar keine Zeit. Zwei tun es doch auch – nicht wahr, Herr?«

»Aber sicher, mein Freund, du hast völlig recht. Und jetzt müßt ihr mich entschuldigen: Eumenes hat mir den Tag mit Terminen vollgepackt.«

Der Maler machte ein enttäuschtes Gesicht.

»Keine Sorge, Apelles: Ich stehe dir noch heute zu einer Sitzung zur Verfügung, am besten vor dem Abendessen. Entscheide selbst, welches Bild du zuerst malen möchtest. Für das Reiterbild müßtest du mir allerdings ein Holzpferd besorgen, ich glaube nämlich nicht, daß Bukephalos die Geduld hätte, sich porträtieren zu lassen – nicht einmal von einem so großen Maler wie dir.«

Apelles zog sich mit einer Verbeugung zurück und zerrte Kampaspe am Arm hinterher. Während die beiden sich den Korridor hinunter entfernten, hörte man den Maler mit seiner schönen Muse schimpfen.

Alexander schmunzelte noch, als Eumenes bereits neue Besucher einließ. Diesmal waren es knapp ein Dutzend Stammesführer aus dem Landesinnern, die dem neuen Herrscher huldigen wollten. Er stand auf, ging ihnen entgegen und begrüßte jeden einzelnen mit einem herzlichen Handschlag.

»Was wollen sie?« fragte er den Dolmetscher.

»Sie möchten wissen, was du von ihnen verlangst.«

»Nichts.«

»Nichts?« wiederholte der Dolmetscher verwundert.

»Nein. Sie können heimkehren und so friedlich weiterleben wie bisher.«

Der mutmaßliche Anführer der kleinen Gesandtschaft murmelte dem Übersetzer etwas ins Ohr.

»Was sagt er?«

»Er will wissen, was mit den Steuerabgaben ist.«

»Oh, was das betrifft«, schaltete Eumenes sich flugs ein, »so bleibt alles beim alten. Wir haben nämlich auch unsere Ausgaben und ...«

»Eumenes, bitte!« unterbrach Alexander ihn. »Die Einzelheiten kannst du dir sparen.«

Die Stammesführer besprachen sich kurz und brachten dann zum Ausdruck, daß sie sehr zufrieden seien, dem mächtigen Herrn für seine Großzügigkeit dankten und ihm für die Zukunft alles Gute wünschten.

»Frag sie, ob sie zum Abendessen dableiben möchten«, sagte Alexander.

Der Dolmetscher tat, wie ihm geheißen.

»Und?«

»Sie danken dir für die Einladung, Herr, doch sie haben heute noch einen weiten Weg vor sich und werden daheim dringend gebraucht. Sie müssen das Vieh melken, ihren trächtigen Kühen bei der Geburt beistehen . . .«

»Und das sind natürlich wichtige Staatsangelegenheiten«, spöttelte Eumenes.

Alexander erhob sich »Tja, dann bleibt mir nur, euch eine gute Heimkehr zu wünschen«, meinte er, und während der Dolmetscher seinen Satz übersetzte, beugte er sich zu Eumenes hinüber und sagte: »Daß du mir auch jedem ein Gastgeschenk mitgibst.«

»Was für ein Gastgeschenk?«

»Egal . . . eine Rüstung, Kleider, was du willst, aber laß sie nicht mit leeren Händen gehen. Das sind Leute vom alten Schlag, die legen Wert auf gute Sitten. Und daheim sind sie Könige, vergiß das nicht.«

Das Abendessen wurde nach Sonnenuntergang serviert. Alexander hatte gerade seine erste Modellsitzung für Apelles hinter sich, und zwar auf dem Holzpferd, da der große Meister beschlossen hatte, mit dem schwierigeren Sujet zu beginnen.

»Morgen lasse ich mir von einem Stallburschen Bukephalos vorführen; er muß mir auch Modell stehen«, sagte Apelles am Ende der Sitzung mit einem mitleidigen Blick auf die zweibeinige Holzattrappe, die Eumenes in aller Eile von einem Theaterhandwerker hatte basteln lassen.

»Dann laß dir vorher aber von meinem Koch ein paar Honigkuchen geben«, riet Alexander. »Damit schmeichelst du dich bei Bukephalos ein, er ist sehr schleckig.«

Als ein Diener kam und meldete, das Essen sei bereit, war Apelles gerade mit seiner ersten Skizze fertig. Alexander stieg von dem Holzpferd und trat neben den Maler: »Darf ich mal schauen?«

»Ich kann es dir nicht verwehren, Herr, aber eigentlich zeigt ein Künstler sein Werk nicht gerne vor, bevor es nicht vollendet ist.«

Der König warf dennoch einen Blick auf die große Tafel, und dabei änderte sich sein Gesichtsausdruck schlagartig. Apelles hatte mit Kohle nur das Allerwesentlichste festgehalten; seine flüchtigen Striche ließen die Reiterfigur mehr erahnen denn erkennen; nur ein paar Details wie Alexanders Augen, seine Hände, einzelne Haarlocken, Bukephalos' geblähte Nüstern und seine wirbelnden Hufe waren ausführlicher dargestellt.

Der Meister schielte Alexander von der Seite an und wartete gespannt auf seine Reaktion.

»Bedenke, Herr, das ist nur ein erster Entwurf. Wenn ich die Figur erst einmal plastisch gestaltet und bunt angemalt habe, sieht alles ganz anders aus und ...«

Alexander unterbrach ihn mit einer Geste: »Still, Apelles. Dieses Bild ist schon jetzt ein Meisterwerk. Du hast bereits im Anfangsstadium deine ganze Kunst bewiesen – den Rest kann man sich spielend vorstellen.«

Nach dieser Unterhaltung gingen die beiden gemeinsam in den Speisesaal, wo sich bereits die Honoratioren der Stadt, die Vorsteher der Priesterkollegien und die Gefährten des Königs versammelt hatten. Alexander hatte Anweisung gegeben, das Bankett nicht übertrieben üppig auszurichten, damit sich die Leute von Ephesos kein falsches Bild von ihm und seinen Freunden machten. Die »Gefährtinnen«, die man bestellt hatte, beschränkten sich aufs Musizieren, Tanzen und den ein oder anderen unschuldigen Scherz, und der Wein wurde nach griechischer Art ausgeschenkt, nämlich mit drei Teilen Wasser vermischt.

Im Zentrum der Aufmerksamkeit standen die beiden Künstler, Apelles und Lysippos, deren Ruhm längst die Grenzen Griechenlands überschritten hatte.

»Über dich erzählt man sich ja allerhand«, sagte Kallisthenes zu Apelles. »Aber die lustigste Begebenheit ist damals in Pella passiert, als du König Philipp porträtiert hast.«

»Ach ja?« erwiderte der Maler. »Daran erinnere ich mich gar nicht mehr. Was war da los?«

»Hört alle mal her«, rief Kallisthenes in die Tafelrunde. »Ich muß euch eine Anekdote erzählen. Viele von euch wissen ja, daß Apelles eines Tages von König Philipp an den Hof gerufen wurde; er sollte ein Porträt für den Tempel von Delphi von ihm machen. Bevor Apelles mit seiner Arbeit beginnt, sagt der König zu ihm: ›Mal mich ein bißchen hübscher, als ich bin – etwas größer vielleicht, und das Haar ein wenig schwärzer, mein kaputtes Auge läßt du am besten ganz weg ... Ach, du verstehst schon, was ich meine: vorteilhaft, aber ohne zu übertreiben.‹«

»Ha, ha, die Szene kann ich mir gut vorstellen«, lachte Eumenes und ahmte Philipps tiefe Stimme nach: »Verflixt noch mal, da läßt man extra einen der berühmtesten Maler kommen, und dann muß man ihm auch noch erklären, wie er einen darzustellen hat!«

»Ja, ja, jetzt erinnere ich mich wieder«, lachte nun auch Apelles. »Genau so hat er sich ausgedrückt.«

»Dann erzähl du weiter!« sagte Kallisthenes.

»Nein, du machst es besser. Ich höre auch viel lieber zu«, erwiderte der Maler.

»Wenn es so ist ... Also, paßt auf, wie die Geschichte weitergeht: Als der Meister sein Kunstwerk endlich fertig hat, bringt er es in den Hof runter, damit sein illuster Auftraggeber es bei Sonnenlicht betrachten kann. Wer von euch schon in Delphi war, kennt das Bild: Der König ist mit Goldkrone, Zepter und rotem Umhang dargestellt – ein stattlicher, bildschöner Mann, ein Ebenbild des großen Zeus! ›Wie gefällt es dir, Herr?‹ fragt Apelles. Philipp geht um das Bild herum und betrachtet es mit skeptischer Miene. ›Darf ich ehrlich sein?‹ fragt er schließlich. ›Natürlich, Herr‹, sagt der Maler. ›Also, ich finde, der Schönling da ähnelt mir überhaupt nicht.‹«

»Stimmt, stimmt genau«, prustete Apelles. »War ja auch klar: Ich habe seine Haare so schwarz, seinen Bart so gepflegt und seine Gesichtshaut so rosig gemalt, daß er sich zum Schluß einfach nicht wiedererkannt hat.«

»Und dann?« fragte Eumenes.

»Ja, nun kommt das Beste«, fuhr Kallisthenes fort. »Vorausgesetzt natürlich, die Geschichte ist wirklich wahr . . . Da das Gemälde, wie gesagt, des Lichts wegen im Hof aufgebaut war, kam irgendwann ein Stallbursche vorbei, der das Pferd des Königs am Zügel führte. Wie der Gaul das Bild sieht, bleibt er stehen und beginnt zur Verwunderung aller Anwesenden lauthals zu wiehern, den Kopf zu schütteln und mit dem Schwanz zu kreisen. Apelles schaut zuerst den König an, dann den Gaul, dann das Bild und sagt schließlich: ›Herr, darf ich auch ehrlich sein?‹ – ›Bei Zeus, warum nicht!‹ erwidert der König. Und Apelles: ›Mit Verlaub, Herr: Ich fürchte, dein Pferd versteht mehr von der Malerei als du.‹«

»Das ist die Wahrheit«, schrie Apelles. »Genau so ist es zugegangen, das schwöre ich.«

»Und der König?« fragte Hephaistion.

»Der König? Der hat nur mit der Schulter gezuckt und gesagt: ›Ihr Künstler habt ja doch immer recht. Egal, für diesmal kriegst du dein Geld noch mal, und wo das Bild nun schon gemalt ist, behalte ich es auch.‹«

Alles applaudierte, und Eumenes bestätigte noch die Bezahlung des Gemäldes, das von den Anwesenden in den höchsten Tönen gelobt wurde – auch von denen, die es gar nicht kannten.

Apelles, der mit dieser Anekdote vollends in den Mittelpunkt des Banketts gerückt war, beherrschte von nun an – einem erfahrenen Schauspieler gleich – die Szene.

Alexander hingegen zog sich unter dem Vorwand, er müsse am nächsten Morgen sehr früh aufstehen, um die Bastion im Meer zu besichtigen, mit einer Entschuldigung zurück. Der Abend schritt auch ohne ihn fröhlich voran, zumal man dem Wein jetzt etwas mehr zusprach und die »Gefährtinnen« immer freizügiger wurden.

Leptine empfing den König wie immer mit einer brennenden Öllampe, als er in seine Gemächer zurückkehrte, aber sie machte heute ein ziemlich beleidigtes Gesicht. Alexander beobachtete sie von der Seite, während sie ihm den Weg in sein Schlafzimmer leuchtete, stellte jedoch keine Fragen, obwohl er sich ihre Schmollmiene beim besten Willen nicht erklären konnte.

Als er sein Zimmer betrat, war ihm freilich alles klar: Auf seinem Bett lag die nackte Kampaspe; ihre verführerische Pose erinnerte ihn an eine Sagenheldin, vielleicht Danae in Erwartung des goldenen Regens, oder auch Leda in Erwartung des Schwans – genau konnte er das nicht sagen.

Bei seinem Erscheinen stand sie auf, kam langsam auf ihn zu, entkleidete ihn und kniete sich vor ihm auf den Teppich, um seine Schenkel und seinen Bauch zu küssen.

»Der wunde Punkt deines Vorfahren Achilleus war seine Ferse«, flüsterte sie, indem sie die mit Bister umrandeten Augen zu ihm erhob. »Laß mal sehen, ob ich mich noch erinnere, welches dein wunder Punkt war.«

Alexander streichelte ihr Haar und lächelte: Im Umgang mit Apelles hatte Kampaspe offensichtlich gelernt, auch das Liebesspiel mit Bildern aus der Mythologie zu schmücken.

12

Rund sechs Wochen nach Frühlingsbeginn verließ Alexander Ephesos, um nach Milet zu ziehen. Lysipp, dem mittlerweile klar war, was sich der König von ihm erwartete, begab sich auf die Reise nach Makedonien; er hatte einen Brief an den Regenten Antipatros dabei, in dem Alexander anordnete, ihm, dem Bildhauer, alle nötigen Mittel zur Verfügung zu stellen, damit er sein gigantisches Kunstwerk schaffen konnte.

Vorher machte Lysipp aber noch einen Abstecher nach Athen, um Aristoteles zu besuchen, der in den Räumlichkeiten seiner neuen Akademie inzwischen regelmäßig Unterricht abhielt. Der Philosoph empfing ihn in einem kleinen, etwas abseits gelegenen Empfangszimmer und ließ ihm frischen Wein servieren.

»Unser König läßt dich herzlich grüßen; sobald es ihm möglich ist, möchte er dir auch einen langen Brief schreiben.«

»Vielen Dank«, erwiderte Aristoteles. »Ja, die Nachrichten von Alexanders Unternehmungen haben sich hier natürlich längst herumgesprochen – vor allem, seit er die dreihundert Rüstungen geschickt hat. Sie hängen im Tempel auf der Akropolis und haben Tausende von Schaulustigen angezogen.«

»Was haben die Leute zu der Widmung gesagt? Ich meine, weil doch ausdrücklich betont wird, daß die Spartaner an diesem Weihgeschenk nicht beteiligt sind . . .«

»Eine Provokation, die als solche verstanden wurde. Der Wortlaut der Widmung hatte sich in Windeseile bis zu den Herkulessäulen verbreitet ... Ja, Alexander weiß schon, wie er von sich reden macht.«

»Wie ist die Stimmung in Athen?«

»Nun, Demosthenes hat immer noch starken Einfluß, aber die Siege des Königs beeindrucken doch sehr. Viele Athener haben auch Angehörige im Expeditionskorps oder in der Flotte, und diese Leute drängen Demosthenes und seine Anhänger natürlich zur Zurückhaltung. Trotzdem, machen wir uns keine Illusionen: Wenn der König im Krieg fallen sollte, würde es augenblicklich einen Aufstand geben, und seine Freunde würden Haus für Haus aufgestöbert und festgenommen werden – angefangen bei mir. Aber erzähl mir ein bißchen: Wie verhält Alexander sich als Kriegsherr?«

»Soweit ich das beurteilen kann, ist er bisher sehr behutsam vorgegangen. Mit den besiegten Feinden war er immer gnädig, und die Städte hat er lediglich gezwungen, die Demokratie wieder einzuführen, ohne sich ansonsten in ihre inneren Angelegenheiten einzumischen.«

Aristoteles nickte mit dem Kopf und strich sich zufrieden über den Bart: Die Lehren des Meisters schienen ja Früchte zu tragen.

»Möchtest du meine Akademie besichtigen?« fragte er dann, indem er sich erhob.

»Mit großem Vergnügen«, erwiderte Lysipp und folgte ihm.

Sie traten in den Portikus hinaus – ein Wandelgang aus eleganten Marmorsäulen mit ionischen Kapitellen – und spazierten in seinem Schatten um den zentral gelegenen Innenhof. In der Mitte befand sich ein Brunnen mit ebenerdigem Rand aus roten Ziegelsteinen; er mußte schon seit Jahrhunderten in Benützung sein, denn das Brunnenseil hatte an einer Stelle eine tiefe Kerbe in den Stein gegraben. Auch in diesem Moment schöpfte ein Knecht Wasser.

»Wir haben insgesamt vier Sklaven«, erzählte Aristoteles.

»Zwei halten das Haus in Ordnung und zwei servieren bei Tisch. Wir bekommen oft Besuch von anderen Akademien, und einige unserer Schüler wohnen auch hier – wenigstens für einen gewissen Zeitraum.«

Mit diesen Worten führte er Lysippos durch eine bogenüberwölbte Tür. »Das ist der Bereich für Politikwissenschaften; hier findest du die Konstitutionen von mehr als einhundertsechzig Städten in Griechenland, Asien, Afrika und Italien. Und hier«, erklärte er, während sie in einen Korridor mit vielen Türen hinaustraten, »hätten wir die naturalistische Abteilung mit unseren Gesteins-, Pflanzen- und Insektensammlungen.« Aristoteles führte seinen Gast zur letzten Tür des Korridors und ließ ihn eintreten: »So, und das ist unsere Sammlung seltener Tiere. Ich habe einen Taxonom aus Ägypten kommen lassen; er ist Experte für die Einbalsamierung von Katzen und heiligen Krokodilen und arbeitet hier von früh bis spät.«

Lysippos sah sich mit großen Augen um. Was ihn jedoch noch mehr erstaunte als die ausgestopften Tiere – Schlangen, Krokodile, Geier – waren die anatomischen Zeichnungen, in denen er die Hand erfahrener Künstler erkannte.

»Natürlich muß man sich vor Betrug und Fälschungen in acht nehmen«, fuhr Aristoteles fort. »Seit sich herumgesprochen hat, daß wir derlei Dinge sammeln, bekommen wir die unglaublichsten Angebote: Ichneumone – also sogenannte Pharaonenratten –, Basilisken, ja sogar Zentauren und Sirenen.«

»Zentauren und Sirenen?« wiederholte Lysippos fassungslos.

»Ja. Und man lädt uns sogar ein, diese Wundertiere vor dem Kauf zu besichtigen.«

»Wie ist das möglich?«

»Simple Taxonomie. Und es ist kein Zufall, daß die meisten Angebote aus Ägypten kommen; dort können die Einbalsamierer auf eine tausendjährige Erfahrung zurückblicken. Die nähen dir mir nichts, dir nichts, einen menschlichen Rumpf mit dem Körper eines Fohlens zusammen, vertuschen die Nähte mit Fell und Haaren und balsamieren das Ganze ein. Sehr beeindruckend . . .«

»Das glaube ich gerne.«

Aristoteles trat an ein Fenster, von dem aus man den pinienbewachsenen Lycabettos und dahinter die Akropolis mit dem grandiosen Parthenon sehen konnte. »Was wird er deiner Meinung nach als nächstes tun?«

Lysipp begriff sofort, daß der Philosoph die ganze Zeit über an Alexander gedacht hatte.

»Ich weiß nur, daß er nach Süden zieht, aber seine wahren Absichten kennt keiner.«

»Er wird vordringen«, sagte Aristoteles und wandte sich dem Künstler zu. »Er wird vordringen, bis er seinen letzten Atemzug tut, und keiner wird ihn aufhalten können.«

Apelles, der alleine in Ephesos zurückgeblieben war, arbeitete unterdessen an dem großen Reiterbild des Makedonenkönigs.

Er hatte sich vor allem auf den Kopf des Bukephalos konzentriert, der so realistisch dargestellt war, daß der Betrachter den Eindruck bekam, das Pferd würde jeden Moment aus dem Rahmen springen. Apelles wollte seinen Auftraggeber in Staunen versetzen und hatte bereits eine Reise zu Alexanders nächstem Feldlager geplant, wo er ihm die fertigen Gemälde persönlich vorzeigen wollte.

An diesem Tag hatte er sich in den Kopf gesetzt, den blutigen Speichel um das Pferdemaul zu malen. Er brütete schon seit Stunden über dem Problem, brachte mit seinen feinen Pinselstrichen aber einfach nicht die nötige Farbintensität zustande.

»Halt endlich den Mund! Ich kann mich nicht konzentrieren«, schrie er Kampaspe an, deren unentwegtes Geplapper ihm fürchterlich auf die Nerven ging. Die glühende Liebe, die er anfänglich für sie empfunden hatte, war ziemlich verflogen.

»Aber Apelles, Lieber . . .«

»Du sollst still sein!« brüllte Apelles und schleuderte vor

Wut einen mit Farbe getränkten Schwamm auf das Bild. Durch einen unglaublichen Zufall traf der Schwamm haarscharf Bukephalos' Mundwinkel, bevor er auf den Boden fiel.

»Da, jetzt hast du's«, sagte Kampaspe mit weinerlicher Stimme. »Jetzt ist das Bild kaputt. Bist du nun zufrieden? Und womöglich war ich noch an allem schuld, was?«

Doch der Maler hörte ihr gar nicht zu. Er hatte vor Verwunderung die Arme ausgebreitet und trat auf das Bild zu. »Das ist nicht möglich«, murmelte er. »Oh, Götter, das ist doch nicht möglich!«

Der Abdruck, den der Schwamm auf Bukephalos' Maul hinterlassen hatte, erinnerte auf geradezu verblüffende Art und Weise an blutigen Speichel. Die Hand des größten Künstlers hätte so etwas nicht fertig gebracht.

»Oh, aber . . .«, hauchte Kampaspe, die das Wunder inzwischen auch bemerkt hatte.

Apelles drehte sich nach ihr um und berührte mit dem Zeigefinger ihre Nase: »Wenn du auch nur einem Menschen verrätst, wie dieses Detail zustande gekommen ist«, sagte er und deutete mit dem anderen Zeigefinger auf den wundersamen Farbfleck, »dann beiße ich dir die Nase ab. Verstanden?«

»Verstanden, Liebster«, Kampaspe nickte und wich zurück.

In diesem Augenblick meinte sie es bestimmt ehrlich, aber Diskretion war nicht gerade ihre Stärke, und so wußte schon wenige Tage später ganz Ephesos, wie der große Apelles es geschafft hatte, den blutigen Speichel um Bukephalos' Maul so naturgetreu nachzuahmen.

13

Der Kommandeur der persischen Garnison von Milet – ein Grieche namens Hegesistratos – sandte Alexander einen Boten, der ihm die kampflose Übergabe der Stadt anbot, und so ließ der König sein Heer auf Milet vorrücken, um es einzunehmen. Vorsichtshalber schickte er aber Krateros und Perdikkas mit einem Trupp Reiter voraus, damit sie die Lage genau erkundeten.

Der kleine Spähtrupp überquerte den Fluß Mäander, um den Latmos zu erklimmen, doch als die Männer auf dem Gipfel anlangten und auf die andere Seite hinuntersehen konnten, erlebten sie eine böse Überraschung: Just in diesem Moment tauchte nämlich vor der Bucht von Milet eine kleine Flotte von Kriegsschiffen auf, die sich eindeutig anschickte, die Einfahrt in den Meerbusen abzuriegeln.

Und damit nicht genug: Der ersten Gruppe von Schiffen folgte eine zweite, und dann noch eine und noch eine, bis es in der ganzen Bucht von Schiffen wimmelte und das von Rudern aufgepeitschte Meer nur so schäumte. Das Dröhnen der Trommeln, die den Rudertakt angaben, drang bis zu ihnen herauf – etwas gedämpft zwar durch die Entfernung, aber trotzdem deutlich zu vernehmen.

»Oh, bei den Göttern«, stöhnte Perdikkas. »Die persische Flotte!«

»Was schätzt ihr?« meinte Krateros. »Wie viele Schiffe sind das da unten?«

»Hunderte ... Mindestens zwei- oder dreihundert. Und unsere Flotte ist im Anzug – wenn die sie in der Bucht überraschen, ist alles verloren! Wir müssen Admiral Nearchos benachrichtigen, er muß augenblicklich umdrehen! Die Perser haben mindestens doppelt soviel Schiffe wie wir! Los, schnell, nichts wie zurück!«

Sie wandten ihre Pferde, stoben den Abhang hinunter und ritten in größter Eile dem Heer entgegen, das unterdessen seinen Vormarsch in Richtung Süden fortgesetzt hatte. Nach mehrstündigem Ritt entdeckten sie es endlich am linken Ufer des Mäander. Das Fußvolk rastete gerade, und die Reiterei war dabei, auf einer Schiffbrücke, die Alexanders Kriegsbaumeister in der Nähe der Mündung geschaffen hatten, den Fluß zu überqueren. Der König, Ptolemaios und Hephaistion überwachten die Operation von ihren Pferden aus.

»Alexander!« schrie Krateros, indem er auf ihn zupreschte. »In die Bucht von Milet sind dreihundert Kriegsschiffe eingelaufen! Wenn wir Nearchos nicht aufhalten, wird unsere Flotte versenkt!«

»Wann habt ihr die Schiffe gesehen?« fragte Alexander mit finsterer Miene.

»Vor ein paar Stunden. Wir waren gerade auf dem Latmos angekommen, als unten in der Bucht die ersten aufgetaucht sind, und dann kamen mehr und noch mehr – der Strom wollte überhaupt nicht mehr abreißen. Und was für Schiffe das sind! Die reinsten Monster mit vier und fünf Ruderdecks!«

»Ich habe sogar noch größere gesehen«, pflichtete Perdikkas ihm bei.

»Seid ihr sicher?«

»Todsicher! Und die bronzenen Schiffsschnäbel erst ... die müssen an die fünftausend Libra wiegen!«

»Du mußt unsere Flotte aufhalten, Alexander! Nearchos ist ahnungslos. Im Augenblick sind seine Schiffe noch hinter der

Landzunge des Mykale-Gebirges, aber wenn wir ihn nicht warnen, segelt er den Persern direkt in die Arme.«

»Immer mit der Ruhe«, sagte Alexander, »noch ist nichts verloren.« Dann wandte er sich an Kallisthenes, der ein wenig abseits auf seinem Klapphocker saß, und sagte: »Gib mir ein Täfelchen und einen Griffel.«

Kallisthenes reichte ihm das Verlangte, Alexander kritzelte rasch ein paar Worte und nickte dann einem Reiter seiner Leibgarde zu. »Hier, das bringst du, so schnell du kannst, dem Melder auf der Landzunge. Sag ihm, er soll die Botschaft augenblicklich an unsere Flotte weiterleiten. Und jetzt können wir nur hoffen, daß die Nachricht nicht zu spät kommt.«

»Wohl kaum«, meinte Hephaistion. »Wir haben Südwind, und der bremst unsere Flotte – sie kommt ja aus Norden.«

Der Reiter preschte im Galopp davon, überquerte – lauthals um freien Weg schreiend – die Schiffbrücke und ritt dann den Hang der Landzunge von Mykale hinauf. Auf dem höchsten Punkt traf er auf die Topographen des Heers, also jene Männer, die dem Expeditionskorps den Weg wiesen und im Moment Blickkontakt zu Nearchos Flotte hielten, die aus nördlicher Richtung heransegelte. Wenn nötig, konnte man den Schiffen mit Hilfe eines polierten Schildes Zeichen geben.

»Befehl des Königs: Ihr sollt augenblicklich diese Botschaft weiterleiten!« sagte der Reiter und reichte einem der Männer das Täfelchen. »Die persische Flotte liegt mit dreihundert Kriegsschiffen in der Bucht von Milet.«

Der Topograph warf einen prüfenden Blick zum Himmel hinauf und entdeckte, daß der Wind gerade aus Süden eine Wolke herantrieb. »Sofort geht das nicht. Wir müssen warten, bis die Wolke da vorübergezogen ist. Schau, sie hat die Sonne schon fast verdunkelt.«

»Verdammt noch mal!« fluchte der Reiter. »Warum versucht ihr es nicht mit Fahnen?«

»Die würden sie gar nicht sehen, dafür sind sie viel zu weit weg«, erklärte ihm der Topograph. »Wir müssen uns gedulden, lange wird es nicht dauern.«

Mittlerweile lag die ganze Landzunge im Schatten, während die makedonische Flotte, die geordnet ihrem Admiralsschiff hinterherfuhr, von gleißendem Sonnenlicht beschienen wurde. Schon schwenkte sie nach Steuerbord aus, um die Spitze der Landzunge zu umrunden, und die Zeit wollte nicht vergehen ...

Aber irgendwann kam die Sonne doch wieder zum Vorschein, und die Topographen begannen sofort mit ihren glänzenden Schilden Leuchtzeichen zu geben. Die Botschaft war kurz und im Nu übersendet, doch die Flotte zeigte keine Reaktion und fuhr ruhig weiter.

»Was ist? Haben sie uns nicht gesehen?« fragte der Reiter aufgeregt.

»Ich hoffe schon«, erwiderte der Topograph.

»Warum fahren sie dann weiter?«

»Keine Ahnung.«

»Probier's noch einmal! Los, schnell!«

Die Topographen unternahmen einen zweiten Versuch.

»Bei Zeus! Warum antworten die nicht?«

»Weil sie nicht können: Jetzt ist die Wolke über ihnen.«

Der Reiter biß sich auf die Unterlippe und ging nervös auf und ab.

Alle paar Schritte warf er einen unruhigen Blick hinunter zum Heer. Er konnte sich Alexanders Gemütszustand gut vorstellen.

»Sie haben verstanden!« schrie in diesem Moment einer der Topographen. »Da, schaut! Das Admiralsschiff streicht die Segel und läßt die Ruder ins Wasser. Sicher antworten sie uns auch gleich.«

Tatsächlich war deutlich zu erkennen, daß Admiral Nearchos' Schiff die Geschwindigkeit gedrosselt hatte, ja man sah sogar den Schaum, den die Ruder im Wasser verursachten, während sie das Schiff auf eine geschützte Stelle entlang der Landzunge zutrugen.

Nun blitzte auch etwas am Bug auf: Es war die erwartete Antwortbotschaft. Der Topograph entzifferte sie Wort für Wort:

»Halten uns ... bis zum Fluß ... hart ... an der Küste.«

»Bestens, sie haben begriffen! Geh, richte es dem König aus, aber mach schnell, hier oben sind die Sonnenverhältnisse nicht sehr günstig – ich meine, für den Fall, daß Alexander dem Admiral noch mal etwas mitteilen möchte.«

Der Reiter stürzte förmlich den Abhang hinunter und erreichte wenig später Alexander, der seinen gesamten Generalstab am Strand versammelt hatte.

»König! Nearchos hat die Botschaft erhalten und manövriert«, schrie er ihm zu, noch bevor er vom Pferd gesprungen war. »In Kürze wirst du ihn um die Spitze der Landzunge kommen sehen.«

»Sehr gut«, erwiderte Alexander. »Und wir können von hier aus die Flotte des Großkönigs überwachen.«

In diesem Moment bedeckte das riesige Aufgebot an persischen Kriegsschiffen nahezu die gesamte Wasseroberfläche zwischen der Halbinsel von Milet und den Hängen des Latmos-Gebirges, während auf der gegenüberliegenden Seite der weiten Bucht Nearchos mit seinem Gefolge Kap Mykale umschiffte und sich im Schutz der Küste auf die Mäandermündung zubewegte.

»Vielleicht sind wir noch mal davongekommen«, sagte der König. »Wenigstens für den Moment.«

»Ja, ein Glück, daß wir Nearchos warnen konnten«, meinte Krateros. »Wenn er die Perser plötzlich vor sich gehabt hätte, wäre ihm nichts anderes übriggeblieben, als sich auf eine Schlacht einzulassen – und das wäre mit Sicherheit schiefgegangen! Ich meine, wo wir doch zahlenmäßig so unterlegen sind ...«

»Und was gedenkst du jetzt zu tun?« fragte Parmenion.

Er hatte kaum ausgesprochen, als einer der »schildtragenden Gardisten« mit einer Botschaft herbeieilte. »Nachrichten aus Milet, Herr!«

Alexander nahm das Schreiben entgegen und las:

»Philotas, Sohn des Parmenion, an Alexander, heil!
Hegesistratos, der Kommandeur der Garnison von Milet, hat seine Meinung geändert und ist nicht mehr bereit, dir die Tore der Stadt zu öffnen.
Er vertraut jetzt auf die Unterstützung der großköniglichen Flotte.
Leb wohl und gib auf dich acht!«

»Das war zu erwarten«, murmelte Alexander. »Jetzt, wo er die persischen Schiffe in der Bucht vor Anker liegen hat, fühlt Hegesistratos sich natürlich unbezwingbar.«

»König«, verkündete in diesem Moment einer seiner Leibgardisten, »unser Admiralsschiff hat ein Boot zu Wasser gelassen, das sich der Küste nähert.«

»Um so besser. Unsere Seeleute sollen auch am Kriegsrat teilnehmen.«

Kurz darauf ging Nearchos an Land; er war in Begleitung des Befehlshabers der bundesgenössischen Schiffe, eines Atheners namens Karilaos.

Der König empfing die beiden mit großer Herzlichkeit und erläuterte ihnen knapp den Stand der Dinge. Dann begann er, die Anwesenden der Reihe nach um ihre Meinung zu fragen, angefangen bei Parmenion als dem ältesten.

»Ich bin kein Experte, was das Meer angeht«, sagte der greise General, »aber ich glaube, wenn König Philipp jetzt noch unter uns wäre, würde er ganz darauf vertrauen, daß unsere Schiffe schneller und beweglicher sind, und einen Überraschungsschlag gegen die feindliche Flotte führen.«

Alexanders Miene verdüsterte sich, wie es in letzter Zeit immer geschah, wenn er öffentlich mit dem verstorbenen Herrscher verglichen wurde.

»Mein Vater hat gekämpft, wenn die Siegesaussichten gut waren – andernfalls ist er lieber mit List vorgegangen«, erwiderte er trocken.

»Ich würde es nicht auf eine Schlacht ankommen lassen«, meinte Nearchos. »Das Zahlenverhältnis zwischen uns und den Persern ist eins zu drei. Außerdem haben wir Land im Rücken, sprich: unsere Manövrierfähigkeit ist eingeschränkt.«

Noch andere Generäle äußerten ihren Standpunkt, aber bald merkten alle, daß der König abgelenkt war: Er beobachtete einen Fischadler, der über dem Strand seine weiten Kreise zog. Plötzlich stieß der große Raubvogel blitzschnell hernieder, packte mit seinen Krallen einen großen Fisch und gewann mit mächtigem Flügelschlag rasch wieder an Höhe.

»Habt ihr gesehen? Der Fisch da hat sich darauf verlassen, daß er wendig ist und sich im Meer auskennt; dadurch ist er aber zu nahe an den Strand gekommen, wo der Fischadler leichtes Spiel mit ihm hatte, denn dort ist *er* in seinem Element. Und genau so werden wir es auch machen.«

»Wie meinst du das?« fragte Ptolemaios. »Wir haben doch keine Flügel.«

Alexander lächelte. »Das gleiche hast du mir schon einmal vorgehalten, weißt du noch? Damals, als es darum ging, wie wir über den Berg Ossa nach Thessalien reinkommen.«

»Stimmt«, gab Ptolemaios zu.

»Gut«, sagte der König. »Ich bin also der Ansicht, wir können es unter den gegebenen Umständen nicht auf eine Seeschlacht ankommen lassen: Erstens, weil uns der Feind zahlenmäßig weit überlegen ist, und zweitens, weil er größere und bessere Kriegsschiffe hat. Wenn unsere Flotte zerstört würde, wäre es um mein Ansehen geschehen. Die Griechen würden augenblicklich rebellieren, und das Bündnis, das mich soviel Mühe gekostet hat, würde sich Stück um Stück auflösen – mit verheerenden Folgen, wie ich meine. Hört also meinen Befehl: Wir ziehen alle Schiffe an Land und als erstes die mit den Belagerungsmaschinen, die wir umgehend zusammenbauen und vor die Stadtmauer von Milet schaffen.«

»Du willst die ganze Flotte an Land ziehen?« fragte Nearchos fassungslos.

»Jawohl.«

»Aber, Herr ...«

»Hör mal, Nearchos, was glaubst du? Wären die Fußsoldaten an Bord der persischen Schiffe in der Lage, es mit meiner Phalanx aufzunehmen, wenn ich diese am Strand aufmarschieren lasse?«

»Wohl kaum.«

»Darauf kannst du Gift nehmen«, bekräftigte Leonnatos. »Das fällt denen ja im Traum nicht ein. Und selbst wenn ... Die würden wir niedermetzeln, bevor sie überhaupt das Ufer erreicht haben.«

»Richtig«, Alexander nickte. »Und das wissen sie.«

»Aber sie können auch nicht ewig auf ihren Schiffen bleiben«, warf Nearchos ein. »Um die Schiffe schneller zu machen, haben sie die Anzahl der Ruderer erhöht; dafür ist jetzt für nichts anderes mehr Platz. Sie können weder kochen, noch haben sie ausreichend Wasserreserven, sie sind fast vollständig auf Versorgung vom Land angewiesen.«

»Und genau das wird an unserer Reiterei scheitern«, entgegnete Alexander mit triumphierendem Blick. »Sie wird jede Handbreit Küste überwachen, und vor allem jede Flußmündung, jeden Bach, jede Quelle. Und dann sollt ihr mal sehen, wie schnell denen da draußen Lebensmittel und Trinkwasser ausgehen und wie sie unter der glühend heißen Sonne hecheln und vor Hunger murren ...«

»Während wir uns hier an Land ins Fäustchen lachen«, setzte Hephaistion grinsend hinzu.

»Eumenes beaufsichtigt den Zusammenbau der Belagerungsmaschinen«, fuhr Alexander fort. »Sobald sie fertig sind, legen wir eine Bresche in den östlichen Teil der Stadtmauer. Danach wird sie von Perdikkas' und Ptolemaios' Männern gestürmt.

Krateros und Philotas lassen unterdessen unsere Kavallerie entlang der Küste aufziehen, um Landungsmanöver der Perser zu verhindern. Parmenion führt das schwere Fußvolk ins Feld, und zwar dort, wo es am nötigsten gebraucht wird, und der ›Schwarze‹ steht ihm dabei zur Seite – einverstanden, Schwarzer?«

»Einverstanden, Herr!« erwiderte Kleitos.

»Ausgezeichnet. Nearchos und Karilaos, ihr steht den Truppen der an Land gezogenen Schiffe vor. Bewaffnet auch deren Besatzungen. Wenn nötig, hebt ihr einen Schützengraben aus. Und dann sollt ihr mal sehen, wie schnell die Mileter ihren Gesinnungswandel bereuen . . .«

14

Der Frühling war inzwischen weit vorangeschritten, und die Sonne stand hoch am Himmel. Auch das Wetter hatte sich endgültig zum Schönen gewandt, das azurblaue Meer war spiegelglatt.

Alexander, Hephaistion und Kallisthenes befanden sich auf einem Gipfel des Latmos-Gebirges und bewunderten das herrliche Panorama, das sich ihnen darbot. Rechts schob sich die Landzunge des Mykale-Gebirges wie ein spitzer Sporn ins Meer hinaus, und dahinter zeichnete sich die große Insel Samos ab.

Zu ihrer Linken konnten sie die etwas plump wirkende Halbinsel von Milet sehen. Die Stadt, die vor zweihundert Jahren von den Persern zerstört worden war, weil sie gewagt hatte, sich gegen ihre Besatzer aufzulehnen, war von einem ihrer illustersten Söhne, dem Architekten Hippodamos, wieder aufgebaut worden – oder vielmehr nach dessen Plänen. Nun war sie im Schachbrettmuster angelegt, besaß also ein dichtes Netz von Straßen und Gassen, die sich rechtwinklig schnitten und in Haupt- und Nebenstraßen – oder »breite« und »enge« Straßen – unterteilt waren.

Auch die Tempel auf der Akropolis, dem höchsten Punkt der Stadt, waren neu errichtet worden – herrliche Bauwerke, die man mit bunt bemaltem Marmor verkleidet und mit Ornamenten aus Bronze, Gold und Silber geschmückt hatte. Ihre majestätischen Skulpturen waren weithin sichtbar und beherrschten die ganze Bucht.

Im Zentrum der Stadt hatte Hippodamos die Agora, also den großen Marktplatz, anlegen lassen, an dem alle Straßen zusammenliefen – er war Mittelpunkt des öffentlichen Lebens von Milet.

Nicht weit von der Küste entfernt befand sich die kleine Insel Lade; sie war der Bucht wie ein Wachtposten vorgelagert.

Ganz im Nordosten des Meerbusens, nahe der Mäandermündung, konnte man die an Land gezogenen Schiffe der makedonischen Flotte erkennen. Nearchos hatte rings um sie herum einen Graben ausheben und eine Palisade errichten lassen, um sie gegen Überraschungsschläge zu schützen – nur für den Fall, daß es den persischen Soldaten doch gelingen sollte, ihre Schiffe zu verlassen und überraschend anzugreifen.

Die dreihundert Kriegsschiffe des Großkönigs inmitten der Bucht nahmen sich von hier oben aus wie harmlose Spielzeugboote.

»Unglaublich!« rief Kallisthenes aus. »Auf dem kleinen Stück Meer dort unten hat sich das Geschick der Perserkriege entschieden. Seht ihr das Inselchen dort draußen, gleich bei der Stadt? Das ist Lade. Genau dort wurde die Flotte der griechischen Aufständischen von den Persern vernichtet.«

»Und der gute Kallisthenes beglückt uns jetzt mal wieder mit einem seiner Geschichtsvorträge – als hätte uns sein Onkel in Mieza nicht schon genug damit gequält!« spottete Hephaistion.

»Halt den Mund!« fuhr Alexander ihn an. »Wer die Vergangenheit nicht kennt, kann die Gegenwart nicht verstehen.«

»Ganz dort hinten, bei der Landzunge des Mykale-Gebirges«, fuhr Kallisthenes unerschütterlich fort, »haben unsere Truppen fünfundzwanzig Jahre später die Rechnung beglichen. Die Flotte stand unter dem Oberbefehl des Königs von Sparta, Leotychides; die Perser hatten ihre Schiffe alle an Land gezogen.«

»Seltsam«, meinte Hephaistion, »und heute ist es genau umgekehrt.«

»Allerdings«, Alexander nickte. »Und während unsere Männer gemütlich im Schatten sitzen und frisches Brot essen, braten die dort draußen seit drei Tagen an der Sonne und ernähren sich von Zwieback – falls sie überhaupt noch welchen haben. Das Trinkwasser ist mit Sicherheit schon auf ein, zwei Schöpfkellen am Tag rationiert worden. Sie werden sich entscheiden müssen: angreifen oder verschwinden.«

»Schau!« sagte Hephaistion. »Unsere Belagerungsmaschinen setzen sich in Bewegung. Bis heute abend sind sie vor der Stadtmauer plaziert, und morgen fangen wir an, die Bastion zu zertrümmern!«

In diesem Moment kam ein Reiter der Königsschwadron auf sie zugeritten. »König! Ich habe eine Botschaft der Generäle Parmenion und Kleitos für dich«, verkündete er, indem er Alexander ein Täfelchen aushändigte.

Der Herrscher las laut vor:

»Parmenion und Kleitos an König Alexander, heil!
Die Barbaren haben an verschiedenen Punkten der Küste drei Landungsversuche unternommen, um sich mit Trinkwasser zu versorgen, sind aber jedesmal von uns zurückgeschlagen worden.
Leb wohl.«

»Ausgezeichnet!« sagte Alexander. »Alles, wie ich es vorhergesehen habe. Dann können wir jetzt auch wieder hinunterreiten.«

Er trieb Bukephalos mit den Absätzen an und lenkte ihn auf den Weg, der zur Bucht hinunterführte, um dort der Kolonne von Kriegsmaschinen entgegenzureiten, die auf der Straße in Richtung Milet rollten.

Am Fuße des Latmos stießen sie auf Eumenes. »Na, wie ist die Sicht von dort oben?« wollte er wissen.

»Phantastisch«, erwiderte Hephaistion für alle. »Man sieht

die Perser in der Sonne schmoren. Sie sind bestimmt bald durchgebraten ...«

»Wißt ihr, wer angekommen ist?«

»Nein.«

»Apelles. Er hat sein Reiterbild fertig gemalt und will es Alexander vorführen.«

»Oh, bei den Göttern!« stöhnte Alexander. »Ich bin im Krieg, da habe ich doch keine Zeit für Bilder. Danke ihm, gib ihm sein Geld und sag ihm, daß wir uns in einem passenderen Moment wiedersehen.«

»Wie du willst«, meinte Eumenes. »Aber dem guten Apelles steigt bei dieser Antwort bestimmt die Galle hoch ... Ah, bevor ich es vergesse: Von Memnon weiterhin keine Spur – wie vom Erdboden verschluckt. Wahrscheinlich hat er sich aus dem Staub gemacht.«

»Das glaube ich nicht«, sagte der König. »Dieser Mann ist nur sehr gerissen ... und gefährlich.«

»Das Problem ist, daß ihn keiner von uns je zu Gesicht bekommen hat«, meinte Hephaistion. »Wir wissen ja nicht einmal, wie er aussieht. Angeblich soll er sich auch auf dem Schlachtfeld durch nichts erkennbar machen. Ich habe gehört, daß er mit einer korinthischen Streithaube ohne Helmzierde kämpft, und ihr wißt ja, die verdeckt das Gesicht vollständig.«

»Bis auf zwei schmale Augenschlitze«, warf Eumenes ein.

»Ja, aber mitten im Schlachtgetümmel erkennst du einen Mann nicht an seinen Augen!«

»Wie auch immer«, sagte Alexander, »an eine Flucht glaube ich jedenfalls nicht. Habt ihr den griechischen Arzt aufgestöbert, der ihn behandelt hat? Parmenion sagt, er kommt aus Adramyttion ... ein gewisser Ariston.«

»Der ist auch verschwunden.«

»Was ist mit Memnons Haus in Zelea? Überwacht ihr es?«

»Bis auf die Dienerschaft ist dort keiner mehr.«

»Trotzdem, Leute: Hört nicht auf, ihn zu suchen. Memnon ist unser gefährlichster Feind, der Mann, den wir am meisten fürchten müssen.«

»Wir tun unser Möglichstes«, sagte Eumenes, grüßte und ritt dem Konvoi aus Belagerungsmaschinen hinterher.

»Warte!« rief Alexander ihm nach.

Eumenes zügelte sein Pferd und drehte sich um: »Was noch?«

»Du hast gesagt, Apelles sei hier.«

»Ja, aber ...«

»Ich habe meine Meinung geändert. Wo ist er?«

»Unten im Lager der Flotte. Ich habe ihm ein Zelt mit Bad richten lassen.«

»Gut getan. Dann sehen wir uns später.«

»Aber was willst du ...« Eumenes hatte seinen Satz noch nicht zu Ende gesprochen, als Alexander bereits in Richtung des Flottenlagers davonsprengte.

Apelles war ziemlich pikiert, weil sich niemand um ihn kümmerte und weil kaum einer von diesen ungehobelten Bauernrüpeln in ihm den größten Maler aller Zeiten erkannte. Dagegen hatte alles Augen für Kampaspe, die nackt im Meer badete und in einem Militärchiton herumlief, der gerade ihre Scham bedeckte.

Erst als Apelles den König vom Pferd steigen sah, hellte sich seine Miene auf. Alexander ging mit ausgebreiteten Armen auf ihn zu: »Großer Meister! Herzlich willkommen in meinem ärmlichen Lager! Es war aber wirklich nicht nötig, daß du extra kommst ... Ich bin so gespannt auf dein geniales Werk, daß ich dich selbst in Kürze aufgesucht hätte.«

Apelles verneigte sich leicht. »Es war nicht meine Absicht, dich inmitten eines so brisanten Unternehmens zu stören, doch andererseits konnte ich es kaum erwarten, dir das Bild zu zeigen.«

»Wo ist es?« fragte Alexander, der nun wirklich sehr neugierig war.

»Hier, im Zelt. Komm.«

Dem König fiel sofort auf, daß Apelles sich ein weißes Zelt hatte geben lassen, in dessen gleichförmiger Helligkeit die

Farben des Gemäldes wahrscheinlich besonders gut zum Ausdruck kamen.

Der Künstler ließ ihn eintreten und wartete, bis seine Augen sich an das Licht gewöhnt hatten. Das Bild war hinter einer Art Bühnenvorhang versteckt, dessen Schnur ein Sklave in der Hand hatte – der junge Mann wartete nur auf ein Zeichen seines Herrn, um das Kunstwerk zu enthüllen. In der Zwischenzeit war auch Kampaspe eingetreten und hatte sich neben Alexander gestellt.

Endlich nickte Apelles dem Sklaven zu, und dieser zog den Vorhang nach oben.

Alexander starrte überwältigt auf das Gemälde, das eine ungeheure Ausdruckskraft besaß. Es war, als hätten die Details, die er schon in der Skizze so bewundert hatte, Körper und Seele bekommen; der feuchte Glanz ihrer Farben machte sie unglaublich lebensecht, ja, das ganze Bild strotzte vor Leben und deuchte ihn wie ein Wunder.

Am allermeisten beeindruckte ihn jedoch die Gestalt des Bukephalos – das Pferd mit seinen qualmenden Nüstern schien jeden Augenblick aus dem Rahmen springen zu wollen. Es war, als würden seine Hufe die flächige Dimension des Bildes verlassen und in den Raum eindringen, in dem sich der Betrachter befand. Die Figur des Reiters war ebenfalls grandios gelungen, wenn auch ganz anders als in den Skulpturen des Lysippos. Mit den unzähligen Farbtönen und -schattierungen, die ihm zu Gebote standen, hatte Apelles einen geradezu frappierenden Realismus erzielt. Ja, dieses Gemälde war zweifellos beeindruckender als eine Bronzeskulptur, in gewisser Weise aber auch respektloser.

So konnte man im Gesicht des Königs zwar die edlen Züge eines großen Herrschers und den stürmischen Tatendrang des Eroberers erkennen, aber auch Müdigkeit, Erschöpfung, ja sogar Schweiß, der ihm die zerzausten Locken an die Schläfen klebte; seine Augen waren weit aufgerissen vor lauter Anstrengung, die Brauen fast krampfhaft zusammengezogen, Halsschlagader und -sehnen traten hervor. Was da auf Bukephalos saß, war kein Gott wie in Lysippos Statuen, sondern ein Mensch – ein Mensch in seiner ganzen Größe und in seinem ganzen Elend.

Apelles beobachtete besorgt das Mienenspiel des Königs und rechnete jeden Augenblick mit einem seiner berühmten Zornausbrüche, doch Alexander umarmte ihn und sagte: »Wundervoll! Ich erkenne mich in jeder Kleinigkeit wieder – das bin genau ich im heißesten Moment einer Schlacht. Wie hast du das bloß fertiggebracht, Apelles? Du hast mich doch nie auf dem Schlachtfeld erlebt! Und als ich dir Modell gesessen habe, hatte ich noch nicht einmal Bukephalos unter mir, sondern eine Holzattrappe. Ich begreife wirklich nicht, wie du . . .«

»Ich habe mich mit deinen Männern unterhalten, Herr, mit den Gefährten, die Seite an Seite mit dir kämpfen, mit allen möglichen Leuten, die dich näher kennen«, erwiderte der Maler. ». . . auch mit Kampaspe«, fügte er mit niedergeschlagenen Augen hinzu.

Alexander wandte sich der jungen Frau zu, die ihn mit einem vielsagenden Lächeln ansah. »Wärst du so nett und würdest uns einen Moment allein lassen?« fragte er sie.

Kampaspe wirkte überrascht, beinahe etwas gekränkt über diese Bitte, kam ihr jedoch ohne Murren nach.

»Apelles«, sagte Alexander, als sie hinausgegangen war, »kannst du dich noch an unsere Malsitzung in Ephesos erinnern?«

»Ja, Herr«, erwiderte der Maler und fragte sich insgeheim, worauf der König hinauswollte.

»Kampaspe spielte damals auf ein Gemälde an, auf dem du sie als Aphrodite dargestellt hast – ein Gemälde, dessen Auftraggeber sie nicht nannte . . . oder nennen wollte.«

»Dir entgeht aber auch gar nichts, Herr.«

»Mit einem König ist es wie mit einem Künstler: Er muß die Bühne beherrschen und darf sich niemals ablenken lassen. Die kleinste Unachtsamkeit kann seinen Tod bedeuten.«

»Stimmt«, gab Apelles zu und sah ihm – in Erwartung der

heiklen Frage, die gleich kommen würde – ängstlich in die Augen.

»Wer war der Auftraggeber des Gemäldes?«

»Schau, Herr, ich konnte ja nicht ahnen ...«

»Du brauchst dich nicht zu entschuldigen. Ein Künstler geht, wohin man ihn bestellt, und das ist richtig so. Sprich also frei und ohne Angst. Von mir hast du nichts zu befürchten, das schwöre ich dir.«

»Memnon. Der Auftraggeber war Memnon.«

»Das habe ich mir fast gedacht. Wer anders hätte sich in dieser Gegend ein Bild des großen Apelles leisten können? Noch dazu zu diesem Thema und von diesem Ausmaß!«

»Aber ich versichere dir, Herr, daß ich nicht wußte ...«

Alexander unterbrach ihn: »Ich habe dir bereits gesagt, daß du mir keine Erklärungen schuldest. Ich möchte dich nur um einen Gefallen bitten.«

»Welchen, Herr?«

»Du hast ihm doch ins Gesicht gesehen, nicht?«

»Wem, Memnon? Natürlich ...«

»Dann male mir ein Porträt von ihm. Niemand von uns würde ihn erkennen, wenn er ihm begegnet, weil keiner weiß, wie er aussieht. Mit einem Bild von dir wäre das anders.«

»Verstehe, Herr.«

»Gut, dann fang an.«

»Jetzt gleich?«

»Jetzt gleich.«

Apelles nickte, nahm einen Papyrusbogen und ein Stück Kohle zur Hand und begann zu skizzieren.

15

Barsine und die Jungen stiegen von ihren Pferden ab und gingen auf das spärlich beleuchtete Haus zu. Als sie das Atrium betraten, stand ihnen – auf Krücken gestützt – Memnon gegenüber.

»Mein Liebster!« schrie Barsine, stürzte auf ihn zu, umarmte und küßte ihn. »Wie sehr du mir gefehlt hast!«

»Vater!« riefen auch die beiden Jungen, die Memnon nun ebenfalls an sich drückte; dabei mußte er die Augen schließen, um seine Tränen zurückzuhalten.

»Kommt! Kommt! Ich habe schon das Abendessen richten lassen. Heute müssen wir feiern!«

Sie befanden sich in der Villa eines großen Anwesens zwischen Milet und Halikarnassos, das der persische Satrap von Karien zur Verfügung gestellt hatte.

Die Tische und Speiseliegen waren bereits nach griechischer Art aufgestellt, in der Mitte stand ein großer Mischkrug mit Zypernwein. Memnon bat seine Familie Platz zu nehmen und streckte sich selbst auf einer der sogenannten *Klinen* aus.

»Wie geht es dir, Lieber ?« fragte Barsine.

»Ausgezeichnet. Ich bin so gut wie geheilt. Die Krücken benütze ich nur, weil der Arzt meint, ich soll das Bein noch nicht belasten – aber es ginge auch ohne.«

»Und die Wunde? Tut sie noch weh?«

»Nein, die war innerhalb von wenigen Tagen völlig verheilt – die Umschläge des ägyptischen Arztes haben Wunder gewirkt. Aber kommt, jetzt eßt doch bitte!«

Der griechische Koch reichte gerade frisches Brot, Käsewürfel und gekochte Enteneier herum, während sein Gehilfe eine Suppe aus weißen Bohnen, Erbsen und Kichererbsen in Schalen füllte.

»Wie geht es jetzt weiter?« fragte Barsine.

»Ich habe euch hierherbringen lassen, weil ich euch viel erzählen muß. Der Großkönig hat mich in einem persönlichen Erlaß zum Oberkommandierenden der gesamten anatolischen Region ernannt. Das bedeutet, daß ich sogar noch über den Satrapen stehe, Truppen ausheben kann, soviel ich will, und über immense Geldmittel verfüge.«

Seine Söhne sahen ihn begeistert an, und ihre Augen leuchteten vor Stolz.

Anders Barsine. »Du wirst also wieder an den Kriegshandlungen teilnehmen«, meinte sie bekümmert.

»Ja, so bald wie möglich. Und wo wir schon dabei sind ...«, erwiderte ihr Mann und senkte den Blick, als wolle er den Wein in seinem Kelch betrachten.

»Was, Memnon?«

»Ihr müßt leider von hier weg. Dieser Krieg wird sehr hart werden, und es wird keinen einzigen sicheren Ort mehr geben, besonders hier in der Gegend ...« Barsine schüttelte ungläubig den Kopf. »Bitte, verstehe – das ist auch der Wunsch des Großkönigs. Ich lasse dich und die Kinder nach Susa bringen, dort werdet ihr geehrt und geachtet bei Hofe leben.«

»Will uns der Großkönig vielleicht als Geiseln?«

»Nein, das glaube ich nicht, aber an der Tatsache, daß ich kein Perser bin, läßt sich natürlich nichts ändern. Ich bin nun mal ein Söldner, der sein Schwert verkauft hat.«

»Ich weiche keinen Schritt von deiner Seite!« sagte Barsine.

»Und wir auch nicht«, schrien die Jungen im Chor.

Memnon seufzte: »Es geht leider nicht anders. Ihr reist schon morgen ab. Ein Wagen wird euch bis Kelainai bringen, ab dort seid ihr sicher. Ihr werdet die Königsstraße benützen, auf der euch keinerlei Gefahr droht. Ich denke, ihr seid gegen Ende des nächsten Monats in Susa.«

Barsine hatte, während er sprach, die Augen niedergeschlagen; dicke Tränen kullerten über ihre Wangen.

»Ich schreibe dir«, fuhr Memnon fort, »und du wirst oft von mir hören, weil ich die königlichen Boten in Anspruch nehmen kann. Für dich gilt natürlich dasselbe. Und wenn alles vorbei ist, komme ich zu euch nach Susa, wo der Großkönig mich mit den höchsten Ehrungen auszeichnen und für die geleisteten Dienste belohnen wird. Dann können wir endlich in Frieden leben, Barsine, und zwar wo du möchtest, hier in Karien oder in Zelea oder in Pamphylien am Meer. Und jetzt sei tapfer und mach mir den Abschied nicht noch schwerer.«

Barsine wartete, bis die Jungen mit dem Essen fertig waren, und schickte sie dann ins Bett.

Einer nach dem andern gingen sie zu ihrem Vater und umarmten ihn mit schwimmenden Augen.

»Ich will keine Tränen bei meinen jungen Kriegern sehen«, sagte Memnon, indem er sich erhob. Die beiden Jungen beherrschten sich, so gut es ging, und sahen ihm fest in die Augen. »Gute Nacht, meine Söhne, schlaft gut. Morgen erwartet euch eine lange Reise. Ihr werdet wundervolle Dinge sehen, Paläste, die in tausend Farben schillern, und märchenhafte Seen und Gärten. Die ausgefallensten Speisen und Früchte werdet ihr essen und leben wie die Götter. So, und jetzt geht.«

Die Kinder küßten ihm nach persischer Sitte die Hand und zogen sich zurück.

Barsine entließ die Dienerschaft und geleitete Memnon in ihr Zimmer. Dort ließ sie ihn auf einen Sessel sitzen, und dann tat sie etwas, was sie aufgrund des ausgeprägten Schamgefühls, zu dem sie erzogen worden war, noch nie getan hatte: Sie zog sich vor seinen Augen aus und blieb im warmen, roten Licht der Lampen nackt vor ihm stehen.

Memnon betrachtete sie, wie nur ein Grieche die Schönheit in ihrer Reinform betrachten konnte. Sein Blick glitt langsam über ihre bernsteinfarbene Haut, über das sanfte Oval ihres Gesichts, den schlanken Hals, die runden Schultern, die schweren, prallen Brüste und ihre spitzen dunklen Warzen, den weichen Bauch, das glänzende Haar, das ihre Scham bedeckte.

Er streckte die Arme nach ihr aus, doch sie wich zurück und legte sich aufs Bett.

Dann machte sie unter seinem glühenden Blick die Schenkel breit und entledigte sich gewissermaßen des letzten Schleiers an Scham, um ihrem Mann soviel Lust und soviel Genuß wie nur möglich zu verschaffen, bevor sie sich – wer wußte, für wie lange – trennen mußten.

»Schau mich an«, sagte sie, »und vergiß mich nie. Denk an mich, auch wenn du dein Bett mit anderen Frauen teilst und Eunuchen mit runden Hüften angeboten bekommst. Denk daran, daß niemand anderer sich dir mit der Liebe hingeben kann, die ich für dich empfinde – mein Herz und mein Fleisch brennen vor Liebe zu dir.«

Ihre Stimme war tief und melodisch zugleich, der Klang ihrer Worte warm wie das Licht der Lampen, das ihren Körper überflutete und in eine bronzefarbene Zauberlandschaft verwandelte.

»Barsine . . .«, murmelte Memnon, indem er seinerseits die lange Chlamys fallen ließ und sich nackt vor sie hinstellte. »Barsine . . .«

Sein in hundert Schlachten gestählter statuenhafter Körper war mit Narben bedeckt, die letzte hatte eine breite, bläuliche Spur auf seinem Schenkel hinterlassen, aber seine mächtige Muskulatur und der feste Blick strömten geballte Energie und überschäumende Lebenskraft aus.

Ihre Augen streichelten ihn lange und eindringlich, während er sich ihr behutsam näherte. Und als er sich neben ihr ausstreckte, glitten ihre Hände sanft über seine kräftigen Schenkel, und ihr Mund liebkoste jede Stelle seines Körpers und bereitete ihm himmlischen Genuß. Dann legte sie sich auf ihn und begann langsam mit den Hüften zu kreisen wie damals im Tanz, als er sie im Hause ihres Vaters zum erstenmal gesehen und sich Hals über Kopf in sie verliebt hatte.

Als sie endlich erschöpft nebeneinander liegenblieben, färbte ein erster Hauch von Morgenröte die sanften Hügeln Kariens.

16

Das fürchterliche Dröhnen der Rammböcke, die ohne Unterlaß die Stadtmauer von Milet bearbeiteten, hallte wie Donner von den steilen Wänden des Latmos-Gebirges zurück und der Steinhagel der Katapulte war weithin sichtbar.

Draußen, auf dem Meer, versammelte der persische Admiral in diesem Augenblick alle maßgeblichen Flottenoffiziere auf dem Achterkastell seines Schiffs, um Rat zu halten, aber ihre Berichte waren durchweg entmutigend: Die Soldaten waren halb verhungert und lechzten nach Wasser; in diesem Zustand konnte man sie unmöglich zu einer riskanten Landattacke zwingen, das wäre einem Massenselbstmord gleichgekommen.

»Ich schlage vor, wir fahren nach Samos«, sagte ein Phönizier aus Arados, »versorgen uns mit Wasser und Lebensmitteln, kehren dann wieder um und versuchen einen Überraschungsangriff auf ihr befestigtes Flottenlager. Wir könnten die Schiffe anzünden, ihrem Heer vor den Mauern Milets in den Rücken fallen und den Bewohnern der Stadt dadurch Gelegenheit für einen Ausfall verschaffen – wenn das gelänge, müßten sich die Makedonen nach zwei Seiten hin verteidigen, und wir hätten leichtes Spiel.«

»Ja, der Meinung bin ich auch«, pflichtete ein zypriotischer Offizier bei. »Wenn wir früher angegriffen hätten, also bevor sie ihre Schiffe mit einem Graben schützen konnten, wäre die Sache natürlich einfacher gewesen, aber ich denke, daß wir es auch so schaffen könnten.«

»Einverstanden«, sagte der persische Admiral, da offensichtlich alle derselben Ansicht waren. »Wir fahren nach Samos und beschaffen uns neue Lebensmittel und Trinkwasser. Nachdem unsere Krieger und die Rudermannschaften sich gestärkt haben, segeln wir mit der Abendbrise zurück und fallen noch in dieser Nacht über ihr Flottenlager her. Wenn der Handstreich gelingt, stecken wir das Lager in Brand und greifen ihr Heer vor der Stadtmauer von hinten an.«

Wenig später wurde auf dem Fahnenmasten des Admiralsschiffs eine Flagge gehißt, die allen Schiffen bedeutete, die Ruder ins Wasser zu lassen und sich auf die Abfahrt vorzubereiten.

Die persische Flotte ordnete sich sauber in zehn Reihen an, und als die Trommeln den Rudertakt zu schlagen begannen, setzte sich der lange Zug in Bewegung und fuhr in nördlicher Richtung auf die Insel Samos zu.

»Sie hauen ab!« hörte Alexander einen seiner Männer schreien, als er gerade die Belagerungsmaschinen vor den Mauern Milets inspizierte. »Die persische Flotte haut ab!«

»Na, prächtig«, meinte Seleukos, der Alexander an diesem Tag als Feldadjutant begleitete. »Dann muß die Stadt sich ergeben. An diesem Punkt sind alle ihre Hoffnungen gestorben . . .«

»Nein, warte«, fiel Ptolemaios ihm ins Wort. »Das Admiralsschiff gibt der Stadt irgendwelche Zeichen. Da . . .«

Jetzt konnten auch Alexander und Seleukos es sehen: Vom Achterdeck des großen Schiffes wurden Blitze ausgesandt, und die Antwort der Stadt ließ nicht lange auf sich warten. Bald flatterte auf ihrem höchsten Turm eine rote Fahne, danach eine blaue und dann eine grüne.

»Sie bestätigen den Erhalt der Botschaft«, erklärte Ptolemaios. »Da die Sonne ungünstig steht, können sie es nicht mit Leuchtzeichen tun.«

»Und wie lautete deiner Meinung nach die Botschaft der Perser?« fragte Leonnatos.

»Ist doch klar: Wir kommen zurück«, erwiderte Seleukos. »Wenn du mich fragst, wollen sie sich auf Samos mit Wasser und Proviant versorgen.«

»Aber Samos hat einen athenischen Kommandeur, der mit uns verbündet ist«, warf Leonnatos ein.

Seleukos zuckte mit der Schulter. »Die kriegen schon, was sie wollen, keine Angst. Die Athener fürchten uns, aber sympathisch sind wir ihnen nicht. Du brauchst dir ja nur ihre Truppen hier bei uns anzusehen. Haben sie je an einem gemeinsamen Fest oder einer Feier teilgenommen? Nein! Und ihre Offiziere? Die gucken auf dich herab, als wärst du ein Aussätziger. Und zu den Versammlungen des Generalstabs kommen sie bloß auf persönliche Einladung Alexanders – andernfalls läßt sich kein Schwanz blicken. Nein, mein Lieber, du wirst sehen: Die persische Flotte bekommt in Samos alles, was sie braucht.«

»Das kann uns aber egal sein«, schaltete sich an diesem Punkt Alexander ein. »Auch mit gestilltem Durst und vollem Bauch müssen die Perser früher oder später entscheiden, ob sie an Land gehen wollen oder nicht – denn eine Seeschlacht lehne ich weiterhin ab. Und Nearchos auch. Das einzige, was wir tun müssen, ist, die Einfahrt in die Bucht von schnellen Aufklärungsbooten überwachen zu lassen, für den Fall, daß sie heute nacht oder morgen früh überraschend zurückkommen. Gebt dem Admiral diesbezüglich Bescheid.«

Inzwischen war offensichtlich, daß die persische Flotte nach Samos unterwegs war, und der König kehrte zu den Belagerern vor der Stadtmauer zurück, um ihnen noch mehr Druck zu machen.

Die Kriegsmaschinen wurden von Lysimachos beaufsichtigt, der die Mauer in diesem Augenblick mit einem gigantischen Rammbock bearbeiten ließ, und zwar an einer Stelle, wo sie während der vergangenen Nacht untertunnelt und teilweise bereits zum Einsturz gebracht worden war.

»Ich will, daß ihr ab sofort Tag und Nacht ohne Unterlaß arbeitet«, sagte Alexander. »Laß auch die Trommel von Chaironeia holen: Ihr Dröhnen soll drinnen, in der Stadt, Panik verbreiten und nicht aufhören, bis unsere Sturmböcke die Mauer zertrümmert haben.«

Zwei Reiter galoppierten augenblicklich ins Flottenlager und richteten Nearchos aus, was der König angeordnet hatte.

Wie befohlen, entsandte der Admiral rund ein Dutzend Aufklärungsboote; sie hatten große Fässer mit Öl an Bord, das im Falle eines nächtlichen Angriffs angezündet werden konnte, um Alarm zu schlagen. Außerdem beauftragte Nearchos ein paar Männer, die Trommel von Chaironeia vor die Stadtmauer zu schaffen.

Wenig später befanden sich die Aufklärungsboote bereits im offenen Meer, jedoch nicht weit von der Einfahrt in die Bucht von Milet entfernt, und der »Donner von Chaironeia«, wie die Soldaten es inzwischen nannten, ließ seine furchterregende Stimme vernehmen – ein rhythmisches, dumpfes Dröhnen, das von den umliegenden Bergen zur Küste zurückgeworfen wurde. Und in diesen Donner mischte sich noch der höllische Lärm der Sturmböcke, die Hunderte von Arme gegen die Stadtmauer rammten, während die Katapulte Steine auf die Wehrgänge hinaufschleuderten, um mögliche Verteidiger zu vertreiben.

Wenn eine Mannschaft müde war, wurde sie von einer anderen abgelöst, und wenn eine Maschine kaputtging, wurde sie umgehend durch eine neue ersetzt: Die Bewohner der belagerten Stadt kamen keinen einzigen Augenblick zur Ruhe.

Mit Einbruch der Dunkelheit nützte die persische Flotte den Abendwind aus, fädelte sich in die Reede ein und steuerte mit geblähten Segeln auf Nearchos' Flottenlager zu. Aber die Besatzungen der makedonischen Boote hielten Nachtwache. Kaum daß sich die gewaltigen Umrisse der persischen Kriegsschiffe im Mondlicht abzuzeichnen begannen, kippten die Männer den Inhalt ihrer großen Fässer ins Meer, so daß sich eine lange Ölspur bildete. Dann legten sie Feuer.

Im nächsten Moment zuckte eine Schlange aus Flammen über die schwarze Wasseroberfläche, und kurz darauf konnte man vom Land her schrilles Trompetengeschmetter vernehmen. Wenig später funkelte die Küste von Lichtern, es waren die Fackeln der Soldaten, die zusammenliefen, um sich in ihre Abteilungen einzugliedern.

Die persische Flotte versuchte an diesem Punkt erst gar nicht, den Flammenvorhang zu durchbrechen, ja ihre Anführer befahlen den Ruderern, eiligst abzudrehen.

Als die Sonne aufging, war die Bucht von Milet wie ausgestorben.

Nearchos überbrachte Alexander die frohe Botschaft als erster: »König, sie sind geflohen! Die persischen Schiffe haben den Meerbusen verlassen.«

»In welche Richtung?« fragte der Herrscher, während seine Adjutanten ihm den Harnisch anlegten und Leptine ihm mit dem allmorgendlichen »Nestorpokal« hinterherrannte.

»Das wissen wir nicht genau, aber einer von unseren Spähern oben, auf der Landzunge des Mykale-Gebirges, hat sie in südlicher Richtung verschwinden sehen. Ich vermute fast, daß sie sich endgültig davongemacht haben.«

»Die Götter mögen dir recht geben, Nearchos.«

In diesem Moment betrat auch der athenische Flottenführer Karilaos in voller Montur das Zelt.

»Was sagst du jetzt?« meinte Alexander.

»Das wir Schwein hatten«, erwiderte Karilaos. »Ich hätte es jedenfalls auch auf offenem Meer mit ihnen aufgenommen ...«

»So war es besser«, erwiderte Alexander. »Ich denke, wir haben einiges an Männern und Schiffen gespart.«

»Und jetzt?« fragte Nearchos.

»Wartet bis zum Nachmittag. Wenn sie bis dahin nicht zurückgekommen sind, laßt ihr die Schiffe wieder ins Wasser und haltet euch am Ankerplatz bereit.«

Die beiden Offiziere begaben sich zu ihren Rudermannschaften, und Alexander stieg aufs Pferd und ritt zusammen mit Seleukos, Ptolemaios und Perdikkas zu den Belagerern vor der Stadt. Dort empfingen ihn als erstes das Dröhnen der Sturmböcke und der »Donner von Chaironeia« und erst danach General Parmenion.

Der König entdeckte, daß bereits eine Bresche in die Mauer geschlagen war, die mit jedem Rammstoß breiter wurde, und daß bereits der erste Belagerungsturm herangerollt wurde.

»In Kürze holen wir zum entscheidenden Schlag aus, König!« Parmenion mußte brüllen, um das fürchterliche Getöse zu übertönen.

»Hast du meine Befehle an die Soldaten weitergeleitet?«

»Jawohl, Herr: kein Gemetzel, keine Vergewaltigungen, keine Plünderungen. Wer zuwiderhandelt, wird an Ort und Stelle hingerichtet.«

»Und unseren Hilfstruppen, den Barbaren, hast du es auch übersetzen lassen?«

»Selbstverständlich, Herr.«

»Gut. Dann kann es losgehen.«

Parmenion nickte und gab einem seiner Männer ein Zeichen, worauf dieser dreimal mit einer gelben Fahne winkte. Der gigantische Holzturm setzte sich erneut in Bewegung und fuhr noch dichter an die Stadtmauer heran. Im selben Moment hörte man ohrenbetäubendes Gepolter und sah, wie ein breites Stück Mauer unter dem Druck der Sturmböcke einbrach und dabei eine riesige Staubwolke aufwirbelte, in der man Freund und Feind nicht mehr voneinander unterscheiden konnte.

Unterdessen war die Brücke im oberen Teil des Belagerungsturms heruntergelassen worden, und eine Schar Makedonen stürzte hinaus auf die Stadtmauer, um die Verteidiger von Milet anzugreifen, die von der Höhe herab die Mauerbresche unter Beschuß genommen hatten. Es gab augenblicklich ein wildes Handgemenge, in dessen Verlauf etliche der Angreifer von der Mauer stürzten oder über die Brüstung der Wehrgänge gestoßen wurden; trotzdem hatten die Makedonen auf dem Bollwerk schon bald einen Brückenkopf errichtet und begannen, nachdem alle Verteidiger von der Mauer vertrieben waren, die Männer jenseits der Bresche mit einem Hagel aus Pfeilen und Speeren zu attackieren.

Als sich die Staubwolke gelichtet hatte, drängte eine Abteilung »schildtragender Gardisten« durch die Mauerbresche in die Stadt, gefolgt von thrakischen und triballischen Sturmtruppen.

Die total erschöpften Krieger von Milet begannen entmutigt zurückzuweichen und gestatteten Parmenions Truppen, immer tiefer in die Stadt einzudringen.

Eine gewisse Anzahl von Soldaten niedrigerer Herkunft ergaben sich und wurden verschont, aber die griechischen Söldner und die unter den Adligen ausgehobenen Eliteeinheiten konnten auf soviel Gnade nicht hoffen. Sie rannten ans andere Ende der Stadt, warfen ihre Rüstungen weg und sprangen von einem Turm ins Meer, um zu der kleinen Insel Lade hinüberzuschwimmen. Dort war ein Fort, in dem sie sich verschanzen und vielleicht doch noch irgendwie verteidigen konnten.

Alexander ritt auf Bukephalos in die eroberte Stadt und stieg gleich auf den nach Osten gelegenen Teil der Mauer. Von dort konnte er, weit draußen in der Bucht, die schwimmenden Flüchtlinge erkennen. Einige von ihnen ertranken nach und nach vor Erschöpfung, andere schwammen mit regelmäßigen Zügen auf ihr Ziel zu.

Der König gab Hephaistion ein Zeichen, ihm zu folgen, und ritt im Galopp zum Flottenlager am Fuße des Latmos zurück, wo man inzwischen fast alle Schiffe wieder zu Wasser gelassen hatte. Alexander begab sich an Bord des Admiralsschiffs und befahl, Kurs auf Lade zu nehmen.

Als sie die Anlegestelle der kleinen Insel erreichten, sah er, daß die überlebenden Mileter sich bereits in dem Fort verschanzt hatten. Sie sahen aus wie Gespenster: völlig entkräftet, vor Wasser triefend und mit nichts als ihren Schwertern bewaffnet. Alexander befahl Hephaistion zurückzubleiben und näherte sich dem Fort.

»Warum seid ihr hierher geflohen?« schrie er.

»Weil diese Festung klein genug ist, um von wenigen Männern verteidigt zu werden«, schrien sie zurück.

»Wie viele seid ihr?« Alexander stand inzwischen unmittelbar vor der Festungsmauer. Hephaistion und die anderen Leibwächter umringten ihn, um ihn mit ihren Schilden zu schützen, aber er schickte sie zurück.

»Genug, um euch das Leben schwerzumachen.«

»Öffnet das Tor, es soll euch nichts geschehen. Ich respektiere Tapferkeit und Mut.«

»Wer bist du, junger Bursche?« fragte der Mann, der für alle sprach.

»Der König von Makedonien.«

Hephaistion befahl den Leibgardisten erneut, sich zu nähern, aber Alexander zwang sie mit einer Geste, stehenzubleiben. Die Verteidiger besprachen sich kurz, dann meldete sich der Mann von vorher erneut zu Wort: »Gibst du uns dein königliches Ehrenwort?«

»Ja, ich gebe euch mein königliches Ehrenwort.«

»Warte, ich komme runter.«

Kurz darauf hörte man, wie ein Riegel zurückgeschoben wurde, das Tor der Festung öffnete sich und der Mann trat heraus. Er mochte um die Fünfzig sein, hatte einen langen, wirren Bart, salzverkrustete Haare und trockene, runzlige Haut. Zu seiner Verwunderung stand ihm nur einer gegenüber: Alexander.

»Darf ich reinkommen?« fragte er.

17

Nachdem die miletischen Krieger, die schwimmend auf die Insel Lade entkommen waren, Alexander kennengelernt und mit ihm gesprochen hatten, schworen sie ihm die Treue. Der Großteil von ihnen, nämlich gut dreihundert Mann, trat sogar in sein Heer ein, um an dem Asienfeldzug teilzunehmen.

Die Stadt selbst wurde ebenfalls verschont, es kam zu keiner einzigen Plünderung, und sogar die Reparatur der demolierten Mauer wurde bewilligt. Eumenes versammelte auf Geheiß des Königs den Stadtrat und ließ ihn die Wiedereinführung der Demokratie beschließen; des weiteren mußte er sich dazu verpflichten, die bisher an den persischen Großkönig abgeführten Steuern fortan Alexander zu bezahlen, und wo sie schon dabei waren, verlangte Eumenes auch gleich einen ordentlichen Vorschuß. Trotzdem blieb die Finanzlage aufgrund der enormen Kriegsausgaben äußerst kritisch.

Am darauffolgenden Tag setzte der Sekretär dem Generalstab die Situation anhand eines Kassenberichts haarklein auseinander. Daß man nach so großen Siegen praktisch immer noch pleite war, hinterließ bei vielen einen bitteren Nachgeschmack.

»Ich verstehe das nicht«, sagte Leonnatos. »Wir müßten nur die Hand ausstrecken und hätten alles, was wir bräuchten.

Diese Stadt ist so reich ... warum nehmen wir sie nicht ein bißchen mehr aus?«

»Paß auf, Leonnatos, das ist so«, erwiderte Ptolemaios, als hätte er es mit einem Idioten zu tun. »Milet ist doch jetzt ein Teil unseres Reiches, nicht? Die Stadt auszunehmen, wäre wie Aigai oder Pella ausnehmen, begreifst du das?«

»So hat König Philipp aber nicht gedacht, als wir Olynthos und Poteideia eingenommen haben«, warf Kleitos der »Schwarze« ein.

Alexanders Miene verfinsterte sich, aber er sagte nichts. Auch von den anderen sagte keiner etwas, bis Seleukos dem peinlichen Schweigen ein Ende setzte: »Das waren andere Zeiten, Kleitos. König Philipp mußte Exempel statuieren, wir dagegen wollen die gesamte griechische Welt zu einem einzigen Vaterland vereinen.«

An diesem Punkt ergriff Parmenion das Wort: »Männer, bald brauchen wir uns über solche Probleme nicht mehr den Kopf zu zerbrechen: Jetzt bleibt nur noch Halikarnassos zu befreien. Ein bißchen Geduld, dann haben wir auch diese Hürde genommen und unser Werk vollendet.«

»Das meinst du«, entgegnete Alexander etwas gereizt. »Ich habe nie dergleichen gesagt und diesem Unternehmen weder zeitliche noch räumliche Grenzen gesetzt – in keinem Moment. Aber wenn dir nicht danach ist, General, kannst du auch umkehren.«

Parmenion senkte den Kopf und biß sich auf die Unterlippe.

»Mein Vater wollte nicht ...«, begann Philotas, doch Alexander fiel ihm ins Wort:

»Ich weiß gut, was dein Vater sagen wollte, und es war nicht meine Absicht, einen großen Soldaten wie ihn zu demütigen. Aber General Parmenion hat unzählige Schlachten, unzählige Belagerungen, unzählige Nachtwachen hinter sich, und er ist nicht mehr der Jüngste. Keiner würde ihn dafür tadeln, daß er nach Hause zurückkehren und sich ein wenig ausruhen möchte – das hätte er wahrhaftig verdient.«

Parmenion hob den Kopf und ließ den Blick umherschweifen wie ein alter Löwe, dem seine Jungen langsam ein wenig zu frech werden.

»Ich brauche mich nicht auszuruhen«, sagte er. »Ich könnte heute noch jedem in diesem Zelt beibringen, wie man ein Schwert gebraucht – mit Ausnahme des Königs«, fügte er hinzu, obwohl natürlich allen klar war, daß er eigentlich genau das Gegenteil meinte. »Und wenn ihr mich fragt, so gibt es nur einen Weg, mich vor Beendigung dieser Expedition heimzuschicken: in einer Urne nämlich.«

Es folgte ein weiteres langes Schweigen, das schließlich von Alexander gebrochen wurde: »Genau das hoffte ich zu hören. General Parmenion wird also bei uns bleiben und uns auch in Zukunft mit seiner Tapferkeit und Erfahrung dienen. Dafür danken wir ihm von Herzen. Doch jetzt«, fuhr er fort, »muß ich euch einen schweren Beschluß mitteilen, den ich nach reiflicher Überlegung in den letzten Stunden gefaßt habe: den Beschluß, unsere Flotte aufzulösen.«

Im königlichen Zelt erhob sich leises Murmeln.

»Du willst die Flotte auflösen?« wiederholte Nearchos ungläubig.

»Jawohl«, erwiderte Alexander in festem Ton. »Die Ereignisse dieser Tage haben gezeigt, daß wir auch ohne sie auskommen; mit zwanzig Schiffen für den Transport der Belagerungsmaschinen haben wir genug. Wir werden über Land vorrücken und nach und nach die ganze Küste und sämtliche Häfen erobern; die persische Flotte soll nirgendwo mehr anlegen und sich mit Proviant versorgen können.«

»Aber sie können immer noch Makedonien ansteuern«, bemerkte Nearchos.

»Stimmt, aber ich halte es für unwahrscheinlich, daß sie das tun«, erwiderte Alexander. »Antipatros ist für alle Fälle gewarnt – ich habe ihm bereits einen Brief geschrieben.«

»Mit dieser Maßnahme könnten wir natürlich einhundertfünfzig Talente am Tag sparen – über die wir obendrein noch gar nicht verfügen . . .«, bemerkte Eumenes.

»Und noch etwas«, sagte Alexander. »Wenn unsere Soldaten wissen, daß jede Flucht übers Meer von vornherein ausgeschlossen ist, sind sie stärker motiviert. Ich will meinen Beschluß noch morgen Karilaos mitteilen. Du, Nearchos, übernimmst das Kommando der kleinen Flotte, die uns weiter begleitet. Das ist nicht viel, aber sehr wichtig.«

»Wie du möchtest, Herr«, erwiderte der Admiral resigniert. »Und hoffen wir, daß du recht behältst.«

»Verlaß dich drauf«, sagte Hephaistion. »Seit ich Alexander kenne, hat er sich noch kein einziges Mal getäuscht. Ich bin jedenfalls seiner Meinung.«

»Ich auch«, sagte Ptolemaios. »Wir brauchen die Athener nicht. Überhaupt werden die uns noch eine gesalzene Rechnung für ihre Mithilfe präsentieren, wartet's ab ...«

»Dann seid ihr also alle einverstanden?« fragte der König.

Bis auf Parmenion und den »Schwarzen« nickte alles.

»Kleitos und ich sind nicht einverstanden«, sagte Parmenion, »aber das soll nichts heißen. Bis jetzt hat der König noch immer bewiesen, daß er unseren Rat nicht braucht. Auf unsere Ergebenheit und Unterstützung kann er trotzdem rechnen.«

»Und die habe ich bitter nötig«, sagte Alexander. »Wenn Kleitos nicht gewesen wäre, stünde ich jetzt gar nicht mehr vor euch. *Er* hat am Granikos den Arm abgeschlagen, der drauf und dran war, mich zu köpfen – das vergesse ich ihm nie. Und jetzt laßt uns essen, ich bin richtig hungrig! Morgen versammeln wir das Heer und unterrichten unsere Soldaten.«

Eumenes erklärte den Kriegsrat für beendet und ließ die Einladung zum Abendessen auch den athenischen Offizieren sowie Kallisthenes, Apelles und Kampaspe überbringen, die erfreut zusagten. Danach bestellte er eine Gruppe hübscher »Gefährtinnen«, die wußten, wie man eine Bande junger Männer unterhält. Sie stammten alle aus Milet und hatten ausgesprochen vornehme Manieren. Da ihre Vorfahren vom Meer und aus den weiten Hochebenen im Landesinnern gekommen waren, besaßen sie die dunkelhäutige Schönheit orientalischer Göttinnen.

»Gebt General Parmenion auch eine!« schrie Leonnatos. »Mal sehen, ob er uns außer mit dem Schwert auch mit der Stange noch was beibringen kann!«

Die Bemerkung wurde mit lautem Gelächter quittiert, und damit löste sich schlagartig die Spannung des heiklen Moments, denn obwohl keiner von ihnen Angst hatte, stellte der Rückzug der Flotte doch eine einschneidende Veränderung dar, ja, er mutete fast wie ein Vorzeichen an: Nun waren wirklich alle Brücken in die Heimat abgebrochen – womöglich für immer.

Das fröhliche Gelage hatte noch nicht lange begonnen, als Alexander aufstand und das Zelt verließ. Der zypriotische Wein war ihm ein wenig in den Kopf gestiegen, und außerdem war es ihm peinlich, daß Kampaspe, die neben ihm saß, immer zudringlicher wurde: Obwohl keineswegs Linkshänderin, hatte sie die ganze Zeit über mit der linken Hand gegessen – ihre Rechte war anderweitig beschäftigt gewesen . . .

Draußen ließ der König sich sofort Bukephalos bringen und entfernte sich in gestrecktem Galopp landeinwärts. Er wollte den Duft der Frühlingsnacht genießen und den herrlichen Vollmond, der gerade aufging.

Zehn Männer seiner Leibgarde waren ihm augenblicklich hinterhergeritten, aber ihre Pferde kamen Bukephalos kaum nach, der selbst den steilen Weg auf den Latmos hinauf noch spielend nahm.

Alexander zügelte den Rappen nicht, bis er vor Schweiß triefte, erst dann ließ er ihn in Schrittempo verfallen und ritt gemächlich über die gewellte Hochebene, die sich vor ihm auftat. Hier und da konnte man ein kleines Dorf, ein einsames Bauerngehöft oder die Hütte eines Schafhirten erkennen. Die Leibwächter, die ihren König inzwischen kannten, blieben auf Abstand, behielten ihn aber immer im Auge.

Von Zeit zu Zeit sah er einen makedonischen Wachtrupp durch die Nacht reiten, gefolgt von wütendem Hundekläffen aus den Bauernhöfen und vom Gezeter aufgescheuchter Vögel. Sein Heer war dabei, das Landesinnere von Anatolien – ein mächtiges Reich aus uralten Stämmen – Stück für Stück in Besitz zu nehmen.

Während er in Gedanken versunken dahinritt, nahm Alexander auf der Straße, die in die kleine Stadt Alinda führte, plötzlich Unruhe wahr: aufgeregtes Stimmengewirr und Fakkeln, die zusammenliefen.

Er setzte sich einen breitkrempigen makedonischen Hut auf, den er immer bei sich hatte, und wickelte sich fest in seinen Mantel. Dann ritt er langsam auf den Unruheherd zu.

Wie sich herausstellte, hatten einige seiner Reiter eine Kutsche angehalten, deren Bewacher – zwei lanzenbewaffnete Männer – Widerstand leisteten und sich weigerten, die Insassen des Gefährts aussteigen zu lassen.

Alexander ritt auf den Anführer des kleinen Trupps zu und gab ihm ein Zeichen; der Mann zog zunächst ein ärgerliches Gesicht, als er jedoch im Mondschein die Blesse in Form eines Stierschädels auf Bukephalos Stirn erkannte, begriff er, daß er seinen König vor sich hatte.

»Herr, verzeih . . .«

Alexander bedeutete ihm, die Stimme zu senken, und sagte: »Was ist hier los?«

»Meine Soldaten haben diese Kutsche angehalten. Wir möchten wissen, wer da mitten in der Nacht unterwegs ist, noch dazu mit Geleitschutz. Aber die Leute machen Schwierigkeiten . . .«

»Laß deine Reiter ein Stück zurückweichen und sag den beiden Männern, daß sie nichts zu befürchten haben und daß ihren Schutzbefohlenen in dem Fuhrwerk nichts geschieht, wenn sie sich zeigen.«

Der Offizier gehorchte, aber die Männer, die das Gefährt bewachten, zeigten keinerlei Reaktion. Dafür meldete sich hinter dem Vorhang der Kutsche plötzlich eine weibliche Stimme: »Sie verstehen kein Griechisch, wartet einen Augenblick . . .«

Gleich darauf stieg eine Frau mit verschleiertem Gesicht aus der Kutsche, indem sie ihren zierlichen Fuß auf das Trittbrett setzte und dann anmutig auf die Erde hüpfte. Alexander bat den Offizier, ihm mit einer Fackel zu leuchten, und trat auf die Frau zu.

»Wer bist du? Warum reist du mitten in der Nacht und in Begleitung bewaffneter Männer? Und wer ist sonst noch in der Kutsche?«

Die Frau enthüllte ihr Gesicht, das von umwerfender Schönheit war: Ihre großen schwarzen Augen wurden von langen Wimpern überschattet, und die vollen Lippen waren fein geschwungen. Vor allem jedoch beeindruckte ihre Haltung, die stolz, aber nicht hochmütig war und nur einen winzigen Anflug von Furcht verriet.

»Ich heiße ... Mitrianes«, erwiderte sie nach kurzem Zögern. »Eure Soldaten haben mein Haus und meine Ländereien am Fuße des Latmos besetzt; deshalb bin ich zu meinem Mann unterwegs, der sich zur Zeit in Prusa in Bithynien aufhält.«

Alexander warf dem Offizier einen Blick zu, worauf dieser fragte: »Wer ist sonst noch in der Kutsche?«

»Mein Söhne«, erwiderte die Frau und rief sie heraus. Zwei Jungen, die ebenfalls bildhübsch waren, stiegen aus der Kutsche. Einer von ihnen ähnelte sehr seiner Mutter, der andere dagegen überhaupt nicht: Er war blond und hatte grünblaue Augen.

Der König betrachtete sie aufmerksam. »Verstehen sie Griechisch?«

»Nein«, sagte die Frau, aber Alexander war nicht entgangen, daß sie den Jungen einen vielsagenden Blick zugeworfen hatte, der wohl bedeuten sollte: Laßt mich sprechen.

»Wie kommt es, daß einer von deinen Söhnen blonde Haare und blaue Augen hat? Ist dein Mann kein Perser?« sagte der König und merkte, daß seine Frage die Frau in Schwierigkeiten brachte. Er zog sich den Hut vom Kopf, so daß man sein Gesicht sehen konnte, und trat noch dichter an sie heran, fasziniert von ihrer Schönheit und der aristokratischen Würde ihres Blicks.

»Mein Mann ist Grieche und war ... der Arzt des Satrapen von Phrygien. Ich habe lange nichts mehr von ihm gehört und fürchte, daß ihm etwas zugestoßen ist. Wir wollen ihn suchen.«

»Aber doch nicht jetzt, mitten in der Nacht! Das ist viel zu gefährlich für eine Frau und zwei Kinder. Ihr seid heute nacht meine Gäste, und morgen früh brecht ihr mit einem besseren Geleitschutz wieder auf.«

»Ich bitte dich, mächtiger Herr, mach dir doch unseretwegen keine Gedanken. Ich bin sicher, daß uns nichts passiert, wenn du uns ziehen läßt. Wir haben noch einen so langen Weg vor uns und ...«

»Fürchte dich nicht«, sagte Alexander. »Es wird euch nichts geschehen. Niemand soll es wagen, euch auch nur ein Haar zu krümmen.« Dann wandte er sich an seine Männer und befahl: »Begleitet die Frau und ihre Kinder ins Lager!«

Mit diesen Worten sprang er wieder auf sein Pferd und sprengte davon, gefolgt von seinen Leibwächtern, die ihn keinen Moment aus den Augen gelassen hatten. Unterwegs begegneten sie Perdikkas, der den König verzweifelt suchte.

»Bitte sag mir in Zukunft, wenn du dich vom Lager entfernst; falls dir etwas zustößt, bin ich dafür verantwortlich und ...«

Alexander unterbrach ihn: »Mir stößt nichts zu, mein Freund, dafür trage ich schon selber Sorge. Wie ist das Abendessen verlaufen?«

»Wie immer, aber der Wein hatte es in sich: An so starken Wein sind unsere Männer nicht gewöhnt.«

»Die werden sich noch an ganz andere Dinge gewöhnen müssen. Komm, laß uns zurückreiten.«

Die Ankunft des Fuhrwerks mit der persischen Eskorte erregte Aufruhr und Neugier im Lager. Peritas begann zu bellen, und selbst Leptine wollte wissen, wer sich in dem Fuhrwerk befand und wo man die Leute aufgestöbert hatte.

»Bereite in dem Zelt dort ein Bad vor«, befahl ihr der König, »und Betten für zwei Kinder und eine Frau.«

»Eine Frau? Was für eine Frau, Herr?«

»Das geht dich nichts an«, erwiderte Alexander kalt. »Und sag ihr, daß ich sie in meinem Zelt erwarte, wenn sie fertig ist.«

Leptine gehorchte und huschte davon.

Aus dem Pavillon, in dem der Kriegsrat stattgefunden hatte, drang das Geschrei betrunkener Männer herüber, Pfeifen- und Flötenmusik, die ziemlich falsch klang, unterdrücktes Frauengekicher und das alles übertönende Gebrüll Leonnatos'.

Alexander ließ sich ein wenig zu essen bringen – frische Feigen, Honig, Milch –, und dann nahm er Memnons Porträt zur Hand, das Apelles auf seinen Tisch gelegt hatte. Er war beeindruckt, wie gut es dem Maler gelungen war, einen Ausdruck rätselhafter Melancholie ins Gesicht des griechischen Söldnerführers zu zaubern.

Irgendwann legte er das Bild wieder auf den Tisch zurück und begann die Korrespondenz der letzten Tage zu lesen: zunächst einen Brief seines Statthalters Antipatros, der ihm berichtete, daß die Lage daheim alles in allem entspannt war, wenn man von den »Auftritten« der Königin absähe, die er immer wieder davon abhalten müsse, sich in Staatsangelegenheiten einzumischen; danach einen Brief Olympias', die sich darüber beschwerte, daß der Regent sie jeglicher Freiheit beraube und es ihr schlicht unmöglich mache, ihrem Rang und ihrer Rolle gerecht zu werden.

Kein Wort über die prächtigen Geschenke, die Alexander ihr nach dem Sieg am Granikos geschickt hatte. Aber vielleicht waren die ja noch gar nicht in Pella eingetroffen …

18

Als er von der Korrespondenz aufsah, stand sie vor ihm: ohne Schleier, in einem orientalisch gewirkten grünen Leinengewand, die Augen nach ägyptischer Art schwarz umrandet, ein silbernes Band im pechschwarzen Haar, das wie bei einer Griechin zur Hochfrisur gekämmt war. Ein Leuchten ging von ihr aus, als sei der Mondschein, in dessen Licht Alexander sie zum erstenmal erblickt hatte, irgendwie an ihr haftengeblieben.

Der König stand auf und ging ihr entgegen, sie kniete nieder und küßte ihm die Hand.

»Verzeih, mächtiger Herr, ich konnte ja nicht wissen ...«

Alexander ergriff ihre Hände und zog sie hoch, und dabei kamen sie sich so nahe, daß er den Duft ihrer Haare wahrnehmen konnte: Sie rochen nach Veilchen.

Alexander war ganz betört. Noch nie im Leben hatte er sich so heftig und so plötzlich gewünscht, eine Frau in die Arme zu schließen. Sie merkte es und erschrak, aber gleichzeitig wurde sie von seinem Blick geradezu magisch angezogen – wie ein Nachtfalter von der Öllampe.

Sie schlug die Augen nieder und sagte: »Ich habe meine Söhne mitgebracht, damit auch sie dir ihre Reverenz erweisen können.« Mit diesen Worten ging sie zum Eingang des Zeltes zurück und holte die beiden Jungen herein.

Alexander trat auf eine große Schale zu, die mit Obst und anderen Speisen gefüllt war. »Hier, bitte, greift ungeniert zu«, sagte er, doch während er sich nach den Jungen umdrehte, ertappte er die Mutter dabei, wie sie einem der beiden einen vielsagenden Blick zuwarf und mit der Hand auf die Schulter drückte, als wolle sie ihn zum Schweigen zwingen – und Alexander begriff auch sofort warum: Der Junge hatte das Porträt von Memnon auf dem Tisch liegen sehen und erstaunt die Augen aufgerissen.

»Nun, möchtet ihr nichts essen?« fragte Alexander, wobei er so tat, als habe er nichts gemerkt. »Ihr müßt doch einen Riesenhunger haben!«

»Ich danke dir, mein Herr«, erwiderte die Frau, »aber wir sind sehr müde von der Reise und möchten uns nur zum Schlafen zurückziehen, wenn du erlaubst.«

»Selbstverständlich. Geht nur. Leptine bringt euch diese Speisen und verschiedene Getränke in euer Zelt. Und wenn ihr heute nacht Hunger oder Durst habt, könnt ihr euch nach Belieben bedienen.«

Er rief nach dem Mädchen, damit sie die Gäste zurückbegleitete, setzte sich wieder an den Tisch und nahm erneut das Porträt seines Gegners in die Hand, als wolle er in dessen Blick das Geheimnis seiner rätselhaften Energie ergründen.

Es war Mitternacht, und im Lager war es ruhig geworden. Ein kleiner Wachtrupp machte die Runde, und sein Anführer überzeugte sich persönlich davon, daß die Wächter am Eingang nicht dösten. Als ihre Stimmen, die sich die Losungsworte zuriefen, in der Finsternis verklungen waren, huschte eine bemäntelte Gestalt aus dem Zelt der Gäste und ging auf das des Königs zu.

Peritas schlief in seinem Hundekorb und die laue Nachtbrise trug ihm nichts als den Salzgeruch des Meeres zu. Die beiden Wächter des königlichen Pavillons lehnten an ihren Lanzen, einer rechts und einer links vom Eingang.

Die bemäntelte Gestalt hielt kurz inne und betrachtete die

beiden, dann ging sie – eine große Schale in der Hand – entschlossen auf sie zu.

»Das ist Leptine«, meinte einer von ihnen.

»Na, Leptine? Warum leistet du uns nicht auch ein bißchen Gesellschaft? Wir halten es vor Einsamkeit kaum noch aus ...«

Die Frau schüttelte den Kopf, als wäre sie an derlei Scherze gewöhnt, bot ihnen Süßigkeiten aus der Schale an und betrat das Zelt.

Im Licht zweier Öllampen streifte sie sich den Mantel vom Kopf und ... enthüllte sich als die schöne Besucherin. Ihr Blick verweilte lange auf dem Gemälde Memnons, das noch immer auf dem Tisch lag. Zum Schluß strich sie mit der Fingerspitze darüber, dann zog sie sich eine lange Haarnadel mit Bernsteinkopf aus dem Haar und näherte sich auf Zehenspitzen dem Vorhang, der die Schlafstätte des Königs vom Rest des Zeltes abteilte. Der schwache Schein einer dritten Öllampe schien durch ihn hindurch.

Die Frau zog den Vorhang etwas zurück und schlüpfte hinein. Alexander schlief auf dem Rücken liegend und mit nichts als einer Chlamys bedeckt. Auf einem Ständer neben seinem Bett hing die Rüstung, die er aus dem Athenetempel in Troja entführt hatte.

Weit weg von hier, im Palast von Pella, wurde Königin Olympias genau in diesem Augenblick von einem schrecklichen Alptraum geplagt. Mit einemmal setzte sie sich ruckartig in ihrem Bett auf und stieß einen schrillen, markdurchdringenden Schrei aus, der die stillen Hallen förmlich erzittern ließ.

Die Frau in Alexanders Zelt setzte mit der linken Hand vorsichtig die Spitze der Haarnadel auf das Herz des Königs, dann holte sie mit der rechten aus, um auf den Bernsteinkopf zu schlagen, aber im selben Moment erwachte Alexander und traf sie mit einem glühenden Blick. Möglich, daß es nur am schräg einfallenden Schatten der Öllampe lag, aber sein linkes, nachtschwarzes Auge ließ ihn wie einen überirdischen Titanen aussehen, fast wie ein Ungeheuer aus der Mythologie. Die Hand der Frau war in der Luft erstarrt, unfähig den tödlichen Stoß auszuführen.

Während Alexander sich langsam aufrichtete und dabei mit der Brust gegen die Haarnadel drückte, deren Spitze sich mit einem Tropfen seines Bluts färbte, starrte er die Frau unverwandt und ohne auch nur einmal mit der Wimper zu zucken an.

»Wer bist du?« fragte er sie, als er aufrecht neben ihr stand. »Warum willst du mich töten?«

19

Die Frau liess die lange Haarnadel auf den Boden fallen, schlug sich die Hände vors Gesicht und brach in Tränen aus.

»Sag mir, wer du bist«, drang Alexander in sie. »Ich tue dir nichts, aber ich will wissen, weshalb du vorher erschrocken bist, als dein Sohn das Bild dort auf meinem Tisch gesehen hat . . . das Porträt von Memnon. Ist er dein Mann? Sprich, ist Memnon dein Mann?« wiederholte er, indem er sie an den Handgelenken packte.

»Ja«, erwiderte die Frau mit gesenktem Blick und erloschener Stimme. »Memnon ist mein Mann, und ich heiße Barsine. Tu meinen Söhnen nichts an, ich bitte dich, und wenn du die Götter fürchtest – entehre mich nicht. Mein Mann wird jedes Lösegeld bezahlen, egal wie hoch, um seine Familie zurückzuhaben.«

Alexander zwang sie, ihm in die Augen zu sehen, und fühlte, wie ihm das Blut in den Kopf schoß. Er spürte, daß er dieser Frau rettungslos verfallen würde, wenn sie sich länger in seiner Nähe aufhielte. Und auch in Barsines Blick nahm er ein seltsames Beben wahr, das mit Muttersorge oder Todesangst nichts zu tun hatte – es war das Aufblitzen eines mächtigen, tief verankerten Gefühls, das von einem eisernen, wenn auch angeschlagenen Willen beherrscht, vielleicht auch nur unterdrückt wurde.

»Wo ist Leptine?« fragte er.

»In meinem Zelt unter der Aufsicht meiner Söhne.«

»Du hast ihren Umhang an ...«

»Ja.«

»Ich hoffe, ihr habt ihr nichts getan.«

»Nein.«

»Gut, dann hör mir zu: Ich lasse euch ziehen, und dieses Geheimnis bleibt unter uns. Ein Lösegeld braucht ihr nicht zu bezahlen; ich führe keinen Krieg gegen Frauen und Kinder. An dem Tag, an dem ich deinem Mann begegne, werde ich mich persönlich mit ihm schlagen – und ich werde siegen, wenn ich weiß, daß du der Preis bist. Geh jetzt und schicke mir Leptine zurück. Morgen lasse ich dich begleiten, wohin du willst.«

Barsine küßte ihm die Hand und murmelte dabei unverständliche Worte in ihrer Muttersprache, dann wandte sie sich zum Ausgang des Zeltes, aber Alexander hielt sie noch einmal auf:

»Warte!«

Und während sie ihn mit schimmernden Augen ansah, ging er auf sie zu, nahm ihr Gesicht in die Hände und küßte sie auf den Mund.

»Leb wohl. Und vergiß mich nicht.«

Dann begleitete er sie vors Zelt hinaus und sah ihr nach, während die Haltung der beiden wachenden *Pezetairoi* beim Anblick des Königs so steif wurde wie die Lanzenstangen, die sie umklammerten.

Leptine kehrte kurz darauf zurück. Sie war verärgert und fand es unverschämt, daß zwei kleine Jungen es gewagt hatten, sie gegen ihren Willen festzuhalten, aber Alexander beruhigte sie.

»Reg dich nicht auf, Leptine: Die Frau hatte nur Angst, daß ich ihr und ihren Kindern etwas antun würde; es hat eine Weile gedauert, bis ich ihr das ausgeredet hatte, aber jetzt ist alles in Ordnung. Geh ruhig schlafen, du bist sicher sehr müde.«

Er verabschiedete sie mit einem Kuß und legte sich gleichfalls wieder ins Bett.

Am nächsten Morgen veranlaßte er, daß Barsine, ihre Kinder und die beiden Begleiter bis zum Ufer des Mäander eskortiert wurden, ja er selbst folgte dem kleinen Konvoi über eine längere Strecke hinweg.

Als er sein Pferd schließlich anhielt, winkte Barsine ihm zum Abschied zu.

»Wer ist das?« wollte Phraates, der kleinere ihrer beiden Söhne wissen. »Warum hat er ein Bild von unserem Vater?«

»Dieser Mann ist ein gerechter Mensch und ein großer Krieger«, antwortete seine Mutter. »Warum er ein Porträt von eurem Vater hat, weiß ich nicht: Vielleicht, weil Memnon der einzige Mann auf der Welt ist, der sich mit ihm vergleichen kann.«

Als sie sich ein letztes Mal umdrehte, sah sie, daß Alexander noch immer reglos auf Bukephalos saß und ihr von einer windigen Anhöhe aus nachsah. Und genau dieses Bild sollte sich ihr auf ewig einprägen.

Memnon blieb zehn Tage in den Hügeln um Halikarnassos. Dort wartete er, daß diejenigen seiner Soldaten, die die Schlacht am Granikos überlebt hatten – und das waren etwa eintausend – sich wieder mit ihm vereinigten, und bildete mit ihnen ein neues, wenn auch sehr kleines Heer. Dann ritt er eines Nachts – in einen langen Umhang gehüllt und mit einem persischen Turban auf dem Kopf, der sein Gesicht fast völlig verdeckte – in die Stadt hinunter und lenkte sein Pferd zum Haus der Ratsversammlung.

Der große Versammlungssaal befand sich ganz in der Nähe des riesigen *Mausoleion*, des monumentalen Grabs von Karia Mausolos, der Halikarnassos zur Hauptstadt seiner Satrapie erkoren hatte.

Memnon betrachtete das grandiose Bauwerk im Mondschein: Ein mächtiger Steinwürfel bildete den Sockel für eine Kolonnade aus ionischen Säulen; darüber erhob sich eine Stufenpyramide, auf deren Spitze eine wahrhaft gigantische Bronzeskulptur thronte – sie hatte die Form eines von dem Verstorbenen gelenkten Viergespanns.

Die berühmtesten Künstler der Zeit – Skopas, Bryaxis, Leochares – hatten das Grabmal mit Episoden aus der griechischen Mythologie ausgeschmückt, Episoden, die längst in die einheimische Erzähltradition eingegangen waren, vor allem natürlich, wenn sie in Asien spielten, wie der Kampf zwischen Griechen und Amazonen.

Memnon vertiefte sich einen Moment lang in die Betrachtung eines Flachreliefs, auf dem ein griechischer Krieger eine Amazone am Haarschopf gepackt hatte und ihr mit dem Fuß in den Rücken trat. Er hatte sich immer gefragt, weshalb in der »erhabenen« griechischen Kunst so häufig Szenen der Gewalt gegen Frauen vorkamen, und er war zu dem Schluß gelangt, daß es sich schlicht und einfach um Angst handeln mußte – dieselbe Angst, welche den griechischen Mann veranlaßte, seine Gemahlin in ein *Gynäkeion* einzuschließen, so daß er für alle öffentlichen Anlässe auf »Gefährtinnen« zurückgreifen mußte.

Er dachte an Barsine, die bestimmt schon auf der Königsstraße mit den goldenen Toren war und also in Sicherheit, aber der Gedanke an sie, an ihren gazellenhaften Körper, ihre braune Haut, den Veilchenduft ihrer Haare, den sinnlichen Klang ihrer Stimme füllte ihn mit schmerzlicher Sehnsucht.

Mit einem tiefen Seufzer drückte er seinem Pferd die Absätze in die Weichen und ritt weiter, aber sosehr er auch versuchte, die Wehmut zu verscheuchen und sich damit zu trösten, daß ihn der Großkönig in Person schon bald mit den ehrenvollsten Sondervollmachten ausstatten würde – es half alles nichts.

Irgendwann kam er an der Bronzestatue des illustersten Bürgers von Halikarnassos vorüber, nämlich des großen Herodot, Verfasser des monumentalen Geschichtswerks mit dem Titel »Historiae«. Herodot hatte als erster den Titanenkampf zwischen Griechen und Barbaren in den Perserkriegen beschrieben, und möglicherweise war er der einzige, der als Sohn eines griechischen Vaters und einer asiatischen Mutter die tieferen Gründe dieser Auseinandersetzung wirklich begriffen hatte.

Vor dem Versammlungssaal angekommen, stieg Memnon vom Pferd, schritt die breite Freitreppe hinauf, die zwei Reihen Öllampen in Form großer Dreifüße erhellten, und klopfte mehrmals an das mächtige Tor. Endlich wurde ihm geöffnet.

»Ich bin Memnon«, sagte er, indem er den Kopf entblößte.

Ein Diener geleitete ihn augenblicklich in den Saal; alle bürgerlichen und militärischen Autoritäten der Stadt waren dort versammelt: die persischen Kommandeure der Garnison, die athenischen Generäle Ephialtes und Trasibulos als Anführer der Söldnertruppen sowie der karische Satrap Orontobates, ein korpulenter Perser, der sich durch seine auffällige Kleidung, Ohrringe, einen ungewöhnlich kostbaren Ring und den herrlichen reingoldenen *Akinakes* an seiner Seite auf den ersten Blick von allen anderen abhob.

Auch der örtliche Dynast, König Pixodaros von Karien – ein Mann um die Vierzig mit pechschwarzem Bart und graumeliertem Schläfenhaar – war zugegen. Er hatte vor zwei Jahren seine Tochter mit einem Prinzen des makedonischen Königshauses vermählen wollen, aber die Heiratsverhandlungen waren letztendlich gescheitert, und so hatte er mit Orontobates, dem neuen Satrapen von Karien, vorliebnehmen müssen, der nun sein Schwiegersohn war.

Für die Vorsitzenden der Versammlung waren drei Sessel bereitgestellt; zwei von ihnen waren bereits von Pixodaros und Orontobates besetzt, auf den dritten, zur Rechten des persischen Satrapen, bat man nun Memnon. Alles wartete gespannt auf seine Ansprache, das war deutlich zu spüren.

»Männer von Halikarnassos und Männer von Karien«, hob er an. »Der Großkönig hat mir keine geringe Verantwortung übertragen – die Verantwortung, eine Invasion des makedonischen Herrschers und seiner Truppen zu verhindern. Und ich gedenke, ihn nicht zu enttäuschen – koste es, was es wolle.

In diesem Raum dürfte ich der einzige sein, der Alexander je zu Gesicht bekommen hat und seinem Heer mit Schwert und Lanze gegenübergetreten ist. Deshalb müßt ihr mir glauben, wenn ich euch sage, daß er ein höchst ernstzunehmender Gegner ist. Nicht nur, daß sein Mut auf dem Schlachtfeld an Tollkühnheit grenzt, er ist auch taktisch sehr geschickt und vor allem: unberechenbar. Aus der Art und Weise, wie er Milet eingenommen hat, könnt ihr schließen, wozu dieser Mensch – selbst bei totaler Unterlegenheit auf dem Meer – fähig ist.

Ich gedenke aber nicht, mich von ihm übertölpeln zu lassen: Halikarnassos wird nicht fallen! Wir werden es so einrichten, daß seine Soldaten sich die Zähne an unserer Stadtmauer ausbeißen. Wir lassen sie so lange dagegen anrennen, bis sie ihren letzten Funken Kraft und Energie verbraucht haben. Halikarnassos kann dank der Übermacht unserer Flotte weiter vom Meer aus versorgt werden und einer Belagerung praktisch unbegrenzt standhalten. Im geeigneten Moment werden wir jedoch massiv ausfallen und die erschöpften makedonischen Krieger förmlich über den Haufen rennen.

Hört meinen Plan: An erster Stelle müssen wir dafür sorgen, daß Alexander mit seinen Belagerungsmaschinen nicht zu nahe an die Stadtmauer herankommt – ich glaube, ihr wißt, wie gefährlich diese Kampfgeräte sind; die besten Kriegsbaumeister Griechenlands haben sie eigens für König Philipp entworfen ... Also gut, wenn wir das schaffen, schlagen wir ihn mit seinen eigenen Waffen. In Milet hat der Makedone unsere Flotte daran gehindert, sich mit Trinkwasser und Lebensmitteln zu versorgen, indem er alle Anlegestellen entlang der Küste besetzt hat. Jetzt tun wir dasselbe, indem wir verhindern, daß er seine Kriegsmaschinen in Stadtnähe von den Schiffen abladen kann. Dazu verlegen wir Reiterabteilungen und Sturmtruppen an jeden Strand, in jede Bucht und an jede Flußmündung, die weniger als dreißig Stadien von Halikarnassos entfernt sind.

Und das ist noch nicht alles: Der einzige Punkt, von dem

aus er überhaupt einen Angriff auf uns wagen könnte, ist die nördliche Stadtmauer; deshalb lassen wir dort einen Graben ausheben, der vierzig Fuß lang und achtzehn Fuß breit ist. Durch einen so breiten Graben kommt Alexander mit seinen Maschinen niemals durch – selbst für den unwahrscheinlichen Fall, daß es ihm gelingen sollte, sie an Land zu verfrachten.

Von meiner Seite war das für den Moment alles. Sorgt dafür, daß die Arbeiten morgen früh mit dem ersten Sonnenstrahl begonnen und Tag und Nacht fortgeführt werden.«

Memnons Plan erschien allen perfekt und wurde einstimmig angenommen. Danach löste die Versammlung sich allmählich auf; die Männer verließen einzeln oder in Grüppchen den Saal und verloren sich in den vollmondbeschienenen Gassen von Halikarnassos. Nur die zwei Athener – Trasibulos und Ephialtes – blieben noch.

»Habt ihr mir etwas zu sagen?« fragte Memnon.

»Ja«, erwiderte Trasibulos. »Ephialtes und ich wüßten gerne, ob wir uns auf dich und deine Männer verlassen können.«

»Dasselbe könnte ich euch fragen«, erwiderte der Rhodier.

»Nein, Memnon, deine Lage ist anders als unsere«, entgegnete Ephialtes, ein vierschrötiger, gut sechs Fuß großer »Herakles«. »Trasibulos und mich beflügelt der Haß auf die Makedonen – sie haben unsere Heimatstadt gedemütigt und dazu gezwungen, einen schändlichen Friedensvertrag anzunehmen. Wir sind Söldner geworden, weil es der einzige Weg war, den Feind zu bekämpfen, ohne unsere Stadt zu gefährden. Was aber treibt dich, Memnon? Wer garantiert uns, daß du der Sache treu bleibst und nicht irgendwann zum Feind überläufst, wenn es dir besser in den Kram paßt? Immerhin bist du ein ...«

»Berufssöldner?« fragte Memnon.

»Ja, genau ... Wie es auch deine Männer sind, vom ersten bis zum letzten. Nichts gibt es auf den Märkten von heute so im Überfluß wie Söldner. Ihr behauptet zwar, man könne sich auf euren Haß verlassen, aber stimmt das wirklich? Ich habe schon in vielen Situationen die Angst über den Haß siegen sehen – warum sollte es euch anders ergehen?«

Memnon betrachtete ihn mit ernstem Gesicht und sagte: »Ich habe keine andere Heimat als die Ehre und mein Wort, und darauf müßt ihr euch verlassen. Nichts ist wichtiger für mich – außer vielleicht meine Familie.«

»Der Großkönig soll deine Frau und eure Kinder nach Susa beordert haben . . . Könnte es nicht sein, daß er sie als Geiseln möchte, weil auch er dir nicht völlig vertraut?«

Memnon durchbohrte den Athener mit einem eiskalten Blick: »Um Alexander schlagen zu können, brauche ich volle Unterstützung und blinden Gehorsam. Wenn ihr an meinem Wort zweifelt, will ich euch nicht. Geht, ich spreche euch von eurer Verpflichtung frei. Geht, solange ihr noch Zeit dazu habt.«

Die beiden athenischen Generäle verständigten sich über einen raschen Blickwechsel, dann sagte Ephialtes: »Wir wollten nur wissen, ob das, was man sich über dich erzählt, wirklich wahr ist. Jetzt wissen wir es. Du kannst auf uns zählen, General – bis zu unserem Tod.«

Mit diesen Worten gingen die beiden hinaus und ließen Memnon alleine in dem großen Saal zurück.

20

Alexander liess nach entsprechenden Beratungen mit seinen Offizieren das Feldlager vor der Stadtmauer von Milet abbrechen und gab Nearchos' Männern Befehl, die Belagerungsmaschinen auseinanderzunehmen und auf die Schiffe und Lastkähne zu verfrachten, die in Strandnähe vor Anker lagen. Sobald die Operation beendet war, würde der Admiral Kap Milet umschiffen, um in der unmittelbaren Umgebung von Halikarnassos einen günstigen Anlegeplatz auszumachen. Zwei kleine Geschwader von Schlachttrieren unter athenischem Kommando sollten ihn dabei begleiten.

Der Strand wimmelte von Soldaten, und es herrschte ein unglaublicher Lärm: Hammerschläge, Zurufe und das rhythmische Gebrüll der Schiffsmannschaften, die unter großer Anstrengung die demontierten Belagerungsmaschinen an Bord der Schiffe hievten.

Der König warf einen letzten Blick auf die Flotte der Verbündeten – oder was noch davon übrigblieb – und auf Milet, das sich friedlich an seinen Hügel schmiegte, dann gab er das Zeichen zum Aufbruch. Vor ihm öffnete sich ein breites Tal, im Norden von den olivenbewachsenen Hängen des Latmos begrenzt, im Süden vom Grion-Berg, und genau in seiner Mitte schlängelte sich die staubige Straße dahin, die nach Mylasa führte.

Es war heiß, der Himmel wolkenlos, und auf den Berghängen flimmerte silbern das Laub der Olivenbäume. Die blumenübersäten Wiesen im Tal waren von kleinen Bächen durchzogen, an denen schneeweiße Kraniche Jagd auf Frösche und Setzlinge machten. Beim Vorbeimarsch des Heeres hoben sie neugierig die Köpfe mit den langen Schnäbeln, wandten sich dann jedoch gleich wieder ihrer Nahrungssuche zu.

»Glaubst du die Geschichte von den Kranichen und den Pygmäen?« wurde Kallisthenes von Leonnatos gefragt, der neben ihm ritt.

»Na ja, sie stammt von Homer, und den halten viele für sehr glaubwürdig ...«, erwiderte Kallisthenes, aber er klang nicht sehr überzeugt.

»Der alte Leonidas konnte sie jedenfalls sehr spannend erzählen ... wie Pygmäen und Kraniche sich bekriegt haben – die Vögel entführten mit ihren langen Schnäbeln die Kinder der Pygmäen, und die Pygmäen machten dafür die Eier der Kraniche kaputt. Also ich halte das ehrlich gesagt für Märchen, aber wenn Alexander wirklich vorhat, bis an den äußersten Rand des persischen Reichs vorzudringen, wer weiß, vielleicht bekommen wir diese Pygmäen dann ja doch noch zu Gesicht ...«

»Vielleicht«, wiederholte Kallisthenes schulterzuckend. »Aber an deiner Stelle würde ich mich nicht zu früh freuen; das sind nun einmal Volkserzählungen, und da wird gern übertrieben. Zwar soll es, wenn man den Nil aufwärts fährt, wirklich eine Art Zwergen mit schwarzer Haut geben, aber ich bezweifle, daß sie, wie ihr Name *Pygmaio* besagt, gerade mal faustgroß sind – und ihre Weizenfelder mit Äxten abernten. Wenn eine Geschichte über Jahrhunderte hinweg nur mündlich weitergegeben wird, kommt alles mögliche zustande, das ist ganz normal. Stell dir mal vor, ich erzähle plötzlich herum, daß die Kraniche den Pygmäen ihre Kinder rauben, um sie kinderlosen Paaren zu schenken ... damit hätte ich dieser an sich schon phantastischen Geschichte ein weiteres phantastisches Element hinzugefügt, aber ein Kern von Wahrheit würde trotzdem bleiben. Verstehst du, was ich meine?«

Leonnatos wiegte skeptisch den Kopf und drehte sich dann nach den Maultieren um, die ihnen mit schweren Säcken beladen folgten.

»Was ist eigentlich in diesen Säcken?« wollte Kallisthenes wissen.

«Sand.«

»Sand?«

»Ja.«

»Wozu?«

»Für meine Kampfübungen. Wer weiß, vielleicht treffen wir bald nur noch steiniges Gelände an, und da bin ich dann froh, daß ich meine Sandsäcke dabeihabe.«

Kallisthenes schüttelte verständnislos den Kopf und spornte seine Stute zu etwas schnellerem Tempo an. Kurz darauf wurde er jedoch von Seleukos überholt, der im Galopp zur Spitze des langen Zuges ritt, sein Pferd neben das Alexanders lenkte und auf den Gipfel des Latmos hinaufdeutete.

»Hast du gesehen?«

Der König blickte in die angedeutete Richtung. »Was ist das?«

»Ich habe zwei Kundschafter ausgeschickt, damit sie nachsehen: Sie sagen, da ist eine alte Frau, die uns seit heute früh mit einem kleinen Gefolge nachreitet.«

»Bei Zeus! Daß mich eine alte Frau verfolgt, ist wirklich das letzte, womit ich in dieser Gegend gerechnet hätte.«

»Vielleicht möchte sie mit dir anbändeln«, meinte Lysimachos, der kurz hinter ihnen ritt und den Wortwechsel mitbekommen hatte, grinsend.

»Hör auf mit dem Unsinn«, fuhr Seleukos ihn an. »Was sollen wir machen, Alexander?«

»Nun, eine Gefahr dürfte kaum drohen. Wenn sie etwas von uns will, wird sie sich schon melden. Ich glaube, wir brauchen uns keine Sorgen zu machen.«

Es ging im Schrittempo weiter, der berittenen Vorhut hinterher, die den Weg auskundschaftete und sicherte. Als man zu der Stelle kam, wo sich das Tal trichterförmig zur Stadt hin öffnete, gab Alexander das Zeichen zur Rast. Einige der »schildtragenden Gardisten« spannten schattenspendende Segeltücher für den König und seinen Generalstab.

Alexander lehnte sich an eine Ulme und trank Wasser aus einer Feldflasche. Die Hitze war mittlerweile fast unerträglich.

»Wir bekommen Besuch«, meinte Seleukos plötzlich.

Der König drehte sich um und sah eine kleine Gruppe seltsam anmutender Gestalten den Hügel herunterkommen: Auf einem weißen Maulesel, der von einem Mann am Zügel geführt wurde, ritt eine prächtig gekleidete Frau fortgeschrittenen Alters. Hinter ihr ging ein Diener mit Sonnenschirm und ein dritter verscheuchte mit einem Roßhaarwedel die Fliegen.

In geringem Abstand folgte ein Trüppchen bewaffneter Reiter, die einen alles andere als aggressiven Eindruck machten; den Abschluß des kleinen Zuges bildeten mehrere von Saumtieren gezogene Karren unterschiedlicher Größe.

Als die eigentümliche Karawane sich bis auf ein halbes Stadion genähert hatte, blieb sie stehen. Einer der Männer schritt auf die Ulme zu, in deren Schatten sich der König ausruhte, und bat, zu ihm vorgelassen zu werden.

»Großer König, meine Herrin, die Königin Ada von Karien, bittet dich um eine Audienz.«

Alexander gab Leptine ein Zeichen, damit sie ihm einen Umhang um die Schultern legte, das Haar ein wenig ordnete und ein Diadem aufsetzte, dann antwortete er dem Mann: »Deine Herrin ist jederzeit willkommen.«

»Auch jetzt gleich?« fragte der Fremde in stark orientalisch gefärbtem Griechisch.

»Selbstverständlich. Viel können wir zwar nicht anbieten, aber es wäre uns trotzdem eine große Ehre, sie an unseren Tisch laden zu dürfen.«

Eumenes hatte die Lage sofort erfaßt; er befahl, in aller Eile wenigstens Dach und Außenwände des königlichen Pavillons aufzuschlagen, damit die Gäste Schatten hatten, und darunter ließ er mehrere Tische und Speiseliegen aufstellen, was ebenfalls rasch geschah – so rasch, daß schon alles bereit war, als die Königin auf ihrem Maulesel eintraf.

Ein Diener kniete sich neben dem Tier auf den Boden, so daß die hohe Dame beim Absteigen seinen Rücken als Schemel benützen konnte. Dann schritt sie erhobenen Hauptes auf Alexander zu, der sie in respektvoller Haltung empfing.

»Herzlich willkommen, hohe Frau«, sagte er in saubersten Griechisch. »Sprichst du meine Sprache?«

»Das will ich meinen«, erwiderte die Dame, während ihre Diener einen kleinen, kunstvoll geschnitzten Holzthron hinter sie stellten, den sie eiligst von einem der Karren abgeladen hatten. »Darf ich mich setzen?«

»Ich bitte dich«, sagte der König, indem er sich ebenfalls niederließ, und seine Kameraden taten das gleiche. »Das sind übrigens meine Freunde; sie sind wie Brüder für mich und dienen in meiner Leibgarde; ich stelle sie dir kurz vor: Hephaistion, Seleukos, Ptolemaios, Perdikkas, Krateros, Leonnatos, Lysimachos und Philotas. Und der mit dem kriegerischen Aussehen hier neben mir«, fuhr er fort und konnte ein Grinsen nicht unterdrücken, »ist mein Generalsekretär, Eumenes aus Kardia.«

Die Dame neigte bei jedem Namen anmutig den Kopf. Alexander sah sie an: Sie mochte Mitte Fünfzig, Anfang Sechzig sein. Ihre Schläfen waren grau, da sie sich das Haar nicht färbte, aber sie mußte eine faszinierende Frau gewesen sein: Ihr enganliegendes karisches Gewand, das mit Szenen aus der Mythologie bestickt war, ließ Formen ahnen, die mit Sicherheit bis vor wenigen Jahren sehr anziehend gewesen waren.

Sie hatte heiter wirkende, bernsteinfarbene Augen, die nur ganz diskret geschminkt waren, eine schnurgerade Nase und stark hervortretende Wangenknochen, die ihr ein sehr würdiges Aussehen verliehen. Das Haar trug sie hochgesteckt und mit einem feinen Golddiadem geschmückt, in das Lapislazuli und Türkise eingelassen waren, aber sowohl ihre Kleidung wie ihre ganze Haltung hatten etwas Ältliches und irgendwie Wehmütiges.

Mit Vorstellungsritualen und Höflichkeitsfloskeln verging einige Zeit. Alexander merkte, daß Eumenes in aller Eile etwas auf ein Täfelchen kritzelte und dieses dann vor ihn auf den Tisch legte, wenn auch etwas verdeckt:

»Du hast Ada, die Königin von Karien, vor dir«,

las er aus den Augenwinkeln.

»Sie war mit zweien ihrer Brüder verheiratet, einer davon zwanzig Jahre jünger als sie; beide sind inzwischen gestorben. Ihr jüngster Bruder Pixodaros, beinahe dein Schwiegervater, hat sie entmachtet. Interessante Begegnung – nütze die Gelegenheit!«

Alexander hatte die wenigen Zeilen kaum gelesen, als die Dame, die ihm gegenübersaß, Eumenes Worte auch schon bestätigte.

»Ich heiße Ada und bin die Königin von Karien«, sagte sie. »Leider muß ich völlig zurückgezogen in meiner Festung in Alinda leben, und wenn mein Bruder könnte, hätte er mich von dort auch noch verjagt ... Das Schicksal wollte, daß ich keine Kinder bekomme, und so sehe ich meinem Lebensabend mit etwas traurigem Herzen entgegen. Am meisten schmerzt mich jedoch die schändliche Art und Weise, auf die mein jüngster Bruder Pixodaros mich behandelt hat.«

»Wie hast du das bloß alles herausgebracht?« flüsterte Alexander seinem Sekretär hinter vorgehaltener Hand zu.

»Das ist meine Arbeit«, flüsterte Eumenes zurück. »Und mit diesen Leuten habe ich dir schon einmal aus der Klemme geholfen, weißt du noch?«

Alexander schmunzelte. Klar, er konnte sich noch sehr gut an den Wutanfall seines Vaters erinnern, als er dessen Pläne durchkreuzt und die Hochzeit zwischen seinem Halbbruder Arrhidaios und der Tochter des Satrapen Pixodaros verhindert hatte. Wie bizarr das Schicksal doch war: Er hatte die sonderbare Frau, die ihm da gegenübersaß, noch nie im Leben zu Gesicht bekommen, und doch fehlte wenig, und sie wären heute Verwandte.

»Darf ich dich an meine bescheidene Tafel bitten?« fragte er sie.

Die Dame neigte anmutig den Kopf. »Ich danke dir und nehme mit großem Vergnügen an. Da ich jedoch die Lagerküche kenne, habe ich mir erlaubt, das ein oder andere von zu Hause mitzubringen, in der Hoffnung, daß es dir schmeckt.«

Mit diesen Worten klatschte sie in die Hände, worauf ihre Diener allerlei Leckereien von den Karren abluden: knusprige Brotlaibe, Rosinenkringel, Mürbeteigkuchen, Gebäck aus Blätterteig und Honig und kleine Brötchen, die mit Rührei und Trauben gefüllt waren.

Hephaistion tropfte der Speichel aus dem Mund und Leonnatos hätte am liebsten gleich die Hand ausgestreckt, wenn Eumenes ihm nicht auf den Fuß getreten wäre.

»Greift doch zu, ich bitte euch«, sagte die Dame. »Wir haben genug von allem mitgebracht.«

Das ließen Alexanders Kameraden sich nicht zweimal sagen. Wie hungrige Wölfe fielen sie über die Köstlichkeiten her, die sie an ihre Kindheit erinnerten, als sie noch liebevoll von Müttern und Ammen bekocht wurden. Alexander versuchte nur ein Plätzchen, dann ließ er sich auf einem Schemel neben der Königin nieder:

»Darf ich dich nun fragen, was dich bewegt hat, mich mit deinem Besuch zu ehren?«

»Ich habe dir ja schon gesagt, daß ich die Königin von Karien bin, die Tochter des Mausolo, dessen berühmtes Grabmal in Halikarnassos dir vom Hörensagen sicher bekannt ist. Mein Bruder Pixodaros hat mich vom Thron gestoßen und die ganze Macht an sich gerissen – insbesondere nach der Vermählung seiner Tochter mit dem persischen Satrapen Orontobates. Mir wurde alles weggenommen – nicht nur meine Macht, sondern auch die Unterhaltszahlungen, mein gesamtes Vermögen und einen Großteil meiner Besitztümer und Paläste.

All dies ist ungerecht und muß bestraft werden. Ich bin zu dir gekommen, junger König von Makedonien, um dir die Stadt Alinda mitsamt ihrer Festung zu Füßen zu legen; von dort kontrollierst du das gesamte Hinterland, ohne das Halikarnassos nicht überleben kann.«

Alexander sah die alte Dame an, als traue er seinen Ohren nicht; dabei hatte sie in völlig natürlichem Ton gesprochen – als gehe es hier nicht um Krieg, sondern um ein harmloses Gesellschaftsspiel.

Königin Ada winkte den Diener herbei, der das Tablett mit den Süßigkeiten in Händen hatte, und fragte Alexander mit einem reizenden Lächeln: »Noch ein Plätzchen, mein Junge?«

21

Alexander flüsterte Eumenes zu, daß er mit seiner Besucherin alleine gelassen werden wollte, und kurz darauf zogen sich seine Gefährten zurück, indem sich einer nach dem anderen respektvoll vor der alten Dame verneigte und irgendeine Entschuldigung vorbrachte. Wer statt dessen neu dazukam, war Peritas, angelockt vom Duft der Süßigkeiten, die schon immer seine Leibspeise gewesen waren.

»Verehrte Königin«, hob Alexander an, »ich fürchte, ich verstehe nicht richtig: Du willst mir die Stadt Alinda samt ihrer Festung übergeben, ohne etwas dafür zu verlangen?«

»Nun, ganz so großzügig bin ich nicht«, erwiderte die Königin Ada. »Eine kleine Gegenleistung möchte ich schon.«

»Das verstehe ich gut«, erwiderte Alexander. »Laß also hören, was du dir wünschst.«

»Ein Kind«, erwiderte Ada, als handle es sich um die größte Selbstverständlichkeit der Welt.

Alexander erblaßte und starrte sie, das Plätzchen in der Hand, mit aufgesperrtem Mund an. Peritas bellte, als wolle er ihn darauf aufmerksam machen, daß er den Leckerbissen ja ihm geben konnte, wenn er selbst sich nicht dazu entschließen konnte, ihn zu verspeisen.

»Ich ... ich glaube nicht, daß ich in der Lage bin, verehrte Frau ...«

Ada lächelte. »Du hast mich falsch verstanden, mein Junge.« Auch die Tatsache, daß sie ihn »mein Junge« nannte, wo sie sich doch gerade erst kennengelernt hatten, war nicht gerade alltäglich. »Schau, mir war es leider nie vergönnt, ein Kind zu bekommen, und vielleicht war das auch besser so, denn Brauchtum und dynastische Verpflichtungen haben mich gezwungen, meine eigenen Brüder zu heiraten, zuerst einen und dann den anderen.

Wenn mir das Schicksal jedoch einen normalen Gatten und ein Kind zugedacht hätte, dann hätte ich mir einen Sohn wie dich gewünscht: gutaussehend und freundlich, von vornehmer Haltung und gepflegten Umgangsformen, dabei kühn und entschlossen, aber auch liebevoll und herzlich ... eben so, wie du bist – wenigstens nach allem, was ich bisher über dich gehört habe und im übrigen nur bestätigen kann. Mit anderen Worten, lieber Alexander: Ich bitte dich, mein Sohn zu werden.«

Alexander brachte kein Wort heraus, während Königin Ada ihn mit ihren bernsteinfarbenen, wehmütigen Augen erwartungsvoll ansah.

»Also? Was antwortest du mir, mein Junge?«

»Ich ... ich weiß nicht, wie das zu bewerkstelligen wäre ...«

»Ganz einfach: mit einer Adoption.«

»Mit einer Adoption? Wie soll das denn gehen?«

»Nun, als Königin brauche ich nur eine bestimmte Formel auszusprechen und schon bist du mein Sohn«, erwiderte Ada. »Mit allem, was dazugehört.«

Alexanders Gesichtsausdruck wurde immer verdutzter.

»Habe ich zuviel verlangt?« fragte Ada besorgt.

»Nein, nein, es ist nur ...«

»Was?«

»Auf so einen Wunsch war ich einfach nicht gefaßt. Andererseits kann ich mich nur geschmeichelt fühlen, und deshalb ...« Ada beugte sich leicht vor und legte sich eine Hand ans Ohr, als wolle sie sichergehen, die ersehnte Antwort auch richtig zu verstehen. ». . . deshalb ist es für mich eine große Freude und Ehre, dein Angebot anzunehmen.«

»Wirklich?« fragte die Königin zu Tränen gerührt.

»Ja.«

»Wie schön! Aber eins sage ich dir gleich: Du mußt mich auch Mama nennen.«

»Wie du möchtest . . . Mama.«

Ada tupfte sich mit einem bestickten Taschentuch die Tränen ab, dann hob sie den Kopf, drückte den Rücken durch, räusperte sich und sagte mit klarer, deutlicher Stimme: »Ich, Ada, Tochter des Mausolo und Königin von Karien, nehme dich, Alexander, König von Makedonien, an Sohnes Statt an und ernenne dich zum alleinigen Erben meines gesamten Besitzes.« Darauf reichte sie ihm die Hand, damit Alexander sie küßte.

»Ich erwarte dich morgen in Alinda, mein Sohn. Und jetzt gib mir einen Kuß und laß mich gehen.«

Alexander stand auf und küßte sie auf beide Wangen; ihr Duft nach Sandelholz und Wildrose war sehr angenehm. Auch Peritas schien die wohlriechende Dame zu gefallen, denn er näherte sich schwanzwedelnd und in der Hoffnung, sie würde ihm wenigstens eins von den vielen Plätzchen spendieren.

Die Königin streichelte ihn. »Hübsches Tierchen«, sagte sie. »Höchstens ein bißchen . . . sperrig, vielleicht.« Und dann zog sie mit ihrem kleinen Hofstaat wieder von dannen, freilich nicht, ohne Berge von Proviant für ihren lieben Sohn und dessen Freunde zurückzulassen – alles Burschen, die einen sehr gesunden Appetit haben mußten. Alexander sah ihr nach, wie sie auf ihrem weißen Maulesel davonritt mit einem Diener, der den großen, reich bestickten Sonnenschirm über sie hielt, und einem anderen, der die Fliegen verscheuchte. Als er sich endlich umdrehte, begegnete er dem Blick Eumenes', der nicht recht wußte, ob er lachen oder seine Miene für besonders feierliche Momente aufsetzen sollte.

»Wehe, du erzählst das meiner Mutter«, drohte Alexander

ihm. »Die wäre glatt in der Lage, mich zu vergiften.« Dann fuhr er zu Peritas herum, der – des langen Wartens müde – inzwischen lauthals zu bellen begonnen hatte, und schrie: »Und du: Platz!«

Am nächsten Morgen in aller Frühe befahl der König Parmenion, das Heer nach Mylasa zu führen und sich unterwegs sämtliche Städte, durch die sie kamen – egal, ob groß oder klein – formal übergeben zu lassen. Er selbst, Hephaistion und die Leibgarde hingegen galoppierten in Richtung Alinda.

Der Weg dorthin führte sie an ausgedehnten Weinbergen vorüber, deren unsichtbare Blüten zart aber betörend dufteten, durch riesige Weizenfelder und über Wiesen, die mit Blumen aller Farben gesprenkelt waren. Und immer wieder malte der Mohn große, scharlachrote Flecke in die Landschaft.

Gegen Mittag, als die Hitze am größten war, tauchte auf einer Hügelkuppe endlich Alinda vor ihnen auf. Die Stadt wurde von einer mächtigen Mauer aus grauen Quadersteinen umgürtet und von einer gewaltigen Festung beherrscht, die auf einem schroffen Felsen aufragte. Auf den Burgtürmen flatterte das himmelblaue Banner des Königreichs Karien.

Auf dem oberen Absatz der Stadtmauer standen Soldaten mit langen Lanzen, Bogen und Köchern, und rechts und links vom Stadttor – in Paraderüstung und mit prachtvoll aufgezäumten Pferden – hatte sich eine Abteilung Reiter aufgestellt.

Als Alexander und seine Begleiter näher kamen, öffnete sich das Tor, und es erschien die Königin Ada: Sechzehn Sklaven mit entblößtem Oberkörper trugen sie in einer baldachinüberschatteten Sänfte auf den Schultern; karische Mädchen, die nach griechischer Art mit Peplons bekleidet waren, streuten vor ihr Rosenblätter auf die Straße.

Alexander und Hephaistion stiegen von ihren Pferden und gingen zu Fuß auf die Sänfte zu. Ada hatte sich inzwischen absetzen lassen und schritt ihrem Adoptivsohn mit ausgebreiteten Armen entgegen, um ihn auf Haupt und Wangen zu küssen.

»Wie geht es dir, Mama?«

»Wenn ich dich sehe, prächtig«, erwiderte die Königin. Dann gab sie den Sänftenträgern ein Zeichen, sich zu entfernen, hakte sich bei Alexander unter und führte ihn durchs Tor in die Stadt, wo sie von einer jubelnden Menschenmenge empfangen wurden. Die Leute hatten es kaum erwarten können, Adas Sohn zu Gesicht zu bekommen.

Aus den Fenstern der Häuser ringsum regnete es Rosen- und Mohnblätter, die der laue, nach frischem Heu duftende Frühlingswind lange in der Luft herumwirbelte.

Außerdem wurden sie von süß klingender Flöten- und Harfenmusik begleitet, die Alexander an die Kinderlieder seiner Amme in Pella erinnerte.

Der König war ganz ergriffen: Die vielen jubelnden Menschen, die herrlichen Farben und Düfte, die liebenswürdige alte Dame an seinem Arm – all dies rührte ihn zutiefst. Und dieses Land, in dem sich hinter jedem Hügel ein Geheimnis verbarg oder ein verwunschener Ort oder auch ein blutiges Attentat, dieses Land schlug ihn immer mehr in seinen Bann. Er fühlte den unbändigen Drang, weiter vorzustoßen, um neue Wunder zu entdecken.

Vor dem Burgtor, das mit Darstellungen der Götter und Heroen dieser uralten Stadt bemalt war, wurden sie von hohen Würdenträgern in reichen, gold- und silberdurchwirkten Gewändern empfangen. Auf dem oberen Absatz der breiten Freitreppe standen zwei Throne: ein hoher in der Mitte, und ein etwas niedrigerer, bescheidenerer zu seiner Rechten.

Ada wies Alexander den größeren Thron zu und ließ sich neben ihm nieder. Auf dem Vorplatz der Festung strömten unterdessen Hunderte von Menschen aller Klassen zusammen, und als der Platz gerammelt voll war, gebot ein Herold Ruhe. Dann las er mit Stentorstimme die Adoptionsurkunde vor, zuerst in karischer, dann in griechischer Sprache.

Der Beifallsorkan, der daraufhin ausbrach, wollte sich gar

nicht mehr legen. Die Königin dankte ihrem Volk durch diskretes Winken, Alexander, indem er beide Arme in die Höhe reckte, wie er es auch vor seinen versammelten Soldaten tat.

Dann öffnete sich das Tor hinter ihnen, und die beiden Herrscher, nunmehr Mutter und Sohn, verschwanden im Innern der Festung.

22

Alexander und Hephaistion hatten eigentlich noch am selben Tag wieder ins Lager zurückreiten wollen, aber das erwies sich als völlig unmöglich. Ada hatte für den Abend ein prunkvolles Bankett vorbereiten lassen, zu dem sämtliche Würdenträger der Stadt geladen waren. Viele von ihnen hatten Unsummen bezahlt, um daran teilnehmen zu dürfen; trotzdem erschienen sie mit den kostbarsten Geschenken, gerade so, als wäre die Königin eine junge Mutter, die ihr erstes Kind zur Welt gebracht hat.

Am darauffolgenden Morgen wurden die Gäste, wenn auch freundlich, zu einer ausführlichen Besichtigung von Stadt und Burg gezwungen, und obwohl sie wiederholt ihre Eile zum Ausdruck brachten, ließ man sie nicht vor dem späten Nachmittag ihrer Wege ziehen. Und selbst dann hatte Alexander noch alle Mühe, sich von seiner neuen Mutter loszueisen, und mußte ihr geduldig erklären, daß er ja schließlich im Krieg sei und sein Heer ihn auf der Straße nach Halikarnassos erwarte.

»Leider kann ich dir keine Soldaten mitgeben«, seufzte Ada im Moment des Abschieds. »Die wenigen, die ich habe, reichen mir gerade zum Schutz der Festung. Aber ich gebe dir ein paar Leute mit, die vielleicht noch nützlicher sind als Soldaten . . .«

Mit diesen Worten klatschte sie in die Hände, und augenblicklich erschien rund ein Dutzend Männer mit Eseln und Karren voller Säcke und Körbe.

»Wer ... wer ist das denn?« fragte Alexander verdattert.

»Das sind Köche, mein Sohn, Köche, Brotbäcker, Feinbäkker, die besten, die es östlich der Meerengen zu finden gibt. Du mußt ordentlich essen, Junge, bei all den Strapazen, die im Krieg auf dich zukommen ... Und wie die Verpflegung der makedonischen Köche aussieht, kann ich mir lebhaft vorstellen – berühmt sind sie jedenfalls nicht für ihre Künste. Die geben euch doch bestimmt Salzfleisch und ungesäuertes Brot zu essen, lauter Zeug, das einem viel zu schwer im Magen liegt. Ich dachte, da ist es besser, du ...«

Alexander unterbrach die Königin mit einer höflichen Geste: »Das ist sehr nett von dir, Mama, aber offen gestanden nicht nötig. Ein gehöriger Nachtmarsch macht jedem Appetit aufs Frühstück, und wenn man einen ganzen Tag geritten ist, schmeckt alles, was abends auf den Tisch kommt. Mit dem Trinken ist es nicht viel anders: Der beste Durstlöscher ist frisches Wasser – da kann kein noch so edler Wein mithalten. Nein, glaub mir, Mama, diese Männer würden uns nur zur Last fallen. Hab trotzdem vielen Dank.«

Ada senkte betrübt den Kopf. »Ich wollte dir doch nur zeigen, daß mir dein Wohl am Herzen liegt ...«

»Ich weiß«, sagte Alexander und nahm ihre Hand. »Und ich bin dir auch sehr dankbar dafür. Aber laß mich leben, wie ich es gewohnt bin. Ich werde auch so oft und gerne an dich denken.«

Er gab Ada einen Kuß, dann stieg er auf sein Pferd und galoppierte unter den erleichterten Blicken der Köche davon – die Aussicht, in einer Feldküche arbeiten zu müssen, war für sie nicht gerade verlockend gewesen.

Die Königin sah Alexander nach, bis er und sein Freund hinter dem nächsten Hügel verschwunden waren. Dann drehte sie sich nach den Köchen um und sagte: »Was steht ihr müßig herum? Hopp, hopp, an die Arbeit! Morgen will ich vor Sonnenaufgang das Beste geliefert haben, was ihr zustande bringt, damit ich es meinem Sohn und seinen Kameraden schicken kann. Was für eine Mutter wäre ich denn sonst?«

Die Angesprochenen huschten eilig an ihre Arbeitsplätze zurück, um die ganze Nacht hindurch zu kochen, zu backen und dem neuen Sohn ihrer Königin die auserlesensten Lekkerbissen zuzubereiten.

Als Alexander am nächsten Morgen und ebenso am darauffolgenden aus seinem Zelt trat, wartete dort schon ein kleiner Trupp karischer Reiter, die ofenfrisches Brot, knusprige Plätzchen und süßes Hefegebäck aller Art vor ihm niederlegten.

Die Sache begann peinlich zu werden; sowohl seine Freunde wie die Soldaten rissen Witze. Da beschloß Alexander, so schwer es ihm fiel, das Problem ein für allemal aus der Welt zu schaffen. Am dritten Tag, als sie bereits kurz vor Halikarnassos waren, schickte er Reiter und Backwaren mit einem eigenhändig verfaßten Brief zurück:

> »Alexander an Ada, seine geliebte Mutter. Heil!
> Ich danke dir für die leckeren Dinge, die du mir jeden Morgen bringen läßt, muß dich aber schweren Herzens bitten, in Zukunft davon abzusehen. Da ich an einfache, rustikale Kost gewöhnt bin, kann ich solche Delikatessen gar nicht gebührend schätzen. Vor allem jedoch möchte ich keine Privilegien genießen, die meinen Soldaten verwehrt sind. Sie müssen wissen, daß ihr König dasselbe ißt und dieselben Gefahren auf sich nimmt wie sie.
> Verzeih mir also und lebe wohl.«

Ab diesem Moment hörten Adas erdrückende Liebesbeweise schlagartig auf; die militärischen Operationen dagegen gingen in vollem Tempo weiter. Hinter Mylasa marschierte das Heer wieder ihn südlicher Richtung und dann erneut an der zerklüfteten Küste entlang. Trotz der unzähligen großen und kleinen Buchten, Halbinseln und Felsvorsprünge war es immer wieder möglich, über längere Strecken hinweg im Verband mit der Flotte vorzurücken, die aufgrund der großen Wassertiefen sehr dicht an der Küste segelte und sich bisweilen so weit näherte, daß man sogar mündlich kommunizieren konnte.

Am dritten Tag nach dem Abmarsch aus Mylasa – das Heer bezog gerade Lager an einem Strand – präsentierte sich den Wachtposten ein Mann, der bat, zum König vorgelassen zu werden. Alexander saß, umringt von seinen Kameraden, auf einem Felsbrocken am Meer.

»Was möchtest du?« fragte er den Mann.

»Mein Name ist Euphranores. Ich komme aus Myndos und soll dir von meinen Mitbürgern ausrichten, daß du in unserer Stadt willkommen bist und daß deine Flotte in unserem geschützten Hafen ankern kann, so lange du möchtest.«

»Na, prächtig! Das Glück ist auf unserer Seite«, meinte Ptolemaios. »Ein sicherer Hafen ist genau das, was wir brauchen; dort können wir unsere Schiffe in Ruhe abladen und die Belagerungsmaschinen zusammenbauen.«

»Geh mit deinen Männern nach Myndos«, sagte Alexander zu Perdikkas, »und bereite die Ankunft unserer Flotte vor. Wenn alles in Ordnung ist, schickst du mir einen Boten, damit ich Nearchos benachrichtigen kann.«

»Aber, König«, wandte der Besucher ein, »meine Stadt hoffte, du würdest selbst kommen; sie möchte dir einen würdigen Empfang bereiten und ...«

»Nicht jetzt, guter Mann: Mein Heer muß so nah wie möglich an die Mauern von Halikarnassos herankommen, und ich will diese Operation persönlich leiten. Für den Moment danke ich deinen Mitbürgern für die große Ehre, die sie mir bereiten.«

Der Mann verabschiedete sich, und nachdem er gegangen war, nahm Alexander den Kriegsrat wieder auf.

»Also, wenn ihr mich fragt: Wir hätten Königin Adas Lekkereien nicht zurückschicken sollen«, meinte Lysimachos grinsend. »Mit ihnen hätten wir diese ungeheuerlichen kriegerischen Anstrengungen ganz anders in Angriff nehmen können.«

»Hör auf«, zischte Ptolemaios. »Wenn ich recht verstanden haben, was Alexander im Kopf herumspukt, vergeht dir bald das Lachen . . .«

»Das glaube ich auch«, meinte Alexander und zog sein Schwert aus der Scheide, um mit der Spitze einen Lageplan in den Sand zu zeichnen. »Seht her: Das hier ist Halikarnassos. Es schmiegt sich in eine Bucht und besitzt zwei Festungen: eine rechts und eine links vom Hafen. Vom Meer her ist es also völlig unangreifbar. Und nicht nur das: Von dort kann es auch ständig versorgt werden. Belagern kommt folglich nicht in Frage.«

»Klar«, Ptolemaios nickte, »ohne Blockade keine Belagerung . . .«

»General Parmenion, was schlägst du vor?« fragte der König.

»In dieser Situation gibt es nur eine Möglichkeit: vom Land her angreifen, eine Bresche schlagen, in die Stadt einfallen und den Hafen besetzen – wenn wir das schaffen, wäre die persische Flotte vom gesamten Ägäischen Meer abgeschnitten.«

»Richtig, General. Und genau so werden wir verfahren. Du, Perdikkas, ziehst morgen früh nach Myndos und nimmst die Stadt in Besitz. Danach läßt du unsere Flotte in den Hafen einfahren, lädst die Belagerungsmaschinen ab, baust sie zusammen und führst sie von Westen kommend zur Mauer von Halikarnassos. Dort haben wir inzwischen das Gelände eingeebnet, damit wir Belagerungstürme und Rammböcke problemlos aufstellen können.«

»In Ordnung«, sagte Perdikkas. »Dann gehe ich jetzt zu meinen Männern und leite alles in die Wege, wenn du sonst keine Befehle hast.«

»Nein, geh nur, aber komm heute abend noch mal bei mir vorbei. Und nun zu euch«, sagte Alexander, indem er sich den anderen Gefährten zuwandte. »Ihr bekommt eure Aufgaben und Positionen morgen zugeteilt, wenn wir kurz vor der

Mauer sind, also gegen Abend. Jetzt könnt ihr zu euren Verbänden zurück, und nach dem Abendessen: marsch ins Bett! Wir haben harte Tage vor uns.«

Nachdem die Versammlung sich aufgelöst hatte, schlenderte Alexander alleine am Strand entlang und sah zu, wie der feuerrote Sonnenball ins Meer eintauchte und die vielen kleinen und großen Inseln vor der Küste langsam im Dunkeln versanken.

Die Abendstimmung und der Gedanke an die harte Probe, die ihm bevorstand, machten ihn etwas wehmütig, und er dachte voller Sehnsucht an die Jahre seiner Kindheit zurück, als alles Traum und Phantasie gewesen war und er sich seine Zukunft als einen einzigen langen Ritt auf einem geflügelten Pferd ausgemalt hatte.

Er dachte an seine Schwester Kleopatra im Palast von Buthroton, steil überm Meer, an sein Versprechen, jeden Tag mit Einbruch der Nacht ihrer zu gedenken, und er hoffte, sie könne ihn hören und der laue Wind streife ihre Wange wie mit einem zarten Kuß. Kleopatra ...

Als er in sein Zelt zurückkehrte, hatte Leptine bereits die Öllampen angezündet und das Abendessen vorbereitet.

»Ich wußte nicht, ob du heute abend Gäste hast. Deshalb habe ich nur für dich gedeckt.«

»Gut gemacht. Ich habe keinen großen Appetit.«

Er streckte sich auf einer Liege aus und ließ sich servieren, Peritas zwängte sich unter den Tisch und wartete auf Abfälle. Draußen im Lager herrschte die gedämpfte Geräuschkulisse des Abendessens, die wie immer der nächtlichen Stille und der ersten Wachablösung vorausging.

Irgendwann kam Eumenes mit einer Papyrusrolle in der Hand herein.

»Nachrichten von deiner Schwester, Königin Kleopatra von Epeiros«, verkündete er.

»Wie seltsam – erst vorhin bei meinem Spaziergang am Meer habe ich an sie gedacht.«

»Fehlt sie dir?« fragte Eumenes.

»Sehr ... ihr Lächeln, ihre strahlenden Augen, der Klang ihrer Stimme, ihre menschliche Wärme und Zuneigung – einfach alles.«

»Perdikkas fehlt sie noch mehr: Er würde sich einen Arm abhacken lassen, wenn er sie dafür mit dem andern umarmen dürfte ... Nun ja, dann gehe ich jetzt wieder.«

»Nein, bleib noch ein bißchen. Trink einen Schluck Wein mit mir.«

Eumenes schenkte sich einen Becher Wein ein und setzte sich auf einen Schemel, während Alexander den Brief seiner Schwester zu lesen begann:

»Kleopatra an ihren geliebten Bruder Alexander. Heil!

Ich kann mir nicht vorstellen, wo dich dieses Schreiben erreichen wird: ob auf dem Schlachtfeld, während einer Waffenpause oder bei der Belagerung irgendeiner Festung. Ich bitte dich, geliebter Bruder, setze dich keiner unnötigen Gefahr aus.

Wir haben alle von deinen großartigen Unternehmungen erfahren und sind sehr stolz auf dich. Mein Mann ist sogar ein wenig neidisch, er ist schon ganz aufgeregt und kann es kaum erwarten, ebenfalls aufzubrechen, um ähnlichen Ruhm wie du zu erwerben. Ich dagegen würde ihn am liebsten gar nicht fortlassen, weil ich Angst vor dem Alleinsein habe und weil es so schön ist, ihn in diesem Palast überm Meer an meiner Seite zu haben. Bei Sonnenuntergang steigen wir immer auf den höchsten Turm hinauf und schauen der Sonne zu, wie sie in den Wellen versinkt, bis alles dunkel ist und der Abendstern am Himmel aufgeht.

Wie gerne würde ich Gedichte darüber schreiben, aber wenn ich die von Sappho und Nossis lese, die Mama mir zum Abschied mitgegeben hat, weiß ich, daß mir etwas Ähnliches niemals gelingen würde.

Dafür widme ich mich dem Gesang und der Musik. Alexander hat mir eine Sklavin geschenkt, die wundervoll

Flöte und Kithara spielt und mir eine hingebungsvolle und geduldige Lehrerin ist.

Wann werde ich dich wiedersehen? Ich opfere jeden Tag den Göttern, damit sie dich beschützen.

Leb wohl, Alexander.«

Der König rollte den Brief wieder zusammen und senkte den Kopf.

»Schlechte Nachrichten?« fragte Eumenes.

»Nein, eigentlich nicht. Ich habe nur manchmal das Gefühl, daß meine Schwester wie ein Vögelchen ist, das viel zu früh sein Nest verlassen hat: Immer wieder kommt ihr zu Bewußtsein, daß sie ja eigentlich noch ein junges Mädchen ist, und dann hat sie Heimweh nach ihren Eltern und ihrer Heimat...«

In diesem Augenblick kam Peritas unter dem Tisch hervorgekrochen und rieb winselnd die Schnauze an Alexanders Bein, um gestreichelt zu werden.

»Perdikkas ist übrigens schon aufgebrochen«, sagte der Sekretär. »Morgen früh wird er in Myndos sein und den Hafen für unsere Flotte in Beschlag nehmen. Alle anderen Kameraden sind bei ihren Verbänden, bis auf Leonnatos, der sich mit zwei Mädchen zurückgezogen hat. Kallisthenes sitzt schreibend in seinem Zelt – und er ist nicht der einzige.«

»Ach, nein?«

»Nein. Ptolemaios führt ein Art Tagebuch, und Nearchos soll in seinem Boot angeblich auch schreiben. Wie er das bei dem ständigen Geschaukel macht, ist mir ein Rätsel. Ich hab allein bei unserer Überquerung der Meerengen zweimal gespuckt.«

»Na ja, er wird sich daran gewöhnt haben.«

»Wahrscheinlich. Und Kallisthenes? Hat er dir schon was zu lesen gegeben?«

»Nein. Er hütet seine Arbeit eifersüchtig. Ich darf erst die endgültige Fassung sehen, sagt er.«

»Pah, bis er die fertig hat, dauert es noch Jahre.«

»Das fürchte ich auch.«
»Es wird hart werden . . .«
»Was?«
»Halikarnassos einzunehmen.«
Alexander nickte und kraulte Peritas hinter den Ohren.
»Allerdings«, sagte er.

23

Alexander erwachte, weil Peritas plötzlich zu knurren begann, und er begriff auch sofort, was den Hund alarmiert hatte: das Geräusch herangaloppierender Pferde nämlich und das unmittelbar darauffolgende erregte Stimmengewirr vor seinem Zelt. Er warf sich rasch seine Chlamys über die Schultern und ging hinaus. Draußen war es noch dunkel, bis auf den Mond, der knapp über den Hügeln am milchig verschleierten Himmel stand.

Alexander sah einen seiner Soldaten vom Pferd springen und auf ihn zulaufen: »König!« schrie er keuchend. »Das war ein Hinterhalt, eine Falle!«

»Was sagst du da?« fragte Alexander, indem er ihn an seinem Chiton packte.

»Der Mann von heute morgen – er hat uns in eine Falle gelockt. Als wir uns den Toren von Myndos näherten, sind wir plötzlich von allen Seiten angegriffen worden: vom Himmel ein Hagel von Speeren und Pfeilen und von den Hügeln herunter schwarenweise leichtbewaffnete Reiter – sie haben auf uns geschossen, dann umgedreht und neuen Reitern Platz gemacht ... Wir haben uns verteidigt, so gut es ging, König. Aber wenn unsere Flotte in den Hafen eingelaufen wäre, hätten wir nicht das Geringste ausrichten können – es waren überall Brandpfeilkatapulte aufgestellt.«

»Wo ist Perdikkas?«

»Noch dort. Es ist ihm gelungen, seine Männer an einer geschützten Stelle zu sammeln, aber er braucht dringend Hilfe.«

Alexander ließ den Mann wieder los, und als er seine Hände betrachtete, waren sie blutverschmiert. »Dieser Mann ist verletzt!« rief er. »Holt einen Chirurgen, schnell!«

Der Arzt Philipp, der sein Zelt in der Nähe hatte, war augenblicklich zur Stelle und nahm sich des Verwundeten an.

«Unterrichte deine Kollegen über den Ernst der Lage«, sagte Alexander zu ihm. »Laß Operationstische richten, heißes Wasser, Verbandmaterial, Essig und alles, was ihr sonst noch braucht.«

Inzwischen waren auch Hephaistion, Eumenes, Ptolemaios, Krateros, Kleitos, Lysimachos und die anderen herbeigeeilt, alle in voller Rüstung und bewaffnet.

»Krateros!« schrie der König, kaum daß er ihn sah.

»Zu Befehl, König!«

»Perdikkas ist in der Klemme – nimm dir zwei Kavallerieschwadrone und reite auf der Stelle zu ihm. Aber ich will keine Kämpfe! Ihr sammelt nur die Toten und Verletzten ein und kommt zurück.« Alexander drehte sich um: »Ptolemaios!«

»Zu Befehl, König!«

»Du reitest mit einem Trupp Späher und einer Abteilung thrakischer und triballischer Reiter die Küste ab und suchst eine Anlaufstelle für unsere Schiffe – egal wo. Sobald du sie gefunden hast, gibst du Nearchos Bescheid und hilfst ihm beim Abladen der Belagerungsmaschinen.«

»Jawohl, König!«

»Kleitos!«

»Zu Befehl, König!«

»Du besetzt die Einfahrt in den Hafen von Myndos. Laß alle beweglichen Katapulte, die wir besitzen, dorthin schaffen. Ab sofort darf kein einziges Schiff mehr die Einfahrt passieren – nicht einmal Fischerboote. Wenn deine Position es erlaubt, schleuderst du Brandpfeile auf die Stadt, so viele du kannst. Zögere nicht, sie bis aufs letzte Haus niederzubrennen!«

Alexander kochte innerlich vor Wut.

»Memnon«, knurrte er.

»Hast du etwas gesagt?« fragte Eumenes.

»Memnon! Das ist sein Werk! Er zahlt mir alles zurück, Zug um Zug. Neulich habe ich die persische Flotte vom Land abgeschnitten, jetzt will er unsere am Anlegen hindern. Ja, das kann nur sein Werk sein, da bin ich mir völlig sicher. Hephaistion!«

»Zu Befehl, König!«

»Du reitest mit der thessalischen Kavallerie und einer Schwadron *Hetairoi* augenblicklich nach Halikarnassos und suchst einen günstigen Ort für unser Lager – am besten vor dem östlichen oder nördlichen Teil der Mauer. Dann schaust du, wo wir unsere Belagerungsmaschinen plazieren können. Wenn du eine geeignete Stelle gefunden hast, sollen die Pioniere das Gelände einebnen. Aber mach schnell!«

Mittlerweile war das ganze Lager hellwach. Überall sammelten sich Kavallerieabteilungen, Pferde wieherten, Zurufe und trockene Befehle hallten durch die Nacht.

In diesem Moment traf auch General Parmenion in Begleitung von zwei Adjutanten ein.

»Zu Befehl, König!«

»Wir sind verraten worden, General. Perdikkas ist in Myndos in einen Hinterhalt geraten. Wir wissen noch nicht, ob ihm etwas passiert ist. Ich weiß nur, was wir jetzt machen: Gib Order, das Frühstück auszuteilen, und danach läßt du unser Fußvolk und die Reiterei Marschaufstellung einnehmen. Mit Sonnenaufgang müssen wir auf dem Weg sein. Halikarnassos wird noch heute angegriffen!«

Parmenion drehte sich nach seinen Adjutanten um: »Habt ihr gehört? Dann los!«

»General . . .«

»Noch etwas, Herr?«

»Ja. Schick Philotas mit ein paar Reitern nach Myndos. Ich

möchte so schnell wie möglich über die Lage dort unterrichtet werden.«

»Da ist er«, entgegnete Parmenion, auf seinen Sohn deutend, der just in diesem Moment angelaufen kam. »Er wird sofort losreiten.«

Während Alexander sich noch mit dem General unterhielt, machten Hephaistion und seine Kavallerieschwadrone sich bereits auf den Weg nach Halikarnassos. Eine riesige Staubwolke aufwirbelnd stoben sie davon.

Mit den ersten Sonnenstrahlen waren sie in Blickweite der Stadt. Soweit man es aus der Ferne erkennen konnte, rührte sich nichts – wenigstens vor den Mauern nicht. Hephaistion sah sich um und entdeckte nicht weit entfernt ein großes, flaches Gelände, das sich für ein Lager eignete. Also gab er seinem Roß die Sporen und besetzte den Platz im Fluge – oder ließ ihn vielmehr von seinen Männern besetzen.

Von hier nach Halikarnassos war die Landschaft leicht hügelig, so daß man nicht gut sehen konnte, ob und was sich in unmittelbarer Nähe der Mauer tat. Hephaistion befahl deshalb, sich der Stadt ab nun im Schrittempo und sehr vorsichtig zu nähern.

In der Stille der Morgendämmerung wirkte alles ruhig und friedlich, doch plötzlich hörte Hephaistion ein seltsames Geräusch, bald dumpf, bald scheppernd wie von Metall, das auf Erde oder Stein traf. Er ritt weiter bis an den äußersten Rand einer Hügelkuppe, und dann sah er etwas, das ihm wahrhaft die Sprache verschlug: einen langen, gut fünfunddreißig Fuß breiten und achtzehn Fuß tiefen Graben nämlich, in dem Hunderte von Männern standen und Erde schaufelten. Am Rand des Grabens war bereits ein gigantischer Wall angehäuft.

»Verdammt noch mal!« fluchte Hephaistion. »Wir haben zu lange gewartet. Du!« sagte er dann zu einem seiner Soldaten. »Reite sofort zurück und gib dem König Bescheid.«

»In Ordnung«, erwiderte der Mann, wandte sein Pferd und galoppierte in Richtung des Lagers davon. Aber genau in diesem Moment öffnete sich eins der Stadttore von Halikarnassos, und herausgesprengt kam eine Reiterschwadron, die den einzig möglichen Weg einschlug, nämlich den schmalen Streifen Land zwischen dem Graben und der Stadtmauer.

»Die kommen ja direkt auf uns zu!« schrie der thessalische Kommandeur. »Hier rüber, Männer, hier herüber!«

Hephaistion befahl seiner Truppe, eine Wende zu machen und dem Feind entgegenzureiten, der von dem engen Korridor zwischen Mauer und Graben so schnell wie möglich ins freie Feld hinauszukommen versuchte.

Innerhalb weniger Augenblicke hatten sich die Männer auf seinen Befehl hin zu einer zweihundert Fuß breiten und vier Reihen tiefen Front angeordnet, die Hephaistion auf die Spitze der langen feindlichen Kolonne zuführte. Kurz vor dem Wall kam es zum Zusammenstoß. Da die Gegner nicht genügend Zeit hatten, ihre Pferde zu schnellerem Tempo anzutreiben, fiel es Hephaistion und seinen Soldaten nicht allzu schwer, sie wieder hinter den Wall zurückzudrängen. Trotzdem entspann sich ein erbittertes Gefecht.

Als die Arbeiter unten im Graben das laute Schwerterklirren vernahmen, warfen sie ihre Schaufeln weg, kletterten so schnell es ging die steilen Wände empor und rannten in panischer Angst auf das Stadttor zu. Doch zu ihrem Unglück hatten die Verteidiger der Stadt es inzwischen geschlossen.

Eine Gruppe von Thessalern preschte den Todgeweihten auf dem schmalen Streifen zwischen Mauer und Graben nach und beschoß sie so lange mit Pfeilen und Speeren, bis kein einziger von ihnen mehr am Leben war. Kurz darauf stürmte jedoch eine neue Kavallerieschwadron aus einer verborgenen Seitenpforte und griff die Thessaler von der Seite an, so daß sie alle Mühe hatten, sich wieder zurückzuziehen.

Die Scharmützel gingen noch eine ganze Zeitlang weiter, ohne daß eine der beiden Parteien einen klaren Sieg errungen hätte, aber zu guter Letzt gewann Hephaistion die Oberhand, indem er seine noch ausgeruhten *Hetairoi* nach vorn schickte, damit sie die erschöpften Thessaler ablösten. An diesem

Punkt zogen die Feinde sich bis vor ihr Stadttor zurück, das auch sofort geöffnet wurde, um sie einzulassen.

Von einer weiteren Verfolgung bis hinein in die Stadt sah Hephaistion wohlweislich ab: Auf den mächtigen Türmen rechts und links des Tores drängten sich scharenweise Bogenschützen und Lanzenwerfer, die nur darauf warteten, ihre Geschosse loszuwerden. Nein, Hephaistion gab sich damit zufrieden, einen Platz für das Lager erobert zu haben, und ordnete seinen Männern an, bis zur Ankunft der Pioniere schon einmal mit dem Ausheben eines Schützengrabens zu beginnen. Ein paar Reiter hingegen beauftragte er damit, Wasserquellen ausfindig zu machen, an denen Mensch und Pferd ihren Durst löschen konnten, wenn das restliche Heer erst einmal eingetroffen war.

»Hephaistion, schau, da!« schrie in diesem Augenblick einer der *Hetairoi* und deutete mit dem ausgestreckten Arm auf den höchsten Turm der Stadtmauer von Halikarnassos. Hephaistion schirmte mit der Hand die Augen ab, um besser sehen zu können, und nun erkannte auch er ihn: einen Krieger in glänzender Eisenrüstung und mit korinthischem Vollvisier-Helm mit einer langen, schmalen Lanze in der Hand.

Ein Schrei hinter seinem Rücken lenkte Hephaistion ab: »Der König!« Und da sah er Alexander auch schon auf Bukephalos daherfliegen, gefolgt von der versammelten Königsschwadron. Einen Moment später stand der Freund neben ihm und starrte ebenfalls zu dem Turm hinüber, auf dessen Spitze die Rüstung des antlitzlosen Kriegers in der Sonne glänzte.

Alexander beobachtete ihn still und wußte, daß er seinerseits beobachtet wurde. »Das ist er«, murmelte er schließlich. »Ich spüre es, das ist er.«

Ungefähr zur selben Zeit, jedoch ein gutes Stück von hier entfernt, hinter der Stadt Kelainai, stieg Barsine mit ihren Kindern in einem Gasthof entlang der Königsstraße ab, um sich ein wenig zu erfrischen. Als sie in ihrem Reisegepäck nach einem Taschentuch suchte, um sich den Schweiß abzutrocknen, entdeckte sie dort einen Gegenstand, ein Etui, das sie selbst nicht dort hineingetan hatte. Sie machte es auf, und zum Vorschein kam der Papyrusbogen, auf dem Apelles mit wenigen meisterhaften Strichen die Gesichtszüge ihres Mannes Memnon festgehalten hatten. Mit Tränen in den Augen las sie die Worte, die mit hastiger Schrift auf den unteren Rand des Blattes gekritzelt waren:

»Genauso deutlich hat sich dein Antlitz
in das Gedächtnis von Aléxandros eingeprägt.«

24

Auf der Hügelkuppe angekommen, kletterte Alexander vom Pferd, und seine Gefährten taten es ihm nach. Von hier oben konnte man die ganze Stadt übersehen, der Anblick war herrlich: Einem natürlichen Theater gleich fiel die sanfte Mulde, in deren Zentrum Halikarnassos lag, zum Meer hin ab. Grüne Olivenhaine, aus denen hier und da eine schwarze Zypresse aufragte, bedeckten die Hänge bis hinunter zu der mächtigen Stadtmauer, die den Ort nach Norden und Osten hin abschirmte – eine sehr harmonisch wirkende Landschaft, wäre da nicht die große rotbraune Scharte gewesen, der Graben, den Memnon etwa zweihundert Fuß von der Mauer entfernt hatte ausheben lassen.

Links konnte man die Akropolis mit ihren Tempeln und Statuen erkennen: Von einem der Altäre stieg der Rauch eines Feueropfers in den blauen Himmel empor. Halikarnassos bat die Götter um einen Sieg über seine Feinde.

»Unsere Priester haben auch geopfert«, meinte Krateros. »Ich frage mich, wen die Götter wohl erhören.«

Alexander drehte sich um. »Den stärkeren«, sagte er.

»Schaut euch den Graben an – da kommen unsere Belagerungsmaschinen nie rüber«, schaltete sich Ptolemaios ein. »Und von der anderen Seite aus können wir die Mauer nicht unter Beschuß nehmen – das ist viel zu weit weg.«

»Natürlich«, sagte Alexander. »Als erstes müssen wir den Graben zuschütten.«

»Den Graben zuschütten?« fragte Hephaistion entgeistert. »Hast du eine Vorstellung davon, wie . . .«

»Und du fängst sofort damit an«, fuhr Alexander fort, ohne mit der Wimper zu zucken. »Nimm dir Männer, so viele du brauchst, und schütte den Graben zu. Wir geben euch vom Rand aus mit Katapulten Deckung – Krateros, das erledigst du. Was machen unsere Kriegsmaschinen?«

»Sie sind in einer geschützten Bucht abgeladen worden, etwa fünfzehn Stadien vom Lager entfernt. Die meisten sind auch schon zusammengebaut. Perdikkas bringt sie her.«

Am Horizont begann die Sonne im Meer zu versinken. Ihre Strahlen überzogen das gigantische Mausoleum im Zentrum von Halikarnassos mit flüssigem Gold, und die Bronzequadriga oben auf der Pyramidenspitze schien sich jeden Moment von ihrem Sockel loslösen und auf den purpurroten Wolken der Abenddämmerung davonstieben zu wollen. Unten fuhren in diesem Augenblick mehrere Fischerboote mit gestrichenen Segeln in den Hafen ein – Schafen gleich, die mit Einbruch der Dunkelheit in den Stall zurückkehren. Wenig später würde frischer Fisch die Einkaufskörbe füllen und in die Häuser getragen werden, in denen die Familien sich aufs Abendessen vorbereiteten.

Die Blätter der uralten Ölbäume ringsum säuselten in der lauen Meeresbrise. Auf den gewundenen Pfaden der Hügel kehrten Bauern und Hirten gemächlich heim, und auch die Vögel flogen in ihre Nester zurück. Abendlicher Friede senkte sich über die Welt.

»Hephaistion«, sagte der König.

»Zur Stelle.«

»Ich will, daß die Pioniere die ganze Nacht durcharbeiten . . . wie damals, als wir die Stufen in den Berg Ossa gehauen haben. Die Arbeit darf keinen Augenblick ruhen, nicht einmal, wenn es regnen oder hageln sollte. Laß die Männer mit tragbaren Dächern schützen, und wenn das Werkzeug nicht ausreicht, sollen unsere Schmiede noch mehr herstellen. In maximal vier Tagen und vier Nächten müssen unsere Belagerungsmaschinen in Stellung sein.«

«Wäre es nicht besser, morgen anzufangen?«

»Nein. Ihr fangt jetzt an. Und wenn es dunkel ist, zündet ihr Fackeln oder Lagerfeuer an – das genügt, schließlich geht es hier nicht um Präzisionsarbeit, sondern nur darum, Erde in einen Graben zu schaufeln. Zu Abend gegessen wird erst, wenn die Katapulte aufgestellt sind und die Arbeiten begonnen haben.«

Hephaistion nickte und ritt im Galopp zum Lager zurück. Kurz darauf bewegte sich ein langer Zug von Männern – mit Spaten, Schaufeln und Spitzhacken bewehrt und gefolgt von mehreren Ochsengespannen – auf den Graben zu. Neben ihnen zogen Maultiere die Wurfmaschinen – riesige Bögen aus Eichen- und Buchenholz, mit denen man Eisenharpunen fünfhundert Fuß weit schleudern konnte. Vor dem Graben angekommen, ließ Krateros die Katapulte aufstellen, und sobald die feindlichen Bogenschützen von der Mauer herunterschossen, gab er Befehl, mit einer Salve schwerer Geschosse zu antworten. Auf diese Weise waren die Wehrgänge der Stadtmauer schon bald wie leergefegt.

»Ihr könnt anfangen!« schrie er den Pionieren zu, während seine Männer die Wurfmaschinen neu luden.

Die Pioniere sprangen in den Graben, durchquerten ihn und kletterten auf der gegenüberliegenden Seite wieder hoch. Dann begannen sie, den Graben mit der Wallerde vollzuschütten, wobei zunächst noch der Wall selbst ihnen Deckung bot, so daß keine Schutzdächer nötig waren. Als Krateros alle in Sicherheit wußte, richtete er die Katapulte auf das nach Osten gelegene Mylasator und seine Seitenpforte für den Fall, daß die Belagerten Ausfälle gegen die Pioniere wagen sollten.

Hephaistion schickte unterdessen andere Mannschaften mit Sägen und Äxten in die umliegenden Hügel, um Feuerholz für die nächtliche Beleuchtung des Arbeitslagers zu schlagen. Das zyklopische Unternehmen hatte begonnen.

An diesem Punkt ritt Alexander ins Lager zurück und lud seine Kameraden zum Abendessen ein, doch vorher gab er Anweisung, ihn stündlich über den Fortgang der Arbeiten und die allgemeine Lage zu unterrichten.

Die Nacht verlief ohne größere Zwischenfälle, und die Zuschüttungsarbeiten wurden fortgesetzt, wie der König befohlen hatte, ohne daß der Feind irgend etwas dagegen unternehmen konnte.

Am vierten Tag waren große Abschnitte des Grabens mit Erde aufgefüllt und eingeebnet, so daß die Belagerungsmaschinen dicht an die Stadtmauer herangeführt werden konnten. Es waren dieselben Maschinen, die König Philipp vor Perinthos benützt hatte: bis zu achtzig Fuß hohe Türme mit Rammböcken in mehreren Stockwerken, die Soldaten von innen bedienten. Bald schon hallte die ganze Talmulde unter dem rhythmischen Dröhnen der eisernen Köpfe, die mit gewaltiger Wucht gegen die Stadtmauer gestoßen wurden. Und die Pioniere fuhren unterdessen fort, den Graben mit Erde zu füllen.

Die Belagerten hatten nicht damit gerechnet, daß ihr riesiger Graben in so kurzer Zeit zugeschüttet werden könnte, und standen dem Zerstörungswerk der makedonischen Kriegsmaschinen machtlos gegenüber. Nach sieben Tagen war die erste Bresche gelegt und ein beträchtlicher Teil der Mauer rechts und links des Mylasators eingerissen. Alexander schickte Sturmtruppen los, die sich von den Trümmerbergen herab einen Weg ins Innere der Stadt bahnen sollten, aber Memnon hatte bereits ausreichend Verteidiger zusammengezogen, die den Angriff mühelos abwehrten.

In den darauffolgenden Tagen fuhr man fort, die Mauer mit Rammböcken zu bearbeiten und ihre Verteidiger mit Katapulten und sonstigen Wurfgeschützen zu beschießen. Als die Bresche erheblich verbreitert und der Sieg bereits in greifbarer Nähe schien, versammelte Alexander den Befehlsstab in seinem Zelt, um die letzten Dinge vor dem Einfall zu besprechen.

Vor der Mauer waren nur die Mannschaften in den Kriegsmaschinen zurückgelassen worden sowie eine gewisse Anzahl von Wachtposten, die in regelmäßiger Entfernung zueinander standen und das Bollwerk unentwegt im Auge behielten.

Da Neumond war, herrschte völlige Finsternis, und so konnten die Wachtposten nur durch Zurufe Kontakt miteinander halten, aber da war noch jemand, der ihnen zuhörte: Memnon. In seinen Umhang gehüllt, stand er reglos auf der Mauer und lauschte angestrengt in die Dunkelheit hinaus.

Vor ein paar Tagen war eine Gruppe von makedonischen Adligen eingetroffen – Freunde des Attalos und der verstorbenen Königin Euridike –, die sich an Alexander rächen und den Bewohnern von Halikarnassos gegen ihn helfen wollten.

An sie erinnerte sich Memnon plötzlich. Er befahl seinem Feldadjutanten, der ebenfalls auf der Mauer war, die Makedonen augenblicklich zu suchen und zu ihm heraufzuschicken. Die Nacht war ruhig. Eine laue Meeresbrise vertrieb die Hitze des langen Spätfrühlingstages. Immer wieder blickte der Söldnerführer zum sternenübersäten Himmelszelt hinauf. Er dachte an Barsine, daran, wie sie das letzte Mal nackt auf dem Bett gelegen, die Arme ausgebreitet und ihn mit brennenden Augen angeschaut hatte. Schmerzliche Sehnsucht überkam ihn bei diesen Gedanken.

Am liebsten wäre er Alexander im Zweikampf begegnet: Er war sicher, daß das Verlangen nach Barsine seinen Arm stark und ihn selbst unüberwindlich machen würde . . . Die Stimme des Feldadjutanten holte ihn in die Gegenwart zurück:

»Herr, die Männer, nach denen du verlangt hast, sind hier.«

Memnon drehte sich um und sah, daß die Makedonen bewaffnet und in voller Montur erschienen waren. Er gab ihnen ein Zeichen, näher zu treten.

»Hier sind wir, Memnon«, sagte einer von ihnen. »Zu allem bereit – du brauchst nur zu befehlen.«

»Hört ihr diese Rufe?«

Die Männer spitzten die Ohren. »Ja. Das müssen Alexanders Wachtposten sein.«

»Genau. Legt jetzt eure Rüstungen ab und behaltet nur Messer und Schwert bei euch – ihr dürft in der Dunkelheit keinen Lärm machen und müßt sehr beweglich sein. Hört, was ich von euch will: Ihr schlüpft durch die Seitenpforte aus der Stadt, und dann schleicht sich jeder von hinten an einen der Wachtposten heran, macht ihn kalt und nimmt augenblicklich seinen Platz ein – das heißt, daß ihr auf die Zurufe der anderen Posten antworten müßt. Ihr habt dieselbe Aussprache, denselben Akzent – keiner wird etwas merken.

Sobald ihr einen guten Abschnitt der Verteidigungslinie unter eure Kontrolle gebracht habt, gebt ihr mir ein Zeichen, und ich schicke eine Sturmtruppe mit Fackeln und Brandpfeilen los, damit sie Alexanders Maschinen in Brand stecken. Verstanden?«

»Verstanden. Und an was für ein Zeichen hast du gedacht?«

»An den Ruf eines Käuzchens.«

»In Ordnung.«

Die Makedonen zogen sich zurück, legten ihre Rüstungen ab und stiegen kurz darauf die Treppe zum Wehrgang hinunter, der sie zur Seitenpforte des Mylasators führte. Nach Verlassen der Pforte teilten sie sich und krochen auf dem Boden jeder auf einen der feindlichen Wachtposten zu.

Memnon wartete still auf der Mauer und spähte dabei unablässig zu den großen Belagerungstürmen hinüber, die wie Riesen in der Dunkelheit aufragten. Irgendwann glaubte er, die Stimme eines Wachtpostens erkennen zu können: Der erste Teil der Mission schien gelungen zu sein. Tatsächlich hörte er wenig später, zuerst leise, dann immer lauter und deutlicher, den Ruf eines Käuzchens – er kam von einem Punkt, der sich genau auf halber Strecke zwischen den beiden Belagerungstürmen befand.

Nun mußte rasch gehandelt werden. Memnon rannte die Treppe hinunter und benachrichtigte die Männer, die sich in der Zwischenzeit auf den Überfall vorbereitet hatten.

»Vorsicht: Wenn ihr mit brennenden Fackeln rauslauft, werdet ihr sofort gesehen; wir dürfen unseren Vorteil nicht so leichtsinnig preisgeben! Hört meinen Plan: Ihr müßt euch zu der Stelle schleichen, wo unsere Leute die makedonischen Wachtposten aus dem Weg geräumt haben: genau zwischen den beiden Belagerungstürmen. Dort bleibt ihr versteckt und rührt euch nicht, bis eine zweite Gruppe Feuer bringt: Amphoren mit Bitumen und Glut in abgedeckten Krügen. Erst dann stoßt ihr aus vollen Backen in die Trompeten und greift die makedonischen Wachtruppen an. Die andern zünden unterdessen die Türme an.

Hört, Männer: Die Makedonen sind überzeugt, daß sie den Sieg bereits in der Tasche haben. Sie rechnen todsicher nicht mit einem Überfall, und schon gar nicht mitten in der Nacht. Verlaßt euch drauf: Unser Ausfall wird ein voller Erfolg sein. Und jetzt, los!«

Memnons Soldaten schlüpften im Gänsemarsch durch die kleine Pforte, zuletzt die Männer mit den Glutbehältern und den Amphoren voller Bitumen. Memnon sah ihnen nach, bis sich das eiserne Tor hinter dem letzten geschlossen hatte, dann machte er sich auf den Weg in seine Wohnung, wobei er wie fast jeden Abend die Stadt zu Fuß durchquerte. Sich unerkannt unters Volk zu mischen war eine alte Angewohnheit von ihm: Wenn er wußte, was die Leute untereinander redeten, konnte er sich am besten ein Bild von der allgemeinen Stimmung machen.

Das Haus, in dem er wohnte, lag am Fuße der Akropolis. Eine Treppe und eine steile Gasse führten zu ihm hinauf. Memnon wurde von einem Diener mit brennender Laterne empfangen, der ihn über den Hof in die Eingangshalle begleitete. Von dort begab er sich in sein Schlafzimmer im oberen Stockwerk, wo die Mägde ihm ein heißes Bad vorbereitet hatten. Er öffnete das Fenster und lauschte in die Nacht hinaus: Vor der Mauer im nordöstlichen Teil der Stadt war plötzlich ein schriller Trompetenstoß erklungen. Der Angriff hatte also begonnen.

»Möchtest du baden, Herr?« fragte eine der Mägde hinter seinem Rücken.

Memnon antwortete nichts und wartete, bis er jenseits der Stadtmauer rötlichen Feuerschein und dicken Qualm erkennen konnte.

Erst dann drehte er sich um, löste die Lederriemen seines Harnischs und sagte: »Ja.«

25

Der Mann kam völlig aufgelöst in Alexanders Zelt: »Herr!« schrie er. »Ein Ausfall. Sie verbrennen unsere Türme!«

Alexander sprang auf und packte ihn an der Schulter. »Was sagst du da? Bist du verrückt geworden?«

»Wir sind überrascht worden, König. Sie haben unsere Wachtposten getötet und die Verteidigungslinie durchbrochen. Sie hatten Amphoren mit brennendem Bitumen dabei – wir schaffen es nicht, das Feuer zu löschen.«

Alexander stieß den Mann zur Seite und rannte hinaus. »Schnell! Gebt Alarm! Stellt alle Männer auf, die zur Verfügung stehen. Krateros, die Kavallerie! Hephaistion, Perdikkas, Leonnatos, schickt die Thraker und Agrianer los, schnell, wir dürfen keine Zeit verlieren!«

Mit diesen Worten schwang er sich auf das erstbeste Pferd und preschte davon. Das Feuer war schon von fern zu erkennen, ebenso zwei dicke Rauchsäulen, die sich schwerfällig zum Himmel emporschraubten. Als Alexander bei dem Graben anlangte, hörte er lautes Waffenklirren von allen Seiten: Um jeden der fünf Belagerungstürme herum tobte eine Schlacht.

Wenige Augenblicke später wurde er von Krateros' schwerer Kavallerie und den leichtbewaffneten Reitern der Thraker und Agrianer überholt, die sich augenblicklich ins Getümmel stürzten und die Angreifer hinter ihre Stadtmauer zurücktrieben. Zwei der Türme waren jedoch bereits verloren: Sie brannten lichterloh und stürzten wenig später mit lautem Krachen ein.

Alexander kletterte vom Pferd und ging zu Fuß auf die riesigen Scheiterhaufen zu. Viele seiner Soldaten lagen tot auf dem Boden, und er sah sofort, daß sie im Schlaf überrascht worden waren, denn sie trugen keine Rüstungen.

Irgendwann gesellte sich Hephaistion zu ihm: »Wir haben sie zurückgeworfen. Was jetzt?«

»Sammelt die Gefallenen ein«, erwiderte Alexander mit finsterer Miene, »und ersetzt die zerstörten Maschinen augenblicklich durch neue. Morgen setzen wir den Angriff mit den übriggebliebenen fort.«

In diesem Moment kam mit hängendem Kopf der Anführer der Turmmannschaften an: »Es ist alles meine Schuld«, sagte er zerknirscht. »Bestrafe mich, wenn du möchtest, aber nicht meine Männer: Sie haben getan, was sie konnten.«

»Deine Verluste sind schon Strafe genug für einen Anführer«, entgegnete der König. »Jetzt müssen wir herausfinden, was unser Fehler war ... wo wir nachlässig waren. Unsere Wachtposten – sind die denn von niemandem überprüft worden?«

»Doch, König, so seltsam es klingt: Ich habe, kurz bevor der Angriff losging, einen Rundgang gemacht und die ganze Verteidigunslinie abgelaufen. Alle Wachtposten haben ihre Losungen pünktlich weitergegeben. Ich hatte sogar befohlen, nur ausgeprägten makedonischen Dialekt zu sprechen, um unangenehmen Überraschungen vorzubeugen ...«

»Und?«

»Alles, was meine Ohren vernommen haben, war reinster makedonischer Dialekt, Herr. Aber du glaubst mir sicher nicht ...«

Alexander fuhr sich mit der Hand übers Gesicht: »Doch, ich glaube dir«, sagte er. »Aber von jetzt an müssen wir uns im klaren darüber sein, daß wir es mit dem gefährlichsten und durchtriebensten Feind zu tun haben, dem wir je begegnet sind. Ab morgen verdoppeln wir die Wachtposten und ändern die Losung bei jeder Wachablösung. Und jetzt sammle die Gefallenen ein und laß die Verwundeten ins Lager bringen, damit Philipp und seine Chirurgen sich ihrer annehmen können.«

»Zu Befehl, Herr, und ... ich schwöre dir, daß so etwas nie wieder passieren wird. Und wenn ich selbst Wache stehen müßte!«

»Das ist nicht nötig«, entgegnete Alexander. »Laß dir lieber von unseren Seeleuten beibringen, wie man bei Nacht Licht mit polierten Schilden reflektieren kann.«

Der Kommandeur nickte, aber seine Aufmerksamkeit galt in diesem Moment einer Gestalt, die sich bei den verbrannten Belagerungsmaschinen herumtrieb und von Zeit zu Zeit bückte, als beobachte sie etwas auf dem Boden.

»Wer ist das denn?« fragte er und wies mit dem Finger auf die Gestalt.

Alexander blickte in die angedeutete Richtung und erkannte im Feuerschein das Profil des Mannes.

»Kein Sorge, das ist Kallisthenes«, sagte er, schwang sich auf sein Pferd und galoppierte auf den Geschichtsschreiber zu. »Und paß auf!« schrie er dem Kommandeur noch zu. »Wenn dir so was noch einmal passiert, zahlst du für beide Male!«

Kallisthenes hatte sich gerade wieder gebückt und untersuchte einen der am Boden liegenden Gefallenen, als Alexander neben ihm vom Pferd stieg. Bei dem Toten mußte es sich um einen Wachtposten handeln, denn er trug Rüstung.

»Was schaust du?« fragte der König.

»Dolch«, erwiderte Kallisthenes. »Der Mann ist mit einem Dolch umgebracht worden. Sauberer Genickstoß ... Und die dort drüben sind genauso gestorben.«

»Dann waren die Angreifer also auch Makedonen.«

»Wie kommst du darauf? Ich sehe da keinen Zusammenhang ...«

»Der Kommandeur der Wachtposten hat mir gesagt, daß alle seine Männer die Losungen in reinstem makedonischem Dialekt weitergegeben haben – und zwar bis zuletzt.«

»Na ja, verwunderlich wäre es nicht. Du hast viele Feinde daheim in Makedonien, Leute, die dich liebend gerne demütigen oder gar aus dem Weg räumen würden. Der ein oder andere von ihnen könnte gut nach Halikarnassos gekommen sein: Von Therme ist es nicht weit.«

»Sag, was hast du eigentlich hier zu suchen, Kallisthenes?«

»Als Historiker muß man zur Not auch Leichenschauen durchführen, um bestimmte Ereignisse getreu schildern zu können.«

»Dann ist Thukydides dein großes Vorbild? Das wundert mich: Soviel wissenschaftliche Strenge hätte ich dir Genußmenschen gar nicht zugetraut ...«

»Ich sammle meine Informationen, wo und wie ich kann – je mehr, desto besser. Später wähle ich dann aus und entscheide, *was* ich erzähle, *wie* ich es erzähle und was ich verschweige. Das sind die Privilegien eines Geschichtsschreibers.«

»Und doch passieren in diesem Augenblick Dinge, von denen du keine Ahnung hast. Ich dagegen schon.«

»So, und wo, wenn ich fragen darf?«

»In Memnons Kopf, zum Beispiel. Ich bin zu der Einsicht gelangt, daß er alle meine Taten und vielleicht sogar die meines Vaters Philipp genau studiert hat. Das versetzt ihn in die Lage, mir zuvorzukommen.«

»Aha. Und was, glaubst du, spukt ihm in diesem Moment im Kopf herum?«

»Die Belagerung von Perinthos.«

Kallisthenes hätte gerne noch mehr Fragen gestellt, aber Alexander sprang auf sein Pferd und ließ ihn alleine neben dem toten Soldaten zurück, während die letzten Überreste der beiden Holztürme in einem Meer aus Flammen untergingen.

Am nächsten Tag wurde damit begonnen, neue Belagerungsmaschinen zu bauen, ein Unterfangen, das sich als sehr mühsam herausstellte, da nur das Holz von steinharten, knorrigen Olivenbäumen zur Verfügung stand. Die Kriegshandlungen stagnierten. Memnon, der regelmäßig über den Seeweg versorgt wurde, hatte keinerlei Eile, einen Ausfall zu wagen, und Alexander wollte die anderen Maschinen nicht einsetzen, bevor nicht jede einzelne genau überprüft worden war, denn auch sie hatten kleinere Brandschäden erlitten.

Was den König jedoch am meisten besorgte, waren die Geräusche jenseits der Stadtmauer: ein Pochen und Hämmern, ähnlich dem, das seine Zimmerleute beim Bau der Belagerungsmaschinen machten.

Als die neuen Türme endlich in Stellung gebracht waren und ihre Rammböcke die Bresche in der Mauer noch einmal erheblich verbreitert hatten, zeigte sich, daß seine Sorgen berechtigt gewesen waren: Hinter dem äußeren Mauerring war ein weiteres, halbrundes Bollwerk errichtet worden, das die Bresche überbrückte und die noch intakten Abschnitte der Stadtmauer miteinander verband.

»Genau wie in Perinthos«, stöhnte Parmenion, als er die improvisierte Befestigungsanlage plötzlich vor sich aufragen sah. Es war wie ein Schlag ins Gesicht.

»Und das ist noch nicht alles«, sagte Krateros. »Wenn ihr mir kurz folgen wollt ...«

Sie kletterten auf einen der Belagerungstürme – den, der am weitesten im Osten aufgestellt war –, und von dort konnten sie sehen, was die Belagerten im Innern der Stadt vorbereiteten: ein haushohes, viereckiges Holzgerüst aus kreuz und quer miteinander verstrebten Balken.

»Wie ihr seht, hat das Ding keine Räder«, sagte Krateros. »Es ist fest am Boden verankert.«

»Dieses Ding braucht keine Räder«, erwiderte Alexander. »Damit wollen sie die Mauerbresche unter Beschuß nehmen, sobald wir uns dort blicken lassen.«

»Bei Zeus!« entfuhr es Krateros. »Den Pfeilhagel so eines Geschützes überlebt keiner.«

»Ich habe euch ja gesagt, daß Memnon ein harter Knochen ist«, meinte Parmenion.

Alexander drehte sich verärgert nach ihm um: »Ich werde alles wegfegen, General – die äußere Mauer, die dahinter und den verdammten Holzturm auch. Ob es Memnon paßt oder nicht. Krateros!« sagte er dann. »Beobachte den Turm und halte mich auf dem laufenden.« Und mit diesen Worten rannte er die Treppe hinunter, kletterte auf sein Pferd und ritt ins Lager zurück.

Die Bresche wurde noch breiter gemacht, aber Memnon konterte jeden Sturmangriff der Makedonen mit einer Gegenattacke; mehrere Reihen Bogenschützen, die er auf der neuen Befestigungsanlage plaziert hatte, unterstützten ihn dabei tatkräftig von oben herab. Alexanders Operationen waren an einem toten Punkt angelangt; die Sommerhitze wurde von Tag zu Tag unerträglicher, die Vorräte schwanden.

Eines Nachts waren wieder einmal Perdikkas und seine Männer an der Reihe, die Mauerbresche zu überwachen. Am Abend war eine Lieferung Wein aus Ephesos eingetroffen, ein Geschenk der Stadtverwaltung an Alexander, und der König hatte eine gewisse Menge davon an seine Offiziere verteilen lassen.

So guter Rebensaft war schon lange nicht mehr ausgeschenkt worden: Perdikkas und seine Männer übertrieben und waren gegen Mitternacht alle miteinander ziemlich angeheitert. Einer von ihnen pries die Schönheit der Frauen von Halikarnassos, von der ihm ein Händler im Lager berichtet hatte, und die anderen gerieten darüber so in Erregung, daß sie sich in allerlei Phantasien ergingen, wie die Stadt im Handstreich zu nehmen und ein für allemal zu unterwerfen sei.

Irgendwann verließ Perdikkas das Zelt und betrachtete die verfluchte Bresche, in der schon so viele tüchtige makedonische Soldaten ihr Leben gelassen hatten. In diesem Augenblick benebelte die laue Meeresbrise seinen Verstand vollends: Er sah sich wieder vor den Mauern Thebens, wie er mit seinen

Männern das Stadttor stürmte und die lange Belagerung schlagartig beendete.

Er dachte an Kleopatra, an die Nacht, in der sie ihn in ihr Bett aufgenommen hatte. Es war eine Nacht wie diese gewesen – heiß und duftgeschwängert.

Er dachte, daß ein Sieg gar nicht so unmöglich sei, wenn die Entschlossenheit da war, und wie alle Betrunkenen bildete er sich ein, allmächtig zu sein und die kühnsten Träume verwirklichen zu können. Schon sah er in seinem Wahn Alexander das Heer zu seinen Ehren versammeln und von den Herolden eine feierliche Lobrede auf den Eroberer von Halikarnassos verlesen lassen.

Mit entrücktem Gesicht kehrte er ins Zelt zurück und sagte halblaut, so daß nur die Allernächsten ihn hören konnten: »Versammelt eure Männer, wir greifen die Bastion an.«

26

»Hab ich richtig gehört? Du willst die Bastion angreifen?« fragte einer seiner Offiziere.

»Jawohl«, erwiderte Perdikkas. »Und in dieser Nacht wird sich zeigen, ob du wirklich soviel Schneid hast, wie du immer behauptest.«

Höhnisches Gelächter folgte der Bemerkung. »Also, Kameraden, wer macht mit?« schrie ein anderer.

Perdikkas war unglaublich ernst in seinem Rausch: »Es geht los, sobald ihr bei euren Abteilungen seid, sprich: sofort. Ich lasse als Zeichen eine Laterne auf meinem Zelt hissen. Schafft Leitern, Enterhaken und Seile zur Mauer. Wir greifen auf die alte Art an: ohne Rammböcke und Katapulte, in aller Stille. Gut, worauf wartet ihr noch? Nichts wie los!«

Seine Gefährten sahen sich sprachlos an, doch schließlich gehorchten sie, denn Perdikkas' Blick und der Ton seiner Stimme ließen keine Widerrede zu. Kurz darauf erschien auf dem Dach seines Zelts eine brennende Laterne. Beinahe lautlos und in geschlossenen Reihen rückten die makedonischen Abteilungen zu der breiten Mauerbresche vor, durch die man die dahinter gelegene, neu errichtete Verstärkungsmauer erkennen konnte.

»Haltet euch bis zum letzten Moment im Schutz der alten Mauer«, befahl Perdikkas. »Erst auf mein Zeichen hin stürmt ihr los. Wir müssen ihre Wachtrupps überraschen und fertigmachen, bevor sie Nachschub bekommen. Sobald wir die Mauer erobert haben, stoßen wir in die Trompeten, damit der König und die anderen Truppenführer nachziehen. Und jetzt, vorwärts!«

Die Offiziere gaben den Befehl an ihre Männer weiter, die geduckt nach vorn liefen und sich auf beiden Seiten der Mauerbresche gruppierten. Auf Perdikkas' Zeichen hin stürmten sie auf die innere Bastion los, die in etwa hundert Schritt Entfernung aus der Finsternis aufragte. Doch als sie gerade die Leitern anstellten und die Wurfhaken schwangen, zerriß ein Schrei die Stille der Nacht, gefolgt von schrillem Trompetengeschmetter und lautem Waffenklirren.

Und plötzlich wimmelte es auf der Mauer von Kriegern; andere Soldaten quollen einem ausufernden Fluß gleich aus dem Mylasator und seiner Seitenpforte, fielen Perdikkas' Truppen in den Rücken und drängten sie an die Mauer, wo ein dichter Hagel von Pfeilen auf sie niederging.

»Oh, bei den Göttern!« schrie einer der Offiziere. »Wir sitzen in der Falle. Schlag Alarm, Perdikkas, schlag Alarm! Ruf den König zu Hilfe!«

»Nein!« schrie Perdikkas zurück. »Noch ist nicht alles verloren. Gebt uns Rückendeckung: Wir klettern die Mauer hinauf!«

»Du bist wahnsinnig!« brüllte der Offizier noch lauter. »Merkst du nicht, daß wir bereits umzingelt sind? Schlag Alarm, oder ich tu's, verdammt noch mal!«

Perdikkas drehte verwirrt den Kopf und erkannte das Ausmaß der Katastrophe. Sein Rausch war schlagartig verflogen, doch der Überlebenstrieb flößte ihm den Mut eines Löwen ein:

»Alles mir hinterher!« befahl er. »Alles mir hinterher! Wir kämpfen uns den Weg ins Lager frei. Trompete, Alarm! Alarm!«

Der Schall der Trompeten durchbrach die dicke, schwülwarme Nachtluft, hallte von den Wänden der weiten Talmulde zurück und erreichte Alexanders Lager als langezogener, eintöniger Klagelaut.

»Alarmtrompeten, König!« schrie einer der Leibwächter, als er in das königliche Zelt gerannt kam. »Drüben, an der Stadtmauer!«

Alexander sprang aus dem Bett und packte ihn an der Schulter. »Perdikkas ... dieser Bastard, ich hätte ahnen müssen, daß er was anstellt!«

Er rannte hinaus und schrie: »Auf die Pferde! Alles auf die Pferde! Perdikkas ist in Gefahr!« Und dann preschte er selbst als erster davon, gefolgt von seiner Leibwache, die zu jeder Tages- und Nachtstunde in voller Kampfmontur war.

Perdikkas hatte sich unterdessen an die Spitze seiner Männer gestellt und schwang wie ein Wilder sein Schwert, um sich und seinen Männern einen Weg zurück zu bahnen, aber die feindlichen Truppen hatten sich vor ihnen in der Mauerbresche konzentriert und waren natürlich im Vorteil, zumal die Makedonen zuerst die riesigen Trümmerberge vor der Bresche überwinden mußten.

Vom schrillen, unheilvoll klingenden Geschmetter der Trompete begleitet, erreichte Perdikkas schließlich die Mauerlücke. Hände und Knie bluteten, trotzdem kämpfte er sich mit dem Mut und der Kraft eines Verzweifelten durch die gegnerischen Reihen.

Als endlich der Hufschlag von Alexanders Reiterei zu hören war, hatte er sich bereits einen Weg gebahnt und zog seine Soldaten hinter sich her in Richtung des offenen Feldes.

Memnons Truppen schlossen sich hinter ihnen zusammen und wichen kompakt zur Mauer zurück. Das Gelände war mit Leichen übersät – den Leichen der makedonischen Soldaten, die sich von ihrem Anführer zu diesem selbstmörderischen Angriff hatten hinreißen lassen.

Alexander stand plötzlich vor ihm, als hätte die Nacht selbst ihn geboren. Sein im Wind wehendes Haar erinnerte an eine Löwenmähne, und seine Wangen waren gerötet, wie Perdikkas im Schein der Fackeln erkennen konnte.

»Was hast du getan, Perdikkas, was hast du getan? Du hast deine Soldaten zur Schlachtbank geführt!«

Perdikkas fiel auf die Knie vor Erschöpfung und Verzweiflung. Alexanders Kavallerie nahm Schlachtordnung ein, um einen eventuellen Gegenangriff des Feindes abwehren zu können. Aber Memnons Veteranen drängten sich in der Mauerbresche Schild an Schild aneinander und überließen es dem Feind, den nächsten Zug zu tun.

»Wir warten bis zum Morgengrauen«, beschloß Alexander. »Jetzt weiterzumachen wäre viel zu gefährlich.«

»Gib mir neue Truppen, Alexander, laß mich angreifen, laß mich das wiedergutmachen!« schrie Perdikkas.

»Nein«, erwiderte der König fest. »Ein Irrtum reicht für heute. Du bekommst noch ausreichend Gelegenheit, das wiedergutzumachen.«

Und so harrten sie den Rest der Nacht tatenlos aus. Ab und zu schossen die Feinde einen Brandpfeil ab, um das Gelände vor der Bresche zu beleuchten; wie eine Sternschnuppe zischte er durch die Dunkelheit und bohrte sich vibrierend in den Boden.

Mit Sonnenaufgang befahl der König Perdikkas, seine Männer zu versammeln, um die Anzahl der Gefallenen und Vermißten festzustellen: Von zweitausend Soldaten, die er mitgenommen hatte, erschienen nur tausendsiebenhundert zum Appell. Die anderen waren Opfer des Hinterhalts geworden, und ihre Leichen lagen nun unbestattet auf dem Schlachtfeld, irgendwo zwischen der Bresche und dem inneren Mauerring.

Alexander ließ einen Herold rufen und trug ihm auf, Memnon um eine Unterredung zu bitten: »Ich möchte die Herausgabe der Leichen mit ihm verhandeln.«

Der Herold hörte sich die Bedingungen des Königs an, dann holte er sich eine weiße Fahne, stieg auf sein Pferd und ritt auf die feindlichen Linien zu. Außer der Friedensfahne wurde zur Bekundung seiner friedlichen Absichten auch dreimal in eine Trompete gestoßen.

Als von der Bresche her ebenfalls drei Trompetenstöße ertönten, näherte sich der Mann im Schrittempo der Mauerruine.

Es verging ein wenig Zeit, dann trat ihm ein zweiter Herold zu Fuß entgegen. Er hatte einen starken dorischen Akzent und mußte daher aus einer griechischen Kolonie stammen, vermutlich aus Rhodos.

»König Alexander möchte die Herausgabe unserer Gefallenen verhandeln«, sagte der makedonische Herold. »Er läßt fragen, was für Bedingungen euer Anführer diesbezüglich stellen würde.«

»Ich bin nicht bevollmächtigt, dir irgendwelche Bedingungen zu nennen«, erwiderte der andere. »Ich kann dir nur sagen, daß unser Kommandeur Memnon bereit ist, deinen König unmittelbar nach Sonnenuntergang persönlich zu treffen.«

»Wo?«

»Dort hinten.« Der Grieche deutete auf einen wilden Feigenbaum, der neben einem monumentalen Grabmal an der Straße nach Mylasa wuchs. »Aber euer Heer muß ein Stadion zurückweichen: Die Begegnung wird exakt auf halber Strecke zwischen uns und euch stattfinden. General Memnon wird keine Leibwache dabeihaben, und dasselbe erwartet er von König Alexander.«

»Gut, ich gehe und richte alles aus«, sagte der makedonische Herold. »Wenn ich nicht gleich wieder zurück bin, heißt das, daß unser König einverstanden ist.« Mit diesen Worten schwang er sich erneut auf sein Pferd und ritt davon. Der Grieche wartete eine gewisse Zeit, dann kehrte er um und mischte sich wieder unter die Veteranen.

Alexander ließ sein Heer wie verlangt ein Stadion zurückweichen, kehrte danach ins Lager zurück und schloß sich bis Sonnenuntergang in sein Zelt ein. Für den Rest des Tages rührte er weder Speise noch Trank an. Für ihn war es, als habe er diese Niederlage selbst erlitten; Memnons Fähigkeit, sämtliche Angriffe Schlag auf Schlag abzuwehren, ja mehr noch, mit unerhörter Gewalt zurückzuschlagen, bedeutete für Alexander eine tiefe Demütigung. Zum erstenmal in seinem Leben fühlte er sich völlig machtlos und sehr, sehr einsam.

All die Triumphe, die ihn bis zu diesem Augenblick begleitet hatten, schienen mit einemmal weit weg, ja fast vergessen; Memnon von Rhodos war wie ein gigantischer Felsbrocken, der seinen Vormarsch blockierte, ein Hindernis, das ihn von Tag zu Tag unüberwindlicher deuchte.

Er hatte den Wachen Anweisung gegeben, niemanden in sein Zelt einzulassen; nicht einmal Leptine kam ihm in diesen Stunden nahe. Sie war mittlerweile sehr geübt darin, seinen Blick zu deuten, und erkannte auf dem Grund seiner Augen das Licht-Schatten-Spiel eines sommerlichen Gewitterhimmels.

Kurz vor Sonnenuntergang jedoch, als Alexander sich bereits zur Begegnung mit seinem Feind fertig machte, hörte er plötzlich aufgeregtes Stimmengewirr vor seinem Zelt, und kurz darauf platzte Perdikkas herein, ohne daß die Leibwächter es verhindern konnten.

»Ich habe den Tod verdient!« brüllte er völlig außer sich. »So viele tapfere Soldaten sind durch meine Schuld gefallen. Ich habe Schmach über unser Heer gebracht, und jetzt mußt du meinetwegen auch noch zu dieser demütigenden Verhandlung. Bring mich um, Alexander!« schrie er und hielt dem König sein Schwert hin.

Er hatte tiefe Ringe unter den geröteten Augen, und sein Blick war der eines Irren. In einem solchen Zustand hatte Alexander ihn seit der Belagerung von Theben nicht mehr gesehen.

»Setz dich«, sagte er, indem er ihn streng ansah und auf einen Stuhl deutete.

Aber Perdikkas streckte ihm noch immer das Schwert hin, und dabei zitterten seine Arme wie in einem Krampfanfall.

»Ich habe gesagt, du sollst dich setzen«, befahl Alexander – diesmal laut und bestimmt.

Sein Freund ließ sich auf den Stuhl fallen, das Schwert glitt ihm aus den Händen.

»Was hat dich zu diesem Angriff bewogen?« fragte Alexander.

»Ich war etwas angetrunken, wir waren alle angetrunken . . . Ich dachte, die Sache wäre zu machen, ich war sicher, daß wir gewinnen würden.«

»Du warst nicht angetrunken, sondern stockbesoffen. In nüchternem Zustand hättest du gewußt, daß es reiner Selbstmord ist, bei Nacht anzugreifen, noch dazu auf so einem Gelände!«

»Auf der Mauer war niemand, kein einziger Wächter, es herrschte Totenstille . . .«

»Und du bist drauf reingefallen. Memnon ist der gefährlichste Gegner, mit dem wir es je zu tun hatten, ist dir das klar? Ist dir das klar?« schrie er.

Perdikkas nickte.

»Memnon ist mehr als ein tapferer Kämpfer – er ist ein hochintelligenter Mann und dazu unglaublich gerissen. Er beobachtet uns Tag und Nacht und bekommt alles mit: die kleinste Unaufmerksamkeit, jeden falschen Schritt, jede voreilige Tat. Und er schlägt blitzschnell zu.«

Alexander begleitete seine Worte mit einer vielsagenden Geste.

»Hier sind wir nicht auf einem Schlachtfeld, wo wir die Überlegenheit unserer Reiterei und die unerhörte Schlagkraft unserer Phalanx ausnützen können. Hier haben wir es mit einer reichen, mächtigen Stadt zu tun, der es trotz unserer Belagerung an nichts mangelt, und mit einem hervorragend ausgebildeten Heer, das stellungsmäßig im Vorteil ist. Unsere einzige Möglichkeit besteht darin, eine ausreichend breite Bresche in die Mauer zu legen und Memnons Veteranen förmlich zu überrennen. Und das kann nur bei vollem Tageslicht geschehen.«

Alexander machte eine Pause, um seine Worte auf Perdikkas wirken zu lassen. Dann fuhr er fort:

»Hier steht unsere Kampfstärke gegen ihre Kampfstärke, unsere Intelligenz gegen ihre Intelligenz, unsere Achtsamkeit gegen ihre Achtsamkeit – sonst nichts. Weißt du, was wir jetzt tun werden? Das Gelände vor der Bresche von Trümmern befreien, unsere Maschinen an die Innenmauer heranführen und die Bastion niederreißen. Und wenn sie dahinter eine neue errichten, reißen wir die auch nieder, und alle weiteren auch, bis wir sie ins Meer getrieben haben. Verstanden, Perdikkas?«

Alexander faßte den Freund fest in die Augen:

»Bis zu diesem Moment wirst du meinem Befehl unterstehen und nur ihm. Der Verlust deiner Soldaten ist Strafe genug. Ich bringe dir jetzt ihre Leichen zurück, und du wirst sie gemeinsam mit deinen Männern begraben, ihnen die letzte Ehre erweisen und versuchen, ihre erzürnten Seelen mit Opfern zu besänftigen. Irgendwann kommt schon der Tag, an dem du deine Schuld mit ihnen begleichen kannst. Heute befehle ich dir zu leben!«

Mit diesen Worten hob der König Perdikkas' Schwert vom Boden auf und gab es ihm zurück.

Perdikkas steckte es in die Scheide und verließ mit tränengefüllten Augen das Zelt.

27

Der Mann, der ihm gegenüberstand, trug eine silberverzierte Bronzerüstung und einen korinthischen Helm, der sein ganzes Gesicht bedeckte. Sein Schwert baumelte an einem eisernen Wehrgehänge, und um die Schulter trug er einen Mantel aus hellblauem Leinen, der sich wie ein Segel im Abendwind blähte.

Alexander selbst war barhäuptig erschienen; er führte Bukephalos am Zügel mit sich. »Ich bin Alexander, der König der Makedonen«, sagte er. »Und ich bin gekommen, um die Herausgabe meiner gefallenen Soldaten mit dir zu verhandeln.«

Die Augen des Mannes hinter den schmalen Sehschlitzen blitzten kurz auf, und Alexander erkannte seinen Blick sofort wieder – es war genau der Blick, den Apelles auf seinem Bild so meisterhaft festgehalten hatte. Die Stimme jedoch kannte er bislang nicht; aufgrund des großen Helms klang sie hohl und metallen: »Ich bin General Memnon.«

»Was verlangst du für die Herausgabe meiner Krieger?«

»Nur die Antwort auf eine Frage.«

Alexander sah ihn verblüfft an »Was für eine Frage?«

Memnon zögerte einen Moment, und Alexander spürte, daß er ihn nach Barsine fragen würde; ein Mann wie Memnon hatte überall seine Informanten, er mußte wissen, was vorgefallen war, und wurde bestimmt seit Tagen von Zweifeln geplagt.

Doch die Frage des griechischen Söldnerführers lautete anders: »Warum hast du den Krieg in dieses Land getragen?«

»Die Perser sind als erste bei uns, in Griechenland, eingefallen. Ich bin gekommen, um die Zerstörung unserer Tempel und Städte zu rächen und um die vielen jungen Männer zu sühnen, die in Marathon, an den Thermopylen und in Plataia gefallen sind.«

»Lüge nicht«, erwiderte Memnon. »Du scherst dich einen Dreck um die Griechen, und sie scheren sich einen Dreck um dich. Sag mir die Wahrheit. Ich werde sie niemandem verraten.«

Ein heftiger Windstoß hüllte die beiden in eine Wolke aus rötlichem Staub.

»Ich bin gekommen, um das größte Reich zu schaffen, das es je auf Erden gegeben hat. Und ich werde erst an den Ufern des fernen Ozeans innehalten.«

Memnon nickte »Genau das habe ich befürchtet.«

»Und du? Warum hast du dich so darauf versteift, mich zu bekämpfen? Du bist kein König, ja nicht einmal Perser . . .«

»Weil ich den Krieg hasse. Und weil ich verrückte junge Männer wie dich hasse, die in ihrem Leichtsinn die ganze Welt in ein Blutbad verwandeln, um Ruhm zu erwerben. Aber du wirst noch im Staube vor mir kriechen, Alexander. Und dann schicke ich dich heim nach Makedonien, damit du wie dein Vater durch Mörderhand stirbst.«

Der König ignorierte die Provokation des Rhodiers. »Solange es Grenzen und Barrieren, unterschiedliche Sprachen und Gebräuche gibt, solange kann es keinen Frieden geben. Du solltest dich mir anschließen.«

»Das ist unmöglich. Ich habe nur ein Wort und eine Überzeugung.«

»Dann wird der Bessere gewinnen.«

»Das ist nicht gesagt: Das Glück ist blind.«

»Gibst du mir meine Toten heraus?«

»Ja, hol sie dir ab.«

«Wie lange ist die Frist, die du mir gewährst?«

»Bis zur ersten Wachablösung.«

»Das genügt. Ich danke dir.«

Der feindliche Heerführer nickte kurz mit dem Kopf.

Dann drehte er sich um und ging auf die Nordseite der Stadtmauer zu. Eine Pforte tat sich auf, und schon war sein blauer Mantel im Dunkel der Toröffnung verschwunden. Mit lautem Krachen fiel die schwere Eisentür hinter ihm ins Schloß.

Alexander begab sich ins Lager zurück und wies Perdikkas an, die Leichen seiner gefallenen Männer einsammeln zu gehen.

Die Träger hoben sie eine nach der anderen vom Boden auf und brachten sie den Priestern und ihren Ministranten, die sie für die Totenfeier vorbereiteten.

Es wurden fünfzehn große Holzstöße aufgeschichtet, und auf jeden von ihnen legte man die Leichname von zwanzig Kriegern in voller Rüstung – gewaschen, gekämmt und einparfümiert.

Perdikkas' Truppeneinheiten hielten die Ehrenwache und schrien im Chor den Namen eines jeden der Gefallenen, wenn er von seinem Anführer aufgerufen wurde. Nach der Verbrennung füllte man die Asche der Soldaten in Urnen, denen auch die im Feuer erhitzten und rituell verbogenen Schwerter beigefügt wurden. Waren die Urnen einmal verschlossen und versiegelt, kennzeichnete man sie mit Schriftrollen, aus denen der Name des Verstorbenen, seine Familie und der Herkunftsort hervorgingen.

Am darauffolgenden Morgen wurden die Urnen auf ein Schiff geladen und nach Makedonien zurückgebracht; die Gefallenen sollten auf ewig im Lande ihrer Vorfahren ruhen.

Die Sturmpioniere hatten unterdessen begonnen, im Schutz der Schleudermaschinen die Trümmer der Mauerbresche aus dem Weg zu räumen, damit die Belagerungsgeräte an die dahinter liegende Bastion herangeführt werden konnten.

Alexander verfolgte die Operation von einem Hügel herab, und dabei mußte er feststellen, daß auch der Bau des gigantischen Holzturms, den Memnon in Auftrag gegeben hatte, zügig voranging.

Irgendwann gesellte sich Eumenes zu ihm. Er war wie immer in voller Montur, obwohl er bis zu diesem Augenblick noch an keiner einzigen Kampfhandlung teilgenommen hatte.

»Wenn der Turm dort fertig ist, wird es schwierig, an die Backsteinmauer ranzukommen.«

»Ja«, gab Alexander zu. »Memnon wird Katapulte und Wurfgeschütze darauf plazieren und uns aus nächster Entfernung beschießen.«

»Das gibt ein Massaker . . .«

»Deshalb will ich ja so schnell wie möglich eine Bresche in die verdammte Mauer legen – jedenfalls bevor der Turm einsatzbereit ist.«

»Das schaffst du nicht.«

»Warum?«

»Ich habe ausgerechnet, wie lange die Arbeiten noch dauern. Du hast ja sicher die Uhr gesehen, die ich auf dem Hügel bauen ließ, nicht?«

»Ja, habe ich.«

»Also: Der Turm dort unten wächst jeden Tag drei Ellen. Hast du auch das Instrument gesehen, das ich neben der Uhr aufgestellt habe?«

»Ja, natürlich«, erwiderte Alexander etwas ungeduldig.

»Wenn es dich nicht interessiert, halte ich den Mund«, sagte Eumenes gekränkt.

»Nein, komm schon, erklär mir, was das für ein Instrument ist.«

»Ein Spielzeug, das ich selbst erfunden habe: Es besteht aus einem Visier auf drehbarer Scheibe, mit dem ich bestimmte Objekte anvisiere und mit einer Richtlatte in Deckung bringe. Dank dieser Erfindung und mit einer simplen geometrischen Berechnung ist es mir möglich, haarscharf zu bestimmen, wieviel Memnons Holzturm dort unten jeden Tag wächst.«

»Aha. Und zu welchem Ergebnis bist du letztendlich gelangt?«

»Zu dem Ergebnis, daß der Turm fertig ist, wenn wir gerade die Hälfte der Trümmer beseitigt haben – sprich: Sie werden uns unter einem Hagel von Geschossen begraben; ich habe nämlich auch ausgerechnet, daß sie zwölf Katapulte in drei übereinanderliegenden Stockwerken aufstellen können.«

Alexander senkte den Kopf: »Was schlägst du also vor?«

»Das interessiert dich wirklich?« fragte Eumenes beinahe verwundert. »Nun, ich würde die Trümmerbeseitigung ganz aufgeben und alle unsere Maschinen im Nordosten konzentrieren; dort scheint die Mauer nämlich nicht so dick zu sein. Wenn du einmal hier in mein Instrument schauen möchtest ...«

Alexander ließ sich führen und legte das Auge ans Visier von Eumenes' Erfindung.

»Du mußt zuerst den äußeren und dann den inneren Rand der Mauerbresche anvisieren; fang mit der linken Seite an, so, siehst du? Und jetzt schwenkst du zur rechten Seite rüber ...«

»Stimmt«, sagte Alexander, und richtete sich auf. »Die Mauer ist auf der andern Seite dünner.«

»Exakt. Und wenn du sämtliche Belagerungstürme augenblicklich dort hinüberschaffst, könntest du noch vor morgen abend eine Bresche geschlagen haben, die uns die halbrunde Backsteinmauer ganz umgehen oder von der Seite angreifen läßt. Die Agrianer sind hervorragende Kletterer: Schick sie dort rüber; sie sollen den Sturmtruppen von oben herab Dekkung geben, während diese in die Stadt einfallen und dem Feind in den Rücken fallen.«

Alexander legte ihm die Hände auf die Schultern: »Und ich hab dich bis heute nur als Sekretär eingesetzt! Wenn wir gewinnen, Eumenes, nimmst du ab sofort an allen Versammlungen des Befehlsstabs teil. Und jetzt laß uns die Maschinen verlegen und augenblicklich damit anfangen, die Mauer im Nordosten zu demolieren. Ich will, daß Tag und Nacht daran gearbeitet wird, ohne Unterlaß. Die Bewohner von Halikarnassos sollen kein Auge zumachen können!«

Der Befehl des Königs wurde unverzüglich ausgeführt. In den folgenden Tagen verfrachteten Hunderte von Männern und Zugtieren die sieben Belagerungstürme einen nach dem anderen unter ungeheurer Mühsal an den nordöstlichen Mauerabschnitt; dort nahmen die Rammböcke ihr Zerstörungswerk augenblicklich wieder auf – brutal, unerbittlich und mit ohrenbetäubendem Gedröhne. Die ganze Stadtmauer und der umliegende Boden bebten unter den wuchtigen Schlägen. Im Auftrag Alexanders unterzog Eumenes jeden Turm einer gründlichen Inspektion; dabei begleitete ihn eine Gruppe von Kriegsbaumeistern, die hier und da den Stand eines Turms korrigierten und darauf achteten, daß die Plattformen auch ja waagrecht waren, denn nur so konnten die Rammböcke Entsprechendes leisten.

Im Innern der Türme war es kaum auszuhalten: Die Hitze und der Staub, die beklemmende Enge und der enorme Kraftaufwand, der nötig war, um die riesigen Holzbalken mit den Eisenköpfen gegen die massive Steinmauer zu stoßen, die heftigen Rückstöße, der unerträgliche Lärm, all dies verlangte den Turmmannschaften ihr Äußerstes ab.

Wasserträger rannten unermüdlich die Treppen hinauf und hinunter, um den Durst der Soldaten zu stillen, die diesen unmenschlichen Strapazen ausgesetzt waren.

Doch alle fühlten den Blick des Königs auf sich ruhen. Alexander hatte der Mannschaft, die das feindliche Bollwerk als erste zum Einsturz bringen würde, eine großzügige Belohnung versprochen; er ahnte jedoch, daß der Ausgang der Operation nicht allein von seinen Belagerungsmaschinen abhing, daß Memnon einen gefährlichen Gegenzug vorbereitete.

Er rief auf einem Hügel Parmenion, Kleitos den »Schwarzen« und seine Gefährten zusammen: Hephaistion, Perdikkas, Leonnatos, Ptolemaios, Lysimachos, Krateros, Philotas, Seleukos. Und Eumenes.

Der »Generalsekretär« war staubbedeckt und halb taub vom Lärm der Maschinen, so daß man ziemlich laut sprechen mußte, damit er einen verstehen konnte. Das Heer, das seit längerem in Alarmbereitschaft war, hatte sich hinter ihnen in Schlachtordnung aufgestellt: in vorderster Linie die thrakischen und agrianischen Sturmtruppen und die »schildtragenden Gardisten«, die heute nur leicht bewaffnet waren, um besser angreifen zu können. Dahinter, im Zentrum und auf dem linken Flügel, die schwere makedonische Infanterie, rechts die Hopliten der griechischen Verbündeten. General Parmenion befehligte die Reserve, die aus Philipps Veteranen bestand – Männer mit großer Erfahrung und formidabler Kampfesausdauer.

Alle Krieger standen schweigend bei Fuß, die hintersten Reihen im Schatten der umliegenden Olivenhaine.

Perdikkas hatte unterdessen auf einer kleinen Anhöhe eine Batterie Wurfgeschütze aufstellen lassen, die auf das Mylasator gerichtet waren, für den Fall, daß die Belagerten von dort einen Ausfall wagen sollten.

»Eumenes möchte uns etwas mitteilen«, verkündete Alexander seinem Befehlsstab.

Der Sekretär warf einen Blick auf seine Sonnenuhr, auf den Schatten, den der Stab in ihrer Mitte auf das Zifferblatt warf.

»In weniger als einer Stunde wird die Mauer im Nordosten einzustürzen beginnen. Die Quadersteine in den obersten Reihen wackeln schon, und die Reihen darunter sind schwer erschüttert – es hat sich also ausgezahlt, daß wir mit Rammböcken auf unterschiedlichen Ebenen attackieren. Die Mauer müßte im selben Moment über eine Breite von mindestens einhundertfünfzig Fuß zusammenbrechen.«

Alexander warf einen Blick in die Runde: Seine Generäle und Kameraden sahen durchweg mitgenommen aus. Die vielen Kämpfe und Nachtwachen, die kontinuierlichen Gegenangriffe und Hinterhalte, die Entbehrungen, die jede Belagerung auch für die Angreiferseite mit sich brachte, hatten sie schwer gezeichnet

»Heute setzen wir alles aufs Spiel«, sagte er zu ihnen. »Wenn wir siegen, wird uns der Ruhm unserer Taten sämtliche Tore bis zum Amanos-Gebirge öffnen. Wenn wir dagegen unterliegen, verlieren wir alles, was wir bis zu diesem Moment erobert haben. Denkt vor allem an eins: Unser Feind bereitet mit Sicherheit seinen entscheidenden Gegenschlag vor – in welcher Form, weiß keiner, aber ihr braucht nur den Turm dort unten zu betrachten« – Alexander deutete auf das riesige Holzgerüst, das mit Wurfgeschützen und Katapulten gespickt mittlerweile eine Höhe von gut hundert Fuß erreicht hatte – »und ihr wißt, wie gefährlich er ist. Und jetzt laßt das Heer bis zu unseren Belagerungsmaschinen vorrücken. Wir müssen losstürmen, sobald die Mauer einbricht.«

Bevor die Männer auseinandergingen, meldete Perdikkas sich zu Wort: »Alexander, ich bitte dich um das Privileg, den ersten Ansturm leiten zu dürfen. Unterstell mir die ›schildtragenden Gardisten‹ und die Sturmtruppen, und ich schwöre dir bei den Göttern, daß du morgen früh im Palast des Satrapen von Halikarnassos zu Tisch sitzt.«

»Nimm dir die Männer, die du brauchst, Perdikkas, und tu, was zu tun ist.«

Nach diesen Worten gingen alle zu ihren Abteilungen zurück, und mit dem ersten Trompetenstoß setzte sich die Armee in Richtung der sieben Belagerungstürme in Bewegung. Nur Parmenions Veteranen harrten reglos im Schatten der Olivenbäume aus.

28

Alexander liess sich Bukephalos bringen, denn er hatte das Gefühl, sich in einem so entscheidenden Moment nur auf ihn verlassen zu können. Er fuhr dem Hengst sanft über die Nüstern, tätschelte seinen Hals, stieg auf und ließ ihn im Schritttempo auf die Stadtmauer zureiten. Hephaistion und Seleukos ritten neben ihm her.

Ein plötzliches lautes Pfeifen ließ den König herumfahren, und da sah er, daß der große Turm hinter dem halbrunden Backsteinmauer seine Tätigkeit aufgenommen hatte und den rechten Flügel des makedonischen Heers mit Eisenharpunen beschoß.

»In Deckung!« brüllte Kleitos. »Zurück, oder die spießen euch auf wie Drosseln! Zurück, zurück, habe ich gesagt!«

Der rechte Flügel machte eine Kehrtwende und ordnete sich hinter dem Zentrum an; wenig später befahl der »Schwarze« seinen Männern, in den Schutz der Mauer zu laufen, wo die feindlichen Geschosse sie nicht erreichen konnten. Lysimachos, dem die makedonischen Wurfmaschinen auf der Anhöhe unterstanden, beantwortete den Beschuß des Holzturms unterdessen mit einem dichten Hagel von Pfeilen. Dabei gelang es ihm, etliche Männer zu treffen, die schreiend von dem Gerüst stürzten und zerschmettert am Boden liegenblieben.

Bald schon hörte man – wie von Eumenes angekündigt – die ersten Steinblöcke im Nordteil der Mauer mit fürchterlichem Getöse herunterpoltern – und die Rammböcke standen keinen Moment still.

Perdikkas stürzte mit seinen Gardisten und Agrianern nach vorn, dabei schrie er wie ein Besessener und reckte seine Lanze in die Luft, doch just in diesem Augenblick ertönte ein Trompetenstoß, und dann noch einer, langgezogen und schrill.

Ein Melder kam im Galopp auf Alexander zugeprescht und schrie: »König! König! Alarm von der östlichen Flanke. Alarm!«

Hephaistion drehte den Kopf nach Alexander um. »Unmöglich«, sagte er. »Auf der Ostseite hat die Mauer ja gar keine Tore.«

»Doch, und ob!« fuhr Seleukos dazwischen. »In Küstennähe.«

»Aber aus dieser Entfernung hätten wir sie heranrücken sehen«, erwiderte Hephaistion dickköpfig.

Da kam auch schon ein zweiter Bote herangaloppiert: »König! Sie sind über die Mauer geklettert! Sie haben sich an Strickleitern und Fischernetzen abgelassen! Wir haben sie im Nacken, König!«

»Los, im Galopp!« befahl Alexander. »Schnell, schnell!« Er gab Bukephalos die Sporen und sprengte zur Nachhut seines Heeres zurück: Tausende von persischen Soldaten attackierten mit Pfeilen und Wurfspeeren. Dann erklang neuerlich Trompetengeschmetter, diesmal von links.

»Das Mylasator!« schrie Seleukos. »Alexander, schau: noch ein Ausfall!«

»Vorsicht, die Seitenpforte!« brüllte Kleitos. »Ihr sollt vorsichtig sein, verdammt noch mal! Leonnatos! Leonnatos! Hier herüber! Decke deine Flanke!«

Leonnatos und seine *Pezetairoi* machte eine Wende und standen dem von Ephialtes angeführten Söldnerfußvolk gegenüber. Der Riese Ephialtes hielt ein Bronzeschild vor sich, auf dem ein Gorgonenhaupt mit Schlangenhaaren und glühenden Augen abgebildet war, und schrie: »Los! Vorwärts! Das ist der Moment! Bringen wir sie alle um!«

Der König bahnte sich einen Weg bis zur Kampflinie, wo die persischen Sturmtruppen Seite an Seite mit Ephialtes' griechischen Söldnern wie die Wilden attackierten, während es die Katapulte des Holzturms in hohem Bogen Pfeile regnen ließen.

Der schreckliche Geschoßhagel stiftete Verwirrung unter den Makedonen, die von den griechischen Söldnern mit einer Wand aus Schilden Schritt um Schritt zurückgedrängt wurden. Alexander, der sich in diesem Moment auf dem linken Flügel befand, trieb Bukephalos mitten ins Schlachtgetümmel hinein; er schwang eine Streitaxt und feuerte seine Männer brüllend an. Plötzlich schlug knapp vor ihm ein riesiger Steinbrocken ein und zerquetschte einen seiner Soldaten wie eine Mücke; sein Blut spritzte auf Bukephalos, das Pferd bäumte sich auf und schlug wiehernd mit den Hufen aus.

Vergeblich versuchte der König ins Zentrum vorzudringen, wo seine Krieger am heftigsten vom Feind angegriffen wurden: Das dichte Schlachtgewühl und der Steinhagel der Katapulte hinderten ihn daran durchzukommen, und seine Truppen waren vollauf damit beschäftigt, die Flut von Feinden aufzuhalten, die aus dem Mylasator strömten.

Kleitos sah, daß Ephialtes und seine Männer wie ein Keil ins Zentrum der Makedonen eindrangen, die sich immer weiter zurückzogen. Insbesondere die jungen *Pezetairoi* wichen dem unglaublichen Druck der kompakt vorrückenden Söldner. Nur Perdikkas am äußersten Rand des linken Flügels hielt stand. Trotzdem wurde die Situation immer brenzliger. Nun begannen die Katapulte des Holzturms auch noch, ganz eigenartige Geschosse über die Mauer zu schleudern: große, mit Pech und Bitumen gefüllte Amphoren, die am Fuß der makedonischen Belagerungsmaschinen zerschellten. Wenig später erschienen persische Bogenschützen auf dem Mauerring und schossen ganze Schwärme von Brandpfeilen ab. Binnen kürzester Zeit hatten sie Alexanders Maschinen in gigantische Fackeln verwandelt.

An diesem Punkt übergab Perdikkas das Kommando seinem Stellvertreter und kletterte inmitten der Flammen auf die erste Plattform eines Holzturms hinauf; die Mannschaft, die dort arbeitete, hatte ihren Rammbock entsetzt fahrenlassen und drängte sich furchtvoll in eine Ecke des brennenden Turms.

»Zurück an eure Plätze!« brüllte Perdikkas. »Zurück an eure Plätze! Die Mauer stürzt jeden Augenblick ein. Einen letzten Stoß, und wir haben es geschafft!« Und mit diesen Worten warf er sein Schild weg und umklammerte selbst die Griffe des Sturmbocks, während bereits die ersten Flammen aus den Ritzen der Bretterwände züngelten.

Perdikkas' übermenschlicher Mut verschlug den Männern die Sprache. Zunächst starrten sie ihn nur ganz verdutzt an, doch dann kehrten auch sie, einer nach dem anderen, an ihre Plätze zurück und nahmen die Arbeit am Rammbock wieder auf. Mit lautem Gebrüll überschrien sie ihre Angst und die unerträgliche Hitze des Feuers, soweit dies überhaupt möglich war. Von tausend verzweifelten Armen geschoben, flog die gewaltige Eisenspitze des Bocks erneut auf die Stadtmauer zu und donnerte mit fürchterlichem Getöse dagegen. Und dann geschah es: Die bereits sehr locker sitzenden Quadersteine gaben vollends nach und polterten inmitten von dicken Rauch- und Staubwolken auf die Erde. Mit jedem weiteren Stoß der fürchterlichen Kriegsmaschine verbreiterte sich die Bresche in der Mauer, und das herabstürzende Gestein erstickte Flammen und Feuer.

Im Zentrum der makedonischen Reihen jedoch gingen die *Pezetairoi* unter dem Ansturm Ephialtes' und seiner Krieger einer Niederlage entgegen. Da hob Kleitos der »Schwarze« die Stimme und schrie: »Leonnatos, schlag ihn zurück!« Und Leonnatos hörte ihn. Mit mächtigen Axthieben kämpfte er sich durch die Schar der Feinde, bis er vor dem Riesen stand.

Die beiden Kolosse starrten sich keuchend und mit hochroten Gesichtern an. Beide bluteten aus zahlreichen Wunden und ihre Körper glänzten vor Schweiß wie Statuen im Regen.

Alexander drehte sich um und sah die Veteranen seines Vaters regungslos im Schatten der Ölbäume stehen; Parmenions wachsames Auge zwang sie in Reih und Glied. »Trompeten! Ruft die Reserve!« befahl er da. Es war die letzte Möglichkeit, die ihm blieb, denn die Kavallerie konnte er auf diesem mit Steinen und Felsbrocken übersäten Gelände nicht einsetzen.

Parmenion vernahm das eindringliche, beinahe flehende Trompetengeschmetter, mit dem er auf den Plan gerufen wurde. Er wandte sich seinen Truppen zu und schrie: »Veteranen, es geht los! Für König Philipp und für König Alexander!« Und dann rollte plötzlich ein Donner über sie hinweg: der Donner von Chaironeia!

Im Takt mit der riesigen, zwischen Olivenbäumen verborgenen Trommel marschierte die makedonische Phalanx los. Sie glich einem monströsen, lanzengespickten Igel und brüllte bei jedem Schritt:

»Alalalài! Alalalài!«

Alexander, der sich bis fast ins Zentrum durchgekämpft hatte, befahl Leonnatos' Fußsoldaten, in ihrer Mitte einen Korridor für die Veteranen zu öffnen, und diese strömten auch gleich nach vorn, um Memnons total erschöpfte Söldner wie eine Lawine unter sich zu begraben.

Leonnatos und sein riesenhafter Gegner trugen unterdessen einen wahren Titanenkampf aus; der ohrenbetäubende Klang ihrer aufeinandertreffenden Schwerter war trotz des allgemeinen Schlachtgetöses über die ganze Ebene hinweg zu vernehmen.

Als geübtem Fechter gelang es Leonnatos irgendwann, in einer Finte gegen Ephialtes auszufallen; dieser konnte den Schlag zwar parieren, verlor aber das Gleichgewicht und ging mit einem Knie zu Boden. Eine so günstige Gelegenheit ließ sich der Makedone nicht entgehen: Er riß seine Streitaxt aus dem Gürtel, holte aus und spaltete dem Gestrauchelten mit einem fürchterlichen Streich das Rückgrat.

Die Schlacht wütete noch, als die Abenddämmerung bereits die ersten Schatten vorausschickte. Doch nachdem ihr Anführer gefallen war, begannen die stark dezimierten griechischen Kämpfer, die am Ende ihrer Kräfte waren, dem Druck von Parmenions Veteranen zu weichen und sich immer weiter zurückzuziehen. Zu guter Letzt ergriffen sie sogar die Flucht und stürzten in heilloser Auflösung dem Mylasator und der kleinen Seitenpforte im nördlichen Teil der Stadtmauer zu. Aber die Verteidiger der Stadt hatten die Tore aus Angst vor einem Eindringen des Feindes geschlossen, und so wurden viele der Fliehenden noch am Fuße der Mauer von den Sarissen durchbohrt, die Parmenions Veteranen auf sie schleuderten.

Als Alexander den Befehl zum Abbruch der Schlacht gab, hatte Perdikkas die von ihm geschlagene Bresche im östlichen Abschnitt der Mauer fest in der Hand; eine Abteilung Agrianer war auf die halbrunde Backsteinmauer geklettert und hatte sämtliche Verteidiger von dort vertrieben, während Landsleute von ihnen Memnons hölzernen Turm in ihre Gewalt gebracht und seine Wurfgeschütze und Katapulte auf den Stadtkern gerichtet hatten.

Überall wurden Fackeln angezündet und Lagerfeuer entfacht – der Feind sollte erst gar nicht auf die Idee kommen, einen nächtlichen Überraschungsangriff zu wagen.

Halikarnassos war dem Sieger auf Gedeih und Verderb ausgeliefert.

29

Alexander tat in dieser Nacht kein Auge zu. Der Ausgang seines »Duells« mit Memnon war bis zum letzten Augenblick so ungewiß geblieben, so oft hatte er sich am Rande einer schmählichen Niederlage gefühlt, daß er nun, wo er kurz vor dem endgültigen Sieg stand, beim besten Willen keinen Schlaf fand.

Seine Männer hatten auf dem oberen Absatz der Backsteinmauer ein großes Feuer angezündet, neben dem der König mit zum Zerreißen gespannten Nerven auf die Morgendämmerung wartete. Die Nacht war dunkel, die gesamte Stadt in Finsternis und Schweigen gehüllt. Feuer brannten nur in der breiten Bresche, die von seinen Soldaten bewacht wurde, auf der von den Agrianern besetzten Backsteinmauer und am Fuß des großen Holzturms. Er, Alexander, war sichtbar – seine Feinde waren verborgen.

Wie viele waren es noch? Wieviel Bewaffnete versteckten sich dort unten, in der dunklen Stadt? Vielleicht bereiteten sie einen Überfall vor, vielleicht wartete Memnon auf Verstärkung vom Meer – wer konnte das sagen?

Der König spürte, daß ihm das Glück auch jetzt, wo sein Triumph zum Greifen nahe war, noch einmal einen Streich spielen konnte; der feindliche Heerführer konnte sich noch bis zum allerletzten Augenblick eine List ausdenken. Älter und erfahrener als er, hatte er ihm bisher noch immer die Stirn geboten, seine Angriffe Schlag auf Schlag abgewehrt, wenn er ihnen nicht gar zuvorgekommen war.

Alexander hatte Befehl gegeben, an diesem Abend augenblicklich jeden hinzurichten, der auch nur einen einzigen Schluck Wein trank – egal ob einfacher Soldat oder General. Außerdem mußte alles in voller Montur schlafen, um jederzeit kampfbereit zu sein.

Spähtrupps mit Fackeln patrouillierten unablässig von einem Tor zum andern an der Stadtmauer entlang und hielten durch laut zugerufene Losungsworte untereinander Kontakt. Von allen Anführern war Perdikkas der wachsamste. Obwohl er den ganzen Tag wie ein Wilder gekämpft und inmitten eines Meeres aus Flammen die Mannschaft des Rammbocks befehligt hatte, der letztendlich der entscheidende Vorstoß gelungen war, gönnte er sich keinen Moment Ruhe: Rastlos wanderte er von einem Wachtrupp zum andern, rüttelte eingedöste Männer wach, stachelte die jungen *Pezetairoi* dazu an, das klägliche Bild wiedergutzumachen, das sie während der heutigen Schlacht abgegeben hatten, und lobte die Veteranen für ihren vorbildlichen Einsatz.

Alexander beobachtete ihn, und dann Leonnatos, der sich im Dunkeln auf seine Lanze stützte, Ptolemaios, der mit seiner berittenen Leibgarde die Ebene um Halikarnassos durchkämmte, um Angriffen von außen vorzubeugen, Lysimachos, der aufrecht neben den Katapulten stand und von Zeit zu Zeit die Spannung ihrer Sehnen prüfte. Etwas weiter weg erkannte er im Schein eines Lagerfeuers die graue Mähne Parmenions. Wie ein alter Löwe hatte er sich abseits gehalten, seine eigenen Kräfte und die seiner Männer bis zum Schluß aufgespart, um erst dann zum entscheidenden, tödlichen Prankenhieb auszuholen.

Hin und wieder versuchte Alexander auch, nicht immer nur an Krieg und Kampf zu denken und sich durch andere Gedanken zu zerstreuen; dann dachte er an Mieza und an die Rehe, die an den blühenden Ufern des Flusses gegrast hatten, oder an den nackten Diogenes in seinem Tonkrug am Meer – sicher schlief er in diesem Augenblick friedlich neben dem Hündchen, mit dem er Brot und Lager teilte, eingelullt vom leisen Plätschern der Wellen. Was mochte der alte Weise wohl gerade träumen? Welchen geheimnisvollen Visionen hing er nach?

Alexander dachte auch an seine Mutter, und wenn er sich ausmalte, wie sie alleine in ihrem Schlafgemach saß und Sapphos Gedichte las, fühlte er, daß immer noch ein kleines Kind in ihm schlummerte, das Kind, das aus dem Schlaf schreckte, wenn der Schrei eines Nachtvogels durch den hohlen, leeren Himmel hallte.

Mit solcherlei Gedanken verging eine Zeit, die ihn ewig deuchte. Plötzlich spürte er eine Hand auf seiner Schulter und drehte sich um.

»Ach, du bist es, Hephaistion.«

Der Freund hielt ihm eine Schale heiße Gemüsesuppe hin. »Hier, iß etwas. Das hat Leptine gekocht und durch einen Boten bringen lassen.«

»Was ist das?«

»Bohnensuppe. Sie schmeckt gut, ich habe einen Löffel davon probiert.«

Alexander begann zu essen. »Nicht schlecht. Soll ich dir was übriglassen?«

Hephaistion nickte. »Wie in den alten Zeiten, als wir in die illyrischen Berge verbannt waren ...«

»Stimmt. Nur daß wir damals von heißer Gemüsesuppe allenfalls träumen konnten.«

»Allerdings.«

»Sehnst du dich manchmal nach dieser Zeit zurück?«

»Nein, aber ich denke gern daran. Wir beide alleine gegen den Rest der Welt ...« Alexander fuhr seinem Freund mit der Hand durchs Haar und zerzauste es. »Heute ist alles anders, und ich frage mich manchmal, ob wir so etwas wohl je wieder unternehmen werden.«

»Was?«

»Eine Reise wie damals, nur du und ich.«

»Wer kann das sagen, mein Freund?«

Hephaistion kniete nieder und stocherte mit seinem Schwert in der Glut, um das Feuer ein wenig anzufachen, und dabei sah Alexander den kleinen Gegenstand glänzen, den er an einer Kette um den Hals trug: es war ein winziger, in Gold gefaßter Zahn. Alexander konnte sich noch gut daran erinnern, wie er ihn Hephaistion als Pfand ewiger Freundschaft geschenkt hatte.

»Bis zum Tod?« hatte Hephaistion gefragt.

»Bis zum Tod«, hatte er geantwortet.

In diesem Moment hallte der Ruf eines Wachtposten durch die Nacht, der sein Losungswort an die Kameraden rechts und links von ihm weitergab. Hephaistion erhob sich, um seinen Rundgang fortzusetzen. Alexander sah ihn in der Dunkelheit verschwinden und hatte die deutliche Empfindung, daß, wenn sie beide in Zukunft noch einmal ganz alleine eine Reise unternehmen sollten, dies nur eine Reise in mysteriöse, von Finsternis umfangene Gefilde sein konnte.

Er versank erneut in Gedanken, bis die Rufe der zweiten Wachablösung erklangen. Gleichzeitig hörte er Schritte näher kommen, und wenig später stand Eumenes neben ihm. Es mußte kurz nach Mitternacht sein.

»Setz dich«, sagte Alexander und rieb sich den Schlaf aus den Augen.

Der »Generalsekretär« ließ sich am Feuer nieder und starrte in die Flammen.

»Was schaust du so?« fragte der König.

»Das Feuer gefällt mir nicht«, erwiderte Eumenes.

Alexander hob verwundert den Kopf: »Warum? Was ist damit?«

»Die Flammen züngeln jetzt in unsere Richtung. Der Wind hat gedreht, er bläst vom Meer her.«

»Wie jede Nacht, wenn ich nicht irre.«

»Schon, aber in dieser Nacht ist es anders.«

Alexander sah ihn an, als ihm plötzlich ein schrecklicher Gedanke durch den Kopf schoß, und da bestätigte ein gellender Alarmschrei zu seiner Rechten auch schon die böse Ahnung: Der große Holzturm brannte.

»Und dort drüben ist noch ein Feuer!« schrie Eumenes und deutete mit dem Finger auf ein Haus, ungefähr hundert Fuß von ihnen entfernt.

Von links kam die Stimme Perdikkas': »Alarm! Alarm! Feuer!«

»Die wollen uns rösten!« keuchte Lysimachos, der in diesem Moment angelaufen kam. »Sie haben alle Häuser hinter der Bresche und entlang der Backsteinmauer angezündet. Und der Holzturm brennt wie eine Fackel. Da, schaut!«

Alexander sprang auf: Memnon spielte im Vertrauen auf günstigen Wind seine letzte Trumpfkarte aus. »Schnell!« brüllte er. »Wir müssen verhindern, daß sie noch mehr Feuer legen. Laßt unsere Sturmtruppen, die ›Gardisten‹, die Thraker und die Agrianer ausschwärmen. Bringt jeden um, den ihr beim Zündeln erwischt!«

Unterdessen waren auch die anderen Kameraden – Seleukos, Philotas, Leonnatos und Ptolemaios – herbeigeeilt, um Alexanders Befehle entgegenzunehmen.

»Hört her!« brüllte der König, und er mußte sehr laut brüllen, um das Prasseln der Feuersbrünste zu übertönen, die der Wind inzwischen rings um sie herum angefacht hatte. »Seleukos und Leonnatos, ihr nehmt die Hälfte der *Pezetairoi*, durchquert mit ihnen das brennende Stadtviertel und stellt euch auf der anderen Seite davon auf: Wir müssen einen Gegenangriff verhindern. Denn es ist ja ganz offensichtlich, daß sie die Bresche wieder unter ihre Kontrolle bringen wollen. Ptolemaios und Philotas, ihr stellt die übrigen Truppen hinter der Bresche auf und besetzt sämtliche Stadttore! Ich wünsche keine bösen Überraschungen von hinten. Lysimachos, du bringst die Wurfgeschütze und Katapulte in Sicherheit, bevor sie unter dem zusammenstürzenden Turm begraben werden! Und jetzt, nichts wie los!«

Memnons Holzturm brannte mittlerweile lichterloh und das Feuer war mit dem immer stärker blasenden Wind bis an den östlichen Teil der Mauerbresche gewandert. Die Hitze wurde unerträglich, aber der Schein der riesigen Fackel erhellte die Dunkelheit jenseits der Mauer, so daß die agrianischen Bogenschützen es leicht hatten, die Brandstifter auszumachen und mit ihren Pfeilen zu durchbohren. Lautes Knakken im unteren Teil des Turmes kündete den bevorstehenden Einsturz an, und da fiel das riesige Holzgerüst auch schon wie ein Kartenhaus in sich zusammen – freilich unendlich viel lauter und vom Aufsteigen einer Rauchsäule begleitet, die höher war als alle anderen Türme und Gebäude der Stadt.

Alexander mußte sich aufgrund der Hitze von seinem Beobachtungsposten zurückziehen, aber er richtete sich im nächsten Turm der Stadtmauer, in der Nähe einer Pforte, ein, von wo er die Lage ebenfalls übersehen und kontrollieren konnte. Von hier schickte er Melder in alle Teile der Stadt aus und erhielt laufend Nachricht über den Stand der Ereignisse.

Er befahl Lysimachos, die Katapulte in Betrieb zu nehmen und die Häuser, in deren Nähe es brannte, zu zerstören, um das Feuer zu ersticken. Schon wenige Augenblicke später schleuderten die Kriegsmaschinen einen Hagel von Steinbrocken über die Mauer.

Das Chaos und der Lärm dieser infernalischen Nacht wurden noch schlimmer, aber Alexanders Maßnahmen stellten sich als richtig heraus. Seine Sturmtruppen und die Agrianer konnten nach und nach allen Brandstiftern das Handwerk legen, und das schwerbewaffnete Fußvolk, das jenseits des brennenden Stadtviertels Stellung bezogen hatte, verhinderte von vornherein jeden noch so schüchternen Angriffsversuch der persischen Truppen und der Söldner Memnons.

Eumenes hatte unterdessen Pioniere aus dem Lager kommen lassen, die zu Hunderten Sand, Staub und Kies auf die letzten Brandherde schaufelten; der Großteil von ihnen war längst eingedämmt und unter Kontrolle gebracht. Memnons Holzturm, der seine Erbauer soviel Schweiß gekostet hatte, war nur noch ein Haufen Glut und Asche, aus dem hier und da ein verkohlter Balken starrte.

Die ersten Sonnenstrahlen des anbrechenden Morgens trafen die goldene Quadriga auf dem monumentalen Grabmal von Karia Mausolo, während die übrige Stadt noch ganz im Schatten lag. Und je höher sich das glühende Gestirn über die umliegenden Berge erhob, desto weiter glitt sein Lichtkegel an dem herrlichen Bauwerk hinab, an seiner großen Stufenpyramide, an dem bunten Fries von Skopas und Bryaxis, an der prächtigen Kolonnade mit ihren vergoldeten ionischen Kapitellen und den golden und purpurrot bemalten Säulenschäften.

Inmitten dieser Licht- und Farbenpracht mutete die unheimliche Stille über Halikarnassos geradezu gespenstisch an. War es denn möglich, daß nicht einmal die Mütter ihre in der Schlacht gefallenen Söhne beweinten?

»Ist das möglich?« fragte Alexander seinen neben ihm stehenden Sekretär.

»Ja«, erwiderte Eumenes. »Einen Söldner beweint niemand. Er hat weder Vater noch Mutter, ja nicht einmal Freunde. Er hat nichts als seine Lanze, mit der er sich sein Brot verdient – härter und bitterer als irgend jemand sonst.«

30

»Alexander, wir warten auf deine Befehle«, sagte Ptolemaios, der sich in diesem Moment zu ihnen gesellte.

»Du, Perdikkas und Lysimachos, ihr teilt die Sturmtruppen und die ›Gardisten‹ unter euch auf und durchkämmt systematisch die ganze Stadt. Die griechischen Hopliten und unsere *Pezetairoi* folgen euch nach. Stöbert alle bewaffneten Männer auf, die noch am Leben sind, vor allem aber Memnon!«

»Was sollen wir mit ihm machen, falls wir ihn finden?«

»Zu mir bringen, ohne ihm ein Haar zu krümmen!«

»In Ordnung«, Ptolemaios nickte und ging, um seine Kameraden zu benachrichtigen.

Der König zog sich unter das Schutzdach einer Kasematte entlang der Mauer zurück, von der aus man einen ganz guten Blick auf Halikarnassos hatte. Hier wartete er in Gesellschaft Eumenes' auf Nachricht. Schon wenig später schickte Ptolemaios ihm durch einen Melder folgende Botschaft:

»Der Satrap Orontobates, der Tyrann Pixodaros und die persische Garnison haben sich in den beiden Festungen am Hafen verschanzt. Da es dort keinen Platz für unsere Belagerungsmaschinen gibt, können wir die Festungen nicht einnehmen. Von Memnon bislang keine Spur. Ich warte auf weitere Order.«

Alexander ließ sich Bukephalos bringen und ritt auf Straßen mit verrammelten Türen und Fenstern durch eine menschenleere Stadt. Die Bewohner von Halikarnassos hatten sich aus Angst in ihre Häuser eingeschlossen. Als er schon die beiden Festungen rechts und links der Hafeneinfahrt sehen konnte, kam Perdikkas ihm entgegen.

»Was sollen wir machen, Alexander?«

Der König betrachtete die beiden mächtigen Bollwerke und drehte sich dann nach der Stadtmauer um.

»Wir schaffen Platz für unsere Belagerungsmaschinen: Zerstört alle Häuser auf der linken Seite dieser Straße und ebenso sämtliche Gebäude im Hafengebiet; danach plaziert ihr die Maschinen hinter den beiden Festungen. Die Perser müssen lernen, daß es keine Mauer und keine Bastion gibt, die sie vor uns schützen kann. Vielleicht begreifen sie dann, daß es endgültig Zeit ist abzuziehen.«

Perdikkas nickte, sprang auf sein Pferd und ritt in den niedergebrannten Stadtteil, um sich dort Pioniere zu holen, die noch in der Lage waren zu arbeiten. Er mußte sie mit Trompetengeschmetter wecken, denn die meisten waren vor Erschöpfung an Ort und Stelle eingeschlafen.

Der oberste Kriegsbaumeister – ein Thessaler namens Diades – ließ die beiden obersten Plattformen eines Belagerungsturms abmontieren, um sie als Unterlagen für Rammböcke benützen zu können, und Eumenes ließ gleichzeitig die Gebäude räumen, die zerstört werden sollten.

Als den Bürgern von Halikarnassos klar wurde, daß Alexander weder Blutbäder noch Vergewaltigungen oder Plünderungen erlaubte, kamen sie nach und nach aus ihren Häusern – zuerst die Kinder, neugierig, was der große Aufruhr in ihrer Stadt wohl zu bedeuten habe, dann die Frauen und zuletzt die Männer.

Das Zerstörungswerk fiel jedoch schlimmer aus als geplant, denn die meisten Gebäude waren dicht aneinander gebaut, so daß ein Haus beim Einsturz meistens auch die Nachbarhäuser mit sich riß. Möglich, daß sich aus diesem Grund später das

Gerücht verbreitete, Alexander habe Halikarnassos dem Erdboden gleichmachen lassen.

Innerhalb von vier Tagen wurde ein schmaler Streifen Land von Trümmern geräumt; er war ausreichend breit, um die Belagerungsmaschinen unmittelbar an die Mauern der Festungen am Hafen heranzuführen. Alexanders Männer begannen sofort mit der Zertrümmerung der Bollwerke, doch in der Nacht gelang es Memnon, Orontobates und Pixodaros, mit einer Schar Soldaten auf Schiffen zu entkommen und sich der persischen Flotte anzuschließen, die weiter nördlich vor Chios kreuzte. Die überlebenden griechischen Söldner hingegen verschanzten sich auf der Akropolis, die aufgrund ihrer Lage praktisch uneinnehmbar war.

Alexander wollte keine Zeit damit verschwenden, sie dort aufzustöbern, zumal er wußte, daß sie letztendlich gar keine andere Wahl hatte, als sich zu ergeben, denn seine Truppen umzingelten die Akropolis von allen Seiten. Vorsichtshalber ließ er rings um die Zitadelle noch einen Schützengraben ausheben. Dann beauftragte er ein paar Offiziere niedrigeren Ranges damit, den Graben zu bewachen und die Kapitulation der eingeschlossenen Griechen abzuwarten.

Am selben Abend versammelte der König seinen Befehlsstab im öffentlichen Versammlungssaal von Halikarnassos. Kallisthenes, der gebeten hatte, an der Besprechung teilnehmen zu dürfen, war auch dabei. Während man heftig darüber diskutierte, was mit der Stadt geschehen sollte, ließ sich eine Delegation hoher Bürger anmelden, die mit dem König sprechen wollten. Doch der König zeigte sich abweisend.

»Denen traue ich nicht«, sagte er. »Ich will sie nicht sehen.«

»Aber du mußt die politische Ordnung dieser Stadt festlegen, die – wie wir alle wissen – zu den bedeutendsten in Asien gehört«, sagte Parmenion.

»Warum führst du nicht ein demokratisches System ein wie in Ephesos?« schlug Kallisthenes vor.

»Damit Onkel Aristoteles zufrieden ist?« spöttelte Ptolemaios.

»Was hast du dagegen?« erwiderte Kallisthenes gereizt. »Die Demokratie ist nun einmal die gerechteste und ausgewogenste Regierungsform für eine Stadt, sie . . .«

Ptolemaios ließ ihn nicht ausreden: »So viel hat diese Stadt überhaupt nicht verdient! Ist dir klar, daß wir vor ihren Mauern mehr Männer verloren haben als bei der Schlacht am Granikos? Also, wenn ihr mich fragt . . .«

»Ptolemaios hat recht!« schrie Leonnatos. »Es wird Zeit, daß diese Leute begreifen, wer hier am Ruder sitzt! Sie haben uns Schaden zugefügt – jetzt sollen sie gefälligst dafür bezahlen!«

Die Diskussion wäre bestimmt in einen Streit ausgeartet, hätte man in diesem Moment nicht seltsame Geräusche vor der Tür gehört – Stimmengemurmel und das Scharren von Füßen. Eumenes ging nachschauen und flüsterte Alexander dann etwas ins Ohr. Der König lächelte.

»Hat jemand Lust auf Plätzchen?« fragte er und erhob sich. Die Versammelten verstummten mit einem Schlag und machten ratlose Gesichter.

»Soll das ein Witz sein?« fragte Leonnatos in die betretene Stille hinein. »Was fangen wir jetzt mit Plätzchen an? Ich würde auf der Stelle einen viertel Ochsen verdrücken!«

Er hatte kaum ausgesprochen, als sich die Tür öffnete und Königin Ada, Alexanders Adoptivmutter, mit großem Pomp Einzug hielt. Es folgte ihr eine ganze Prozession von Köchen mit riesigen Tabletts, auf denen sich knusprige Plätzchen türmten. Leonnatos brachte vor Staunen den Mund gar nicht mehr zu; Eumenes griff nach einem Plätzchen und steckte es ihm zwischen die Zähne:

»Hier, iß und sei still!«

»Liebe Mutter, wie geht es dir?« fragte Alexander, indem er Ada mit ausgebreiteten Armen entgegeneilte. »Schnell, bringt einen Sessel für die Königin. Was für eine Überraschung! Ich hätte nie geglaubt, daß wir uns ausgerechnet heute wiedersehen.«

»Na ja, ich dachte, nach den Mühen der letzten Tage wirst

du meine Plätzchen sicher nicht verschmähen«, erwiderte Ada halb scherzhaft, halb im Ernst. »Außerdem wollte ich mich persönlich davon überzeugen, daß du meine Stadt nicht gar zu schlecht behandelst.«

Der König nahm sich ein Plätzchen und begann daran zu knabbern.

»Die schmecken wunderbar, Mama; ich hätte sie das letzte Mal nicht zurückschicken sollen«, sagte er lächelnd. »Und was deine Stadt betrifft: Wir waren gerade dabei, über ihr Schicksal zu beraten. Aber jetzt, wo ich dich sehe, ist mir eine fabelhafte Idee gekommen . . .«

»Und die wäre?« fragte Ada.

»Ich ernenne anstelle von Orontobates einfach dich zum Satrapen von Karien, mit voller Befehlsgewalt auch über Halikarnassos und das ganze umliegende Gebiet. Und meine Generäle werden dafür sorgen, daß man dir auch folgt.«

Kallisthenes schüttelte den Kopf, als wolle er sagen: »So ein Unsinn!«, doch Königin Ada war gerührt: »Vielen Dank für die Ehre, lieber Sohn. Ich weiß jedoch nicht, ob . . .«

»Aber ich weiß es«, fiel Alexander ihr ins Wort. »Ich weiß, daß du eine ausgezeichnete Herrscherin sein wirst und daß ich mich voll und ganz auf dich verlassen kann.«

Er ließ die alte Dame auf seinem Ehrensitz Platz nehmen und wandte sich dann an Eumenes:

»Jetzt kannst du die Stadtdelegation hereinlassen. Halikarnassos muß ja schließlich erfahren, von wem es ab morgen regiert wird.«

Die Säuberung der Stadt war noch im Gange, als der Maler Apelles eintraf. Der große Meister hatte es eilig, dem jungen König zu huldigen und ihm einen Vorschlag zu unterbreiten:

»Herr, ich glaube, daß der Moment gekommen ist, dich so darzustellen, wie du es verdient hast: mit den Attributen eines Gottes nämlich.«

»Meinst du?« Alexander hatte Mühe, ein Grinsen zu unterdrücken.

»Ja, allerdings. Und da ich mir sicher war, daß du aus dem Kampf um Halikarnassos als Sieger hervorgehen würdest, habe ich bereits eine kleine Skizze angefertigt, die ich mir erlaube, dir vorzulegen. Das fertige Bild wird natürlich viel größer ausfallen – ich möchte es auf eine Tafel von zehn mal zwanzig Fuß malen.«

»Zehn mal zwanzig Fuß?« wiederholte Leonnatos in vorwurfsvollem Ton, denn es kam ihm wie ein Frevel vor, soviel Holz und Farbe zu verschwenden – vor allem, wenn man bedachte, daß Alexander von der Statur her alles andere als ein großer Mann war.

Apelles warf dem Tadler einen vernichtenden Blick zu: Er hatte den rothaarigen Leonnatos mit seinen Sommersprossen schon immer für einen ungebildeten Barbaren gehalten. Dann wandte er sich erneut an Alexander: »Herr, ich mache dir diesen Vorschlag aus gutem Grund: Deine asiatischen Untergebenen sind es gewöhnt, von höheren Wesen regiert zu werden, von Herrschern, die den Göttern nahestehen und sich als solche darstellen lassen. Ich hatte also gedacht, dich mit den Attributen des Zeus darzustellen: Adler und Blitz.«

»Apelles hat recht«, meinte Eumenes, der ebenfalls im Raum war und zusammen mit Leonnatos die Skizze des Malers betrachtete. »Die Asiaten pflegen ihre Herrscher als übermenschliche Wesen zu betrachten. Warum sollten sie es mit dir anders machen?«

Alexander zuckte mit der Schulter. »Darf ich mal fragen, was mich diese Vergöttlichung kosten würde?« meinte er.

»Na ja«, erwiderte Apelles kopfwiegend, »ich denke, so um die zwei Talente . . .«

»Zwei Talente? Aber lieber Freund, mit zwei Talenten kaufe ich einen Monat lang Brot, Oliven und Salzfisch für meine Soldaten.«

»Herr, diese Art Erwägungen sollten einen großen König eigentlich nicht interessieren . . .«

»Einen großen König nicht«, wurde er von Eumenes unterbrochen, »aber seinen Sekretär sehr wohl. Wenn unsere Leute schlecht oder nicht genug zu essen bekommen, rücken sie nämlich *mir* auf den Leib!«

Alexanders Blick wanderte von Apelles zu Eumenes, dann zu der Zeichnung und schließlich wieder zu Apelles zurück. »Sicher . . .«

»Gefällt dir das Bild etwa nicht? Du mußt es dir in seiner ganzen Größe vorstellen, mit leuchtenden Farben, dem grellen Blitzstrahl in deiner rechten Hand . . . Wer würde es wagen, so einen jungen Gott je wieder anzugreifen?«

In diesem Moment kam Kampaspe herein, ging auf Alexander zu, umarmte ihn und küßte ihn auf den Mund. »Mein Herr«, hauchte sie, indem sie sich so fest an ihn drängte, daß ihre harten Brustwarzen gegen seine Brust drückten wie die eisernen Köpfe der Rammböcke gegen eine Stadtmauer. Ihr Blick sagte ihm außerdem, daß er nach wie vor völlig über sie verfügen konnte.

»Meine süße Freundin, es ist mir immer ein Vergnügen, dich wiederzusehen«, erwiderte Alexander etwas ausweichend.

»Ein Vergnügen, das du haben kannst, wann immer du möchtest«, flüsterte sie ihm ins Ohr und liebkoste es dabei mit ihrer feuchten Zungenspitze.

Der König, dem die Situation etwas peinlich war, löste sich von ihr und wandte sich erneut an den Maler: »Ich muß mir die Sache noch etwas durch den Kopf gehen lassen«, sagte er. »Eine so große Ausgabe will reiflich überlegt sein. In jedem Fall erwarte ich euch zum Abendessen.«

Beim Hinausgehen begegneten der Maler und seine Muse Ptolemaios, Philotas, Perdikkas und Seleukos, die kamen, um Alexanders weitere Pläne zu erfahren.

Der König ließ sie um einen Tisch herum Platz nehmen, auf dem er seine große Landkarte ausgebreitet hatte. »Hört, was ich vorhabe«, begann er. »Als erstes lassen wir unsere Belagerungsmaschinen zerlegen und auf Karren nach Tralleis schaffen, Parmenion wird sie dort vielleicht brauchen – er soll nämlich ins Landesinnere vordringen und sicherstellen, daß alle Gebiete entlang des Mäander und des Hermos sich uns unterwerfen; wenn eine Stadt Widerstand leistet, kann er die Maschinen einsetzen.«

»Und was ist mit uns?« fragte Ptolemaios.

»Ihr kommt mit mir. Wir ziehen an der Küste entlang durch Lykien nach Pamphylien.« Alexander fuhr mit einem Zeigestock die geplante Marschroute auf der Karte nach.

Eumenes starrte ihn entgeistert an; ein Blick in die Gesichter der anderen Kameraden sagte ihm, daß keiner von ihnen begriffen hatte, was sie da erwartete.

»Du willst allen Ernstes da runter?« fragte er.

»Ja«, erwiderte Alexander.

»Das schaffst du nicht, dort ist alles Steilküste, das hat bisher noch kein Heer gewagt – schon gar nicht im Herbst. Oder im Winter.«

»Ich weiß«, entgegnete Alexander.

31

Nach langem Feilschen mit Eumenes bekam Apelles schließlich den Auftrag, Alexanders Porträt für die Hälfte der ursprünglich verlangten Summe zu malen. Der Künstler machte sich sofort an die Arbeit; Königin Ada ließ unweit der Agora ein Atelier für ihn einrichten, aber da der König keine Zeit hatte, Modell zu sitzen, mußte Apelles sich mit ein paar Kohlezeichnungen begnügen, die er beim Abendessen angefertigt hatte und vor allem während des anschließenden Unterhaltungsprogramms: einem Auftritt von Alexanders Lieblingsschauspieler Tessalos sowie verschiedenen musikalischen Darbietungen. Der Maler heftete seine Kohleskizzen an die Wände des Ateliers, zog einem Modell die Kleider des Königs an und begann zu malen.

Alexander selbst kam nicht dazu, das vollendete Werk zu betrachten, denn er befand sich bereits weit weg, als Apelles damit fertig war. Wer es jedoch zu Gesicht bekam, war begeistert, und das, obwohl die Hautfarbe des Königs etwas zu dunkel herauskam. Allerdings hatte der Maler das aller Wahrscheinlichkeit nach beabsichtigt, um einen stärkeren Kontrast zu dem grellen Blitz in Alexanders Hand herzustellen.

Vor seinem neuerlichen Aufbruch bestellte der König General Parmenion zu einer privaten Unterredung in einen der unzähligen Säle von Adas Palast.

Er empfing ihn mit einem Becher Wein und bat ihn, Platz zu nehmen. Parmenion küßte ihn auf beide Wangen, bevor er sich niederließ.

»Wie geht es dir, General?« fragte der König.

»Danke, gut, Herr. Und dir?«

»Bestens, vor allem jetzt, wo wir Halikarnassos eingenommen haben ... Was ja zu einem guten Teil dein Verdienst ist – deiner und der deiner Veteranen. Euer Eingreifen war ganz entscheidend.«

»Das ist zuviel der Ehre, Herr. Wir haben lediglich deine Befehle ausgeführt.«

»Und jetzt möchte ich dich bitten, einen weiteren auszuführen.«

»Ich höre.«

»Nimm dir Amyntas und die thessalische Reiterei, eine Schwadron *Hetairoi*, die schwerbewaffnete Kavallerie der griechischen Verbündeten und kehre nach Sardes zurück.«

Parmenions Miene hellte sich auf: »Gehen wir heim?« fragte er voller Hoffnung.

Alexander schüttelte den Kopf und ließ sich die Enttäuschung über diese Reaktion anmerken.

»Nein, Parmenion, wir gehen nicht heim«, erwiderte er, während der alte General beschämt das Haupt senkte. »Wir festigen die eroberten Stellungen, bevor wir weiterziehen. Komm, ich zeige es dir auf dieser Landkarte. Hier: Du ziehst das Hermos-Tal hinauf und unterwirfst das gesamte Phrygien. Nimm dir unsere Belagerungsmaschinen mit für den Fall, daß sich die eine oder andere Stadt widersetzt. Ich für meinen Teil rücke an der Küste entlang bis nach Telmessos vor – ich will die persische Flotte nach und nach von sämtlichen Häfen im Ägäischen Meer abschneiden.«

»Und du bist sicher, das ist das Richtige?« fragte Parmenion besorgt. »Ich hörte, daß Memnon auf Chios weitere Truppen ausgehoben hat und einen Überfall auf Euboia plant. Bestimmt will er von dort aus in Attika und Mittelgriechenland einmarschieren und die Städte gegen uns aufhetzen ...«

»Das ist mir auch zu Ohren gekommen.«

»Meinst du nicht, angesichts dieser Bedrohung wäre es besser umzudrehen? Bedenke auch, daß der Winter bevorsteht und . . .«

»Keine Sorge, Antipatros ist der Sache gewachsen. Er ist ein kluger Staatsmann und ein ausgezeichneter General.«

»Oh, daran hege ich nicht den geringsten Zweifel«, beeilte Parmenion sich zu erwidern. »Gut: Ich soll also Phrygien besetzen.«

»Richtig.«

»Und danach?«

»Wie schon gesagt rücke ich unterdessen an der Küste nach Telmessos vor, und von dort in nördlicher Richtung nach Ankyra. Dort stößt du zu uns.«

»Du willst bis nach Telmessos der Küstenlinie folgen? Weißt du, daß dieser Weg über viele Stadien hinweg extrem eng und deshalb sehr gefährlich ist? Kein Heer hat sich dort je entlang gewagt.«

»Ja, das wurde mir bereits berichtet.«

»Außerdem liegt Ankyra im Gebirge, im Herzen einer Hochebene. Wenn wir dort ankommen, wird tiefster Winter herrschen.«

»Tiefster Winter«, bestätigte Alexander nickend.

»Wenn es so ist . . .«, seufzte Parmenion. »Dann gehe ich jetzt wohl meine Vorbereitungen treffen. Ich nehme an, ich habe nicht viel Zeit?«

»Nein, in der Tat«, erwiderte der König.

Parmenion leerte seinen Becher, stand auf, verneigte sich leicht und schritt zur Tür.

»General.«

Parmenion drehte sich um. »Ja, Herr?«

»Paß auf dich auf.«

»Ich will es versuchen.«

»Deine Ratschläge und deine Erfahrung werden mir fehlen.«

»Du wirst mir auch fehlen, Herr.«

Mit diesen Worten ging der alte General hinaus und schloß die Tür hinter sich.

Alexander kehrte zu seiner Landkarte zurück, um die geplante Marschroute eingehender zu studieren, aber wenig später hörte er draußen aufgeregtes Stimmengewirr.

»Hau ab! Mit so einem Unsinn kannst du den König nicht belästigen«, schrie einer der Wächter.

»Was ist los?« fragte Alexander und streckte den Kopf zur Tür hinaus.

Er sah einen jungen Infanteristen der *Pezetairoi,* einen einfachen Soldaten ohne jedes Rangabzeichen.

»Was willst du?« fragte er ihn.

»König«, fuhr der Wächter dazwischen, »verlier keine Zeit mit diesem Esel. Der muß nur dringend mal wieder vögeln und hält's ohne sein Frauchen nicht mehr aus ...«

»Verständlich«, meinte Alexander mit einem Lächeln. »Wer bist du?« fragte er den Soldaten.

»Ich heiße Eudemos, König, und komme aus Drabeskos.«

»Bist du verheiratet?«

»Ja, Herr; ich habe kurz vor unserem Aufbruch geheiratet, war zwei Wochen mit meiner Frau zusammen und habe sie seither nicht mehr gesehen. Jetzt ist mir zu Ohren gekommen, daß wir nicht nach Makedonien zurückkehren, sondern im Gegenteil nach Osten weiterziehen. Stimmt das?«

Wie schnell sich innerhalb der Truppe doch alles herumspricht, dachte Alexander, aber im Grunde wunderte es ihn nicht. »Ja, das stimmt«, sagte er zu dem Soldaten.

Der junge Mann senkte resigniert den Kopf.

»Du scheinst mir ja nicht gerade begeistert davon, deinem König und deinen Kameraden zu folgen.«

»Nein, das ist es nicht, Herr, es ist ...«

»Du möchtest mit deiner Frau schlafen.«

»Offen gestanden: ja. Und vielen anderen geht es genauso. Unsere Familien wollten, daß wir uns verheiraten; wenn einer in den Krieg zieht, ist es besser, er hinterläßt einen Erben; du weißt ja, wie das ist, für den Fall ...«

Alexander schmunzelte. »Ich verstehe dich gut. Mich wollten sie auch verheiraten, aber einer der wenigen Vorteile, die das Königsein hat, ist, daß man nur heiratet, wenn man will. Wie viele seid ihr?«

»Sechshundertdreiundneunzig.«

»Bei den Göttern, das war aber schnell gerechnet!« erwiderte der König überrascht.

»Nun ja, die Sache ist so . . . Wir dachten, wo jetzt doch bald Winter ist und in der Kälte sowieso nicht gekämpft werden kann, ob wir dich da nicht bitten . . .«

». . . zu euren Frauen heimkehren zu dürfen.«

»Genau, König«, der Soldat nickte, ermutigt von Alexanders Freundlichkeit.

»Und deine Kameraden haben dich dazu bestimmt, ihr Sprecher zu sein.«

»Ja.«

»Warum?«

»Weil . . .«

»Sprich nur ganz offen.«

»Weil ich der letzte war, der nach dem Einsturz der Mauer aus dem brennenden Belagerungsturm gesprungen ist, und der erste, der sich in die Bresche vorgewagt hat.«

»Perdikkas hat mir von einem Mann erzählt, der diese Heldentaten vollbracht hat, aber er hat mir seinen Namen nicht genannt. Ich bin stolz, dich persönlich kennenzulernen, Eudemos, und es ist mir eine große Freude, dir und deinen Kameraden euren Wunsch erfüllen zu können. Jeder von euch soll hundert Kyzikener ausbezahlt bekommen und für zwei Monate nach Hause gehen dürfen.«

Die Augen des jungen Soldaten glänzten vor Rührung. »König . . . ich . . .«, stammelte er.

»Unter einer Bedingung.«

»Ja, Herr?«

»Ihr müßt mir bei eurer Rückkehr neue Soldaten mitbringen. Hundert auf jeden von euch, egal, ob Fußsoldat oder Reiter.«

»Verlaß dich drauf, Herr. Tu so, als hättest du sie alle schon ins Heer eingegliedert.«

»So, und jetzt nichts wie ab«, sagte Alexander.

Doch der Soldat, der nicht wußte, wie er ihm danken sollte, blieb wie angewurzelt stehen.

»Was ist? Ich dachte, du vergehst nach deiner Frau.«

»Schon, aber ich wollte dir noch sagen, Herr, daß ich ... daß wir ...«

Alexander lächelte und bedeutete ihm, einen Augenblick zu warten. Darauf ging er zu einem kleinen Schrein, entnahm ihm ein goldenes Kettchen mit Anhänger – eine kleine Gemme, auf der die Göttin Artemis abgebildet war – und überreichte es dem jungen Mann.

»Das ist die Göttin, die unsere Frauen und Mütter beschützt. Schenke sie deiner Frau in meinem Namen.«

Der Soldat hätte gerne etwas gesagt, aber ein dicker Kloß im Hals hinderte ihn daran. Erst nachdem er mehrmals geschluckt hatte, konnte er mit rauher Stimme »Danke, König« murmeln.

32

Die jungen Männer, die den Wunsch geäußert hatten, zu ihren Frauen heimkehren zu dürfen, machten sich Anfang Herbst auf den Weg nach Makedonien, um dort den Winter zu verbringen. Kurz nach ihnen brach auch Parmenion mit einem Teil des Heeres und der thessalischen Reiterei auf. Der König hatte nach Rücksprache mit dem alten General das Kommando seinem Vetter Amyntas übertragen, der stets großen Mut und absolute Loyalität bewiesen hatte. Auch Kleitos der »Schwarze«, Philotas und Krateros schlossen sich ihnen an.

Einen Tag später hielt Alexander einen Kriegsrat im engsten Kreise ab, indem er Seleukos, Ptolemaios und Eumenes zum Abendessen einlud.

Um Eifersüchteleien zu vermeiden, richtete er es so ein, daß die anderen Kameraden, einschließlich Hephaistion, in der umliegenden Gegend beschäftigt waren und die drei zum Essen Geladenen den Eindruck hatten, rein zufällig im Lager zurückgeblieben zu sein. Aber das Thema, das er alsbald zur Sprache brachte, machte ihnen deutlich, daß er in diesem Augenblick mehr noch auf ihre Intelligenz als auf ihre Kampfestüchtigkeit zählte.

Niemand außer Leptine, von der die Speisen aufgetragen wurden, durfte sonst noch anwesend sein. Man saß im trauten

Kreise um einen Tisch herum, wie damals in Mieza während Aristoteles' Unterricht.

»Meine Informanten berichten mir, daß Memnon sich vom Großkönig eine Riesensumme Geld hat schicken lassen – und zwar auf dem Seeweg«, hob der König an.

»Riskantes Unternehmen«, meinte Ptolemaios.

»Allerdings, doch es scheint gelungen. Memnon will nun mit dem Geld eine Truppe von über hunderttausend Mann ausheben und nach Griechenland einmarschieren. Vor allem aber scheint er bereits damit begonnen zu haben, vielen einflußreichen Männern in verschiedenen griechischen Städten großzügige Geschenke zu machen. General Parmenion hat mir seine Meinung bezüglich unseres weiteren Vorgehens bereits zum Ausdruck gebracht ...«

»Umdrehen«, riet Seleukos.

»Genau«, Alexander nickte.

Leptine begann das Essen zu servieren. Es gab gerösteten Fisch und Hülsenfrüchte und dazu mit Wasser vermischten Wein – ein leichtes Mahl, bei dem man ohne weiteres einen klaren Kopf bewahren konnte.

»Und du? Was hast du vor?« fragte Ptolemaios.

»Das sage ich euch später. Zunächst möchte ich eure Meinung hören. Seleukos, fang du an.«

»Ich finde, wir sollten weiter vordringen. Denn selbst wenn Memnon ganz Griechenland gegen uns aufbringt, was hätte er davon? Nach Makedonien wird er niemals reinkommen, dafür sorgt schon Antipatros. Und wenn es uns gelingt, wie geplant sämtliche Häfen der asiatischen Küste zu erobern, kann der Großkönig bald keine Verbindung mehr zu ihm halten, sprich: Früher oder später muß Memnon so oder so kapitulieren.«

»Ptolemaios?«

»Ich sehe es wie Seleukos: weiterziehen. Und wenn wir eine Möglichkeit finden könnten, Memnon umzubringen, wäre es noch besser. Das würde den Großkönig um seine rechte Hand bringen und uns viel Kopfzerbrechen ersparen.«

Alexander schien dieser Vorschlag zu überraschen, ja zu schockieren, aber er sagte nichts.

»Ptolemaios hat recht«, pflichtete Eumenes bei. »Laß uns weiter vordringen, aber wenn möglich Memnon aus dem Weg räumen: Dieser Mann ist zu gerissen und zu gefährlich, einfach unberechenbar.«

Alexander schwieg eine Weile, während er lustlos an einem Stück Fisch herumkaute, dann nahm er einen Schluck Wein und sagte: »Gut, dann ziehen wir weiter. Ich habe Hephaistion bereits vorausgeschickt, um den angeblich so gefährlichen Küstenstreifen zwischen Lykien und Pamphylien auszukundschaften. In ein paar Tagen wissen wir mehr. Parmenion zieht das Hermos-Tal hinauf bis zur anatolischen Hochebene, wo wir im Frühling, von der Küste kommend, zu ihm stoßen.«

Alexander stand auf und trat an die Landkarte, die auf einer Staffelei stand. »Unser Treffpunkt ist hier: in Gordion.«

»Gordion? Weißt du, was es mit Gordion auf sich hat?« fragte Ptolemaios.

»Klar weiß er das«, sagte Eumenes. »Dort befindet sich der Streitwagen von König Midas, dessen Joch mit Hilfe eines langen Riemens und durch einen unentwirrbaren Knoten an der Deichsel befestigt ist. Ein antikes Orakel der Großen Mutter aller Götter besagt, daß derjenige, der den Knoten löst, Herrscher von Asien wird.«

»Gehen wir deshalb nach Gordion?« fragte Seleukos mißtrauisch.

»Schweift nicht vom Thema ab«, erwiderte Alexander trokken. »Wir sind nicht hier, um über Orakel zu sprechen, sondern um unser Vorgehen in den nächsten Monaten zu planen. Es freut mich, daß ihr alle dafür seid, weiter vorzudringen. Ich sehe es genauso. Wir werden weder im Herbst noch im Winter rasten. Unsere Männer kommen aus den Bergen und sind an die Kälte gewöhnt, die thrakischen und agrianischen Hilfstruppen erst recht. Und Parmenion weiß auch, daß er nicht innehalten darf, bevor er am Ziel ist.«

»Und was ist mit Memnon?« fragte Eumenes, indem er das heikelste Thema noch einmal zur Sprache brachte.

»Niemand wird mich dazu bringen, ihn hinterrücks ermorden zu lassen«, erwiderte der König mit eiserner Miene. »Er ist ein tapferer Mann, der es verdient hat, mit dem Schwert in der Faust zu sterben und nicht vergiftet in einem Bett dahinzusiechen oder in einer dunklen Ecke meuchlings erdolcht zu werden.«

»Hör zu, Alexander. Wir leben nicht mehr in der Zeit Homers«, sagte Ptolemaios, um ihn zur Vernunft zu bringen. »Die Rüstung, die du neben deinem Bett stehen hast, hat nie Achilles gehört; sie ist bestenfalls zwei- bis dreihundert Jahre alt, das weißt du doch selbst. Denk an deine Soldaten: Memnon kann sie zu Tausenden töten. Ist es das, was du willst, nur um deinem Ideal vom Heldentum treu zu bleiben?«

Der König schüttelte den Kopf.

»Ganz abgesehen davon, daß Memnon dasselbe gegen dich vorhaben könnte«, warf Eumenes ein, »beispielsweise einen Meuchelmörder verdingen oder deinen Arzt dazu anstiften, daß er dich vergiftet ... Hast du dir das einmal überlegt? Memnon verfügt über enorme Summen Geldes.«

»Ist dir je in den Sinn gekommen«, setzte Seleukos nach, »daß er deinen Vetter Amyntas unterstützen könnte, dem du obendrein das Kommando der thessalischen Reiterei anvertraut hast?«

Der König schüttelte erneut den Kopf. »Auf Amyntas ist Verlaß, er hat sich mir gegenüber immer loyal gezeigt. Ich habe keinen Grund, ihm zu mißtrauen.«

»Also, ich bin nach wie vor der Meinung, daß Memnon ein zu großes Risiko darstellt«, sagte Seleukos.

»Ich auch«, pflichtete Eumenes bei.

Alexander zögerte einen Augenblick: Er sah seinen Gegner wieder vor sich, wie er – die Stadtmauer von Halikarnassos im Rücken – vor ihm gestanden hatte, aufrecht, das Gesicht vom brünierten Visier seines Helms verdeckt, von dem die silberne

Rose von Rhodos abstach, und er hörte wieder seine Stimme, die sagte: »Ich bin General Memnon.«

Er schüttelte ein drittes Mal und noch entschiedener als vorher den Kopf: »Nein, diesen Befehl werde ich niemals geben. Ein Mann bleibt ein Mann, auch im Krieg, und wie mein Vater immer sagte: Der Sohn eines Löwen ist ein Löwe – und nicht eine giftige Schlange«, fügte er noch hinzu.

»Ich sehe schon, wir stimmen dich nicht um«, meinte Seleukos. »Nun gut, was der König entscheidet, gilt.«

Ptolemaios und Eumenes nickten, aber sie wirkten nicht sehr überzeugt.

»Freut mich, daß ihr einverstanden seid«, sagte Alexander. »Dann laßt uns jetzt auf der Karte unsere Marschroute entlang der Küste festlegen.«

Sie diskutierten bis tief in die Nacht und gingen erst auseinander, als ihnen vor Müdigkeit die Augen zufielen. Eumenes zog sich als erster zurück, und nach ihm verabschiedeten sich Ptolemaios und Seleukos, doch sie waren kaum draußen, als der Sekretär ihnen ein Zeichen gab und sie zu sich in sein Zelt rief. Er bat sie, sich zu setzen, und schickte einen Diener los, damit er auch Kallisthenes holte, der zu dieser Stunde bestimmt schon schlief.

»Was sagt ihr dazu?« begann Eumenes.

»Wozu?« fragte Ptolemaios.

»Ist doch klar: zu Alexanders Weigerung, Memnon umzubringen«, meinte Seleukos.

»Ich verstehe den König«, fuhr der Sekretär fort, »und ihr sicher auch. Abgesehen davon kommt man ja wirklich nicht umhin, diesen Gegner zu schätzen: Memnon ist ein überragender Mann, als Taktiker ebenso wie als Krieger, aber gerade deshalb stellt er eine tödliche Gefahr für uns dar. Stellt euch nur einmal vor, es gelingt ihm, die Griechen gegen uns aufzuwiegeln, Athen, Sparta und Korinth auf seine Seite zu ziehen ... Die verbündeten Heere würden nach Norden marschieren, um in Makedonien einzufallen, und die persische Flotte würde das Land vom Meer her in die Zange nehmen.

Sind wir wirklich sicher, daß Antipatros mit dieser Bedrohung fertig würde? Und wenn nicht? Und wenn Memnon die Machtgelüste irgendeines Überlebenden der lynkestischen Königshauses wieder weckt, beispielsweise des Anführers der thessalischen Reiterei, und gleichzeitig einen Bürgerkrieg oder einen Militäraufstand anzettelt? Was stünde unserem Land dann bevor, und unserem Heer? Wenn Memnon siegen würde, könnte er die Meerengen blockieren und uns an der Rückkehr hindern, womöglich für immer. Wollen wir dieses Risiko wirklich eingehen?«

»Was bleibt uns anderes übrig? Gegen den Willen Alexanders können wir nicht handeln«, erwiderte Seleukos.

»Doch, das können wir, unter der Bedingung, daß er nichts davon erfährt. Ich will die Verantwortung aber nicht alleine übernehmen: Wenn ihr mitmacht, leite ich die Sache in die Wege, wenn nicht, lassen wir das Schicksal seinen Lauf nehmen und harren der Dinge, die da kommen.«

»Geh einmal davon aus, daß wir mitmachen«, entgegnete Ptolemaios. »Was hättest du konkret vor?«

»Und warum hast du Kallisthenes rufen lassen?« fragte Seleukos.

Eumenes streckte den Kopf zum Zelt hinaus, um nachzusehen, ob der Geschichtsschreiber schon im Anmarsch war, aber er sah ihn nicht.

»Hört zu: Nach allem, was wir wissen, befindet Memnon sich augenblicklich auf Chios, er wird jeden Moment in Richtung Norden lossegeln – vermutlich nach Lesbos. Dort wird er auf günstige Winde warten, um das Meer nach Griechenland überqueren zu können. Allerdings wird er sich eine Weile auf der Insel aufhalten, weil er Verpflegung und überhaupt alles, was er für seine Expedition braucht, beschaffen und an Bord laden muß. Und genau das ist der günstigste Augenblick, um ihn ein für allemal aus der Welt zu schaffen.«

»Wie?« fragte Ptolemaios. »Durch Gift? Durch einen Meuchelmord?«

»Keins von beiden. Ein gedungener Mörder käme niemals

nah genug an ihn heran: Er wird ständig von vier Männern beschützt, die ihm blind ergeben sind und im Nu jeden töten würden, der den Sicherheitsabstand nicht einhält. Und was Gift betrifft, so vermute ich mal, daß er seine Speisen und Getränke vorkosten läßt: Er lebt zu lange unter Persern, um das nicht gelernt zu haben.«

»Es gibt Giftarten, die nicht sofort, sondern erst später wirken«, bemerkte Ptolemaios.

»Stimmt, aber es handelt sich doch immer um Gift – mit allen bekannten Wirkungen und Symptomen. Und wenn herauskäme, daß Memnon vergiftet worden ist, würde sich der Verdacht natürlich augenblicklich gegen Alexander richten, und das dürfen wir nicht zulassen.«

»Ja dann ...«, meinte Seleukos und zog die Schultern hoch.

»Es gibt noch eine dritte Möglichkeit«, sagte der Sekretär und schlug die Augen nieder, fast als schäme er sich für das, was er dachte.

»Nämlich?«

»Eine Krankheit, eine Krankheit, von der er nicht geheilt werden kann.«

»Das ist doch unmöglich!« rief Seleukos aus. »Krankheiten kommen und vergehen, wie sie wollen.«

»Nein, anscheinend geht es nicht immer so willkürlich zu«, erwiderte Eumenes. »Gewisse Krankheiten sollen von winzigen Lebewesen verursacht werden, die von einem Körper auf den anderen übergehen. Das menschliche Auge kann sie nicht sehen, aber ich weiß, daß Aristoteles geheime Experimente durchgeführt hat, bevor er nach Athen gezogen ist – Experimente zur spontanen Entstehung von Leben ...«

»Was soll das heißen?«

»Nun, er hat angeblich entdeckt, daß die Entstehung dieser winzigen Lebewesen in gewissen Situationen durchaus nicht spontan ist – es soll sich vielmehr um eine Art ... eine Art Verbreitung handeln. Kallisthenes wird euch mehr darüber erzählen. Er weiß alles über diese Experimente und könnte vielleicht seinem Onkel schreiben. Anfänglich würde gar nichts passieren, so daß keinerlei Verdacht auf den Koch oder den Leibarzt fiele: Memnon könnte ganz normal auftreten und handeln. Die ersten Anzeichen würden sich erst nach etlichen Tagen bemerkbar machen.«

Die drei Männer sahen sich zweifelnd und ziemlich betreten an.

»Also mir scheint dieser Plan äußerst schwierig durchzuführen«, meinte Ptolemaios. »Damit er funktioniert, müßten unglaublich viele günstige Umstände zusammenkommen ...«

»Schon, aber eine andere Möglichkeit sehe ich nicht. Außerdem gibt es ein wichtiges Element zu unseren Gunsten: Memnons Leibarzt kommt aus Theophrasts Schule ...«

Seleukos sah den Sekretär überrascht an: »Ich wußte gar nicht, daß du dich mit Spionage befaßt«, sagte er.

»Freut mich. Das heißt, daß ich meine Arbeit gut mache. Aber offen gestanden hat mich schon König Philipp seinerzeit mit allen seinen Informanten bekannt gemacht – egal, ob Griechen oder Barbaren.«

In diesem Augenblick betrat Kallisthenes das Zelt. »Ihr habt mich rufen lassen?« fragte er mit verschlafener Stimme.

Auch Alexander wollte es nicht gelingen, Schlaf zu finden: Der Gedanke, daß Memnon einen Angriff auf Griechenland oder womöglich sogar Makedonien vorhaben könnte, beunruhigte ihn zutiefst. War der alte Antipatros in der Lage, die Bedrohung abzuwenden? War es nicht doch besser, ihm Parmenion zur Verstärkung zu schicken?

Während Leptine den Tisch abräumte, verließ er sein Zelt und ging am Meer entlang.

Es war eine friedliche, laue Nacht; das gleichförmige Plätschern der Wellen, die sich sanft am Kieselstrand brachen, begleitete seine Schritte. Der Vollmond ergoß sein bleiches Licht über die Inseln, die sich draußen auf dem Meer aneinanderreihten, und über die weißen Häuser, die sich um die kleinen Buchten und Häfen drängten.

Irgendwann war der Strand zu Ende, eine Felswand ragte vor ihm auf, aber anstatt nun umzudrehen, beschloß Alexander, sie zu erklimmen, denn von dort oben war die Aussicht bestimmt noch viel schöner.

Der Hang war steil, das Klettern mühsam, zu der körperlichen Anstrengung kam noch die enorme seelische Belastung, der er seit Wochen ausgesetzt war, und so befielen ihn plötzlich, ohne daß er es sich recht erklären konnte, tödliche Müdigkeit und das heftige Bedürfnis, sich an irgend jemanden anlehnen zu können. Vielleicht kam ihm deshalb sein Vater in den Sinn. Fast glaubte er ihn zu sehen, dort oben, auf dem Felsriff – er hätte sich gewünscht, es wäre wahr. Er hätte ihm wie damals bei seinem Besuch in Mieza entgegenlaufen und »Papa!« schreien, und danach bei einem Becher Wein zusammensitzen und ihn um Rat fragen wollen.

Tief in Gedanken versunken erreichte er den Gipfel des Riffs, von wo aus sich der Blick auf den nächsten Küstenabschnitt öffnete, und was Alexander dort sah, erfüllte ihn mit Staunen. Auf der andern Seite des Felsvorsprungs entdeckte er nämlich eine Art Nekropolis, Dutzende von monumentalen Grabdenkmälern, die teils in den Fels gehauen waren, teils entlang des Strandes, vom Meer umspült, einsam und gespenstisch im blassen Mondlicht aufragten.

Und bei den Gräbern am Strand stand ein Mann. Er wandte ihm den Rücken zu und stützte sich auf einen Stab, an dem eine brennende Laterne hing.

Alexander wollte seinen Augen nicht trauen: Dieser Mann hatte genau die Statur seines Vaters, und er trug einen goldverbrämten weißen Umhang wie Philipp am Tag seiner Ermordung. Er starrte die seltsame Gestalt an, als erwarte er, sie könne jeden Augenblick zu ihm hochsehen und ihn mit der Stimme seines Vaters ansprechen. Doch sie blieb reglos stehen; nur der weiße Mantel wehte leise im Wind.

Der König stieg vorsichtig zu dem Mann hinab und sah, daß unmittelbar neben ihm eine Quelle dem Felsen entsprang, sie war kristallklar und spiegelte das Mondlicht; als winziger

Bach schlängelte sie sich über den Strand, um sich zuletzt mit den schäumenden Wellen des Meers zu vereinen. Der Mann drehte sich immer noch nicht um, obwohl er ihn doch gehört haben mußte; er schien irgend etwas in der Quelle zu beobachten. Alexander näherte sich ihm behutsam, aber in der Dunkelheit stieß er mit der Scheide seines Schwerts gegen einen Felsbrocken. Bei diesem Geräusch fuhr der Mann herum und seine Augen brannten im Licht der Laterne: Es waren die Augen Philipps!

Alexander zuckte zusammen und fühlte, wie es ihm eiskalt über den Rücken lief, während er versucht war, »Vater!« zu schreien.

Aber der Zauber hielt nur kurz an, dann erkannte er, daß der Mann anders aussah als Philipp und auch einen viel dunkleren Bart hatte – ein Unbekannter, dem er noch nie begegnet war.

»Wer bist du?« fragte er ihn. »Was machst du hier?«

Der Mann starrte ihn mit einem seltsamen Gesichtsausdruck an, in dem Alexander neuerlich etwas Vertrautes zu entdecken glaubte: Irgendwie hatten diese brennenden Augen den Blick seines Vaters.

»Ich beobachte diese Quelle«, erwiderte der Mann.

»Warum?«

»Weil ich ein Seher bin.«

»Was kannst du da sehen? Es ist dunkel und das Licht deiner Laterne schwach.«

»Zum erstenmal seit Menschengedenken ist der Wasserspiegel der Quelle um beinahe eine Elle gesunken und hat uns dabei eine Botschaft enthüllt.«

»Eine Botschaft? Wovon redest du?«

Der Mann hielt seine Laterne näher an den Felsen, aus dem die Quelle entsprang, und bald fiel ihr Licht auf eine Inschrift aus geheimnisvollen Zeichen, die in den Stein gemeißelt waren.

»Davon«, sagte er.

»Und du kannst diese Zeichen entziffern?«

Die Stimme des Sehers nahm einen seltsamen Klang an, als spreche ein anderer aus ihm heraus:

»Es kommt der Herrscher Asiens,
dessen Augen der Tag und die Nacht sich teilen.«

Dann beleuchtete er Alexanders Gesicht mit der Laterne und sagte: »Dein rechtes Auge ist blau wie der heitere Himmel, dein linkes düster wie die Nacht. Wie lange hast du mich beobachtet?«

»Nicht lange. Aber du hast meine Frage nicht beantwortet: Wer bist du?«

»Ich heiße Aristandros. Und wer bist du, der du Licht und Dämmerung in den Augen trägst?«

»Kennst du mich denn nicht?«

»Nicht genug.«

»Ich bin der König der Makedonen.«

Der Mann hielt ihm die Laterne dicht ans Gesicht und betrachtete ihn noch einmal eindringlich. »Du wirst über Asien herrschen«, sagte er dann.

»Und du wirst mir folgen, wenn du dich nicht vor dem Unbekannten fürchtest.«

Der Mann senkte den Kopf. »Ich fürchte mich nur vor einem, vor einer Vision, die mich seit langem verfolgt, ohne daß ich ihre Bedeutung verstünde: eine Feuerbestattung ... ein Mann, der nackt auf seinem Scheiterhaufen liegt und bei lebendigem Leib verbrannt wird.«

Alexander sagte nichts; er schien nur dem sanften Rauschen der Brandung zu lauschen. Als er den Blick nach oben richtete, sah er, daß seine Leibwächter die unerwartete Begegnung mit dem Seher vom Gipfel des Felsvorsprungs herab verfolgten. »Ich muß gehen«, sagte er. »Mir steht ein harter Tag bevor. Ich hoffe, dich morgen im Lager zu treffen.«

»Das hoffe ich auch«, erwiderte der Mann und entfernte sich in entgegengesetzter Richtung.

33

Ein Ruderboot näherte sich langsam dem Admiralsschiff der persischen Flotte, das im Hafen von Chios auf den Wellen schaukelte. Das großkönigliche Banner mit dem Abbild des Gottes Ahura Mazda wehte leicht im Abendwind, und aus dem Achterkastell drang der schwache Schein einer Laterne.

Rings umher, entlang der Hafendämme, waren mit dicken Seilen die Kampfschiffe vertäut: über dreihundert mit mächtigen Rammspornen ausgestattete Drei- und Fünfdecker.

Das Boot glitt bis an die Bordwand des Admiralsschiffs heran. »Ein Brief für Kommandant Memnon!« schrie der Ruderer hinauf.

»Warte«, rief der wachhabende Offizier zurück. »Ich laß dir eine Leiter runter.« Kurz darauf kletterte der Mann über eine Strickleiter an Bord des Schiffs und verlangte, zum Flottenführer vorgelassen zu werden.

Der wachhabende Offizier unterzog ihn einer gründlichen Leibesvisitation, dann begleitete er ihn ins Achterkastell. Memnon war noch wach. Er schrieb Briefe und las die Berichte, die ihm die Gouverneure und die Vorsteher der persisch gebliebenen Garnisonen sowie seine über ganz Griechenland verteilten Informanten laufend zusandten.

»Kommandant, ich habe eine Botschaft für dich«, verkündete der Mann und überreichte ihm eine Papyrusrolle.

Memnon nahm sie entgegen und erkannte am Siegel, daß sie von seiner Frau kam – es war der erste Brief, den er von ihr erhielt, seit sie sich getrennt hatten.

»Sonst noch etwas?« fragte er.

»Nein, Kommandant. Aber wenn du mir eine Antwort mitgeben möchtest, kann ich warten.«

»Gut, dann warte. Geh zum Bootsmann und laß dir zu essen und zu trinken geben. Ich rufe dich, sobald ich fertig bin.«

Der Mann hatte sich kaum zurückgezogen, als Memnon mit zitternden Händen die Rolle öffnete.

»Barsine an Memnon, ihren geliebten Mann, heil!

Mein Liebster, nach langer Reise sind wir gesund und wohlauf in Susa angelangt, wo ich und deine Söhne mit allen Ehren vom Großkönig empfangen wurden. Er hat uns einen ganzen Flügel seines Palasts mit Dienern und Mägden zugeteilt und außerdem einen wundervollen Garten, einen *Pairidaeza* voll bunter Blumen, herrlich duftender Rosen und Zyklamen, Teiche und Brunnen mit roten und blauen Fischen. Auch seltene Vögel aus allen Teilen der Welt gibt es dort, Pfauen und Fasanen aus Indien und dem Kaukasus, ja sogar gezähmte Geparden aus dem fernen Äthiopien.

Wir könnten uns glücklich schätzen, wenn nur du nicht so weit weg wärst. So aber ist mein Bett schrecklich leer, viel zu groß und kalt für mich alleine.

Vorige Nacht habe ich das Buch mit den Tragödien von Euripides zur Hand genommen, das du mir geschenkt hast, und die ›Alkestis‹ gelesen. Wie ich dabei geweint habe, lieber Gemahl! Die heroische Liebe, die der Dichter so eindrücklich beschreibt, hat mich zutiefst berührt, und ganz besonders die Stelle, wo Alkestis für ihren Mann in den Tod geht und dieser ihr verspricht, daß nie eine andere Frau ihren Platz einnehmen wird, ja daß er von einem großen Künstler ein Abbild von ihr modellieren lassen und neben sich ins Bett legen wird.

Oh, könnte ich nur dasselbe tun! Hätte nur auch ich einen

großen Künstler gerufen, einen von den berühmten *Yauna*-Meistern wie Lysippos oder Apelles, und hätte von ihm dein Abbild in Stein meißeln oder in herrlichen Farben auf eine Tafel malen lassen, die ich nun in meinem Zimmer aufhängen könnte, im intimsten Winkel meiner Gemächer.

Erst jetzt, mein geliebter Gatte, erst jetzt, wo du weit weg bist, begreife ich den Sinn eurer Kunst, die verwirrende Offenheit, mit der ihr *Yaunas* die nackten Körper eurer Götter und Helden darstellt.

Ich würde alles darum geben, deinen nackten Körper betrachten zu können, und sei es auch nur auf einem Bild oder als Statue; und dann würde ich die Augen schließen und mir vorstellen, daß irgendein Gott deinem Abbild Leben einhaucht, so daß es von seinem Sockel herunterklettert oder aus seinem Rahmen steigt und sich neben mich legt wie du in der letzten Nacht, in der wir uns aneinander erfreuten, und mich mit deinen Händen streichelst und mit deinen Lippen küßt.

Aber der Krieg hält dich fern von mir, der Krieg, der nur Tränen, Trauer und Zerstörung mit sich bringt. Komm zu mir zurück, Memnon, laß doch einen anderen das Heer des Dareios befehligen. Keiner würde dich deswegen tadeln, du hast schon genug vollbracht, und deine Heldentaten zur Verteidigung Halikarnassos' sind in aller Munde. Komm zu mir zurück, sanfter Gemahl, strahlender Held; alle Reichtümer dieser Welt würde ich hingeben für einen einzigen Augenblick in deinen Armen.«

Memnon rollte den Papyrusbogen wieder zusammen, ging hinaus aufs Deck seines Schiffs und stellte sich an die Reling. Die Lichter der Stadt blinkten in der Dunkelheit des friedlichen Herbstabends, und von den Straßen und Plätzen drang das Geschrei versteckspielender Kinder an sein Ohr. Etwas weiter weg war der Gesang eines jungen Mannes zu hören, der seiner Liebsten ein Ständchen brachte.

Memnon wurde von Wehmut ergriffen und verspürte

plötzlich unsägliche Müdigkeit, doch gleichzeitig war er sich völlig darüber bewußt, daß die Verantwortung für ein ganzes vom Untergang bedrohtes Reich auf seinen Schultern ruhte und er die Hoffnungen des Großkönigs und der Tausenden und Abertausenden von Soldaten, die an ihn glaubten, nicht enttäuschen durfte, indem er einfach aufgab.

Er hatte erfahren, daß seine letzten Krieger, die sich auf der Akropolis von Halikarnassos verschanzt hatten, heroisch Durst und Hunger trotzten und erbitterten Widerstand leisteten. Hätte er sie vergessen und sich einfach damit abfinden sollen, daß es ihm nicht gelungen war, sie zu befreien? Nein, das war unmöglich. Oh, hätte es ihn doch wirklich gegeben, Ikaros' Vater, den großen Daidalos, der dem Menschen Flügel erfand! Er wäre über Nacht zu seiner Gemahlin geflogen, um sie glücklich zu machen, und noch vor Sonnenaufgang wieder an seinen Platz und zu seiner Pflicht zurückgekehrt.

Aber die Befehle des Großkönigs lauteten anders: Er mußte zur Insel Lesbos aufbrechen, wo er die Landung auf Euboia vorbereiten sollte – seit über einhundertfünfzig Jahren die erste persische Landung auf griechischem Boden.

Erst kürzlich hatte er eine Botschaft der Spartaner erhalten, in der diese sich zu einem Bündnis mit König Dareios bereit erklärten und versprachen, einen Aufstand aller Griechen gegen Makedonien anzuführen.

Mit einem Seufzer ging Memnon an seinen Arbeitstisch zurück und begann zu schreiben.

»Memnon an Barsine, seine süße Gemahlin, heil!

Dein Brief hat wundervolle Erinnerungen in mir geweckt und mir die herrlichen Stunden zurückgebracht, die wir vor unserer letzten Trennung in Zelea miteinander erlebt haben. Du kannst dir nicht vorstellen, wie sehr du mir fehlst und wie oft dein schönes Bild mir nächtens im Traum erscheint. Keine Frau wird mir begehrenswert erscheinen, bis ich dich nicht wieder in die Arme schließen kann.

Nun erwartet mich ein letzter Kraftakt, die entscheidende

Schlacht, und dann werde ich in deinem Schoß und an der Seite meiner Söhne ausruhen können, solange die Götter mich leben und atmen lassen.
Gib unseren Kindern einen Kuß von mir und hab acht auf dich.«

Er rollte den Papyrusbogen zusammen und malte sich dabei aus, wie ihn Barsines Finger berühren würden, die zart waren wie Blütenblätter und ebenso dufteten. Dann rief er den Boten und überreichte ihm die Rolle.

»Wann wird meine Frau diesen Brief erhalten?«

»Bald. In weniger als zwanzig Tagen.«

»Ausgezeichnet. Dann wünsche ich dir eine gute Reise, und die Götter mögen dich beschützen.«

»Dich auch, Kommandant Memnon.«

Er sah dem Mann eine Weile nach, wie er in seinem Boot davonruderte, dann kehrte er ins Achterkastell zurück und rief den Kapitän des Schiffs zu sich.

»Wir stechen in See, Kapitän. Laß den anderen Schiffen die entsprechenden Leuchtzeichen geben.«

»Jetzt? Wäre es nicht besser, wir warten bis Sonnenaufgang? Bei Tag sehen wir besser und . . .«

»Nein«, fiel Memnon ihm ins Wort. »Ich will, daß unsere Bewegungen geheim bleiben. Was wir vorhaben, ist von höchster Brisanz. Und gib auch bekannt, daß ich die Anführer sämtlicher Kampfeinheiten auf meinem Schiff versammelt haben will.«

»Wann?«

»Sofort.«

Der Kapitän, ein Grieche aus Patara, verneigte sich und führte Memnons Befehle aus. Kurz darauf näherten sich mehrere Boote dem Admiralsschiff, und aus jedem kletterte ein Mann an Bord.

Nachdem alle den Kommandanten begrüßt hatten, setzten sie sich auf Bänke entlang der Holzwand des Achterkastells; Memnon nahm ganz oben, auf dem Sitz des Flottenführers,

Platz. Er trug seine Rüstung und darüber den blauen Umhang. Auf einem Schemel neben ihm lag sein korinthischer Helm mit dem brünierten Visier und der silbernen Rose von Rhodos.

»Männer, in diesem Moment bietet uns das Schicksal die letzte Möglichkeit, unsere Soldatenehre zu retten und den Lohn, den wir vom Großkönig erhalten, redlich zu verdienen. Hinter uns gibt es keinen einzigen Hafen mehr, in dem wir Zuflucht suchen könnten – außer vielleicht in Kilikien oder Phönikien, aber die sind viele Tagereisen von hier entfernt. Wir haben also keine andere Wahl, als weiter vorzudringen und das Übel an der Wurzel zu packen, sprich: unseren Gegner von seiner Heimat abzuschneiden und ihm so das Wasser abzugraben.

Die Spartaner haben mir eine verschlüsselte Botschaft geschickt, sie war auf einen Pergamentstreifen geschrieben und um einen *Skytale* gewickelt, wie es unter den Griechen üblich ist. Wenn wir auf dem Festland landen, sind sie bereit, sich uns mit ihrem Heer anzuschließen. Ich habe deshalb beschlossen, zunächst Kurs auf Lesbos zu nehmen und von dort nach Skiros und Euboia weiterzusegeln, wo ich die athenischen Patrioten zu treffen gedenke, die uns unterstützen könnten. Ich habe Demosthenes einen Brief geschrieben und bin mir sicher, daß seine Antwort positiv ausfallen wird. Das ist für den Moment alles. Kehrt also zu euren Schiffen zurück und bereitet die Abfahrt vor.«

Wenig später glitt das Admiralsschiff langsam aus dem Hafen. Sein Heck war beleuchtet, so daß die hinterherfahrenden Trieren und Quinquieren ihm in der Dunkelheit mühelos folgen konnten. Die Nacht war sternklar, und Memnons Steuermann führte mit sicherer Hand das Ruder. Am zweiten Tag änderte sich das Wetter jedoch, ein heftiger Südwind wühlte das Meer auf und einige der Schiffe trugen erhebliche Schäden davon. Beinahe zwei Tage lang mußte bei gestrichenen Segeln gerudert werden.

Am fünften Tag erreichten sie Lesbos und fuhren in die

große, nach Westen gelegene Reede ein, um dort bessere Wetterverhältnisse abzuwarten. Memnon veranlaßte, daß die beschädigten Schiffe repariert wurden, und schickte seine Offiziere aus, um neue Söldner anzuwerben. Er selbst besichtigte unterdessen die schöne Insel einschließlich der Häuser, in denen die Dichterin Sappho und der Dichter Alkaios gelebt hatten, die beide von Lesbos stammten.

Vor dem Haus der Sappho tummelten sich ambulante Schreiber, von denen man sich die Gedichte der Poetin auf Holztäfelchen kopieren lassen konnte oder auch auf Papyrus, wenn man mehr Geld hatte.

»Könntest du mir ein Gedicht in Persisch abfassen?« fragte Memnon einen Schreiber mit orientalischen Gesichtszügen.

»Selbstverständlich, hoher Herr.«

»Dann schreib mir das Gedicht nieder, das so beginnt:

Selig wie die Himmlischen scheint der Mann mir,
Der an deiner Seite dir sitzt, der deine
Süße Rede höret und deines Lächelns
Reizende Stimme.«

»Ich kenne es gut«, sagte der Schreiber und tauchte seine Feder ins Tintenfaß. »Das ist ein Gesang über die Eifersucht.«

»Ja, das ist es«, Memnon nickte scheinbar gelassen.

Er hatte erfahren, daß Barsine in Alexanders Händen gewesen war, und kämpfte mitunter mit entsetzlichen Zweifeln.

34

Von Halikarnassos aus führte Alexander sein Heer nach Osten, und zwar an der Küste entlang, obwohl viele ihm von diesem Weg abgeraten hatten. In Lykien gab es nämlich einen Küstenabschnitt, der im Winter als völlig unbegehbar galt. Ein schmaler Trampelpfad schlängelte sich dort an schroffen Felswänden entlang; sie waren stürmischen Westwinden ausgesetzt und fielen zum Meer ab, aus dem an dieser Stelle überall spitze Felszacken aufragten.

Gischtbrodelnd brachen sich dort die Wellen am felsigen Ufer, wichen zurück und donnerten erneut gegen das öde Gestein.

Hephaistion, der es sich mit eigenen Augen angesehen hatte, war tief beeindruckt zurückgekehrt. »Grauenvoll«, erzählte er Alexander. »Stell dir einen Berg vor, höher als der Athos und größer als der Pangaion, glatt und schwarz wie brüniertes Eisen, und zum Meer hin ein einziger Abgrund. Sein Gipfel ist ständig in den Wolken und dröhnt unter fürchterlichen Donnerschlägen. Laufend zucken grelle Blitze vom Himmel und manche von ihnen zischen direkt ins Meer. Der Pfad muß uralt sein, er ist von den Lykiern direkt in den Fels gehauen worden, aber ungemein schlüpfrig, weil er laufend vom Meer überspült wird; außerdem ist er im Winter dicht mit Algen bewachsen. Wenn einer von dort ins Meer stürzt, ist er verloren: Entweder er wird sofort von einer der vielen Felszacken im Wasser aufgespießt oder aber die Brecher schleudern ihn gegen die Felswand.«

»Du bist aber rübergekommen, oder?« fragte Alexander.

»Ja.«

»Und wie hast du das geschafft?«

»Mit Hilfe der Agrianer. Sie haben Stöcke in die Felsritzen getrieben und Seile daran befestigt; an denen konnten wir uns festhalten, wenn eine Welle kam.«

»Prächtiger Einfall«, sagte der König. »Genau so werden wir es auch machen.«

»Bedenke aber, daß wir gerade mal fünfzig Mann waren«, warf Hephaistion ein. »Du willst mit fünfundzwanzigtausend rüber. Ganz zu schweigen von unseren fünftausend Pferden – was willst du mit denen machen?«

Alexander dachte eine Weile nach, dann sagte er: »Wir haben keine andere Wahl. Wir müssen diesen Pfad wagen, um alle Häfen Lykiens in unsere Gewalt zu bringen. Wenn wir das schaffen, ist die Flotte des Großkönigs von unserem Meer abgeschnitten. Zur Not rücken wir ohne Pferde vor, nur mit dem Fußvolk, aber wir rücken vor!«

»Wie du willst. Wir haben vor nichts Angst. Ich wollte nur, daß du dir über die Risiken bewußt bist, die uns erwarten.«

Am darauffolgenden Tag war Aufbruch. Die erste große Etappe führte zur Stadt Xanthos, die auf einem Felsriff steil über dem gleichnamigen Fluß aufragte. Ringsum waren Dutzende von Gräbern mit monumentalen Fassaden in Gestalt von Häusern oder Tempeln ins Gestein gehauen. Eins von ihnen barg angeblich die sterblichen Überreste des lykischen Helden Sarpedon, der im Trojanischen Krieg von Patroklos getötet worden war.

Alexander verlangte das ehrwürdige Grab zu sehen und verharrte andächtig vor seinem Eingang, über dem eine uralte verwitterte Inschrift prangte. Kallisthenes hörte ihn die Verse murmeln, die Homer dem lykischen Held in den Mund legt, als er sich vor der letzten Schlacht an seine Krieger wendet:

»Ja, mein Lieber, wenn wir, aus diesem Krieg entronnen,
Immer so leben sollten, alterslos und unsterblich,
Wahrlich, dann kämpfte ich selbst wohl nicht in dem vordersten Treffen,
Würde auch dich nicht senden zur männerehrenden Feldschlacht.
Jetzt indessen, da tausendfach uns die Keren umringen,
Denen ein Sterblicher nicht entfliehen kann und entrinnen,
Gehen wir . . .«

»Meinst du, daß er diese Worte heute wiederholen würde, wenn die Götter ihm gestatteten, noch einmal zu sprechen?« fragte Alexander seinen Geschichtsschreiber mit wehmütiger Stimme.

»Wer kann das sagen?« erwiderte Kallisthenes. »Aus dem Hades haben die Götter noch keinen wieder entlassen.«

Alexander trat an das Grabmal heran und stützte Hände und Stirn gegen seine Mauern, als versuche er das Flüstern einer jahrhundertealten Stimme daraus zu vernehmen. Am Ende riß er sich los, stellte sich erneut an die Spitze seines Heeres und führte es weiter.

Dem Fluß bis zu seiner Mündung folgend gelangten sie nach Patara, der bedeutendsten Hafenstadt Lykiens. Sie besaß viele schöne Gebäude in griechischem Stil. Ihre Bewohner kleideten sich auch wie Griechen, sprachen jedoch eine uralte Sprache, die ein Grieche ohne Übersetzer unmöglich verstehen konnte. Der König ließ das Heer Quartier beziehen und ordnete einige Tage Rast an, denn er hoffte, in dieser Zeit Nachricht von Parmenion zu erhalten, der mittlerweile die Hochebene im Landesinnern erreicht haben mußte – vergeblich, wie sich herausstellen sollte. Statt dessen kam ein Schiff aus Makedonien an, das letzte, das sich vor dem Winter noch auf den Weg gemacht hatte.

Sein Kapitän war einer schwierigen, wenig befahrenen Route gefolgt, um Memnons Flotte aus dem Weg zu gehen. Er brachte einen Brief aus Makedonien, in dem Antipatros über die innenpolitische Lage und über die heftigen Auseinandersetzungen mit der Königinmutter, Olympias, berichtete.

Alexander regte sich beim Lesen ziemlich auf und machte erst, als er auf einer anderen Papyrusrolle das königliche Siegel der Molosser und die Handschrift seiner Schwester Kleopatra entdeckte, wieder ein freundlicheres Gesicht. Gespannt begann er zu lesen:

»Kleopatra, Königin der Molosser, an ihren Bruder Alexander, König von Makedonien, heil!
Geliebter Bruder, über ein Jahr ist es her, seit ich dich zum letztenmal umarmt habe, und es vergeht kein Tag, an dem ich nicht an dich denke und dich herbeisehne.
Der Ruhm deiner Unternehmungen ist bis hierher, in den Palast von Buthroton, durchgedrungen. Ich bin stolz auf dich, aber auch dieser Stolz kann mir den Schmerz über deine Abwesenheit nicht nehmen.
Mein Gemahl, dein Vetter Alexander, König der Molosser, bricht demnächst nach Italien auf. Er hat ein großes Heer von annähernd zwanzigtausend Mann versammelt, alles tapfere Krieger, die auf makedonische Art und nach der Schule unseres Vaters Philipp ausgebildet wurden.
Alexander träumt davon, im Westen ein großes Reich zu erobern und alle Griechen von einer Bedrohung durch die Barbaren jener Länder – Karthager, Bruter, Lukaner – zu befreien. Aber ich bleibe alleine in Buthroton zurück.
Unsere Mutter wird immer seltsamer, sie ist reizbar und launisch, und ich muß gestehen, daß ich sie deshalb so selten wie möglich besuche. Wie mir berichtet wird, denkt sie Tag und Nacht an dich und opfert den Göttern, um sie günstig zu stimmen. Ich jedoch kann den Krieg nur verdammen, denn er hält die Menschen, die ich am meisten liebe, von mir fern.
Leb wohl.«

Dann nahm also auch der Feldzug nach Westen seinen Lauf.

Ein anderer Alexander, beinahe eine Art Spiegelbild von ihm selbst – um so mehr, als enge Bluts- und Freundschaftsbande zwischen ihnen bestanden – schickte sich an, in Richtung der Herkulessäulen zu marschieren, um alle Gebiete bis hin zum Flusse Ozean zu unterwerfen. Eines Tages würden sie sich wiedertreffen, in Griechenland vielleicht oder in Ägypten, oder auch in Italien ... Und an diesem Tag würde die Menschheit den Beginn einer neuen Ära erleben.

Alexander nützte die Tage der Rast dazu aus, sich von Eumenes aus dem »Tagebuch« vorlesen zu lassen, jenen Berichten also, die der Sekretär allabendlich verfaßte. Sie enthielten nicht nur haargenaue Beschreibungen der zurückgelegten Tagesmärsche, sondern auch lange Aufzählungen der empfangenen Gäste und abgestatteten Besuche, Protokolle der Kriegsratssitzungen und ausführliche Kassenberichte.

»Nicht schlecht«, meinte der König, nachdem er sich ein paar Seiten angehört hatte, »vor allem deine Schilderungen – ich finde, sie haben eine gewisse literarische Eleganz. Wer weiß, ob sie sich nicht zu einer regelrechten Geschichte der Expedition ausarbeiten ließen ...«

»Ja, vielleicht mache ich das eines Tages auch«, erwiderte Eumenes, »aber im Moment beschränke ich mich auf das Festhalten von Tatsachen – zu mehr bleibt mir keine Zeit. Außerdem ist fürs Geschichtliche ja eigentlich Kallisthenes zuständig.«

»Sicher.«

»Und du weißt ja, daß Ptolemaios auch über unseren Feldzug berichtet. Hat er dir seine Aufzeichnungen einmal gezeigt?«

»Nein, bisher nicht, aber ich würde sie gerne lesen.«

»Und das Werk deines Admirals Nearchos schreitet auch voran.«

»Tja, wir mir scheint, schreibt die halbe Welt über dieses Unternehmen. Wem man da wohl eines Tages Glauben schenken wird? Und trotzdem beneide ich Achilles: Der hatte einen Homer, der seine Heldentaten besang.«

»Das waren andere Zeiten, mein Freund. Dafür hast du einen Nearchos, der Beziehungen zu sämtlichen Städten und Dörfern dieser Gegend anknüpft und dir große Dienste damit leistet. Er kennt überall Leute und wird allgemein geschätzt. Vor kurzem hat er mir übrigens mal seinen Standpunkt als Seemann erläutert.«

»Und der wäre?«

»Er meint, daß du auf die Dauer nicht ohne Flotte auskommen kannst und dich dringend um eine neue kümmern solltest. Seiner Ansicht nach ist es zu gefährlich, Memnon die absolute Meerherrschaft zu überlassen.«

»Und was denkst du? Wenn ich nicht irre, war das Ganze ja auch ein finanzielles Problem.«

»Ja, aber mit dem Geld, das wir in Sardes und Halikarnassos eingenommen haben, könnten wir uns vielleicht eine neue Flotte leisten.«

»Gut, dann leite alles Nötige in die Wege. Besprich dich mit Nearchos, verhandle mit den Athenern und veranlasse, daß die Schiffswerften der Seestädte, die wir erobert haben, ihre Arbeit wiederaufnehmen. Ich denke, daß wir jetzt etwas riskieren können.«

»In Ordnung. Später besuche ich Nearchos auf seinem Schiff und rechne die Sache mit ihm durch – ich habe ja keine blasse Ahnung davon, was ein Kriegsschiff kostet und wie viele wir davon brauchen, um Memnon das Leben schwerzumachen. Ich sollte aber auch wissen, was du für den bevorstehenden Winter vorhast.«

Alexander stellte sich an das Fenster des Hauses, in dem er Quartier bezogen hatte, und betrachtete die Gipfel der umliegenden Berge: Sie waren bereits schneebedeckt. »Wir werden weiterziehen, bis wir einen Zugangsweg ins Landesinnere finden. Ich muß so bald wie möglich zu Parmenion stoßen und unser Heer wieder vereinigen. Denn wenn eins unserer beiden Kontingente vernichtet wird, ist auch das andere rettungslos verloren – und das macht mir große Sorgen, Eumenes.«

Der Sekretär nickte, sammelte seine Papiere ein und ging.

Alexander hingegen setzte sich an seinen Arbeitstisch, nahm einen Papyrusbogen zur Hand, tauchte die Feder ins Tintenfaß und begann zu schreiben:

»Alexander an Kleopatra, seine geliebte Schwester, heil!
Meine Liebe, sei nicht traurig über den Abschied von deinem Gemahl. Es gibt Menschen, deren Schicksal vorgezeichnet ist, und er ist einer davon. Wir beide haben einen Schwur geleistet, und wenn Alexander nun sein Land, sein Haus und seine Frau verläßt, so, um diesen Schwur zu erfüllen. Ich glaube nicht, daß du es vorgezogen hättest, mit einem völlig unbedeutenden Mann verheiratet zu sein, einem, der weder Hoffnungen noch Ziele hat. Bestimmt wäre dir dein Leben dann jetzt noch mehr verleidet. Du bist wie ich ein Kind Olympias' und Philipps, und du verstehst, was ich damit meine. Nach dieser Trennung wird euer Wiedersehen um so schöner sein, und ich bin mir sicher, daß dein Mann dich schon bald nachkommen läßt, damit du die Sonne in den mysteriösen, göttlichen Fluten des fernen Ozeans untergehen siehst, den noch kein Schiff befahren hat.
Aristoteles sagt, daß die Griechen mit ihren Städten um dieses Meer hocken wie Frösche um die Ufer eines Teichs, und er hat recht. Wir aber sind geboren, um andere Länder und andere Meere kennenzulernen und Grenzen zu überschreiten, die vor uns noch keiner zu überschreiten gewagt hat. Und wir halten nicht inne, bevor wir nicht an die äußerste Grenze gelangt sind, die der Menschheit von den Göttern gesetzt wurde.
All dies nimmt mir jedoch nicht den Schmerz über dein Fernsein, und ich würde alles darum geben, in diesem Moment den Kopf in deinen Schoß legen zu dürfen, um dich mit sanfter Stimme ein Lied singen zu hören.
Denk an mich, wie wir es uns gegenseitig versprochen haben, jedesmal, wenn du die Sonne hinter den Bergen verschwinden siehst und der Wind dir ferne Stimmen zuträgt.«

35

Etwa zehn Tage nach Einquartierung des Heers in der Stadt wurde dem König ein Besucher gemeldet, ein gewisser Eumolpos aus Soloi.

»Weißt du, wer das ist?« fragte Alexander seinen Sekretär.

»Natürlich. Das ist dein bester Spitzel östlich des Tauros-Gebirges.«

»Wenn er mein bester Spitzel ist, warum kenne ich ihn dann nicht?«

»Weil er bisher immer mit deinem Vater verhandelt hat und ... mit mir.«

»Na, hoffentlich hast du dann nichts dagegen, daß ich mich diesmal persönlich mit ihm unterhalte«, meinte Alexander ironisch.

»Natürlich nicht«, erwiderte Eumenes rasch. »Ich wollte dir nur lästige Pflichten abnehmen. Aber wenn du möchtest, ziehe ich mich zurück und lasse euch alleine ...«

»Unsinn. Er soll reinkommen!«

Eumolpos hatte sich kaum verändert, seit der Sekretär ihn das letzte Mal in Pella erlebt hatte, aber er war nach wie vor sehr verfroren. Wegen der schlechten Witterungsverhältnisse hatte er nicht das Schiff nehmen können, sondern auf einem Maulesel die schneebedeckten Berge des Landesinnern überqueren müssen – sehr zu seinem Leidwesen, wie er beteuerte.

Peritas knurrte, kaum daß er den Mann mit der Wolfspelzmütze eintreten sah.

»Was für ein niedliches Hündchen«, meinte Eumolpos mit einem gequälten Lächeln. »Beißt er?«

»Nein, wenn du dir den Wolf da vom Kopf nimmst, beißt er nicht.«

Eumolpos legte seine Mütze auf einen Hocker, und Peritas stürzte sich augenblicklich darauf – am Ende der Unterredung hatte er das gute Stück völlig zerfetzt.

»Was für Neuigkeiten bringst du mir?« fragte Alexander.

Der Spitzel erging sich zunächst in Höflichkeitsfloskeln und Lobeshymnen auf Alexander und seine glänzenden Unternehmungen, dann kam er zur Sache.

»Deine Heldentaten haben am Hofe von Susa Panik ausgelöst, Herr. Die Magier sagen, du seist die Verkörperung von Ahriman.«

»Das ist der persische Gott des Bösen«, erklärte Eumenes etwas verlegen. »Er ähnelt ein wenig unserem Hades, dem Herrn der Unterwelt.«

»Ja, und da dieser Gott immer als Löwe dargestellt wird, erinnerst du besonders an ihn, denn dein Helm hat ja die Gestalt eines Löwenkopfes.«

»Und was kannst du sonst noch berichten?« fragte Alexander.

»Der Großkönig vertraut völlig auf Memnon. Er soll ihm zweitausend Talente geschickt haben.«

»Eine Riesensumme.«

»Allerdings.«

»Weißt du, wofür sie bestimmt ist?«

»Für alles, glaube ich: Aushebung neuer Truppenkontingente, Bestechung, Finanzierung möglicher Verbündeter. Doch damit nicht genug: Ich habe von weiteren zweitausend Talenten gehört, die auf dem Landweg nach Inneranatolien unterwegs sein sollen.«

»Zu welchem Zweck?«

Eumolpos zuckte mit den Schultern: »Ich habe keine Ahnung. Hält sich nicht einer deiner Generäle in dieser Gegend auf? Vielleicht weiß er mehr darüber . . .«

Ein lästiger Gedanke zuckte Alexander durch den Kopf: Und wenn der Großkönig versuchen würde, Parmenion zu bestechen? Aber er schob diesen Verdacht gleich wieder weg – Parmenion war nicht käuflich, so etwas war einfach unter seiner Würde!

»Hast du den Eindruck, daß Memnon das absolute Vertrauen des Großkönigs genießt?«

»Zweifelsohne. Trotzdem gibt es nicht wenige Adlige am Hof, die fürchterlich neidisch auf ihn sind, schließlich ist er Ausländer, obendrein Grieche. Dareios hat ihm den Oberbefehl über sämtliche Truppen übertragen, und er hat ihn außerdem über alle persischen Gouverneure gestellt. Memnon ist derzeit der mächtigste Mann im persischen Reich – nach dem Großkönig selbst, versteht sich. Wenn du mich nun fragst, ob Verschwörungen gegen ihn im Gange sind oder sich irgendwie anzetteln ließen, so muß ich dir sagen . . .«

»Das frage ich dich aber nicht«, fiel Alexander ihm ins Wort.

»Verzeih«, erwiderte der Spitzel unterwürfig. »Ich wollte dich nicht beleidigen. Ja, und dann gäbe es da noch etwas . . .«

»Sprich.«

»Memnons Gemahlin Barsine ist am Hof von Susa eingetroffen – eine umwerfend schöne Frau.«

Dem schlauen Eumolpos entging nicht, daß Alexander kaum merklich zusammenzuckte.

»Kennst du sie?« fragte er deshalb.

Der König antwortete nichts, und sein Sekretär bedeutete Eumolpos weiterzusprechen.

»Ja, wie ich also sagte, eine umwerfend schöne Frau – sie hat die Beine einer Gazelle, den Busen einer Göttin und Augen schwarz wie die Nacht. Die wundervolle Pieria-Rose zwischen ihren Schenkeln will ich mir erst gar nicht ausmalen . . .« Eumenes gab ihm neuerlich ein Zeichen, sich kurz zu fassen. »Nun, Memnons Frau hat ihre beiden Söhne mitgebracht, zwei bildhübsche Jungen. Einer hat einen griechischen Namen und ähnelt der Mutter, der andere einen persischen und schlägt nach dem Vater – ist das nicht eigenartig? Es gibt Leute bei Hof, die vermuten, der Großkönig habe sie als Geiseln zu sich geholt, weil er Memnon nicht vertraut.«

»Und, ist das wahr? Was meinst du?« fragte Alexander.

»Muß ich ehrlich sagen, was ich denke?«

»Dumme Frage«, brummte Eumenes.

»Gut. Also ich glaube es nicht. Meiner Ansicht nach vertraut König Dareios ihm blind – gerade weil er ein Söldnerführer ist. Memnon hat keinerlei Vertrag unterschrieben, aber er steht eisern zu seinem Wort.«

»Das ist mir bekannt«, erwiderte Alexander.

»Und es gibt noch etwas, was du bedenken solltest.«

»Was?«

»Memnon beherrscht das Meer.«

»Im Moment.«

»Sicher, aber du weißt sehr gut, daß Athen seinen Weizen über den Pontos erhält – wenn Memnon die Meerengen abriegelt, kann er die Stadt aushungern und zwingen, mit ihrer gesamten Flotte zu ihm überzulaufen. Damit hätten die Perser die größte Kriegsflotte aller Zeiten.«

Alexander senkte den Kopf. »Ich weiß.«

»Und es erschreckt dich nicht?«

»Mich erschreckt nie etwas, was noch gar nicht eingetreten ist.«

Eumolpos starrte ihn einen Augenblick lang sprachlos an, dann fuhr er fort: »Kein Zweifel, du bist wirklich ein Sohn deines Vaters! Wie auch immer, für den Augenblick scheint der Großkönig beschlossen zu haben, sich nicht zu rühren und Memnon größte Bewegungsfreiheit zu gewähren. Das Duell soll zwischen euch beiden stattfinden. Wenn Memnon aber unterliegen würde, dann zieht der Großkönig ins Feld, und mit ihm ganz Asien.«

Sein letzter Satz klang seltsam feierlich und verwunderte die beiden Zuhörer.

»Ich danke dir«, sagte Alexander. »Mein Generalsekretär wird dich für deine Dienste entlohnen.«

Eumolpos verzog den Mund zu einem schiefen Lächeln. »Wo wir schon dabei sind, König ... Ich wollte dich gnädigst um eine geringfügige Erhöhung des Honorars bitten, das dein Vater – sein Ruhm währe ewig – mir immer bezahlt hat. Unter den gegebenen Umständen wird meine Arbeit zusehends schwieriger und riskanter, und der Gedanke daran, eines unglücklichen Tages gepfählt zu werden, läßt mich nachts kaum noch ein Auge zutun ...«

Alexander nickte und warf Eumenes einen vielsagenden Blick zu.

»Darum kümmere ich mich«, sagte der Sekretär prompt und geleitete Eumolpos zur Tür. Der Mann warf einen kummervollen Blick auf die kläglichen Überreste seiner warmen Wolfspelzmütze, verneigte sich vor dem König und ging hinaus.

Alexander sah den beiden nach, wie sie sich den Korridor hinunter entfernten, und dabei konnte er den Spitzel klagen hören: »Denn wenn ich mich schon aufspießen lassen muß, dann ziehe ich den spitzen Pfählen dieser Barbaren bei weitem die Rute eines hübschen Jünglings vor.« Und Eumenes, der ihm antwortete: »Davon gibt es hier fünfundzwanzigtausend, mein Lieber – du hast also die Qual der Wahl ...«

Der König schüttelte den Kopf und schloß die Tür.

Als am darauffolgenden Tag immer noch keine Nachricht von Parmenion kam, beschloß er, den Marsch wieder aufzunehmen und sich furchtlos an die Überwindung des gefährlichen Küstenstreifens zu machen, den Hephaistion ihm so anschaulich geschildert hatte.

Die Agrianer wurden vorausgeschickt, um nach Art eines Geländers Nägel und Seile entlang der Felswand anzubringen, aber diese Maßnahme sollte sich als überflüssig herausstellen, denn das Wetter schlug plötzlich um: Der stürmisch-feuchte Westwind legte sich, und die Meeresoberfläche wurde glatt wie ein Spiegel.

Hephaistion, der die Agrianer und Thraker begleitet hatte, kehrte zurück und berichtete Alexander, daß die Sonne den schmalen Weg in der Felswand getrocknet hatte und praktisch keine Gefahr mehr bestand.

»Es scheint, als wollten die Götter dir unter die Arme greifen.«

»Ja, so scheint es«, erwiderte Alexander. »Nehmen wir es als günstiges Vorzeichen.«

Ptolemaios, der an der Spitze der Leibwache unmittelbar hinter den beiden ritt, wandte sich an Perdikkas: »Ich kann mir schon denken, was Kallisthenes jetzt wieder schreibt.«

»Ach ja? Ich habe mir über die Sichtweise unseres Geschichtsschreibers noch nie Gedanken gemacht . . .«

»Er wird schreiben, daß das Meer vor Alexander zurückgewichen ist, weil es ihn als König von nahezu göttlicher Macht erkannt hat.«

»Und du? Was wirst du schreiben?«

Ptolemaios schüttelte den Kopf. »Lassen wir das und reiten lieber ein bißchen schneller. Der Weg ist noch weit.«

Nachdem sie den gefährlichen Küstenabschnitt gefahrlos überwunden hatten, führte Alexander das Heer ins Landesinnere. Auf steilen Pfaden kletterte man immer höher hinauf, bis die schneebedeckten Gipfel der ersten Bergkette erreicht waren. Die Dörfer und ihre Bewohner ließ man für gewöhnlich in Ruhe, es sei denn, sie griffen an oder weigerten sich, dem Troß alles zur Verpflegung Nötige zur Verfügung zu stellen.

Nach Überwindung des ersten Gebirsgmassivs marschierte das Heer das Tal des Eurymedon entlang, von wo dann der Aufstieg zur anatolischen Hochebene beginnen sollte.

Das Tal war ziemlich schmal und hatte steile Wände aus rötlichem Gestein; sie kontrastierten wunderschön mit dem tiefblauen Wasser des Flusses und den gelben Stoppelfeldern entlang seiner Ufer.

Nachdem die Makedonen und ihre Verbündeten den ganzen Tag marschiert waren, gelangten sie mit Sonnenuntergang zu einer Stelle, an der das Tal einen Engpaß bildete; er wurde auf beiden Seiten von Burgen beherrscht, die auf schroffen Felsen aufragten. Dahinter konnte man, auf einer Anhöhe gelegen, eine mauerumgürtete Stadt erkennen.

»Termessos«, sagte Ptolemaios, indem er sein Pferd neben das Alexanders lenkte und auf die Festung deutete, die in der roten Abendsonne leuchtete.

Perdikkas gesellte sich auf der andern Seite zu ihnen. »Es wird nicht leicht werden, dieses Adlernest auszuheben«, meinte er besorgt. »Von der Talsohle bis zur Stadtmauer dürften es gut vierhundert Fuß sein. So hoch kämen wir nicht einmal hinauf, wenn wir alle unsere Belagerungstürme aufeinandertürmen würden.«

In diesem Augenblick kam auch Seleukos mit zwei Kavallerieoffizieren der *Hetairoi* dazu.

»Ich würde sagen, wir schlagen unser Lager hier auf. Wenn wir weiter vorrücken, kommen wir in ihre Schußlinie – Lanzenwürfe von dort oben könnten wir schlecht abwehren.«

»Du hast recht«, stimmte der König ihm zu. »Morgen bei Tageslicht werden wir dann sehen, was sich machen läßt. Irgendwie kommen wir in diese Stadt schon rein. Wir müssen bloß herausfinden, wie.«

In diesem Moment erklang hinter ihnen eine Stimme: »Das ist meine Stadt. Eine Stadt der Magier und Seher. Laßt sie mich als erster betreten.«

Der König fuhr herum: Das war ja Aristandros, der Mann, der die uralte, unleserliche Inschrift neben der Quelle am Strand hatte entziffern können.

»Heil, Seher«, begrüßte er ihn. »Tritt näher und sag mir, was du vorhast.«

»Termessos ist meine Stadt«, wiederholte Aristandros. »Eine magische Stadt an einem magischen Ort. Eine Stadt, in der selbst die Kinder die Zeichen des Himmels deuten und aus den Eingeweiden der Opfertiere lesen können. Laß sie mich betreten, bevor du mit deinem Heer eindringst.«

»In Ordnung, geh. Keiner wird etwas unternehmen, bevor du nicht zurückgekehrt bist.«

Aristandros entfernte sich und ging zu Fuß den schmalen Pfad entlang, der sich zwischen den beiden Burgen hindurch zu der befestigten Stadt hinaufschlängelte. Einige Zeit später – die Nacht war schon hereingebrochen – leuchtete sein weißer Mantel wie ein einsames Gespenst von den steilen Hängen des Stadtfelsens von Termessos herab.

36

Aristandros war wie ein Geist vor ihm aufgetaucht, und die einzige Lampe, die in dem Zelt brannte, machte sein Erscheinen noch unheimlicher. Alexander sprang wie von der Tarantel gestochen auf.

»Wann bist du zurückgekommen?« fragte er. »Und wer hat dich in mein Zelt gelassen?«

»Ich habe es dir bereits gesagt: Ich kenne viele Arten von Zauber und kann mich nach Belieben in der Nacht umherbewegen.«

Alexander warf einen Blick auf seinen Hund: Peritas schlief ruhig, als wäre niemand außer ihm im Zelt.

»Wie bist du hier reingekommen?« fragte der König noch einmal.

»Das hat keine Bedeutung.«

»Was hat dann Bedeutung?«

»Das, was ich dir jetzt sage: Meine Mitbürger haben sich nach Termessos zurückgezogen und nur ein paar Wächter auf den Felsen über dem Engpaß postiert. Wenn du sie überraschst, kannst du dein Heer mühelos durchschleusen. Hinter dem Engpaß wirst du einen Weg entdecken, der auf der linken Bergseite zum Stadttor hinaufführt. Morgen könnten deine Trompeten Termessos wecken.«

Alexander trat vor sein Zelt; das ganze Lager war in tiefes

Schweigen gehüllt; bis auf die Wachtposten, die sich an kleinen Lagerfeuern wärmten, schlief alles. Er drehte sich nach dem Seher um, der zum Himmel hinaufdeutete. »Schau, siehst du den Adler, der über der Mauer seine Kreise zieht? Das bedeutet, daß die Stadt dir nach diesem nächtlichen Angriff ausgeliefert sein wird. Normalerweise sieht man nachts keine Adler fliegen – das ist bestimmt ein Zeichen der Götter.«

Alexander gab Befehl, alle Soldaten ohne Trompeten zu wecken, dann bestellte er Lysimachos und den Anführer der Agrianer in sein Zelt.

»Ich habe eine Arbeit für euch«, sagte er. »Ich weiß, daß auf den Felsen dort oben nur einzelne Wächter postiert sind: Ihr müßt sie überfallen und geräuschlos aus dem Weg räumen, damit ich unser Heer durch den Engpaß führen kann. Wenn ihr eure Mission erfüllt habt, werft ihr mir zum Zeichen ein paar Steine herunter.«

Den Agrianern wurden die Anweisungen noch einmal in ihre eigene Sprache übersetzt, und Alexander versprach ihnen eine hohe Belohnung, wenn alles klappte. Die Männer waren sofort einverstanden, hängten sich ihre aufgerollten Hanfseile und die Taschen mit den Pflöcken über die Schultern und steckten sich ihre Messer in den Gürtel. Als der Mond kurz darauf zwischen den Wolken hindurchschimmerte, sah Alexander sie bereits die Felswand hinaufklettern, unglaublich schnell und behende, wie es sich für Gebirgler gehörte. Die mutigsten unter ihnen kletterten völlig frei, so weit es ging, dann machten sie ihr Seil an einem Felsvorsprung oder eigens angebrachten Nagel fest und ließen es hernach ab, damit die anderen Kameraden ihnen nachkommen konnten. Als sich erneut eine Wolke vor den Mond schob und die an den Felsen hängenden Agrianer den Blicken entzog, wagte sich Alexander zusammen mit Ptolemaios und seiner Leibwache bis in unmittelbare Nähe des Engpasses vor; dort versteckten sie sich im Gebüsch.

Schon wenig später hörten sie einen dumpfen Aufprall,

dann noch einen und noch einen: Es waren die Leichen der Wächter, die von den Agrianern heruntergeworfen wurden.

»Sie haben es geschafft«, zischte Ptolemaios mit einem Blick auf die zerschmetterten Körper. »Du kannst das Heer nachrücken lassen.«

Aber Alexander bedeutete ihm, sich noch etwas zu gedulden. Kurz darauf hörten sie erneut den ein oder anderen Aufprall, dann das hellere Geräusch von Steinen, die auf dem felsigen Boden aufschlugen.

»Was habe ich dir gesagt?« meinte Ptolemaios. »Sie sind schon fertig. Diese Leute sind mit der Hand so flink wie mit den Beinen – in Situationen wie dieser einfach unübertrefflich.«

Alexander ließ den Befehl vorzurücken an die wartenden Truppenabteilungen weiterleiten, und schon setzte sich der lange Zug schweigend in Bewegung und passierte nach und nach den Engpaß. Die Agrianer kletterten unterdessen wieder die Felswand hinunter, wobei sie ihre Seile sorgfältig von den Befestigungen lösten und wieder aufrollten.

Die Führer und Späher, die die linke Seite der Schlucht auskundschafteten, hatten schnell den Weg hinauf zum Hochplateau der Stadt entdeckt, und noch vor Sonnenaufgang war das gesamte Heer vor den Mauern von Termessos in Stellung, wenn auch auf einem so unebenen Gelände, daß man dort kaum ein Zelt, geschweige denn ein ganzes Lager hätte aufschlagen können.

Alexander ließ lediglich sein eigenes Zelt auf einer der wenigen ebenen Stellen errichten und seine Kameraden zum Kriegsrat einberufen. Während der Herold noch herumging und sie alle zusammensuchte, meldete Hephaistion dem König einen Besucher an: einen Ägypter namens Sisines, der ihn umgehend zu sprechen verlangte.

»Ein Ägypter?« fragte Alexander verwundert. »Wer mag das sein? Hast du den Mann schon mal gesehen?«

Hephaistion schüttelte den Kopf. »Ehrlich gesagt, nein, aber er behauptet, uns beide zu kennen. Er sagt, er habe seinerzeit für König Philipp, deinen Vater, gearbeitet und uns schon als Kinder im Palast von Pella herumrennen sehen. So, wie er aussieht, kommt er von sehr weit her.«

»Und was will er?«

»Er sagt, er muß unter vier Augen mit dir reden.«

In diesem Moment trat der Herold ein. »König, die Kommandanten sind alle hier und warten draußen vor dem Zelt.«

»Sie sollen reinkommen«, sagte Alexander und dann, an Hephaistion gewandt: »Gib ihm zu essen und zu trinken und bring ihn irgendwohin, wo er bequem auf mich warten kann. Danach kommst du zurück, ich will dich beim Kriegsrat dabeihaben.«

Hephaistion ging hinaus und gleich darauf betraten die anderen Freunde des Königs das Zelt: Eumenes, Seleukos, Ptolemaios, Perdikkas, Lysimachos und Leonnatos. Philotas war – zusammen mit Krateros und Kleitos dem »Schwarzen« – in Innerphrygien bei seinem Vater. Alle küßten Alexander auf die Wangen und ließen sich dann auf Hockern nieder.

»Ihr habt die Stadt gesehen«, begann Alexander. »Und ihr habt gesehen, wie felsig und uneben das Gelände hier ist: Selbst wenn wir mit Baumstämmen aus den umliegenden Wäldern Belagerungsmaschinen bauen würden, wir könnten sie gar nicht in Stellung bringen. Und uns mit Hammer und Meißel unterirdisch durch den Felsen graben können wir auch nicht. Die einzige Möglichkeit ist, Termessos abzuriegeln, aber ohne zu wissen, wann es fällt – das könnte Tage oder Monate dauern …«

»In Halikarnassos war das kein Problem für uns«, bemerkte Perdikkas. »Wir haben uns soviel Zeit genommen, wie wir brauchten.«

»Warum stapeln wir nicht rings um die Mauer eine Riesenmenge Holz auf, zünden es an und räuchern sie aus?« schlug Leonnatos vor.

Alexander schüttelte den Kopf. »Hast du gesehen, wie weit die Wälder weg sind? Und wieviel Männer würden wir verlieren, weil sie ohne Schutzdächer und ohne, daß wir ihnen mit

Geschützen Rückendeckung geben können, Holz vor die Mauer schaffen? Nein, ich schicke meine Männer nicht einfach so in den Tod, ohne selbst das gleiche Risiko einzugehen, und ihr tut das auch nicht. Außerdem drängt die Zeit. Wir müssen unbedingt zu Parmenion stoßen.«

»Ich hätte vielleicht eine Idee«, schaltete sich Eumenes ein. »Diese Barbaren sind genau wie die Griechen: Sie bekämpfen sich ständig untereinander. Bestimmt haben auch die Bewohner von Termessos ihre Feinde, und wenn wir uns mit denen verständigen, könnten wir unseren Weg nach Norden fortsetzen, ohne viel Zeit zu verlieren ...«

»Guter Einfall«, sagte Seleukos.

»Ja, vorausgesetzt, wir treiben diese Feinde auf«, setzte Ptolemaios hinzu.

»Willst du das übernehmen?« fragte Alexander den Sekretär.

Eumenes zuckte mit den Schultern. »Muß ich ja wohl, wenn es sonst keiner tut.«

»Dann sind wir uns also einig. Inzwischen riegeln wir die Stadt aber schon mal ab und lassen keinen rein oder raus. Gut, dann könnt ihr jetzt zu euren Männern zurück.«

Die Gefährten entfernten sich einer nach dem anderen, und kurz darauf erschien Hephaistion. »Seid ihr schon fertig? Was habt ihr beschlossen?«

»Daß uns keine Zeit bleibt, die Stadt einzunehmen – wir wollen jemanden suchen, der das für uns erledigt. Wo ist der Besucher?«

»Er wartet draußen.«

»Laß ihn rein.«

Hephaistion ging hinaus, und wenig später betrat ein Mann um die Sechzig das Zelt. Er hatte einen grauen Bart und graue Haare und war gekleidet wie die Bewohner der Hochebene.

»Tritt näher«, sagte Alexander. »Du wolltest mit mir sprechen, nicht? Wer bist du?«

»Ich heiße Sisines und bin von General Parmenion zu dir geschickt worden.«

Alexander sah ihm tief in die lebhaften, pechschwarzen Augen.

»Ich habe dich nie gesehen«, erwiderte er. »Wenn du von Parmenion geschickt worden bist, hast du sicher einen Brief mit seinem Siegel bei dir, oder?«

»Nein, ich habe nichts dergleichen dabei. Das wäre zu gefährlich gewesen, für den Fall, daß ich gefaßt werde. Ich habe Befehl, dir General Parmenions Botschaft mündlich zu überbringen.«

»So sprich.«

»Bei Parmenion ist ein Verwandter von dir, er befehligt die Kavallerie . . .«

»Ja, mein Vetter Amyntas aus Lynkestis. Er ist ein hervorragender Krieger – aus diesem Grund habe ich ihm das Kommando über die thessalische Reiterei übertragen.«

»Und du vertraust ihm?«

»Ja. Als mein Vater ermordet wurde, hat er sich sofort auf meine Seite gestellt und war mir seither immer treu ergeben.«

»Bist du dir sicher?« hakte der Mann nach.

Alexander begann langsam die Geduld zu verlieren: »Wenn du mir etwas zu sagen hast, so fang endlich damit an, anstatt mir nur Fragen zu stellen.«

»Parmenions Leute haben einen persischen Boten abgefangen, der einen Brief des Großkönigs an deinen Vetter bei sich hatte.«

»Kann ich ihn sehen?« fragte Alexander und streckte die Hand aus.

Sisines schüttelte lächelnd den Kopf. »Bitte versteh, daß wir nicht riskieren konnten, ein so heikles Dokument zu verlieren. Ich hätte nur überfallen werden müssen . . . General Parmenion hat mich aber beauftragt, dir seinen Inhalt mündlich mitzuteilen.«

Alexander bedeutete ihm weiterzusprechen.

»Der Großkönig bietet deinem Vetter Amyntas darin den Thron von Makedonien sowie zweitausend Talente Gold an, wenn er dich umbringt.«

Der König schwieg. Er dachte an die Worte Eumolpos' aus Soloi, der ihm von einer großen Summe Geldes berichtet hatte, das von Susa nach Anatolien unterwegs war, und er dachte auch an den mutigen Beistand und die Loyalität, die sein Vetter ihm bis zu diesem Augenblick stets bewiesen hatte.

Kein Zweifel, er war ins Netz einer Intrige geraten, aus dem er sich weder mit Kraft noch durch Mut befreien konnte – eine Situation, in der seine Mutter sich bestimmt tausendmal besser zurechtgefunden hätte als er, und doch mußte das Problem gelöst werden.

»Wenn du mir nicht die Wahrheit gesagt hast, lasse ich dich in Stücke hacken und den Hunden zum Fraß vorwerfen«, drohte er dem Mann.

Peritas, der in einer Ecke friedlich vor sich hin gedöst hatte, hob den Kopf und fuhr sich mit der Zunge übers Maul, als fände er mit einemmal Interesse an dieser Unterhaltung. Doch Sisines wirkte völlig gelassen. »Ob ich lüge, kannst du ja von Parmenion erfahren, wenn ihr euch wieder trefft.«

»Was für Beweise habt ihr dafür, daß mein Vetter auf das Angebot des Großkönigs einzugehen gedenkt?«

»Theoretisch gar keine. Aber überleg doch mal, Herr: Hätte König Dareios ihm je diesen Vorschlag gemacht und solche Reichtümer auf die lange Reise nach Anatolien geschickt, wenn er seiner Sache nicht ziemlich sicher gewesen wäre? Und wer ist schon so stark, der Verlockung von Reichtum und Macht zu widerstehen? Also ich an deiner Stelle würde kein Risiko eingehen. Mit all diesem Geld könnte dein Vetter tausend Mörder anheuern, ja den Sold eines ganzen Heers bezahlen.«

»Willst du mir etwa vorschreiben, was ich zu tun habe?«

»Die Götter mögen mich davor behüten! Ich bin dein ergebener Diener, der nichts als seine Pflicht tut. Und dazu habe ich schneebedeckte Berge überquert, Hunger und Durst gelitten und mehr als einmal mein Leben riskiert in den Gebieten, die noch in den Händen der Soldaten und Spitzel des Großkönigs sind.«

Alexander antwortete nichts, aber es war ihm klar, daß er an diesem Punkt irgendeine Entscheidung treffen mußte. Sisines deutete sein Schweigen auf die logischste Art.

»General Parmenion hat mir befohlen, so schnell wie möglich mit deinen Anordnungen zurückzukehren. Auch sie dürfen nicht niedergeschrieben werden – ich soll sie dem General mündlich überbringen; er vertraut mir blind.«

Alexander wandte sich ab, denn er wollte nicht, daß Sisines seinem Gesicht ablas, was in ihm vorging. Erst als er lange nachgedacht und das Für und Wider sorgfältig gegeneinander abgewägt hatte, drehte er sich wieder um und sagte:

»Richte General Parmenion folgende Botschaft aus:

Ich habe deine Nachricht erhalten und danke dir, daß du ein Komplott aufgedeckt hast, das unserem Unternehmen großen Schaden zugefügt und möglicherweise meinen Tod zur Folge gehabt hätte.
Nach allem, was mir berichtet wurde, haben wir jedoch keinen sicheren Hinweis darauf, daß mein Vetter tatsächlich willens wäre, das Angebot des Großkönigs anzunehmen.
Ich möchte deshalb, daß du ihn bis zu meiner Ankunft und bis ich ihn persönlich vernommen habe, unter Arrest stellst.
Er soll aber seiner Würde und seinem Rang entsprechend behandelt werden. Ich schließe in der Hoffnung, daß es dir gutgeht. Leb wohl.«

»Und jetzt wiederhole«, befahl Alexander dem Ägypter.

Sisines sah ihm in die Augen und wiederholte die Botschaft Wort für Wort, ohne auch nur einmal steckenzubleiben.

»Ausgezeichnet«, sagte der König, insgeheim staunend. »Geh und stärke dich jetzt. Meine Leute weisen dir für diese Nacht eine Unterkunft zu. Wenn du frisch und ausgeruht bist, kannst du den Rückweg antreten.«

»Wenn du erlaubst Herr, lasse ich mir einen Quersack mit Proviant und einen Wasserschlauch mitgeben und breche sofort auf.«

»Warte.«

Sisines, der gerade dabei war, sich zu verbeugen, richtete sich sofort wieder auf. »Zu Befehl.«

»Wie viele Tage warst du von Parmenion zu uns unterwegs?«

»Elf Tagesritte auf einem Maulesel.«

»Richte dem General aus, daß ich in spätestens fünf Tagen von hier aufbrechen und in derselben Zeit, die du gebraucht hast, in Gordion zu ihm stoßen werde.«

»Soll ich diese Botschaft auch wiederholen?«

Alexander schüttelte den Kopf. »Nein, das ist nicht nötig. Ich danke dir für deine Informationen und werde Eumenes anweisen, daß er dir eine ordentliche Belohnung gibt.«

»Oh, nein, Herr. Meine größte Belohnung ist es, zur Sicherheit deiner Person beitragen zu dürfen. Mehr verlange ich nicht.« Er warf ihm einen letzten Blick zu, der alles heißen konnte, verbeugte sich tief und ging hinaus. Alexander ließ sich auf einen Hocker fallen und vergrub das Gesicht in den Händen.

So saß er lange reglos da und ließ noch einmal die schönen Kindheitstage in Pella an seinem inneren Auge vorüberziehen, als er mit seinen Gefährten und Vettern Ball und Versteck gespielt hatte, und plötzlich verspürte er den Drang, laut zu schreien oder in Tränen auszubrechen.

Leptine trat, sanft wie immer, von hinten an ihn heran und legte ihm die Hand auf die Schulter. »Schlechte Nachrichten, mein Herr?« fragte sie leise.

»Ja«, erwiderte Alexander, ohne den Kopf zu heben.

Leptine drückte ihm eine Wange auf den Rücken. »Ich habe etwas Holz gefunden und Wasser damit warm gemacht. Hättest du nicht Lust auf ein Bad?«

Der König nickte, rührte sich jedoch nicht vom Fleck und versank neuerdings in tiefes Grübeln. Leptine störte ihn nicht. Als er endlich wieder zu sich kam, war die Nacht längst hereingebrochen.

37

Mit Aristandros' Hilfe gelang es Eumenes in kürzester Zeit, ein Abkommen mit der nahe gelegenen Stadt Selge zu schließen, deren Bewohner erbitterte Feinde der Termesser waren, obwohl sie dieselbe Sprache sprachen und dieselben Götter verehrten. Er bezahlte ihnen eine größere Summe Geldes und ließ ihrem Anführer von Alexander den klangvollen Titel des »obersten autokratischen Dynasten von Pisidien« verleihen, worauf die Selger Termessos augenblicklich umzingelten und sich auf eine längere Belagerung vorbereiteten.

»Siehst du? Ich hatte dir ja gesagt, daß die Stadt dir ausgeliefert sein würde«, rief Aristandros dem König in Erinnerung, wobei er die Situation freilich sehr zu seinen eigenen Gunsten auslegte.

Nachdem das Problem Termessos gelöst war, schloß Alexander Unterwerfungsverträge mit einigen nicht weit entfernten Küstenstädten, wie Side und Aspendos – wunderschöne, zum Teil in griechischem Stil erbaute Orte mit herrlichen Plätzen, Säulengängen und statuengeschmückten Tempeln. In den Verträgen wurde festgelegt, daß die bisher an Susa abgeführten Steuern ab sofort Alexander bezahlt werden mußten. Zum Schluß wählte der König unter seinen *Hetairoi* eine Gruppe von Offizieren aus, versah sie mit einer Sturmtruppe aus »schildtragenden Gardisten« und stellte beide seinen barbarischen Verbündeten vor der Stadtmauer von Termessos zur Seite. Dann nahm er den Marsch nach Norden wieder auf.

Die Berge des Tauros waren alle schneebedeckt, aber das Wetter war freundlich und der Himmel blank und von strahlendem Blau. Hier und dort gab es vereinzelte Buchen oder Eichen, deren Blätter noch gelb und rot gefärbt waren; wie Edelsteine von einem Silbertablett stachen sie vom strahlenden Weiß des Schnees ab. Alexanders Heer rückte geschlossen vor; nur die von Lysimachos angeführten thrakischen und agrianischen Hilfstruppen wurden immer ein Stück vorausgeschickt, um die Gegend auszukundschaften und mögliche Pässe zu besetzen, damit das Heer sie gefahrlos überwinden konnte. Auf diese Weise vollzog sich der Vormarsch ohne nennenswerte Zwischenfälle.

Eumenes ließ die Verpflegung grundsätzlich in den Dörfern entlang des Weges kaufen, um deren Bewohner nicht zu erzürnen und dem Heer einen friedlichen Durchzug durch die vielen gefährlichen Schluchten des großen Gebirges zu sichern. Alexander ritt auf Bukephalos alleine an der Spitze der Marschkolonne, und es war ihm unschwer anzumerken, daß er sich Sorgen machte. Er trug seinen breitkrempigen makedonischen Hut und hatte eine schwere Militärchlamys aus grobem Wollstoff über der Schulter hängen. Peritas trottete dicht neben Bukephalos her. Die beiden Tiere verstanden sich mittlerweile prächtig, und wenn der Hund nicht vor Alexanders Bett schlief, legte er sich neben Bukephalos ins Stroh.

Nach drei Tagen Gebirgsmarsch öffnete sich ihnen mit einemmal der Blick auf die anatolische Hochebene; ein eisiger Wind fegte über die öde, topfebene Fläche. In der Ferne konnte man einen spiegelglatten, dunklen See erkennen, um dessen Ufer sich weithin ein geradezu blendendes Weiß ausbreitete.

»Immer noch Schnee«, brummte Eumenes, der nach wie vor sehr verfroren war, obwohl er seinen kurzen Militärchiton inzwischen gegen eine warme phrygische Hose eingetauscht hatte.

»Nein, das ist Salz«, entgegnete Aristandros, der neben ihm ritt. »Und der See dort, das ist der Askania-See; er ist salziger als das Meer. Im Sommer trocknet er zu einem guten Teil aus und hinterläßt eine riesige Fläche Salz. Die Leute, die hier wohnen, verkaufen es im ganzen Tal.«

Als das Heer die schneeweiße Ebene überquerte, begann die Sonne gerade hinter den Bergen zu verschwinden; ihre schräg einfallenden Strahlen brachen sich millionenfach in den winzigen Salzkristallen und schufen eine irreale, geradezu magisch anmutende Atmosphäre. Alexander und seine Soldaten genossen das herrliche Schauspiel schweigend.

»Götter des Olymp ...«, murmelte Seleukos irgendwann. »Hat man so etwas schon erlebt! Jetzt können wir wirklich behaupten, weitgereiste Männer zu sein.«

»Ja«, pflichtete Ptolemaios ihm bei. »Eine solche Herrlichkeit ist mir in meinem ganzen Leben noch nicht untergekommen – das reinste Wunder!«

»Und es ist nicht das einzige hier in der Gegend«, schaltete Aristandros sich ein. »Ein Stück weiter werden wir auf den Berg Argeios stoßen, dessen Gipfel Feuer und Flammen spuckt und ganze Regionen mit Asche bedeckt. Es heißt, der Riese Typhon sei unter seinen Felsmassen angekettet.«

Ptolemaios gab Seleukos ein Zeichen, ihm zu folgen, und spornte sein Pferd an, als wolle er die lange Soldatenkolonne abreiten. Nachdem er eine Strecke von ungefähr einem halben Stadion zurückgelegt hatte, zügelte er sein Pferd jedoch und ließ es wieder im Schrittempo gehen.

»Weißt du, was Alexander hat?« fragte er den Freund.

Seleukos schüttelte den Kopf. »Nein, keine Ahnung. So ist er, seit er mit diesem Ägypter gesprochen hat.«

»Ich mochte die Ägypter noch nie«, meinte Ptolemaios. »Wer weiß, was für einen Floh der ihm ins Ohr gesetzt hat. Als hätten wir mit diesem Seher, diesem Aristandros, nicht schon genug ...«

»Ich glaube, Hephaistion weiß mehr als wir. Aber er läßt nichts raus.«

»Klar, der ist Alexander ergeben wie ein Hund.«

»Wem sagst du das«, Ptolemaios grinste. »Worum könnte es bloß gehen? Eine schlechte Nachricht ist es auf alle Fälle. Ob wir deshalb so schnell vorrücken? Womöglich ist Parmenion etwas zugestoßen ...«

Ptolemaios warf einen Blick zu Alexander, der nicht weit von ihnen entfernt an der Spitze des Heeres ritt.

»Nein, das hätte er uns gesagt. Außerdem ist Parmenion nicht alleine: Kleitos, Philotas, Krateros und Alexanders Vetter Amyntas sind bei ihm. Meinst du, keiner von denen hätte überlebt?«

»Wer weiß? Sie brauchen bloß in einen Hinterhalt geraten sein ...« Seleukos dachte einen Augenblick nach. »Vielleicht denkt er an Memnon – dieser Mensch ist zu allem fähig. Während wir uns hier unterhalten, ist der vielleicht schon in Piräus oder gar in Makedonien gelandet.«

»Was machen wir? Fragen wir Alexander heute abend, wenn er uns zum Essen einlädt?«

»Das kommt auf seine Stimmung an. Vielleicht wäre es besser, mit Hephaistion zu sprechen.«

»Ja, wahrscheinlich. Machen wir's so.«

Die Sonne war inzwischen am Horizont versunken, und die beiden jungen Männer dachten wehmütig an die Mädchen, die sie weinend in Pieria und Eordaia zurückgelassen hatten – vielleicht dachten sie in diesem Moment ja auch an sie.

»Ist dir je in den Sinn gekommen zu heiraten?« fragte Ptolemaios plötzlich.

»Nein. Und dir?«

»Mir auch nicht. Obwohl Kleopatra mir gefallen hätte ...«

»Mir auch.«

»Von Perdikkas ganz zu schweigen ...«

In diesem Augenblick ertönte ein Schrei an der Spitze des Spähtrupps, der mit Einbruch der Dunkelheit von seinem Erkundungsritt zurückkam: »Kelainai! Kelainai!«

»Wo?« fragte Eumenes und schickte sich an, nach vorn zu reiten.

»Dort, in fünf Stadien Entfernung«, erwiderte einer der Späher und deutete auf einen Hügel in der Ferne, auf dem Myriaden von kleinen Lichtern blinkten. Er glich einem gigantischen Ameisenhaufen, den Tausende von Glühwürmchen beleuchteten – ein phantastischer Anblick.

Alexander schien plötzlich aus seinen Träumereien aufzuwachen. Er hob die Hand und brachte die Kolonne zum Stehen. »Wir schlagen unser Lager hier auf«, befahl er. »Morgen nähern wir uns der Stadt. Kelainai ist die Hauptstadt von Phrygien und der Sitz des persischen Satrapen der Provinz. Wenn Parmenion es noch nicht eingenommen hat, tun wir es. In einer so gut befestigten Stadt muß es viel Geld geben.«

»Seine Laune hat sich anscheinend gebessert«, meinte Ptolemaios.

»Ja.« Seleukos nickte. »Vielleicht hat er sich an den Satz von Aristoteles erinnert: ›Entweder es gibt eine Lösung für das Problem, und dann ist es sinnlos, sich Sorgen zu machen, oder es gibt keine Lösung, und dann ist es genauso sinnlos, sich Sorgen zu machen.‹ Ich denke, wir werden heute abend doch noch zum Essen eingeladen.«

38

Aristoteles nahm eines der letzten Schiffe, die vor Wintereinbruch noch den Hafen von Piräus verließen, und ließ sich von ihm nach Methone bringen. Der Kapitän hatte beschlossen, eine anhaltend steife Brise aus Süd auszunützen, um eine Fracht Olivenöl, Wein und Bienenwachs nach Makedonien zu liefern; sie hätte andernfalls in Lagerhäusern überwintert und erst im Frühling verkauft werden können, und da sanken für gewöhnlich die Preise.

Kaum an Land gegangen, ließ sich Aristoteles von einem Mauleselgespann nach Mieza bringen. Er besaß immer noch die Schlüssel zu dem großen Forschungsanwesen und hatte Erlaubnis, jederzeit davon Gebrauch zu machen. Soweit er wußte, hielt sich in Mieza derzeit ein Mann auf, mit dem er unbedingt sprechen wollte, ein Mann, der ihm von Alexander berichten konnte – es war kein anderer als der Bildhauer Lysippos.

Tatsächlich traf Aristoteles ihn bei der Arbeit in der Gießerei an. Lysipp war gerade dabei, ein Tonmodell der grandiosen Figurengruppe anzufertigen, die die Alexanderschar am Granikos darstellen sollte und später in Bronze gegossen würde. Bei Aristoteles' Ankunft war es beinahe Abend; sowohl in der Werkstatt als auch im Speisesaal und in einigen Gästezimmern brannten Öllampen.

»Herzlich willkommen, Aristoteles!« rief Lysippos erfreut aus. »Tut mir leid, ich kann dir nicht einmal die Hand geben: Du siehst ja, wie schmutzig ich bin. Warte bitte einen Augenblick, dann stehe ich dir zur Verfügung.«

Aristoteles nickte und trat vor das Tonmodell. Er zählte sechsundzwanzig Figuren auf einer Plattform von etwa acht bis zehn Fuß Länge. Man konnte die schäumenden Wasser des Flusses erkennen und glaubte fast zu hören, wie die Reiter in wildem Galopp durch die Furt preschten, allen voraus, mit wehendem Haar, Alexander auf Bukephalos.

Lysippos hatte sich inzwischen die Hände in einem Tonbecken gewaschen und trat jetzt neben Aristoteles. »Wie findest du den Entwurf?«

»Herrlich. Was mich an deinen Figuren immer am meisten beeindruckt, ist die unglaubliche Energie, die sie ausströmen – wie in einer Art panischem Orgasmus.«

Lysippos lächelte. »Die Gruppe wird hinter einer kleinen Anhöhe aufgestellt werden und dadurch völlig unerwartet vor dem Betrachter auftauchen«, erklärte er dem Philosophen mit verklärtem Gesicht, während er die Szene mit seinen riesigen Händen beschrieb. »Man soll den Eindruck haben, die Reiter kämen direkt auf einen zugesprengt und würden einen jeden Moment unter sich begraben. Alexander hat mich gebeten, sie unsterblich zu machen; ich arbeite bis zur Erschöpfung, um seinem Wunsch gerecht zu werden, und ich möchte auch die Eltern dieser jungen Gefallenen wenigstens ein klein wenig für ihren schmerzlichen Verlust entschädigen.«

»Gleichzeitig machst du ihn, Alexander, noch bei Lebzeiten zur Legende«, meinte Aristoteles.

»Ich glaube, das würde er auch ohne mich, meinst du nicht?«

Lysippos zog seinen Lederschurz aus und hängte ihn an einen Nagel. »Das Abendessen ist beinahe fertig. Du ißt doch mit uns, oder?«

»Gerne«, erwiderte Aristoteles. »Wer ist außer mir denn noch da?«

»Mein Assistent Karetes«, sagte der Bildhauer und deutete auf den mageren jungen Mann mit dem schütteren Haar, der in der anderen Ecke der Werkstatt Holz mit einem Hohleisen bearbeitete und nun respektvoll den Kopf neigte. »Und außerdem noch ein Gast aus der Stadt Tarentos in Italien: Euhemeros von Kallipolis. Ein netter Mann, der uns möglicherweise auch Nachricht von König Alexander von Epeiros bringt.«

Sie verließen die Gießerei und gingen den inneren Wandelgang entlang zum Refektorium. Aristoteles erinnerte sich voller Wehmut an das letzte Mal, als er dort mit König Philipp zu Abend gegessen hatte.

»Bleibst du länger?« fragte Lysipp.

»Nein, eigentlich nicht. Ich habe Kallisthenes in meinem letzten Brief gebeten, mir nach Mieza zu antworten, und ich bin sehr gespannt auf seinen Bericht. Aber wenn ich ihn erhalten habe, breche ich so früh wie möglich nach Aigai auf.«

»Du willst in den alten Königspalast?«

»Ja, ich möchte auf dem Altar vor Philipps Grab ein Opfer bringen, und außerdem muß ich ein paar Personen treffen.«

Lysippos zögerte einen Moment. »Ich habe gehört, daß du Nachforschungen über Philipps Tod angestellt hast, aber das sind vielleicht nur Gerüchte ...«

»Nein, das ist wahr«, entgegnete Aristoteles scheinbar gelassen.

»Weiß Alexander das?«

»Ich denke schon, obwohl er ursprünglich meinen Neffen damit beauftragt hat.«

»Und Königin Olympias?«

»Ich habe nichts unternommen, um es sie wissen zu lassen, aber Olympias hat bekanntlich überall Ohren – sicher weiß sie längst davon.«

»Und das macht dir keine angst?«

»Der Regent Antipatros sorgt schon dafür, daß mir nichts zustößt. Siehst du den Fuhrmann dort draußen?« Aristoteles deutete auf den Mann, der ihn nach Mieza gebracht hatte und in diesem Augenblick die Maultiere ausschirrte. »In seinem

Quersack steckt ein makedonisches Schwert – eins von denen, die von der Palastwache benützt werden.«

Der Bildhauer warf einen Blick auf den Genannten: ein Muskelpaket mit den geschmeidigen Bewegungen einer Katze. Man sah ihm aus der Ferne an, daß er Mitglied der königlichen Garde war. »Bei den Göttern«, entfuhr es Lysipp. »Der könnte mir ja für eine Heraklesstatue Modell stehen!«

Die beiden Männer ließen sich nieder.

»Siehst du?« meinte der Künstler. »Wie in den alten Zeiten: keine einzige Speiseliege. Hier wird im Sitzen gegessen.«

»Besser so«, erwiderte der Philosoph. »Ich könnte gar nicht mehr im Liegen essen. Dann erzähl mal, was weißt du von Alexander?«

»Bist du nicht durch Kallisthenes bestens informiert?«

»Doch, natürlich. Aber ich möchte es aus deinem Mund hören. Was für einen Eindruck hat Alexander bei deinem Besuch auf dich gemacht?«

»Er geht völlig in seinem Traum auf. Nichts wird ihn aufhalten können, bis er sein Ziel erreicht hat.«

»Und was ist deiner Meinung nach sein Ziel?«

Lysippos schwieg eine Weile; es sah aus, als schaue er dem Sklaven zu, der die Glut im Kamin schürte. »Die Welt verändern«, sagte er dann, ohne den Kopf zu drehen.

Aristoteles seufzte. »Ich glaube, du hast recht. Die Frage ist nur, ob er sie zum Besseren oder zum Schlechteren verändern wird.«

In diesem Moment trat auch der ausländische Gast ein, Euhemeros von Kallipolis. Er stellte sich vor und nahm neben den anderen Platz, während ein paar Diener das Abendessen auftrugen: Hühnerbrühe mit Hülsenfrüchten, Brot, Käse und gekochte Eier mit Öl und Salz. Zum Trinken gab es Wein aus Thasos.

»Was kannst du uns über König Alexander von Epeiros berichten?« fragte Lysippos.

»Große Neuigkeiten«, entgegnete der Gast. »Der König zieht an der Spitze seines und unseres Heers von Sieg zu Sieg.

Er hat Messapia und Iapygien unterworfen und mittlerweile ganz Apulien unter seine Herrschaft gebracht – ein Gebiet, das fast so groß ist wie sein Königreich.«

»Und wo befindet er sich jetzt?« wollte Aristoteles wissen.

»Im Winterquartier. Nächsten Frühling rückt er dann gegen die Samniter vor, ein barbarisches Volk, das in den Bergen im Norden von Italien lebt. Er hat sich mit anderen Barbaren, den sogenannten Römern, verbündet, die von Norden her angreifen werden, während er von Süden kommt.«

»Und was hält man in Tarentos von ihm?«

»Ich bin zwar kein Politiker, aber soweit ich es beurteilen kann, ist er sehr beliebt . . . wenigstens für den Moment.«

»Was willst du damit sagen?«

»Nun, meine Mitbürger sind seltsame Leute: Ihre Lieblingsbeschäftigungen sind der Handel und das schöne Leben. Sie kämpfen nicht gerne, und wenn sie von außen bedrängt werden, holen sie lieber andere zu Hilfe, als selbst tätig zu werden – genau, wie sie es mit König Alexander von Epeiros gemacht haben. Aber ich könnte schwören, daß es schon jetzt den ein oder anderen gibt, der meint, Alexander würde zu viel helfen, und vor allem zu gut.«

Aristoteles grinste sarkastisch. »Glauben die Tarenter etwa, er hätte seine Heimat und seine junge Frau verlassen, Gefahren und Strapazen auf sich genommen, durchwachte Nächte, tagelange Märsche und blutige Kämpfe, nur damit sie ihrem Handel nachgehen und sich ein schönes Leben machen können?«

Euhemeros zuckte mit den Schultern. »Ja, ich fürchte, sie halten das alles für ganz selbstverständlich – als hätten sie ein Recht darauf. Früher oder später wird ihnen die Realität schon noch die Rechnung präsentieren . . . Doch laßt mich jetzt zum eigentlichen Grund meines Besuchs hier kommen: Eigentlich wollte ich nur Lysippos treffen. Gelobt sei Fortuna, daß sie mich nun gar mit dem vortrefflichen Aristoteles zusammengebracht hat, dem größten Denker der griechischen Welt, und das bedeutet zweifellos der ganzen Erde.«

Aristoteles zeigte sich wenig beeindruckt von dem hochtönenden Kompliment und wartete, daß der Gast weitersprach. »Eine Gruppe wohlhabender Bürger ist auf die Idee gekommen, Geld für ein grandioses Kunstwerk zu sammeln, das unsere Stadt in der ganzen Welt berühmt machen soll«, erzählte der Mann.

Lysippos, der inzwischen fertig gegessen hatte, spülte sich den Mund mit einem Schluck Rotwein, lehnte sich in seinen Stuhl zurück und sagte: »Fahre fort.«

»Bei dem Kunstwerk soll es sich um eine gigantische Zeusstatue handeln, diese soll aber nicht in einem Tempel oder Heiligtum aufgestellt werden, sondern im Freien, und zwar mitten auf der Agora.«

Der junge Karetes riß bei diesen Worten ungläubig die Augen auf. Genau von so etwas hatte er schon immer geträumt, wie sein Meister sehr wohl wußte.

Lysippos las in seinen Gedanken und lächelte, bevor er sich erneut dem Gast zuwandte und sagte: »Die Frage ist nur, wie gigantisch.«

Euhemeros zögerte einen Moment. »Sagen wir vierzig Ellen«, stieß er dann in einem Atemzug hervor.

Karetes zuckte zusammen, und Lysippos umklammerte seine Stuhllehnen und setzte sich auf. »Vierzig Ellen? Götter des Himmels, das wäre ja eine Statue, so hoch wie der Parthenon in Athen!«

»In der Tat. Wir Griechen in den Kolonien wollen eben immer hoch hinaus . . .«

Der Bildhauer wandte sich an seinen jungen Assistenten: »Was hältst du von der Sache, Karetes? Vierzig Ellen ist eine hübsche Größe, meinst du nicht? Schade, daß augenblicklich niemand auf der Welt in der Lage ist, einen solchen Giganten herzustellen.«

»Wir wären bereit, sehr viel dafür zu bezahlen«, setzte Euhemeros noch hinzu.

»Das ist keine Frage des Geldes«, erwiderte Lysippos. »Mit den heutigen Techniken ist es einfach unmöglich, geschmolzene Bronze über eine solche Länge hinweg flüssig zu halten;

und die Temperatur außerhalb der Gußform kann auch nicht nach Belieben erhöht werden, sonst platzt die Form – womit ich nicht sagen will, daß ein solches Unterfangen grundsätzlich unmöglich wäre, du könntest dich ja an einen anderen Künstler wenden ... warum nicht an Karetes?« schlug er vor, indem er dem schüchternen jungen Mann das Haar zerzauste. »Er behauptet, er würde eines Tages die größte Statue der Welt machen.«

Euhemeros schüttelte den Kopf. »Wenn selbst der große Lysipp das nicht schafft, wer sonst würde es wagen?«

Lysippos lächelte und legte seinem Schüler eine Hand auf die Schulter. »Karetes vielleicht. Wer weiß ...«

Aristoteles beeindruckte der Blick des jungen Mannes, aus dem eine unglaubliche Phantasie leuchtete. »Woher kommst du, Karetes?«

»Aus Lindos.«

»Aha, von Rhodos also ...«, erwiderte der Philosoph, als sei ihm diese Insel sehr vertraut. »Dort nennt man solche großen Statuen glaube ich ›Kolosse‹, nicht?«

Ein Diener begann abzuräumen und schenkte noch etwas Wein nach. Lysipp nahm einen Schluck, dann sagte er: »Deine Idee fasziniert mich, Euhemeros, auch wenn ich sie für nicht durchführbar halte. In jedem Fall habe ich dieses Jahr und auch die nächsten paar Jahre sehr viel zu tun und gewiß keine Zeit, mir den Kopf über dieses Problem zu zerbrechen. Richte deinen Mitbürgern jedoch aus, daß Lysippos ab diesem Moment immer eine Zeusstatue in Gedanken mit sich trägt; vielleicht nimmt sie ja früher oder später Gestalt an – in einem Jahr, in zehn oder in zwanzig Jahren ... wer kann das sagen?«

Euhemeros stand auf. »Dann lebe wohl. Und wisse, daß du uns jederzeit willkommen bist, wenn du es dir noch einmal anders überlegen solltest.«

»Leb wohl, Euhemeros. Ich muß in meine Werkstatt zurück, dort warten sechsundzwanzig versteinerte Reiter darauf, in geschmolzener Bronze lebendig zu werden – die Reiter der Alexanderschar.«

39

Aristoteles begab sich in die altvertrauten Gemächer, zündete ein paar Öllampen an und öffnete die kleine Truhe, in der man die für ihn eingegangene Post aufbewahrte. Sie enthielt, wie er gehofft hatte, einen Brief von Kallisthenes – eine versiegelte und mit Lederbändchen umschnürte Papyrusrolle. Das ganze Schreiben war in einem Geheimcode abgefaßt, dessen Schlüssel nur er, sein Neffe und Theophrast besaßen; er bestand aus einem Raster, das man auf das Blatt legen mußte, um aus dem Text völlig willkürlichen Inhalts diejenigen Worte herauszufiltern, die hintereinander gelesen die Geheimbotschaft ergaben. Aristoteles machte sich sofort an die Arbeit.

Als er mit der Entzifferung des Schreibens fertig war, hielt er den Papyrusbogen über die Flamme einer Öllampe und sah zu, wie ihre blauen Zünglein nach und nach das ganze Blatt und mit ihm die geheime Botschaft seines Neffen Kallisthenes fraßen. Später ging er in die Stallungen hinunter, weckte den Fuhrmann auf, der ihn nach Mieza gebracht hatte, und überreichte ihm ein versiegeltes Päckchen mit einem Brief. Nach allerlei Ermahnungen zur Vorsicht sagte er: »Nimm dir das beste Pferd und reite sofort nach Methone. Das Schiff, mit dem ich aus Piräus gekommen bin, müßte noch dort sein. Sprich mit dem Kapitän und sag ihm, er soll dieses Päckchen an den genannten Adressaten weiterleiten.«

»Ob der noch mal in See stechen will? Wir haben Winter...«

Aristoteles zog einen Beutel Geld aus den Falten seines Umhangs und drückte ihn dem Mann in die Hand. »Das wird ihn überzeugen. Und jetzt mach dich schnell auf den Weg.«

Der Mann sattelte sich ein Pferd, steckte das Päckchen des Philosophen in seinen Quersack, gürtete sich sein Schwert um die Hüfte und stob im Galopp davon.

Lysippos, der trotz der späten Stunden noch bei der Arbeit war, trat ans Fenster, als er den Hufschlag hörte, doch er sah nur Aristoteles, der hastig den Portikus des Innenhofs durchquerte. Am nächsten Morgen – Lysippos rasierte sich gerade vor dem Spiegel – sah er den Philosophen dann wieder, diesmal in Reisekleidung und mit umgehängtem Quersack; er war unterwegs zum Stall, vor dem ein Maultiergespann auf ihn wartete. Lysipp trocknete sich das Gesicht ab, um hinunterzugehen und sich von ihm zu verabschieden, aber just in diesem Moment klopfte ein Diener an die Tür und überreichte ihm einen Zettel.

»Aristoteles an Lysippos. Heil!
Eine dringende Angelegenheit zwingt mich, sofort aufzubrechen. Ich hoffe, dich bald wiederzusehen und wünsche dir bis dahin frohes Schaffen. Leb wohl.«

Aristoteles kletterte auf den Bock der kleinen Kutsche und entfernte sich auf der Straße, die nach Norden führte. Der Himmel war grau, und es war so kalt, daß man jeden Moment mit Schnee rechnen mußte. Lysippos zuckte mit der Schulter, schloß das Fenster und rasierte sich zu Ende. Dann ging er hinunter, um sein Frühstück einzunehmen.

Der Philosoph rastete nur einmal kurz in einem Gasthof in Kition und legte die ganze Strecke nach Aigai an einem Tag zurück. Als er in der alten Residenzstadt eintraf, war es bereits dunkel. Trotzdem begab er sich augenblicklich zum Grab König Philipps, neben dessen Altar brennende Tripoden standen. Aristoteles schüttelte ein Fläschchen wertvolles orientalisches Duftöl in ihre Schalen und verharrte andächtig vor dem großen Steinportal, dessen Architrav eine herrliche Jagdszene schmückte. In diesem Augenblick sah er den König wieder vor sich, wie er im Hof von Mieza vom Pferd stieg, sein lahmes Bein verfluchte und lauthals »Wo ist Alexander?« schrie.

»Wo ist Alexander?« wiederholte der Philosoph leise vor sich hin murmelnd.

Dann wandte er sich von dem großen, stillen Grabmal ab und ging davon.

Er wohnte in einem kleinen Haus am Stadtrand, das ihm noch von damals gehörte. Dort verbrachte er den ganzen nächsten Tag mit dem Lesen und Ordnen gewisser Aufzeichnungen.

Das Wetter verschlechterte sich zusehends; über dem schneebedeckten Gipfel des Bermion zogen sich schwarze Wolken zusammen. Aristoteles wartete, bis es dunkel war, dann hängte er sich einen Umhang über die Schulter, zog sich die Kapuze über den Kopf und durchquerte die nahezu menschenleeren Gassen von Aigai.

Er ging am Theater vorbei, in dem der König auf dem Gipfel seines Ruhmes blutend in den Staub gefallen war, dann schlug er den Weg ein, der aufs Land hinausführte. Er suchte ein einsames Grab.

Irgendwann kam er zu einer Gruppe von uralten Eichen, die hoch inmitten der Landschaft aufragten. Er versteckte sich zwischen ihren knorrigen Stämmen und wurde bald völlig von der Dunkelheit verschluckt. Nicht weit von ihm entfernt war ein unscheinbarer Grabhügel zu erkennen, der mit einem schmucklosen Felsbrocken markiert war. Der Philosoph harrte still und reglos aus.

Von Zeit zu Zeit hob er die Augen zum bleiernen Himmel hinauf und wickelte sich fester in seinen Umhang, um sich gegen den eisigen Wind zu schützen, der von den Bergen herabfegte.

Endlich hörte er zu seiner Linken leise Schritte auf dem Weg. Er wandte den Kopf und erkannte eine zierliche Frauengestalt, die rasch an ihm vorübereilte und zu dem Grabhügel ging.

Er beobachtete, wie sie davor niederkniete und etwas auf die Erde legte, dann schmiegte sie Kopf und Hände an den nackten Stein und umhüllte ihn mit ihrem Mantel, als wolle sie ihn erwärmen. Mittlerweile hatte es zu schneien begonnen.

Aristoteles zitterte vor Kälte und versuchte seinen Umhang noch enger um sich zu schlingen, aber just in diesem Moment blies ihm ein Windstoß so heftig ins Gesicht, daß er laut niesen mußte. Die Frau sprang auf und drehte sich erschrocken nach dem kleinen Eichenwäldchen um.

»Wer ist da?« fragte sie mit zitternder Stimme.

»Einer, der die Wahrheit sucht.«

»Dann tritt hervor und gib dich zu erkennen«, erwiderte die Frau.

Aristoteles verließ sein Versteck und ging auf die Frau zu.

»Ich bin Aristoteles aus Stagyra.«

»Der große Weise«, die Frau nickte. »Was treibt dich an diesen traurigen Ort?«

»Das habe ich dir schon gesagt: die Suche nach der Wahrheit.«

»Welche Wahrheit?«

»Die Wahrheit über den Tod König Philipps.«

Die Frau, fast noch ein Mädchen mit großen dunklen Augen, senkte den Kopf und beugte den Rücken wie unter einer großen Last. »Ich kann dir nicht helfen«, sagte sie.

»Warum besuchst du bei Nacht dieses Grab? Hier liegt Pausanias begraben, der Mörder des Königs.«

»Er war mein Liebster, wir wollten heiraten, ich hatte bereits die Hochzeitsgeschenke von ihm bekommen ...«

»Das habe ich die Leute erzählen hören, und genau aus diesem Grund bin ich heute abend hier. Stimmt es, daß Pausanias ein Liebhaber des Königs war?«

Die Frau schüttelte den Kopf. »Ich ... ich weiß nicht.«

»Als Philipp seine letzte Frau, die junge Euridike, geheiratet hat, soll Pausanias ihm eine Eifersuchtsszene gemacht haben, und das wiederum soll den Vater der Braut, den Adligen Attalos, fürchterlich in Rage versetzt haben.« Aristoteles beobachtete beim Sprechen das Gesicht der jungen Frau und erkannte bald die ein oder andere Träne auf ihren bleichen Wangen. »Es wird gemunkelt, Attalos habe Pausanias in seine Jagdhütte eingeladen und später von seinen Jagdhelfern eine ganze Nacht lang brutal vergewaltigen lassen.«

Die junge Frau brach in verzweifeltes Schluchzen aus, aber der Philosoph ließ sich nicht beeindrucken und fuhr gnadenlos fort: »Angeblich hat Pausanias daraufhin vom König verlangt, daß er ihn rächt, und da der König dies ablehnte, brachte er ihn um. Hat es sich so zugetragen?«

Das Mädchen wischte sich die Tränen ab.

»Ist das die Wahrheit?«

»Ja«, erwiderte sie schluchzend.

»Die ganze Wahrheit?«

Diesmal bekam Aristoteles keine Antwort.

»Daß die Geschichte mit Attalos' Jagdhütte stimmt, weiß ich aus sicherer Quelle. Doch was war der wahre Grund? Tatsächlich nur enttäuschte Männerliebe mit all ihren Folgen?«

Die junge Frau schien die Unterhaltung an diesem Punkt endgültig abbrechen zu wollen, denn sie machte Anstalten zu gehen. Der Schal, den sie über dem Kopf trug, war schon ganz weiß, und auch den Boden bedeckte inzwischen eine dünne Schicht Schnee. Aristoteles packte sie am Arm: »Also? Was antwortest du mir?« fragte er, indem er seine kleinen grauen Raubvogelaugen auf sie heftete.

Das Mädchen schüttelte nur den Kopf.

»Komm«, sagte der Philosoph, und seine Stimme klang plötzlich viel wärmer. »Ich habe ein Haus hier in der Nähe, und das Feuer im Kamin sollte noch brennen.«

Die junge Frau gab ihren Widerstand auf und folgte Aristoteles willig in dessen Wohnung, wo er sie neben dem Kamin Platz nehmen ließ und das Feuer noch einmal kräftig schürte.

»Leider kann ich dir nichts außer einem heißen Kräutertee anbieten, ich bin nämlich nur auf der Durchreise hier.«

Er nahm einen Krug vom Feuer und goß den dampfenden Tee in zwei Tonschalen.

»Also, erzähl mir, was du weißt. Bitte.«

»Pausanias war nie ein Liebhaber des Königs – er hatte überhaupt nie etwas mit Männern zu tun. Ihm gefielen nur Mädchen. Er war ein einfacher junger Mann von ärmlicher Herkunft. Und ob König Philipp je Liebschaften mit Männern hatte, weiß auch niemand. Da ist viel geklatscht worden, aber nachweisen konnte ihm keiner was.«

»Du scheinst ja gut informiert zu sein. Wie kommt das?«

»Ich bin Bäckerin im Königspalast.«

»Verstehe. Du meinst also, daß König Philipp nichts mit Pausanias zu tun hatte. Aber vielleicht hat es sich ja um eine einzelne Episode gehandelt, eine Ausnahme ...«

»Nein, das glaube ich nicht.«

»Warum nicht?«

»Weil Pausanias mir erzählt hat, daß er Attalos zufällig bei einer Unterredung überrascht hat; anscheinend ging es um eine geheime, sehr gefährliche Sache.«

»Hat er vielleicht gelauscht?«

»Schon möglich.«

»Und worum ging es? Hat er dir das auch erzählt?«

»Nein, aber mit dem, was sie ihm angetan haben, wollten sie ihn bestimmt einschüchtern – sie wollten ihn kaputtmachen, ohne ihn richtig zu töten. Der Mord an einem königlichen Leibwächter hätte zuviel Aufsehen erregt.«

»Gut, nehmen wir mal an, Pausanias überrascht Attalos bei einer gefährlichen Unterhaltung, einer Verschwörung vielleicht. Er droht, alles zu verraten, und wird daraufhin von Attalos an einen abgelegenen Ort eingeladen – angeblich, um mit ihm zu verhandeln, in Wahrheit, um ihn von seinen Jagdhelfern brutal mißhandeln zu lassen. Die Frage ist jetzt nur: Warum tötet Pausanias daraufhin König Philipp? Das macht doch keinen Sinn!«

»Macht es etwa Sinn, was die Leute sonst erzählen? Daß Pausanias den König umgebracht hat, weil er sich weigerte, ihn zu rächen? Pausanias war ein Leibwächter, groß, kräftig und geübt im Umgang mit Waffen – er hätte sich selbst rächen können, meinst du nicht?«

»Stimmt«, gab Aristoteles zu und dachte dabei an den mächtigen Körperbau seines Fuhrmanns. »Aber wie erklärst du dir dann seine Tat? Wenn er tatsächlich der anständige junge Mann war, als den du ihn hinstellst, wie kommt er dann dazu, seinen König zu ermorden?«

»Das weiß ich nicht, aber wenn er es wirklich gewollt hätte, glaubst du nicht, es hätte bessere Gelegenheiten gegeben? Pausanias war Philipps Leibwächter, er hätte ihn im Schlaf, in seinem eigenen Bett umbringen können!«

»Ja, das habe ich mir auch immer gedacht. Aber ich fürchte, so kommen wir nicht weiter. Kennst du niemand anderen, der noch etwas wissen könnte? Es heißt, Pausanias habe Mittäter gehabt, oder mindestens Helfer – bei dem Eichenwäldchen, in dem wir uns vorher getroffen haben, warteten bekanntlich Männer mit einem Pferd auf ihn ...«

»Es heißt auch, einer von ihnen sei erkannt worden«, sagte das Mädchen, wobei sie Aristoteles plötzlich eindringlich ansah.

»Und wo finde ich diesen Mann?«

»In einem Gasthof in Beroea, an den Ufern des Haliakmon; er läßt sich Nikandros nennen, aber das ist ein falscher Name.«

»Und wie lautet der richtige?« fragte Aristoteles.

»Ich weiß es nicht. Wenn ich es wüßte, wüßte ich vielleicht auch, warum Pausanias diese schreckliche Tat begangen hat und mir so jäh entrissen wurde.«

Aristoteles griff nach dem Krug auf dem Feuer und schickte sich an, der jungen Frau noch einmal Tee nachzuschenken, aber sie wehrte ab und stand auf.

»Ich muß gehen, sonst kommt mich noch jemand suchen.«

»Wie kann ich dir danken für alles, was du ...«

»Finde den wahren Schuldigen«, unterbrach ihn das Mädchen, »und laß mich wissen, wer es war.«

Mit diesen Worten ging sie zur Tür hinaus und verschwand in den menschenleeren Gassen der schlafenden Stadt.

»Warte!« rief Aristoteles ihr nach. »Du hast mir deinen Namen ja gar nicht gesagt!« Aber das dichte Schneegestöber hatte die junge Frau bereits seinen Blicken entzogen.

40

Der Regent Antipatros empfing ihn im alten Thronsaal von Aigai. Er war mit einer thrakischen Filzhose bekleidet und eingemummt in einen Umhang aus grober Wolle. In der Mitte des Raumes brannte ein großes Feuer, dessen Rauch durch ein Abzugsloch in der Decke entschwand – mit ihm leider auch ein Gutteil der Wärme.

»Wie geht es dir, General?« fragte Aristoteles.

»Gut, solange ich nicht in Pella bin. Ich kriege Magenschmerzen schon allein, wenn ich an die Königin denke. Und dir, Meister, wie geht es dir?«

»Auch gut, obwohl sich das Alter langsam bemerkbar macht. Und die Winterkälte habe ich noch nie gut ertragen.«

»Was hat dich nach Aigai geführt?«

»Ich wollte auf dem Grab des Königs ein Opfer bringen, bevor ich nach Athen zurückkehre.«

»Das macht dir Ehre, ist aber sehr gefährlich. Und wenn du wie neulich noch die Leibwächter wegschickst, die ich dir zur Seite stelle, weiß ich wirklich nicht, wie ich dich beschützen soll. Paß auf, Aristoteles: Die Königin ist eine Viper.«

»Mein Verhältnis zu Olympias war immer gut.«

»Das reicht nicht«, erwiderte Antipatros, in dem er aufstand und die kalten Hände übers Feuer hielt. »Ich schwöre dir, das reicht nicht.« Er griff nach einem Silberkrug, der auf dem Absatz der Feuerstelle stand, und füllte damit zwei wertvolle attische Keramikbecher. »Etwas heißen Wein?«

Aristoteles nickte.

»Was für Neuigkeiten gibt es von Alexander?« fragte er.

»Parmenions letztem Schreiben nach müßte er derzeit durch Lykien ziehen.«

»Dann läuft also alles wie geschmiert.«

»Nein, leider nicht.«

»Warum? Wie meinst du das?«

»Alexander wartet auf Verstärkung«, sagte Antipatros. »Die jungen Männer, die auf Heimaturlaub waren, befinden sich zusammen mit einigen neu ausgehobenen Truppenkontingenten auf der Rückreise zu ihm, aber sie können die Meerengen nicht überqueren – Memnon hat sie blockiert. Wenn meine Berechnungen stimmen, müßte Alexander irgendwo bei Sagalassos oder Kelainai sein; er macht sich bestimmt große Sorgen, was aus seinen Leuten geworden ist.«

»Und es gibt keinen Weg, sie doch noch irgendwie durch die Meerengen zu schleusen?«

»Nein, Memnons Überlegenheit auf See ist erdrückend; meine Flotte bräuchte nur auszulaufen – er würde sie versenken, noch bevor sie auf dem offenen Meer ist. Wir sind in der Klemme, Aristoteles. Meine einzige Hoffnung ist, daß Memnon einen Einfall nach Makedonien versucht: In diesem Falle könnte ich ihn vielleicht festnageln. Aber ich fürchte, dieser Mensch ist viel zu schlau, um sich auf ein so aussichtsloses Wagnis einzulassen.«

»Was willst du dann gegen ihn unternehmen?«

»Im Moment gar nichts. Ich warte, daß er den ersten Schritt tut – ewig kann er ja nicht vor Anker liegenbleiben. Und du, Meister? Bist du wirklich nur hierhergekommen, um auf König Philipps Altar zu opfern? Wenn du mir deine Pläne nicht verrätst, ist es schwierig für mich, dich zu beschützen.«

»Ich wollte eine bestimmte Person treffen.«

»Hat das etwas mit dem Tod des Königs zu tun?«

»Ja.«

Antipatros nickte, als hätte er diese Antwort schon erwartet. »Bleibst du länger?«

»Nein. Ich breche morgen wieder auf. Ich will nach Athen zurück – mit dem Schiff, wenn ich in Methone noch eins finde, und ansonsten auf dem Landweg.«

»Wie ist die Stimmung in Athen?«

»Gut, solange Alexander siegt.«

»Tja ...«, seufzte Antipatros.

»Tja ...«, erwiderte Aristoteles.

Alexander quartierte sich und sein Heer in Kelainai ein, das nicht weit von der Quelle des Mäander entfernt lag und Residenzstadt des Satrapen von Phrygien war. Er stieß auf keinerlei Widerstand, denn die persischen Soldaten hatten sich in einer Festung auf dem höchsten Punkt der Stadt verschanzt, einer Felsklippe nämlich, die schroff über einem kleinen See mit kristallklarem Wasser aufragte; der See wurde von einem Nebenfluß des Mäander, dem Marsyas, gespeist. Wie viele persische Krieger dort oben waren, wußte niemand zu sagen, aber viele konnten es nicht sein, denn sonst hätten sie ihre Stadtmauer verteidigt, so brüchig diese an einigen Stellen auch war.

Lysimachos machte einen Rundgang um den Festungsfelsen, um sich ein genaues Bild von der Lage zu verschaffen, und kehrte schlechtgelaunt zurück. »Die Festung ist uneinnehmbar«, berichtete er. »Den einzigen Zugang bildet im Osten ein kleines Tor auf halber Höhe, aber die Treppe dort hinauf ist so schmal, daß keine zwei Männer nebeneinander passen; außerdem wird das Tor von zwei Wachtürmen flankiert. Wir können nur belagern und hoffen, daß die dort oben nicht allzu viele Lebensmittel angehäuft haben. Wasser gibt es leider im Überfluß; sie haben bestimmt einen Brunnen, der mit dem See verbunden ist.«

»Und wenn wir sie einfach fragen, was sie vorhaben?« schlug Leonnatos vor.

»Spar dir deine Witze für einen besseren Augenblick«, gab

Lysimachos ärgerlich zurück. »Wir haben keine Ahnung, wo Parmenion steckt und in welcher Verfassung seine Truppe ist – wenn wir hier viel Zeit mit einer Belagerung verschwenden, treffen wir sie vielleicht nie.«

Alexander blickte zur Mauer der mächtigen Festung hinauf. Die persischen Soldaten machten keinen sehr kriegerischen Eindruck, sie schienen eher neugierig als erschrocken. Einer neben dem andern standen sie an der Mauer, die Ellbogen auf die Brüstung gestützt, und schauten herunter.

»Vielleicht ist Leonnatos' Idee gar nicht so übel«, meinte er und wandte sich dann an Eumenes: »Stell eine kleine Gesandtschaft mit Dolmetscher zusammen und nähere dich so weit wie möglich dem Tor dort oben. Die Perser wissen bestimmt, daß wir uns bisher von nichts haben aufhalten lassen, auch wenn sie unsere genauen Absichten im Moment nicht kennen. Wer weiß, vielleicht sind sie ja gar nicht so erpicht darauf, uns die Stirn zu bieten.«

»Eben«, sagte Leonnatos, stolz, weil der König seinen Vorschlag aufgegriffen hatte. »Wären sie darauf erpicht, dann hätten sie uns auf dem Weg von Termessos hierher schon hundertmal angreifen können.«

»Verlieren wir uns jetzt nicht in Mutmaßungen«, erwiderte der König trocken. »Laßt uns abwarten, was Eumenes uns berichtet. Dann sehen wir klarer.«

»Ich würde mir inzwischen gern ein bißchen die Stadt ansehen, wenn mich jemand begleitet«, warf Kallisthenes ein. »Es heißt, auf der andern Seite des Sees befände sich die Grotte, in der Apollon dem Satyrn Marsyas bei lebendigem Leibe die Haut abgezogen hat. Ihr wißt ja, daß Marsyas den Gott zu einem musikalischen Wettstreit herausgefordert und natürlich verloren hatte.«

Lysimachos wählte rund ein Dutzend »schildtragende Gardisten« aus und gab sie Kallisthenes als Leibwache mit, denn er sah ein, daß der offizielle Geschichtsschreiber der Expedition die Orte besichtigen mußte, die er hinterher beschreiben sollte.

Eumenes stellte unterdessen seine Abordnung einschließlich eines Herolds und eines Übersetzers zusammen, näherte sich dem Festungstor am Ende der schmalen Treppe und bat um eine Unterredung mit dem Kommandanten der Garnison.

Die Antwort ließ nicht lange auf sich warten; schon öffnete sich mit leisem Quietschen das Tor, und heraus trat der Garnisonsvorsteher mit einem kleinen Trupp Geleitschutz. Eumenes sah sofort, daß er kein Perser, sondern ein Phrygier war, vermutlich sogar aus Kelainai; der persische Satrap mußte beizeiten das Weite gesucht haben.

Eumenes begrüßte den Mann und ließ ihm von dem Dolmetscher Alexanders Botschaft übersetzen: »König Alexander läßt dir folgendes ausrichten: Wenn du dich ergibst, soll weder dir noch deinen Männern etwas geschehen, und auch die Stadt würden wir verschonen. Wenn du uns dagegen Widerstand leistest, belagern wir die Festung und lassen keinen von euch lebend heraus. Was soll ich also meinem König als Antwort überbringen?«

Der Kommandant mußte seine Entscheidung längst gefällt haben, denn er zögerte keinen Moment: »Sag deinem König, daß wir im Augenblick nicht vorhaben, uns zu ergeben. Wir warten zwei Tage ab, und erst wenn wir bis dahin keine Verstärkung von unserem Gouverneur erhalten haben, ergeben wir uns.«

Soviel Offenheit und Naivität hatte Eumenes wahrhaftig nicht erwartet; er starrte den Mann verwundert an, verabschiedete sich herzlich von ihm und kehrte zurück.

»Das ist ja absurd!« schrie Lysimachos. »Wenn mir das ein anderer erzählt hätte, hätte ich es nicht geglaubt.«

»Warum?« entgegnete Eumenes. »Mir scheint das eine sehr vernünftige Entscheidung. Der Mann hat sich folgendes ausgerechnet: Wenn der persische Gouverneur uns angreift und besiegt, muß er Rechenschaft dafür ablegen, daß er sich kampflos ergeben hat – vermutlich würde er dafür gepfählt werden. Läßt sich der Gouverneur aber innerhalb von zwei Tagen nicht blicken, dann kommt er überhaupt nicht mehr, und in diesem Fall wäre es tatsächlich das Klügste, sich zu ergeben.«

»Besser so«, meinte Alexander. »Unsere Truppenanführer sollen sich in der Stadt einquartieren und die nötigen Unterkünfte dafür beschlagnahmen. Die Offiziere niedrigeren Ranges bleiben bei den Soldaten im Lager. Stellt rings um die Zitadelle ein Bataillon *Pezetairoi* auf und ebenso am Fuß der Klippe – es darf keiner lebend raus oder rein. Außerdem will ich auf sämtlichen Zugangsstraßen zur Stadt eine leichte Kavallerieschwadron aus Thrakern und Thessalern, um keine bösen Überraschungen zu erleben. Und dann wollen wir mal sehen, ob diese Geschichte mit den zwei Tagen ernst gemeint oder ein Scherz war. Ich erwarte euch alle zum Abendessen – ihr wißt ja, daß ich im Palast des Gouverneurs Quartier bezogen habe, ein schönes, prächtig ausgestattetes Haus. Ich denke, daß wir dort einen sehr angenehmen Abend verbringen werden.«

Zur festgelegten Stunde fand sich auch Kallisthenes ein, der gerade von seinem Rundgang durch die Stadt zurückkehrte. Ein Diener brachte ihm alles Nötige für die üblichen Waschungen und begleitete ihn dann zu einer der Liegen, die im Halbkreis um Alexanders *Kline* aufgestellt waren. Der König hatte für diesen Abend auch den von ihm so geschätzten Schauspieler Thessalos eingeladen sowie den Seher Aristandros und seinen Leibarzt Philipp.

»Also, was hast du Interessantes gesehen?« fragte er Kallisthenes, während die Köche das Abendessen aufzutragen begannen.

»Es ist genau so, wie ich es mir vorgestellt habe«, erwiderte der Geschichtsschreiber. »In der Quellgrotte des Marsyas wird eine Haut gezeigt, von der man behauptet, sie gehöre dem von Apollon enthäuteten Satyrn. Ich hab euch die Geschichte ja vorher schon in Erinnerung gerufen: Der Satyr Marsyas fordert den Gott Apollon zu einem musikalischen Wettstreit heraus. Apollon geht darauf ein unter der Bedingung, daß Marsyas sich bei lebendigem Leibe von ihm die

Haut abziehen läßt, wenn er verliert. Und genau so kommt es, auch weil es sich bei den Schiedsrichterinnen um die neun Musen handelt, die ja schlecht zu Ungunsten ihres Gottes entscheiden können.«

»Also, wenn ihr mich fragt: Ich glaube nicht, daß in dieser Grotte tatsächlich die Haut eines Satyrn hängt«, meinte Ptolemaios mit einem mitleidigen Grinsen.

»Es scheint aber so«, entgegnete Kallisthenes. »Der obere Teil sieht aus wie mumifizierte menschliche Haut, und der untere Teil muß von einem Ziegenbock stammen.«

»So etwas ist ganz leicht herzustellen«, erklärte der Arzt Philipp. »Ein guter Chirurg kann ausschneiden und zusammennähen, was er will. Es gibt Einbalsamierer, die bringen die unglaublichsten Phantasiewesen zustande. Aristoteles hat mir erzählt, daß er in einem Tempel auf dem Berg Pelion in Thessalien einmal einen einbalsamierten Zentauren gesehen hat, aber er versicherte mir, daß es sich dabei eindeutig um den Torso einen Mannes gehandelt hatte, der an das Hinterteil eines Fohlens genäht worden war.«

»Und du, Aristandros, was sagst du zu dieser Geschichte?« fragte Alexander den Seher. »Hat Kallisthenes tatsächlich die Haut eines Satyrn gesehen oder eher eine Erfindung schlauer Priester, die Pilger anziehen und Spenden für ihren Tempel eintreiben wollen?«

Viele der Versammelten begannen zu lachen, aber der Seher brauchte nur einen einzigen brennenden Blick in die Runde zu werfen, und schon war selbst der stärkste und selbstsicherste Mann unter ihnen verstummt.

»Jetzt habt ihr leicht lachen«, sagte er, »aber ich denke, daß euch das Lachen verginge, wenn ihr den tieferen Sinn dieser Art von Reliquien verstehen würdet. Gibt es einen unter euch tapferen Kriegern, der es je gewagt hat, die Regionen jenseits unserer Wahrnehmung zu erforschen? Gibt es einen unter euch, der den Mut hätte, mich auf einer Reise ins Reich der Schatten zu begleiten? Auf dem Schlachtfeld seht ihr wohl dem Tod ins Auge, aber würdet ihr auch dem gänzlich Unbekannten ins Auge sehen wollen? Wärt ihr in der Lage, die gleichermaßen ungreifbaren und unverwundbaren Monster zu bekämpfen, die unsere innerste Natur vor uns selbst verbirgt und unserem Bewußtsein entzieht?

Habt ihr je den Wunsch verspürt, euren Vater zu töten und eurer Mutter oder Schwester beizuschlafen? Was erblickt ihr, wenn ihr im Rausch in euch hineinschaut oder während ihr eine unschuldige Frau vergewaltigt und euch an ihrer Qual ergötzt? *Das* ist die Natur des Satyrn oder des Kentauren, der uralten Bestie mit dem gespaltenen Huf und dem Schwanz – sie lebt in uns allen und kann jeden Moment hervorbrechen und uns zum Tier machen! Lacht über sie, wenn ihr könnt!«

»Keiner wollte sich über die Religion oder die Götter lustig machen, Aristandros«, beschwichtigte Alexander den Seher. »Wir haben nur über die Unverschämtheit gewisser Betrüger gelacht, die sich die Leichtgläubigkeit des einfachen Volks zunutze machen. Kommt, laßt uns jetzt trinken und fröhlich sein! Wir werden noch einiges durchmachen müssen, bis wir unser Schicksal erkennen.«

Alles wandte sich erneut dem Essen und Trinken zu, und schon bald waren wieder angeregte Unterhaltungen im Gange, aber der Blick und die Worte Aristandros' gruben sich einem jeden tief ins Gedächtnis ein.

Der König dachte daran zurück, wie er ihm zum erstenmal begegnet war, und der Seher ihm von dem Alptraum erzählt hatte, der ihn jede Nacht plagte: der Traum von einem nackten Mann, der bei lebendigem Leibe verbrannt wird. Und inmitten des allgemeinen Stimmengewirrs suchte er einen Moment lang Aristandros' Augen, um darin den wahren Grund dafür zu lesen, weshalb er ihm ins Herz Asiens folgte. Aber die Augen waren trüb und abwesend, und der Seher war weit, weit weg.

41

Der Kommandant der Burg von Kelainai ließ die angekündigte Frist von zwei Tagen verstreichen, dann ergab er sich, und gleichzeitig wanderte der Schatz des persischen Gouverneurs zu einem guten Teil in makedonische Kassen. Alexander ließ den Mann auf seinem Posten und stellte ihm ein paar Offiziere und ein kleines Kontingent Soldaten zur Seite, um die Festung besetzt zu halten. Dann nahm er den Marsch in Richtung Norden wieder auf.

Die Überquerung der schneebedeckten anatolischen Hochebene nahm vier Tage in Anspruch, am fünften erreichte Alexander Gordion, wo Parmenion ihn bereits erwartete. Der General hatte auf den Hügeln rings um die alte phrygische Stadt Wächter aufgestellt und war benachrichtigt worden, kaum daß auf der blendend weißen Ebene die rote Fahne mit dem goldenen Argeadenstern erschienen war.

Er zog Alexander mit einer von seinem Sohn Philotas angeführten Ehrengarde entgegen. Als er nicht mehr weit vom König entfernt war, ließ er das Geleit stillstehen und schritt alleine weiter, sein Pferd am Zügel mit sich führend.

Auch der König stieg ab und ging zu Fuß auf ihn zu, während das Heer die glückliche Wiedervereinigung mit lautem Salut- und Freudengeschrei feierte.

Parmenion umarmte Alexander und küßte ihn auf beide

Wangen. »Du kannst dir nicht vorstellen, Herr, wie froh ich bin, dich endlich wiederzusehen. Ich war sehr besorgt, denn wir können uns das Verhalten der Perser nicht erklären.«

»Auch ich freue mich sehr, dich wiederzusehen, General. Wie geht es deinem Sohn Philotas? Und deinen Männern?«

»Es geht allen bestens, Herr, und natürlich haben sie zu deinem Empfang ein großes Fest bereitet. Ich denke, ihr werdet euch sehr gut vergnügen.« Die beiden unterhielten sich im Gehen, und Bukephalos stieß seinen Herrn immer wieder mit dem Kiefer an, um die Aufmerksamkeit auf sich zu lenken. Das gesamte Heer zog hinter ihnen her, wobei die Reiterei aufgrund der enormen Ausdehnung der Hochebene in einer breiten, nur drei Reihen tiefen Front vorrückte. Die Szene war unglaublich beeindruckend: zwei Männer, die inmitten einer riesigen öden Fläche gemütlich dahinspazierten, gefolgt von einem gewaltigen Aufgebot an Soldaten und dem Dröhnen Zehntausender von Pferdehufen.

»Ist unsere Verstärkung eingetroffen?« fragte der König.

»Leider nein.«

»Weißt du wenigstens, ob sie im Kommen sind?«

»Nein, sind sie nicht.«

Alexander ging eine Weile schweigend weiter, denn das Thema, das er nun anschneiden wollte, war ihm sehr unangenehm und Parmenion schwieg ebenfalls, um ihn nicht in Verlegenheit zu bringen.

»Wo ist eigentlich er?« Die Frage war scheinbar in völlig beiläufigem Ton gestellt.

»Als Sisines mit deiner mündlichen Botschaft zurückkam, habe ich deinen Befehl sofort ausgeführt. Amyntas steht unter Arrest, und ich habe einstweilen Philotas mit der Führung der thessalischen Reiterei betraut.«

»Wie hat er es aufgenommen?«

»Schlecht, aber das war ja zu erwarten.«

»Offen gestanden, ich glaube nicht recht an diese Geschichte. Mein Vetter war mir immer treu ergeben, und er hat mehr als einmal sein Leben für mich riskiert.«

Parmenion schüttelte den Kopf. »Die Macht verdirbt ... viele Menschen«, sagte er und dachte insgeheim: alle. »Obwohl wir natürlich keinen Beweis dafür haben, daß er das persische Angebot tatsächlich angenommen hätte.«

»Was ist mit dem persischen Boten, bei dem man den Brief gefunden hat?«

»Ich habe ihn gefangengenommen. Später zeige ich dir den Brief ...«

»Ist er auf griechisch oder auf persisch verfaßt?«

»Griechisch, aber das darf uns nicht wundern. Der Großkönig hat viele Griechen, ja sogar Athener an seinem Hof – da dürfte es kein Problem sein, sich einen Brief auf griechisch aufsetzen zu lassen.«

»Und die versprochene Geldsumme?«

»Von der haben wir bislang keine Spur.«

Mittlerweile war das makedonische Lager in Sicht gekommen, das Parmenion hatte errichten lassen. Es bestand vorwiegend aus Zelten, aber auch aus kleinen Holzhütten – ein Zeichen, daß das Heer schon seit längerer Zeit hier verweilte.

In diesem Moment erschallten mehrere Trompetenstöße, und da rückte auch schon das versammelte Kontingent in Schlachtaufstellung heran, um seinem König die Ehre zu erweisen.

Alexander und Parmenion stiegen wieder auf ihre Pferde und ritten die Truppen ab; die Soldaten schlugen mit ihren Schwertern dröhnend gegen die Schilde und schrien im Chor:

»Aléxandre! Aléxandre! Aléxandre!«

Der König grüßte sie gerührt mit der Hand und vor allem mit dem Blick.

»Wir kontrollieren jetzt halb Anatolien«, sagte Parmenion. »Kein Grieche hat je ein so großes Gebiet erobert – nicht einmal Agamemnon. Was mich jedoch mißtrauisch macht: Die Perser schauen tatenlos zu. Am Granikos waren es die Gouverneure von Phrygien und Bithynien, die uns aus eigener Initiative entgegengetreten sind – freilich wäre ihnen auch gar keine Zeit geblieben, den Großkönig vorher um Rat zu fragen.

Aber inzwischen muß Dareios eine Entscheidung getroffen haben, und deshalb verstehe ich diese Ruhe nicht: kein Angriff, kein Hinterhalt ... nicht einmal ein Verhandlungsangebot.«

»Besser so«, erwiderte Alexander. »Ich würde sowieso nicht darauf eingehen.«

Parmenion schwieg; mittlerweile kannte er das Temperament des Königs. Es gab nur einen einzigen Feind, den er respektierte: Memnon, aber von dem wußte man schon lange nichts mehr. Nur der Umstand, daß die Truppenverstärkungen aus Makedonien nicht eintrafen, ließ ahnen, daß der gefürchtete Gegner alles andere als aufgegeben hatte.

Die Unterhaltung wurde in der Unterkunft des alten Generals fortgeführt; nun gesellten sich auch die andern Gefährten, Kleitos, Philotas und Krateros, zu ihnen, aber es war offensichtlich, daß alles Lust hatte, sich zu vergnügen und fröhlich zu sein, und so kam man von strategischen und militärischen bald zu anderen, weitaus angenehmeren Gesprächsthemen, wie dem Wein und schönen Mädchen – von denen es inzwischen recht viele gab; einige arbeiteten für geschäftstüchtige »Beschützer«, andere hatten sich dem Heer – von Geschenken und Versprechungen angelockt – ganz spontan angeschlossen, wieder andere waren den Händlern, die der Armee folgten wie Flöhe einem Hund, als Sklavinnen abgekauft worden.

Alexander blieb zum Abendessen, aber sobald das Fest anfing und eine Gruppe von Mädchen und Jünglingen sich anschickte, nackt zwischen den Tischen herumzutanzen, stand er auf und ging hinaus. Draußen schien der Mond, und die Nacht war klar und frisch. Er spazierte eine Weile alleine im Lager umher, dann trat er auf einen Mann zu, einen Offizier Parmenions, der die Wachtposten kontrollierte, und fragte: »Wo ist Prinz Amyntas gefangen?«

Der Offizier erschrak fast, als er den König erkannte, und begleitete ihn sofort zu einer der Holzhütten, die man hier und da errichtet hatte. Auf einen Wink zogen die Wächter den Türriegel zurück und ließen Alexander in einen kahlen Raum aus ungehobelten Baumstämmen treten.

Amyntas war wach. Er saß an einem primitiven Tischchen und las im Schein einer Öllampe in einer Papyrusrolle, die er auf beiden Seiten mit Steinen beschwert hatte. Er schaute auf, sobald er merkte, daß da jemand im Türrahmen stand, und rieb sich die Augen, um besser sehen zu können. Als er begriff, wen er vor sich hatte, erhob er sich und wich an die Wand zurück; auf seinem Gesicht standen Schmerz und Trauer geschrieben. »Hast du mich einsperren lassen?« fragte er.

Alexander nickte. »Ja.«

»Warum?«

»Hat Parmenion dir das nicht gesagt?«

»Nein. Er hat mich nur am hellichten Tag vor allen meinen Männern festnehmen und in dieses Loch stecken lassen.«

»Dann hat er meinen Befehl falsch interpretiert und aus übertriebener Vorsicht letzten Endes falsch gehandelt.«

»Und wie hat dein Befehl gelautet?«

»Dich bis zu meiner Ankunft unter Arrest zu stellen, nicht vor deinen Soldaten zu entehren.«

»Und der Grund?« hakte Amyntas nach. Er hatte sich seit Tagen weder gekämmt noch rasiert, noch umgezogen und machte einen völlig verwahrlosten Eindruck.

»Parmenions Leute haben einen Boten des Großkönigs mit einem Brief an dich abgefangen; darin werden dir zweitausend Talente Gold und der Thron Makedoniens angeboten, wenn du mich umbringst.«

»Ich habe diesen Mann nie gesehen, und wenn mir danach gewesen wäre, dich umzubringen, hätte ich das hundertmal tun können, seit dein Vater ermordet wurde.«

»Ich hatte keine andere Wahl.«

Amyntas schüttelte den Kopf. »Wer hat dir geraten, so zu handeln?«

»Niemand. Es war meine eigene Entscheidung.«

Amyntas senkte den Kopf und lehnte sich an die Holzwand. Der schwache Schein der Lampe beleuchtete nur seine untere Gesichtshälfte, die Augen waren nicht zu sehen. Er dachte in diesem Moment an den Tag zurück, an dem König Philipp ermordet worden war und er beschlossen hatte, Alexander zu unterstützen, um keinen Thronfolgekrieg auszulösen. Er war unter denen gewesen, die ihn bewaffnet in den Königspalast begleitet hatten, und von da an hatte er immer an seiner Seite gekämpft.

»Du hast mich auf reinen Verdacht hin einsperren lassen, ohne jeden Beweis . . .«, murmelte er mit zitternder Stimme. »Und ich habe in der Schlacht so oft mein Leben für dich riskiert.«

»Ein König kann manchmal nicht anders«, erwiderte Alexander, »besonders in Augenblicken wie diesem.« Auch er sah nun wieder seinen Vater vor sich, wie er blutüberströmt in die Knie ging und plötzlich kreideweiß wurde. »Vielleicht hast du recht, vielleicht ist an dieser ganzen Geschichte überhaupt nichts dran – aber ich konnte nicht einfach so tun, als wäre nichts geschehen. Du hättest an meiner Stelle genauso gehandelt. Das einzige, was ich jetzt tun kann, ist, dich so schnell wie möglich aus dieser demütigenden Situation befreien. Aber vorher muß ich der Sache auf den Grund gehen. Ich schicke dir einen Diener, damit er dich badet, und einen Barbier, damit er dir die Haare wäscht und dich rasiert. Du siehst entsetzlich aus.«

Mit diesen Worten drehte er sich um, befahl den Wächtern, Leute zu besorgen, die sich um Prinz Amyntas kümmerten, und begab sich dann zum Zelt Parmenions, in dem das Festbankett stattfand. Schon von weitem hörte er es schreien und lärmen; Stöhnen, Grunzen und andere seltsame Geräusche mischten sich in das Geklapper von Geschirr, und über allem schwebten die ziemlich falsch klingenden Töne von Flöten und anderen barbarischen Instrumenten, deren Namen er nicht zu nennen gewußt hätte.

Er betrat das Zelt und durchquerte es, wobei er mehrmals über wahre Knäuel von nackten Körpern steigen mußte, die sich in jeder nur erdenklichen Stellung keuchend auf den ausgelegten Strohmatten wälzten. Alexander legte sich auf eine *Kline* neben Hephaistion und begann zu trinken. Und er trank in dieser Nacht bis zur Bewußtlosigkeit.

42

Kallisthenes betrat kurz vor Mittag, von einem Wächter begleitet, das Zelt des Königs. Alexander saß an einem Arbeitstisch. Die nächtliche Orgie war nicht spurlos an ihm vorübergegangen, er sah sogar ziemlich mitgenommen aus, war jedoch nüchtern und hellwach. Vor ihm, auf dem Tisch, lag ein ausgerollter Papyrusbogen, und er hatte einen Becher mit dampfendem Kräutertee in der Hand, den sein Leibarzt Philipp ihm wohl gegen den Kater verschrieben hatte.

»Komm her und schau dir mal dieses Schreiben an«, sagte er.

»Was ist das?« fragte Kallisthenes und trat neben ihn.

»Ein Brief an meinen Vetter Amyntas; wir haben ihn bei einem persischen Boten gefunden. Untersuche ihn genau und sag mir, was du davon hältst.«

Kallisthenes las den Brief, ohne sich irgendeine Reaktion anmerken zu lassen. »Was willst du wissen?« fragte er dann.

»Hm ... zum Beispiel, wer ihn geschrieben haben könnte.«

Kallisthenes las den Brief ein zweites Mal aufmerksam durch. »Die Handschrift ist sehr elegant. Ich würde sagen, sie deutet auf einen gebildeten Menschen der Oberschicht. Papier und Tinte sind auch von erstklassiger Qualität. Laß mal sehen ...«

Alexander verfolgte überrascht, wie Kallisthenes seinen

Zeigefinger mit der Zungenspitze anfeuchtete, ihn dann auf die Schriftzeichen drückte und danach ableckte.

»Genau, wie ich vermutet habe: Diese Art von Tinte wird in Griechenland hergestellt, und zwar aus Ruß und schwarzem Holunderbeersaft . . .«

»In Griechenland?« unterbrach ihn der König.

»Ja, aber das heißt gar nichts. Die Leute nehmen ihre Tinte überallhin mit, ich benütze dieselbe Art und deine Gefährten vielleicht auch . . .«

»Andere Hinweise kannst du diesem Brief nicht entnehmen?«

Kallisthenes schüttelte den Kopf. »Ich fürchte, nein.«

»Wenn dir doch noch was einfällt, laß es mich sofort wissen«, sagte Alexander, dankte und verabschiedete den Geschichtsschreiber.

Danach ließ er Eumenes zu sich rufen. Während er noch auf ihn wartete, tauchte er den Zeigefinger in sein eigenes Tintenfaß, leckte daran und wiederholte dann, was er Kallisthenes vorher hatte tun sehen. Die beiden Tinten schmeckten völlig gleich.

Der Sekretär war schnell zur Stelle. »Du hast mich gerufen?«

»Ja, du hast nicht zufällig den Ägypter von neulich irgendwo im Lager gesehen?« fragte Alexander.

»Nein, Parmenion hat mir gesagt, er sei nach Überbringung deiner Botschaft gleich wieder abgereist.«

»Das ist aber sehr seltsam – versuch bitte herauszufinden, warum, wenn du kannst.«

»Ich will mein Bestes tun«, erwiderte Eumenes. »Gibt es schon Nachricht von unserer Truppenverstärkung?« fragte er noch im Gehen.

Alexander schüttelte den Kopf. »Leider noch immer nicht.«

Als der Sekretär die Plane des königlichen Pavillons zurückschlug, um ins Freie hinauszutreten, fegte ein eisiger Windstoß herein und wirbelte alle Papiere auf Alexanders

Tisch durcheinander. Leptine eilte sofort herbei und schüttete mehr Kohle in die Räucherpfanne, aber viel nützte das in dem großen Zelt nicht. Alexander nahm unterdessen einen Papyrusbogen zur Hand und begann zu schreiben:

»Alexander, König von Makedonien, an Antipatros, Thronregent und Hüter des Königshauses. Heil!
Ich gratuliere dir zu der umsichtigen und klugen Art, wie du unser Heimatland regierst, während wir in fernen Gefilden gegen die Barbaren kämpfen.
In diesen Tagen hat Parmenion einen Boten des Großkönigs abgefangen, der einen Brief an meinen Vetter Amyntas bei sich trug. Amyntas wird darin der Thron von Makedonien und eine Summe von zweitausend Talenten in Gold versprochen, wenn er mich tötet.
Die ganze Geschichte wurde von einem Ägypter namens Sisines aufgedeckt, der behauptet, mit meinem Vater Philipp befreundet gewesen zu sein. Leider ist dieser Mensch mittlerweile spurlos verschwunden; ich möchte deshalb, daß auch du Nachforschungen über ihn anstellst. Es handelt sich um einen Mann um die Sechzig mit schütterem Haar, Hakennase, flinken, dunklen Augen und einem Muttermal auf der linken Wange. Benachrichtige mich sofort, wenn er in der Stadt oder im Palast gesehen wird.
Leb wohl.«

Alexander versiegelte den Brief und schickte ihn augenblicklich mit einem persönlichen Boten auf den Weg, dann begab er sich in das Zelt Parmenions. Der General lag ausgestreckt auf einer Feldpritsche und ließ sich von einem Diener die linke Schulter mit Olivenöl und Brennesselsaft massieren; sie schmerzte ihn bei schlechtem Wetter immer, was von einer Verwundung herrührte, die er sich schon als junger Mann auf einem Feldzug in Thrakien zugezogen hatte. Als er Alexander sah, stand er sofort auf und hängte sich einen Umhang über die Schulter.

»Verzeih Herr, ich hatte nicht mit deinem Besuch gerechnet. Was kann ich dir anbieten? Einen Becher heißen Wein?«

»Nein, danke, General. Ich würde mir gerne mal den persischen Gefangenen ansehen. Kannst du mir einen Dolmetscher beschaffen?«

»Natürlich. Jetzt gleich?«

»Ja, so schnell es geht.«

Parmenion kleidete sich in aller Eile an, befahl einem Diener, den Dolmetscher suchen zu gehen, und begleitete Alexander zu der Hütte, in der man den persischen Boten unter strenger Bewachung gefangenhielt.

»Verhört hast du ihn wahrscheinlich schon, oder?« fragte der König unterwegs.

»Ja«, sagte Parmenion.

»Und was hat er gesagt?«

»Nicht mehr, als du schon weißt: Daß der Großkönig ihm eine vertrauliche Botschaft für einen *Yauna*-Führer namens Amyntas übergeben hat.«

»Und sonst nichts?«

»Nein. Ich habe natürlich erwägt, ihn zu foltern, aber dann dachte ich, das ist eigentlich sinnlos: Niemand würde einem einfachen Boten irgendwelche wichtigen Geheimnisse anvertrauen.«

»Wie seid ihr überhaupt auf den Mann gestoßen?«

»Das war Sisines' Verdienst.«

»Sisines, der Ägypter?«

»Ja. Er kam eines Tages zu mir und erzählte mir, im Lager der Händler und Frauen treibe sich eine verdächtige Person herum.«

»Du kanntest diesen Sisines also schon?«

»Sicher. Er hat schon das letzte Mal, als ich noch im Auftrag deines Vaters in Asien war, als Spitzel für uns gearbeitet. Aber seit damals hatte ich ihn nicht wiedergesehen.«

»Und das hat dich nicht mißtrauisch gemacht?«

»Nein, dazu gab es keinen Grund: Er hat sich immer als

verläßlicher Informant erwiesen und ist entsprechend dafür belohnt worden – genau wie dieses Mal.«

»Du hättest ihn hier festhalten sollen«, sagte Alexander sichtlich verärgert. »Wenigstens bis zu meiner Ankunft.«

»Tut mir leid«, erwiderte Parmenion mit gesenktem Kopf. »Ich habe das nicht für nötig erachtet. Im übrigen gab Sisines mir zu verstehen, daß er einem anderen persischen Spitzel auf der Spur sei, und da wollte ich nicht ... Aber wenn ich falsch gehandelt habe, bitte ich dich, das zu verzeihen, Herr. Ich ...«

»Nein, ist schon gut. Du hast gehandelt, wie du es für richtig hieltest. Und jetzt wollen wir mal diesen Gefangenen in Augenschein nehmen.«

Sie waren inzwischen vor der Baracke angelangt, in der man den persischen Boten gefangenhielt. Parmenion befahl dem Wächter, den Türriegel zurückzuschieben.

Der Soldat gehorchte und ging als erster hinein, um sicherzustellen, daß alles in Ordnung war. Einen Moment später kam er mit verstörtem Gesicht wieder heraus.

»Was ist los?« fragte der General.

»Der Gefangene ist ... ist tot«, stammelte der Soldat, wobei er aufs Innere der Baracke deutete.

Alexander war mit einem Satz bei dem Perser und kniete neben ihm nieder. »Ruft sofort einen Arzt«, befahl er. »Dieser Mann wußte offensichtlich mehr, als er dir gesagt hat, Parmenion. Andernfalls wäre er nicht umgebracht worden.«

»Tut mir leid, Herr ...«, erwiderte der General zutiefst betreten. »Ich ... ich bin nur ein einfacher Soldat. Auf dem Schlachtfeld kannst du mich vor die schwierigsten Probleme stellen – ich finde immer einen Ausweg. Aber Intrigen wie dieser stehe ich völlig hilflos gegenüber. Tut mir wirklich leid ...«

»Macht nichts«, erwiderte der König. »Warten wir ab, was Philipp zu der Sache sagt.«

Und da betrat der Arzt auch schon die Hütte. Er begann sofort, die Leiche des Boten gründlich zu untersuchen.

»Kannst du irgendwelche Rückschlüsse ziehen?« fragte Alexander nach einer Weile.

»Der Mann ist höchstwahrscheinlich vergiftet worden; ich nehme sogar an, mit dem Essen von gestern abend.«

»Könntest du auch die Art des Gifts feststellen?«

Philipp stand auf und ließ sich eine Schüssel Wasser zum Händewaschen bringen. »Ich glaube ja«, sagte er, »aber dazu müßte ich ihn öffnen . . .«

»Dann tu es«, befahl der König. »Und wenn du damit fertig bist, ordne eine Bestattung nach persischem Brauch an.«

Philipp sah sich ratlos um. »Wie soll das geschehen? Hier gibt es weit und breit keinen Turm des Schweigens«, meinte er.

»Dann lassen wir einen bauen«, sagte Alexander an Parmenion gewandt. »An Steinen fehlt es uns ja nicht – und an Männern ebensowenig.«

»In Ordnung, Herr«, entgegnete der General. »Sonst noch ein Befehl?«

Alexander dachte einen Moment nach. »Ja«, sagte er dann. »Laß Amyntas frei und setze ihn wieder in seinen Rang ein. Aber . . . paß auf ihn auf.«

»Selbstverständlich, Herr.«

»Gut. Dann kümmere dich jetzt wieder um deine Schulter, Parmenion, und laß sie ordentlich massieren. Das Wetter wird sich ändern«, meinte er noch und sah zum Himmel hinauf. »Und nicht zum Guten, wie ich fürchte.«

43

Eines Abends mitten im Winter fühlte Kommandant Memnon sich plötzlich schlecht: Er hatte hohes Fieber und Gliederschmerzen, spürte Stiche in der Nierengegend und übergab sich in einem fort. Als dann noch ein heftiger Schüttelfrost dazukam, zog er sich endgültig in seine Kabine im Achterkastell zurück und begann sogar Speis und Trank abzulehnen.

Er brachte nicht mehr hinunter als dann und wann einen Schluck warme Brühe, aber selbst den behielt er nicht immer bei sich. Sein Arzt verabreichte ihm Schmerzmittel und zwang ihn, soviel wie möglich zu trinken, um den großen Flüssigkeitsverlust durch Schwitzen und Erbrechen wiedergutzumachen, aber heilen konnte er ihn nicht.

Memnons Krankheit stürzte alle in tiefe Ratlosigkeit, alle bis auf einen, dessen offensichtliche Teilnahmslosigkeit auffallend war: Es handelte sich um den neuen Vizeadmiral, einen Perser namens Tigranes, der bis dahin die Flotte im Roten Meer befehligt hatte. Tigranes war ein ambitiöser Intrigant; er hatte schon bei Hofe nie einen Hehl daraus gemacht, daß er König Dareios' Entscheidung, das Oberkommando über die persischen Truppen ausgerechnet einem griechischen Söldnerführer anzuvertrauen, schlichtweg mißbilligte.

Als sich herausstellte, daß Memnon nicht mehr in der Lage

sein würde, seinen Verpflichtungen nachzukommen, nahm er dessen Platz ein. Sein erster Befehl lautete: Anker lichten und Kurs nach Süden nehmen, sprich: die Meerengen freigeben.

Als Memnon merkte, was los war, verlangte er, augenblicklich auf dem Festland abgesetzt zu werden, wogegen Tigranes nicht das Geringste einzuwenden hatte. Memnon bat auch, vier seiner treuesten Söldner mitnehmen zu dürfen, damit sie ihm bei der Überlandreise behilflich sein konnten. Der neue Admiral warf ihm einen mitleidigen Blick zu, als wolle er sagen: »Weit kommst du in diesem Zustand sowieso nicht.« Aber er erfüllte ihm auch diese Bitte, wünschte ihm auf persisch alles Gute und verabschiedete sich.

Und so wurde mitten in der Nacht vom Admiralsschiff ein Boot mit fünf Mann zu Wasser gelassen, das unter kräftigen Ruderschlägen wenig später eine verlassene Bucht an der Ostküste des Hellespont erreichte. Noch in derselben Nacht begannen die fünf Männer ihre Reise nach Susa – Memnon wollte zu seiner Familie gebracht werden.

»Ich will Barsine und die Kinder noch einmal sehen, bevor ich sterbe«, sagte er, kaum daß sie an Land waren.

»Du hast schon Schlimmeres überstanden, Kommandant«, erwiderte einer der Söldner, »du wirst nicht sterben. Aber befiehl, was du willst – wir bringen dich überallhin, und sei es ans Ende der Welt oder in den Hades. Und wenn nötig, tragen wir dich auf unseren Schultern.«

Memnon dankte ihm mit einem matten Lächeln, aber der Gedanke, seine Familie wiederzusehen, richtete ihn auf und flößte ihm ungeahnte Kräfte ein. Einer seiner Männer machte sich sofort auf die Suche nach einem geeigneten Gefährt, denn reiten konnte der Kranke nicht, das war klar. Am nächsten Tag standen ein Maultiergespann und vier Pferde zur Verfügung, die auf einem Bauernhof gekauft worden waren.

Unterwegs hielten die Söldner Rat und beschlossen, daß einer von ihnen bis zur Königsstraße vorausreiten und von dort eine Eildepesche an Barsine aufgeben würde, damit sie ihnen ein Stück entgegenkommen konnte. Denn daß Memnon es bis nach Susa schaffen würde, wagten sie kaum zu hoffen – bis dorthin waren sie mindestens einen Monat unterwegs.

Zeitweilig schien es dem Kommandanten besserzugehen, dann aß er sogar ein bißchen, aber abends stieg das Fieber meistens so hoch an, daß er im Delirium versank. In diesem Zustand redete er dann völlig irres Zeug, und seiner Kehle entrangen sich die Schreie eines ganzen Lebens voller Kämpfe und entsetzlicher Schmerzen, die er anderen zugefügt oder selbst erlitten hatte; immer wieder stöhnte und weinte er, wie über eine enttäuschte Hoffnung, einen zerstörten Traum.

Der Anführer seines kleinen Geleitschutzes, ein Mann aus Tegea, der immer an seiner Seite gekämpft hatte, betrachtete ihn in diesen Momenten ratlos und bestürzt, legte ihm ein feuchtes Tuch auf die Stirn und murmelte: »Nur ruhig, Kommandant, es passiert dir nichts. Memnon von Rhodos läßt sich nicht von einem dummen Fieberanfall umwerfen, das ist unmöglich ...« Und er sprach so eindringlich, als müsse er sich selbst überzeugen.

Der vorausreitende Söldner erreichte die Königsstraße in Höhe der Brücke über den Halys, die angeblich Krösus von Lydien erbaut hatte. Dort erfuhr der Mann, daß er gar nicht ganz bis nach Susa reiten mußte. König Dareios hatte sich nämlich endlich dazu durchgerungen, diesem aufmüpfigen kleinen *Yauna*, der es gewagt hatte, seine westlichen Provinzen zu besetzen und an der Spitze eines Heers von fünftausend Soldaten, Hunderten von Kriegswagen und Zehntausenden von Reitern auf die Syrische Pforte zuzumarschieren, eine Lektion zu erteilen. Dareios ließ sich von seinem gesamten Hofstaat begleiten, und da war Barsine sicher auch dabei. Und so wurde Memnons Wunsch vom Schein vieler Feuer und vom Widerschein bronzener Spiegel von Berg zu Berg getragen und flog auf dem Rücken nisäischer Rösser dahin, bis er den Großkönig in seinem rotgoldenen Pavillon erreichte. Und der ließ sofort Barsine zu sich rufen.

»Dein Gemahl ist schwer krank und verlangt nach dir«, sagte er zu ihr. »Er ist auf unserer Königsstraße hierher unterwegs in der Hoffnung, dich ein letztes Mal zu sehen. Ich weiß nicht, ob du es schaffst, ihn noch lebend anzutreffen, aber du kannst es wenigstens versuchen. Ich gebe dir zehn ›Unsterbliche‹ aus meiner Leibwache als Geleitschutz mit.«

Barsine fühlte, wie ihr Herz vor Trauer fast zu schlagen aufhörte, aber sie zuckte nicht mit der Wimper und vergoß keine einzige Träne. »Edler Großkönig, ich danke dir, daß du mich benachrichtigt hast und mir erlaubst, an die Seite meines Gemahls zu eilen. Ich werde sofort aufbrechen und weder ruhen noch rasten, bis ich ihn erreicht habe und in meine Arme schließen kann.«

Nach diesen Worten kehrte sie in ihr Zelt zurück, zog Reiterkleidung an – ein Filzkorsett und eine Lederhose –, holte sich das beste Pferd aus dem Stall und stob im Galopp davon. Die Leibwächter, die Dareios ihr zum Schutz bestimmt hatte, konnten kaum mit ihr mithalten.

Barsine ritt drei Tage und drei Nächte und ruhte nur dann und wann ein paar Stunden aus, wenn sie vor Müdigkeit kaum noch die Augen aufhalten konnte oder das Pferd wechseln mußte. Am Abend des dritten Tages – die Sonne ging gerade unter – sah sie in der Ferne einen kleinen Konvoi auf der verlassenen Straße entgegenkommen: ein von zwei Maultieren gezogenes Fuhrwerk, das von vier bewaffneten Reitern eskortiert wurde.

Sie gab ihrem Pferd die Sporen und preschte dem Wagen entgegen. Als sie bei ihm angekommen war, sprang sie vom Pferd, lüftete die Plane des Fuhrwerks und sah hinein: Auf Schaffelle gebettet lag sterbend ihr Gemahl. Er hatte einen langen Bart und aufgesprungene Lippen, sein Haar war schmutzig und zerzaust. Kommandant Memnon, der bis vor kurzem als der mächtigste Mann der Welt nach König Dareios gegolten hatte, war nur noch ein Häufchen Elend.

Aber er lebte noch.

Barsine streichelte ihn und küßte ihn zärtlich auf Mund und Augen, ohne zu wissen, ob er sie überhaupt wahrnahm. Dann sah sie sich verzweifelt nach irgendeiner Unterkunft um. In der Ferne gewahrte sie auf einem Hügel ein großes Steinhaus, es mochte einem Großgrundbesitzer gehören. Sie beauftragte die Männer ihrer Leibwache, den Hausherrn um Aufnahme zu bitten, ob für ein paar Tage oder wenige Stunde wußte sie selbst nicht zu sagen.

»Ich möchte ein Bett für meinen Mann, ich möchte ihn waschen und umziehen; Memnon soll wie ein Mensch sterben, nicht wie ein Tier«, sagte sie.

Die Leibwächter nickten, und wenig später wurde Memnon in das Haus gebracht und mit allen Ehren von dem persischen Hausherrn empfangen. Man bereitete das Bad vor, und Barsine zog ihren Mann aus, wusch ihn und zog ihm frische Kleider an. Die Diener schnitten ihm das Haar, Barsine parfümierte es und rieb ihm die Stirn mit einer erfrischenden Salbe ein. Dann legte sie ihn ins Bett, setzte sich neben ihn und hielt ihm die Hand.

Es war inzwischen spät geworden; irgendwann erschien der Hausherr, um zu fragen, ob die vornehme Frau nicht nach unten kommen und mit ihren Begleitern zu Abend essen wolle, aber Barsine lehnte dankend ab.

»Ich bin Tag und Nacht geritten, um zu ihm zu gelangen; solange er lebt, werde ich keinen Augenblick von seiner Seite weichen.«

Der Mann zog sich mit einer Verneigung zurück, und Barsine setzte sich wieder an Memnons Bett, streichelte sein Gesicht und benetzte ihm von Zeit zu Zeit die Lippen mit etwas Wasser. Irgendwann nach Mitternacht nickte sie, von Schlaf und Erschöpfung übermannt, auf ihrem Stuhl ein.

Sie hätte nicht zu sagen gewußt, wie lange sie so gesessen hatte, als sie plötzlich die Stimme ihres Mannes hörte. Zunächst glaubte sie, es sei ein Traum, aber die Stimme fuhr fort, ein ums andere Mal ihren Namen zu wiederholen: »Bar ... si ... ne ...« Sie öffnete die Augen und setzte sich mit einem Ruck auf: Memnon war aus seinem Dämmerzustand erwacht und sah sie mit seinen großen blauen Augen an, die vor Fieber glänzten.

»Liebster«, flüsterte sie und fuhr ihm zärtlich mit der Hand übers Gesicht.

Memnons eindringlicher Blick verriet ihr, daß er ihr etwas sagen wollte.

»Was möchtest du? So sprich doch, bitte.«

Memnon öffnete die Lippen, und einen Moment lang schien neuer Lebenssaft in seinen todkranken, ausgemergelten Körper zu fließen; das magere Gesicht hatte fast wieder die männliche Schönheit von einst. Barsine beugte sich zu ihm hinunter und legte das Ohr an seine Lippen, um sich keine Silbe entgehen zu lassen.

»Ich möchte . . .«

»Was möchtest, mein Liebster? Sag es mir, versuch es wenigstens, Liebling.«

»Ich möchte . . . dich . . . sehen.«

Barsine erinnerte sich an die letzte Nacht, die sie zusammen verbracht hatten, und begriff. Sie stand auf, ohne auch nur einen Augenblick zu zögern, trat ein paar Schritte zurück, um sich in den Schein der beiden Lampen zu stellen, die von der Decke hingen, und begann sich auszuziehen – zuerst das Korsett, dann die lederne Reithose, bis sie nackt und herrlich vor ihm stand.

Sie sah, daß seine Augen feucht wurden und zwei dicke Tränen über die eingefallenen Wangen kullerten – da wußte sie, daß sie seinen Wunsch erraten hatte. Und sie spürte, daß er sie mit den Augen zärtlich liebkoste, zuerst das Gesicht, dann ihren ganzen Körper – es war seine Art, ein letztes Mal bei ihr zu liegen.

Später hauchte er mit kaum noch vernehmbarer Stimme: »Meine Jungen . . .«, und suchte noch einmal ihre Augen, um ihr mit einem letzten glühenden und verzweifelten Blick seine Leidenschaft und Liebe auszudrücken, dann sank er ins Kissen zurück und starb.

Barsine schlüpfte in einen Mantel und warf sich schluchzend auf seinen leblosen Körper, um ihn mit Küssen zu bedecken. Ihr herzzerreißendes Weinen erfüllte das ganze Haus, und da begriffen die Söldner, die draußen am Feuer wachten, was los war. Sie standen auf und erwiesen Memnon von Rhodos schweigend die letzte Ehre, ihrem geliebten Kommandanten, dem das launische Schicksal verwehrt hatte, als Soldat mit dem Schwert in der Faust zu sterben.

Sie warteten bis zum Morgenrot, um in sein Zimmer hinaufzugehen und den Leichnam für die Bestattung abzuholen.

»Erlaube, daß wir ihn nach unserem Brauch auf einen Scheiterhaufen legen«, sagte der Älteste unter ihnen, der Mann aus Tegea, zu Barsine. »Für uns wäre es eine fürchterliche Schmach, seinen Körper einfach den Hunden und Vögeln zum Fraße zu überlassen; da sind wir Griechen nun mal ganz anders als ihr.« Und Barsine begriff. Sie begriff, daß sie in dieser hohen Stunde zur Seite treten und erlauben mußte, daß Memnon unter seine Leute zurückkehrte und nach griechischem Brauch bestattet wurde.

Auf einem mit glitzerndem Rauhreif überzogenen Feld errichteten die Männer den Scheiterhaufen, zogen ihrem toten Kommandanten zum letztenmal seine Rüstung an, setzten ihm den Helm mit der silbernen Rose von Rhodos auf und legten ihn auf den Holzstoß.

Dann übergaben sie ihn den Flammen.

Der Wind, der über die Hochebene fegte, schürte das Feuer, und binnen kurzem war von dem großen Krieger nur noch ein Häufchen Asche übriggeblieben. Seine Soldaten, die – ihre Lanzen in der Faust – strammstanden, schrien zehnmal Memnons Namen in den kalten, bleiernen Himmel hinauf, der wie ein Schweißtuch über der öden Landschaft lag, und als das Echo ihres letzten Schreis verklungen war, kam ihnen plötzlich zu Bewußtsein, daß sie ja nun ganz alleine auf der Welt waren – ohne Vater und Mutter, ohne Geschwister und Frau, ohne einen Ort, an den sie sich zurückziehen konnten.

»Ich habe geschworen, ihm überallhin zu folgen«, sagte da der Älteste von ihnen. »Selbst in den Hades.« Und mit diesen Worten kniete er nieder, zog sein Schwert aus der Scheide, richtete sich die Spitze gegen die Brust und warf sich darauf.

»Ich auch«, sagte sein Gefährte, indem er gleichfalls die Waffe zückte.

»Und wir auch«, sagten die anderen beiden.

Und während der erste Hahnenschrei die gespenstische Stille der Morgendämmerung zerriß wie ein gellender Trompetenstoß, sackte einer nach dem andern in seinem Blut zusammen.

44

Nachdem Philipp, der Arzt, die Leiche des persischen Boten obduziert hatte, bei dem das Schreiben des Großkönigs an Prinz Amyntas gefunden worden war, berichtete er Alexander von seinen Untersuchungsergebnissen.

»Der Mann ist vergiftet worden, das steht fest, allerdings mit einer Art von Gift, die ich nicht kenne. Den Koch brauchen wir erst gar nicht zu verhören: Der ist ein guter, einfacher Mann – er wäre niemals in der Lage, so etwas zusammenzubrauen; das brächte nicht einmal ich fertig.«

»Ist es denkbar, daß der Perser das Gift bei sich hatte und sich selbst umgebracht hat?« fragte Alexander.

»Natürlich – unter den Leibwächtern des Großkönigs gibt es viele, die Dareios Treue bis in den Tod schwören. Mehr können wir im Augenblick zu dieser Geschichte nicht sagen, fürchte ich.«

Die Tage vergingen, und noch immer traf keine Nachricht von den Verstärkungstruppen ein, die man aus Makedonien angefordert hatte. Die Moral der Soldaten, die den lieben langen Tag müßig herumhingen und sich langweilten, begann spürbar nachzulassen. Eines Morgens beschloß Alexander, zum Tempel der Großen Mutter aller Götter in Gordion hinaufzusteigen, von dem es hieß, der mythische König Midas habe ihn erbaut.

Alexander und seine Kameraden wurden von der versammelten Priesterschaft des Tempels empfangen, die ihre prächtigsten Festgewänder angelegt hatte, kaum daß der hohe Besuch gemeldet worden war.

Der Tempel war ein uraltes Lokalheiligtum mit einer hölzernen Statue der Göttin. Sie war völlig vom Holzwurm zerfressen, aber mit einer unglaublichen Menge an Schmuck und Talismanen behangen, die fromme Gläubige in Jahrhunderten zusammengetragen hatten. An den Wänden hingen Andenken und Votivgaben aller Art, darunter unzählige Abbildungen menschlicher Körperteile in Ton oder Holz, mit denen man für eine Heilung danken oder um Gesundung bitten wollte.

Es gab in lebhaften Farben bemalte Hände und Füße, die von Krätze befallen waren, Augen, Nasen und Ohren, aber auch Gebärmütter, mit denen sterile Frauen um Fruchtbarkeit flehten, und männliche Glieder, deren Besitzer dasselbe Anliegen hatten.

Jeder einzelne dieser Gegenstände kündete von dem Jammer und Leid, die das Menschengeschlecht seit Urzeiten verfolgten – seit dem Tag, an dem der törichte Epimetheus die Büchse der Göttin Pandora geöffnet und damit das Unglück über die Welt gebracht hatte.

»Nur die Hoffnung blieb zurück«, erinnerte sich Eumenes, während er den Blick im Tempel umherschweifen ließ. »Und was sind all diese Dinge anderes als Zeichen der Hoffnung – eine Hoffnung, ohne die wir Menschen nicht leben können, auch wenn sie letzten Endes fast immer enttäuscht wird.«

Seleukos, der neben ihm stand, sah ihn verwundert an: Mit einem derart tiefsinnigen philosophischen Erguß hatte er nicht gerechnet. Er konnte jedoch nichts darauf sagen, denn die Priester hatten sie unterdessen in einen Raum in der Mitte des Tempels geführt, in dem das Prunkstück des Heiligtums aufbewahrt wurde: der legendäre Streitwagen von König Midas.

Es handelte sich um ein seltsames, vierrädriges Gefährt sehr primitiver Machart mit einer halbrunden Brüstung im oberen Teil. Das Lenksystem bestand aus einer Deichsel, die über eine Stange mit der Vorderachse des Wagens verbunden war, während das Joch mittels eines langen, zu einem kunstvollen Knoten verschlungenen Riemens an der Deichsel befestigt war. Auf den ersten Blick wirkte dieser Knoten tatsächlich unentwirrbar.

Einem antiken Orakel zufolge würde aber derjenige König von Asien werden, dem es gelang, diesen Knoten zu lösen, und Alexander hatte fest vor, sein Glück zu versuchen.

»Du kannst dich nicht darum drücken«, hatte Eumenes vor ein paar Tagen zu ihm gesagt. »Diesen Orakelspruch kennt jedes Kind. Du mußt die Probe wagen, sonst denken unsere Soldaten, du hättest kein Selbstvertrauen und würdest selbst nicht daran glauben, den Großkönig besiegen zu können.«

Seleukos war derselben Meinung gewesen: »Eumenes hat recht. Dieser Knoten ist ein Symbol: Er versinnbildlicht die unzähligen Wege und Karawanenstraßen aus allen Teilen des Reichs, die sich hier in Gordion kreuzen. Im Grunde kontrollierst du diesen Knoten ja bereits – du hast Gordion mit Waffengewalt besetzt, aber das ist nicht genug: Jetzt mußt du es auch noch mit dem Symbol aufnehmen.«

»Was sagst du dazu, Seher?« hatte der König daraufhin Aristandros gefragt und folgende Antwort erhalten:

»Dieser Knoten steht für absolute Perfektion und vollendete Harmonie – auch für das komplizierte Zusammenspiel der Urkräfte, die das Leben auf der Erde hervorgebracht haben. Du wirst diesen Knoten lösen und damit Asien und die ganze Erde beherrschen.«

Der prophetische Spruch des Sehers hatte alle zuversichtlich gestimmt, aber Eumenes, der kein Risiko eingehen wollte, hatte einen von Admiral Nearchos' Offizieren kommen lassen, einen, der sich mit allen auf Kriegs- und Handelsschiffen üblichen Knoten auskannte und den König in die »hohe Kunst des Knotens« einweihte.

Derart vorbereitet, zweifelte Alexander keinen Moment

daran, die Probe bestehen zu können – zumal man auch annehmen durfte, daß die Tempelpriester alles tun würden, um ihrem neuen Herrn die Sache zu erleichtern und ihn nicht der Schmach eines Versagens auszusetzen.

»Das ist er: der Wagen von König Midas«, verkündete einer von ihnen, während er den König zu dem wurmstichigen alten Gefährt begleitete. »Und dort ist der Knoten.« Und da er dies alles mit einem breiten Lächeln sagte, gingen die Anwesenden davon aus, daß die Sache glattgehen würde. Aus diesem Grund wurden nun auch die Offiziere niedrigeren Ranges hereingerufen, damit sie dem König bei seiner Ruhmestat zuschauen konnten.

Doch als Alexander sich niederbeugte und an dem Knoten herumzuhantieren begann, wurde ihm klar, daß er zu optimistisch gewesen war. Der Riemen war unglaublich fest verknotet, und außerdem war weder Anfang noch Ende zu entdekken, egal, aus welchem Blickwinkel man das komplizierte Knäuel auch betrachtete. Mittlerweile hatte sich der Raum derart gefüllt, daß keine Handbreit Platz mehr war. Selbst die schweißüberströmten Priester in ihren prunkvollen Festgewändern wurden von allen Seiten bedrängt.

Alexander schielte zu Eumenes hinauf, der ihm schulterzuckend zu verstehen gab, daß er diesmal keine Lösung parat hatte. Dann glitt sein Blick über das zu einer steinernen Maske erstarrte Antlitz des Sehers von Termessos, der einmal gesprochen hatte und es nicht ein zweites Mal tun würde.

Auch auf den Gesichtern von Seleukos und Ptolemaios, Krateros und Perdikkas las der König nur Ratlosigkeit und Betretenheit. Während er aber erneut vor dem unentwirrbaren Knoten niederkniete, bohrte sich ihm der Knauf seines Schwerts in die Seite, und er deutete dies augenblicklich als ein Zeichen der Götter. Im selben Moment drang durch eine kleine Öffnung in der Decke ein Sonnenstrahl herein, der sein dichtes Haar in eine goldene Wolke verwandelte und die Schweißperlen auf seiner Stirn zum Funkeln brachte.

Inmitten der Totenstille, die sich über den Raum gelegt

hatte, hörte man plötzlich das Klirren eines Schwerts, das aus der Scheide gezogen wurde; dann blitzte im Lichtstrahl der Sonne eine Klinge auf und sauste mit unerhörter Gewalt auf den Gordischen Knoten hernieder. Er war mit einem Schlag durchtrennt, wie auch der dumpfe Aufprall des befreiten Jochs auf dem Boden verkündete.

Die Priester starrten sich verdattert an, während Alexander aufrecht dastand und sein Schwert in die Scheide zurücksteckte. Als er den Kopf hob, sahen alle, daß sein linkes Auge sich verdüstert hatte; es glänzte im Licht-Schattenspiel des von oben eindringenden Sonnenstrahls und war schwarz wie die Nacht.

»Der König hat den Gordischen Knoten gelöst!« schrie Ptolemaios. »Alexander ist der Herrscher von Asien!«

Alle seine Gefährten ließen ihn lautstark hochleben und ihr Freudengeschrei drang nach draußen, wo sich die Soldaten des Heers um den Tempel versammelt hatten. Auch sie begannen zu jubeln und machten der Begeisterung Luft, die sie aus Furcht und Aberglauben bis zu diesem Moment unterdrückt hatten. Wie immer in solch erhebenden Augenblicken schlugen sie mit ihren Lanzen gegen die Schilde und veranstalteten ein Getöse, daß der alte Tempel bis in die Grundfesten erbebte.

Als der König in seiner glänzenden Silberrüstung heraustrat, hoben sie ihn auf ihre Schultern und trugen ihn wie eine Götterstatue im Triumphzug ins Lager zurück. Niemand beachtete Aristandros, der sich ganz alleine und mit bekümmerter Miene entfernte.

45

Wenige Tage später kam endlich die so dringend erwartete Verstärkung an, und zwar sowohl die neu ausgehobenen Truppen wie auch die jung vermählten Soldaten, die von Halikarnassos aus nach Hause gezogen waren, um den Winter mit ihren Ehefrauen zu verbringen. Letztere wurden mit Pfiffen und Buhrufen von ihren Kameraden empfangen, die Kälte und Kriegsstrapazen hatten aushalten müssen und ihnen nun alle nur erdenklichen Obszönitäten ins Gesicht schrien. Einige schwenkten riesige Holzphalli und brüllten aus voller Kehle: »Na, habt ihr jetzt lange genug gevögelt? Aber wartet's ab, dafür werdet ihr zahlen!«

Ihr Anführer, ein Bataillonskommandant aus Orestis mit Namen Trasillos, meldete sich – kaum angekommen – zum Rapport beim König.

»Warum habt ihr so lange gebraucht?« fragte Alexander.

»Weil die persische Flotte die Meerengen abgeriegelt hatte und der Regent Antipatros unsere Truppe nicht gleich in einen offenen Kampf mit Memnon schicken wollte. Er war der Meinung, das sei zu riskant. Dann haben die gegnerischen Schiffe eines Tages völlig unerwartet die Anker gelichtet und sind bei günstigem Wind in Richtung Süden davongesegelt.«

»Eigenartig«, meinte Alexander. »Das läßt nichts Gutes ahnen. Memnon hätte niemals lockergelassen, wenn er nicht eine Möglichkeit sähe, uns an einer anderen, noch verwundbareren Stelle anzugreifen. Ich hoffe, Antipatros ...«

»Es wird gemunkelt, Memnon sei tot, Herr«, unterbrach ihn der Offizier.

»Wie bitte?«

»Ja, unsere Informanten in Bythinien haben diese Gerücht in Umlauf gesetzt.«

»Und woran soll er gestorben sein?«

»Das weiß keiner. Angeblich an irgendeiner seltsamen Krankheit ...«

»Einer Krankheit? Das kommt mir unwahrscheinlich vor ...«

»Wie gesagt, Herr: Das ist ein Gerücht, keine sichere Nachricht, wir werden ihm nachgehen müssen.«

»Ja, natürlich. Geh jetzt zu deinen Männern zurück und erholt euch – ihr habt einen Tag Zeit dazu. Ich will so bald wie möglich aufbrechen, wir haben schon lange genug auf euch gewartet.«

Der Offizier ging, und Alexander blieb alleine in seinem Zelt zurück. Er dachte lange über die unerwartete Nachricht von Memnons Tod nach; sie bereitete ihm keinerlei Erleichterung oder Genugtuung – seiner Art zu denken und seinem Empfinden nach war Memnon der einzige Feind gewesen, der ihm das Wasser reichen konnte, der einzige Hektor, der es mit dem neuen Achill aufnehmen konnte. Seit langem hatte er sich innerlich darauf vorbereitet, ihm eines Tages wie ein homerischer Held im Zweikampf gegenüberzutreten. Nicht einmal der Gedanke eines Duells mit dem Großkönig hatte dieselbe Bedeutung für ihn.

Er erinnerte sich an die mächtige Gestalt des Kommandanten, an seinen korinthischen Vollvisierhelm, den metallenen Klang seiner Stimme und an das Gefühl dumpfer Bedrückung, das er ihm vermittelt hatte, er, der Unermüdliche, Unfaßbare, stets Wachsame. Und nun das: eine Krankheit ... Nein, er hatte ihn sich wahrhaftig anders vorgestellt, den Ausgang dieses Heroenkampfes.

Irgendwann rief er Parmenion und Kleitos den »Schwarzen« zu sich, um den Abmarsch in zwei Tagen anzuordnen, und natürlich ließ er sie wissen, was er soeben erfahren hatte: »Der Anführer des Verstärkungskontingents hat mir von einem Gerücht berichtet, demzufolge Memnon gestorben sein soll.«

»Das wäre ein großer Vorteil«, erwiderte der alte General mit unverhohlener Freude. »Seine Flotte im Meer zwischen uns und Makedonien hat eine enorme Bedrohung dargestellt. Die Götter sind mit dir, Herr.«

»Die Götter haben mich um einen ehrlichen Kampf mit dem einzigen Mann gebracht, der meiner würdig ist«, erwiderte Alexander mit düsterer Miene. Doch in diesem Moment mußte er plötzlich an Barsine denken, an ihre verwirrende, dunkle Schönheit – womöglich hatte das Schicksal Memnon ja absichtlich an einer Krankheit sterben lassen, damit Barsine ihn nicht ewig haßte. Wenn er nur gewußt hätte, wo sie in diesem Augenblick war! Er hätte jedes Hindernis aus dem Weg geräumt, um zu ihr zu gelangen.

». . . hält sich irgendwo zwischen Damaskos und der Syrischen Pforte auf.« Kleitos' Stimme riß ihn jäh aus seinen Gedanken, und Alexander zuckte zusammen, als habe der »Schwarze« in seinen Gedanken gelesen. Dieser starrte ihn verwundert an.

»Wovon sprichst du, Kleitos?« fragte der König.

»Von der Nachricht, die Eumolpos von Soloi uns geschickt hat.«

»Eine mündliche Nachricht, die mit einem Boten gekommen ist«, setzte Parmenion hinzu.

»Wann?«

»Heute vormittag. Der Mann wollte mit dir sprechen, aber du warst mit Hephaistion und den anderen Gardisten gerade beim Appell der neu eingetroffenen Soldaten, und deshalb habe ich ihn empfangen.«

»Gut getan«, erwiderte Alexander. »Aber sind wir sicher, daß er wirklich von Eumolpos kam?«

»Der Bote hatte sein Losungswort. Du kennst es ...«

Alexander schüttelte den Kopf: »Ja, ›Schafshirn‹! Hat man je eine blödsinnigere Losung gehört?«

»Schafshirn ist nun mal seine Leibspeise«, meinte der alte General schulterzuckend.

»Wie gesagt«, fuhr der »Schwarze« fort, »Dareios soll angeblich mit seinem gesamten Heer in Richtung der Stadt Thapsakos unterwegs sein.«

»Wahrscheinlich, um dort den Euphrat zu überqueren«, erwiderte der König. »Genau wie ich gedacht habe: Dareios will mir den Weg durch die Syrische Pforte versperren.«

»Ja, ich glaube, du hast recht«, Kleitos nickte.

»Wie viele Soldaten hat Dareios bei sich?« fragte Alexander.

»Sehr viele«, erwiderte Parmenion.

»Sag es mir genau«, entgegnete der König gereizt.

»Etwa eine halbe Million.«

»Das sind wirklich sehr viele. Damit steht es eins zu zehn ...«

»Was sollen wir machen?«

»Weitermarschieren, etwas anderes bleibt uns gar nicht übrig. Bereitet den Aufbruch vor.«

Die beiden Generäle grüßten und schickten sich an, zu gehen, doch Alexander rief Parmenion noch einmal zurück.

»Was gibt es noch, Herr?« fragte der alte General.

»Wir beide sollten vielleicht auch eine Losung für den Austausch von mündlichen Botschaften abmachen, meinst du nicht?«

Parmenion senkte den Kopf. »Als ich dir Sisines geschickt habe, hatte ich keine andere Wahl; bei unserer Trennung hat keiner daran gedacht, daß ein Losungswort nötig sein könnte.«

»Stimmt, aber jetzt brauchen wir eins. Es wird in Zukunft noch öfter vorkommen, daß wir uns trennen und über mündliche Botschaften verständigen müssen.«

Parmenion lächelte.

»Warum lächelst du?«

»Weil ich an den Auszählreim denken muß, den du als kleiner Junge immer aufgesagt hast. Die alte Artemisia, die Amme deiner Mutter, hatte ihn dir beigebracht, erinnerst du dich noch?

Der alte Soldat zieht in den Krieg,
fällt in den Dreck, und du bist weg!

Und danach hast du dich immer auf den Boden geworfen.«

»Warum nicht?« meinte Alexander. »Dieser Spruch erweckt bestimmt keinen Verdacht, ja, ich denke, er eignet sich als Losung.«

»Und auswendig lernen müssen wir ihn auch nicht erst«, erwiderte Parmenion. »Tja, dann gehe ich jetzt.«

Doch Alexander rief ihn noch einmal zurück: »General!«

»Herr?«

»Was macht Amyntas?«

»Er tut seine Pflicht.«

»Gut. Aber fahre fort, ihn zu überwachen, ohne daß er es merkt. Und versuche herauszubringen, ob Memnon wirklich gestorben ist und woran.«

»Ich will mein möglichstes tun. Herr. Eumolpos' Bote ist noch immer im Lager. Ich werde ihm auftragen, Nachforschungen anzustellen.«

Am folgenden Tag machte sich der Bote auf den Weg, und die makedonischen Truppen begannen ihren Aufbruch vorzubereiten. Es wurde alles so eingerichtet, daß man am nächsten Morgen nur noch die Zelte abzubrechen brauchte und losmarschieren konnte: Die Lasttiere wurden beladen, die Wagen mit Proviant und Waffen angefüllt und die verantwortlichen Offiziere arbeiteten die Marschrouten aus, die das Heer in sieben Tagen bis an die Kilikische Pforte bringen sollten – eine Paßstraße im Tauros-Gebirge, die so eng war, daß zwei Saumtiere nicht nebeneinander gehen konnten.

Noch am selben Abend erschien einer der Soldaten, die mit

dem Verstärkungskontingent eingetroffen waren, bei Kallisthenes und händigte ihm ein kleines Päckchen aus. Der Geschichtsschreiber, der gerade mit seinem Tagesbericht beschäftigt war, erhob sich vom Schreibtisch, gab dem Soldaten eine entsprechende Belohnung und öffnete – kaum daß er alleine war – das Päckchen. Es enthielt zwei Papyrusbogen, der erste mit einem Text gänzlich allgemeinen Inhalts: irgendeine Abhandlung über das Züchten von Bienen, die er mit Sicherheit nicht angefordert hatte. Und tatsächlich handelte es sich um eine Geheimbotschaft, die entschlüsselt folgendermaßen lautete:

»Ich habe Theophrast das Medikament geschickt, damit er es dem Arzt von Lesbos übergibt. Leider sind die Witterungsverhältnisse so schlecht, daß in den nächsten Tagen wohl kaum ein Schiff in See sticht. Der Ausgang dieser Geschichte ist also sehr ungewiß.«

Bei dem anderen Papyrusbogen handelte es sich um einen normal verfaßten Brief:

»Aristoteles an seinen Neffen Kallisthenes. Heil!
Ich habe eine Person getroffen, die Pausanias, den Mörder König Philipps, kannte; auch im Lichte dessen, was diese Person mir erzählt hat, scheint mir die Geschichte von der angeblichen Männerliebschaft zwischen dem König und seinem Leibwächter immer unglaubwürdiger. Im übrigen habe ich einen der überlebenden Komplizen des Mörders ausfindig gemacht und in einem Gasthaus in Beroea getroffen. Der Mann war außerordentlich mißtrauisch und hat alles geleugnet, so sehr ich auch versuchte, ihn in Sicherheit zu wiegen. Das einzige, was ich herausbringen konnte, ist seine wahre Identität; dazu mußte ich eine Sklavin, die gleichzeitig seine Konkubine ist, mit Geld bestechen.
Jetzt weiß ich, daß er eine junge Tochter hat, die er regelrecht vergöttert und die er unter den Jungfrauen eines

Artemistempels an der Grenze nach Thrakien versteckt. Ich muß nach Athen zurück, werde meine Nachforschungen aber weiterführen und dich immer auf dem laufenden halten. Hab acht auf dich und leb wohl.«

Kallisthenes verstaute die Briefe in einem kleinen Tresor und legte sich schlafen, denn er wußte, daß am nächsten Morgen sehr früh aufgebrochen wurde.

Eumenes und Ptolemaios weckten ihn, als es draußen noch dunkel war.

»Hast du schon gehört?« fragte Eumenes.

»Was?« entgegnete Kallisthenes, indem er sich die Augen rieb.

»Memnon soll gestorben sein. An einer Krankheit.«

»Sie war anscheinend unheilbar«, setzte Ptolemaios hinzu.

Kallisthenes setzte sich auf den Rand seiner Pritsche und goß etwas Öl in die Lampe nach.

»Wann ist das passiert?«

»Die Nachricht ist mit einem der Offiziere unserer Verstärkungstruppen eingetroffen. Wenn wir rechnen, wie lange die unterwegs waren, müßte Memnon vor zwei Wochen bis einem Monat gestorben sein. Es läuft alles wie am Schnürchen.«

Kallisthenes dachte an das Datum auf dem Brief seines Onkels und überschlug die Zahlen rasch im Geiste; dabei kam er zu dem Ergebnis, daß man durchaus nicht sicher sagen konnte, ob Memnons Krankheit durch Menschenhand verursacht worden war oder ihn auf schicksalhafte Weise ereilt hatte. »Besser so«, sagte er schulterzuckend, und während er sich dann anzukleiden begann, rief er eine Sklavin und befahl ihr: »Bring unserem Generalsekretär und dem Kommandanten Ptolemaios etwas Heißes zu trinken.«

46

»Schafshirn«, verkündete der Koch, indem er einen großen Teller der gebratenen Delikatesse vor Eumolpos auf den Tisch stellte, und während er das sagte, entblößte er in einem hämischen Grinsen alle seine zweiunddreißig blitzweißen Zähne unter dem pechschwarzen Schnurrbart.

Der Satrap Ariobarzane – seines Zeichens Gouverneur von Syrien –, der es sich auf der gegenüberliegenden Speiseliege bequem gemacht hatte, grinste noch viel hämischer und meinte: »Das ist doch deine Leibspeise, oder?«

»Oh, sicher, stolzer Held und Stern der Arier, dem einst die Ehre zuteil werden möge, die steife Tiara zu tragen, für den Fall, daß Ahura Mazda auch unserem edlen Großkönig bestimmt, den Turm des Schweigens zu besteigen und sich mit seinen ruhmreichen Vorfahren zu vereinen.«

»Unser edler Großkönig erfreut sich bester Gesundheit«, erwiderte Ariobarzane. »Aber bitte, iß doch. Wie schmeckt dieses Schafshirn?«

»Mmh«, brummte Eumolpos von Soloi und verdrehte dabei die Augen zum Zeichen himmlischen Genusses.

»Im übrigen ist das ja auch deine Losung, wenn du unseren Feinden geheime Botschaften übermittelst, nicht wahr?« fragte Ariobarzane immer noch grinsend.

Eumolpos verschluckte sich und begann zu husten.

»Ein wenig Wasser?« fragte der Koch zuvorkommend und schenkte ihm aus einer Silberkanne ein, aber Eumolpos, der schon ganz blau im Gesicht war, wehrte mit der Hand ab.

Als der Hustenanfall endlich vorüber war, setzte er sein liebenswürdigstes Lächeln auf und sagte mit Unschuldsmiene: »Du beliebst zu scherzen, Herr.«

»Nein, ich scherze überhaupt nicht«, erwiderte der Satrap, indem er genüßlich am Flügel einer gebratenen Drossel knabberte. »Das ist die pure Wahrheit.«

Eumolpos unterdrückte eine Anwandlung von Panik, bei der sich ihm sämtliche Eingeweide zusammenzogen, angelte sich ein weiteres Häppchen eingebackenes Hirn, verspeißte es mit gespielter Wonne und meinte dann augenzwinkernd: »Nun, nun, mein illustrer Gastgeber, du wirst doch wohl nicht auf törichtes Geschwätz hören, das nur lustig sein kann, solange es nicht den Ruf eines Ehrenmannes beschmutzt . . .«

Ariobarzane unterbach ihn mit einer höflichen Geste, wischte sich die Hände an der Schürze des Kochs ab, erhob sich dann von seiner Liege und ging zum Fenster, wobei er Eumolpos bat, ihm nachzukommen.

»Bitte, mein Freund.«

Eumolpos blieb nichts anderes übrig, als dem Gouverneur zu folgen und ebenfalls aus dem Fenster zu schauen. Einen Augenblick später wurde er aschfahl im Gesicht, und die wenigen Happen Hirn in seinem Magen verwandelten sich in Gift. Unten vor dem Fenster baumelte nackt sein Bote an einem Pfahl; lange Hautbahnen hingen in Fetzen an ihm hinunter und entblößten blutige Muskelstränge; an einigen Stellen hatte man ihm das Fleisch sogar bis auf die Knochen abgezogen, und seine Hoden bildeten eine makabere Kette, die ihm um den Hals gebunden war. Selbstverständlich gab er nicht das geringste Lebenszeichen mehr von sich.

»Das mit dem Schafshirn weiß ich von ihm«, sagte Ariobarzane ungerührt.

Ein Stück weiter weg spitze ein Sklave mit scharf geschliffenem Messer einen Akazienast zurecht; als er damit fertig war, schmirgelte er den so gewonnen Pfahl mit Bimsstein, bis er schön glatt war.

Ariobarzane betrachtete den Pfahl, dann sah er Eumolpos tief in die Augen und machte gleichzeitig eine unmißverständliche Geste.

Der Arme schluckte und schüttelte krampfhaft den Kopf.

Ariobarzane lächelte. »Ich wußte doch, daß wir uns verstehen würden, alter Freund.«

»Womit ... womit kann ich dir dienen?« stammelte der Spitzel, ohne den Blick von der fürchterlichen Pfahlspitze losreißen zu können, und dabei faßte er sich mit einer Hand instinktiv an den Hintern, wie um das schreckliche Folterinstrument am Eindringen zu hindern.

Ariobarzane kehrte an den Tisch zurück, ließ sich erneut auf seiner Liege nieder und bat Eumolpos, dasselbe zu tun. Mit einem tiefen Seufzer und in der Hoffnung, der schlimmsten Gefahr vorerst entronnen zu sein, kam der Spitzel seiner Aufforderung nach.

»Was für eine Antwort hat sich der kleine *Yauna* von dir erwartet?« fragte der Satrap und meinte mit diesem abwertenden Spitznamen selbstverständlich den makedonischen Invasor, der sich bereits ganz Anatolien unter den Nagel gerissen hatte.

»König Alexander ... ich meine, der kleine *Yauna*«, korrigierte Eumolpos sich schnell, »wollte wissen, wo der Großkönig vorhat, ihn mit seinem Heer anzugreifen.«

»Ausgezeichnet! Dann schickst du dem kleinen *Yauna* jetzt einen Boten – einen neuen, denn der alte taugt wohl nicht mehr – und läßt ihm ausrichten, daß der Großkönig ihn mit der Hälfte seines Heeres vor der Syrischen Pforte erwartet, während der andere Teil des Heeres die Furt von Thapsakos besetzt hält. Das wird ihn dazu verleiten, anzugreifen.«

»Oh, dessen bin ich mir sicher«, beeilte sich Eumolpos zu erwidern. »Dieser eingebildete, dumme Junge, der mir – bitte glaube mir – von Anfang an unsympathisch war, wird bestimmt völlig blindwütig auf euch losgehen und dabei in die

Landenge zwischen dem Berg Amanos und dem Meer geraten, während ihr . . .«

»Uns laß aus dem Spiel«, unterbrach Ariobarzane ihn barsch. »Erledige noch heute, was ich dir aufgetragen habe. Bestelle deinen Mann in den Saal hier nebenan, wo wir dich beobachten und hören können, und schicke ihn augenblicklich zu dem kleinen *Yauna*. Nach unserem Sieg werden wir entscheiden, was wir mit dir machen. Klar, wenn du auf entscheidende Weise zum Erfolg beiträgst, werden wir für den Pfahl dort unten einen anderen Verwendungszweck finden. Wenn aber irgend etwas schiefgeht . . . zack!« Und mit diesen Worten fuhr der Satrap mit dem Zeigefinger der rechten Hand in den Ring, den er mit Daumen und Zeigefinger der andern Hand gebildet hatte.

Eumolpos tat, wie ihm geheißen.

Unzählige Augen und Ohren beobachteten und belauschten ihn aus gut getarnten Löchern in den freskengeschmückten Wänden ringsum, während er seinem Boten alles ganz ausführlich erklärte:

»Sag, daß dein Kamerad nicht kommen konnte, weil er krank ist. Und daß ich deshalb dich geschickt habe. Und wenn sie dich nach dem Losungswort fragen, sagst du . . .« Eumolpos hüstelte, »Schafshirn.«

»Schafshirn, Herr?« fragte der Mann verdattert.

»Jawohl, Schafshirn – hast du was dagegen?«

»Nein, nein, alles in Ordnung. Dann reite ich also sofort los?«

»Ja, tu das.«

Nachdem der Bote gegangen war, verließ Eumolpos von Soloi den Saal durch eine kleine Wandtür, hinter der Ariobarzane auf ihn wartete.

»Darf ich jetzt auch gehen?« fragte er bange.

»Ja«, erwiderte der Satrap. »Für den Moment darfst du auch gehen.«

Von Gordion aus durchquerte Alexander Phrygien bis nach

Ankyra – einem kleinen, in einer nebligen Bergmulde gelegenen Ort –, bestätigte den dort ansässigen persischen Satrapen in seinem Amt und stellte ihm ein paar makedonische Offiziere zur Seite. Dann nahm er den Marsch wieder auf, jetzt ging es nach Osten bis an den Halys, den großen Fluß, der ins Schwarze Meer mündete und jahrhundertelang die Grenze zwischen der ägäisch-anatolischen Welt und Innerasien gebildet hatte – eine Grenze, von der niemand geglaubt hatte, daß je ein Grieche sie erreichen würde.

Das Heer folgte dem Fluß bis zu seinem Mittellauf und marschierte von dort am Ufer zweier großer Salzseen entlang. Alexander beließ auch den persischen Satrapen von Kappadokien, der ihm Treue geschworen hatte, in seinem Amt, und wandte sich dann nach Süden. Da er keinerlei Widerstand begegnete, konnte er immer tiefer in die riesige Hochebene eindringen, die von dem mächtigen Argeios beherrscht wurde, einem schlafenden Vulkan mit ewigem Schnee, den man wie ein Gespenst im Morgennebel auftauchen sah. Die Felder ringsum waren in der Frühe oft mit Rauhreif bedeckt, der mit aufgehender Sonne jedoch schmolz und die rotbraune Erdkruste zum Vorschein kommen ließ.

Viele der Felder waren bereits gepflügt und mit neuer Saat versehen, aber hier und da standen noch gelbe Stoppeln, die kleinen Schaf- und Ziegenherden als Nahrung dienten. Nach zwei Tagen Marsch tauchte in der Ferne die mächtige Gebirgskette des Tauros auf, ihre schneebedeckten Gipfel funkelten wie Rubine in der untergehenden Sonne.

Den meisten Soldaten kam es beinahe wie ein Wunder vor, daß dieses ganze riesige Gebiet sie geradezu freundlich empfing und daß so viele Stämme, Dörfer und Städte sich ohne den geringsten Widerstand unterwarfen.

Doch der Ruf ihres jungen Heerführers war ihnen vorausgeeilt und hatte sich überall verbreitet – genau wie die Nachricht vom Tod des Kommandanten Memnon, dem einzigen, der, vom Großkönig einmal abgesehen, das Vordringen des Makedonen hätte aufhalten können.

Nach fünf Tagen in der Hochebene begann der Weg immer steiler zu werden; in Kürze würden sie die Paßstraße erreichen, die in die kilikische Küstenebene hinabführte. Jeden Abend, wenn das Lager aufgeschlagen war, zog sich Alexander alleine oder mit Hephaistion und den anderen Gefährten in sein Zelt zurück, um in Xenophons »Anabasis« zu lesen, dem Tagebuch des Zuges der Zehntausend, der vor siebzig Jahren genau hier durchgekommen war. Der athenische Historiker beschrieb die Paßstraße als sehr eng und gefährlich, wenn sie von feindlichen Truppen belagert wurde.

Als es soweit war, wollte Alexander die Marschkolonne persönlich anführen. Die Bewacher des Passes sahen ihn im Morgengrauen auftauchen und erkannten ihn sofort an dem roten Banner mit dem goldenen Argeadenstern, an seinem riesigen schwarzen Pferd und an der silbernen Rüstung, die bei jeder Bewegung aufblitzte.

Und sie sahen auch die lange Schlange von Männern und Pferden, die ihm langsam, aber unerbittlich hinterherkroch. In der sicheren Annahme, daß sie zu wenige waren, um es mit einem solchen Ungetüm aufzunehmen, flohen sie Hals über Kopf, so daß Alexander und sein Heer den Paß ohne Schwierigkeiten überqueren konnten.

Unterwegs entdeckte Seleukos in der Felswand zu ihrer Linken Einritzungen, die vielleicht noch von den zehntausend Söldnern Xenophons stammten; Alexander stieg vom Pferd und betrachtete sie interessiert, dann wurde der Marsch fortgesetzt. Wenig später breitete sich unter ihnen das Kydnos-Tal und die weite grüne Tiefebene von Kilikien aus.

»So, jetzt haben wir Anatolien endgültig hinter uns gelassen und sind in Syrien«, sagte Eumenes.

»Das ist ja eine ganze andere Welt!« staunte Hephaistion, indem er mit dem Blick der schmalen blauen Linie folgte, von der die Ebene am Horizont gesäumt wurde. »Seht nur, das Meer!«

»Wo jetzt wohl Nearchos mit unseren Schiffen ist?« meinte Perdikkas.

»Na, irgendwo dort hinten«, erwiderte Leonnatos. »Vielleicht betrachtet er gerade diese Berge hier und brummt: ›Möchte bloß wissen, wo die stecken. Warum melden sie sich nicht, verdammt noch mal?‹«

»Gut möglich«, sagte Alexander. »Und genau deshalb sollten wir uns beeilen und die Häfen entlang der Küste besetzen. Wenn Nearchos dann ankommt, kann er in aller Ruhe einlaufen und braucht keine Hinterhalte zu befürchten.«

Mit diesen Worten gab er seinem Pferd die Sporen und lenkte es den Weg zum Flußtal hinab.

Lysimachos und Leonnatos ritten in diesem Augenblick nebeneinander.

»Wir haben Glück gehabt«, sagte Lysimachos. »Wenn die Perser oberhalb der Paßstraße eine ordentliche Wache aufgestellt hätten, wär da nicht mal eine Fliege durchgekommen.«

»Sie haben Angst«, erwiderte sein Freund. »Die ziehen den Schwanz ein, kaum daß sie uns sehen. Uns kann niemand mehr aufhalten.«

Lysimachos schüttelte den Kopf. »Das glaubst du. Ich traue dem Frieden nicht. Meiner Meinung nach laufen wir direkt ins Maul des Löwen . . .«

»Dem reiße ich die Zunge aus«, knurrte Leonnatos und ritt nach hinten, um die Marschkolonne zu kontrollieren.

Innerhalb von wenigen Stadien hatte sich das Klima völlig verändert: Auf der Hochebene war es frisch und trocken gewesen, hier unten im Tal war es auf einmal feuchtschwül, und alle schwitzten unter ihren schweren Rüstungen.

In nur zwei Tagesmärschen erreichte Alexander die nahe am Meer gelegene Stadt Tarsos; sie lieferte sich kampflos aus, nachdem der Satrap von Kilikien geflohen war, um sich mit dem Heer des Großkönigs zu vereinen, das seinerseits unerbittlich vorrückte. Alexander ließ in der Ebene das Lager für seine Soldaten aufschlagen, während er selbst, die Eliteeinheiten und die höheren Offiziere sich in den vornehmsten Häusern der Stadt einquartierten. Er war kaum angekommen, als ihm ein Besucher gemeldet wurde.

»Hier ist ein Bote, der dich unbedingt persönlich sprechen will«, sagte einer seiner Leibwächter.

»Wer schickt ihn?«

»Angeblich ein gewisser Eumolpos von Soloi.«

»Dann soll er dir sein Losungswort sagen.«

Der Leibwächter ging hinaus, und kurz darauf hörte Alexander ihn lachen. Ja, offensichtlich handelte es sich wirklich um einen Boten von Eumolpos.

»Das Losungswort lautet...«, begann der Leibwächter, brachte seinen Satz vor lauter Lachen aber nicht zu Ende.

»Nimm dich zusammen«, fuhr der König ihn an.

»Das Losungswort lautet ›Schafshirn‹.«

»In Ordnung. Laß ihn rein.«

Der Leibwächter ging zur Tür und rief den Boten herein.

»Herr, mich hat Eumolpos von Soloi geschickt.«

»Ich weiß, ein so dämliches Losungswort kann nur der erfinden. Warum ist nicht der andere Bote gekommen? Dich habe ich noch nie gesehen.«

»Der andere Bote hat sich bei einem Sturz vom Pferd verletzt.«

»Was sollst du mir ausrichten?«

»Wichtige Dinge, mein Herr. Der Großkönig ist mittlerweile sehr nahe. Eumolpos ist es gelungen, einen von Dareios' Feldadjutanten zu bestechen und zu erfahren, wo die Schlacht stattfinden soll, bei der er dich vernichten will.«

»Und, wo?«

Der Bote sah sich um und entdeckte auf einer Staffelei die große Landkarte, die Alexander immer bei sich hatte. Er ging zu ihr und deutete mit dem Finger auf einen Punkt in der Ebene zwischen dem Karmel und dem Amanosgebirge. »Hier«, sagte er. »An der Syrischen Pforte.«

47

Die Nachricht verbreitete sich wie ein Lauffeuer im ganzen Lager und löste helle Panik aus: »Der König ist tot! Der König ist tot!«

»Was ist passiert?«

»Er ist ertrunken!«

»Nein, er ist vergiftet worden.«

»Von einem persischen Spitzel.«

»Wo ist der Kerl?«

»Geflohen.«

»Dann laßt ihn uns verfolgen!«

»Wartet, da kommen Hephaistion und Perdikkas.«

»Und Philipp, der Arzt, ist auch bei ihnen.«

»Dann ist er doch nicht gestorben!«

»Was weiß denn ich? Mir wurde gesagt, er sei tot.«

Augenblicklich hatte sich alles um den Arzt und seine beiden Begleiter geschart, die verzweifelt versuchten, sich einen Weg zum Lagerausgang zu bahnen.

Eine Gruppe »schildtragende Gardisten« eilte ihnen zu Hilfe, damit sie so schnell wie möglich von Philipps Zelt zum Tor gelangen konnten.

»Wie ist es passiert?« fragte der Arzt unterwegs.

»Wir waren gerade mit dem Mittagessen fertig«, begann Hephaistion.

»Die Hitze draußen war mörderisch«, fuhr Ptolemaios fort.

»Und getrunken habt ihr auch, was?« fragte Philipp.

»Na ja, der König war guter Laune, er hat einen ganzen ›Herkulesbecher‹ geleert.«

»Sprich, eine halbe Amphore Wein«, knirschte der Arzt.

»Ja«, gab Ptolemaios zu. »Dann hielt er die Bruthitze nicht mehr aus. ›Ich gehe baden!‹ hat er geschrien und ist zum Kydnos runtergerannt – wir haben den Fluß vom Fenster aus gesehen, er sah so schön kühl aus, und da . . .«

»Badengehen – mit vollem Bauch und völlig überhitzt?« schrie Philipp außer sich vor Wut.

Die drei hatten mittlerweile ihre Pferde erreicht. Sie sprangen auf und preschten in aller Eile zu dem Fluß, der etwa zwei Stadien entfernt war.

Der König lag im Schatten eines Feigenbaums auf dem Boden. Seine Männer hatten ihn auf eine Strohmatte gelegt und mit einem Mantel bedeckt. Er hatte tiefe schwarze Ringe unter den Augen, blau verfärbte Fingernägel und war aschfahl im Gesicht.

»Verdammt noch mal!« schrie Philipp, während er aus dem Sattel sprang. »Warum habt ihr ihn nicht gebremst? Dieser Mann ist mehr tot als lebendig. Weg da, geht zur Seite!«

»Aber wir . . .«, stammelte Hephaistion und drehte den Kopf zum Stamm des Baumes, um seine Tränen zu verbergen.

Der Arzt deckte Alexander auf und legte ihm das Ohr auf die Brust. Sein Herz schlug zwar noch, aber sehr schwach und unregelmäßig. Philipp deckte ihn wieder zu. »Schnell!« sagte er zu einem der Leibgardisten. »Reite ins Haus des Königs und sag Leptine, sie soll ein heißes Bad vorbereiten. Sie soll auch einen Kessel Wasser aufs Feuer stellen und Kräuter hineingeben – hier, ich schreibe dir genau auf, welche und wieviel davon.« Philipp zog ein Täfelchen und einen Griffel aus der Tasche und notierte eilig das Rezept. »Und jetzt los!«

»Können wir auch etwas tun?« fragte Hephaistion, indem er vortrat.

»Ja. Flechtet eine Matte aus Schildrohr und befestigt sie zwischen zwei Pferden. Wir müssen ihn in die Stadt schaffen.«

Die Soldaten zogen ihre Schwerter aus den Scheiden, schnitten entlang des Ufers mehrere Bündel Schildrohr und verflochten sie miteinander. Als sie fertig waren, hoben sie den König hoch, legten ihn behutsam auf die Matte und deckten ihn wieder mit dem Mantel zu.

Dann setzte sich der kleine Zug in Bewegung, angeführt von Hephaistion, der die beiden Pferde am Zügel führte, damit sie nicht zu schnell wurden.

Leptine empfing sie mit schreckgeweiteten Augen, aber sie wagte nichts zu fragen; im Grunde brauchte sie Alexander ja nur anzusehen, um zu wissen, wie es um ihn stand. Während sie den Männern ins Badezimmer vorauseilte, biß sie sich auf die Lippen, um nicht in Tränen auszubrechen.

Der König gab keinerlei Lebenszeichen von sich; mittlerweile waren auch seine Lippen blau angelaufen und die Nägel beinahe schwarz.

Hephaistion kniete neben ihm nieder und hob ihn hoch, wobei sein Kopf nach hinten fiel wie bei einem Toten.

»Leg ihn in die Wanne«, befahl der Arzt, »aber langsam! Laß ihn ganz allmählich ins Wasser gleiten.«

Hephaistion stieß irgend etwas Unverständliches zwischen den Zähnen hervor, vielleicht einen Fluch oder eine Anrufung der Götter.

Unterdessen waren auch die anderen Gefährten eingetroffen und hatten sich im Kreis um den König aufgestellt, ohne jedoch Philipp bei seiner Arbeit zu behindern.

»Ich hab ihm gesagt, er soll sich mit vollem Bauch und erhitzt, wie er war, nicht ins Wasser werfen, aber er wollte nicht auf mich hören«, flüsterte Leonnatos dem Perdikkas ins Ohr. »Er meinte, das hätte er schon tausendmal getan, und nie sei ihm etwas passiert.«

»Irgendwann ist immer das erste Mal«, erwiderte Philipp, indem er den Kopf wandte. »Leichtsinniges Pack! Wann begreift ihr Esel endlich, daß ihr erwachsene Männer seid? Daß ihr die Verantwortung für eine ganze Nation tragt? Warum habt ihr ihn nicht zurückgehalten? Warum?«

»Wir haben es ja versucht ...«, hob Lysimachos an.

»Gar nichts habt ihr versucht! In den Hades mit euch allen ...«, schimpfte Philipp, während er den Körper des Königs vorsichtig zu massieren begann. »Wißt ihr, wie es hierzu gekommen ist? Wißt ihr das? Nein, das wissen die schlauen Herren natürlich nicht!« Die jungen Männer standen mit hängenden Köpfen da. »Dieser Fluß besteht zum größten Teil aus Schmelzwasser des Tauros; der Weg vom Gebirge hierher ist viel zu kurz und viel zu steil, als daß es sich aufwärmen könnte – selbst bei seiner Mündung ins Meer ist dieses Wasser noch eiskalt. Genausogut hätte Alexander sich nackt im Schnee vergraben können!«

Leptine hatte sich unterdessen neben der Wanne niedergekniet und wartete auf Anweisungen des Arztes.

»Ja, schön, mach du auch ein bißchen mit. Massiere ihn behutsam, immer vom Bauch aufwärts, so, siehst du? Wir wollen versuchen, seine Verdauung wieder in Gang zu bringen.«

Plötzlich trat Hephaistion auf den Arzt zu, richtete anklagend den Finger gegen ihn und zischte: »Hör mal, Alexander ist der König. Er macht, was er will, und keiner kann ihn daran hindern. Du dagegen bist ein Arzt, und als solcher hast du nur eins zu tun: ihn wieder gesund zu machen, verstanden?«

»Rede nicht in diesem Ton mit mir! Ich bin nicht dein Sklave«, erwiderte Philipp und sah ihm in die Augen. »Ich tue, was getan werden muß und wie ich es für richtig halte, klar? Und jetzt raus mit euch, ihr stört mich bei meiner Arbeit. Raus!« Während sich alles anschickte zu gehen, richtete der Arzt sich auf und rief: »Moment! Einer soll bleiben – ich brauche einen, der mir hilft.«

Hephaistion drehte sich um: »Darf ich das machen?«

»Na gut«, murmelte Philipp. »Aber setz dich auf den Stuhl da und geh mir nicht auf die Nerven.«

Der König hatte inzwischen wieder etwas Farbe bekommen, aber er war immer noch bewußtlos und machte die Augen nicht auf.

»Wir müssen seinen Magen entleeren«, sagte Philipp, »sofort, sonst kommt er nicht davon. Leptine, hast du den Kräuteraufguß vorbereitet, den ich verlangt habe?«

»Ja.«

»Dann hol ihn. Ich mache alleine mit der Massage weiter.«

Kurz darauf kam Leptine mit einer kleinen Ampulle zurück, in der sich eine dunkelgrüne Flüssigkeit befand.

»So, und jetzt hilf mir«, befahl Philipp. »Du, Hephaistion, hältst ihm den Mund auf: Wir müssen ihm dieses Gebräu einflößen, koste es, was es wolle.«

Hephaistion tat, wie ihm geheißen, und der Arzt träufelte Alexander die grüne Flüssigkeit langsam in den offenen Mund.

Zunächst zeigte der König keinerlei Reaktion, dann ging jedoch ein Zucken durch seinen Körper, und er begann entsetzlich zu würgen.

»Was hast du ihm gegeben?« fragte Leptine erschrocken.

»Ein Brechmittel, das, wie du siehst, zu wirken beginnt«, erwiderte der Arzt. »Und außerdem eine Substanz, die seinen Körper sozusagen aufrütteln soll, damit er sich nicht einfach in den Tod ergibt.«

Alexander erbrach sich mehrmals und sehr lange; Leptine hielt ihm dabei die Stirn, während eilig gerufene Diener den Boden um die Badewanne aufwischten. Dann wurde er von heftigen Krampfanfällen gepackt, bei denen er vor Schmerzen röchelte und schrie.

Philipps Kur war eine wahre Roßkur: Sie löste heftige und letztendlich positive Reaktionen in Alexanders Organismus aus, schwächte ihn aber sehr. Er kam mit dem Leben davon, mußte jedoch einen ewig langen Heilungsprozeß mit zahlreichen Rückfällen in Kauf nehmen, die mit heimtückischen Fieberattacken einhergingen und ihn völlig auszehrten.

Monate vergingen, bevor man eindeutig von einer Besserung sprechen konnte, und in dieser langen Zeit verloren die

Soldaten allmählich den Mut und glaubten immer mehr, der König sei gestorben und keiner wage, es ihnen zu sagen. Anfang Herbst war es endlich soweit, daß der König sich seinen Truppen zeigen konnte, danach mußte er aber gleich wieder ins Bett.

Irgendwann begann er, im Zimmer auf und ab zu gehen. Leptine verfolgte ihn dabei mit einer Tasse Brühe und flehte: »Hier, mein Herr, trink doch ein bißchen davon, das tut dir gut.«

Philipp kam jeden Abend vorbei, um nach ihm zu schauen. Den Rest der Zeit verbrachte er ihm Lager, weil auch dort viele Soldaten aufgrund des jähen Klimawechsels und der ungewohnten Kost krank geworden waren. Die meisten hatten Brechdurchfall, hohes Fieber und Magenschmerzen.

Eines Abends – Alexander saß gerade an seinem Arbeitstisch, denn er hatte angefangen, sich wieder um die Korrespondenz aus Makedonien und den unterworfenen Provinzen zu kümmern – erschien ein Bote mit einer versiegelten Botschaft von General Parmenion. Der König öffnete sie, aber in diesem Augenblick kam Philipp herein.

»Wie fühlst du dich heute, Herr?« fragte er und begann sofort den Trank zu mischen, den er ihm zu verabreichen gedachte.

Alexander überflog kurz die Mitteilung des alten Generals, in der es hieß:

»Parmenion an Alexander, heil!
Wie ich aus gut informierter Quelle erfahren habe, ist dein Arzt Philipp von den Persern bestochen worden und will dich vergiften. Sei auf der Hut!«

Statt zu erschrecken, antwortete er nur: »Ganz gut«, und streckte die Hand nach dem Becher aus, den Philipp ihm hinhielt.

Mit der anderen Hand reichte er Philipp den Zettel, der ihn las, während Alexander seinen Trank zu sich nahm.

Auch der Arzt zeigte sich nicht im mindesten beeindruckt, und als der König seinen Becher ausgetrunken hatte, gab Philipp den Rest des Medikaments in einen anderen Becher und sagte: »Das hier trinkst du heute abend, bevor du ins Bett gehst. Morgen kannst du beginnen, feste Nahrung zu dir zu nehmen. Ich gebe Leptine genaue Anweisungen für deine Diät – du mußt sie streng befolgen.«

»In Ordnung«, der König nickte.

»Dann gehe ich jetzt ins Lager zurück. Wir haben ziemlich viele Kranke, weißt du das?«

»Ja«, erwiderte Alexander, »und das ist sehr schlecht. Dareios nähert sich, das spüre ich. Ich muß unbedingt so schnell wie möglich zu Kräften kommen.« Als Philipp sich von ihm verabschiedete, fragte er plötzlich: »Was meinst du, wer das war?«

Philipp zuckte mit den Schultern. »Keine Ahnung. Aber es gibt da ein paar junge Chirurgen, die sehr gut sind und möglicherweise auf das Amt des königlichen Leibarztes spekulieren. Denen bin ich natürlich im Weg.«

»Du brauchst mir nur zu sagen, um wen es sich handelt, und ich . . .«

»Besser nicht, Herr. In Kürze werden wir alle unsere Chirurgen dringend brauchen und ich weiß nicht einmal, ob es genug sind. Trotzdem, danke für dein Vertrauen«, fügte er noch hinzu, bevor er das Zimmer verließ und die Tür hinter sich schloß.

48

Nearchos' kleine Flotte ging Mitte Herbst in Tarsos vor Anker, und der Admiral begab sich sofort an Land, um den König, der mittlerweile wieder völlig hergestellt war, zu begrüßen und zu umarmen.

»Hast du schon gehört, daß Dareios uns den Weg durch die Syrische Pforte versperren will?« fragte der König.

»Ja, Perdikkas hat es mir erzählt. Leider wird ihm deine Krankheit Zeit genug gegeben haben, seine Stellungen dort abzusichern.«

»Schon, aber höre meinen Plan: Wir ziehen ein Stück an der Küste entlang und schlagen dann die Paßstraße zur Syrischen Pforte ein. Bevor wir oben ankommen, schicken wir Vorposten aus; sie sollen die persischen Stellungen auskundschaften, von denen aus Dareios den Paß kontrolliert. Später kämpfen wir uns den Paß mit einem Überraschungsangriff frei und strömen mit dem Heer in die Ebene hinunter – dort treten wir ihnen entgegen. Leider sind die Perser uns zahlenmäßig weit überlegen. Das Verhältnis dürfte eins zu zehn sein.«

»Eins zu zehn?«

»Ja, nach allem, was wir wissen. Morgen geht es los, Admiral. Die Kranken und Geschwächten lassen wir in Issos, der Rest marschiert zum Paß weiter. Du folgst uns mit der Flotte, und zwar ab sofort immer in Sichtweite.«

Nearchos kehrte auf sein Schiff zurück, lichtete am nächsten Tag die Anker und nahm Kurs nach Süden. Alexanders Heer rückte, der Küste folgend, in derselben Richtung vor.

Das erste größere Ziel war Issos, eine kleine Stadt inmitten von terrassenförmig ansteigenden Bergen, die an den Zuschauerraum eines Theaters erinnerten. Hier ließ Alexander diejenigen unter seinen Männern einquartieren, die kampfunfähig waren, und nahm dann den Marsch in Richtung der Syrischen Pforte wieder auf.

Am darauffolgenden Abend schickte er eine Vorhut aus Kundschaftern los, während Nearchos' Admiralsschiff durch Leuchtzeichen mitteilte, daß das Meer unruhig wurde und mit einem Sturm zu rechnen war.

»Verdammt, das hat uns gerade noch gefehlt!« fluchte Perdikkas. Seine Männer sollten die Zelte für das Nachtlager aufstellen und kamen schon jetzt kaum gegen die heftigen Windböen an, die die Zeltplanen blähten und mit sich fortreißen wollten.

Als das Lager mit Einbruch der Nacht endlich fertig war, brach das Unwetter los. Es goß, als hätte der Himmel seine Schleusen geöffnet, grelle Blitze zuckten über den schwarzen Himmel und die fürchterlichen Donnerschläge, die ihnen folgten, hallten von den umliegenden Bergen zurück.

Nearchos hatte es gerade noch an den Strand geschafft; seine Schiffsleute trieben dicke Holzpflöcke in den Sand und befestigten daran die Taue, die andere ihnen von den Hecken der Boote aus zuwarfen.

Als die Lage endlich unter Kontrolle schien, versammelte sich der gesamte Generalstab zu einem bescheidenen Abendessen in Alexanders Zelt und arbeitete einen Plan für den nächsten Tag aus. Man war schon fast am Zubettgehen, als plötzlich ein Bote aus Issos erschien; er war von Kopf bis Fuß mit Schlamm bedeckt, bis auf die Haut durchnäßt und bekam kaum noch Luft. Bei seinem Anblick stand alles erschrocken auf.

»Was ist los?« fragte Alexander.

»Herr«, keuchte der Bote, »wir haben das persische Heer im Rücken: Dareios ist in Issos!«

»Was?« schrie der König. »Bist du besoffen?«

»Nein, leider nicht. Sie sind mit Einbruch der Dämmerung über uns hergefallen, haben unsere Wachtruppen vor der Stadt überrumpelt und alle kranken Soldaten, die wir in Issos zurückgelassen haben, gefangengenommen.«

Alexander schlug mit der Faust auf den Tisch. »Verdammt! Jetzt müssen wir mit Dareios verhandeln, damit er sie wieder herausrückt.«

»Ja, etwas anderes bleibt uns nicht übrig«, pflichtete Parmenion ihm bei.

»Wie haben die das bloß geschafft, hinter unseren Rücken zu gelangen?« fragte Perdikkas.

»Hier, wo wir sind, können sie nicht durchgekommen sein«, erwiderte Seleukos in bewußt ruhigem Ton, als wolle er alle ein wenig beschwichtigen. »Und übers Meer sind sie auch nicht gekommen, sonst hätte Nearchos sie gesehen.«

Ptolemaios trat auf den Boten zu: »Und wenn das alles eine Finte wäre, damit wir uns vom Paß zurückziehen und dem Großkönig Gelegenheit geben, mit seinem Heer hinaufzuziehen und uns dann von oben herab anzugreifen? Ich kenne diesen Mann hier nicht. Kennt ihr ihn?«

Alles trat vor und musterte den Boten, der erschrocken zurückwich.

»Ich habe ihn noch nie gesehen«, sagte Parmenion.

»Ich auch nicht«, sagte Krateros mit mißtrauisch zusammengekniffenen Augen.

»Aber Herr . . .«, flehte der Bote.

»Hast du eine Losung?« fragte Alexander.

»Aber ich . . . dazu war keine Zeit, Herr. Mein Anführer hat mir befohlen loszureiten, und ich bin aufs Pferd gesprungen und ab . . .«

»Wer ist dein Anführer?«

»Amyntas aus Lynkestis.«

Alexander verstummte und wechselte einen vielsagenden

Blick mit General Parmenion. Im selben Moment fuhr draußen ein besonders greller Blitz hernieder; sein Licht drang bis ins Königszelt herein und verlieh den Gesichtern der Versammelten etwas Gespenstisches. Der nachfolgende, dröhnende Donnerschlag ließ nicht lange auf sich warten.

»Es gibt nur einen Weg, um herauszufinden, was wirklich passiert ist«, sagte Nearchos, kaum daß der Donner überm Meer verhallt war.

»Nämlich?« fragte der König.

»Ich kehre um und schaue nach. Mit meinem Schiff.«

»Bist du wahnsinnig?« rief Ptolemaios aus. »Bei dem Wetter gehst du sofort unter.«

»Das ist nicht gesagt. Der Wind bläst aus Süden: Mit ein wenig Glück könnte ich es schaffen. Rührt euch nicht vom Fleck, bevor ich nicht zurück bin oder euch einen Boten geschickt habe. Unser Losungswort ist ›Poseidon‹.«

Mit diesen Worten zog er sich seinen Umhang über den Kopf und rannte hinaus in den strömenden Regen.

Alexander und die Gefährten folgten ihm mit brennenden Laternen. Nearchos kletterte an Bord seines Admiralsschiffs und befahl, den Anker zu lichten und die Ruder ins Wasser zu lassen. Kurz darauf drehte das Schiff und nahm Kurs nach Norden; als es sich ein gutes Stück vom Strand entfernt hatte, erschien auf seinem Bug ein weißes Gespenst.

»Der Mann ist verrückt«, murmelte Ptolemaios, während er sich schützend die Hand über die Augen hielt. »Jetzt hat er auch noch ein Segel gehißt!«

»Nein, er ist nicht verrückt«, erwiderte Eumenes. »Nearchos ist der beste Seemann von hier bis zu den Herkulessäulen, und das weiß er.«

Bald hatte die Dunkelheit das weiße Segel verschluckt und alles kehrte ins Zelt des Königs zurück, um sich vor dem Schlafengehen noch ein wenig an dem glühenden Kohlebekken zu wärmen.

Alexander war zu aufgeregt, um einschlafen zu können. Er stand noch lange unter dem Vordach seines Zelts und schaute dem Gewitter zu; hin und wieder warf er einen Blick auf Peritas, der bei jedem Donnerschlag kläglich aufjaulte. Plötzlich sah er einen besonders langen Blitz vom Himmel zucken und in eine Eiche einschlagen, die auf einem nahen Hügel stand.

Ihr mächtiger Stamm begann augenblicklich zu brennen, und im Schein der Flammen erkannte er den weißen Mantel Aristandros'; reglos stand der Seher in Wind und Regen, die Hände zum Himmel emporgehoben. Alexander spürte, wie es ihm eiskalt über den Rücken lief, und er glaubte, mit einemmal die Schreie vieler sterbender Männer zu vernehmen, das verzweifelte Wehklagen Tausender von Seelen, die lange vor ihrer Zeit in die Unterwelt geflohen waren. Dann versank er in einem seltsamen Dämmerzustand.

Das Gewitter tobte noch die ganze Nacht hindurch; erst gegen Morgen begannen die schwarzen Wolken sich zu zerstreuen, der ein oder andere Fetzen Blau kam zum Vorschein, und als die Sonne vollends über den Gipfeln des Tauros erschien, hatte sich die Lage völlig beruhigt. Der Himmel war heiter und das Meer wieder völlig glatt – in sanften, schaumgekrönten Wellen brach sich das Wasser am Strand.

Noch vor Mittag kamen die Späher zurück, die im Süden die Paßstraße zur Syrischen Pforte auskundschaftet hatten. Sie erstatteten dem König augenblicklich Bericht: »Dort oben ist kein Mensch, Herr, und unten im Tal auch nicht.«

»Das verstehe ich nicht«, murmelte der König, »Xenophons ›Zehntausend‹ sind doch auch hier durchgezogen. Einen anderen Paß gibt es nicht ...«

Die Antwort traf gegen Abend mit Nearchos' Admiralsschiff ein. Die Mannschaft hatte um ihr Leben gerudert, um dem König so schnell wie möglich die erwartete Nachricht zu bringen. Kaum daß das Schiff in Sicht kam, stürzte Alexander zum Strand hinunter und empfing den Admiral, der sich mit einem kleinen Boot an Land setzen ließ.

»Und?« fragte er ihn gespannt.

»Der Bote hat leider die Wahrheit gesagt. Sie befinden sich in unserem Rücken – Hunderttausende von Mann mit Pferden, Kriegswagen, Bogenschützen, Schleuderern, Speerwerfern . . .«

»Wie ist das möglich?« donnerte der König.

»Es gibt noch einen anderen Paß, fünfzig Stadien weiter nördlich: die Amanische Pforte.«

»Eumolpos hat uns reingelegt!« knirschte Alexander. »Er hat uns in diesen Schlauch zwischen Meer und Gebirge gelockt, während Dareios hinter unserem Rücken vorgerückt ist und sich zwischen uns und Makedonien geschoben hat.«

»Es ist nicht gesagt, daß er das absichtlich getan hat«, bemerkte Parmenion. »Vielleicht war er dazu gezwungen, weil ihn irgend jemand entdeckt hat. Oder er dachte, du liegst noch krank in Tarsos und wollte uns dort überraschen.«

»Das ändert nichts an unserer Lage«, erwiderte Ptolemaios.

»Genau«, bekräftigte Seleukos. »Wir sitzen im Dreck.«

»Was machen wir?« fragte Leonnatos, indem er das sommersprossige Gesicht hob.

Alexander dachte eine Weile schweigend nach, dann sagte er: »An diesem Punkt weiß Dareios, wo wir sind. Wenn wir hierbleiben, macht er uns fertig.«

49

Alexander hielt noch vor Sonnenaufgang einen Kriegsrat in seinem Zelt ab. Obwohl er kaum geschlafen hatte, war er hellwach und in bester körperlicher Verfassung.

In wenigen Worten erläuterte er seinen Plan: »Freunde, das persische Heer ist uns zahlenmäßig weit überlegen, und deshalb müssen wir von hier weg. Diese Gegend bietet keinerlei Schutz: Hinter uns haben wir eine ausgedehnte Ebene und vor uns das Gebirge. Dareios bräuchte uns nur zu umzingeln, und wir wären erledigt. Wir müssen also umkehren und ihm auf einem engen Gelände gegenübertreten, wo er seine Überlegenheit nicht ausnützen kann.

Da er bestimmt nicht damit rechnet, daß wir zurückkommen, werden wir ihn überraschen. Erinnert ihr euch noch an die Stelle, wo der Pinaros ins Meer mündet? Ich denke, das ist der richtige Ort. Zwischen Hügeln und Meer sind es zwar an die zehn, zwölf Stadien, aber ebenes Gelände ohne größere Hindernisse gibt es dort kaum – bestenfalls drei Stadien, und das genügt uns. Wir greifen mit der sichersten Schlachtordnung an: im Zentrum die Phalanxbataillone und unsere griechischen Verbündeten; auf dem rechten Flügel, den Hügeln zu, bezieht die Reiterei Aufstellung, sie wird von mir und der Königsschwadron angeführt; vom Meer her, also auf dem linken Flügel, deckt uns General Parmenion mit dem Rest des schwerbewaffneten Fußvolks und der thessalischen Kavallerie. Die Thraker und Agrianer kämpfen mit mir, und zwar als Reserve in zweiter Reihe.

Die Phalanx wird frontal angreifen und die Reiterei von den Flanken – genau wie in Chaironeia und am Granikos.

Mehr habe ich euch nicht zu sagen. Die Götter mögen uns beistehen! Geht jetzt und laßt das Heer in Schlachtordnung aufmarschieren.«

Es war noch dunkel, als der König auf Bukephalos seine Soldaten abritt. Er trug eine Rüstung, deren eisernen Brustpanzer feine Silberornamente und ein bronzenes Gorgonenhaupt schmückten. Auf beiden Seiten wurde er von Gardisten und seinen Gefährten flankiert: Hephaistion, Lysimachos, Seleukos, Leonnatos, Perdikkas, Ptolemaios und Krateros; auch sie waren von Kopf bis Fuß mit Eisen und Bronze bedeckt und trugen Helme mit hohen Helmzierden, die in der kalten Brise des Herbstmorgens wehten.

»Männer!« schrie Alexander. »Heute stehen wir zum erstenmal dem persischen Heer gegenüber. Der Großkönig in Person führt es an. Er ist uns in den Rücken gefallen und hat uns von unserem Nachschub abgeschnitten. Bestimmt will er entlang der Küste vorrücken und uns dann, im Vertrauen auf seine zahlenmäßige Überlegenheit, gegen diese Berge drängen und fertigmachen. Aber wir bleiben nicht einfach hier und warten auf ihn, wir ziehen ihm entgegen! Wir überraschen ihn auf einem engen Gelände und schlagen ihn! Wir haben keine andere Wahl, Männer! Entweder wir siegen, oder sie vernichten uns. Denkt an eins! Der Großkönig kämpft immer im Zentrum seines Heers. Wenn wir es schaffen, ihn zu töten oder gefangenzunehmen, haben wir an einem Tag den Krieg gewonnen und sein ganzes Reich erobert. Und jetzt, laßt mich eure Stimmen hören, Männer! Laßt mich den Klang eurer Waffen vernehmen!«

Das Heer antwortete mit einem donnernden Schrei, dann zückten alle Offiziere und Soldaten ihre Schwerter und begannen, rhythmisch gegen ihre Schilde zu trommeln. Bald bebte die ganze Ebene unter dem ohrenbetäubenden Lärm. Alexander reckte seine Lanze in die Luft und gab Bukephalos die Sporen; in majestätischem Gang trabte das Pferd los und führte zusammen mit seinem Reiter die Kavallerie auf ihrem Vormarsch an. Und bald mischte sich in das Hufgetrappel der Pferde der dumpfe Klang Tausender marschierender Füße.

Mehrere Stunden zogen sie in Richtung Norden, ohne daß etwas geschah, aber im Verlauf des Vormittags kam plötzlich einer der ausgesandten Spähtrupps in mörderischem Tempo zurückgaloppiert.

»König«, schrie ihr Anführer mit grauenverzerrtem Gesicht, »die Barbaren haben uns unsere Männer zurückgeschickt, die Kranken, wir in Issos zurückgelassen haben ...«

Alexander starrte ihn verständnislos an.

»Sie haben sie verstümmelt, Herr! Sie haben ihnen die Hände abgehackt! Viele von ihnen sind verblutet, andere schleppen sich vor Schmerzen brüllend auf der Straße dahin. Es ist entsetzlich!«

Der König ritt weiter, bis er auf seine massakrierten Soldaten stieß. Als sie ihn sahen, streckte sie die blutüberströmten Arme nach ihm aus; die Stümpfe waren notdürftig mit schmutzigen Lappen umwickelt.

Das Gesicht des Königs verwandelte sich in eine Maske des Grauens; er weinte und schrie wie von Sinnen, während er vom Pferd sprang und einen nach dem anderen umarmte.

Ein Veteran kroch bis vor seine Füße, um ihm etwas zu sagen, aber er hatte nicht mehr die Kraft dazu und sackte leblos in den Matsch der Straße.

»Holt Philipp!« brüllte Alexander. »Holt die Ärzte, schnell! Schnell! Sie sollen sich um diese Männer kümmern.« Dann wandte er sich an seine Truppen: »Da seht ihr, was sie mit euren Kameraden gemacht haben! Jetzt wißt ihr, was uns im Falle einer Niederlage droht. Keiner von uns soll Frieden finden, bis dieses Gemetzel nicht gerächt ist!«

Philipp ließ die Verletzten auf Karren ins Lager zurückbringen und versorgen, dann schloß er sich wieder dem Heereszug an, denn er ahnte, daß man ihn dort noch vor Sonnenuntergang dringend brauchen würde.

Das Heer des Dareios kam gegen Mittag in Sicht. Es hatte sich am nördlichen Ufer des Flusses Pinaros über eine breite Front hinweg postiert. Sein Anblick hätte nicht eindrucksvoller sein können: Mindestens zweihunderttausend Krieger hatten sich mehrreihig in Schlachtordnung aufgestellt; sie wurden von Kriegswagen angeführt, von deren Naben gefährliche Sicheln abstanden. Auf den Flanken befanden sich die medischen, hyrkanischen, sakischen und sazesinischen Reiter, im Zentrum, hinter den Sichelwagen, das Fußvolk der »Unsterblichen« – Dareios' persönliche Leibwache, mit den silbernen Köchern, den Lanzen mit den vergoldeten Spitzen und den langen, zusammengesetzen Bogen.

»Götter des Olymp, sind das aber viele!« rief Lysimachos aus.

Alexander sagte nichts. Wortlos suchte er das Zentrum der feindlichen Linien nach dem Streitwagen des Großkönigs ab.

»Schau!« schrie plötzlich Ptolemaios. »Die Perser wollen uns von der rechten Seite her umzingeln!«

Der König wandte den Kopf und sah eine Schwadron Reiter in weitem Bogen die Hügel erklimmen.

»Aus dieser Entfernung können wir nichts gegen sie unternehmen. Die Thraker und Agrianer sollen sie aufhalten, schickt sie sofort los. Diese Reiter dürfen um nichts in der Welt durchbrechen. Gebt das Zeichen, wir greifen an!«

Ptolemaios preschte im Galopp zu den thrakischen und agrianischen Kontingenten und schickte sie die Hügel hinauf, und Hephaistion nickte den Trompetern zu, worauf diese mit vollen Backen in ihre Instrumente stießen. Als vom linken Flügel die entsprechenden Antwortsignale zurückkamen, setzte sich das gesamte Heer in Bewegung: Reiterei und Fußvolk, alles im Schrittempo.

»Schaut mal da!« rief Hephaistion. »Schwerbewaffnete griechische Infanteristen! Sie haben sie im Zentrum aufgestellt.«

»Und dort hinten schlagen sie Pfähle für eine Palisade in die Erde«, bemerkte Perdikkas.

»Mehr Wasser könnte der Fluß nicht mit sich führen«, brummte Lysimachos. »Klar, so wie es letzte Nacht geschüttet hat . . .«

Alexander beobachtete schweigend die Agrianer und Thraker, die mittlerweile auf die Perser gestoßen waren und sie zurücktrieben. Es war nicht mehr weit bis zum Ufer des Pinaros. Der Fluß war normalerweise nicht tief, nach den nächtlichen Regenfällen aber ziemlich stark angeschwollen, und seine Ufer waren aufgeweicht und glitschig. Der König hob zum zweitenmal die Hand und ließ zum Angriff blasen.

Die Phalanx stürmte mit gesenkten Sarissen los, ebenso die thessalische Reiterei auf dem linken Flügel, und Alexander gab seinem Pferd die Sporen, damit es den *Pezetairoi* voraus auf den Feind zupreschte. Er holte so weit wie möglich nach rechts aus, trieb Bukephalos an der schmalsten Stelle in den Fluß und durchquerte ihn mit der gesamten Reiterschwadron so schnell, daß die Perser gar keine Zeit hatten zu reagieren. Am anderen Ufer angekommen, ließ er eine Wendung vollführen und galoppierte mit gereckter Lanze auf die Flanke des feindlichen Heeres zu.

Im selben Moment durchquerte hinter ihm die Phalanx den Pinaros, doch sie stieß am gegenüberliegenden Ufer auf das griechische Söldnerfußvolk, das ihr kompakt entgegentrat. Leider war der Boden so uneben und schlüpfrig, waren Flußbett und Ufer so mit kantigen Felsbrocken übersät, daß die Griechen es nicht schwer hatten, tief in die makedonischen Reihen einzudringen und die nachfolgenden *Pezetairoi* in erbitterte Nahkämpfe zu verwickeln.

Krateros, der zu Fuß auf dem rechten Flügel der Phalanx kämpfte, erkannte die tödliche Gefahr und ließ in die Trompeten stoßen, um eine Verstärkung aus »schildtragenden Gardisten« anzufordern, von denen die Lücken gefüllt werden konnten. Tatsächlich waren viele der *Hetairoi* gezwungen, ihre Sarissen wegzuwerfen und die Kurzschwerter zu zücken, um sich die blindwütig angreifenden griechischen Söldner vom Leibe zu halten – was in den wenigsten Fällen gelang. Die Lage war äußerst kritisch.

Links hatte Parmenion seine thessalischen Reiter auf den rechten Flügel der Perser angesetzt – in mehreren Angriffswellen stürmte eine Schwadron um die andere nach vorn, ließ einen Hagel von Speeren über dem Feind niedergehen und kehrte um, während bereits die nächste Schwadron im Ansturm war. Die Hyrkaner und Saker setzten sich mit heftigen Gegenangriffen zur Wehr, gedeckt von dem dichten Pfeilregen der sazesinischen Bogenschützen; selbst eine Schwadron Kriegswagen hatte ins Kampfgeschehen eingegriffen, aber auf dem holprigen Gelände kamen sie kaum zu Zuge; viele von ihnen kippten sogar um, worauf die Pferde in panischer Angst flohen und die Wagenlenker, die sich ihre Zügel um die Handgelenke geschlungen hatten, mit sich rissen und auf dem felsigen Boden zu Tode schleiften.

Die Schlacht tobte stundenlang, denn die Perser schickten aus ihren schier unerschöpflichen Reserven ständig neue Truppen nach vorn. Irgendwann gelang es jedoch einer von Krateros angeführten Gardistenbrigade, dem griechischen Söldnerfußvolk in den Rücken zu fallen, es vom Rest des persischen Heers abzuschneiden und seine strenge Schlachtordnung aufzulösen.

Als die ohnehin schon erschöpften Griechen, die es in ihren schweren Eisenrüstungen kaum noch aushielten, sich zudem vom Feind in die Zange genommen sahen, versuchten sie, zurückzuweichen und sich zu zerstreuen, wurden jedoch von der thessalischen Reiterei ausnahmslos niedergemetzelt. An diesem Punkt zogen die Gardisten an den Seiten auf, die Phalanx der *Pezetairoi* fand zu ihrer Kompaktheit zurück, senkte die Sarissen und rückte gegen die breite Front der zehntausend »Unsterblichen« vor, die sich donnernden Schritts, Schild an Schild und mit vorgereckten Lanzen näherten. Plötzlich ertönte von hinten ein greller Trompetenstoß und dann rollte ein Donner über den infernalischen Schlachtenlärm, über die Schreie der Soldaten, das Wiehern der Pferde und das Klirren der Waffen hinweg: der Donner von Chaironeia!

Die riesige Trommel war von acht Pferden zur Frontlinie geschleppt worden und unterstützte nun mit ihrer mächtigen Stimme das Kriegsgeschrei der Soldaten.

»Alalalài!«

brüllten die *Pezetairoi* und rannten nach vorn, ohne der Erschöpfung nachzugeben und ohne sich um Schmerz und Wunden zu kümmern. Bis zur Brust mit Schlamm und Blut bespritzt, boten sie den Anblick von Höllenfurien, aber die »Unsterblichen« des Großkönigs ließen sich nicht beeindrukken und griffen ihrerseits mit unverbrauchten Kräften an. Die beiden Lager prallten zusammen und bildeten bald eine einzige riesige Woge, die immer wieder vor- und zurückschwappte, wobei sich die Kampflinie bald zur einen, bald zur andern Seite hin verschob.

Auf dem rechten Flügel sah man den Fähnrich das rote Banner mit dem sechzehnstrahligen Argeadenstern in den Himmel recken. Dort ritt Alexander – immer in vorderster Linie kämpfend – eine Attacke nach der anderen, doch die arabischen und syrischen Reiterschwadrone, unterstützt vom unablässigen Pfeilhagel der medischen und armenischen Bogenschützen, schlugen jedesmal aufs vehementeste zurück. Als sich die Sonne bereits zum Meer neigte, war es den Thrakern und Agrianern endlich gelungen, die persische Kavallerie definitiv zurückzuschlagen, so daß sie sich sammeln und den Fußsoldaten zu Hilfe eilen konnten, die nach wie vor erbitterte Nahkämpfe austrugen. Ihr Erscheinen flößte den völlig erschöpften *Pezetairoi* neue Kraft ein, und Alexander feuerte seine Königsschwadron mit wilden Schreien zu einem neuen Angriff an. Bukephalos, der seine Glut und seine Sporen spürte, bäumte sich wiehernd auf und fegte mit der Gewalt eines Wirbelsturms mitten in die feindliche Formation hinein.

Der Streitwagen des Großkönigs war mittlerweile in weniger als hundert Fuß Entfernung in Sicht gekommen, und dies steigerte Alexanders Energie noch um ein vielfaches. Wie ein Wahnsinniger schlug er mit dem Schwert um sich und mähte alle nieder, die sich ihm in den Weg stellen wollten – ein beinahe übermenschlicher Kraftakt, aber dann hatte er ihn plötzlich vor sich.

Die beiden Könige starrten sich einen Moment lang in die Augen, als Alexander einen fürchterlichen Schmerz im Schenkel verspürte und sah, daß sich ihm – knapp oberhalb des Knies – ein Pfeil seitlich in den Schenkel gebohrt hatte. Er biß die Zähne zusammen und riß ihn heraus, aber als er wieder aufsah, war Dareios fast verschwunden: Sein Wagenlenker hatte die Pferde gewendet und peitschte wie ein Wilder auf sie ein, während sie auf die Hügel und den Weg zur Amanischen Pforte zuflogen.

Perdikkas, Ptolemaios und Leonnatos umringten den verwundeten König und verhinderten weitere Angriffe, aber Alexander schrie: »Dareios flieht! Ihm nach! Ihm nach!«

Unter dem Druck der von allen Seiten attackierenden makedonischen Schwadrone begannen die Perser allmählich zu wanken und auseinanderzulaufen. Nur die »Unsterblichen« blieben auf ihren Posten, rückten noch enger zusammen und gaben alle Angriffe Schlag auf Schlag zurück.

Alexander riß sich von seinem Mantel einen Streifen Stoff ab, verband damit notdürftig seinen Schenkel und nahm dann sofort die Verfolgungsjagd auf. Ein Reiter der persischen Königsgarde stellte sich ihm mit gezücktem Säbel in den Weg, aber Alexander zog seine zweischneidige Axt aus dem Sattelhalfter und spaltete mit einem Schlag die Waffe seines Gegners, der ihn einen Moment lang wehrlos und verdattert anstarrte. Schon holte der König zum zweitenmal aus, um diesmal seinen Kopf zu treffen, aber da erkannte er ihn.

Im roten Schein der untergehenden Sonne erkannte er das braune Gesicht und den pechschwarzen Bart des gigantischen Bogenschützen, der vor vielen Jahren aus hundert Fuß Entfernung und mit einem einzigen Pfeil die Löwin getötet hatte, die ihn hatte anspringen wollen. Das war an einem Festtag gewesen, auf einem Jagdausflug in der blühenden Ebene von Eordaia.

Auch der Perser erkannte ihn und starrte ihn wie vom Blitz getroffen an.

»Daß mir keiner diesem Mann etwas tut!« schrie Alexander und stürmte seinen Kameraden im Galopp hinterher.

Die Verfolgung des Dareios zog sich viele Stunden hin. Manchmal tauchte die königliche Quadriga in der Ferne kurz auf, doch nur, um sofort wieder auf einem der vielen verschlungenen Pfade zu verschwinden, die sich durch die dichte Vegetation der Hügel schlängelten. Und dann hatten Alexander und seine Gefährten den Wagen des Großkönigs mit einemmal vor sich: Er stand hinter einer Wegbiegung und war verlassen. In seinem Innern fanden sie nur das Gewand des Königs, seinen goldenen Köcher, die Lanze und den Bogen.

»Ich glaube, wir sollten aufgeben«, sagte Ptolemaios. »Dareios flieht bestimmt mit einem frischen Pferd, und in der Dunkelheit fassen wir ihn nie. Außerdem bist du verwundet«, meinte er mit einem Blick auf Alexanders blutigen Schenkel. »Laßt uns umkehren. Die Götter haben uns heute schon genug Gunst erwiesen.«

50

Es WAR TIEF in der Nacht, als Alexander die mit Menschenleichen und Tierkadavern übersäte Ebene im Schein von Lagerfeuern überquerte und ins Lager zurückkehrte. Er war schlammbedeckt und blutverschmiert vom Scheitel bis zur Sohle, und auch Bukephalos hatte eine dicke Schicht blutigen Schlamm auf dem Körper, die halb angetrocknet war und ihm das gespenstische Aussehen einer Geistermähre verlieh.

Die Gefährten ritten neben Alexander und zogen den Streitwagen des Großkönigs hinter sich her, den sie am Sattelzeug ihrer Rösser befestigt hatten.

Das persische Lager war von den makedonischen Soldaten bereits völlig geplündert worden, nur den königlichen Pavillon hatten sie nicht angerührt, denn der stand Alexander zu.

Das Zelt des Dareios war riesig, es bestand ganz aus feinem, reich gemustertem Leder und hatte gold- und purpurfarbene Tücher vor den Eingängen. Die Zeltstützen waren aus kunstvoll geschnitztem und mit purem Gold verkleidetem Zedernholz. Auf dem Boden lagen die schönsten und prächtigsten Teppiche, die man sich nur vorstellen konnte. Schwere Vorhänge aus weißem, rotem und himmelblauem Byssus unterteilten das Zelt in verschiedene Räume; wie in einem richtigen Palast gab es einen Thronsaal für Empfänge, einen Speisesaal, ein Schlafgemach mit einem geradezu monumentalen Himmelbett und ein riesiges Badezimmer.

Alexander sah sich mit großen Augen um und konnte es noch kaum fassen, daß all dieser Reichtum, all dieser unglaubliche Luxus ab sofort ihm allein zur Verfügung stand. Die Badewanne, die Wasseramphoren und die Schöpfgefäße waren aus massivem Gold, und Dareios' Mägde und jungen Eunuchen, die alle bildhübsch waren, hatten dem neuen Herrn bereits das Bad bereitet und harrten, vor Angst zitternd, auf seine Order.

Er ließ noch einmal staunend den Blick umherschweifen und murmelte dann: »Das heißt es also, König zu sein.« An die strenge Schlichtheit des Palasts von Pella gewöhnt, kam ihm dieses Zelt vor wie die Residenz eines Gottes.

Aber er hatte nicht lange Zeit, die Pracht zu genießen, denn die Schmerzen in seinem verwundeten Bein wurden immer heftiger. Er humpelte auf die Badewanne zu und war augenblicklich von Frauen umringt, die ihm beim Ablegen der Rüstung behilflich waren. Inzwischen war auch der eilends gerufene Arzt Philipp eingetroffen. Er untersuchte ihn gründlich, wies die Mägde an, wie sie ihn zu baden hatten, ohne daß sein Bein erneut zu bluten begann, legte ihn dann auf einen Tisch und operierte ihn mit Hilfe seiner Assistenten. Zuerst reinigte und drainierte er die Wunde, dann nähte er sie und legte einen sauberen Verband an. Alexander kam während der ganzen Zeit kein Laut über die Lippen, aber es kostete ihn sehr viel Kraft sich zu beherrschen, und dies, zusammen mit den ungeheuerlichen Anstrengungen des ganzen Tages, bewirkte, daß er in bleiernen Tiefschlaf verfiel, kaum daß der Arzt mit seiner Behandlung fertig war.

Leptine schickte alle weg, steckte ihn ins Bett und schmiegte sich nackt an ihn, damit er in der kalten Herbstnacht nicht fror.

Am nächsten Morgen wurde er von verzweifeltem Wehklagen geweckt, das aus dem Zelt nebenan kam. Er wollte instinktiv aufspringen, aber kaum daß er die Füße auf den

Boden gestellt hatte, verzog sich sein Gesicht zu einer schmerzvollen Grimasse. Sein Bein tat immer noch weh. Dank Philipp, der ihm zur Drainage eine dünne Silberkanüle angelegt hatte, war es allerdings überhaupt nicht geschwollen. Alexander fühlte sich schwach, aber durchaus in der Lage, aufzustehen und den Anweisungen des Arztes zuwiderzuhandeln, der ihm eine Woche strenge Bettruhe verordnet hatte.

Er zog sich in aller Eile an, wies das Frühstück zurück und verließ humpelnd das Zelt, um herauszufinden, woher das Wehklagen kam. Hephaistion, der mit Peritas im Vorraum geschlafen hatte, trat auf ihn zu und reichte ihm den Arm, doch Alexander lehnte ab. »Was ist da draußen los?« fragte er ihn. »Wer weint da?«

»In dem Zelt dort drüben sind Dareios' Gemahlin, die Königinmutter und einige seiner dreihundertfünfundsechzig Konkubinen untergebracht; der Rest ist in Damaskos geblieben. Die Frauen haben Dareios' Streitwagen gesehen, seinen Mantel und Köcher und glauben, er sei gefallen.«

»Dann gehen wir sie doch beruhigen!« sagte der König.

Um peinliche Situationen zu vermeiden, ließen sie sich von einem Eunuchen ankündigen und betraten gemeinsam das Zelt der Frauen. Die Königinmutter, deren Gesicht tränenüberströmt und mit schwarzem Bister verschmiert war, zögerte einen Moment und sah verwirrt vom einen zum anderen, dann warf sie sich Hephaistion vor die Füße in der Annahme, er als der größere und stattlichere der beiden sei der König. Der Eunuch, der die Situation blitzschnell erkannte, erbleichte und flüsterte ihr auf persisch zu, daß nicht dieser, sondern der andere der König sei.

Die Königin schüttelte verzweifelt den Kopf und warf sich daraufhin vor Alexander nieder, indem sie noch lauter klagte und ihn anflehte, ihr zu verzeihen, aber der König beugte sich zu ihr hinunter und half ihr aufzustehen, während der Eunuch seine Worte übersetzte: »Du irrst dich nicht: Auch jener ist Alexander.« Und als er sah, daß die Frau sich daraufhin etwas beruhigte, fügte er hinzu: »Hör auf zu weinen und verzweifle nicht. Dareios lebt. Er hat nur seine Quadriga mit Mantel und Köcher am Straßenrand stehenlassen und ist auf ein Pferd umgestiegen, um schneller fliehen zu können. Inzwischen ist er sicher längst in Sicherheit.«

Die Königinmutter fiel erneut auf die Knie, griff nach seiner Hand und hörte nicht auf, sie zu küssen. Nun näherte sich auch die Gemahlin des Großkönigs, um ihm zu huldigen, und beim Anblick ihrer Schönheit verschlug es ihm fast den Atem. Als er jedoch den Blick ein wenig umherschweifen ließ, stellte er fest, daß auch die anderen Frauen alle miteinander bildhübsch waren. »Bei Zeus, soviel Schönheit blendet ja geradezu«, flüsterte er Hephaistion ins Ohr, aber man merkte ihm deutlich an, daß sein Blick ein ganz bestimmtes Gesicht suchte.

»Gibt es noch andere Frauen im Lager?« fragte er.

»Nein«, antwortete Hephaistion.

»Bist du sicher?«

»Ja, absolut sicher«, erwiderte der Gefragte. Als er aber daraufhin einen Anflug von Enttäuschung in Alexanders Gesicht las, fügte er noch hinzu: »Der Rest des königlichen Hofstaats befindet sich in Damaskos. Vielleicht findest du dort, wen du suchst.«

»Ich suche niemanden«, entgegnete Alexander barsch, dann wandte er sich an den Eunuchen: »Sag der Königinmutter, der Gemahlin von Dareios und den anderen Frauen, daß ich sie mit allem Respekt behandeln werde und daß sie nichts zu fürchten haben. Sie sollen keine Scheu haben, mir ihre Wünsche mitzuteilen – wir werden sie nach Möglichkeit erfüllen.«

»Die Königin und die Königinmutter danken dir für deine Gnade und Großmut und bitten Ahura Mazda, er möge dich segnen, Herr«, übersetzte der Eunuch.

Alexander nickte mit dem Kopf, dann verließ er mit Hephaistion das Zelt und ordnete an, die Gefallenen einzusammeln und eine feierliche Begräbniszeremonie vorzubereiten.

An diesem Abend schrieb Kallisthenes in sein Tagebuch, die Makedonen hätten nach der Schlacht von Issos nicht mehr als dreihundertneun Tote zu beklagen gehabt, in Wirklichkeit war die Bilanz jedoch sehr viel düsterer. Der König humpelte lange zwischen den fürchterlich entstellten und verstümmelten Leichen umher und begriff, daß es Tausende waren. Die schwersten Verluste waren unter den im Zentrum kämpfenden Soldaten zu beklagen, die es mit den griechischen Söldnern zu tun gehabt hatten.

Man schlug Dutzende von Bäumen in den umliegenden Hügeln und türmte ihr Holz zu riesigen Scheiterhaufen auf, auf denen die Toten vor versammeltem Heer verbrannt wurden. Und als die Bestattungsfeier zu Ende war, ritt Alexander mit dem roten Banner – rot wie der dicke Verband um seinen Schenkel – die Truppe ab. Für jede Abteilung hatte er ein lobendes oder aufmunterndes Wort und ebenso für alle Männer, deren Tapferkeit er selbst miterlebt hatte. Vielen machte er sogar ein persönliches Geschenk, irgendeinen Gegenstand als Andenken an die Schlacht von Issos.

Am Ende schrie er: »Ich bin stolz auf euch, Männer! Ihr habt das gewaltigste Heer der Erde geschlagen. Kein Grieche und kein Makedone hat vor uns je ein so großes Gebiet erobert! Ihr seid die Besten, ihr seid unbesiegbar: Im Augenblick gibt es keine Macht auf der Welt, die euch widerstehen könnte!«

Die Soldaten antworteten mit einem Chor frenetischer Jubelschreie, während der Wind die Asche ihrer gefallenen Kameraden zerstreute und einen Wirbel aus Funken in den grauen Herbsthimmel hinauftrieb.

Nach Einbruch der Abenddämmerung ließ Alexander sich zu dem gefangenen persischen Krieger begleiten, den er auf dem Schlachtfeld zu verschonen befohlen hatte. Der Mann hockte mit gebundenen Händen und Füßen auf dem Boden, aber der König kniete augenblicklich neben ihm nieder und löste eigenhändig seine Fesseln. »Erinnerst du dich an mich?« fragte er ihn dann mehr mit Gesten als mit Worten.

Der Mann verstand und nickte.

»Du hast mir das Leben gerettet.«

Der Krieger lächelte und drückte – ebenfalls durch Handzeichen – aus, daß dies nicht allein sein Verdienst gewesen sei, daß auch noch ein anderer junger Mann damals, bei der Löwenjagd, dabeigewesen sei.

»Ja, Hephaistion«, erwiderte der König. »Er läuft irgendwo draußen im Lager herum.«

Der Perser lächelte erneut.

»Du bist frei«, sagte Alexander und begleitete seine Worte mit einer vielsagenden Geste. »Du kannst zu deinem Volk und deinem König zurückkehren.«

Der Krieger schien nicht recht zu verstehen, da ließ der König ein Pferd bringen und drückte ihm die Zügel in die Hand. »Du kannst gehen. Zu Hause wartet doch bestimmt jemand auf dich. Hast du Kinder?« fragte er, indem er mit nach unten gewandter Handfläche tat, als streichle er den Kopf eines Kindes.

Der Perser deutete mit der eigenen Handfläche die Größe eines Erwachsenen an, und Alexander lächelte. »Tja, wie die Zeit vergeht . . .«

Der Mann sah ihn ernst und eindringlich an, und seine pechschwarzen Augen glänzten vor Rührung, während er sich eine Hand aufs Herz legte, um sie danach Alexander auf die Brust zu drücken.

»Geh, solange es noch nicht ganz Nacht ist«, sagte der König zu ihm, »sonst siehst du überhaupt nichts mehr.«

Der Krieger murmelte etwas auf persisch, schwang sich auf das Pferd und galoppierte davon.

Noch in derselben Nacht fand man im persischen Lager den Ägypter Sisines, der im vorigen Jahr Prinz Amyntas' Verhaftung veranlaßt hatte, indem er glauben machte, der Prinz sei von König Dareios bestochen worden und plane, Alexander zu töten, um selbst den makedonischen Thron zu besteigen. Ptolemaios strengte einen kurzen Prozeß an und befand ihn für eindeutig schuldig, ein persischer Spitzel zu sein. Vor seiner Hinrichtung ließ er jedoch Kallisthenes rufen, der ihm gewiß ein paar Fragen zu stellen hatte.

Der Ägypter warf sich Kallisthenes zu Füßen, kaum daß er ihn erblickte: »Erbarme dich meiner!« flehte er. »Die Perser haben mich gefangengenommen, weil sie Auskünfte über euer Heer von mir wollten, aber ich habe kein Sterbenswort gesagt, ich habe ...«

Kallisthenes unterbrach ihn mit einer Geste. »Nun, offensichtlich behandeln die Perser ihre Gefangenen ja sehr gut – immerhin hattest du ein höchst luxuriöses Zelt, zwei Sklaven und drei Mägde. Und Zeichen von Folter und Mißhandlung kann ich auch nicht an dir feststellen, du siehst aus wie das blühende Leben.«

»Aber ich ...«

»Du kannst dich nur retten, wenn du die Wahrheit sagst«, erwiderte der Historiker. »Ich will alles erklärt haben, an erster Stelle die Geschichte mit Prinz Amyntas und dem Brief des Großkönigs: Was hat es damit auf sich? Hat Dareios dem Prinzen wirklich zweitausend Talente Gold für Alexanders Tötung angeboten?«

Sisines hatte inzwischen wieder ein wenig Farbe angenommen. »Mein illustrer Freund«, hob er an, »ich hatte eigentlich nicht die Absicht, gewisse, streng geheime Aspekte meiner delikaten Arbeit zu enthüllen, da nun aber mein Leben auf dem Spiel steht, muß ich mich wohl doch dazu entschließen, wenn auch sehr schweren Herzens ...« Kallisthenes gab ihm durch ungeduldiges Kopfnicken zu verstehen, daß er nicht viel Zeit zu verlieren hatte. »Kommen wir also zur Sache«, sagte Sisines deshalb. »Glaube mir, daß ich dem makedonischen Thron stets treu gedient habe, und das kann ich auch beweisen: Diese ganze Geschichte mit Prinz Amyntas habe ich nämlich auf Befehl der Königinmutter Olympias ausgeheckt und eingefädelt.«

Jetzt verstand Kallisthenes, weshalb ihm der Geschmack der Tinte auf jenem Brief so bekannt vorgekommen war. »Sprich weiter«, knurrte er.

»Die Königinmutter Olympias befürchtete, daß Amyntas früher oder später zu einer ernsthaften Bedrohung für ihren Sohn würde – Alexander ist weit weg von ihr, in fremden Ländern und tausend Gefahren ausgesetzt. Was würde im Fall einer Niederlage seines Heers passieren? Womöglich würden die Soldaten Amyntas zum König ausrufen, um nach Hause ziehen zu dürfen und dort ein angenehmeres Leben führen zu können. Olympias hat sich von einem persischen Sklaven, den Philipp ihr einmal geschenkt hat, den Brief schreiben lassen, danach wurde mit Hilfe alter, archivierter Depeschen des Großkönigs das persische Siegel imitiert, und dann hat sie mich mit ihrem Vertrauen beehrt, indem sie mir den Brief aushändigte und ...«

»Verstanden«, fiel Kallisthenes ihm ins Wort. »Aber ... was ist mit dem persischen Boten?«

Sisines räusperte sich. »Mein delikates Amt hat mich oft gezwungen, in einflußreichen persischen Kreisen zu verkehren und mir dort Freunde zu machen. So war es nicht besonders schwierig, den Gouverneur von Nisibis dahin zu bringen, daß er mir einen persischen Melder zur Verfügung stellte, den ich dann mit der Überbringung des Briefes beauftragte.«

»Um ihn hinterher mit Gift aus dem Weg zu räumen, damit er nichts verraten konnte.«

»In meinem Beruf ist es immer gut, das Risiko so gering wie möglich zu halten«, erwiderte Sisines ungerührt.

Ja, dachte Kallisthenes, und auf diese Weise bist du der einzige, der die Wahrheit kennt – nur welche Wahrheit?

»All dies erklärt natürlich viel«, sagte er gleich darauf zu Sisines. »Aber es erklärt nicht deine Anwesenheit in diesem Lager, umgeben von jedem nur erdenklichen Luxus. Und wenn ich es mir recht überlege, spricht eigentlich nichts eindeutig dagegen, daß dieser Brief doch authentisch war.«

»Darin muß ich dir recht geben – außer meinem Wort spricht nichts dagegen.«

Der Geschichtsschreiber schwieg erneut und dachte nach: Die Möglichkeit, der Großkönig habe Amyntas bestechen wollen, konnte weiterhin nicht ausgeschlossen werden, tatsächlich deutete aber nichts darauf hin, daß der Prinz das verlockende Angebot auch wirklich wahrgenommen hätte. Er beschloß, selbst die Verantwortung für eine Entscheidung zu übernehmen. »Es ist besser, du verrätst mir die Wahrheit«, sagte er, indem er Sisines tief in die Augen sah. »Du bist ein Informant des makedonischen Königreichs, den man unter höchst kompromittierenden Umständen in einem persischen Lager aufgestöbert hat. Ptolemaios hegt keinen Zweifel daran, daß du doppeltes Spiel getrieben hast.«

»Edler Herr«, erwiderte der Ägypter, »ich danke den Göttern, daß sie mir einen klugen und vernünftigen Mann wie dich gesandt haben, mit dem sich reden läßt. Ich verfüge in der Stadt Sidon über eine beträchtliche Summe Geld, und wenn wir beide uns einigen, könnte ich dir eine plausible Erklärung für das Vorgefallene liefern – eine Erklärung, die auch Kommandant Ptolemaios überzeugen würde.«

»Ich will die Wahrheit wissen«, wiederholte der Geschichtsschreiber, ohne auf Sisines verstecktes Angebot einzugehen.

»Nun, ich wollte mich . . . wie soll ich sagen . . . selbständig machen, und angesichts meiner glänzenden Beziehungen kam der Großkönig auf die Idee, daß ich nach Anatolien zurückkehren und versuchen könnte, einige Städte dazu zu bringen, daß sie der persischen Flotte ihre Häfen wieder öffnen . . .«

»Um uns von Makedonien abzuschneiden, nicht?«

»Würden fünfzehn Talente ausreichen, um dich von meiner Unschuld zu überzeugen?«

Kallisthenes schielte ihn von der Seite an.

»Und weitere zwanzig für Kommandant Ptolemaios?«

Kallisthenes zögerte einen Moment, bevor er antwortete. »Ja«, sagte er, »das könnte genügen.« Und mit diesen Worten verließ er das Zelt und begab sich zu Ptolemaios. »Je eher du die Sache erledigst, desto besser«, meinte er zu ihm. »Dieser Sisines ist nicht nur ein Spitzel, der doppeltes Spiel treibt – er besitzt auch geheime Informationen über unsere Königin, die sehr gefährlich werden könnten, wenn sie herauskommen und . . .«

»Genug, genug, ich habe verstanden. Außerdem konnte ich die Ägypter noch nie leiden.«

»Dann mach dich aber auf etwas gefaßt«, erwiderte Kallisthenes. »Bald wirst du ihnen zu Tausenden begegnen . . . Ich habe gehört, Alexander will Ägypten erobern.«

51

Parmenion war im Gewaltmarsch nach Damaskos geschickt worden und konnte schon bald berichten, daß er die königlichen Unterkünfte besetzt und den Hofstaat des Königs sowie dessen Geldreserven in seine Gewalt gebracht habe:

> »Insgesamt zweitausendsechshundert Talente in Silbermünzen, fünfhundert Minen in Barren und außerdem dreihundertfünfzig Konkubinen, dreihundertneunundzwanzig Flöten- und Harfenspielerinnen, dreihundert Köche, sechzig Weinprüfer, dreizehn Feinbäcker und vierzig Parfümhersteller.«

»Bei Zeus!« rief Alexander aus, als er den Brief zu Ende gelesen hatte. »Das nenne ich Lebenskunst!«

»Ich habe auch noch eine mündliche Botschaft für dich«, fügte der Bote hinzu, als der König den Papyrusbogen wieder zusammengerollt hatte.

»Sprich. Worum handelt es sich?«

»General Parmenion läßt dich wissen, daß es in Damaskos eine Edelfrau gibt, die er dir mit ihren beiden Söhnen zu bringen gedenkt. Sie heißt Barsine.«

Alexander schüttelte den Kopf, als traue er seinen Ohren nicht. »Das ist nicht möglich«, murmelte er.

»Oh, doch«, erwiderte der Bote. »Der General hat zu mir gesagt, daß ein alter Soldat dir das Losungswort überbringt, wenn du mir nicht glaubst.«

»Schon gut«, sagte Alexander, »schon gut. Du kannst gehen.«

Acht Tage später sah er sie wieder, doch die Zeit bis dahin kam ihm vor wie eine Ewigkeit. Er betrachtete sie verwirrt, wie sie im Zug des großköniglichen Hofstaats an ihm vorüberritt, von zwei Reihen *Hetairoi* aus Parmenions Leibwache eskortiert. Sie trug eine skythische Lederhose und ein graues Filzwams, das Haar hatte sie mit zwei langen Nadeln im Nacken aufgesteckt, und sie erschien ihm heute sogar noch schöner als bei ihrer letzten Begegnung.

Ihr Gesicht hatte eine leichte Blässe angenommen, ihre Züge wirkten noch feiner als damals, und die großen schwarzen Augen hatten den schillernden Glanz von Sternen.

Erst viele Stunden später, als das Lager bereits in Schweigen gehüllt war und gerade die erste Wachablösung stattfand, besuchte er sie. Er trug nur einen kurzen Militärchiton und einen grauen Wollumhang und ließ sich vor Betreten ihres Zelts von einer Magd anmelden.

Barsine hatte gebadet und sich umgezogen; jetzt trug sie ein knöchellanges persisches Gewand, das aus luftigem Stoff bestand und ihre wundervollen Körperformen ahnen ließ. Ihr Zelt duftete nach Lavendel.

»Mein Herr«, murmelte sie und senkte den Kopf.

»Barsine . . .« Alexander tat ein paar Schritte auf sie zu. »Du kannst dir nicht vorstellen, wie ich auf diesen Augenblick gewartet habe.«

»Mein Herz ist schwer und voller Schmerz.«

»Ich weiß: Du hast deinen Mann verloren.«

»Den besten Mann, fürsorglichsten Vater und liebevollsten Gemahl, den man sich denken kann.«

»Er war der einzige Gegner, den ich je respektiert und vielleicht sogar gefürchtet habe.«

Barsine stand weiterhin mit niedergeschlagenen Augen da; sie wußte, daß sie Teil der Kriegsbeute war, ja, daß die Gemahlin des feindlichen Heerführers den höchsten Preis des Siegers darstellte, aber sie hatte auch gehört, daß Alexander die Gemahlin des Dareios, seine Kindern und seine alte Mutter durchaus ehrenhaft behandelte.

Der König streckte die Hand nach ihrem Gesicht aus und berührte ihr Kinn, worauf sie den Kopf hob und seinen Augen begegnete – diesen verwirrenden Augen, von denen eines blau wie ein heiterer Sommerhimmel war, blau wie die Augen Memnons, das andere jedoch düster wie die Nacht und der Tod. Und plötzlich fühlte Barsine sich wie von einem Strudel erfaßt, und es war ihr, als sehe sie einen Gott oder ein Fabelwesen vor sich.

»Barsine ...« wiederholte Alexander und seine Stimme vibrierte vor Leidenschaft und brennendem Verlangen.

»Du kannst mit mir machen, was du willst, du bist der Sieger, aber ich werde immer Memnons Bild vor Augen haben«, sagte sie.

»Die Toten sind bei den Toten«, erwiderte der König. »Du hast mich vor Augen, und diesmal lasse ich dich nicht wieder ziehen, denn ich spüre, daß tief in dir das Leben den Tod vergessen will. Und in diesem Moment bin ich das Leben. Schau mich an. Schau mich an, Barsine, und sag mir, ob ich lüge.«

Barsine sah ihm stumm in die Augen; ihr Blick war verzweifelt und ratlos zugleich. Zwei dicke Tränen, klar wie Quellwasser, blitzen zwischen ihren Wimpern auf, rollten langsam über ihre Wangen und blieben in ihren Mundwinkeln hängen. Alexander näherte sich ihr, bis er ihren streichelnden Atem auf dem Gesicht und ihren Busen auf seiner Brust fühlen konnte.

»Du wirst mir gehören«, flüsterte er. Dann drehte er sich mit einem Ruck um und eilte hinaus. Einen Moment später hörte man das Wiehern Bukephalos' und gleich darauf seinen donnernden Hufschlag, der die Stille der Nacht zerriß und sich in höllischem Tempo entfernte.

Am darauffolgenden Tag bekam Kallisthenes durch den Boten, der die Post aus Makedonien brachte, einen weiteren in Geheimschrift abgefaßten Brief von seinem Onkel Aristoteles. Darin stand:

»Ich habe herausgefunden, wo Nichandros, Pausanias' Komplize im Mord an König Philipp, seine Tochter versteckt hält. Das Mädchen steht unter dem Schutz der Priesterschaft eines Artemistempels an der Grenze nach Thrakien. Nun ist der oberste Priester jedoch ein Perser und Verwandter des Satrapen von Bithynien, der ihm in der Vergangenheit reichlich Geld und sonstige Gaben für den Tempel gesandt hat. Dies hat mich auf die Möglichkeit gebracht, daß König Dareios an Philipps Mord beteiligt gewesen sein könnte, und ein im Tempel aufbewahrter Brief, den ich heimlich lesen konnte, scheint mir diesen Verdacht zu bestätigen.«

Kallisthenes begab sich augenblicklich zu Alexander.

»Die Nachforschungen über den Tod deines Vaters machen Fortschritte«, verkündete er. »Ich habe wichtige Neuigkeiten – und zwar, was die Perser betrifft: Sie scheinen direkt in den Mord verwickelt zu sein und noch heute einen der Verschwörer zu decken.«

»Das würde natürlich einiges erklären«, sagte der König. »Und dann wagt Dareios es, mir so einen Brief zu schreiben!«

Er schob Kallisthenes ein Blatt hin, das eine Gesandtschaft des Großkönigs ihm soeben überreicht hatte.

»Dareios, König der Könige, Stern der Arier und Herr über alle vier Ecken der Welt, an Alexander, König von Makedonien, heil!

Dein Vater Philipp war es, der uns Perser unter König Arses als erster schwer gekränkt hat und dies, obwohl wir ihm keinerlei Unrecht zugefügt hatten. Und als später ich zum König gekrönt wurde, hast du uns keine Gesandtschaft geschickt, um die alte Freundschaft und Allianz mit dem Perserreich zu bekräftigen, im Gegenteil, du bist in Asien eingefallen und hast hier viel Schlimmes angerichtet. Mir blieb also gar nichts anderes übrig, als dir in einer Schlacht gegenüberzutreten, wenn ich mein Land verteidigen und meine alten Territorien zurückerobern wollte. Den Ausgang dieser Schlacht haben die Götter entschieden, und wenn ich mich heute von König zu König an dich wende, so nur, weil ich dich bitte, meine Kinder, meine Mutter und meine Gemahlin freizugeben. Ich bin bereit, einen Freundschafts- und Bündnispakt mit dir zu schließen, und bitte dich deshalb, meiner Gesandtschaft einen von deinen Boten mitzugeben, damit wir ausmachen können, wo und wann die Verhandlungen stattfinden sollen.«

Kallisthenes rollte den Brief wieder zusammen. »Er gibt also dir die Schuld an allem und beruft sich auf sein Notwehrrecht, gleichzeitig gesteht er seine Niederlage ein und zeigt sich bereit, dein Freund und Verbündeter zu werden, wenn du im Gegenzug seine Familie freigibst. Was gedenkst du zu tun?«

In diesem Augenblick kam Eumenes mit der Kopie von Alexanders Antwortschreiben herein, und der König bat ihn, es vorzulesen. Der Sekretär räusperte sich und begann:

»Alexander, König von Makedonien, an Dareios, König der Perser. Heil!

Deine Vorfahren waren es, die grundlos und brutal über Makedonien und das restliche Griechenland hergefallen sind. Ich bin zum obersten Heerführer der Griechen ernannt worden und in Asien eingefallen, um eure Missetaten zu rächen. Vergiß auch nicht, daß ihr die Stadt Perinthos gegen meinen Vater unterstützt habt und in Thrakien einmaschiert seid, das zu unserem Herrschaftsgebiet gehört.«

Alexander unterbrach ihn mit einer Geste. »Moment«, sagte er. »Hier fügst du noch folgenden Satz ein:

Außerdem fiel König Philipp einer Verschwörung zum Opfer, die ihr angezettelt habt – Briefe, die ihr selbst geschrieben habt, beweisen das eindeutig.«

Eumenes sah Alexander und Kallisthenes überrascht an, aber der Geschichtsschreiber sagte: »Das erkläre ich dir später.« Also las Eumenes weiter:

»Dazu kommt, daß du nicht auf rechtmäßige, sondern auf gänzlich betrügerische Weise an deinen Königstitel gelangt bist, daß du die Griechen zum Krieg gegen mich aufgehetzt und überhaupt alles darangesetzt hast, den mühsam von mir und meinem Vater geschaffenen Frieden zu zerstören. Mit Hilfe der Götter habe ich deine Generäle und dich selbst auf offenem Feld geschlagen und kann deshalb frei über diejenigen unter deinen Soldaten verfügen, die zu mir übergelaufen sind, und ebenso über den Rest deines in meiner Macht befindlichen Gefolges. Du kannst mich persönlich oder durch Gesandte bitten, worum du willst, auch um die Herausgabe deiner Frau, deiner Kinder und deiner Mutter, aber ich werde deinen Bitten nur nachkommen, wenn es dir gelingt, mich zu überzeugen. Ab sofort wirst du mich als König von Asien und nicht als deinesgleichen anreden müssen, wenn du dich an mich wendest. Und wenn du etwas von mir willst, so hast du gnädigst darum zu bitten, denn alles Deinige ist nun mein. Wenn du dies nicht tust, werde ich entsprechende Maßnahmen gegen dich ergreifen als einen, der das Völkerrecht verletzt hat. Wenn du aber weiterhin dein Anrecht auf den persischen Thron behaupten möchtest, dann zieh ins Feld und kämpfe dafür, anstatt zu fliehen.«

»Viele Alternativen läßt du ihm ja nicht gerade«, bemerkte Kallisthenes.

»Nein«, erwiderte Alexander, »und wenn er ein Mann und ein König ist, muß er reagieren.«

52

Das Heer setzte sich Anfang Winter in Bewegung – in südlicher Richtung, der phönizischen Küste entgegen. Alexander wollte sein altes Vorhaben zu Ende führen: sämtliche den Persern noch zur Verfügung stehenden Häfen zu erobern, um den Feind völlig aus der Ägäis zu verdrängen und jede Bedrohung von Makedonien und Griechenland abzuwenden.

Die Stadt Arados empfing ihn mit großem Pomp, und Sidon versprach sogar, seine fünfzig Schiffe aus der großköniglichen Flotte zurückzuziehen und ihm zur Verfügung zu stellen. Der Jubel unter den Makedonen kannte keine Grenzen mehr: Die Götter selbst schienen ihrem jungen Heerführer den Weg zu ebnen und die Eroberung Asiens war zu einer abenteuerlichen Reise geworden, auf der man neue Welten, fremde Völker und wundervolle Dinge entdeckte.

In Sidon stieß auch der Rest des großköniglichen Hofstaats zu ihnen, den Parmenion in Damaskos gefangengenommen hatte: ein langer Zug von Sklaven, Musikern, Köchen, Weinprüfern, Eunuchen, Zeremonienmeistern, Tänzerinnen, Flötenspielerinnen, Magiern, Hellsehern und Zauberern, über die Alexanders Soldaten und Offiziere sich lustig machten. Der König empfing sie jedoch mit Herzlichkeit, interessierte sich für ihre persönlichen Lebensläufe und Schicksale und verlangte, daß alle mit Respekt behandelt wurden.

Als die ganze lange Prozession vollständig an Alexander und seinen Gefährten vorübergezogen schien, kam noch eine kleine Nachzüglergruppe, die von agrianischen Soldaten eskortiert wurde.

»Diese Leute haben wir im Generalquartier des Satrapen von Syrien aufgestöbert«, erklärte der Anführer des Wachtrupps.

»Der dort – kennen wir den nicht?« fragte Seleukos, indem er auf einen korpulenten Mann mit grauem Haarkranz deutete.

»Das ist ja Eumolpos aus Soloi!« rief Ptolemaios aus. »Was für eine Überraschung!«

»König, meine Herren!« sagte der Spitzel, indem er sich vor ihnen niederwarf.

»Schau mal an . . . Da kommt mir doch beinahe ein kleiner Verdacht«, spöttelte Perdikkas.

»Mir auch«, erwiderte Seleukos. »Jetzt ist mir natürlich klar, wie Dareios es geschafft hat, uns bei Issos in den Rücken zu fallen. Sag schon, Eumolpos, wieviel haben sie dir dafür bezahlt, uns zu verraten?«

Der Mann war kreideweiß im Gesicht und versuchte vergeblich, ein Lächeln zustande zu bringen. »Aber, König, meine Herren, ihr glaubt doch nicht wirklich, daß ich in der Lage gewesen wäre . . .«

»Und ob er das war!« rief einer der begleitenden Offiziere Alexander zu. »Das hat mir der Satrap von Syrien höchstpersönlich erzählt – er ist übrigens im Anzug, um dir die Treue zu schwören.«

»Bringt ihn rein!« befahl der König. »Er soll augenblicklich verurteilt werden.«

Der König setzte sich nieder, und seine Kameraden umringten ihn.

»Möchtest du noch etwas sagen, bevor du stirbst?« fragte er den Spitzel.

Eumolpos schlug die Augen nieder und schwieg, doch gerade das verlieh ihm eine unerwartete Würde, machte ihn –

den albernen Possenreißer – zu einem ganz anderen Menschen.

»Hast du nichts zu sagen?« hakte Eumenes nach. »Wie konntest du das tun? Sie hätten uns zermalmen können vom ersten bis zum letzten! Die Nachricht deines Boten hat uns in eine Falle gelockt.«

»Ein schönes Schwein bist du!« fluchte Leonnatos. »Wenn es nach mir ginge, kämst du nicht mit einem schnellen Tod davon. Vorher würde ich dir alle Nägel einzeln ausreißen lassen und dann ...«

Eumolpos hob die Augen und richtete den wäßrigen Blick auf seine Richter.

»Also?« sagte Alexander.

»Herr ... ich war mein Leben lang ein Spitzel. Schon als kleiner Junge habe ich mir meinen Lebensunterhalt damit verdient, untreue Frauen im Auftrag ihrer Ehemänner auszuspionieren. Etwas anderes kann ich nicht. Und ich bin immer dem Geld hinterhergelaufen, immer demjenigen, der mich am besten bezahlt hat. Aber ...«

»Aber was?« herrschte Eumenes ihn an, die Rolle des Verhörers übernehmend.

»Aber seit dem Tag, an dem ich in die Dienste deines Vaters, König Philipp, trat, habe ich ausschließlich für ihn gearbeitet, das schwöre ich. Und weißt du warum, Herr? Weil dein Vater ein großartiger Mensch war. Oh, sicher, er hat mich auch gut bezahlt, aber es war nicht nur das. Wenn ich ihn besuchte, um meine Berichte abzuliefern, hat er mich immer wie einen alten Freund behandelt – er hat mir einen Platz angeboten, er hat mir eigenhändig zu trinken eingeschenkt, er erkundigte sich nach meiner Gesundheit und vieles mehr, verstehst du?«

»Hab ich dich etwa schlecht behandelt?« fragte Alexander. »Warst du für mich nicht auch mehr ein alter Bekannter als ein bezahlter Spitzel?«

»Doch«, gab Eumolpos zu, »und aus diesem Grund bin ich dir auch treu geblieben – das wäre ich aber auch so, allein, weil du der Sohn deines Vaters bist.«

»Warum hast du mich dann verraten? Einen Freund verrät man nicht einfach so, ohne Grund ...«

»Es war die Angst, mein Herr. Der Satrap, der dir jetzt die Treue schwören möchte, indem er seinem König abtrünnig wird, dieser Satrap hat mich zu Tode erschreckt, indem er einer gebratenen Drossel den Flügel ausriß und mich dabei ansah, als wolle er sagen: ›Siehst du, genau so wird es dir ergehen: wir werden dich in viele kleine Stücke zerreißen, genau wie diese Drossel.‹ Und dann ließ er mich ans Fenster treten und in seinen Hof hinunterschauen.

Dort hing mein Bote, der gute Junge, den ich immer zu dir geschickt habe – sie hatten ihn bei lebendigem Leibe gehäutet, sie hatten ihn kastriert und ihm seine Hoden an einer Schnur um den Hals gehängt.« Eumolpos' Stimme zitterte und in seinen wäßrigen Fischaugen schwammen nun echte Tränen. »Sie hatten ihm das Fleisch bis auf die Knochen abgerissen ... Und damit nicht genug. In der Nähe stand ein Barbar, der einen Akazienast zuspitzte und mit Bimsstein abschmirgelte. Der war für mich gedacht, falls ich nicht tat, was sie von mir verlangten. Hast du je gesehen, wie ein Mann gepfählt wird, Herr? Ich ja. Sie bohren ihm den Pfahl in den Hintern, aber ohne ihn gleich zu töten – oft quälen sie den Ärmsten stunden-, ja tagelang. Ich habe dich verraten, weil ich Angst hatte, Herr, weil niemand je soviel Mut von mir verlangt hat.

Und jetzt töte mich, wenn du willst, ich habe es verdient, aber schenke mir einen schnellen Tod, darum bitte ich dich. Ich weiß, daß du viele Männer verloren hast und daß die Schlacht entsetzlich hart war, aber ich spürte, daß du siegen würdest, das spürte ich ganz deutlich. Und was würde es dir auch nützen, einen armen alten Mann zu quälen, der dir nie etwas zuleide getan hätte, wenn es nach ihm gegangen wäre, und der mehr, als du es dir vorstellen kannst, unter diesem Verrat gelitten hat, mein Junge.«

Eumolpos war am Ende und zog geräuschvoll die Nase hoch.

Alexander und seine Gefährten sahen sich an und wußten,

daß keiner von ihnen den Mut haben würde, Eumolpos von Soloi schuldig zu sprechen.

»Ich sollte dich töten lassen«, sagte der König, »aber du hast recht: Was würde mir das nützen? Außerdem . . .« Eumolpos hob den hängenden Kopf. »Außerdem ist mir klar, daß der Mut eine Tugend ist, die nur wenigen gegeben ist. Dir haben die Götter dafür andere Gaben geschenkt: Schlauheit, Intelligenz und vielleicht sogar Treue.«

»Willst du damit sagen, daß ich nicht sterben muß?« fragte Eumolpos.

»Nein, das mußt du nicht.«

»Nein?« wiederholte der Spitzel ungläubig.

»Nein«, bestätigte Alexander mit dem Anflug eines Lächelns.

»Und werde ich weiterhin für dich arbeiten dürfen?«

»Was meint ihr?« fragte Alexander seine Kameraden.

»Ich würde ihm noch eine Chance geben«, sagte Ptolemaios.

Seleukos war ebenfalls einverstanden: »Warum nicht? Im Grunde war er immer ein guter Spitzel – von dieser bedauerlichen Episode einmal abgesehen.«

»Dann sind wir uns einig«, schloß der König. »Aber dein verdammtes Losungswort mußt du endlich ändern – schon allein, weil unser Feind es jetzt kennt.«

»Oh, natürlich«, erwiderte Eumolpos sichtlich erleichtert.

»Was war das für ein Losungswort?« wollte Seleukos wissen.

»Schafshirn«, erwiderte Alexander, ohne eine Miene zu verziehen.

»Schafshirn?« meinte Seleukos. »Ein idiotischeres Losungswort habe ich noch nie gehört; das hätten wir so oder so ändern müssen.«

»Stimmt«, sagte Alexander und bedeutete Eumolpos, näher zu kommen. »Und jetzt sag mir das neue.«

Der Spitzel beugte sich zu seinem Ohr hinunter und flüsterte: »Drossel am Spieß.«

Dann verneigte er sich und grüßte respektvoll in die Runde. »Ich danke euch, meine Herren, mein König, für euer gutes Herz.« Und mit diesen Worten entfernte er sich, wenn auch auf wackligen Beinen, denn der Schreck saß ihm noch immer tief in den Knochen.

»Wie ist das neue Losungswort?« fragte Seleukos neugierig.

Alexander winkte ab: »Genauso idiotisch.«

53

Die Bewohner von Sidon, die Jahre brutaler Unterdrückung von seiten der persischen Garnison hinter sich hatten, bejubelten den einziehenden Alexander und sein Versprechen, die alte Regierungsform wiederherzustellen. Allerdings war die ehemalige Dynastie seit geraumer Zeit erloschen, und so mußte ein neuer König gesucht werden.

»Warum kümmerst du dich nicht um die Sache?« fragte Alexander seinen Freund Hephaistion.

»Ich? Aber ich kenne hier doch keine Menschenseele, ich wüßte ja nicht einmal, wo ich suchen sollte . . .«

»Abgemacht«, fiel der König ihm ins Wort, »du kümmerst dich darum. Ich muß mit den anderen Städten entlang der Küste verhandeln.«

Hephaistion nahm sich also einen Übersetzer und begann, inkognito durch Sidon zu streifen, sich auf den Märkten umzuhören, in volkstümlichen Schenken einzukehren und sich zu Festbanketten in den vornehmsten Häusern einladen zu lassen, aber er fand niemanden, der dem hohen Amt würdig gewesen wäre.

»Immer noch nichts?« fragte Alexander ihn bei jedem Kriegsrat aufs neue, und Hephaistion schüttelte jedesmal den Kopf.

Eines Tages gelangte er bei einem seiner Streifzüge mit dem

Übersetzer an eine hübsche, halbhohe Steinmauer, die sich den Hügeln zu durch die Landschaft schlängelte. Hinter ihr wuchsen alle nur erdenklichen Arten von Bäumen und Pflanzen: majestätische Libanonzedern, jahrhundertealte Feigenbäume, die ungehindert ihre knotigen grauen Äste ausbreiteten, prachtvolle Pistazienbäume und ein ganzes Meer aus gelbem Honigklee. Hephaistion spähte durch ein Tor in der Mauer, und was er dort sah, kam ihm wahrhaft paradiesisch vor: Obstbäume aller Art, herrliche Sträucher, die zauberhaft angeordnet und beschnitten waren, Brünnlein und Bäche sowie Felsgärten mit hohen, stachligen Gewächsen, wie er sie noch nie gesehen hatte.

»Die kommen aus einer Stadt namens Lixos in Libyen«, erklärte ihm der Übersetzer.

Plötzlich erschien ein Mann mit einem Esel, der einen Karren voller Mist hinter sich herzog. Damit begann der Mann alle Pflanzen, Bäume und Sträucher, eine nach der anderen, zu düngen, und er tat es mit unglaublicher Hingabe und Liebe.

»Während der Revolte gegen den persischen Gouverneur wollten die Aufständischen diesen Garten hier anzünden«, erzählte der Übersetzer. »Aber der Mann dort hat sich vor dem Tor aufgepflanzt und gesagt, wenn sie ein solches Verbrechen begehen wollten, müßten sie sich vorher die Hände mit seinem Blut schmutzig machen.«

»Er soll der König werden«, sagte Hephaistion.

»Ein Gärtner?« fragte der Übersetzer erstaunt.

»Ja. Ein Mann, der bereit ist, für einen Garten zu sterben, der noch nicht einmal ihm gehört, was wird der erst tun, um seine eigenen Untergebenen zu beschützen und seine Stadt zur Blüte zu bringen?«

Und genau so kam es. Eines Tages erschien eine lange Prozession aus hohen Würdenträgern bei dem armen Gärtner, holte ihn ab und geleitete ihn mit großem Pomp in den Königspalast, wo er augenblicklich gekrönt wurde. Der Mann hatte schwielige Hände, die Alexander an die Hände Lysippos' erinnerten, und einen ruhigen, heiteren Blick. Er hieß Abdalonymos und wurde der beste König, den es seit Menschengedenken gegeben hatte.

Von Sidon zog das Heer in südlicher Richtung nach Tyros weiter, das einen grandiosen Tempel besaß; er war dem Gott Melqart – dem Herakles der Phönizier – geweiht. Die Stadt bestand aus zwei Teilen: einer Altstadt auf dem Festland und einer neuen Stadt, die gut ein Stadion von der Küste entfernt auf einer Insel errichtet worden war. Sie besaß zwei befestigte Häfen und einen einhundertfünfzig Fuß hohen Mauerring, den höchsten, der je von Menschenhand erbaut worden war. Allein der Anblick dieses ungeheuerlichen Bollwerks versetzte einen in Staunen.

»Hoffentlich werden wir hier wie in Byblos, Arados und Sidon empfangen«, meinte Seleukos. »Die Festung dort draußen wäre uneinnehmbar.«

»Was hast du vor?« fragte Hephaistion den König und betrachtete skeptisch den gewaltigen Mauerring, der sich im azurblauen Wasser des Meeresbusen spiegelte.

»Aristandros hat mir geraten, im Tempel meines Urahnen Herakles, den die Tyrer Melqart nennen, ein Opfer zu bringen«, erwiderte Alexander. »Da, sieh, unsere Gesandtschaft hat sich schon auf den Weg gemacht«, fügte er hinzu und deutete auf ein Ruderboot, das langsam die Meerenge zwischen der Insel und dem Festland überquerte.

Die Antwort traf am Nachmittag ein und versetzte den König in Rage.

»Sie sagen, wenn du Herakles opfern möchtest, sollst du das in seinem Tempel in der Altstadt machen.«

»Habe ich's doch geahnt«, meinte Hephaistion. »Die fühlen sich in ihrem Felsennest dort drüben verdammt sicher und machen allen eine lange Nase.«

»Mir nicht«, sagte Alexander. »Stellt eine zweite Gesandtschaft zusammen. Diesmal werde ich deutlicher sein.«

Die neuen Gesandten zogen am nächsten Tag mit einer Botschaft los, die mehr oder weniger so lautete: »Wenn ihr wollt, schließt König Alexander einen Friedens- und Bündnispakt mit euch. Wenn ihr ablehnt, wird der König euch als Verbündete der Perser bekriegen.«

Die Antwort war leider ebenso explizit: Sämtliche Mitglieder der makedonischen Gesandtschaft wurden kopfüber die Mauer hinuntergestürzt und blieben zerschmettert auf den Felsen darunter liegen. Unter ihnen waren Freunde Alexanders, ja sogar Spielkameraden aus Kindheitstagen; ihr Tod löste zuerst tiefe Bestürzung bei ihm aus und dann blinde Wut. Zwei Tage lang schloß er sich in seinem Quartier ein, ohne irgend jemanden sehen zu wollen, und nur Hephaistion wagte am Abend des zweiten Tages bei ihm anzuklopfen. Er traf ihn seltsam ruhig an.

Alexander saß im Schein einer Öllampe am Tisch und las.

»Was liest du?« fragte Hephaistion. »Deinen geliebten Xenophon?«

»Nein. Von Xenophon können wir nichts mehr lernen, seit wir die Syrische Pforte hinter uns gelassen habe. Ich lese Philistos.«

»Ist das nicht ein sizilianischer Schriftsteller?«

»Das ist der Historiker des Dionysios von Syrakus, und der hat vor siebzig Jahren eine phönizische Inselstadt namens Motya erobert – die genau wie Tyros auf einer Insel lag.«

»Und wie hat er das geschafft?«

»Setzt dich und schau her.« Alexander griff nach einer Feder und skizzierte mit wenigen Strichen eine kleine Landkarte. »Das ist die Insel, und das hier das Festland: Dionysios ließ einen Damm vom Festland bis zur Insel aufschütten, und auf dem schickte er dann seine Belagerungsmaschinen rüber. Als die karthagische Flotte aufkreuzte, um den Damm zu räumen, ließ er eine lange Reihe neuartiger Katapulte aufstellen und beschoß die Schiffe mit Pfeilen oder brennenden Kugeln, so daß sie alle untergingen.«

»Du willst einen Damm bis zur Insel von Tyros bauen? Ist dir klar, daß die fast zwei Stadien vom Festland entfernt ist?«

»Genau wie Motya. Und was Dionysios gelungen ist, bringe ich auch fertig. Ab morgen beginnen wir den alten Stadtteil zu demolieren, um Steine für den Dammbau zu haben. Diesen Leuten muß von Anfang an klar sein, daß ich nicht scherze.«

Hephaistion schluckte. »Die Altstadt demolieren? Habe ich richtig verstanden?«

»Jawohl, das hast du: Demoliert sie und werft sie ins Meer!«

»Wie du möchtest, Alexander.«

Hephaistion zog sich zurück, um den Befehl an die anderen Gefährten weiterzugeben, und der König vertiefte sich erneut in seine Lektüre.

Am nächsten Tag rief er alle Kriegsbaumeister und Mechaniker der Expedition zu sich. Sie brachten ihre Werkzeuge mit und alles, was sie benötigten, um Zeichnungen anzufertigen und sich Notizen zu machen. Angeführt wurden sie von Diades von Larissa, einem Schüler des Faillos, der König Philipps Oberkriegsbaumeister gewesen war und die Belagerungstürme zur Zerstörung der Mauer von Perinthos gebaut hatte.

»Meine Herren«, begann der König, »dies ist ein Krieg, der nicht ohne eure Mithilfe gewonnen werden kann. Wir müssen unseren Feind zuerst auf euren Zeichentischen und dann auf dem Schlachtfeld schlagen – und in dem Fall, der uns heute beschäftigt, gibt es noch nicht einmal ein Schlachtfeld.«

Vom Fenster aus konnte man das blitzende Meer rund um die steilen Festungsmauern von Tyros sehen, und die Baumeister begriffen sofort, was der König meinte.

»Hört meinen Plan«, fuhr Alexander fort. »Wir werden einen Damm zu dieser Insel aufschütten, und ihr baut unterdessen Maschinen, die höher sind als der Mauerring um die Insel.«

»Also Türme, die mindestens einhundertfünfzig Fuß hoch sind«, meinte Diades.

»Jawohl«, erwiderte der König gelassen. »Diese Türme müssen unzerstörbar sein und sollen mit Rammböcken und

Katapulten völlig neuer Machart ausgestattet werden. Ich brauche Maschinen, die zweihundert Libra schwere Steine achthundert Fuß weit schleudern können.«

Die Baumeister schwiegen und sahen sich etwas ratlos an. Nur Diades begann sofort seltsame Zeichen und Linien auf einen Papyrusbogen zu malen, während Alexander ihn beobachtete und alle diesen Blick auf sich lasten fühlten wie die Mühlsteine, die ihre Katapulte gegen die Mauer von Tyros schleudern sollten. Am Ende hob Diades den Kopf und sagte: »Die Sache könnte funktionieren ...«

»Ausgezeichnet. Dann macht euch bitte sofort an die Arbeit.«

Von draußen drang unterdessen das Wehklagen der Leute herein, die aus ihren Häusern in der Altstadt vertrieben wurden, und der Lärm einstürzender Dächer und Häuser. Hephaistion hatte leichte Rammböcke zusammenbauen lassen, mit denen das Zerstörungswerk betrieben wurde. In den folgenden Tagen zogen ganze Holzfällermannschaften im Schutz agrianischer Krieger in die umliegenden Berge, um Libanonzedern zu fällen und Bretter für die neuen Kriegsmaschinen daraus zu machen.

An dem Damm im Meer herrschte Tag und Nacht Schichtarbeit; Ochsen- und Eselskarren schafften das Material herbei, mit dem der Meeresboden aufgeschüttet wurde. Und während ihre Feinde sich abmühten, lachten und höhnten die Bewohner von Tyros von ihrer Mauer herab. Aber am Ende des vierten Monats verging ihnen das Lachen.

Eines Morgens kurz nach Sonnenaufgang entdeckten die auf der Brustwehr hin- und herpatrouillierenden Wächter nämlich etwas, das ihnen regelrecht die Sprache verschlug: zwei gut einhundertfünfzig Fuß hohe, bewegliche Kolosse, die auf dem neu errichteten Damm quietschend und ächzend heranrollten. Es handelte sich um die größten Belagerungsmaschinen, die je gebaut worden waren, und sie nahmen, kaum daß sie das Ende des Damms erreicht hatten, augenblicklich ihre Tätigkeit auf. Riesige Felsbrocken und brennende Kugeln pfiffen durch die Luft und gingen auf der Mauer und im Innern der Stadt nieder.

Ihr Zerstörungswerk löste helle Panik aus, doch die Bewohner von Tyros reagierten sofort auf die Angriffe, indem sie ihrerseits Katapulte auf den Mauerzinnen plazierten und die makedonischen Dammarbeiter und Kriegsmaschinen damit beschossen.

Alexander ließ an diesem Punkt hölzerne Schutzdächer bauen, die mit gegerbten Tierhäuten abgedeckt wurden, damit sie kein Feuer fangen konnten, und so ging die Arbeit am Damm praktisch ungestört weiter. Die Belagerungskolosse wurden immer weiter vorgeschoben, und ihr Beschuß wurde immer heftiger und präziser. Wenn alles so weiterlief, würde die Mauer bald ernsthaft gefährdet sein.

Unterdessen waren auch die Flotten von Sidon, Byblos und einige Schiffe aus Zypern und Rhodos eingetroffen, die sich unter den Befehl Nearchos' gestellt hatten, aber die Flotte von Tyros fühlte sich in ihren geschützten Häfen wohl und ließ sich nicht zur Schlacht herausfordern. Ganz im Gegenteil: Sie bereitete in aller Heimlichkeit einen mörderischen Gegenschlag vor.

In einer mondlosen Nacht, und nachdem die Makedonen Tyros einen ganzen Tag lang beschossen hatten, verließen zwei Trieren den Hafen. Sie hatten einen sogenannten Brander im Schlepptau – ein großes, bauchiges Schiff, das mit trokkenem Reisig und anderem Brennmaterial vollgestopft war. Von seinem Bug standen zwei lange Holzstangen ab, und an jeder von ihr baumelte ein mit Pech und Naphtha gefüllter Behälter. Kurz vor dem Damm legten sich die Ruderer der Trieren noch einmal voll ins Zeug, dann koppelten sie sich von dem Brander ab, der zuvor mitsamt der beiden Stangen angezündet worden war.

Während die beiden Trieren abdrehten, trieb das in Flammen gehüllte Schiff von alleine weiter, um wenig später just dort, wo die makedonischen Kriegsmaschinen standen, den Damm zu rammen. Die beiden Stangen am Bug brachen knisternd ab, und ihre brennenden Behälter rollten wie riesige Flammenkugeln auf die großen Türme zu und steckten sie augenblicklich in Brand.

Zwar schrien die makedonischen Wachtposten sofort nach Unterstützung, um den Brand wieder zu löschen, aber da sprangen von den Trieren bewaffnete Sturmtruppen an Land und verwickelten die Zuhilfegeeilten in erbitterte Kämpfe. Es war das reinste Inferno: Die Nacht hatte sich im Schein des verheerenden Feuers blutrot gefärbt, dicker Rauch und Funkenwirbel stiegen in den Himmel, und die nach Naphtha und Pech stinkende Luft hinderte die erbittert kämpfenden Soldaten am Atmen. Mit einer letzten, fürchterlichen Explosion brach das Brandschiff auseinander und verwandelte die beiden Türme endgültig in riesige Fackeln.

Durch ihre Größe entstand ein ungeheuerlicher Zug in ihrem Innern, so daß Flammen und Funken noch gut hundert Fuß über die Türme hinauswuchsen und die ganze Bucht taghell erleuchteten. Die Mauer selbst wirkte wie mit Blut getüncht.

Auf ihr standen die jubelnden Bürger von Tyros, und für die Makedonen war es nur ein schwacher Trost, die Mannschaften der Trieren beim Kampf auf dem Damm erledigt und ihre Schiffe zerstört zu haben. In wenigen Stunden war die Arbeit von Monaten und das geniale Werk der weltbesten Kriegsbaumeister zunichte gemacht worden.

Alexander kam auf Bukephalos dahergestürmt, ritt wie eine Höllenfurie durch das Feuer und konnte doch nur machtlos mit ansehen, wie die brennenden Türme unter fürchterlichem Gepolter einstürzten.

Unmittelbar nach dem König trafen auch seine Gefährten ein und wenig später die Kriegsbaumeister und Mechaniker, von denen die Wunderwerke erbaut worden waren. Der Oberkriegsbaumeister Diades von Larissa stand wie versteinert da und betrachtete das Desaster mit ohnmächtiger Wut in den Augen, aber sein Gesicht verriet nicht die geringste Regung.

Alexander stieg vom Pferd, richtete den starren Blick auf die Stadtmauer von Tyros, dann auf die zerstörten Maschinen und zuletzt auf seine Kriegsbaumeister, die wie gelähmt dastanden.

»Baut sie wieder auf!« befahl er.

54

Wenige Tage später – Alexanders Baumeister überlegten noch, wie sie die zerstörten Belagerungsmaschinen so schnell wie möglich ersetzen konnten – fügte eine heftige Sturmflut auch dem mühsam errichteten Wall irreparable Schäden zu. Es sah aus, als hätten die Götter ihren Günstling plötzlich im Stich gelassen, und die Moral der Männer wurde von diesen Wechselfällen des Schicksals auf eine harte Probe gestellt.

Der König war unausstehlich und ließ keinen an sich heran. Er ritt alleine am Strand entlang und starrte zu der Festungsinsel hinüber, die allen seinen Anstürmen höhnisch widerstand, oder aber er setzte sich auf einen Felsen und sah stundenlang der Brandung zu.

Auch Barsine pflegte am Meer entlangzureiten, ganz früh, im Morgengrauen, um sich gleich danach mit Mägden und Amme wieder in ihrem Zelt einzuschließen. Eines Morgens begegnete sie ihm; er ging zu Fuß neben Bukephalos und hinkte noch immer etwas als Folge der Schenkelwunde, die er sich in Issos zugezogen hatte; seine langen Haare wehten im Wind und verdeckten beinahe sein Gesicht. Genau wie bei ihrer letzten Begegnung rann Barsine auch diesmal ein Schauer über den Rücken, fast, als habe sie ein übermenschliches Wesen vor sich.

Er blickte sie an, ohne etwas zu sagen, und sie stieg ab, um nicht auf ihn herabzusehen. »Herr«, murmelte sie mit gesenktem Kopf.

Alexander trat auf sie zu, strich mit der Hand über ihre Wange und betrachtete sie dann, indem er den Kopf leicht zur rechten Schulter neigte, wie er es immer tat, wenn er von tiefen Gefühlen bewegt wurde. Sie schloß die Augen, denn sie konnte der Macht dieses funkelnden Blicks inmitten der wilden Haarmähne einfach nicht standhalten.

Der König überraschte sie mit einem kurzen, feurigen Kuß, sprang aufs Pferd und stob davon. Als Barsine sich nach ihm umdrehte, war er schon weit weg, eingehüllt in die schillernde Gischt, die Bukephalos' Hufe vom Meeressaum aufwirbelte.

Barsine kehrte in ihr Zelt zurück und warf sich schluchzend aufs Bett.

Als die erste Wut verraucht war, nahm Alexander die Situation wieder in die Hand. Als erstes berief er einen Kriegsrat ein, an dem diesmal nicht nur seine Gefährten teilnahmen, sondern auch sämtliche Generäle, Architekten, Pioniere und Baumeister sowie Admiral Nearchos und die Kapitäne der Flotte.

»Was passiert ist, Männer, haben wir nicht dem Zorn der Götter, sondern unserer eigenen Dummheit zu verdanken«, hob er an. »Aber wir werden die Sache wiedergutmachen und Tyros zu Fall bringen. Als erstes der Damm: Unsere Kapitäne werden die Strömungen und Winde in der Meerenge zwischen Festland und Insel aufs genaueste studieren und dann unseren Architekten entsprechende Anweisungen geben, damit der neue Damm Kraft und Richtung des flutenden Wassers ausnützt, anstatt sich ihm zu widersetzen. Als zweites die Maschinen«, fuhr er an Diades und die Baumeister gewandt fort. »Wir können nicht warten, bis der neue Damm fertig ist, das würde uns zuviel Zeit kosten. Und wir dürfen die Bewohner von Tyros keinen Augenblick zur Ruhe kommen lassen – sie müssen wissen, daß sie sich weder bei Tag noch bei Nacht in Sicherheit wiegen können. Aus diesem Grund möchte ich zwei Mannschaften, die gleichzeitig arbeiten: Eine entwirft und baut die Maschinen, die auf dem Damm vorrücken werden, sobald er fertig ist, die andere hingegen stellt schwimmende Belagerungsmaschinen her.«

»Schwimmende Belagerungsmaschinen?« wiederholte Diades, als traue er seinen Ohren nicht.

»Jawohl, schwimmende. Wie ihr das Problem löst, weiß ich nicht, aber ich bin sicher, ihr löst es. Meine Gefährten kümmern sich unterdessen um die Befriedung der Stämme, die in den Bergen des Libanon wohnen, damit unsere Holzfäller ungestört arbeiten können. Wenn der Frühling zurückkehrt, Männer, werden wir in Tyros einziehen, dessen bin ich mir absolut sicher, und ich sage euch auch, warum: Heute nacht träumte ich, Herakles stehe auf der Mauer der Insel und winke mich zu sich heran. Aristandros, den ich um eine Deutung gebeten habe, hatte keine Zweifel: Mein Traum bedeutet, daß ich in Tyros einziehen und dem Helden in seinem Tempel im Innern der Inselstadt ein Opfer bringen werde. Ich möchte, daß diese Nachricht unter unseren Soldaten verbreitet wird, damit auch sie fest an unseren Sieg glauben.«

»Soll gemacht werden, Alexander«, sagte Eumenes und dachte, daß es wirklich keinen passenderen Moment für diesen Traum hätte geben können.

Die Arbeiten wurden sofort wieder aufgenommen. Den Wall errichtete man diesmal unter Anweisung der Seeleute aus Zypern und Rhodos, die sich in diesen Wassern bestens auskannten. Diades fiel die schwerste Aufgabe zu, nämlich die, schwimmende Belagerungstürme zu entwerfen, doch er meisterte auch sie mühelos, indem er die Türme auf hölzernen Plattformen errichten ließ, die zwischen zwei seitlich aneinandergekoppelte Kriegsschiffen befestigt wurden. Innerhalb eines Monats waren zwei von diesen Maschinen fertiggestellt, und sie wurden, sobald die See einmal ruhig war, dicht an die Mauer der Stadt herangerudert. Dort gingen die Schiffe vor Anker, und ihre Besatzungen nahmen die schweren Rammböcke augenblicklich in Betrieb.

Die Bürger von Tyros schauten jedoch nicht tatenlos zu, wie ihre Mauer attackiert wurde – noch in derselben Nacht schickten sie Taucher los, die die Ankertaue der Rammschiffe durchschnitten, so daß diese mit der Meeresströmung auf gefährliche Klippen zutrieben. Nearchos, der Nachtwache hielt, schlug sofort Alarm; mit einem Dutzend Schiffe ruderte er zu den schwimmenden Plattformen, die nicht mehr manövrieren konnten, befestigte Seile mit Haken an ihren Brüstungen und schleppte sie wieder an ihren Platz zurück. Am nächsten Tag wurden die Ankerseile durch Eisenketten ersetzt, und die Maschinen setzten ihr Zerstörungswerk fort, aber die Bewohner der Stadt hatten inzwischen Säcke voller Algen hinter ihrer Mauer aufgestapelt, um den Aufprall der Rammböcke zu dämpfen. Der erbitterte Widerstand von Tyros schien keine Grenzen zu kennen.

Eines Tages – Alexander befand sich gerade im Gebirge, um die immer aggressiver werdenden libanesischen Stämme zu bekämpfen – legte an dem neuen Damm ein Schiff aus Makedonien an. Es brachte nicht nur Verpflegung und Post mit, sondern auch einen ganz besonderen Gast, der sich sofort General Parmenion melden ließ. Es handelte sich um niemand anderen als den alten Lehrer des Königs, den guten Leonidas. Er war mittlerweile um die Achtzig und hatte die beschwerliche Seereise auf sich genommen, um seinen illustren Schüler ein letztes Mal zu sehen und sich dessen abenteuerliche Unternehmungen sozusagen aus erster Hand erzählen zu lassen. Die Nachricht von seiner Ankunft verbreitete sich in Windeseile, und natürlich wollten ihn auch seine anderen ehemaligen Schüler wiedersehen. Seleukos, Leonnatos, Krateros, Perdikkas, Philotas, Ptolemaios, Hephaistion und Lysimachos kamen wie Kinder angeschwärmt und sangen im Chor das alte Spottlied, mit dem sie Leonidas früher immer zur Weißglut gebracht hatten:

»Ek korì, korì, koròne!
Ek korì, korì, koròne!«

»Da kommt die krächz, krächz, Krähe!«
Aber dann klatschten sie in die Hände und schrien:

»Didáskale, Didáskale! Didáskale!«

Was soviel bedeutete wie »Lehrer, Lehrer, Lehrer«. Als der alte Leonidas sich angerufen hörte wie damals, als sie ihn des Morgens mit ihren Holztäfelchen auf den Knien im Klassenraum erwartet hatten, kamen ihm beinahe die Tränen, aber er ließ sich nichts anmerken, sondern begann gleich wieder mit ihnen zu schimpfen:

»Ruhe! Ruhe!« zischte es aus seinem zahnlosen Mund. »Ihr seid doch immer noch die alten Lausbuben! Möchte wetten, daß ihr kein einziges Buch zur Hand genommen habt, seit ihr von zu Hause weggegangen seid.«

»Aber Meister!« schrie Leonnatos. »Du wirst uns doch jetzt nicht abfragen wollen! Siehst du nicht, daß wir alle Hände voll zu tun haben?«

»Wie bist du bloß auf die Idee gekommen, hierherzureisen – mitten im Winter und bei diesem Wetter?« fragte Ptolemaios.

»Ich habe von den Heldentaten meines Schülers gehört und wollte ihn noch einmal sehen, bevor ich krepiere.«

»Und was ist mit uns?« schrie Hephaistion. »Wir waren doch auch Musterschüler!«

»Das Krepieren eilt nicht, Meister. Du hättest diese Reise besser im Frühling unternommen«, meinte Ptolemaios.

»Ach, hört doch auf!« knurrte Leonidas. »Ich weiß schon, was ich mache. Wo ist Alexander?«

»Im Gebirge«, erwiderte Hephaistion. »Er kämpft gegen die libanesischen Stämme, die Dareios treu geblieben sind.«

»Dann bringt mich ins Gebirge!«

»Was um alles in der Welt . . .«, begann Ptolemaios.

»Im Gebirge liegt Schnee, Meister«, sagte Leonnatos grinsend. »Du wirst dir einen Schnupfen holen.«

Doch Leonidas blieb fest: »Das Schiff fährt in fünf Tagen

wieder ab, und ich will diese Reise nicht umsonst gemacht haben. Bringt mich zu Alexander. Das ist ein Befehl.«

Leonnatos schüttelte den Lockenkopf und zuckte mir der Schulter.

»Immer noch der alte«, brummte er. »Er hat sich kein Haar verändert.«

»Still, du Halunke! Deine Frösche in meiner Suppe habe ich bis heute nicht vergessen«, krächzte der Alte.

»In Ordnung«, sagte Lysimachos. »Ich bringe ihn zum König, und die eingetroffenen Botschaften nehme ich auch gleich mit.«

Sie ritten am darauffolgenden Tag unter dem Geleitschutz einiger *Hetairoi* los und erreichten Alexander gegen Abend. Der König war maßlos überrascht und zutiefst gerührt von dem unerwarteten Besuch. Er nahm den Alten in Empfang und verabschiedete Lysimachos, der gleich wieder ins Lager am Meer zurückkehrte.

»Es war sehr unvorsichtig von dir, bis hier herauf zu kommen, *Didáskale*. Diese Gegend ist sehr gefährlich – und wir sind noch gar nicht am Ziel. Jetzt müssen wir noch höher hinauf, um zu unseren agrianischen Hilfstruppen zu stoßen, die den Paß besetzt halten.«

»Ich habe vor nichts Angst. Und heute abend unterhalten wir uns ein bißchen – du hast mir bestimmt viel zu erzählen.«

Sie machten sich auf den Weg, aber Leonidas' Maulesel konnte mit den Pferden der anderen Soldaten nicht Schritt halten, und so ließ Alexander sie vorausziehen und blieb mit seinem alten Lehrer zurück. Mit Einbruch der Dunkelheit gelangten sie an eine Weggabelung. In beiden Richtungen waren Hufspuren auf dem Boden zu erkennen, und Alexander schlug auf Gutdünken einen der beiden Wege ein. Bald kamen sie jedoch in eine öde, völlig verlassene Gegend, die er noch nie gesehen hatte.

Mittlerweile war es rabenschwarze Nacht, und nun kam auch noch ein eisiger Nordwind auf. Leonidas zitterte vor Kälte und zog seinen Wollmantel immer enger um sich. Alexander sah ihn mitleidig an – er war ganz blau im Gesicht und hatte müde Augen, die unentwegt tränten. Bei diesem Wind würde der Ärmste, der das Meer überquerte hatte, nur um ihn zu treffen, die Nacht nicht überstehen. Sie hatten ganz offensichtlich den falschen Weg eingeschlagen, aber zum Umkehren war es jetzt zu spät, und außerdem konnte man kaum noch etwas sehen. Er mußte unbedingt ein Feuer entfachen, aber wie? Glut war keine da, und trockenes Holz konnte er weit und breit nicht entdecken – es war ja alles verschneit. Und das Wetter wurde laufend schlechter.

Plötzlich sah Alexander nicht weit von ihnen entfernt ein Feuer in der Finsternis aufleuchten, dann noch eins und noch eins. »Warte hier, Meister, und rühr dich nicht vom Fleck«, sagte er. »Ich bin gleich zurück. Und Bukephalos lasse ich auch bei dir.«

Das Pferd protestierte zwar mit einem ärgerlichen Schnauben, blieb aber trotzdem bei Leonidas zurück, während der König im Schutze der Dunkelheit zu den Feuern schlich. Wie sich herausstellen sollte, waren sie von feindlichen Kriegern angezündet worden, die hier ihr Nachtlager aufgeschlagen hatten.

Leise wie eine Katze näherte Alexander sich einem Koch, der Fleischstücke auf einen Ast spießte, und kaum daß dieser sich einen Moment umdrehte, huschte er zu dem Feuer, angelte sich ein Stück glühende Holzkohle, versteckte es unter seinem Umhang und verschwand wieder im Wald, aber diesmal konnte er nicht verhindern, daß knackende Äste ihn verrieten. »Wer da?« schrie einer der Krieger, indem er mit gezücktem Schwert auf Alexander zukam, der sich hinter einem Baumstamm versteckt hatte; der unter seinem Mantel aufsteigende Rauch trieb ihm Tränen in die Augen, und er hielt mühsam den Atem an, um nicht husten oder niesen zu müssen. Zum Glück stapfte just in diesem Moment ein anderer Soldat, der pinkeln gegangen war, aus dem Wald ans Feuer zurück.

»Ach, du warst das«, sagte der Mann mit dem Schwert, als

er nur noch wenige Schritte von Alexander entfernt war. »Komm schon, das Essen ist fast fertig.«

Der König zog sich vorsichtig zurück und schlich Schritt um Schritt zu dem Weg zurück, wobei er das rauchende Kohlestück immer unter seinem Mantel verbarg. Nun begann es auch noch zu schneien, der eisige Wind schnitt ihm wie ein Messer ins Gesicht – der alte Leonidas mußte kurz vor dem Erfrieren sein.

Wenig später war er bei ihm. »Da bin ich, *Didáskale*. Schau, ich hab dir ein Geschenk mitgebracht«, sagte er und zeigte ihm die glühende Holzkohle. Dann suchte er einen geschützten Ort unter einem überhängenden Felsen und blies so lange auf das Kohlestück, bis es wieder in Flammen aufging. Als nächstes schichtete er Äste und anderes Holz darüber, bis sie mehr Glut als Rauch und ausreichend Wärme hatten.

Leonidas nahm wieder Farbe an und wurde gleich viel lebendiger. Alexander ging zu seinem Quersack, der an Bukephalos' Sattel befestigt war, holte Brot heraus, zerbröckelte es für seinen zahnlosen Lehrer und setzte sich dann neben ihn ans Feuer.

»Also, mein Sohn«, begann Leonidas, während er auf seinem Brot herumkaute, »stimmt es, daß du die Rüstung des Achill geraubt hast? Wie sieht der Schild aus? So, wie Homer ihn beschrieben hat? Und Halikarnassos? Ich habe gehört, das Mausoleum sei so hoch wie der Parthenon und der Heratempel von Argos zusammen – ist das denn überhaupt möglich? Und der Halys? Ich kann immer noch nicht recht glauben, daß dieser Fluß dreimal so breit ist wie unser Haliakmon – aber du hast ihn gesehen, mein Junge, du wirst mir sagen könne, ob es wahr ist. Und die Amazonen? Stimmt es, daß die Amazone Penthesileia am Ufer des Halys begraben liegt? Und was mich auch immer brennend interessiert hat: Ist die Kilikische Pforte wirklich so schmal, wie behauptet wird, und . . .«

»*Didáskale*«, unterbrach Alexander ihn, »du willst sehr viel wissen. Besser, ich beantworte dir eine Frage nach der andern.

Was die Rüstung meines Vorfahren Achill betrifft, so ist die Sache mehr oder weniger so gelaufen . . .«

Alexander unterhielt sich mit seinem alten Lehrer die ganze Nacht hindurch und teilte mit ihm den Mantel, nachdem er sein Leben für ihn riskiert hatte, um ihn vor der Eiseskälte des Gebirges zu beschützen. Am nächsten Morgen stießen sie wohlbehalten zu den anderen, und Alexander bat Leonidas, länger als geplant zu bleiben. Er wollte ihn nicht noch einmal den Strapazen einer winterlichen Seereise ausgesetzt wissen. Im Frühling würde es genügend Schiffe geben, die ihn nach Makedonien zurückbringen konnten.

55

Gegen Ende des Winters war der neue Damm fertig und wurde mit gestampfter Erde eingeebnet, so daß die beiden neuen Angriffstürme, die Diades in unwahrscheinlich kurzer Zeit hatte bauen lassen, mühelos an die Stadtmauer herangeführt werden konnten. Auf den Stockwerken in Höhe der Mauer hatte der Kriegsbaumeister ganze Batterien von Torsionsgeschützen aufgestellt, die schwere Eisenpfeile in horizontaler Richtung abschießen konnten, auf dem obersten Turmabsatz hingegen Wurfgeschütze, die in hohem Bogen Felsbrocken und mit Pech, Öl und Naphthalin getränkte Brandkugeln auf die Mauer und in die Stadt schleuderten.

Damit nicht genug: Auf schwimmenden Plattformen wurden weitere, mit Rammböcken ausgestattete Türme an die tyrische Mauer herangerudert, auch sie sollten versuchen, eine Bresche in das Bollwerk zu legen; von anderen Schiffen wurden unterdessen mehrere tausend Mann starke Sturmabteilungen vor eins der Stadttore gebracht, um dort einen Brückenkopf zu errichten.

Die Reaktion der Belagerten ließ nicht lange auf sich warten und fiel alles andere als harmlos aus. Auf den Mauerzinnen wimmelte es von Kriegern wie in einem aufgescheuchten Ameisenhaufen; auch sie hatten Dutzende von Katapulten in Stellung gebracht und bombardierten die Angreifer mit einem

Hagel von Geschossen. Als sie merkten, daß die makedonischen Sturmtruppen ihr Stadttor in Brand stecken wollten, schütteten sie glühenden Sand von der Mauer herab, den sie vorsorglich in bronzenen Schilden über dem Feuer »geröstet« hatten.

Der heiße Sand drang in die Kleider und Rüstungen der Angreifer ein, viele von ihnen sprangen unter lautem Schmerzgebrüll ins Meer, andere rissen sich die Panzer vom Leib, um den Höllenqualen zu entgehen, wurden jedoch sofort von Pfeilen durchbohrt, und wieder andere fielen Widerhaken zum Opfer, die noch nie gesehene Maschinen von den Mauerzinnen herabließen – sie bohrten sich in das Fleisch der Unglückseligen und hievten sie in die Höhe, wo man sie strampeln und schreien ließ, bis sie starben. Ihr entsetzliches Gebrüll drang dem König durch Mark und Bein und ließ ihn weder bei Tag noch bei Nacht zur Ruhe kommen. Rastlos wanderte er umher und betrachtete die widerspenstige Insel wie ein Löwe einen Schafstall. Auch seine Soldaten gerieten beim Anblick dieser Greuel immer mehr in Rage.

Trotzdem scheute Alexander noch vor einer Großoffensive zurück, die nur in einem Blutbad enden konnte, und sann über andere, weniger drastische Lösungen nach. Er wollte seine Ehre retten, gleichzeitig aber auch den Tyrern, deren Mut und Widerspenstigkeit er insgeheim bewunderte, ein Hintertürchen offenlassen.

Also beriet er sich mit Nearchos, der ihm in dieser Lage als der geeignete Mann erschien; keiner konnte so gut wie er als Seemann die Mentalität einer Stadt von Seeleuten verstehen.

»Wenn du mich fragst«, sagte der Admiral, »ich finde, du solltest mit dem Heer weiterziehen und mich die Stadt alleine weiterbelagern lassen – wir haben hier schon beinahe sieben Monate verloren, von unseren Verlusten ganz zu schweigen. Ich verfüge jetzt über hundert Kriegsschiffe, und aus Makedonien erwarten wir noch mehr. Damit kann ich Tyros abriegeln, bis es die Waffen streckt – und dann werde ich ihm einen ehrenvollen Friedensvertrag anbieten.

Tyros ist eine wundervolle Stadt; seine Seeleute sind bis an die Herkulessäulen und darüber hinaus vorgedrungen; es heißt, sie kennen Länder, die vor ihnen noch kein menschliches Auge gesehen hat – sie sollen sogar die Route zu den Inseln der Seligen kennen, die jenseits des Ozeans liegen. Überleg mal, Alexander: Früher oder später wird diese Stadt auf alle Fälle zu deinem Reich gehören; ist es da nicht besser, sie zu erhalten als zu zerstören?«

Der König dachte über die Worte seines Flottenführers nach, aber dann erinnerte er sich wieder an andere Nachrichten, die er während der letzten Tage erhalten hatte: »Eumolpos von Soloi läßt mich wissen, daß die Karthager den Tyrern Unterstützung angeboten haben – ihre Flotte könnte jeden Moment hier aufkreuzen. Und vergessen wir eins nicht: Die Perser befinden sich auch noch in der Ägäis und könnten ebenfalls jeden Augenblick über dich herfallen, wenn ich das Heer von Tyros abziehe. Nein, die Stadt muß sich ergeben. Aber ich gebe ihr eine letzte Chance, mit heiler Haut davonzukommen.«

Noch am selben Tag beschloß er, eine Gesandtschaft aus den ältesten und weisesten seiner Männer auf die Insel hinüberzuschicken. Als der alte Leonidas davon hörte, eilte er augenblicklich zu ihm.

»Laß mich auch mit, mein Junge«, sagte er zu Alexander. »Du weißt das vielleicht nicht, aber dein Vater Philipp hat mich mehrmals mit höchst delikaten Geheimmissionen betraut, und bei aller Bescheidenheit: Ich glaube nicht, daß ich ihn je enttäuscht habe.«

Der König schüttelte den Kopf. »Kommt nicht in Frage, *Didáskale*. Dies ist ein sehr riskantes Unternehmen, und ich möchte dich keinen unnötigen Gefahren aussetzen . . .«

»Unnötige Gefahren?« polterte Leonidas und stemmte die Fäuste in die Hüften. »Du weißt nicht, was du sagst, mein Sohn! Ohne deinen alten Leonidas kann diese Mission niemals gelingen, ich bin der erfahrenste und fähigste Mann, der dir zur Verfügung steht! Ich habe schon Gesandtschaften angeführt, als du noch ins Bett gemacht hast! Einmal hat mich dein Vater, dessen Name ewig währe, sogar zu den wilden Triballern geschickt, die ich ohne einen einzigen Schwertstreich zur Vernunft bringen konnte ... Liest du eigentlich noch in der ›Ilias‹?«

»Aber sicher, *Didáskale*. Jeden Abend«, erwiderte der König.

»Dann weißt du ja, wen Achilleus als Gesandten zu den Achaiern geschickt hat, oder? War das etwa nicht sein alter Lehrer Phoinix? Und wenn du der neue Achill bist, dann ist doch klar, daß ich der neue Phoinix bin. Laß mich mitgehen, und ich verspreche dir, daß ich diese verdammten Dickköpfe überzeuge.«

Leonidas war so entschlossen, daß Alexander nicht den Mut hatte, ihm diesen Augenblick des Ruhmes zu verweigern, und so schickte er ihn schweren Herzens mit den anderen Gesandten los, die Übergabe von Tyros auszuhandeln. Als das Schiff mit gehißter Friedensfahne die Meerenge zur Insel überquerte, zog der König sich in sein Zelt am Ende des Damms zurück und wartete gespannt und besorgt auf den Ausgang der Mission. Aber die Stunden vergingen, ohne daß etwas geschah.

Gegen Mittag kam Ptolemaios mit finsterer Miene ins Königszelt.

»Was ist los?« fragte Alexander. »Was haben sie geantwortet?«

»Komm raus und sieh es dir selbst an«, erwiderte Ptolemaios, indem er ihn vors Zelt zog und auf die Türme von Tyros deutete, die so hoch waren, daß sie die Stadtmauer überragten: An fünf Kreuzen hingen dort die nackten, blutüberströmten Körper seiner Gesandten. Leonidas war an seiner Glatze und an seiner knochigen Gestalt sofort zu erkennen.

»Gefoltert und ans Kreuz geschlagen«, sagte Ptolemaios leise.

Alexander war wie gelähmt von dem Anblick. Und während sich am Himmel schwarze Gewitterwolken zusammenzogen, verfinsterte sich sein Blick immer mehr; sein linkes Auge war bald schwarz wie die Nacht.

Dann stieß er plötzlich einen Schrei aus, einen unmenschlichen, tierischen Schrei, der aus dem tiefsten Grund seiner Seele kam. Es war, als explodierten in seinem Innern zugleich Philipps Jähzorn und Olympias' barbarische Grausamkeit; er fühlte, wie blinde Zerstörungswut von ihm Besitz ergriff, doch er hatte sich sofort wieder unter Kontrolle und zwang sich zur Ruhe – aber es war die unheimliche Ruhe vor dem Sturm.

»Hephaistion, Ptolemaios!« rief er und dann: »Meine Waffen!« Mehrere Feldadjutanten waren augenblicklich zur Stelle und halfen ihm, seine prächtigste Rüstung anzulegen, während ein anderer das königliche Banner mit dem Argeadenstern brachte.

»Trompeten!« befahl Alexander. »Gebt allen Türmen das Signal zum Angriff!«

Kurz darauf ertönte lautes Trompetengeschmetter, und schon hallte die ganze Bucht vom Dröhnen der Rammböcke wider und vom Pfeifen der Geschosse, die Katapulte und Geschütze durch die Luft schleuderten.

»Nearchos!« schrie der König.

»Zu Befehl!« antwortete sein Admiral.

Alexander deutete auf einen der Belagerungstürme, und zwar den, der am nächsten an der Mauer stand. »Bring mich auf die Plattform dort rüber, laß unsere gesamte Flotte auslaufen, dringe in die Häfen der Insel ein und versenke jedes Schiff, das dir in die Quere kommt.«

Nearchos warf einen Blick zum Himmel, der immer schwärzer wurde, aber er gehorchte und ließ sich zusammen mit dem König und dessen Gefährten auf den Admiralsfünfdecker schaffen. Von dort gab er augenblicklich Kommando, die Segel zu streichen und alle Schiffe zu entmasten, dann hißte er das makedonische Banner und ließ die Anker lichten. Von allen hundert Schiffen der Flotte ertönte gleichzeitig das

Dröhnen der Trommeln, die den Rudertakt angaben, und sogleich peitschten Tausende von Ruder das Meer auf, so daß es förmlich brodelte.

Das Admiralsschiff erreichte die Plattform unter einem Hagel von Geschossen. Alexander und seine Gefährten sprangen über die Brüstung, schlüpften in den Turm und rannten durch dichte Staubwolken hindurch die Treppen hinauf, begleitet vom ohrenbetäubenden Lärm der arbeitenden Rammböcke und vom rhythmischen Geschrei der Männer, die sie bedienten.

Just als er auf der Spitze des Turms erschien, zuckte ein greller Blitz über den pechschwarzen Himmel und beleuchtete die gespenstische Blässe der Gekreuzigten, Alexanders goldene Rüstung und sein zinnoberrotes Banner.

Eine Zugbrücke wurde auf die Mauer herabgelassen, und der König raste regelrecht in den Kampf, umringt von seinen Gefährten: Leonnatos mit kreisender Streitaxt, Hephaistion mit gezücktem Schwert, Perdikkas mit erhobener Lanze sowie Ptolemaios und Krateros in ihren glänzenden Eisenrüstungen. Alexander, der mit seinem goldstrahlenden Panzer, den weißen Federn auf dem Helm und der rotgoldenen Fahne natürlich von weitem zu erkennen war, wurde augenblicklich zur Hauptzielscheibe der tyrischen Bogenschützen und aller anderen Verteidiger der Stadt. Einer der Angreifer, ein Mann aus Lynkestis namens Admetos, stürzte allen voraus, um dem König seine Tapferkeit zu beweisen, aber er wurde sofort umgemäht. Alexander stürmte nach vorn, indem er sein Schwert kreisen ließ wie die Flügel einer Windmühle und die Feinde mit seinem Schild beiseite drückte; Leonnatos schlug mit seiner Streitaxt um sich und deckte ihm die rechte Flanke.

Auf dem Mauerabsatz angelangt, warf Alexander einen Angreifer über die Brustwehr, spaltete einem anderen den Schädel und schleuderte einen dritten über die Mauerbrüstung auf die Dächer der darunterliegenden Häuser, während Perdikkas gleich mehrere mit seiner Lanze durchbohrte, wie harpunierte Fische in die Höhe hob und auf seine Gegner warf. Die nachrückenden makedonischen Soldaten überschwemmten die Mauer wie ein Strom bei Hochwasser, der König brüllte laut und immer lauter, und sein Zorn steigerte sich noch mit jedem Blitz und jedem Donnerschlag, die Himmel und Erde in ein einziges Inferno verwandelten. Unaufhaltsam drang er vor und begann jetzt gar zu rennen, mitten durch den dichten Pfeilhagel der Katapulte hindurch auf das Kreuz zu, an dem Leonidas hing. Die Verteidiger der Mauer drängten sich zusammen, um ihn nicht durchzulassen, aber er hieb sie alle wie Strohpuppen um, während Leonnatos mit seiner Streitaxt blind in den Haufen schlug, Funkenregen auf Schilden und Helmen auslöste, Schwerter und Lanzen zertrümmerte.

Endlich war der König bei dem Kreuz, neben dem auch ein Katapult stand. »Bringt das Katapult an euch und richtet es auf die anderen!« schrie er. »Und holt diesen Mann vom Kreuz! Holt ihn runter!« Und während seine Gefährten den Platz um ihn herum freikämpften, entdeckte er selbst eine Werkzeugkiste neben der Schleudermaschine, warf seinen Schild weg und angelte sich eine Zange.

Genau in diesem Moment zielte aus zwanzig Fuß Entfernung ein feindlicher Bogenschütze auf ihn, schon hatte er den Bogen gespannt, als im Ohr des Königs plötzlich eine Stimme ertönte – die angstvolle Stimme seiner Mutter Olympias, die schrie:

»Aléxandre!«

Und wie durch ein Wunder erkannte der König die drohende Gefahr; blitzschnell zog er sein Messer aus dem Gürtel, schleuderte es auf den Bogenschützen und traf ihn knapp oberhalb des Schlüsselbeins.

Nun bildeten die Gefährten eine Schutzmauer aus Schilden um ihn herum, und er ging daran, den gemarterten Körper seines alten Lehrers vom Kreuz zu holen – einen nach dem anderen zog er die langen Nägel aus seinem Fleisch, nahm die hagere, nackte Gestalt ab und legte sie sacht auf den Boden.

Und wie er sie dann betrachtete, kam ihm der nackte Körper eines anderen Greises in den Sinn, eines Philosophen mit heiterem Blick, den er an einem sonnigen Spätnachmittag in Korinth gesehen hatte: Diogenes. Unendliches Mitleid erfüllte seine Brust, während er leise »*Didáskale* . . .« murmelte.

Bei diesem Wort kehrte noch einmal ein Funke von Leben in den armen Leonidas zurück, er öffnete sogar die Augen und hauchte: »Ich hab es nicht geschafft, mein Junge . . .« Dann fiel er in sich zusammen und starb.

Im nächsten Augenblick war es, als öffne der Himmel seine Schleusen über der blutenden Inselstadt; bleierne Regentropfen und Hagelkörner prasselten hernieder, wilde Sturmböen peitschten das Meer auf, aber sie löschten nicht den Furor der Krieger. Draußen vor dem Hafen lieferten sich Nearchos' mächtiger Fünfdecker und die tyrische Flotte eine erbitterte Schlacht, im Innern der Stadt verschanzten sich die Verteidiger in Häusern und Gassen und kämpften oft bis zum letzten Atemzug vor der eigenen Haustür.

Erst gegen Abend, als zum erstenmal wieder die Sonne durch die Wolken brach und das düstere Meer beschien, die zerstörte Mauer, die auf den Wellen treibenden Wrackteile der Schiffe und die Körper der Ertrunkenen, erst gegen Abend wurde der letzte Widerstand von Tyros gebrochen.

Viele der Überlebenden flüchteten sich in die Tempel der Stadt und klammerten sich an die Statuen ihrer Götter – sie wurden auf Befehl des Königs verschont, doch wer auf der Straße gefaßt wurde, konnte dem Rachedurst des makedonischen Heers nicht entgehen.

Zweitausend Gefangene wurden entlang des Damms gekreuzigt. Leonidas' Leiche hingegen wurde in einer feierlichen Zeremonie verbrannt und seine Aschenurne nach Pella zurückgesandt mit dem Auftrag, sie unter der Platane zu vergraben, in deren Schatten der alte Lehrer im Sommer seinen Unterricht abgehalten hatte.

56

Alexander befahl der Flotte, nach Süden weiterzuziehen und die zerlegten Belagerungsmaschinen nach Gaza zu transportieren, der letzten Festung vor der Wüste zwischen Palästina und Ägypten.

Zehn Schiffe wurden allerdings nach Makedonien geschickt, um neu ausgehobene Truppen abzuholen, mit denen die Gefallenen ersetzt werden konnten. Genau in dieser Zeit erhielt Alexander einen zweiten Brief von König Dareios.

»Dareios, König der Perser, König der Könige, Stern der Arier und Herrscher über alle vier Ecken der Welt, an Alexander, König von Makedonien. Heil!
Du sollst wissen, daß ich deine Tapferkeit anerkenne und auch das Glück, das die Götter dir reichlich beschert haben. Ich schlage dir noch einmal vor, mein Verbündeter zu werden, ja mehr noch, in verwandtschaftliche Beziehung zu mir zu treten.
Zu diesem Zweck biete ich dir meine Tochter Stateira zur Frau an. Des weiteren würde ich dir die Herrschaft über das gesamte Gebiet zwischen den *Yauna*-Städten Milet und Ephesos und dem Fluß Halys überlassen sowie ein Geschenk von zweitausend Silbertalenten.
Abgesehen davon rate ich dir, das Schicksal nicht herauszu-

fordern, denn es könnte sich jeden Moment von dir abwenden. Halte dir vor Augen, daß du – im Falle einer Fortsetzung deines Kriegszuges – ein alter Mann wärst, bis du mein ganzes Reich unterworfen hast, selbst wenn du keine einzige Schlacht mehr austragen müßtest. Bedenke auch, daß mein Reich von gewaltigen Strömen geschützt wird, wie Euphrat und Tigris, Araxes und Hydaspes, die unüberwindlich sind.

Überdenke alles reiflich und treffe dann eine weise Entscheidung.«

Alexander ließ den Brief vor versammeltem Kriegsrat vorlesen und fragte dann: »Was haltet ihr davon? Was soll ich darauf antworten?«

Keiner wagte es, dem König Ratschläge zu geben, und deshalb schwiegen alle – alle bis auf einen: Parmenion, der glaubte, aufgrund seines Alters und Ansehens ein Urteil abgeben zu dürfen. »Ich würde annehmen, wenn ich Alexander wäre«, sagte er.

Der König senkte den Kopf, als denke er über diese Bemerkung nach, dann erwiderte er kalt: »Ich auch, wenn ich Parmenion wäre.«

Der alte General machte ein überraschtes, kummervolles Gesicht, und man sah ihm an, daß er sich in seiner Ehre verletzt fühlte. Einen Moment später stand er auf und ging schweigend hinaus. Auch Alexanders Gefährten sahen sich betreten an, doch der König fuhr in völlig ruhigem Ton fort:

»General Parmenions Standpunkt ist begreiflich, aber ich denke, euch anderen ist klar, daß Dareios mir – von seiner Tochter einmal abgesehen – nichts anbietet, was ich nicht schon erobert hätte. Mehr noch: Indirekt verlangt er, daß ich ihm alle Provinzen und Städte östlich des Halys zurückgebe, die uns so viele Opfer gekostet haben. Er möchte uns angst machen, aber in Wirklichkeit hat *er* Angst – panische Angst. Nein, Freunde, wir werden weiterziehen. Wir werden Gaza einnehmen und danach Ägypten, das älteste und reichste Land der ganzen Erde.«

Noch am selben Tag verfaßte er einen kaltschnäuzigen Brief an König Dareios, in dem er ihm eine gehörige Abfuhr erteilte, und am nächsten machte er sich mit dem Heer entlang der Küste auf den Weg, während die Flotte unter Nearchos und Hephaistion ihnen auf dem Meer im Verband folgte.

Gaza lag ungefähr fünfzehn Stadien entfernt auf einem Hügel und war stark bewehrt, aber seine Mauer bestand aus Backstein. Der Kommandant der Festungsstadt – ein schwarzer Eunuch namens Batis, der für seinen Mut und seine Treue König Dareios gegenüber bekannt war – weigerte sich, Gaza auszuliefern.

So beschloß Alexander anzugreifen. Als erstes machte er einen Erkundungsgang rund um die Mauer, um festzustellen, wo man sie unterhöhlen konnte und wo sich die Belagerungsmaschinen dicht genug heranführen ließen; gerade letzteres erwies sich als ziemlich schwierig, denn das umliegende Gelände war sandig, so daß die Maschinen darin versinken würden.

Während er das Problem noch überdachte, flog eine Krähe über ihn hinweg, ließ ein Büschel Gras, das sie im Schnabel trug, genau auf seinen Kopf fallen und setzte sich dann auf die Stadtmauer, wo sie allerdings mit den Füßen hängenblieb, denn die Bitumenschicht auf dem oberen Mauerabsatz hatte sich an der Sonne aufgeweicht und war klebrig geworden.

Alexander war zutiefst beeindruckt von dem merkwürdigen Vorkommnis und befragte sogleich Aristandros, der ihm wie ein Schatten überallhin folgte: »Was hat das zu bedeuten, Seher? Was wollen die Götter mir durch dieses Vorzeichen ankündigen?«

Aristandros sah in die glühenden Sonne hinauf, bis seine Pupillen nur noch winzige schwarze Punkte waren, dann richtete er den Blick auf die Krähe, die sich mit verzweifelten Flügelschlägen zu befreien suchte und es endlich auch schaffte, dabei aber die ein oder andere Feder lassen mußte.

»Du wirst Gaza einnehmen, aber wenn du es heute versuchst, wirst du verwundet werden.«

Alexander beschloß es trotzdem zu wagen; seine Soldaten sollten nicht glauben, er lasse sich von einer ungünstigen Prophezeiung beeinflussen. Und während Hunderte von schaufelbewehrten Männern die Mauer untergruben, um sie zum Einsturz zu bringen, unternahm er einen Frontalangriff auf die breite Rampe, die nach Gaza hinaufführte.

Batis, der natürlich wußte, daß er die günstigere Ausgangsposition hatte, versammelte sein Heer und schlug ganz entschieden zurück, wobei er den persischen Kriegern auch zehntausend arabische und äthiopische Söldner zur Seite stellte – Soldaten mit pechschwarzer Haut, wie die Makedonen sie noch nie gesehen hatten.

Alexander focht inmitten seiner Fußsoldaten in vorderster Linie, und das, obwohl ihn die Wunde von Issos noch immer schmerzte. Er suchte den Zweikampf mit Batis, einem schweißglänzenden, schwarzen Riesen, der an der Spitze seiner Äthiopier wütete.

»Bei den Göttern, das ist ein Mann!« schrie Perdikkas. »Und wenn sie ihn dreimal kastriert haben . . .«

Alexander schlug mit dem Schwerter nieder, was ihm in die Quere kam, aber irgendwann entdeckte ein Perser, der hoch oben auf einem Turm ein Katapult bediente, sein rotes Banner, die Federn auf seinem Helm und seine glänzende Rüstung. Ohne lange zu zögern, richtete er seine mörderische Maschine auf ihn.

Im selben Moment stand, weit weg, im Palast von Pella, Königin Olympias auf einem anderen Turm und spürte die tödliche Gefahr.

»Aléxandre!«

schrie sie, aber die Ungunst der Götter verhinderte, daß ihr Schrei den Äther durchdrang, und der Pfeil schoß los. Zischend flog er durch die Luft, durchschlug Alexanders Schild und Panzer und bohrte sich ihm in die Schulter. Der König sank mit einem Aufschrei zu Boden, und augenblicklich stürzte eine ganze Horde von Gegnern auf ihn los, um ihm den Gnadenstoß zu versetzen und seine Waffen an sich zu reißen, aber Perdikkas, Krateros und Leonnatos bildeten eine Mauer um ihn herum, ließen die Feinde gegen ihre Schilde rennen und durchbohrten viele von ihnen mir ihren Lanzen.

Alexander krümmte sich vor Schmerz und brüllte: »Holt mir Philipp!«

Der Arzt war sofort zur Stelle. »Schnell! Aus dem Weg! Aus dem Weg!« Zwei Träger legten Alexander auf eine Bahre und entfernten ihn rennend aus dem Schlachtgetümmel.

Viele seiner Soldaten sahen, wie er totenbleich, den dicken Pfeil in der Schulter abtransportiert wurde, und so verbreitete sich sehr schnell das Gerücht, er sei gestorben. Die Folge davon war, daß die Makedonen dem Ansturm des Feindes zu weichen begannen.

Alexander merkte an den verzweifelten Schreien und Zurufen seiner Leute, was da vor sich ging. Er griff nach der Hand des Arztes, der neben seiner Bahre herrannte, und sagte: »Philipp, ich muß sofort wieder an die Front zurück. Hol mir den Pfeil raus und verätze die Wunde.«

»Das ist nicht genug, Herr!« rief der Arzt aus. »Du kannst unmöglich zurück, sonst stirbst du!«

»Nein. Ich bin verwundet worden, damit hat sich der erste Teil der Prophezeiung erfüllt. Jetzt kommt der zweite: Ich werde in Gaza einziehen.«

Sie waren mittlerweile im königlichen Zelt angekommen. »Hol mir sofort den Pfeil raus!« wiederholte Alexander. »Das ist ein Befehl.«

Philipp gehorchte, und während der König auf seinen Ledergürtel biß, um nicht laut zu brüllen, schnitt Philipp ihm mit einem Skalpell die Rückenhaut auf und operierte die Pfeilspitze heraus. Die Wunde blutete stark, aber Philipp kauterisierte sie mit einem glühenden Eisen. Ein bestialischer Geruch nach verbranntem Fleisch verbreitete sich im ganzen Zelt, und jetzt konnte der König nicht mehr verhindern, daß sich ein langgezogener Schmerzensschrei seiner Kehle entrang.

»Nähen!« befahl er mit zusammengebissenen Zähnen.

Der Arzt nähte und tamponierte die Wunde und legte Alexander einen straffen Schulterverband an.

»Und jetzt zieht mir meine Rüstung wieder an.«

»Herr, ich bitte dich . . .«, flehte Philipp.

»Zieht mir meine Rüstung an!«

Die Männer gehorchten, und Alexander kehrte aufs Schlachtfeld zurück, wo sein Heer in größten Schwierigkeiten war und dem Druck des Feindes immer mehr nachgab, obwohl Parmenion zwei weitere Phalanxbataillone aus der Reserve geholt hatte.

»Der König lebt!« schrie Leonnatos mit Donnerstimme. »Der König lebt! *Alalalài*!«

»*Alalalài*!« schrien die Krieger zurück und warfen sich mit neuem Elan in die Schlacht.

Alexander hatte höllische Schmerzen, aber er griff auch jetzt wieder in vorderster Linie an, und das Heer, das seine wundersame Heilung noch kaum fassen konnte, folgte seinem Anführer, als wäre er kein Mensch, sondern ein unverwundbarer, unbesiegbarer Gott.

Die Gegner wurden förmlich überrannt und zum Stadttor von Gaza zurückgetrieben. Viele von ihnen starben, weil sie sich nicht mehr rechtzeitig hinter die Mauern retten konnten.

Aber während das Stadttor unter größter Anstrengung verschlossen wurde und die Makedonen ihrem Siegesjubel freien Lauf ließen, warf ein scheinbar tot auf dem Boden liegender Krieger den Schild weg, der ihn bedeckte, und bohrte Alexander sein Schwert in den linken Schenkel.

Der König erstach ihn zwar noch mit seiner Lanze, brach dann aber ebenfalls zusammen und hielt sich stöhnend das Bein.

Drei Tage und drei Nächte lag er delirierend im Wundfieber, während seine Männer fortfuhren, die Mauer von Gaza zu untertunneln.

Barsine besuchte ihn am vierten Tag und betrachtete ihn lange, gerührt vom Löwenmut dieses jungen Mannes, der so viele Schmerzen auf sich genommen hatte, um seinem Heer ein Vorbild zu sein. Sie sah Leptine, die in einer Ecke leise vor sich hin weinte, dann trat sie einen Schritt vor, küßte Alexander auf die Stirn und verließ das Zelt so leise, wie sie gekommen war.

Gegen Abend gelangte Alexander wieder zu Bewußtsein, aber die Schmerzen waren unerträglich. Philipp, der Arzt, saß neben seinem Bett und mußte – den geröteten Augen nach – viele Stunden durchgewacht haben.

»Gib mir was gegen die Schmerzen«, stöhnte Alexander, »sonst werde ich verrückt ...«

Der Arzt zögerte, aber die schmerzverzerrten Züge des Königs, dessen Gesicht eine einzige Fratze des Leidens war, überzeugten ihn davon, daß er tatsächlich einschreiten mußte. »Bei dem Mittel, das ich dir jetzt verabreiche, handelt es sich um eine sehr starke Droge; ich kenne ihre Wirkung nur teilweise, aber wir müssen das Risiko eingehen – lange hältst du diese Schmerzen nicht mehr aus, ohne den Verstand zu verlieren.«

In der Ferne hörte man in diesem Moment ein fürchterliches Donnern und gleich darauf das Gebrüll von Soldaten: Die unterhöhlte Mauer von Gaza war eingestürzt, Angreifer und Verteidiger lieferten sich ein erbittertes Gefecht. »Ich muß gehen ... Ich muß gehen ...«, murmelte der König wie in Trance. »Gib mir was gegen den Schmerz!«

Philipp verschwand und kehrte kurz darauf mit einem kleinen Krug zurück, der ein dunkles, stark riechendes Pulver enthielt. Er schüttete sich ein wenig davon auf die Hand und reichte es dem König. »Hier, nimm das«, sagte er mit leicht besorgtem Blick.

Alexander nahm das Mittel ein und wartete sehnsüchtig auf seine Wirkung. Der Schlachtenlärm, der von der Mauer zu ihnen herein drang, versetzte ihn in eine seltsame, immer stärker werdende Erregung; nach und nach bevölkerten sich seine

Gedanken mit den gespensterhaften Kriegshelden des homerischen Epos, in dem er seit seiner Jugend jeden Abend las. Mit einemmal erhob er sich von seinem Bett. Der Schmerz war noch da, aber er war jetzt anders, irgendwie gedämpft. In seiner Brust hingegen fühlte er plötzlich ein seltsames Brausen und Toben, einen übermächtigen Zorn, den er nicht mehr zügeln konnte. Es war der Zorn des Achilleus.

Wie im Traum stand er auf und verließ sein Zelt. In seinen Ohren klangen die Worte des Arztes, der ihm flehend nachrief: »Nicht, Herr ... Es geht dir nicht gut. Warte, ich bitte dich!« Aber es waren Worte ohne Sinn. Er war Achill, und er mußte schleunigst aufs Schlachtfeld zurück, wo seine Kameraden verzweifelt auf ihn warteten.

»Bringt mir meinen Wagen!« befahl er, und die verblüfften Adjutanten gehorchten. Sein Blick war starr und gläsern, seine Stimme klang fremd und hohl. Er bestieg den Wagen, und der Lenker trieb die Pferde peitschend zur Stadtmauer von Gaza. Alles, was dann folgte, erlebte er wie in einem Alptraum; er wußte nur, daß er Achill war, der in seinem Wagen die Mauer von Troja ein-, zwei-, dreimal umrundete und Hektors Leiche dabei im Staub hinter sich herschleifte.

Als er wieder zu sich kam, brachte sein Wagenlenker die Pferde gerade vor dem zum Appell angetretenen Heer zum Stehen. Hinter sich sah er, mit zwei Riemen an seinem Streitwagen befestigt, einen blutigen Klumpen Fleisch. Irgend jemand erklärte ihm, dies sei die Leiche des Eunuchen Batis, des heldenhaften Verteidigers von Gaza, der ihm als Gefangener vorgeführt worden war.

Alexander schlug voller Entsetzen die Augen nieder und floh weit weg, ans Meer, wo seine Schmerzen heftiger denn je erwachten. Spät in der Nacht kehrte er in sein Zelt zurück, zutiefst beschämt, voller Gewissensbisse und mit fürchterlichen Schmerzen in Schulter, Brust und Beinen.

Barsine hörte ihn so verzweifelt stöhnen, daß sie nicht umhinkonnte, zu ihm zu gehen. Als sie sein Zelt betrat, zog Philipp sich zurück und bedeutete Leptine, dasselbe zu tun.

Barsine setzte sich auf sein Bett, strich ihm sanft über die schweißnasse Stirn und benetzte ihm die Lippen mit frischem Wasser. Als er sie umarmte und im Fieberwahn an sich drückte, wagte sie nicht, ihn abzuweisen.

57

Philipp wusch sich die Hände und begann, Alexanders Wundverbände zu wechseln. Fünf Tage waren seit der brutalen Massakrierung des Eunuchen Batis vergangen, aber der König war noch immer zutiefst entsetzt über seine eigene Schandtat.

»Ich glaube, daß du unter Einwirkung der Droge gehandelt hast, die ich dir verabreicht hatte«, sagte Philipp zu ihm. »Sie hat deine Schmerzen betäubt, gleichzeitig aber unkontrollierbare Kräfte in deinem Innern entfesselt. Ich konnte das nicht vorhersehen, keiner konnte das vorhersehen.«

»Ich habe mich an einem wehrlosen Menschen vergangen, einem Mann, der eigentlich nichts als Respekt für seine Tapferkeit und Treue verdient hätte. Eines Tages werde ich für diesen Frevel bestraft werden ...«

Eumenes, der wie Ptolemaios auf einem Hocker neben Alexanders Bett saß, erhob sich und beugte sich über den König. »Du kannst nicht wie ein gewöhnlicher Mensch verurteilt und bestraft werden«, sagte er mit eindringlicher Stimme. »Du hast alle Grenzen überschritten, fürchterliche Wunden davongetragen und Schmerzen ausgehalten, an denen jeder andere zu Grunde gegangen wäre. Du hast Schlachten gewonnen, die von vornherein verloren schienen!«

»Nein, du bist nicht wie die anderen Menschen«, pflichtete Ptolemaios dem Gefährten bei. »Du bist wie Herakles und

Achilleus. Du hast die Gesetze überwunden, die das Leben eines normalen Sterblichen regeln. Quäle dich nicht länger, Alexander – wenn Batis dich in seiner Gewalt gehabt hätte, wäre es dir mit Sicherheit noch schlimmer ergangen als ihm.«

Philipp hatte unterdessen die Wunden des Königs gereinigt und frisch verbunden und flößte ihm nun einen schmerzlindernden Beruhigungstee ein. Kaum daß Alexander etwas eingedöst war, setzte Ptolemaios sich wieder neben sein Bett, während Eumenes den Arzt zum Zelt hinausbegleitete. Philipp merkte sofort, daß der Sekretär ihm etwas zu sagen hatte.

»Ist was?« fragte er, als sie im Freien waren.

»Ja, wir haben eine sehr schlechte Nachricht erhalten«, erwiderte Eumenes. »König Alexander von Epeiros ist in Italien in einen Hinterhalt geraten und getötet worden. Königin Kleopatra ist am Boden zerstört. Ich weiß nicht, ob ich Alexander ihren Brief aushändigen soll.«

»Hast du ihn gelesen?«

»Nein, ich würde einen versiegelten Brief an den König niemals öffnen, aber der Bote, der ihn gebracht hat, wußte mehr oder weniger, was drinsteht, und hat es mir gesagt.«

Philipp dachte kurz nach. »Besser nicht«, sagte er dann. »Seine geistige und körperliche Verfassung ist noch sehr kritisch. Eine so schlechte Nachricht würde ihn sicher in tiefste Verzweiflung stürzen. Nein, wir warten lieber noch ...«

»Wie lange?«

»Das kann ich jetzt noch nicht sagen. Aber ich gebe dir Bescheid, wenn er wieder einigermaßen bei Kräften ist.«

»Und du meinst, er schafft es?«

»Ja. Im Augenblick leidet er sehr, aber er wird wieder gesund werden. Vielleicht hast du recht, Eumenes, vielleicht ist Alexander ja wirklich kein Mensch wie wir anderen ...«

Auch Barsine litt in diesen Tagen, allerdings aus einem anderen Grund; sie glaubte, das Andenken ihres verstorbenen Mannes beschmutzt und verraten zu haben und machte sich die schlimmsten Vorwürfe, weil sie sich Alexander hingegeben hatte; gleichzeitig wußte sie aber, wie schlecht es ihm ging, und wäre am liebsten dauernd bei ihm gewesen. Sie hatte eine Amme, eine gute alte Frau namens Artema, die wie eine Mutter für sie war und gemerkt hatte, daß etwas mit ihr los war.

Eines Abends beschloß Artema, der Sache auf den Grund zu gehen. »Warum quälst du dich, mein Kind?« fragte sie Barsine.

Barsine senkte den Kopf und begann, still vor sich hin zu weinen.

»Wenn du es mir nicht erzählen möchtest, kann ich dich nicht dazu zwingen«, meinte die Alte bedauernd, aber schließlich gab Barsine doch dem Bedürfnis nach, ihr Herz auszuschütten.

»Ich habe mich König Alexander hingegeben, Artema. Ich habe ihn vor Schmerz stöhnen und schreien hören, als er vom Schlachtfeld zurückkam, und da bin ich zu ihm gegangen, und es ist passiert.« Barsine hörte nicht auf zu schluchzen. »Er war immer so gut zu mir und meinen Kindern, ich konnte einfach nicht anders ... Ich bin an sein Bett getreten, habe ihm den Schweiß von der Stirn getupft, sein Gesicht gestreichelt ... Für mich war er in diesem Moment nur ein armer Junge, der vor Fieber glühte und schreckliche Alpträume und Wahnvorstellungen hatte.« Die Amme hörte still und aufmerksam zu. »Plötzlich hat er mich umschlungen und an sich gezogen. Ich weiß nicht, wie es geschehen konnte«, murmelte Barsine mit bebender Stimme. »Sein leidender Körper verströmte einen ganz seltsamen, geheimnisvollen Duft, sein fiebriger Blick hatte eine ungeheure Anziehungskraft ...« Barsine brach erneut in Tränen aus.

»Nicht doch, mein Kind, hör auf zu weinen«, tröstete Artema sie. »Du hast nichts Böses getan. Du bist jung, und das Leben, das in dir steckt, drängt danach, zu seinem Recht zu kommen. Außerdem bist du eine Mutter, die mit ihren Kindern in Feindeshand gefallen ist und daher ist es ganz natürlich, daß du dich instinktiv dem Mann hingibst, der mächtiger ist als alle anderen und dich und deine Kinder verteidigen kann.« Artema strich ihr sanft übers Haar. »Das ist das

Schicksal jeder schönen und begehrenswerten Frau: Sie weiß, daß sie ein Beuteobjekt ist und sich und ihre Kinder nur beschützen kann, indem sie dem Mann, der sie gewonnen hat, nachgibt und ihn mit ihrer Liebe beglückt.« Barsine sah sie mit tränenverschleierten Augen an. »Und der Mann, der dich erobert hat, ist obendrein ein schöner Jüngling, einer, der dich stets mit großem Respekt behandelt und damit eigentlich bewiesen hat, daß er deine Liebe verdient.« Artema lächelte ihr aufmunternd zu. »Ich kann verstehen, daß du leidest – in diesem Augenblick streiten völlig gegensätzliche Gefühle um dein Herz: die Liebe zu deinem Gemahl, der tot ist, und die unbewußte Liebe zu einem anderen, den du ablehnst, weil er ein Feind ist und indirekt den Tod deines Gemahls verursacht hat. Aber rede dir nicht ein, daß du etwas Schlimmes getan hast, und wenn du ein Gefühl in dir wachsen spürst, so unterdrücke es nicht, denn nichts geschieht im Herzen der Menschen ohne den Willen Ahura Mazdas – er ist das ewige Feuer, der Ursprung jeglichen Feuers im Himmel wie auf Erden. Nur eins mußt du bedenken, mein Kind: Alexander ist kein gewöhnlicher Mensch. Er ist wie der Wind, der kommt und geht. Niemand kann den Wind festhalten. Gib der Liebe nur nach, wenn du sicher bist, auch eine Trennung ertragen zu können.«

Barsine trocknete ihre Tränen ab und verließ das Zelt. Die Nacht war still und klar, und das Meer glänzte silbern im Mondschein. Sie ging am königlichen Pavillon vorbei, auf den das Licht der Fackeln ihren schmalen Schatten zauberte, und dann hinunter zum Strand, um bis zu den Knien ins Wasser einzutauchen. Plötzlich glaubte sie, seinen Duft wahrzunehmen und seine Stimme, die »Barsine« flüsterte.

Es war nicht möglich, und doch stand er so dicht hinter ihr, daß sein Atem ihr Gesicht streifte.

»Ich weiß nicht, wie oft ich geträumt habe, daß du mir deine Liebe geschenkt hast«, sagte er leise, »daß ich deinen Körper streicheln und sanft in dich eindringen durfte. Aber als ich aufgewacht bin, habe ich nur das in meinem Bett gefunden.«

Er zeigte ihr ein Tüchlein aus blauem Byssus und ließ es ins Wasser flattern. »Gehört es dir?«

»Du hast nicht geträumt«, sagte Barsine, ohne sich umzudrehen. »Ich bin in dein Zelt gegangen, weil ich dich vor Schmerzen schreien hörte, und habe mich zu dir gesetzt. Irgendwann hast du mich umarmt, und ich konnte dir nicht widerstehen.«

Alexander legte ihr die Hände auf die Hüften und drehte sie zu sich um. Das Mondlicht überzog ihr Gesicht mit einem elfenbeinfarbenen Schimmer und spiegelte sich in ihren schwarzen Augen.

»Jetzt kannst du, Barsine. Jetzt kannst du nein sagen, wenn ich dich bitte, mich in deine Arme zu schließen. In wenigen Monaten habe ich alle nur erdenklichen Greuel erlebt und auch anderen zugefügt; was noch an Jugendlichem in mir steckte, ist endgültig verlorengegangen; tiefer als ich kann ein Mensch nicht mehr sinken, ich habe vergessen, je ein Kind gewesen zu sein, je einen Vater, eine Mutter gehabt zu haben. Das Feuer des Krieges hat mir das Herz verbrannt, und ich fühle oft ganz deutlich, daß der Tod neben mir herreitet, ohne mich treffen zu können. In diesen Momenten begreife ich, was es heißt, unsterblich zu werden, es erfüllt mich mit Kummer und Angst. Weise mich nicht zurück, Barsine, laß meine Hände dein Gesicht streicheln, verweigere mir nicht deine Wärme, deine Umarmung.«

Alexanders Körper war gezeichnet wie ein Schlachtfeld: kein Fingerbreit Haut ohne Kratzer, Narben, Schürfungen. Nur sein Antlitz war wie durch ein Wunder völlig unversehrt, und die langen, weichen Locken, die es umrahmten, verliehen ihm große Anmut.

»Liebe mich, Barsine«, sagte er, indem er sie an seine Brust zog und leidenschaftlich küßte. Barsine erwiderte seinen Kuß, als habe sie plötzlich Feuer gefangen, aber noch im selben Moment fühlte sie eine dumpfe Verzweiflung in sich aufsteigen. Der Mond hatte sich unterdessen hinter den Wolken versteckt.

Das Heer brach auf und zog der Wüste entgegen, sobald der König dazu in der Lage war. Nach sieben Tagen erreichte man die Stadt Pelusion vor den Toren Ägyptens am Ostufer des Nildeltas. Der persische Gouverneur, der sich auf verlorenem Posten wußte, lieferte Alexander das Land und den großköniglichen Schatz kampflos aus.

»Ägypten!« schrie Perdikkas begeistert, als er von einem Turm der Festung aus zum erstenmal das fruchtbare Land betrachtete, das sich bis zum Horizont ausbreitete, den trägen Lauf des Flusses, der es durchzog, das Wogen der Papyrusstauden entlang der vielen Kanäle, die riesigen Dattelpalmenhaine, in denen walnußgroße Früchte geerntet wurden.

»Ich hab nicht einmal geglaubt, daß es wirklich existiert«, meinte Leonnatos. »Ich dachte, das ist eins von den vielen Märchen, die der alte Leonidas uns immer erzählt hat.«

Ein Mädchen mit schwarzer Perücke und bisterumrandeten Augen bot den jungen Eroberern Palmenwein und süßes Gebäck an. Ihr weißes Leinenkleid lag so eng an, daß man fast den Eindruck hatte, sie sei nackt.

»Na, bist du immer noch so sicher, die Ägypter nicht ausstehen zu können?« fragte Alexander Ptolemaios, der dem hübschen Mädchen mit offenem Mund nachsah.

»Nein, nicht mehr ganz so ...«, erwiderte der Gefährte grinsend.

»Schaut mal da, im Fluß! Was sind denn das für Ungetüme?« schrie Leonnatos plötzlich und deutete auf mehrere schuppige Tiere, die für wenige Augenblicke aus dem Wasser auftauchten und gleich wieder verschwanden.

»Das sind Krokodile«, erklärte der Übersetzer, ein Grieche aus Naukratis mit Namen Aristossenos. »Von denen wimmelt es hier, paßt bloß auf, die sind sehr gefährlich. Baden ist hier sehr riskant, weil ...«

»Und die dort? Schaut nur, dort drüben!« schrie Leonnatos schon wieder. »Die sehen ja aus wie gigantische Schweine!«

»Das sind Flußpferde – so nennen wir Griechen sie«, erklärte der Übersetzer.

»Flußpferde«, erwiderte Alexander lachend. »Bei Zeus, ich glaube, Bukephalos wäre nicht sehr begeistert davon, mit einem dieser Ungeheuer verglichen zu werden.«

»Gefährlich sind sie nicht«, erklärte Aristossenos weiter. »Sie ernähren sich ausschließlich von Gras und Algen. Allerdings können sie aufgrund ihrer enormen Körpermasse ein Boot umstürzen, und die Insassen fallen dann leicht den Krokodilen zum Fraß.«

»Ein Land voller Gefahren«, meinte Seleukos, der bis zu diesem Moment schweigend die Aussicht genossen hatte. »Und was wird deiner Meinung nach jetzt geschehen?« fragte er dann Alexander.

»Keine Ahnung, aber ich denke, daß dieses Volk uns wohlwollend aufnimmt, wenn wir uns bemühen, es zu verstehen. Auf mich haben die Ägypter den Eindruck von freundlichen und klugen, wenn auch sehr stolzen Leuten gemacht.«

»So ist es«, pflichtete Eumenes dem König bei. »Dieses Land hat Fremdherrschaften nie geduldet, aber genau das wollten die Perser nicht begreifen: Sie haben immer einen Gouverneur mit Söldnertruppen in Pelusion eingesetzt mit der Folge, daß sie einen Aufstand nach dem anderen blutig niederschlagen mußten.«

»Und warum sollte das bei uns anders werden?« fragte Seleukos.

»Es hätte auch bei den Persern anders sein können – sie hätten nur die Religion der Ägypter respektieren und den Großkönig zum Pharao ernennen müssen. In gewissem Sinne ist alles eine Frage der Form . . .«

»Eine Frage . . . der Form?« wiederholte Ptolemaios.

»Ja«, sagte Eumenes. »Ein Volk, das für seine Götter und das Jenseits lebt, das riesige Summen ausgibt, nur um Weihrauch für seine Tempel einzuführen, ein solches Volk legt mit Sicherheit Wert auf die Form.«

»Ich glaube, du hast recht«, Alexander nickte. »Wie auch immer, wir werden es bald erfahren. Morgen oder übermorgen sollte unsere Flotte ankommen, und danach ziehen wir den Nil hinauf bis nach Memphis, der Hauptstadt von Ägypten.«

Nearchos und Hephaistion liefen zwei Tage später mit den Schiffen im östlichen Teil des Deltas ein. Bereits am nächsten Morgen reisten der König und seine Gefährten stromaufwärts nach Heliopolis und Memphis, während das Heer ihnen auf dem Landweg folgte.

Die Schiffe glitten ruhig auf dem breiten Strom dahin, vorbei an den mächtigen Pyramiden, die wie Diamanten in der Sonne glänzten, vorbei an der gigantischen Sphinx, die seit Jahrtausenden die Gräber der großen Pharaonen bewachte.

»Herodot schreibt, daß dreißigtausend Mann dreißig Jahre dazu gebraucht haben, sie zu errichten«, erklärte Aristossenos.

»Und du glaubst, das ist wahr?« fragte Alexander.

»Ja, obwohl in diesem Land mehr Geschichten erzählt werden als sonst irgendwo, aus dem einfachen Grund, daß es so alt ist – da ist viel zusammengekommen.«

»Und stimmt es, daß es in der Wüste geflügelte Schlangen gibt?«

»Das weiß ich nicht«, erwiderte der Übersetzer. »Dort bin ich noch nie gewesen, aber diese Wüste ist mit Sicherheit einer der unwirtlichsten Orte auf der ganzen Erde. Schau, Herr, wir kommen zur Landungsbrücke. Die Männer mit den kahlrasierten Köpfen, die du dort vorn siehst, sind die Priester des Zeus Ammon-Tempels. Behandle sie mit Respekt: Sie können dir viel Mühe und Blut ersparen.«

Alexander nickte und machte sich zum Ausstieg bereit. Kaum daß er an Land war, ging er auf die Priester zu, verneigte sich ehrerbietig und bat sie, sogleich in den Tempel geführt zu werden, damit er dem Gott ein Opfer bringen konnte.

Die Priester sahen sich überrascht an, wechselten leise ein paar Worte und verneigten sich ihrerseits vor Alexander. Dann stimmten sie, von Flöten und Harfen begleitet, einen religiösen Hymnus an und geleiteten den König in einer feierlichen Prozession zu dem grandiosen Tempel. Vor der Vorhalle angelangt, bildeten sie ein Spalier, um Alexander in den Tempel einzuladen. Der König betrat ihn ganz alleine.

Durch ein Loch in der Decke drangen Sonnenstrahlen ein und durchbrachen die dichte Weihrauchwolke, die von einer goldenen Räucherpfanne im Zentrum des Heiligtums aufstieg, aber der Rest des Tempels lag im Dunkeln, so daß man kaum etwas erkennen konnte. Auf einem Granitsockel erhob sich die Statue des Gottes mit dem Widderhaupt – die Augen waren aus Rubinen, die Hörner mit Gold überzogen. Alexander sah sich um: Der Tempel schien verlassen, und das Stimmengemurmel, das von draußen hereindrang, verlor sich sofort in dem Wald aus Säulen, die das Zedernholzdach trugen. Es herrschte mittäglicher Stille.

Plötzlich hatte er den Eindruck, als bewege die Götterstatue sich. Ihre Rubinaugen funkelten, als würden sie von innen beleuchtet, und eine tiefe, sonore Stimme erklang in der großen Säulenhalle:

»Der letzte rechtmäßige Herrscher dieses Landes mußte vor zwanzig Jahren in die Wüste fliehen und ist nie wieder zurückgekehrt. Bist du vielleicht sein Sohn, auf den wir so sehnlich warten und von dem es heißt, er sei fern des Nils geboren?«

Alexander begriff in diesem Moment alles, was man ihm über Ägypten und die Seele seines Volkes erzählt hatte, und erwiderte mit fester Stimme: »Ja, das bin ich.«

»Wenn du es bist«, fuhr die Stimme fort, »so beweise es.«

»Wie?« fragte der König.

»Nur der Gott Ammon kann dich als Sohn anerkennen, aber er spricht ausschließlich durch das Orakel von Siwa, im Herzen der Wüste. Dort mußt du hingehen.«

Siwa, dachte Alexander und erinnerte sich an eine Geschichte, die seine Mutter ihm als Kind erzählt hatte – die Geschichte von den zwei Tauben, die Zeus im Anbeginn der Zeit aus seinen Händen hatte aufsteigen lassen: eine hatte sich auf einer Eiche in Dodona niedergelassen, die andere auf einer

Palme in der Oase Siwa, und beide machten seither von ihren Bäumen herab Prophezeiungen. Olympias hatte ihm auch erzählt, daß sie ihn in Dodona zum erstenmal in ihrem Schoß gespürt habe und daß seine zweite Geburt – eine göttliche Geburt – bei einem Besuch des Orakels von Siwa stattfinden würde.

Als die seltsame Stimme verstummt war, verließ Alexander die große, düstere Halle und trat, von heiligen Gesängen und Hymnen empfangen, wieder ins gleißende Sonnenlicht hinaus.

Die Priester führten den heiligen Stier Apis vor ihn, dem er huldigen mußte, indem er ihn mit Girlanden behängte. Danach opferte er dem Gott Ammon eigenhändig eine Antilope.

Von seiner Frömmigkeit beeindruckt, überreichten die Priester ihm die Schlüssel der Stadt, und Alexander bedankte sich, indem er sofort eine dringend notwendige Restaurierung des Tempels veranlaßte.

58

Die Reise zur entlegenen Oase von Siwa begann wenige Tage später, als Alexanders Wunden völlig verheilt waren. Der Großteil des Heers marschierte zu Fuß in Richtung Norden; einen kleinen Teil aber nahm Alexander mit sich auf die Flotte, die entlang der Küste folgte. In einer Lagune, nicht weit vom westlichsten Nilarm des Deltas entfernt, wollte man sich treffen.

Als Alexander ankam, war er überwältigt von der herrlichen Bucht. Eine palmenbestandene Insel, die ihr vorgelagert war, schützte sie gegen Nordwinde, saftiges grünes Flachland säumte den Strand.

Er beschloß, hier erst einmal ein Lager aufzuschlagen, und am nächsten Tag veranstaltete er ein großes Fest, um mit seinen Gefährten und dem ganzen Heer den erfolgreichen Asienfeldzug und die friedliche Aufnahme in Ägypten zu feiern. Bevor das Festbankett wie üblich zu einer Orgie ausartete, ließ er eine Reihe von griechischen und ägyptischen Musikern auftreten sowie seinen Lieblingsschauspieler Thessalos, der auf hinreißende Weise den Monolog des Ödipus aus Sophokles' »Ödipus auf Kolonos« vortrug.

Der rauschende Beifall des Publikums war noch nicht verebbt, als dem König ein Besucher gemeldet wurde.

»Eine seltsame Gestalt«, meinte Eumenes etwas ratlos. »Er sagt, er kennt dich schon lange.«

»Ach ja?« Der König war guter Laune. »Dann laß ihn rein. Was hat er denn so Seltsames an sich?«

»Das wirst du gleich selber sehen«, entgegnete Eumenes und ließ den Besucher ein.

Bei seinem Erscheinen ging ein Raunen durch das Zelt, hier und da ertönte Gelächter. Der Mann, der da auf den König zuschritt – er mochte um die Vierzig sein – war ausschließlich mit einem Löwenfell bekleidet und hatte eine dicke Keule in der Hand, genau wie Herakles.

Alexander mußte sich beherrschen, um nicht lauthals loszuprusten.

»Wer bist du, fremder Gast, der du meinem Vorfahren, dem Helden Herakles, so ähnlich siehst?« fragte er.

»Dinokrates, ein griechischer Architekt«, erwiderte der Mann.

»Seltsame Kleider für einen Architekten«, meinte Eumenes.

»Nicht die Kleidung zählt«, erwiderte der Besucher mit todernster Miene, »sondern die Projekte, die jemand vorschlagen und eventuell verwirklichen kann.«

»Und was für ein Projekt hast du mir vorzuschlagen?« fragte der König.

Dinokrates klatschte in die Hände, worauf zwei Knaben mit einer Papyrusrolle hereinkamen, die sie vor Alexander auf dem Boden ausbreiteten.

»Bei Zeus!« rief der König aus. »Was ist denn das?«

Dinokrates war sichtlich zufrieden, Alexanders Neugier geweckt zu haben, und begann zu erklären: »Es handelt sich um ein sehr ehrgeiziges Vorhaben, das gebe ich zu, aber es ist deiner Größe und deinem Ruhme angemessen. Ich möchte nämlich aus dem Berg Athos einen Koloß heraushauen, der deine Gestalt hat – ungefähr so, wie du es hier auf der Zeichnung siehst. Und dieser Riese würde in seiner offenen Hand eine Stadt halten, die du persönlich gründest. Ist das nicht eine grandiose Idee?«

»Grandios auf alle Fälle«, erwiderte Eumenes skeptisch. »Ich frage mich nur, ob sie auch umsetzbar ist.«

Alexander betrachtete die Zeichnung des größenwahnsinnigen Architekten, auf der er als Gigant mit einer ganzen Stadt in der Hand dargestellt war, und sagte: »Ich fürchte, dieses Projekt übersteigt ein wenig meine Möglichkeiten ... Und überhaupt: Wenn ich eine solche Riesenstatue von mir anfertigen lassen wollte, würde ich mich an einen jungen Mann namens Karetes wenden, den ich während meiner Studienzeit in Mieza kennengelernt habe – er ist ein Schüler des Lysippos und träumt davon, eines Tages eine achtzig Ellen hohe Bronzestatue zu gießen. Kennst du ihn?«

»Nein.«

»Egal, ich hätte vielleicht ein anderes Projekt für dich.«

»Dieses hier gefällt dir also nicht, Herr?« fragte der Architekt enttäuscht.

»Gefallen schon, aber es scheint mir einfach ein bißchen ... wie soll ich sagen ... überstiegen. Mein Projekt dagegen ist ganz handfest, und du könntest schon morgen damit beginnen, wenn du möchtest.«

»Aber sicher, Herr. Du brauchst es mir nur zu erklären.«

»Dann folge mir«, sagte der König, indem er das Zelt verließ und zum Strand hinunter schlenderte. Der Mond war in dieser schönen Sommernacht nur eine schmale Sichel, die sich auf der glatten Meeresoberfläche spiegelte.

Alexander streifte sich den Umhang von der Schulter und breitete ihn auf dem Boden aus. »Schau her«, sagte er zu Dinokrates. »Ich möchte, daß du mir eine Stadt entwirfst, die sich in Form dieses makedonischen Mantels um die Bucht schmiegt.«

»Weiter nichts?« fragte der Architekt.

»Nein«, erwiderte der König. »Aber ich möchte, daß du bereits morgen mit den ersten Sonnenstrahlen beginnst. Ich werde eine Zeitlang unterwegs sein; wenn ich zurückkomme, will ich die ersten Häuser sehen, die ersten Straßen und die ersten Landungsbrücken im Hafen.«

»Ich will mein Bestes tun, Herr. Doch wer gibt mir das Geld?«

»Eumenes, mein Generalsekretär.« Mit diesen Worten wandte Alexander sich ab, um ins Zelt zurückzukehren. »Und daß du mir gute Arbeit leistest!« rief er dem bizarren Architekten noch zu, der alleine am verlassenen Strand zurückblieb.

»Eine letzte Frage, Herr!« schrie Dinokrates. »Wie soll die Stadt heißen?«

»Alexandreia. Sie soll Alexandreia heißen und die schönste Stadt der Welt werden.«

Die Arbeiten begannen schon bald, und Dinokrates, der sein Löwenfell gegen anständige Kleider eingetauscht hatte, erwies sich als kompetenter Architekt und Städtebauer, obwohl andere Kollegen, die den Feldzug schon seit längerem begleiteten, ziemlich eifersüchtig auf ihn waren und nicht begreifen konnten, weshalb der König ausgerechnet einen Unbekannten mit einer so großen Aufgabe betraut hatte. Wer Alexander jedoch kannte, wußte, daß er oft intuitiv handelte und selten schlecht damit fuhr.

Nur ein Vorkommnis warf vorübergehend einen kleinen Schatten auf das grandiose Unternehmen: Dinokrates hatte eine Zeichnung des Stadtplans auf Papyrus angefertigt, dann seine Meßinstrumente aufgestellt, um das Ganze in natura zu übertragen, und begonnen, die Ringmauer der Stadt, ihre Haupt- und Nebenstraßen, die Agora, den Marktplatz und die Tempel mit Kreide auf dem Boden zu markieren. Irgendwann war ihm die Kreide jedoch ausgegangen, und so war er auf die Idee verfallen, sich von der Heeresverwaltung mehrere Säcke Mehl geben zu lassen, um seine Arbeit zu Ende zu bringen. Als soweit alles bereit war, wurde der König gerufen; er sollte sich wenigstens ungefähr eine Vorstellung von dem zukünftigen Alexandreia machen können. Doch während Alexander sich in Begleitung seines Sehers Aristandros näherte, stieß plötzlich ein ganzer Schwarm Vögel vom Himmel hernieder und begann das Mehl vom Boden aufzupicken, so daß ein Teil der eingezeichneten Linien fast völlig verschwand.

Der Seher bemerkte sofort die Unruhe im Blick des Königs, der dieses Vorkommnis offenbar als schlechtes Omen deutete, doch Aristandros beruhigte ihn: »Keine Sorge, Herr, meiner Ansicht nach haben wir es hier mit einem sehr günstigen Vorzeichen zu tun: Es bedeutet, daß Alexandreia eine reiche, blühende Stadt sein wird, die Leuten von überallher Arbeit und Unterhalt bieten wird.« Auch Dinokrates war erleichtert über die Prophezeiung des Sehers und machte sich mit frischen Kräften an die Arbeit, um so mehr, als inzwischen neues Kreidepulver eingetroffen war.

In dieser Nacht hatte der König einen sehr schönen Traum. Er träumte davon, durch das fertige Alexandreia zu spazieren, durch Straßen und Gassen, die von prächtigen Häusern und Palästen mit wundervollen Gärten gesäumt wurden. Die Bucht mit ihrer schützend vorgelagerten Insel war voll von Schiffen, die alle nur erdenklichen Waren aus der ganzen Welt brachten. Ein Damm führte zu der Insel hinüber, und auf der Insel stand ein hoher Turm, der die ganze Nacht hindurch Leuchtsignale an vorübergleitende oder einfahrende Schiffe sandte. Und dann hörte er im Traum eine Stimme, seine eigene Stimme, die fragte: »Werde ich das alles je erleben? Wann kehre ich in meine Stadt zurück?«

Später erzählte er Aristandros den Traum und stellte auch ihm die Frage: »Wann kehre ich in meine Stadt zurück?«

Aristandros wandte ihm in diesem Augenblick den Rücken zu, denn sein Herz kämpfte mit einer bösen Vorahnung, dann drehte er sich jedoch mit heiterem Gesicht um und sagte: »Bald, Herr, das schwöre ich dir. Ich kann dir nicht sagen, wann, aber ich weiß, daß du zurückkehren wirst ...«

59

Der Vormarsch in Richtung Westen wurde wieder aufgenommen – zur Rechten das Meer, zur Linken die grenzenlose Wüste. Nach fünf Tagen erreichte man Paraitonion, eine Stadt am Rand der Wüste, die als Verbindungsglied zwischen ihren Bewohnern – teils Ägypter, teils aus Kyrene stammende Griechen – und den Nomadenstämmen des Landesinnern, Nasamones und Garamantes, diente.

Letztere hatten die Küste abschnittsweise unter sich aufgeteilt, und wenn ein Schiff Schiffbruch erlitt und unterging, wurde sein Wrack augenblicklich von dem Stamm geplündert, in dessen Gebiet es strandete; die Schiffbrüchigen wurden auf dem Markt von Paraitonion als Sklaven verkauft. Es hieß, die Nasamones hätten vor rund zweihundert Jahren das große Sandmeer überquert und seien auf der anderen Seite auf einen riesigen See gestoßen, in dem es vor Krokodilen und Flußpferden nur so gewimmelt habe und an dessen Ufer Obstbäume aller Art gewachsen seien. Man erzählte sich auch, Proteus habe dort seine Höhle, jener vielgestaltige Gott, der in Gesellschaft von Seehunden lebte und dem Menschen die Zukunft vorhersagen konnte.

Alexander ließ einen Teil des Heeres in Paraitonion zurück, und zwar unter dem Kommando Parmenions, dem er auch den Schutz Barsines anvertraute. Am Abend vor seinem Aufbruch in die Wüste besuchte er sie, um sich von ihr zu verabschieden und ihr ein Geschenk zu bringen – eine wundervolle Goldkette, die einer Königin des Nils gehört hatte.

»Deine Schönheit stellt jedes Schmuckstück in den Schatten«, sagte er und legte ihr das prächtige Geschmeide um den Hals. »Das Licht deiner Augen überstrahlt allen Glanz, und ich kenne keinen Edelstein, der herrlicher wäre als dein Lächeln. Ich gäbe sämtliche Reichtümer dafür hin, einfach nur vor dir sitzen und dein Lächeln bewundern zu dürfen. Das wäre mir ein größerer Genuß, als deine Lippen zu küssen, als deinen Bauch und deine Brust zu streicheln.«

»Die Gabe des Lächelns hat Ahura Mazda mir seit langem genommen, Alexander«, erwiderte Barsine. »Doch jetzt, wo du mich verläßt und eine lange, gefahrvolle Reise antrittst, fühle ich, daß ich während deiner Abwesenheit in Sorge um dich sein werde und daß ich lächeln werde, wenn ich dich zurückkommen sehe ... Komm zu mir zurück, *Alexandre*«, sagte sie und hauchte ihm einen Kuß auf die Lippen.

Der Marsch in die Wüste, zum Tempel des Zeus Ammon in der Oase Siwa, wurde mit einem reduzierten Kontingent von Soldaten fortgesetzt. Hundert Kamele, die mit reichlich Wasser und Proviant beladen waren, begleiteten die Karawane.

Wohl war dem König von allen Seiten davon abgeraten worden, diese Reise im Hochsommer zu unternehmen, wenn die sengende Wüstensonne senkrecht am Himmel stand, aber Alexander war längst davon überzeugt, jedes Hindernis überwinden zu können, von jeder Wunde geheilt zu werden, jeder Gefahr trotzen zu können, und er erwartete von seinen Männern, daß sie diese Überzeugung teilten. Leider war die Hitze schon nach zwei Tagesmärschen kaum noch zu ertragen; die Männer und die Tiere tranken so viel Wasser, daß ernsthaft zu befürchten stand, der Vorrat würde lange vor dem Ziel erschöpft sein.

Am dritten Tag gerieten sie auch noch in einen fürchterlichen Sandsturm, und als sich nach vielen qualvollen Stunden endlich die dichte Staubwolke lichtete, sahen die Männer um sich herum nichts als ein endloses, eintöniges Sandmeer – die Piste war verschwunden, weit und breit kein einziger Markierungsstein mehr zu entdecken. Nun versanken die Soldaten beim Gehen bis zu den Knien im glühenden Sand, so daß sie Streifen von ihren Tuniken und Mänteln abreißen und sich die Beine damit umwickeln mußten, um sich überhaupt weiterschleppen zu können.

Am vierten Tag machte sich Verzweiflung breit, und nur das Beispiel des Königs, der allen zu Fuß voranging, wie der einfachste unter seinen Männern, der immer als letzter trank und sich am Abend mit einer Handvoll Datteln zufriedengab, flößte den Soldaten die nötige Kraft und Entschlossenheit ein, um weiterzuziehen.

Am fünften Tag war das Wasser endgültig aufgebraucht und bis zum Horizont noch immer kein Lebenszeichen, kein Grashalm, kein Mensch zu entdecken.

»Und trotzdem sind wir von unsichtbaren Gestalten umgeben«, behauptete der Führer, ein pechschwarzer Grieche aus Kyrene, dessen Mutter vermutlich eine Libyerin oder Äthiopierin war. »Wenn wir hier sterben sollten, würde sich die ganze Gegend wie durch Zauberhand beleben, von überallher würden Männer und Frauen angelaufen kommen, unsere Leichen plündern und an der Sonne vertrocknen lassen.«

»Keine sehr verlockende Aussicht«, meinte Seleukos, der sich mit einem breitkrempigen makedonischen Hut auf dem Kopf keuchend dahinschleppte.

»Schaut mal, dort oben!« schrie plötzlich Hephaistion und deutete zum Himmel.

»Sieht aus wie Vögel«, sagte Perdikkas.

»Ja, das sind Raben«, erklärte der Führer.

»Unglücksraben ...« brummte Seleukos resigniert.

»Nein, im Gegenteil, sie sind ein gutes Zeichen«, entgegnete der Führer.

»So hat wenigstens noch jemand was von unseren Leichen, bevor sie völlig austrocknen, nicht?« meinte Seleukos lakonisch.

»Nein. Diese Raben deuten an, daß sich hier in der Nähe eine menschliche Ansiedlung befinden muß.«

»Hier in der Nähe für jemanden, der Flügel hat, aber für uns, zu Fuß und ohne einen Tropfen Wasser . . .«

Aristandros, der etwas abseits von den anderen alleine vor sich hin stapfte, hielt plötzlich inne. »Stehenbleiben!« befahl er.

»Was ist?« fragte Perdikkas, und auch Alexander drehte sich nach dem Seher um, der auf dem Boden hockte und sich seinen Mantel über den Kopf gezogen hatte. Plötzlich zog ein sanfter Windhauch durch die Dünen, die schimmerten wie geschmolzene Bronze.

»Das Wetter ändert sich«, verkündete Aristandros.

»Bei Zeus! Einen zweiten Sandsturm stehe ich nicht durch«, stöhnte Seleukos. Aber der Windhauch wurde stärker, kühlte nach und nach die brütendheiße Luft etwas ab und brachte sogar einen vagen Meeresduft mit sich.

»Wolken«, sagte Aristandros. »Es kommen Wolken.«

Seleukos warf Perdikkas einen Blick zu, der soviel bedeuten sollte wie: Der Alte ist nicht mehr bei Sinnen. Aber der Seher fühlte wirklich Wolken näher kommen, und etwa eine Stunde später brauten sich am nördlichen Horizont tatsächlich schwarze Gewitterwolken zusammen.

»Freut euch nicht zu früh«, riet der Führer. »Hier regnet es, soweit ich weiß, nie. Laßt uns weitergehen.«

Der lange Zug setzte sich erneut in Bewegung, aber die Männer drehten sich immer wieder nach der schwarzen Wolkenwand um, die langsam näher rückte.

»Mag ja sein, daß es hier nie regnet«, meinte Seleukos, »aber donnern tut es.«

»Du mußt gute Ohren haben«, erwiderte Perdikkas. »Ich höre nichts.«

»Doch, stimmt«, sagte der Führer. »Es donnert. Und selbst wenn es nicht regnet, werden uns die Wolken ein bißchen Abkühlung bringen.«

Eine Stunde später plumpsten die ersten Regentropfen in

den heißen Sand, und die Luft roch angenehm nach feuchtem Staub. Die total erschöpften Soldaten gerieten vor Freude außer sich: Sie jubelten, warfen ihre Hüte in die Luft und starrten mit offenem Mund nach oben, um das wertvolle Naß aufzufangen, bevor es sich im glühenden Sand verlor.

Der Führer schüttelte den Kopf. »Ihr sagt ihnen besser, sie sollen ihre Kräfte sparen. Die Hitze wird den Regen auflösen, bevor er richtig die Erde berührt – wahrscheinlich erleben wir nicht mehr als einen leichten Dunst, der gleich wieder zum Himmel aufsteigt.« Er hatte seinen Satz kaum zu Ende gesprochen, als sich die vereinzelten Tropfen zuerst in Nieselregen und dann in einen regelrechten Wolkenbruch verwandelten, der mit Blitz und Donner einherging.

Die Männer bohrten ihre Lanzen in den Sand und spannten ihre Mäntel dazwischen auf, um soviel Wasser wie möglich aufzufangen; auch Helme und Schilde legten sie umgekehrt auf den Boden, und schon bald konnten sie daraus trinken. Auch als das Gewitter vorüber war und die dicksten Wolken sich ausgeregnet hatten, blieb der Himmel verhangen und schützte die marschierenden Soldaten vor der sengenden Sonne.

Alexander, der die ganze Zeit über nichts gesagt hatte, stapfte auch jetzt still und gedankenverloren vor sich hin – man hätte meinen können, er lausche einer geheimnisvollen Stimme in seinem Innern. Die Männer richteten den Blick auf ihn, mittlerweile felsenfest überzeugt, von einem übermenschlichen Wesen geführt zu werden. Wie anders wäre es möglich gewesen, daß ihr König Verwundungen und Krankheiten überstand, die jeden anderen umgebracht hätten? Damit nicht genug, jetzt hatte er es sogar in der Wüste regnen lassen, und Blumen würde er dort bestimmt auch wachsen lassen können, wenn er nur wollte.

Die Oase Siwa tauchte zwei Tage später im Morgengrauen vor ihnen auf: Wie eine saftig grüne Insel schwamm sie am Horizont auf den Wellen des immensen Sandmeers. Bei ihrem Anblick brachen die Männer in lautes Jubelgeschrei aus, viele von ihnen weinten vor Ergriffenheit, andere schickten Dankgebete zu den Göttern hinauf, und kaum einer konnte fassen, daß selbst hier, in dieser trostlosen Einöde, noch ein Leben möglich war. Alexander aber setzte seinen Weg unbeirrt fort, als habe er nie daran gezweifelt, an sein Ziel zu gelangen.

Die Oase war sehr groß und völlig mit Dattelpalmen bedeckt. In ihrer Mitte sprudelte eine wundervolle Quelle aus dem Boden, in deren kristallklarem Wasser sich die dunkelgrünen Palmen spiegelten und die Jahrtausende alten Monumente ihrer geheimnisumwobenen Kultur. Die Männer stürzten wie die Wilden auf sie zu, aber der Arzt Philipp schrie: »Halt! Anhalten! Das Wasser ist eiskalt. Ihr müßt langsam trinken, langsam und in winzigen Schlucken.« Und Alexander gehorchte als erster und ging mit gutem Beispiel voran.

Was die meisten überhaupt nicht begreifen konnten, war der Umstand, daß sie in der Oase bereits erwartet wurden. Auf den Stufen, die zu dem Heiligtum hinaufführten, hatte sich nämlich die gesamte Priesterschaft des Tempels versammelt, einschließlich zahlreicher Ministranten, die Weihrauchfässer schwenkten. Aber in diesem märchenhaften Land war offensichtlich nichts unmöglich.

Der Führer, der auch als Dolmetscher fungierte, übersetzte Alexander die Worte des obersten Priesters, der ihn mit einem Becher frischen Wassers und einem Korb voll reifer Datteln empfing. »Was möchtest du, Gast, der du aus der Wüste kommst? Wenn du Wasser und Speise verlangst, so wirst du sie bekommen, denn die Gastfreundschaft ist an diesem Ort heilig.«

»Ich möchte die Wahrheit erfahren«, erwiderte Alexander.

»Und von wem möchtest du sie erfahren?« fragte der Priester weiter.

»Vom größten aller Götter, von Zeus Ammon, der in diesem feierlichen Tempel wohnt.«

»Dann kehre heute abend zurück, und du wirst erfahren, was du wissen willst.«

Alexander verneigte sich und kehrte zu seinen Gefährten zurück, die sich um den Quellbrunnen herum niedergelassen hatten. Kallisthenes tauchte in diesem Moment die Hände ins Wasser und erfrischte sich die Stirn.

»Ich habe gehört, daß dieses Wasser am Abend wärmer wird und um Mitternacht sogar lauwarm ist. Stimmt das?« fragte Alexander ihn.

»Nein, ich sehe das anders. Meiner Meinung nach ist das Wasser immer gleich warm. Was sich hingegen ändert, ist die Lufttemperatur – sie ist hier in der Wüste enormen Schwankungen unterworfen. Deshalb wirkt dieses Quellwasser morgens, wenn es hier glühend heiß ist, eiskalt, gegen Abend, wenn die Luft abkühlt, etwas wärmer und um Mitternacht sogar lauwarm. Es ist eben alles relativ, wie mein Onkel Aristoteles sagen würde.«

»Ja, in der Tat«, Alexander nickte. »Haben seine Nachforschungen übrigens etwas Neues ergeben?«

»Nein, seit wir das letzte Mal darüber gesprochen haben, gibt es keine Neuigkeiten – aber wir bekommen sicher welche, wenn die Schiffe mit den neu angeworbenen Soldaten aus Makedonien einlaufen. Für den Augenblick scheint Aristoteles eine Fährte entdeckt zu haben, die nach Persien führt, aber ich weiß schon, was er sagen würde, wenn er jetzt hier wäre.«

»Ich auch«, erwiderte Alexander. »Daß die Perser zweifellos ein Interesse daran hatten, meinen Vater umzubringen, und deshalb sicher nicht verheimlicht hätten, wenn sie es gewesen wären – quasi als Warnung und Abschreckung an alle zukünftigen Könige von Makedonien ...«

»Genau«, pflichtete Kallisthenes ihm bei und schöpfte erneut Wasser aus dem Brunnen.

In diesem Moment trat Philipp, der Arzt, zu ihnen. »Schau, was die Männer gefunden haben«, sagte er und schwang eine große Schlange mit runzligem, dreieckigem Kopf. »Ein Biß von diesem Tier, und du bist in wenigen Augenblicken mausetot.«

Alexander betrachtete das Reptil. »Sag den Soldaten, sie

sollen auf der Hut sein. Die Schlange läßt du einbalsamieren und Aristoteles für seine Naturaliensammlung schicken. Das gleiche gilt für interessante oder unbekannte Gräser und Kräuter, die du findest. Ich fertige dir dann ein Begleitschreiben dazu an.«

Philipp nickte und entfernte sich mit seiner Schlange, während Alexander sich auf dem Brunnenrand niederließ und den Abend erwartete. Plötzlich sah er Aristandros' Spiegelbild im Wasser. Er war leise neben ihn getreten und beugte sich über seine Schulter.

»Hast du immer noch diesen Alptraum?« fragte der König. »Den mit dem nackten Mann, der bei lebendigem Leibe verbrannt wird?«

»Und du?« fragte Aristandros zurück. »Welche Alpträume plagen dich?«

»Viele ... zu viele«, erwiderte der König. »Der Tod meines Vaters, das Massaker an Batis, den ich in Gaza zu Tode geschleift habe, der Geist Memnons, der immer zwischen mich und Barsine tritt, wenn wir uns umarmen, der Knoten von Gordion, den ich zerschlagen habe, anstatt ihn zu lösen, und das ist noch nicht alles ...«

Alexander zögerte, als scheue er sich weiterzusprechen.

»Was noch?« Aristandros sah ihn eindringlich an.

»Ein Auszählreim«, erwiderte Alexander mit niedergeschlagenen Augen.

»Ein Auszählreim? Wie geht der?«

»Der alte Soldat zieht in den Krieg,
fällt in den Dreck, und du bist weg!«

sang der König leise vor sich hin und starrte dabei erneut in den Brunnenschacht.

»Hat dieser Reim denn eine besondere Bedeutung für dich?«

»Nein, er erinnert mich nur an meine Kindheit. Die Amme meiner Mutter, die alte Artemisia, hat ihn mir beigebracht.«

»Dann mach dir nichts draus«, sagte Aristandros. »Und was deine Alpträume betrifft, so gibt es nur einen Ausweg...«

»Welchen?«

»Ein Gott werden«, erwiderte der Seher. Und kaum daß er zu Ende gesprochen hatte, zersprang sein Spiegelbild im Wasser, denn ein Insekt war in den Brunnen gefallen und versuchte verzweifelt, dem Tod zu entrinnen.

Mit Einbruch der Nacht überschritt Alexander die Schwelle des mächtigen Tempels; der hohe Innenraum wurde von Ampeln erhellt, die in zwei Reihen von der Decke hingen, und von einer großen Öllampe, die auf dem Boden stand und die kolossale Zeus Ammon-Statue in ihr Flackerlicht hüllte.

Alexander hob den Blick zum tierischen Antlitz des Giganten hinauf, zu seinen riesigen, mehrfach gewundenen Widderhörnern, der breiten Brust und den kräftigen Armen, die mit geschlossenen Fäusten seitlich herabhingen. Und er dachte wieder an die Worte, die seine Mutter ihm beim Abschied in Pella gesagt hatte: Das Orakel von Dodona hat deine Geburt angekündigt, ein anderes Orakel mitten in der glühenden Wüste wird dir eine zweite Geburt ankündigen, die Geburt zu einem Leben, das nicht vergeht.

Plötzlich ertönte inmitten des Säulenwaldes, auf dem das Tempeldach ruhte, eine tiefe Stimme: »Was möchtest du den Gott fragen?« Alexander sah sich um, aber er konnte niemanden entdecken. Sein Blick wanderte erneut zu dem mächtigen Widderkopf hinauf, zu seinen gelben Augen mit dem schmalen schwarzen Schlitz in der Mitte: So also sah ein Gott aus?

»Gibt es noch einen ...« begann er, und sein Echo antwortete ihm »einen ...«

»Gibt es noch einen unter den Mördern meines Vaters, den ich nicht bestraft habe?«

Nachdem seine Worte in dem großen Raum verhallt waren, trat ein Moment Stille ein. Dann ertönte erneut diese tiefe, vibrierende Stimme – diesmal eindeutig aus der Brust der Götterstatue: »Gib acht, wie du sprichst! Dein Vater ist kein gewöhnlicher Sterblicher. Dein Vater ist Zeus Ammon!«

Der König verließ den Tempel tief in der Nacht, nachdem er Antwort auf alle seine Fragen bekommen hatte, aber er wollte nicht unter die Soldaten ins Lager zurück, und so durchquerte er die großen Palmengärten, bis er ganz alleine am Rand der Wüste stand. Über ihm blinkten Millionen Sterne am klaren Nachthimmel. Irgendwann hörte er Schritte hinter sich und drehte sich um – es war Eumenes.

»Ich habe in diesem Moment keine Lust zu reden«, sagte er zu ihm. »Aber wenn du mir irgend etwas Wichtiges mitzuteilen hast, so sprich.«

»Ja«, erwiderte Eumenes, »das habe ich. Leider handelt es sich um eine schlechte Nachricht. Ich trage sie schon lange mit mir herum und habe nur auf einen geeigneten Augenblick gewartet . . .«

»Und der ist jetzt gekommen?«

»Vielleicht. Jedenfalls kann ich diese Sache nicht länger für mich behalten. König Alexander von Epeiros ist in einen Hinterhalt der Barbaren geraten und in heldenhaftem Kampf gefallen.«

Alexander nickte traurig, und während Eumenes sich entfernte, wandte er sich wieder der immensen Wüste und dem sternenfunkelnden Himmelszelt zu und begann still zu weinen.

Nachwort

Wie der Leser sicher bemerkt hat, behandle ich im zweiten Band dieser Romantrilogie den im eigentlichen Sinne historischen Teil des Lebens von Alexander dem Großen. Dabei haben mich erzähltechnische Erwägungen gezwungen, gewisse Dinge etwas anders darzustellen, als wir es aus der traditionellen Geschichtsschreibung gewohnt sind – beispielsweise die Schlacht am Granikos, die ich, von der verherrlichenden Version des Kallisthenes Abstand nehmend, so realistisch wie möglich gestalten wollte.

Des weiteren habe ich zwei historische Personen – Alexander aus Lynkestis und Amyntas – zu einer einzigen, nämlich Amyntas, verschmolzen. Der Leser, der ja bereits zwei »Alexander« kennt, sollte nicht unnötig verwirrt werden. Die problematischen Situationen (dynastischer, politischer und psychologischer Natur) um die beiden historischen Figuren herum sind jedoch alle in der Gestalt des Amyntas zusammengeflossen. Bei der topographischen, taktischen und strategischen Rekonstruktion der Belagerungen von Milet, Halikarnassos und Tyros habe ich große Sorgfalt walten lassen; dasselbe gilt für die Beschreibung der Schlacht von Issos, für die ich mich auch auf persönliche Vor-Ort-Untersuchungen gestützt habe. Für die literarischen Quellen verweise ich im großen und ganzen auf das Nachwort im ersten Band unter

Hinzufügung von Herodot (fliegende Schlangen), einiger Zitate aus Homer und Hesiodos sowie gewisser technischer Beschreibungen in Vergils »Aeneis« und in Frontinus' »Strategemata«. Natürlich habe ich auch in diesem Band neben den literarischen die »materiellen« Zeugnisse berücksichtigt, die uns zur Verfügung stehen, und der aufmerksame Leser wird bei vielen Szenen an berühmte Kunstwerke, Münzen und Mosaiken erinnert worden sein. Auch die Porträtkunst und vor allem die neuesten Grabungsberichte von den behandelten Orten, die ich selbstverständlich alle persönlich kenne und mehrfach topographisch erforscht habe, sind in meine Schilderungen eingeflossen.

Valerio Massimo Manfredi

Alexander. Der Herrscher der Welt

Band 3 der großen Romantrilogie
bei Kabel

Von Ägypten setzt Alexander seinen Siegeszug nach Asien fort: Er überquert Euphrat und Tigris und trifft bei Gaugamela erneut auf seinen Widersacher, den persischen Großkönig Dareios, den er in einer erbitterten Schlacht bezwingt. Stadt um Stadt erobert Alexander das persische Reich: Babylon mit seinen prächtigen Hängenden Gärten, Susa und schließlich das unermeßlich reiche Persepolis. Sein kühner Traum, bis ans Ende der Welt vorzudringen, wird wahr; jetzt kann nur noch das Schicksal den Liebling der Götter aufhalten.
Durch unendlich weite Steppen und über die schneebedeckten Berge des Hindukusch dringt Alexander der Große bis nach Indien vor – an seiner Seite die afghanische Prinzessin Roxane, die ihn mit ihrer Schönheit verzaubert und seine Frau wird. Um die Herrschaft zu festigen, werden Tausende von Makedonen mit Asiatinnen vermählt. Da, auf dem Gipfel seiner Macht, befällt Alexander plötzlich ein geheimnisvolles Fieber . . .

Der dritte und abschließende Teil des Weltbestsellers

Valerio Massimo Manfredi

Alexander

Der makedonische Prinz. 448 Seiten. Geb. Aus dem Italienischen von Claudia Schmitt.

Er wurde nur dreiunddreißig Jahre alt, doch sie reichten aus, um seinen Namen unsterblich zu machen: Alexander der Große, König von Asien und Herrscher über die ganze Welt.
Im ersten Band dieser spannenden Roman-Biographie erleben wir Kindheit und Jugend des außergewöhnlich schönen, klugen und charismatischen Prinzen. Als Alexanders Vater Philipp ermordet wird, besteigt der knapp Zwanzigjährige den Thron und beweist auf Anhieb seinen Mut und sein politisches Geschick. Es gelingt ihm, das instabile Reich zusammenzuhalten und die aufständischen Griechen zu bezwingen. Freunde wie Feinde schauen ungläubig auf den jungen Regenten. Da rüstet Alexander auch schon zum Zug in den Fernen Osten ...

»Alexanders Leben war so aufregend, daß ich nichts mehr dazuerfinden mußte.«
Valerio Massimo Manfredi

»Ein eindrucksvolles Epos, das Christian Jacqs ›Ramses‹ Konkurrenz macht.« La Repubblica

KABEL

Der Autor

Valerio Massimo Manfredi, 1943 bei Modena geboren, ist promovierter Archäologe und Altphilologe, hat an großen Expeditionen teilgenommen sowie selbst Ausgrabungen geleitet. Er folgte Lehraufträgen u. a. nach Salamanca, Birmingham und Paris und verfaßte zahlreiche Beiträge in renommierten Fachzeitschriften. Durch seine wissenschaftliche Arbeit inspiriert, begann Manfredi vor 15 Jahren mit dem Schreiben ebenso spannender wie erfolgreicher Romane.
Der Autor lebt mit seiner Familie in der Emiglia-Romana. Mit seiner dreibändigen Romanbiographie über Alexander den Großen gelang ihm in Italien auf Anhieb der Sprung an die Spitze der Bestsellerlisten.
Der erste Teil »Alexander. Der makedonische Prinz« erschien 1999 auf deutsch bei Kabel.

W. Michael Gear

Die Weide am Fluß

Roman. 592 Seiten. Geb. Aus dem Amerikanischen von Gaby Wurster.

Boston im Jahr 1825: Als Richard Hamilton nach abgeschlossenem Philosophiestudium in den Westen geht und auf *Die Wie Eine Weide Heilt* vom Volk der Schoschone trifft, prallen zwei Kulturen aufeinander. Die attraktive, selbstbewußte Schamanin könnte die tapfersten Krieger zum Mann haben – und verliebt sich ausgerechnet in den unerfahrenen Weißen. Auch Richard ist von ihr bezaubert, doch seine erzkonservative Erziehung und der Gedanke an seine Verlobte Laura halten ihn zurück.

Allein reist er weiter und lernt den gefährlichen Alltag unter Pferdedieben und verfeindeten Indianerstämmen, unter Bären, Kojoten und Wölfen kennen. Wochenlange Kälte, Hunger und die Sehnsucht nach der Indianerin mit den heilenden Fähigkeiten lassen Richard an allem zweifeln, was bisher für ihn richtig und wichtig gewesen war. Als er in einer Felswand in den Rocky Mountains schwer verunglückt, ist es *Weide,* die ihm mit ihrer Kraft und ihrem Wissen das Leben rettet ...

Stephen Lawhead

Aidan

Die Reise nach Byzanz. 512 Seiten. Geb.
Aus dem Englischen von Marcel Bieger
und Barbara Röhl.

Irland in der zweiten Hälfte des 9. Jahrhunderts: Unter den Tapfersten seines Landes sucht der Bischof elf Brüder aus, die den gefährlichen Transport des Book of Kells, der reich verzierten, in Silber gebundenen Handschrift von unschätzbarem Wert, begleiten sollen. Ziel der Reise ist das exotische Byzanz, wo Kaiser Basileios diese Perle der mittelalterlichen Literatur als Geschenk übergeben werden soll.
Der unerfahrene Mönch Aidan ist überglücklich und stolz, als er zu den Auserwählten gehört. Aber schon vor Antritt der Pilgerfahrt erfährt er im Traum, daß Byzanz ihm Schrecken und Tod bringen wird. Dennoch nimmt er die Herausforderung begierig an ...
In die Gefangenschaft feindseliger Wikinger und ins rauhe Dänemark, übers Schwarze Meer bis in das gleichermaßen verderbte wie faszinierende Sündenbabel Byzanz führt die Odyssee des jugendlichen Helden, dessen spannendes Schicksal Stephen Lawhead mit einer Fülle historischer Details und dem reichen Schatz an Mythen, Sagen und phantastischen Elementen zu einem fesselnden Abenteuerroman allerersten Rangs verflicht.

Stephen Lawhead

Aidan in der Hand des Kalifen

592 Seiten. Geb.
Aus dem Englischen von Marcel Bieger und Barbara Röhl.

Byzanz im 9. Jahrhundert: Auf der Überfahrt von den grünen Hügeln Irlands mit dem kostbaren Book of Kells ist der junge Mönch Aidan von seinen Mitbrüdern getrennt worden, in die Gefangenschaft von Wikingern geraten und über Dänemark schließlich nach Byzanz gelangt. Doch die faszinierende Stadt ist erst der Anfang: Kaiser Basileios erwählt den sprachkundigen und mutigen Aidan zu seinem persönlichen Vertrauten und läßt ihn als Spitzel an einer wichtigen diplomatischen Geheimmission teilnehmen. Sie soll den Frieden zwischen Byzanz und Bagdad, zwischen dem Kaiser und dem Kalifen sichern und Aidan bis nach Trapezunt am Schwarzen Meer führen.
Aber die Zeiten sind gefährlich: Aidan wird dingfest gemacht und landet als Sklave in den Silberminen des Kalifen. Sein Glaube an Gott wird mehrmals auf die Probe gestellt, und dann trifft er Kasimene, die wunderschöne und selbstbewußte Nichte des Emirs ...
Nach »Aidan. Die Reise nach Byzanz« führt Stephen Lawhead in diesem Band die spannende Reise seines Helden zu Ende, dessen aufregendes Leben der Autor mit historischen Details, Mythen und phantastischen Elementen zu einem fulminanten und mitreißenden Abenteuerroman vereint.

KABEL

Barbara Kingsolver

Die Giftholzbibel

Roman. 592 Seiten. Geb.
Aus dem Amerikanischen von
Anne Ruth Frank-Strauss.

Afrika, die fremde Welt des Schwarzen Kontinents mit ihrer faszinierenden Vielfalt an Pflanzen und Tieren, an Farben und Aromen ist der Schauplatz dieses großartigen Romans, der in Amerika mit zahlreichen Preisen ausgezeichnet wurde. Barbara Kingsolver erzählt darin das Schicksal der Familie Price, die 1959 den amerikanischen Süden verläßt, um den Kongo zu missionieren – Reverend Price, seine Frau Orleanna und ihre vier sehr unterschiedlichen Töchter: Ruth May, das unbefangene Nesthäkchen; die Zwillingsschwestern, die hochbegabte Leah und die etwas absonderliche Adah, die nicht spricht, dafür aber um so genauer beobachtet; und schließlich der leichtlebige strohblonde Teenager Rachel.

Idealistisch und mutig sind sie bei ihrer Ankunft in dem Dorf Kilanga – und verhängnisvoll naiv. Ganz allmählich öffnen sich die vier Mädchen dem Land und seinen Versuchungen; ihre Eindrücke fügen sich zu einem intensiven, sinnlichen Bild des Kongo. Doch als die Kolonie ihre Souveränität erklärt und politische und religiöse Gegensätze in offene Gewalt umschlagen, erleben die Prices hautnah den schier aussichtslosen Kampf der Afrikaner um die eigene Unabhängigkeit. Der Aufenthalt der Familie wird immer mehr zu einer Frage auf Leben und Tod ...

KABEL

Peter Forbath

Der letzte Held

Ein Afrika-Roman. 904 Seiten. Geb. Aus dem Amerikanischen von Michael Benthack.

Das britische Weltreich ist auf dem Gipfel seiner Macht, als es 1885 seine größte Demütigung erfährt: Der Aufstand der Derwische ist erfolgreich, Khartum gefallen, der gesamte Sudan verloren! Da trifft in London ein Bote aus dem dunkelsten Afrika ein und meldet, daß sich in der südlichsten Provinz Äquatoria noch immer eine Garnison gegen die Truppen des Mahdi schlägt, befehligt von einem gewissen Emin Pascha. Wer ist dieser geheimnisvolle Mann, der in Wirklichkeit Eduard Schnitzer heißt, ein deutscher Arzt jüdischer Abstammung, der zum islamischen Glauben konvertierte? Im Viktorianischen England feiert man ihn als Helden von geradezu mythischem Ausmaß, und von der Königin bis zum Volk erhebt sich der Ruf: »Rettet den Emin Pascha!« Auf Initiative reicher Kaufleute wird eine private Expedition Tausende von Meilen in die gefahrvolle Wildnis entsandt ...

Ein auf Tatsachen basierender spannender Roman, eine unvergeßliche Reise quer durch den Schwarzen Erdteil und eine bewegende Hommage an die Kraft und die Vielfalt Afrikas.

ASOWSCHES MEER
SCHWARZES MEER
Ister (Donau)
GETEN
TRIBALLER
PÄONIER
Makedonien
Philippi
Abdera
Maroneia
Hellespont
Amphipolis
Pella
Pydna
Kyzikos
Lampsakos
Daskyleion
Gordion
Ankyra
Paphlagonien
Pontos
KAUKASUS
Kolchis
Ilion (Troja)
Granikos
Epeiros
Kappadokien
Halys
Phrygien
Sardes
Lydien
Kataonien
Armenien
Van-See
Ephesos
Milet
Karien
Pisidien
Kilikische Pforte
Amanische Pforte
Peloponnes
Sagalassos
Aspendos
Tarsos
Isso
Nisbi
Gaugamela
Arbela
Halikarnassos
Lykien
Side
Soloi
Syrische Pforte
Tigris
Mesopotamien
RHODOS
KYPROS (Zypern)
Thapsakos
331
Ekbatana (Hamadan)
KRETA
Arados
Tripolis
Byblos
Sidon
Tyros
Phönikien
Damaskos
Opis
324
323
Babylon
Babylon
Susa
MITTELMEER
331
Palaestina
Kyrenaika
Alexandreia
Paraitonion
Gaza
Pelusion
Alexandreia
Memphis
Libyen
Oase Siwa (Orakel des Zeus Ammon)
Nil
Ägypten
Arabien
Nil
ROTES MEER
Züge Alexanders zu Land
zu Wasser
Züge der makedon. Flotte
Städte
von Alexander gegr. Städte
(Bukhara) moderne Namen